Harry Potter

i Czara O

4

WITHDRAWN

www.hants.gov.uk/library

 Hampshire County Council · Love YOUR LIBRARY

Tel: 0300 555 1387

J.K. ROWLING

Harry Potter

i Czara Ognia

Tłumaczył
ANDRZEJ POLKOWSKI

MEDIA RODZINA

Tytuł oryginału
HARRY POTTER AND THE GOBLET OF FIRE

Opracowanie polskiej wersji okładki
Andrzej Komendziński

wydanie poprawione i przejrzane przez Autorkę

ISBN 978-83-8008-217-5 (oprawa broszurowa)
ISBN 978-83-8008-218-2 (oprawa twarda)

Media Rodzina Sp. z o.o.
ul. Pasieka 24, 61-657 Poznań
tel. 61 827 08 50
mediarodzina@mediarodzina.pl
www.mediarodzina.pl

Łamanie tekstu
Scriptor s.c.

Druk i oprawa
Abedik SA

Peterowi Rowlingowi —
pamięci pana Ridleya
i Susan Sladden,
która pomogła Harry'emu
wyrwać się z komórki pod schodami

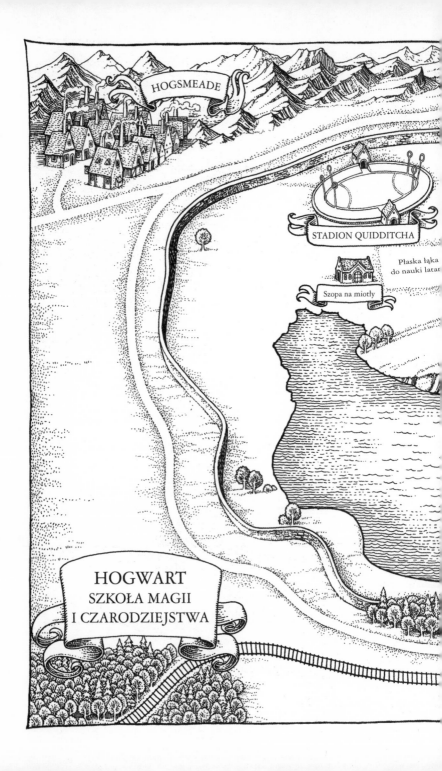

CHATKA HAGRIDA

ZAKAZANY LAS

WIERZBA BIJĄCA

CIEPLARNIE

ZAMEK HOGWART

STACJA HOGSMEADE

ROZDZIAŁ PIERWSZY

Dom Riddle'ów

Mieszkańcy wioski Little Hangleton nadal nazywali go „Domem Riddle'ów", choć upłynęło już wiele lat, odkąd mieszkała w nim rodzina o tym nazwisku. Stał na wzgórzu ponad wioską. Część okien zabito deskami, w dachu ziały dziury, a na fasadzie rozplenił się bluszcz. Kiedyś piękny dwór, największy i najbardziej okazały budynek w całej okolicy — teraz był ponurą, opuszczoną ruiną.

Mieszkańcy Little Hangleton byli przekonani, że w tym starym domu straszy. Pół wieku temu wydarzyło się w nim coś dziwnego i strasznego, coś, o czym starsi lubili rozprawiać, kiedy już nie było o kim plotkować. Opowieść tę powtarzano tyle razy i w tak wielu domach, że nikt już nie był pewny, co naprawdę tam się wydarzyło. Każda wersja zaczynała się jednak w tym samym czasie i miejscu: pięćdziesiąt lat temu, pewnego letniego poranka, kiedy Dom Riddle'ów był jeszcze zadbany i zamieszkany. Tego ranka służąca weszła do salonu i zastała wszystkich troje Riddle'ów martwych.

Dziewczyna pobiegła z krzykiem do wioski i pobudziła tylu ludzi, ilu zdołała.

— Leżą tam z otwartymi szeroko oczami! Zimni jak lód! Nadal w strojach do kolacji!

Wezwano policję, a w całym Little Hangleton zawrzało. Wszyscy wychodzili ze skóry, żeby się czegoś dowiedzieć. Nikt nawet nie próbował udawać, że żałuje Riddle'ów, bo w wiosce nie darzono ich sympatią. Państwo Riddle'owie byli bogatymi, zarozumiałymi snobami, a ich dorosły syn, Tom, był jeszcze gorszy. Wszystkich obchodziła tylko tożsamość mordercy — było bowiem oczywiste, że troje zdrowych ludzi nie mogło umrzeć śmiercią naturalną w ciągu jednej nocy.

Tego wieczoru w miejscowej gospodzie Pod Wisielcem utarg był wyjątkowo wysoki: zeszła się tu cała wioska, by podyskutować o potrójnym morderstwie. Porzucenie wygodnych foteli przed kominkami zostało wynagrodzone, kiedy w gospodzie pojawiła się kucharka Riddle'ów, i w ciszy, która zapadła na jej widok, oznajmiła, że właśnie aresztowano Franka Bryce'a.

— Frank! — zawołało kilka osób. — To niemożliwe!

Frank Bryce był ogrodnikiem Riddle'ów. Mieszkał samotnie w zrujnowanym domku na terenie ich posiadłości. Wrócił z wojny ze sztywną nogą i ogromną niechęcią do tłumu i hałasu, i od tego czasu pracował u Riddle'ów.

W gospodzie zrobił się ruch, bo wszyscy zaczęli stawiać kucharce drinki, żeby dowiedzieć się czegoś więcej.

— Ja tam zawsze uważałam, że on jest jakiś dziwny — oświadczyła po czwartym kieliszku sherry. — Taki odludek. Ze sto razy mu proponowałam, żeby napił się ze mną herbaty, a on zawsze odmawiał. Nie chciał się z nikim zadawać, ot co.

— Trudno się dziwić biedakowi — zauważyła jakaś kobieta stojąca przy barze. — Musiał wiele przeżyć na wojnie, to i chce mieć spokój. Nie widzę powodu, żeby...

— A niby kto prócz niego miał klucz od tylnych drzwi? — warknęła kucharka. — Od kiedy pamiętam, zapasowy klucz zawsze wisiał w domku ogrodnika! Drzwi nie były wyważone! Wszystkie szyby całe! Wystarczyło, że wśliznął się do środka, kiedy wszyscy spali...

Zebrani w gospodzie mieszkańcy wioski wymienili ponure spojrzenia.

— Zawsze uważałem, że jemu źle z oczu patrzy, no i proszę — mruknął mężczyzna przy barze.

— Ta wojna pomieszała mu w głowie, jakby mnie kto pytał — stwierdził właściciel gospody.

— Pamiętasz, Dot, jak ci mówiłam, że co jak co, ale Frankowi tobym nie chciała podpaść? — odezwała się podekscytowana kobieta w kącie.

— Charakterek to on ma — przyznał Dot, potakując skwapliwie. — Pamiętam, kiedy był chłopcem...

Następnego ranka prawie wszyscy mieszkańcy Little Hangleton byli już przekonani, że to Frank Bryce zamordował Riddle'ów.

Tymczasem w pobliskim miasteczku Great Hangleton, na ponurym i obskurnym posterunku policji, Frank uparcie powtarzał, że jest niewinny i że jedyną osobą, którą widział tamtego dnia w pobliżu domu, był jakiś nie znany mu wyrostek, czarnowłosy i blady. Nikt poza nim jednak nie widział chłopaka odpowiadającego rysopisowi, więc policjanci byli przekonani, że Frank po prostu go wymyślił.

I kiedy sytuacja Franka wyglądała już bardzo poważnie, nadszedł protokół oględzin zwłok Riddle'ów, protokół, który zmienił wszystko.

Policjanci jeszcze nigdy nie czytali tak dziwnego orzeczenia. Po zbadaniu ciał zespół lekarzy orzekł, że żadna z ofiar nie została otruta, pchnięta nożem, zastrzelona, zadławiona, uduszona, nie stwierdzono też (przynajmniej w świetle dokonanych przez nich oględzin) żadnych innych uszkodzeń ciał. Wręcz przeciwnie, lekarze z ogromnym zdumieniem stwierdzili, że wszyscy Riddle'owie sprawiali wrażenie całkowicie zdrowych — oczywiście pomijając fakt, że byli martwi. Odnotowali tylko (jakby chcąc za wszelką cenę znaleźć jakąś anomalię), że twarze ofiar zastygły w wyrazie przerażenia. Oczywiście takie stwierdzenie niewiele dało policji, bo czy kto kiedykolwiek słyszał, żeby trzy osoby umarły *ze strachu*?

Ponieważ nie stwierdzono niczego, co by wskazywało na to, że Riddle'owie zostali zamordowani, policja była zmuszona Franka wypuścić. Riddle'ów pochowano na cmentarzu w Little Hangleton, a ich groby przez jakiś czas były obiektem powszechnego zainteresowania. Ku zaskoczeniu wszystkich i w atmosferze podejrzeń Frank Bryce wrócił do domku ogrodnika na terenie posiadłości Riddle'ów.

— Jeśli o mnie chodzi, to mogę się założyć, że to Frank ich zamordował i guzik mnie obchodzi, co na ten temat mówi policja — oświadczył Dot w gospodzie Pod Wisielcem. — I gdyby miał choć odrobinę przyzwoitości, to wyniósłby się stąd, wiedząc, że my o tym wiemy.

Ale Frank nie opuścił wioski. Został, by nadal zajmować się ogrodem, najpierw dla nowej rodziny, która zamieszkała w Domu Riddle'ów, potem dla następnych — bo nikt nie wytrzymywał tam długo. Być może częściowo z powodu obecności Franka, każdy nowy właściciel stwierdzał, że w tym domu wyczuwa się coś paskudnego. Opustoszała posiadłość wkrótce zaczęła popadać w ruinę.

＊

Ostatni właściciel Domu Riddle'ów ani w nim nie mieszkał, ani go nie wynajmował, a był na tyle bogaty, że mógł sobie na to pozwolić. W wiosce mówiono, że trzyma dom „ze względu na podatki", choć nikt nie wiedział, na czym to właściwie polega. Płacił jednak Frankowi za doglądanie ogrodu.

Frank zbliżał się do swoich siedemdziesiątych siódmych urodzin, przygłuchł, noga mu jeszcze bardziej zesztywniała, ale nadal, przynajmniej w ładną pogodę, widywano go przy rabatach kwiatów, które zaczęły już zarastać chwastami.

Walczył nie tylko z chwastami. Jego prawdziwym utrapieniem byli chłopcy z wioski. Wybijali szyby w oknach Domu Riddle'ów, jeździli rowerami po trawnikach, których utrzymanie kosztowało Franka tyle trudu. Raz czy dwa włamali się do starego domu, żeby zrobić mu na złość. Wiedzieli, że jest bardzo przywiązany do posiadłości, i sprawiało im uciechę, kiedy kuśtykał przez ogród, wymachując laską i pomstując na nich ochrypłym głosem. Jeśli chodzi o samego Franka, to był przekonany, że chłopcy dręczą go złośliwie, bo podobnie jak ich rodzice i dziadkowie uważają go za mordercę. Tak więc, kiedy pewnej sierpniowej nocy obudził się i zobaczył, że w starym domu dzieje się coś dziwnego, uznał to za jakiś nowy wybryk łobuziaków, pragnących go ukarać za domniemaną zbrodnię.

Obudził go rwący ból w nodze, tak silny, że podobnego jeszcze nie doznał w swym podeszłym wieku. Wstał i zszedł do kuchni, zamierzając zmienić wodę w termoforze, którym ogrzewał kolano, by złagodzić bolesną sztywność. Stojąc przy zlewie i napełniając czajnik, spojrzał na Dom Riddle'ów i zobaczył migające na piętrze światło. Od razu pomyślał, że to ci nieznośni chłopcy włamali się znowu do domu, a sądząc po migotaniu światła, na pewno go podpalili.

Frank nie miał telefonu, a zresztą i tak nie ufał policji od czasu, gdy go aresztowano i przesłuchiwano w sprawie śmierci Riddle'ów. Natychmiast odstawił czajnik, wdrapał się po schodach na górę tak szybko, jak mu na to pozwalała sztywna noga, ubrał się i wrócił na dół. Zdjął z haka przy drzwiach zardzewiały klucz, chwycił opartą o ścianę laskę i wyszedł w ciemną noc.

Na frontowych drzwiach Domu Riddle'ów nie odkrył śladów włamania, podobnie jak na żadnym z okien. Pokuśtykał na tył domu i dotarł do drugich drzwi, prawie całkowicie ukrytych pod bluszczem, wyjął stary klucz, wsunął go w dziurkę i cicho je otworzył.

Wszedł do dużej, mrocznej kuchni. Było bardzo ciemno, ale choć nie zaglądał tu od lat, pamiętał, gdzie są drzwi do przedpokoju, więc ruszył ku nim, czując wstrętną woń rozkładu, i wytężając słuch, by wyłowić jakikolwiek dźwięk dochodzący z góry. W przedpokoju było nieco jaśniej, ponieważ po obu stronach drzwi frontowych były duże okna przedzielone w środku kamiennymi słupkami. Zaczął się wspinać po schodach, błogosławiąc grubą warstwę kurzu pokrywającego kamienne stopnie, bo tłumiła jego kroki i postukiwanie laski.

Na podeście zwrócił się w prawo i natychmiast zlokalizował intruzów: drzwi na samym końcu korytarza były uchylone, a przez szparę wylewała się na czarną posadzkę długa smuga złotego, rozmigotanego światła. Frank zaczął się skradać powoli w tym kierunku, zaciskając palce na lasce. Znalazłszy się kilka stóp od drzwi, zobaczył przez szparę kawałek pokoju.

Na kominku palił się ogień. To go zaskoczyło. Zamarł w bezruchu i nasłuchiwał uważnie, bo z pokoju dobiegł go męski głos, pokorny i zalękniony.

— Jeśli mój pan i mistrz wciąż jest głodny, to w butelce jeszcze trochę zostało.

— Później — odpowiedział drugi głos. Też należał do mężczyzny, ale był dziwnie wysoki i zimny, jak nagły powiew lodowatego wiatru. Było w nim coś, co sprawiło, że rzadkie włosy na karku Franka stanęły dęba. — Przysuń mnie bliżej kominka, Glizdogonie.

Frank zwrócił ku drzwiom prawe ucho, żeby lepiej słyszeć. Rozległ się stuk butelki stawianej na jakiejś twardej powierzchni, a później szuranie, jakby po podłodze przesuwano ciężkie krzesło. Frank uchwycił spojrzeniem drobnego mężczyznę, odwróconego plecami do drzwi i popychającego fotel. Miał na sobie długi czarny płaszcz, a na czubku jego głowy bielała łysina. Po chwili zniknął z pola widzenia.

— Gdzie jest Nagini? — zapytał zimny głos.

— Ja... ja nie wiem, panie — odpowiedział lękliwie pierwszy głos. — Chyba wybrała się na zwiedzanie domu...

— Musisz ją wydoić, zanim udamy się na spoczynek, Glizdogonie — rzekł drugi głos. — W nocy będziesz musiał mnie nakarmić. Ta podróż bardzo mnie zmęczyła.

Zmarszczywszy brwi, Frank przybliżył swoje dobre ucho jeszcze bardziej do drzwi, wytężając słuch. Po chwili ciszy znowu zabrzmiał głos Glizdogona.

— Panie mój, czy mogę zapytać, jak długo tu zostaniemy?

— Tydzień — odrzekł zimny głos. — Może dłużej. To dość wygodne miejsce, a na razie musimy powstrzymać się od działania. Byłoby głupio zabrać się do urzeczywistnienia naszego planu przed zakończeniem mistrzostw świata w quidditchu.

Frank wsadził do ucha sękaty palec i mocno nim pokręcił. Pewno nagromadziło się sporo woskowiny, pomyślał, bo usłyszałem „quidditch", a przecież nie ma takiego słowa...

— Mistrzostw świata w quidditchu? — powtórzył Glizdogon. (Frank jeszcze gorliwiej pogrzebał w uchu). — Wybacz mi, panie, ale... nie rozumiem... dlaczego mielibyśmy czekać na zakończenie mistrzostw świata?

— Dlatego, głupcze, że właśnie w tej chwili zjeżdżają się do kraju czarodzieje z całego świata i każdy tajniak z Ministerstwa Magii jest na służbie, wypatrując jakichkolwiek oznak niezwykłości i sprawdzając tożsamość każdego, kto mu się nawinie. Będą wariować na punkcie bezpieczeństwa, żeby mugole czegoś nie zauważyli. Dlatego musimy czekać.

Frank przestał sobie czyścić ucho. Wyraźnie usłyszał słowa: „Ministerstwo Magii", „czarodzieje" i „mugole". Nie ulegało wątpliwości, że te wyrażenia mają jakieś tajne znaczenie, a Frankowi przychodziły do głowy tylko dwa rodzaje ludzi, którzy mogliby mówić szyfrem: szpiedzy i przestępcy. Zacisnął dłoń na lasce i wytężył słuch.

— A więc wasza lordowska mość jest zdecydowany? — zapytał cicho Glizdogon.

— Tak, Glizdogonie, jestem zdecydowany. — W zimnym głosie zabrzmiała nuta groźby.

Nastąpiła chwila milczenia, a później przemówił Glizdogon, wyrzucając z siebie szybko słowa, jakby się bał, że straci odwagę, zanim je wypowie.

— Panie mój, to można zrobić bez Harry'ego Pottera.

Znowu pauza, tym razem dłuższa, a potem...

— Bez Harry'ego Pottera, powiadasz? — powtórzył drugi głos z jadowitą łagodnością. — Ach tak, rozumiem...

— Panie, nie mówię tego ze względu na chłopaka! — zawołał piskliwym głosem Glizdogon. — Nic dla mnie nie znaczy, nic a nic! Uważam tylko, że gdybyśmy wykorzystali innego czarodzieja albo czarownicę... kogokolwiek... to moglibyśmy dokonać tego o wiele szybciej! Gdybyś mi pozwolił, panie, oddalić się na jakiś czas... a wiesz, że potrafię zmienić się tak, że nikt mnie nie rozpozna... wróciłbym tu za dwa dni z jakąś odpowiednią osobą...

— Tak, to prawda... — powiedział cicho drugi głos.

— Mógłbym użyć innego czarodzieja...

— Panie mój, to naprawdę rozsądne wyjście. — W głosie Glizdogona dało się wyczuć wyraźną ulgę. — Trudno by było porwać Pottera, jest tak dobrze strzeżony...

— A ty chciałbyś pójść na ochotnika po kogoś innego? Zastanawiam się, Glizdogonie... czy nie zmęczyło cię już pielęgnowanie mojej osoby... czy ta propozycja nie jest czasem próbą porzucenia mnie na zawsze?

— Panie! Mistrzu! Ja... ja wcale nie chcę cię opuścić, ależ skąd...

— Nie kłam! — zasyczał drugi głos. — Przede mną nie można kłamać, zawsze to wykryję! Żałujesz, że w ogóle do mnie wróciłeś, Glizdogonie! Czujesz do mnie odrazę! Widzę, jak się wzdrygasz, gdy na mnie spojrzysz, czuję, jak drżysz, kiedy mnie dotykasz...

— Nie! Moje przywiązanie do waszej lordowskiej mości...

— Twoje przywiązanie to zwykłe tchórzostwo. Nie byłoby cię tu, gdybyś miał dokąd pójść. Jak mam tu przetrwać bez ciebie, skoro muszę być karmiony co kilka godzin? Kto wydoi Nagini?

— Jesteś już o wiele silniejszy, mój panie...

— Kłamiesz — wycedził zimny głos. — Wcale nie jestem silniejszy, a jak ciebie nie będzie przez parę dni, to utracę i tę odrobinę zdrowia, którą odzyskałem pod twoją niezdarną opieką. Zamilcz!

Glizdogon, który bełkotał coś niewyraźnie, natychmiast umilkł. Przez kilka sekund Frank słyszał tylko trzaskanie ognia w kominku. Potem drugi mężczyzna znowu przemówił, tym razem szeptem przywodzącym na myśl syk węża.

— Jak już ci wyjaśniałem, mam swoje powody, dla których chcę użyć właśnie tego chłopca. Chcę jego i tylko jego. Czekałem na to trzynaście lat. Parę miesięcy więcej nie stanowi różnicy. Wiem, że chłopiec będzie wyjątkowo dobrze chroniony, ale wszystko dokładnie zaplanowałem. Potrzebna mi jest tylko twoja odwaga, Glizdogonie, i tę odwagę musisz w sobie znaleźć, jeśli nie chcesz odczuć pełni gniewu Lorda Voldemorta...

— Panie, pozwól coś powiedzieć swemu wiernemu słudze! — przerwał mu Glizdogon, a w jego głosie zabrzmiało prawdziwe przerażenie. — Przez całą naszą podróż rozmyślałem nad tym planem... Panie mój, przecież wkrótce zauważą, że Berta Jorkins zniknęła, a jeśli posuniemy się dalej, jeśli rzucę zaklęcie...

— Jeśli? — zasyczał drugi głos. — *Jeśli?* Jeśli będziesz postępował zgodnie z planem, Glizdogonie, ministerstwo nigdy się nie dowie, że ktoś jeszcze zniknął. Zrobisz to po cichu, bez zamieszania... Bardzo bym chciał zrobić to sam, ale w moim obecnym stanie... Pomyśl, Glizdogonie, trzeba tylko pokonać jeszcze jedną przeszkodę i droga do Harry'ego Pottera stanie przed nami otworem. Nie żądam od ciebie, żebyś zrobił to sam. Wkrótce pojawi się mój wierny sługa...

— *Ja* jestem twoim wiernym sługą — rzekł Glizdogon, a w jego głosie zabrzmiała nuta ponurego rozżalenia.

— Glizdogonie, potrzebny mi jest ktoś z tęgą głową, godny zaufania i do końca mi oddany, a ty nie spełniasz żadnego z tych warunków.

— Odnalazłem cię, panie — powiedział Glizdogon, teraz już wyraźnie nadąsany. — To ja ciebie odnalazłem. To ja ci sprowadziłem Bertę Jorkins.

— To prawda — rzekł drugi mężczyzna z lekkim rozbawieniem. — To wyczyn, którego się po tobie nie spodziewałem, Glizdogonie... chociaż, prawdę mówiąc, kiedy ją złapałeś, na pewno nie wiedziałeś, jak bardzo okaże się pożyteczna, co?

— Ja... ja myślałem, że ona może się przydać, panie...

— Kłamiesz — powtórzył drugi głos jeszcze wyraźniej szyderczym tonem. — Nie przeczę jednak, że jej informacje okazały się bardzo cenne. Bez niej nie obmyśliłbym naszego planu. Otrzymasz za to nagrodę, Glizdogonie. Pozwolę ci wykonać dla mnie bardzo ważne zadanie, tak ważne, że każdy z moich zwolenników dałby sobie odrąbać prawą rękę, byle je otrzymać...

— N-naprawdę, mój panie? Co... — Teraz w głosie Glizdogona ponownie zabrzmiało przerażenie.

— Ach, Glizdogonie, chyba nie chcesz, żebym ci zepsuł niespodziankę? Swoją rolę odegrasz na samym końcu... ale przyrzekam ci, będziesz miał zaszczyt okazania się równie użytecznym, jak Berta Jorkins.

— A więc... a więc... — wyjąkał Glizdogon ochrypłym głosem, jakby nagle zaschło mu w ustach — zamierzasz... mnie również... zabić?

— Och, Glizdogonie, Glizdogonie — rzekł łagodnie zimny głos — czemu miałbym cię zabijać? Zabiłem Bertę, bo musiałem to zrobić. Po przesłuchaniu nie nadawała się już do niczego. A zresztą mogłyby paść niewygodne pytania, gdyby wróciła do Ministerstwa Magii i oznajmiła, że podczas urlopu spotkała właśnie ciebie. Czarodzieje uważani za zmarłych chyba nie powinni spotykać w przydrożnej gospodzie czarownic z Ministerstwa Magii, prawda?

Glizdogon mruknął coś tak cicho, że Frank nie dosłyszał słów, ale drugi mężczyzna roześmiał się — a był to śmiech zimny jak jego mowa, całkowicie pozbawiony wesołości.

— Powiadasz, że mogliśmy zmodyfikować jej *pamięć*? Potężny czarodziej potrafi przełamać każde zaklęcie zapomnienia, co udowodniłem, kiedy ją przesłuchiwałem. Byłoby ujmą dla jej *pamięci*, gdybyśmy nie wykorzystali informacji, które z niej wydarłem, Glizdogonie.

Frank, przyczajony za drzwiami, poczuł nagle, że jego ręka ściskająca laskę zrobiła się śliska od potu. Ten człowiek o lodowatym głosie zabił jakąś kobietę. Mówi o tym bez żadnych skrupułów — z *rozbawieniem*. To groźny szaleniec! Szaleniec, który planuje nowy mord... Ten chłopiec, Harry Potter, kimkolwiek jest... znajduje się w śmiertelnym niebezpieczeństwie...

Wiedział, co powinien zrobić. Nadszedł czas, aby iść na policję. Wykradnie się z domu i pospieszy ile sił w nogach do budki telefonicznej w wiosce... Ale zimny głos ponownie przemówił i Frank zamarł, zamieniając się w słuch.

— Jeszcze jedno zaklęcie... wierny sługa w Hogwarcie... i Harry Potter jest mój, Glizdogonie. To już postanowione. Nie życzę sobie żadnych sprzeciwów. Ale cicho... chyba słyszę Nagini...

I nagle jego głos się zmienił. Zaczął wydawać z siebie takie dźwięki, jakich Frank jeszcze nigdy nie słyszał: syczał i prychał bez zaczerpnięcia oddechu. Frank pomyślał, że to jakiś atak apopleksji.

A później usłyszał coś za sobą w ciemnym korytarzu. Odwrócił się i sparaliżowało go ze strachu.

Coś pełzło ku niemu po podłodze mrocznego korytarza, a kiedy zbliżyło się do pasma światła padającego przez szparę, przeszył go dreszcz przerażenia. Miał przed sobą olbrzymiego węża, mierzącego co najmniej dwanaście stóp. Frank, skamieniały z przerażenia, wpatrywał się w wijące się cielsko, które zbliżało się coraz bardziej i bardziej, pozostawiając szeroki, kręty ślad na zakurzonej posadzce... Co robić? Dokąd uciec? Jedyne miejsce ucieczki to pokój, w którym dwaj mężczyźni planują morderstwo... ale jeśli nie ruszy się z miejsca, wąż z pewnością go uśmierci...

Zanim jednak zdążył podjąć decyzję, wąż już się z nim zrównał, a potem — nie do wiary! — minął go, wabiony sykiem wydobywającym się z ust tamtego mężczyzny, i po chwili w szparze drzwi zniknął koniec jego ogona, nakrapiany lśniącymi jak diamenty plamkami.

Po czole Franka spływały strużki potu, a ręka dzierżąca laskę dygotała. W pokoju wciąż rozlegało się syczenie i prychanie, a Franka nawiedziła dziwna, zupełnie niewiarygodna myśl... *Ten człowiek potrafi rozmawiać z wężami.*

Frank nic z tego nie rozumiał. W tej chwili pragnął tylko jednego: znaleźć się z powrotem w łóżku z butelką gorącej wody pod kołdrą. Kłopot w tym, że nogi odmówiły mu posłuszeństwa. Za nic nie chciały się poruszyć. I kiedy tak stał, próbując opanować dygotanie, zimny głos przemówił, znowu po angielsku:

— Nagini przyniosła interesującą wiadomość, Glizdogonie.

— N-naprawdę, mój panie?

— Naprawdę — rzekł zimny głos. — Nagini twierdzi, że za drzwiami stoi jakiś stary mugol i podsłuchuje, co tu mówimy.

Frank nie miał żadnych szans na ucieczkę. Usłyszał zbliżające się kroki i drzwi otworzyły się gwałtownie na całą szerokość.

Stał przed nim niski, łysiejący mężczyzna z resztką siwych włosów, długim, spiczastym nosem i wodnistymi oczkami; na jego twarzy malowała się mieszanina czujności i strachu.

— Zaproś go do środka, Glizdogonie. Gdzie się podziały twoje dobre maniery?

Zimny głos dobiegał ze starego fotela stojącego przed kominkiem, ale Frank nie widział tego, kto w nim siedzi. Wąż zwinął się na przegniłym dywaniku przed kominkiem, jak jakaś straszna parodia domowego psa.

Glizdogon gestem zaprosił Franka do pokoju. Choć Frank wciąż był okropnie wstrząśnięty, ścisnął mocniej laskę i przekuśtykał przez próg.

Jedynym źródłem światła był ogień z kominka, który rzucał na ściany długie, pająkowate cienie. Frank wlepił oczy w oparcie fotela. Siedzący w nim mężczyzna musiał być jeszcze niższy od swojego sługi, bo Frank nie widział czubka jego głowy.

— Słyszałeś wszystko, mugolu? — odezwał się zimny głos.

— Jak mnie nazwałeś? — zapytał Frank wyzywającym tonem, bo teraz, kiedy już znalazł się w środku i nadszedł czas, by działać, poczuł przypływ odwagi. Na wojnie było tak samo.

— Nazwałem ciebie mugolem — odrzekł chłodno głos.

— To oznacza, że nie jesteś czarodziejem.

— Nie wiem, co przez to rozumiesz — powiedział Frank nieco pewniejszym tonem. — Wiem tylko, że usłyszałem dość, aby zainteresować tym policję. Tak, mój panie. Popełniłeś jakieś morderstwo i planujesz następne! I powiem ci coś jeszcze — dodał, bo nagle przyszło mu to do głowy. — Moja żona wie, że tu jestem, i jeśli nie wrócę...

— Nie masz żony — przerwał mu spokojnie zimny głos. — Nikt nie wie, że tu jesteś. Nie powiedziałeś nikomu, dokąd idziesz. Nie kłam przed Lordem Voldemortem, mugolu, bo on to pozna... zawsze poznaje...

— Czyżby? — zapytał szorstko Frank. — A więc mamy do czynienia z lordem? Jakoś nie widzę, żebyś miał lordowskie maniery. Bo niby dlaczego nie odwrócisz się i nie spojrzysz mi w oczy jak człowiek?

— Bo ja nie jestem człowiekiem, mugolu — zasyczał zimny głos, a Frank ledwo go dosłyszał wśród trzasku szczap płonących w kominku. — Jestem kimś o wiele, wiele większym. Ale... dlaczego nie? Pokażę ci swoją twarz... Glizdogonie, odwróć mój fotel.

Sługa jęknął cicho.

— Słyszałeś, co powiedziałem?

Powoli, z takim grymasem na twarzy, jakby wolał zrobić wszystko, tylko nie zbliżać się do swojego pana i do dywanika, na którym spoczywał wąż, drobny człowieczek podszedł do fotela i zaczął go odwracać. Wąż uniósł swój ohydny, trójkątny łeb i zasyczał cicho, kiedy nogi fotela zawadziły o dywanik.

Sługa odwrócił fotel i Frank wtedy zobaczył, kto, albo raczej *co* w nim siedzi. Laska wypadła mu z ręki i z łoskotem wylądowała na podłodze. Otworzył usta i krzyknął. Krzyczał tak głośno, że nie słyszał słów, które wypowiedziało to *coś* w fotelu, kiedy podniosło różdżkę. Błysnęło zielone światło, huknęło, i Frank Bryce zgiął się wpół. Kiedy upadł na podłogę, był już martwy.

Dwieście mil od tego miejsca pewien chłopiec, który nazywał się Harry Potter, przebudził się nagle, dygocąc ze strachu.

ROZDZIAŁ DRUGI

Blizna

Harry leżał na plecach, oddychając z trudem, jakby się zadyszał po biegu. Przebudził się z bardzo realistycznego snu, z dłońmi przyciśniętymi do twarzy. Stara blizna na czole, o kształcie błyskawicy, paliła go tak, jakby ktoś przed chwilą przyłożył mu do czoła rozgrzany do białości pręt.

Usiadł, wciąż dotykając jedną ręką blizny, a drugą sięgając w ciemności po okulary leżące na szafce przy łóżku. Założył je i zobaczył wyraźniej sypialnię, oświetloną mglistym, pomarańczowym blaskiem ulicznej latarni, sączącym się przez zasłony.

Jeszcze raz pomacał bliznę. Wciąż czuł ból. Zapaliwszy lampkę, wygramolił się z łóżka, przeszedł przez pokój, otworzył szafę i zerknął w lustro na wewnętrznej stronie drzwi. Zobaczył chudego, czternastoletniego chłopca o zdziwionych, jasnozielonych oczach, spoglądających na niego spod rozczochranej czarnej czupryny. Przyjrzał się uważnie bliźnie w kształcie błyskawicy. Wyglądała tak jak zawsze, ale wciąż piekła.

Harry spróbował sobie przypomnieć, o czym śnił, zanim się przebudził. To było takie żywe, takie realne... Dwaj znajomi ludzie i jeden, którego nie znał... Zmarszczył brwi, starając się przypomnieć...

Nawiedził go niewyraźny obraz jakiegoś pokoju... przypomniał sobie węża zwiniętego na dywaniku przed kominkiem... drobnego człowieczka... tak, to Peter o przezwisku Glizdogon... i zimny, piskliwy głos... głos Lorda Voldemorta. Na samą myśl o nim Harry poczuł się tak, jakby do żołądka opadła mu bryła lodu...

Zacisnął powieki, usiłując sobie przypomnieć, jak wyglądał Voldemort, ale okazało się to niemożliwe... Pamiętał tylko, że w tej samej chwili, kiedy odwrócono fotel Voldemorta i on, Harry, zobaczył, co w nim siedzi, przeszył go spazm przerażenia i obudził się... A może obudził go ten piekący ból?

I kim był ten starzec? Bo na pewno był tam jakiś starzec: widział, jak upada na podłogę. Ale wszystko się zacierało... Harry zasłonił twarz dłońmi, odgradzając się od sypialni, by zatrzymać pod powiekami obraz tamtego mrocznego pokoju, ale szczegóły wyciekały z jego pamięci tak szybko jak woda ze stulonych dłoni, tym szybciej, im bardziej starał się je zatrzymać... Voldemort i Glizdogon rozmawiali o kimś, kogo zabili, ale Harry nie mógł sobie przypomnieć jego imienia... i planowali nowe morderstwo... ale kto miał być ofiarą?...zaraz ...tak, *on sam*!

Harry odjął ręce od twarzy, otworzył oczy i rozejrzał się po sypialni, jakby się spodziewał, że ujrzy coś niezwykłego. Tak się złożyło, że w tym pokoju było mnóstwo niezwykłych rzeczy. U stóp łóżka stał wielki, drewniany, otwarty kufer, w którym mieścił się kociołek, miotła, czarne szaty i kilka ksiąg z zaklęciami. Część biurka zajmowała wielka pusta klatka, w której zazwyczaj siedziała jego sowa śnieżna, Hedwiga, a pozostała część zawalona była zwojami pergaminu. Na podłodze obok łóżka leżała otwarta książka, którą czytał przed zaśnięciem. Ilustracje w książce były ruchome: pojawiali się na nich i znikali z pola widzenia ludzie w pomarańczowych szatach, śmigając na miotłach i podając sobie małą, czerwoną piłkę.

Harry podniósł książkę, by popatrzeć, jak jeden z czarodziejów zdobywa wspaniałego gola, przerzucając piłkę przez obręcz na słupku wysokości pięćdziesięciu stóp. Potem zatrzasnął książkę. Nawet quidditch — według Harry'ego najlepsza gra sportowa na świecie — nie potrafił go w tym momencie oderwać od ponurych myśli. Odłożył *W powietrzu z Armatami* na stolik przy łóżku, podszedł do okna i rozchylił zasłony, żeby zobaczyć, co dzieje się na ulicy.

Uliczka Privet Drive wyglądała dokładnie tak, jak powinna wyglądać porządna uliczka podmiejskiego osiedla we wczesnych godzinach sobotniego poranka. Zasłony we wszystkich oknach były zaciągnięte. Było co prawda ciemno, ale nigdzie nie dostrzegł żywej duszy, ba, nawet żadnego kota.

A jednak... a jednak... Harry usiadł na łóżku, ponownie dotykając palcem blizny na czole. Nadal odczuwał niepokój, ale wcale nie z powodu bólu. Do bólu i kontuzji był przyzwyczajony. Kiedyś stracił wszystkie kości w prawej ręce i przez całą noc znosił ból towarzyszący ich czarodziejskiemu odrastaniu. Wkrótce potem to samo ramię przebił jadowity, długi na stopę kieł. W ubiegłym roku spadł z latającej miotły z wysokości pięćdziesięciu stóp. Był przyzwyczajony do dziwnych wypadków i urazów; trudno ich było uniknąć, jeśli się uczęszczało do Szkoły Magii i Czarodziejstwa Hogwart i miało się dużą skłonność do wpadania w kłopoty.

Tym, co niepokoiło Harry'ego, była świadomość, że kiedy ostatnio rozbolała go blizna na czole, stało się tak z powodu bliskości Voldemorta... Ale przecież Voldemorta nie mogło tu teraz być... Voldemort czający się w ciemnościach na Privet Drive? To absurdalne, to niemożliwe...

Harry wsłuchał się w otaczającą go ciszę. Czyżby jednak spodziewał się usłyszeć trzeszczenie schodów albo szelest płaszcza? Aż podskoczył, gdy w sąsiednim pokoju zachrapał głośno jego kuzyn Dudley.

Otrząsnął się i skarcił w duchu: co za głupota, przecież w tym domu nie ma nikogo poza wujem Vernonem, ciotką Petunią i Dudleyem, którzy wciąż smacznie śpią i z całą pewnością nie dręczą ich żadne senne koszmary.

Harry lubił Dursleyów najbardziej, kiedy spali; kiedy nie spali i tak nie było z nich żadnego pożytku. Wuj Vernon, ciotka Petunia i Dudley, jego jedyni żyjący krewni, byli mugolami (zwykłymi, niemagicznymi ludźmi). Nie tolerowali magii pod żadną postacią, co oznaczało, że w swoim domu traktowali Harry'ego jak trędowatego. Od trzech lat spędzał z nimi tylko wakacje, bo przez resztę roku mieszkał w jednym z domów uczniowskich w Hogwarcie. Ukrywali ten fakt, opowiadając wszystkim, że ich siostrzeniec przebywa w „Świętym Brutusie", czyli w Ośrodku Wychowawczym dla Młodocianych Recydywistów. Dobrze wiedzieli, że jako niepełnoletniemu czarodziejowi nie wolno mu używać czarów poza Hogwartem, ale mimo to obwiniali go o wszystkie wypadki i awarie w domu. Harry nie miał do nich za grosz zaufania i nigdy im nie opowiadał o swoim życiu w świecie czarodziejów. Już sama myśl, by pójść do nich, kiedy się obudzą, i oznajmić, że boli go blizna i że lęka się Voldemorta, wydawała się po prostu śmieszna.

A jednak to właśnie z powodu Voldemorta Harry znalazł się w domu Dursleyów. Gdyby nie Voldemort, nie miałby na czole tej blizny w kształcie błyskawicy. Gdyby nie Voldemort, nadal miałby rodziców...

Harry miał zaledwie rok tamtej nocy, kiedy Voldemort — najpotężniejszy czarnoksiężnik w tym stuleciu, przez jedenaście lat stopniowo rosnący w siłę i moc — przybył do domu jego rodziców, by ich zamordować. Kiedy tego dokonał, skierował różdżkę na Harry'ego i wypowiedział zaklęcie, którym pozbył się już wielu dorosłych czarodziejów i czarownic na drodze do pełni władzy. Trudno w to uwierzyć, ale zaklęcie nie podziałało. Zamiast uśmiercić maleńkiego chłopczyka, ugodziło samego Voldemorta. Harry przeżył, i z tego strasznego spotkania pozostała mu tylko na czole blizna w kształcie błyskawicy, podczas gdy Voldemort uszedł z tego starcia ledwie żywy, pozbawiony mocy. Zaszył się gdzieś, a tajna społeczność czarodziejów i czarownic przestała wreszcie żyć w nieustannym strachu; poplecznicy Voldemorta rozpierzchli się po świecie, a Harry Potter zyskał powszechną sławę.

Harry przeżył głęboki wstrząs, kiedy w swoje jedenaste urodziny dowiedział się, że jest czarodziejem, a poczuł jeszcze większe zakłopotanie, kiedy odkrył, że w czarodziejskim świecie każdy zna jego imię i nazwisko. Kiedy trafił do Hogwartu, wszyscy się za nim oglądali i nieustannie towarzyszyły mu podniecone szepty. Teraz już do tego przywykł; pod koniec lata miał rozpocząć czwarty rok nauki w Szkole Magii i Czarodziejstwa i już liczył dni dzielące go od powrotu do Hogwartu.

Ale od upragnionego wyjazdu do szkoły dzieliły go jeszcze dwa tygodnie. Rozejrzał się z rozpaczą po pokoju i jego wzrok spoczął na kartkach urodzinowych, które przysłała mu pod koniec lipca dwójka jego najlepszych przyjaciół. Co by powiedzieli, gdyby im napisał, że znowu rozbolała go blizna?

Natychmiast usłyszał w głowie głos Hermiony Granger, piskliwy i pełen przerażenia:

— *Boli cię blizna? Harry, to bardzo poważna sprawa... Napisz do profesora Dumbledore'a! A ja zaraz sprawdzę w* Najczęstszych magicznych dolegliwościach i schorzeniach... *Może tam jest coś o bliznach spowodowanych zaklęciami...*

Tak, Hermiona na pewno doradziłaby mu zwrócenie się do dyrektora Hogwartu i, oczywiście, przewertowanie kilku książek. Harry spojrzał przez okno na atramentowe, prawie czarne niebo. Wątpił, by mogła mu teraz pomóc jakakolwiek książka. Z tego, co wiedział, był jedyną żyjącą osobą, której udało się przeżyć tak silne, złowrogie zaklęcie; odnalezienie nękających go objawów w *Najczęstszych magicznych dolegliwościach i schorzeniach* było więc bardzo mało prawdopodobne. A jeśli chodzi o zwrócenie się o radę do dyrektora, to i tak nie miał pojęcia, gdzie Albus Dumbledore spędza tegoroczne letnie wakacje. Uśmiechnął się w duchu, kiedy sobie wyobraził Dumbledore'a, z jego długą srebrną brodą, w sięgającej stóp szacie czarodzieja i spiczastym kapeluszu, wyciągniętego gdzieś na plaży i wcierającego sobie krem do opalania w długi, haczykowaty nos. Co prawda, gdziekolwiek by Dumbledore przebywał, Hedwiga na pewno by go odnalazła — jeszcze nigdy, nikogo nie zawiodła, nawet kiedy nie znała adresu... Ale co by miał mu napisać?

Szanowny Panie Profesorze, proszę mi wybaczyć, że Pana niepokoję, ale dziś rano rozbolała mnie blizna. Z wyrazami szacunku, Harry Potter.

Zabrzmiało to bardzo głupio, nawet w jego głowie.

Spróbował więc wyobrazić sobie reakcję swojego najlepszego przyjaciela, Rona Weasleya i natychmiast ujrzał długą, piegowatą, przerażoną twarz Rona.

— *Boli cię blizna? Ale... ale chyba Sam-Wiesz-Kogo nie ma gdzieś w pobliżu, co? To znaczy... wiedziałbyś o tym, prawda? Chyba nie próbuje zrobić tego jeszcze raz? No, nie wiem, Harry... ale może takie blizny po zaklęciach zawsze trochę bolą... Zapytam tatę...*

Pan Weasley był wykwalifikowanym czarodziejem pracującym w Ministerstwie Magii, w Departamencie Niewłaściwego Użycia Produktów Mugoli, ale chyba nie miał zbyt wielkiego doświadczenia w zakresie złowrogich zaklęć. W każdym razie Harry'emu niezbyt podobał się pomysł, by cała rodzina Weasleyów dowiedziała się, że on, Harry, wpada w histerię, bo coś go rozbolało. Pani Weasley przeraziłaby się jeszcze bardziej od Hermiony, a bliźniacy, Fred i George, bracia Rona, którzy mieli już po szesnaście lat, mogliby pomyśleć, że ma pietra. Weasleyowie byli rodziną, którą Harry uwielbiał; miał też nadzieję, że lada dzień zaproszą go do siebie na resztę wakacji (Ron wspominał o mistrzostwach świata w quidditchu) i jakoś nie miał ochoty na to, by w czasie jego wizyty wciąż wypytywano go o tę bliznę.

Postukał knykciami w czoło. Naprawdę pragnął kogoś (choć z trudem się do tego przyznawał nawet przed samym sobą), kto by był jak... jak ojciec: dorosły czarodziej, którego mógłby zapytać o radę, nie czując się przy tym głupio, ktoś, kto by się nim zaopiekował, ktoś mający doświadczenie w walce z czarną magią...

I nagle wpadło mu do głowy rozwiązanie. Proste i tak oczywiste! Aż trudno mu było uwierzyć, że wcześniej o tym nie pomyślał. Syriusz!

Harry zeskoczył z łóżka, przebiegł przez pokój i usiadł przy biurku. Przysunął sobie kawałek pergaminu, umaczał orle pióro w atramencie, napisał: „Drogi Syriuszu..." i przerwał, zastanawiając się, jak tu ująć swój problem, i wciąż dziwiąc się, że od razu nie pomyślał o Syriuszu. No, ale może jednak nie było to aż tak dziwne, bo w końcu o tym, że Syriusz jest jego ojcem chrzestnym, dowiedział się zaledwie dwa miesiące temu.

Przyczyna, dla której ojciec chrzestny Harry'ego uprzednio zniknął z jego życia, była prosta — Syriusz przez wiele lat przebywał w Azkabanie, przerażającym więzieniu dla czarodziejów, strzeżonym przez istoty zwane dementorami, ślepe demony, wysysające z ludzi dusze. Kiedy w końcu udało mu się uciec, podążyły za nim do Hogwartu, by go schwytać. Syriusz był niewinny — morderstwa, za które został skazany, popełnił Glizdogon, poplecznik Voldemorta, którego prawie wszyscy uważali za zmarłego. Harry, Ron i Hermiona znali prawdę, bo w ubiegłym roku sami spotkali Glizdogona, choć prócz profesora Dumbledore'a nikt nie chciał im uwierzyć.

Wtedy, w ubiegłym roku, przez jedną cudowną godzinę Harry był przekonany, że opuści na zawsze dom Dursleyów, ponieważ Syriusz zaproponował mu, by zamieszkali razem, kiedy już zostanie oczyszczony z zarzutu zbrodni. Szansy tej został jednak wkrótce pozbawiony, bo Glizdogon zniknął, zanim zdołali go oddać w ręce przedstawicieli Ministerstwa Magii, a Syriusz musiał znowu uciekać, by ratować życie. Harry pomógł mu uciec na grzbiecie hipogryfa zwanego Hardodziobem i odtąd Syriusz ukrywał się gdzieś, wiodąc żałosne życie ściganego zbiega. Myśl o domu, który mógł wreszcie mieć, gdyby Glizdogon nie uciekł, nawiedzała Harry'ego przez całe lato. Było mu bardzo ciężko powrócić do Dursleyów ze świadomością, że tak mało brakowało, a opuściłby ich dom na zawsze.

A jednak, mimo że nie udało im się zamieszkać razem, Syriusz zdołał mu już trochę pomóc. To dzięki niemu Harry miał teraz w sypialni swoje podręczniki i inne przybory szkolne. W poprzednich latach Dursleyowie nigdy mu na to nie pozwalali, bo po pierwsze, od samego początku traktowali go podle, znęcając się nad nim i odmawiając mu wszelkich przyjemności, a po drugie, po prostu bali się jego niezwykłych mocy czarodziejskich. Dlatego za każdym razem, kiedy wracał na letnie wakacje, zamykali jego szkolny kufer w komórce pod schodami. Zmieniło się to dopiero tego lata, kiedy się dowiedzieli, że ojcem chrzestnym Harry'ego jest niebezpieczny morderca — a Harry sprytnie zapomniał im powiedzieć, że Syriusz jest niewinny.

Od czasu powrotu na Privet Drive dostał dwa listy od Syriusza. Oba zostały dostarczone nie przez sowy (jak było przyjęte w świecie czarodziejów), ale przez wielkie, barwnie upierzone ptaki tropikalne. Hedwiga nie była zachwycona pojawieniem się tych pstrych intruzów; z najwyższą niechęcią pozwoliła im napić się wody ze swojej miseczki, zanim odleciały z powrotem. Natomiast Harry'emu bardzo się podobały: przywodziły na myśl palmy i biały piasek, co pozwalało mu mieć nadzieję, że gdziekolwiek Syriusz teraz się znajduje (nigdy o tym nie wspominał, obawiając się, że listy mogą wpaść w ręce jego prześladowców), czuje się tam dobrze i bezpiecznie. Harry'emu jakoś trudno było wyobrazić sobie dementorów przebywających zbyt długo w jasnym słońcu — może właśnie dlatego Syriusz uciekł gdzieś na południe? Listy od Syriusza, ukryte w bardzo użytecznej skrytce pod obluzowaną deską podłogi pod łóżkiem Harry'ego, pełne były otuchy i w obu Syriusz przypominał, że

Harry może go wezwać, gdyby tylko potrzebował jego rady czy pomocy. A przecież właśnie teraz tego potrzebuje...

Lampa jakby przygasła, bo zimne szare światło poprzedzające wschód słońca powoli wpełzło do pokoju. Kiedy w końcu wzeszło słońce i całą sypialnię wypełniła złota poświata, a z pokojów wuja Vernona i ciotki Petunii dały się słyszeć zwykłe poranne odgłosy, Harry uprzątnął z biurka pomięte kawałki pergaminu i ponownie przeczytał swój list.

Drogi Syriuszu,

Dziękuję ci za twój ostatni list. Ten ptak był ogromny, ledwo się przecisnął przez okno.

Tutaj wszystko po staremu. Dudley źle znosi dietę. Wczoraj ciotka wykryła, że przemycał do swojego pokoju pączki. Zagrozili, że obetną mu kieszonkowe, jeśli będzie to robił, więc okropnie się rozzłościł i wyrzucił przez okno swoją konsolę do gier. To takie komputerowe urządzenie, którym gra się w różne gry. Zrobił głupio, bo teraz nie ma nawet swojej Super-Rozwalanki III, żeby czymś się zająć i zapomnieć o głodzie.

U mnie wszystko w porządku, głównie dlatego, że Dursleyowie bardzo się boją, że nagle się pojawisz i zamienisz ich w nietoperze, jak cię o to poproszę.

Dziś rano wydarzyło się coś dziwnego. Moja blizna znowu mnie rozbolała. Ostatnim razem bolała mnie, kiedy Voldemort wdarł się do Hogwartu. Ale przecież to niemożliwe, żeby był w pobliżu, prawda? Jak sądzisz, czy blizny po złowrogich zaklęciach mogą czasem boleć po tylu latach?

Wyślę ten list przez Hedwigę, kiedy wróci, bo akurat gdzieś poleciała. Pozdrów ode mnie Hardodzioba.

Harry

Tak, pomyślał, chyba całkiem nieźle. Nie ma sensu wspominać o tym śnie; nie chciał sprawiać wrażenia, że zbytnio się boi. Zwinął pergamin i odłożył na biurko, żeby mieć go pod ręką, kiedy Hedwiga wróci. Potem wstał, przeciągnął się i ponownie otworzył szafę. Tym razem nie spojrzał na swoje odbicie, tylko zaczął się ubierać, by zejść na dół na śniadanie.

ROZDZIAŁ TRZECI

Zaproszenie

Kiedy Harry wszedł do kuchni, Dursleyowie już siedzieli przy stole. Nikt z nich nawet nie podniósł głowy, gdy wszedł i zajął swoje miejsce. Wielka, czerwona twarz wuja Vernona była ukryta za porannym wydaniem gazety, a ciotka Petunia dzieliła grejpfrut na ćwiartki, ściągając wąskie usta nad końskimi zębami.

Dudley był wyraźnie nadąsany i Harry'emu wydało się, że zajmuje jeszcze więcej miejsca niż zawsze, co było dość dziwne, bo zwykle zajmował cały bok kwadratowego stołu. Kiedy ciotka Petunia położyła mu na talerzu ćwiartkę nie osłodzonego grejpfruta z drżącym: „Proszę, Dudziaczku", spojrzał na nią spode łba. Jego życie zmieniło się dramatycznie, odkąd wrócił do domu na letnie wakacje i pokazał rodzicom swoje roczne świadectwo.

Wujowi Vernonowi i ciotce Petunii jak zwykle udało się wynaleźć usprawiedliwienie dla jego złych ocen. Ciotka Petunia zawsze dowodziła, że Dudley jest bardzo zdolnym chłopcem, a nauczyciele po prostu nie potrafią się na nim poznać, natomiast wuj Vernon stwierdził, że „wcale nie chciałby mieć za syna jakiegoś zniewieściałego kujona". Zlekceważyli też oskarżenie o znęcanie się nad słabszymi. „To niesforny urwis, ale nie skrzywdziłby nawet muchy!", stwierdziła ciotka Petunia płaczliwym głosem.

Na świadectwie opisowym było jednak parę celnie wybranych uwag szkolnej pielęgniarki, których nawet wuj Vernon i ciotka Petunia nie mogli zlekceważyć. Ciotka Petunia pojękiwała, że Dudley ma grube kości, że w tym wieku pewna nadwaga jest czymś zupełnie normalnym i że chłopak wciąż rośnie, więc jego organizm potrzebuje dużo pożywienia, ale pozostawało faktem, iż dostawcy konfekcji szkolnej nie dysponowali już spodenkami w jego rozmiarze. Pielęgniarka szkolna dostrzegła to, czego oczy ciotki Petunii — tak bystre, kiedy chodziło o ślady tłustych paluchów na jej lśniących ścianach bądź podglądanie sąsiadów — po prostu nie chciały dostrzec, że Dudley nie tylko nie potrzebuje takich ilości jedzenia, jakie dotąd pochłaniał, ale że osiągnął rozmiary i wagę młodej orki.

Tak więc — po wielu wybuchach złości, po kłótniach, które wstrząsały podłogą sypialni Harry'ego, i po wielu łzach przelanych przez ciotkę Petunię — wprowadzono surowy reżim. Kartka z opisem diety, przysłana przez pielęgniarkę ze szkoły Smeltinga, została powieszona na drzwiach lodówki, którą opróżniono z ulubionych przysmaków Dudleya — gazowanych napojów, ciastek, czekoladowych batonów i hamburgerów — a wypełniono owocami, jarzynami i innymi produktami, które wuj Vernon nazywał ogólnie „karmą dla królików". Żeby dodać Dudleyowi otuchy, ciotka Petunia uparła się, by na dietę przeszła cała rodzina. Teraz podała kawałek grejpfruta Harry'emu, który od razu zauważył, że jego ćwiartka jest o wiele mniejsza od tej, którą dostał Dudley. W opinii ciotki Petunii najlepszym sposobem poprawienia samopoczucia Dudleyowi było utrzymywanie go w przekonaniu, że dostaje przynajmniej trochę więcej jedzenia niż Harry.

Ciotka Petunia nie wiedziała jednak, co jest ukryte pod obluzowaną deską podłogi sypialni na piętrze. Nie miała pojęcia, że Harry w ogóle nie zachowywał diety. Kiedy tylko zrozumiał, że ma przeżyć całe lato na surowej marchewce, wysłał Hedwigę z prośbą o pomoc do swoich przyjaciół, a ci stanęli na wysokości zadania. Hedwiga wróciła z domu Hermiony, dźwigając wielkie pudło pełne smakołyków bez cukru (rodzice Hermiony byli dentystami). Hagrid, gajowy Hogwartu, dostarczył mu worek domowej krajanki (tego Harry nie tknął, bo miał już spore doświadczenie z przysmakami Hagrida). Pani Weasley wysłała do niego rodzinnego puchacza Errola z olbrzymią struclą i wyborem domowych paszteciktów. Biedny Errol, który był już stary i słabowity, potrzebował aż pięciu dni, by odzyskać siły po tej podróży. A na swoje urodziny (które Dursleyowie całkowicie zlekceważyli) Harry dostał cztery wspaniałe urodzinowe torty — po jednym od Rona, Hermiony, Hagrida i Syriusza. Dwa jeszcze zostały, więc mając nadzieję na prawdziwe śniadanie po powrocie na górę, bez słowa zaczął żuć grejpfrut.

Wuj Vernon prychnął pogardliwie, odłożył gazetę i spojrzał na swoją ćwiartkę grejpfruta.

— To wszystko? — zapytał ponuro.

Ciotka Petunia obdarzyła go surowym spojrzeniem, a potem wskazała głową na Dudleya, który już pochłonął swoją ćwiartkę grejpfruta i teraz pożądliwie utkwił prosiakowate oczy w talerzu Harry'ego.

Wuj Vernon westchnął tak głęboko, że wąsy mu zatrzepotały, i sięgnął po łyżeczkę.

Rozległ się dzwonek przy drzwiach. Wuj Vernon dźwignął się z krzesła i wyszedł do przedpokoju. Korzystając z tego, że matka zajęła się przygotowywaniem herbaty, Dudley błyskawicznie porwał resztę grejpfruta z talerza wuja Vernona.

Harry usłyszał krótką rozmowę przy drzwiach, czyjś śmiech, a potem szorstką odpowiedź wuja. Trzasnęły drzwi, a po chwili z przedpokoju dobiegł odgłos rozdzierania papieru.

Ciotka Petunia postawiła na stole dzbanek z herbatą i rozejrzała się bacznie, zastanawiając się, gdzie jest wuj Vernon. Nie musiała długo czekać na odpowiedź. Wrócił po minucie. Był wściekły.

— Ty — warknął do Harry'ego. — Do salonu. No już.

Oszołomiony, zastanawiając się gorączkowo, co tym razem przeskrobał, Harry wyszedł z kuchni za wujem Vernonem. Kiedy obaj znaleźli się w salonie, wuj zatrzasnął drzwi.

— Więc tak — rzekł, podchodząc do kominka i odwracając się do Harry'ego z taką miną, jakby zamierzał mu oznajmić, że jest aresztowany. — No więc tak.

Harry bardzo chciał zapytać „Więc jak?", ale czuł, że o tak wczesnej porze nie należy wuja Vernona denerwować, zwłaszcza po tym, co dostał na śniadanie. Postanowił więc zrobić minę wyrażającą uprzejme oczekiwanie.

— Przed chwilą przyszedł — powiedział wuj Vernon, wymachując kawałkiem purpurowego papieru. — List. O tobie.

Harry zmieszał się jeszcze bardziej. Kto mógł napisać o nim do wuja Vernona? Kto mógł go znać i wysyłać listy przez listonosza?

Wuj Vernon łypnął najpierw na Harry'ego, potem na list i zaczął czytać na głos:

Szanowni Państwo,
Nie zostaliśmy sobie przedstawieni, ale jestem pewna, że Harry opowiadał Państwu o moim synu Ronie.
Zapewne wspominał Państwu także, że finał mistrzostw świata w quidditchu odbędzie się w przyszły poniedziałek wieczorem, a mojemu mężowi Arturowi udało się dostać najlepsze bilety na ten mecz dzięki znajomościom w Departamencie Czarodziejskich Gier i Sportów.
Mam nadzieję, że pozwolą nam Państwo zabrać Harry'ego na ten mecz, jako że jest to jedyna w życiu okazja. Wielka Brytania nie była gospodarzem mistrzostw od trzydziestu lat i bardzo trudno o bilety. Bylibyśmy bardzo radzi, gdybyśmy mogli gościć Harry'ego aż do końca wakacji; oczywiście odprowadzilibyśmy go bezpiecznie na pociąg do szkoły.
Bylibyśmy wdzięczni, gdyby Harry mógł nam jak najszybciej przesłać odpowiedź w zwykły sposób, ponieważ mugolski listonosz jeszcze nigdy u nas nie był i nie jestem pewna, czy w ogóle by do nas trafił.
Oczekując na rychły przyjazd Harry'ego, łączę wyrazy szacunku

Molly Weasley

PS Mam nadzieję, że nakleiłam dostateczną liczbę znaczków.

Wuj Vernon skończył czytać, wsunął rękę do kieszeni na piersi i wyciągnął z niej coś jeszcze.

— Spójrz na to — warknął.

I pokazał mu kopertę, w której przyszedł list od pani Weasley, a Harry z trudem opanował wybuch śmiechu. Każdy kawałeczek koperty pokryty był znaczkami — pozostał tylko prostokącik, w którym pani Weasley wypisała maleńkimi literami adres Dursleyów.

— No więc nakleiła dostateczną liczbę znaczków — powiedział Harry, starając się, by zabrzmiało to tak, jakby pani Weasley popełniła omyłkę, która może się zdarzyć każdemu.

W małych oczkach wuja Vernona zapłonęła wściekłość.

— Listonosz to zauważył — wycedził przez zaciśnięte zęby. — Był bardzo ciekaw, skąd ten list przyszedł. Dlatego zadzwonił do drzwi. Sprawiał wrażenie, jakby go to bardzo ubawiło.

Harry nic nie odpowiedział. Ktoś inny mógłby nie zrozumieć, dlaczego wuj Vernon robi tyle hałasu o za dużą ilość znaczków na liście, ale Harry zbyt długo mieszkał u Dursleyów, żeby nie wiedzieć, jak bardzo są wyczuleni na wszystko, co choćby odrobinę odbiega od normalności. A najbardziej obawiali się tego, że ktoś odkryje ich związek (choćby i na odległość) z ludźmi pokroju pani Weasley.

Wuj Vernon wciąż wpatrywał się groźnie w Harry'ego, który starał się zachować taką minę, jakby nic się nie stało. Jeśli nie powie ani nie zrobi czegoś głupiego, może mu się uda przeżyć najwspanialsze wydarzenie w życiu. Czekał więc, aż wuj Vernon się odezwie, ale ten milczał, nadal świdrując go wściekłym spojrzeniem. W końcu Harry zdecydował się przerwać milczenie.

— Więc... będę mógł pojechać? — zapytał.

Przez wielką, purpurową twarz wuja Vernona przebiegło coś w rodzaju lekkiego spazmu. Wąsy mu się nastroszyły.

Harry wiedział, co się dzieje w głowie wuja Vernona: zażarta walka jego dwóch najbardziej fundamentalnych skłonności. Wyrażenie zgody na wyjazd uszczęśliwiłoby Harry'ego, a z tym wuj Vernon walczył od trzynastu lat. Z drugiej strony, pozwolenie Harry'emu na zamieszkanie u Weasleyów przez resztę wakacji oznaczało pozbycie się go z domu dwa tygodnie wcześniej niż zwykle, a dla wuja Vernona obecność Harry'ego pod jego dachem była męczarnią. Aby zyskać na czasie, ponownie spojrzał na list pani Weasley.

— Kim jest ta kobieta? — zapytał, przyglądając się z niesmakiem podpisowi.

— Wuj już ją widział — odrzekł Harry. — To matka mojego przyjaciela Rona, czekała na niego na dworcu, kiedy przyjechaliśmy z Hog... ze szkoły po ostatnim semestrze.

Prawie powiedział: „Hogwartu", a był to sprawdzony sposób na jeszcze większe rozwścieczenie wuja. W tym domu nikt nigdy nie wymawiał głośno nazwy szkoły Harry'ego.

Wuj Vernon skrzywił się okropnie, jakby przypomniał sobie coś wstrętnego.

— Taka pękata baba? — warknął w końcu. — Z mnóstwem rudych dzieciaków?

Harry najeżył się. Pomyślał, że wuj trochę za dużo sobie pozwala, nazywając kogoś „pękatym", skoro jego własny syn Dudley w końcu doczekał się tego, co mu groziło, odkąd skończył trzy lata: zrobił się szerszy niż wyższy.

Wuj Vernon jeszcze raz przebiegł wzrokiem po liście.

— Quidditch — mruknął pod wąsem. — Quidditch... co to za bzdura?

Harry poczuł się urażony po raz drugi.

— To dyscyplina sportowa — odpowiedział krótko. — Gra się na miotłach...

— Dobrze już, dobrze! — przerwał mu głośno wuj Vernon.

Harry dostrzegł z pewną satysfakcją, że wuj wpada w lekką panikę. Najwyraźniej jego nerwy nie wytrzymywały dźwięku słowa „miotła" w jego własnym salonie. Zajął się więc znowu listem. Ruch jego warg wskazywał, że odczytuje po cichu słowa: „przesłać odpowiedź w zwykły sposób". Nachmurzył się.

— Co to znaczy: „w zwykły sposób"? — burknął.

— Zwykły dla nas — odpowiedział Harry, i zanim wuj mógłby go powstrzymać, dodał: — No wiesz, wuju, sowią pocztą. To jest zwykły sposób dla czarodziejów.

Na twarzy wuja Vernona pojawiło się takie oburzenie, jakby Harry pozwolił sobie brzydko zakląć w jego obecności. Trzęsąc się z gniewu, spojrzał niespokojnie przez okno, jakby się bał, że zobaczy któregoś z sąsiadów z uchem przyciśniętym do szyby.

— Ile razy mam ci powtarzać, żebyś pod moim dachem nie wspominał o tych dziwactwach? — syknął, a jego twarz przybrała teraz barwę dojrzałej śliwki. — Stoisz sobie tutaj, w ubraniu, które Petunia i ja założyliśmy na twój niewdzięczny grzbiet...

— ...kiedy już Dudley z niego wyrósł — wpadł mu w słowo Harry.

Bo rzeczywiście miał na sobie koszulkę tak wielką, że musiał pięć razy podwijać rękawy, żeby móc posługiwać się dłońmi, a opadała mu aż do kolan workowatych dżinsów.

— Nie odzywaj się do mnie w taki sposób! — krzyknął wuj Vernon, dygocąc ze złości.

Ale Harry nie dał się zastraszyć. Minął już czas, kiedy pozwalał się zmuszać do przestrzegania każdej głupiej zasady obowiązującej w domu Dursleyów. Nie zachowywał diety Dudleya i nie zamierzał pozwolić, aby wuj Vernon powstrzymał go od obejrzenia finału mistrzostw świata w quidditchu. A w każdym razie nie zamierzał poddać się tak łatwo.

Wziął głęboki oddech, żeby się uspokoić, i powiedział:

— Aha, więc nie będę mógł obejrzeć finału mistrzostw świata. Czy mogę już odejść? Muszę dokończyć list do Syriusza. No, wie wuj, do mojego ojca chrzestnego.

Zrobił to. Wypowiedział magiczne słowa. Teraz obserwował, jak ciemna purpura ustępuje plamami z twarzy wuja Vernona, co sprawiało, że wyglądała jak wielka kula źle wymieszanych lodów jagodowych.

— A więc... a więc pisujesz do niego, tak? — zapytał wuj Vernon, siląc się na spokój, ale Harry dostrzegł, że źrenice jego małych oczu zwęziły się ze strachu.

— No... taak — odpowiedział Harry zdawkowym tonem. — Dawno nie miał ode mnie wiadomości, a gdybym do niego nie napisał, no, to... wiesz, wuju, mógłby sobie pomyśleć, że coś jest nie tak.

Zamilkł, by się nacieszyć efektem tych słów. Oczyma wyobraźni widział tryby obracające się z mozołem pod grubymi, ciemnymi, schludnie zaczesanymi włosami wuja Vernona. Jeśli spróbuje zabronić Harry'emu pisać do Syriusza, Syriusz *pomyśli*, że Harry jest tu źle traktowany. Jeśli powie Harry'emu, że nie obejrzy finału mistrzostw świata w quidditchu, Harry napisze o tym Syriuszowi, który *dowie się*, że Harry jest źle traktowany. Wuj Vernon miał tylko jedno wyjście. Harry już widział kształtującą się w jego głowie konkluzję, jakby ta wielka, ozdobiona sumiastym wąsem głowa była zupełnie przezroczysta. Harry starał się powstrzymać od uśmiechu i zrobić najobojętniejszą minę, na jaką było go stać. I po chwili...

— No więc dobrze. Możesz sobie pójść na te cholerne... idiotyczne... jakieś tam mistrzostwa. Tylko napisz tym Weasleyom, żeby cię stąd zabrali. Nie mam czasu na włóczenie się z tobą po całym kraju. I możesz tam spędzić resztę wakacji. I powiadom tego twojego... twojego ojca chrzestnego... napisz mu, że jedziesz.

— W porządku — odpowiedział żywo Harry.

Odwrócił się i ruszył ku drzwiom salonu, walcząc ze sobą, by nie podskoczyć i nie wrzasnąć z radości. A więc jedzie... jedzie do Weasleyów, będzie oglądał finał mistrzostw świata w quidditchu!

W przedpokoju o mało co nie wpadł na Dudleya, który czaił się za drzwiami, najwyraźniej chcąc podsłuchać, jak wuj go sztorcuje. Sprawiał wrażenie wstrząśniętego widokiem szerokiego uśmiechu na twarzy Harry'ego.

— Wspaniałe śniadanko, co? — zadrwił Harry. — Ale się objadłem, a ty?

I zanosząc się ze śmiechu na widok zdumionej twarzy Dudleya, pobiegł po schodach, przeskakując po trzy stopnie na raz.

Kiedy wpadł do swojej sypialni, pierwszą rzeczą, jaką zauważył, był powrót Hedwigi. Siedziała w swojej klatce, wpatrując się w Harry'ego wielkimi, bursztynowymi oczami i kłapiąc dziobem w sposób, który oznaczał, że jest czymś urażona. A co ją tak uraziło, stało się jasne prawie natychmiast.

— AUU! — krzyknął Harry.

Coś małego i szarego, przypominającego opierzoną piłkę tenisową, ugodziło go w skroń. Zaczął sobie masować energicznie głowę, rozglądając się za tym, co go uderzyło, i zobaczył maleńką sóweczkę, tak małą, że zmieściłaby się w dłoni, śmigającą po całym pokoju jak fajerwerk. Po chwili spostrzegł, że sówka upuściła list u jego stóp. Schylił się, by go podnieść, rozpoznał pismo Rona i rozerwał kopertę. Zawierała pospiesznie nabazgrany liścik.

Harry — TATA DOSTAŁ BILETY — Irlandia przeciw Bułgarii, w poniedziałek wieczorem. Mama napisała list do twoich mugoli z prośbą, by pozwolili ci przyjechać. Może już go dostali — nie wiem, jak szybka jest mugolska poczta. Pomyślałem sobie, że mimo to wyślę ci to przez Świnkę.

Harry wytrzeszczył oczy, wpatrując się w słowo „Świnka", a potem spojrzał na sóweczkę, krążącą wokół abażuru przy suficie. Mogła przypominać wszystko, tylko nie świnkę. Może źle odczytał pismo Rona? Wrócił do lektury listu.

Bez względu na to, co powiedzą twoi mugole, i tak po ciebie przyjedziemy, przecież musisz być na finale mistrzostw świata, ale mama i tata uznali, że lepiej najpierw udać, że prosimy ich o pozwolenie. Jeśli się zgodzą, wyślij zaraz Świnkę z odpowiedzią, a my przyjedziemy po ciebie w niedzielę o piątej. Jeśli się nie zgodzą, wyślij zaraz Świnkę, a my i tak przyjedziemy po ciebie w niedzielę o piątej.

Hermiona przyjeżdża dziś po południu. Percy rozpoczął pracę w Ministerstwie — w Departamencie Międzynarodowej Współpracy Czarodziejów. Jak u nas będziesz, nie wspominaj o zagranicy, jeśli nie chcesz, żeby cię zanudził na śmierć.

Do szybkiego zobaczenia —

— Uspokój się! — krzyknął Harry, bo sóweczka latała mu tuż nad głową, ćwierkając dziko, co miało zapewne oznaczać, że jest bardzo dumna z dostarczenia listu właściwej osobie. — Chodź tutaj, musisz zanieść moją odpowiedź!

Sóweczka usiadła na szczycie klatki Hedwigi, która zmierzyła ją chłodnym spojrzeniem, jakby chciała powiedzieć: „Tylko spróbuj się zbliżyć!"

Harry chwycił swoje orle pióro, złapał kawałek czystego pergaminu i napisał:

Ron, wszystko w porządku, mugole pozwalają mi przyjechać. Zobaczymy się jutro o piątej. Nie mogę się doczekać.

Harry

Zwinął ciasno liścik i z wielkim trudem przywiązał go do maleńkiej nóżki sóweczki, która przez cały czas podskakiwała z przejęcia. Gdy tylko skończył, poderwała się, śmignęła przez okno i natychmiast znikła mu z oczu.

Harry odwrócił się do Hedwigi.

— Masz ochotę na dłuższą podróż? — zapytał.

Hedwiga zahukała z godnością.

— Możesz to dostarczyć Syriuszowi? — zapytał, biorąc list do ręki. — Chwileczkę... tylko dopiszę kilka słów.

Rozwinął pergamin i pospiesznie dopisał postscriptum:

Jakbyś chciał się ze mną skontaktować, przez resztę wakacji będę u mojego przyjaciela Rona. Jego tata dostał bilety na finał mistrzostw świata w quidditchu!

Przywiązał Hedwidze list do nogi; podczas tej czynności nawet nie drgnęła; najwidoczniej chciała pokazać, jak powinna się zachowywać prawdziwa sowa pocztowa.

— Jak wrócisz, będę u Rona, dobrze?

Uszczypnęła go pieszczotliwie w palec, załopotała miękko wielkimi skrzydłami i wyleciała przez otwarte okno.

Harry patrzył za nią, póki nie znikła mu z oczu, a potem wczołgał się pod łóżko, uniósł obluzowaną deskę w podłodze i wyciągnął ze skrytki wielki kawał urodzinowego tortu. Siedząc na podłodze i zajadając się ciastem, rozkoszował się rozpierającym go szczęściem. Miał tort, podczas gdy Dudley musiał się zadowolić grejpfrutem, był słoneczny letni dzień, jutro miał opuścić Privet Drive, blizna przestała mu dokuczać, no i zobaczy finał mistrzostw świata w quidditchu. W takiej chwili nic nie mogło wzbudzić w nim niepokoju — nawet Lord Voldemort.

ROZDZIAŁ CZWARTY

Do Nory!

Przed południem następnego dnia kufer Harry'ego zapełnił się jego szkolnymi przyborami i książkami, a także najcenniejszymi skarbami — peleryną-niewidką, którą odziedziczył po ojcu, miotłą sportową, którą mu podarował Syriusz, i zaczarowanym planem Hogwartu, który dostał od Freda i George'a Weasleyów. Opróżnił skrytkę pod podłogą z resztek smakołyków, sprawdził dwa razy, czy w jakimś zakątku sypialni nie zostawił pióra lub księgi z zaklęciami, i zdjął ze ściany kartkę, na której skreślał dni dzielące go od pierwszego września — od wytęsknionego powrotu do Hogwartu.

W domu pod numerem czwartym przy Privet Drive atmosfera bardzo się zagęściła. Od kiedy nad Dursleyami zawisła groźba pojawienia się w ich domu rodziny czarodziejów, chodzili rozdrażnieni i spięci. Wuj Vernon sprawiał wrażenie przerażonego, kiedy Harry oznajmił, że Weasleyowie przybędą już nazajutrz, o piątej po południu.

— Mam nadzieję, że im napisałeś, żeby się ubrali przyzwoicie — warknął natychmiast. — Już widziałem, co potrafią włożyć na siebie tacy jak oni. Powinni mieć choć na tyle przyzwoitości, by ubrać się zgodnie z normami cywilizowanego świata.

Harry miał co do tego pewne wątpliwości. Jakoś nie pamiętał, by państwo Weasleyowie kiedykolwiek mieli na sobie coś, co można by uznać za zgodne z „normami cywilizowanego świata". Ich dzieci podczas wakacji nosiły mugolskie ubrania, ale oni sami chodzili zwykle w długich szatach o różnym stopniu zużycia. Nie przejmował się tym, co sobie pomyślą sąsiedzi, ale bał się, że Dursleyowie mogą okazać całkowity brak szacunku Weasleyom, jeśli ci pojawią się w strojach odpowiadających ich najgorszym wyobrażeniom o czarodziejach.

Wuj Vernon włożył swój najlepszy garnitur. Ktoś mógłby to uznać za gest uprzejmości, ale Harry dobrze wiedział, że wuj chciał w ten sposób wydać się kimś ważnym i onieśmielić Weasleyów. Natomiast Dudley jakby skurczył się w sobie. Nie był to wcale skutek diety, ale zwykłego strachu. Jego ostatnie spotkanie z dorosłym czarodziejem skończyło się niezbyt przyjemnie: wyrósł mu świński ogonek, a ciotka Petunia i wuj Vernon musieli słono zapłacić za jego usunięcie w prywatnej klinice w Londynie. Nic więc dziwnego, że Dudley co jakiś czas macał się po siedzeniu i przemykał chyłkiem z pokoju do pokoju, tyłem do ściany, żeby owa część ciała nie stała się ponownie celem ataku wroga.

Podczas obiadu panowało ponure milczenie. Nawet Dudley powstrzymał się od wyrażenia swojego zdania na temat tego, co ujrzał na stole (wiejski twarożek i utarty seler). Ciotka Petunia w ogóle nic nie tknęła. Zacisnęła dłonie, ściągnęła wargi i sprawiała wrażenie, jakby co jakiś czas gryzła się w język, żeby nie palnąć Harry'emu jadowitego kazania.

— Przyjadą samochodem, tak? — warknął wuj Vernon przez stół.

— Eee.. — bąknął Harry.

O tym nie pomyślał. Jak Weasleyowie zamierzają go stąd zabrać? Nie mieli już samochodu: stary ford anglia, którym kiedyś jeździli, na pewno brykał teraz po Zakazanym Lesie w Hogwarcie. Ale w ubiegłym roku pan Weasley pożyczył samochód z Ministerstwa Magii, więc może zrobi to samo dzisiaj?

— Chyba tak — powiedział w końcu.

Wuj Vernon prychnął pod wąsami. Normalnie zapytałby, jaki samochód mają Weasleyowie, bo miał tendencję do oceniania ludzi po rozmiarach i cenie ich samochodów. Harry wątpił jednak, czy wuj nabrałby szacunku do pana Weasleya nawet wtedy, gdyby ten zajechał najnowszym modelem ferrari.

Harry spędził większość popołudnia w swojej sypialni; nie mógł znieść widoku ciotki Petunii zerkającej co chwila przez firanki, jakby w wiadomościach podano, że z zoo uciekł nosorożec. Dopiero za kwadrans piąta zszedł na dół do salonu.

Ciotka Petunia nerwowo wygładzała poduszki. Wuj Vernon udawał, że czyta gazetę, ale jego małe oczka wcale się nie poruszały i Harry był pewny, że wuj nasłuchuje odgłosu nadjeżdżającego samochodu. Dudley wtłoczył się w fotel, wcisnąwszy pulchne ręce pod zadek. Harry nie wytrzymał tego napięcia; wyszedł z salonu i przysiadł na schodach w przedpokoju, z oczami utkwionymi w zegarku i z sercem tłukącym mu się w piersi z podniecenia i zdenerwowania.

Minęła piąta. Wuj Vernon, pocąc się lekko w swoim najlepszym garniturze, otworzył drzwi frontowe, wyjrzał na zewnątrz i szybko cofnął głowę.

— Spóźniają się! — warknął do Harry'ego.

— Wiem — odrzekł Harry. — Może... ee... są korki, albo coś ich zatrzymało...

Dziesięć po piątej... kwadrans po piątej... Teraz Harry sam zaczął się niepokoić. O pół do szóstej usłyszał z salonu rozmowę wuja Vernona i ciotki Petunii.

— Za grosz przyzwoitości.

— Przecież mogliśmy mieć jakieś zobowiązania towarzyskie.

— Może myślą, że jak się spóźnią, to ich zaprosimy na kolację.

— Niech sobie to wybiją z głowy — powiedział wuj Vernon, po czym wstał i zaczął się nerwowo przechadzać po salonie. — Niech zabierają chłopaka i fora ze dwora, nie będzie żadnego posiadywania. Jeśli w ogóle przyjadą. Pewno pomylili dzień. Założę się, że tacy jak oni nie dbają o punktualność. Albo jeżdżą jakąś mydelniczką, która im nawaliła... AAAAAAACH!

Harry podskoczył. Spoza drzwi dobiegł go tupot nóg trojga Dursleyów uciekających przed czymś w panice. W następnej chwili do przedpokoju wpadł Dudley; na jego prosiakowatej twarzy malowało się przerażenie.

— Co się stało? — zapytał Harry. — O co chodzi?

Ale Dudley nie był w stanie wykrztusić słowa. Wciąż trzymając się obiema dłońmi za siedzenie, pomknął do kuchni tak szybko, jak pozwalały mu na to serdelkowate nogi. Harry wbiegł do salonu.

Ze ślepego kominka z elektrycznym wkładem, udającym prawdziwy żar, dochodziło głośne dudnienie i skrobanie.

— Co to jest? — wydyszała ciotka Petunia, przyciskając się plecami do ściany i wpatrując się z przerażeniem w kominek. — Vernonie, co to jest?

Nie dane im było długo trwać w niepewności. Zza tylnej ścianki kominka dobiegły ludzkie głosy.

— Auu! Fred, nie... wracaj, wracaj, to chyba jakaś pomyłka... powiedz George'owi, żeby nie... AUU! George, nie, tu nie ma miejsca, wracaj szybko i powiedz Ronowi...

— Tato, może Harry nas słyszy... może jakoś nam pomoże wydostać się z tej ciemnej kiszki...

Ktoś załomotał pięściami w ściankę za elektrycznym żarnikiem.

— Harry! Harry, słyszysz nas?

Dursleyowie spojrzeli na Harry'ego jak para rozwścieczonych rosomaków.

— Co to ma znaczyć? — warknął wuj Vernon. — Co tu się dzieje?

— Oni... oni próbowali dostać się tutaj za pomocą proszku Fiuu — odpowiedział Harry, poskramiając w sobie ochotę do ryknięcia śmiechem. — Mogą podróżować kominkami... tylko że zamurowaliście szyb kominowy... chwileczkę...

Podszedł do kominka i zawołał:

— Panie Weasley! Słyszy mnie pan?

Łomotanie w ściankę ustało.

— Ciiicho! — syknął ktoś z tamtej strony.

— Panie Weasley, to ja, Harry... Kominek został zamurowany. Tędy się nie dostaniecie.

— A to dopiero! — rozległ się głos pana Weasleya. — Zamurowali? Kominek? A po co?

— Mają elektryczny wkład — wyjaśnił Harry.

— Naprawdę? — zdumiał się pan Weasley, wyraźnie zaintrygowany. — Eklektyczny, tak powiedziałeś? Z wtyczką? A to ci dopiero! Muszę to zobaczyć... zaraz... niech no pomyślę... auu, Ron!

Teraz zabrzmiał głos Rona.

— Co my tu robimy? Coś nie wyszło?

— Ależ skąd, Ron — odpowiedział mu ironiczny głos Freda. — Przecież wszystko przebiega zgodnie z planem.

— Tak, i mamy wspaniały ubaw — powiedział George zduszonym głosem, jakby go coś przyciskało do ściany.

— Chłopcy, chłopcy... — rozległ się głos pana Weasleya. — Próbuję się zastanowić... Tak... to jedyny sposób... odsuń się, Harry.

Harry szybko oddalił się od kominka. Wuj Vernon przeciwnie, podszedł bliżej.

— Zaraz, chwileczkę! — ryknął. — Co pan właściwie zamierza zrobić?

ŁUUUP.

Elektryczny wkład przeleciał przez pokój, kiedy ścianka zagradzająca szyb kominowy rozwaliła się z łoskotem, a z obłoku pyłu i kawałków tynku wynurzyli się: pan Weasley, Fred, George i Ron. Ciotka Petunia wrzasnęła, rzuciła się do tyłu i potknęła o stolik do kawy. Wuj Vernon złapał ją w ostatniej chwili, zanim upadła na podłogę, i gapił się, oniemiały, na Weasleyów. Wszyscy czterej byli płomiennorudzi, przy czym Fred i George nie różnili się od siebie niczym, nawet liczbą i rozmieszczeniem piegów.

— No i po wszystkim — wysapał pan Weasley, otrzepując z pyłu długą zieloną szatę i poprawiając okulary na nosie. — Ach... to państwo... wuj i ciotka Harry'ego, jeśli się nie mylę?

Wysoki, chudy i łysiejący, zmierzał ku wujowi Vernonowi z wyciągniętą ręką, a ten cofał się, wlokąc przed sobą ciotkę Petunię i nie mogąc wykrztusić ani słowa. Jego najlepszy garnitur pokryty był białym pyłem, który osadził mu się również na wąsach i włosach, tak że wuj Vernon wyglądał, jakby się nagle postarzał o trzydzieści lat.

— Ee... no tak... bardzo państwa przepraszam — rzekł pan Weasley, opuszczając wyciągniętą rękę i zerkając przez ramię na zrujnowany kominek. — To wszystko moja wina, po prostu nie przyszło mi do głowy, że wylot może być zablokowany. Ten kominek został na jedno popołudnie podłączony do sieci Fiuu... rozumie pan, żebyśmy mogli zabrać Harry'ego. Kominki mugoli zwykle nie są podłączone... ale znam kogoś w centrali Fiuu i załatwił mi to po znajomości. Proszę się nie martwić, zaraz to naprawię. Zapalę ogień, żeby wysłać chłopców, i natychmiast naprawię ten kominek, zanim się zdeportuję.

Harry gotów był się założyć, że Dursleyowie nie zrozumieli z tego ani jednego słowa. Oboje wytrzeszczali oczy na pana Weasleya, jakby ich poraził piorun. Ciotka Petunia zdołała już stanąć na nogach o własnych siłach i ukryła się za wujem Vernonem.

— Cześć, Harry! — zawołał wesoło pan Weasley. — Twój kufer gotowy?

— Jest na górze — odpowiedział Harry, odwzajemniając uśmiech.

— My go zabierzemy — powiedział szybko Fred.

Mrugnął do Harry'ego i razem z George'em opuścili pokój. Wiedzieli, gdzie jest sypialnia Harry'ego, bo już raz pomogli mu z niej uciec w środku nocy. Harry podejrzewał, że bardzo chcą rzucić okiem na Dudleya, o którym wiele im opowiadał.

— No więc... — powiedział pan Weasley, kołysząc lekko ramionami i próbując znaleźć słowa, które przerwałyby posępne milczenie. — Mają państwo... no... bardzo ładny dom.

Zwykle nieskazitelnie czysty salon pokrywała teraz warstwa pyłu i gruzu, więc ta uwaga niezbyt dobrze podziałała na Dursleyów. Wuj Vernon zrobił się ponownie purpurowy na twarzy, a ciotka Petunia znowu zaczęła żuć swój język. Byli jednak nadal tak przerażeni, że nie powiedzieli ani słowa.

Pan Weasley rozejrzał się ciekawie. Uwielbiał mieć do czynienia z mugolami. Harry widział, że pan Weasley ma okropną ochotę zapoznać się bliżej z telewizorem i odtwarzaczem wideo.

— Działają na eklektyczność, prawda? — zapytał tonem człowieka znającego się na rzeczy. — Ach tak, widzę wtyczki. Zbieram wtyczki — dodał, zwracając się do wuja Vernona. — I baterie. Mam całkiem sporą kolekcję baterii. Moja żona uważa, że mam bzika, ale tak to już bywa.

Wuj Vernon również był tego zdania, ale nadal milczał. Przesunął się lekko w prawo, zasłaniając ciotkę Petunię, jakby się bał, że pan Weasley może ich niespodziewanie zaatakować.

Nagle do salonu wrócił Dudley. Harry słyszał łoskot swojego kufra, ściąganego po schodach, i wiedział, że to te odgłosy wypłoszyły Dudleya z kuchni. Dudley przesunął się tyłem tuż przy ścianie i próbował schować się za swoimi rodzicami. Niestety, nawet tułów wuja Vernona, wystarczająco pokaźny, by całkowicie ukryć kościstą ciotkę Petunię, nie był w stanie zasłonić cielska Dudleya.

— Ach, Harry, więc to jest twój kuzyn, tak? — zapytał uprzejmie pan Weasley, dzielnie próbując nawiązać konwersację.

— Tak — powiedział Harry. — To jest Dudley.

On i Ron zerknęli na siebie i szybko spojrzeli w bok, z najwyższym trudem powstrzymując się od parsknięcia śmiechem. Dudley wciąż trzymał się kurczowo za tłusty zadek, jakby się bał, że mu odpadnie. Pan Weasley zdradzał szczere zainteresowanie jego zachowaniem. Sądząc z tonu głosu, którym wypowiedział następne zdanie, można było z łatwością wywnioskować, że jego opinia na temat stanu umysłu Dudleya całkowicie pokrywa się z tym, co Dursleyowie myśleli o panu Weasleyu, z tą różnicą, że budziło to w nim raczej współczucie niż strach.

— Jak ci się udały wakacje, Dudley? — zapytał uprzejmie.

Dudley wydał z siebie krótki kwik i złapał się kurczowo za masywny zadek.

Weszli Fred i George, taszcząc szkolny kufer Harry'ego. Rozejrzeli się i zobaczyli Dudleya. Na ich twarzach pojawił się identyczny złośliwy grymas.

— Ach, świetnie — rzekł szybko pan Weasley. — No to walimy, raz dwa.

Zawinął rękawy i wyjął różdżkę. Dursleyowie wcisnęli się w ścianę.

— *Incendio!* — zawołał pan Weasley, celując różdżką w dziurę w ścianie.

W kominku natychmiast zapłonął ogień, trzaskając wesoło, jakby palił się od dawna. Pan Weasley wyjął z kieszeni mały woreczek, rozwiązał go, wziął z niego szczyptę proszku i rzucił w płomienie, które pozieleniały i buchnęły wyżej.

— Fred, ty pierwszy — powiedział pan Weasley.

— Już lecę — rzekł Fred. — Och... nie... chwileczkę...

Z kieszeni wysunęła mu się torebka z cukierkami, które potoczyły się po podłodze we wszystkie strony — olbrzymie toffi w kolorowych papierkach.

Fred rzucił się na podłogę i pozbierał cukierki, po czym pomachał wesoło Dursleyom na pożegnanie i wkroczył w płomienie, mówiąc: „Nora!" Ciotka Petunia wydała z siebie krótki, zduszony okrzyk. Świsnęło i Fred zniknął.

— Wskakuj, George — powiedział pan Weasley. — Ty i kufer.

Harry pomógł George'owi wnieść kufer do kominka i ustawić go pionowo, żeby wygodniej go było trzymać. George krzyknął: „Nora!", znowu świsnęło i on również zniknął.

— Teraz ty, Ron — powiedział pan Weasley.

— Do zobaczenia — pożegnał Ron Dursleyów. Wyszczerzył zęby do Harry'ego, wszedł w ogień, krzyknął: „Nora!" i zniknął.

Teraz pozostali już tylko Harry i pan Weasley.

— No, to... do widzenia — rzekł Harry do Dursleyów.

Nie zdołali wykrztusić ani słowa. Harry ruszył w stronę kominka, ale kiedy doszedł do krawędzi paleniska, pan Weasley wyciągnął rękę i zatrzymał go, spoglądając ze zdumieniem na Dursleyów.

— Harry powiedział „do widzenia". Czyżby państwo nie dosłyszeli?

— Nie ma sprawy — mruknął Harry. — Naprawdę, wcale mi nie zależy.

Pan Weasley wciąż trzymał go za ramię.

— Nie zobaczą państwo swojego siostrzeńca aż do następnych wakacji — zwrócił się do wuja Vernona z lekką wymówką. — Jestem pewny, że chce się pan z nim pożegnać, prawda?

Na twarzy wuja Vernona widać było oznaki ciężkiej rozterki. To, że jakiś szaleniec, który właśnie rozwalił mu pół salonu, próbuje uczyć go dobrych manier, przyprawiało go o prawdziwe katusze.

Pan Weasley trzymał jednak wciąż różdżkę i wuj Vernon natychmiast na nią zerknął, po czym mruknął obrażonym tonem:

— No to do widzenia.

— Do zobaczenia — odpowiedział Harry i wsunął jedną nogę w zielone płomienie, czując miły powiew, przypominający ciepły oddech. W tej samej chwili za jego plecami rozległo się okropne rzężenie, jakby ktoś gwałtownie zwymiotował — albo usiłował zwymiotować — a ciotka Petunia zaczęła wrzeszczeć.

Harry obrócił się na pięcie. Dudley nie krył się już za swoimi rodzicami. Klęczał obok stolika do kawy i usiłował pozbyć się czegoś długiego, purpurowego i oślizgłego, co zwisało mu z ust. W chwilę później do Harry'ego dotarło, że tym czymś jest język Dudleya — i że przed nim, na podłodze, leży kolorowy papierek od cukierka.

Ciotka Petunia rzuciła się na podłogę obok Dudleya, złapała za koniec jego napuchniętego języka i próbowała usunąć mu go z ust; trudno się dziwić, że Dudley zareagował na to jeszcze głośniejszym rzężeniem przechodzącym w wycie oraz że zaczął się z nią szarpać. Wuj Vernon ryczał jak zarzynany wół i wymachiwał rękami, a pan Weasley usiłował to wszystko przekrzyczeć, wołając:

— Proszę się nie martwić, zaraz mu pomogę!

I zaczął się zbliżać do Dudleya z wyciągniętą różdżką, na co ciotka Petunia zawyła jeszcze głośniej i przykryła syna własnym ciałem.

— Ależ nie! Proszę się nie obawiać! — krzyknął zrozpaczony pan Weasley. — To bardzo prosty proces... to tylko toffi... mój syn Fred... to urodzony figlarz... ale to tylko zaklęcie żarłoczności... tak mi się wydaje... mogę to naprawić...

Te informacje nie tylko Dursleyów nie uspokoiły, ale wzbudziły w nich jeszcze większą panikę. Ciotka Petunia szlochała histerycznie, szarpiąc język Dudleya, jakby postanowiła wyrwać mu go z gardła, Dudley sprawiał wrażenie, jakby się dusił, co w tej sytuacji nie było czymś szczególnie zaskakującym, a wuj Vernon całkowicie stracił nad sobą panowanie: chwycił jedną z chińskich figurek stojących na kredensie i cisnął nią w pana Weasleya. Pan Weasley zrobił szybki unik i figurka roztrzaskała się w zrujnowanym kominku.

— Tego już za wiele! — krzyknął ze złością pan Weasley, wywijając różdżką. — Staram się pomóc!

Wuj Vernon, rycząc jak zraniony hipopotam, porwał następną figurkę.

— Harry, leć! Szybko, leć! — zawołał pan Weasley, celując różdżką w wuja Vernona. — Ja tu wszystko naprawię!

Harry'emu żal było nie dotrwać do końca tej zabawy, ale kiedy druga figurka z kolekcji wuja Vernona świsnęła mu koło ucha, uznał, że mimo wszystko lepiej pozostawić rozwiązanie całej sytuacji w rękach pana Weasleya. Wkroczył w płomienie, zawołał: „Nora!" i szybko obejrzał się przez ramię. Zdążył zobaczyć, jak pan Weasley wytrąca różdżką wujowi Vernonowi z ręki trzecią figurkę, jak ciotka Petunia miota się z wrzaskiem, wciąż osłaniając ciałem Dudleya, i jak język Dudleya wije się wokoło nich niby wielki, oślizgły pyton. Lecz w następnej chwili zaczął wirować szybko wokół własnej osi i salon państwa Dursleyów zniknął w wirze szmaragdowozielonych płomieni.

ROZDZIAŁ PIĄTY

Magiczne Dowcipy Weasleyów

Harry wirował coraz szybciej i szybciej, przyciskając łokcie do boków, zamazane kominki migały mu przed oczami, aż w końcu zaczęło mu być niedobrze i zamknął oczy. A potem, kiedy w końcu poczuł, że zwalnia i opada, wyrzucił przed siebie ręce i zdołał się zatrzymać w ostatniej chwili, by nie wypaść na głowę z kuchennego kominka Weasleyów.

— Zjadł go? — zapytał podniecony Fred, wyciągając rękę, by mu pomóc stanąć na nogach.

— Aha — odpowiedział Harry, prostując się. — Co to było?

— Gigantojęzyczne toffi — odpowiedział wesoło Fred. — Wynaleźliśmy to z George'em, przez całe lato szukaliśmy kogoś, żeby wypróbować działanie...

Maleńka kuchnia zadrżała od śmiechu. Harry rozejrzał się i zobaczył, że Ron i George siedzą przy wyszorowanym drewnianym stole, a z nimi jacyś dwaj płomiennowłosi młodzieńcy, których nigdy dotąd nie widział. Natychmiast jednak domyślił się, kim są: to Bill i Charlie, starsi bracia bliźniaków.

— Jak leci, Harry? — zapytał bliższy, szczerząc do niego zęby i wyciągając wielką dłoń, którą Harry potrząsnął, wyczuwając palcami stwardnienia i pęcherze. To musiał być Charlie, który bada smoki w Rumunii. Charlie był zbudowany jak bliźniacy, niższy i tęższy od Percy'ego i Rona, którzy byli wysocy i chudzi. Miał szeroką, dobroduszną twarz, posiekaną od wiatru, a piegów tyle, że wyglądały jak opalenizna; ramiona miał muskularne, a na jednej ręce widniał duży, błyszczący ślad po oparzeniu.

Bill wstał, uśmiechając się, i również uścisnął dłoń Harry'emu. Trochę go zaskoczył. Harry wiedział, że Bill pracuje w banku Gringotta i że w Hogwarcie był prefektem naczelnym, więc zawsze wyobrażał go sobie jako starszą wersję Percy'ego, lubiącego rządzić innymi i dbającego o przestrzeganie szkolnego regulaminu. Bill okazał się po prostu — trudno to wyrazić inaczej — *cool*. Był wysoki, miał długie włosy, które wiązał z tyłu w kucyk, z ucha zwisał mu kolczyk z czegoś, co wyglądało jak kieł. Ubrany był jak na koncert rockowy, a na nogach miał buty ze smoczej skóry.

Zanim któryś z nich zdążył coś jeszcze powiedzieć, pyknęło i przy ramieniu George'a zmaterializował się pan Weasley. Harry jeszcze nigdy nie widział go tak rozgniewanego.

— To wcale nie było śmieszne, Fred! — krzyknął. — Coś ty dał temu mugolskiemu chłopcu?

— Nic mu nie dawałem — odpowiedział Fred, uśmiechając się złośliwie. — Po prostu to upuściłem... to jego wina, że podniósł i zjadł, wcale go do tego nie namawiałem.

— Upuściłeś specjalnie! — zagrzmiał pan Weasley.

— Wiedziałeś, że to zje, wiedziałeś, że jest na diecie...

— Bardzo mu język urósł? — zapytał podniecony George.

— Na cztery stopy, zanim jego rodzice pozwolili mi go zredukować!

Harry i bracia Weasleyowie znowu ryknęli śmiechem.

— To nie jest zabawne! — krzyknął pan Weasley.

— Takie zachowanie bardzo psuje stosunki między czarodziejami i mugolami! Poświęciłem pół życia kampanii przeciwko złemu traktowaniu mugoli, a moi rodzeni synowie...

— Wcale nie daliśmy mu tego cukierka dlatego, że jest mugolem! — oburzył się Fred.

— Daliśmy mu go, bo jest parszywym gnojkiem znęcającym się nad słabszymi — wtrącił George. — Prawda, Harry?

— Tak, panie Weasley, on jest okropny — przytaknął gorliwie Harry.

— To nie ma nic do rzeczy! — ryknął pan Weasley.

— Poczekajcie, jak powiem matce...

— Co mi powiesz? — zabrzmiał głos za jego plecami.

Pani Weasley właśnie weszła do kuchni. Była niską, pulchną kobietą o bardzo miłej twarzy, choć teraz jej oczy zwęziły się podejrzliwie.

— Och, witaj, Harry, kochanie — powiedziała, obdarzając go ciepłym uśmiechem, po czym znowu spojrzała na męża. — Co mi powiesz, Arturze?

Pan Weasley zawahał się. Harry mógłby przysiąc, że choć jest wściekły na Freda i George'a, tak naprawdę wcale nie ma zamiaru mówić pani Weasley, co się stało. Zapanowała cisza, w której pan Weasley patrzył niespokojnie na żonę. A potem za plecami pani Weasley w drzwiach kuchni pojawiły się dwie dziewczyny. Jedną, z burzą brązowych włosów na głowie i dość długimi przednimi zębami, była przyjaciółka Harry'ego i Rona, Hermiona Granger. Drugą, mniejszą i rudą, młodsza siostra Rona, Ginny. Obie uśmiechnęły się do Harry'ego, który odwzajemnił uśmiech, co spowodowało, że Ginny oblała się szkarłatnym rumieńcem. Harry zawsze tak na nią działał, już od jego pierwszej wizyty w Norze.

— Co mi powiesz, Arturze? — powtórzyła pani Weasley, a w jej głosie zabrzmiała groźna nuta.

— Nic, nic, Molly — wymamrotał pan Weasley. — Po prostu Fred i George... Ale już im przemówiłem do rozumu...

— Co zrobili tym razem? — zapytała pani Weasley.

— Jeśli to ma coś wspólnego z Magicznymi Dowcipami Weasleyów...

— Ron, nie pokażesz Harry'emu, gdzie będzie spać? — odezwała się od progu Hermiona.

— On wie, gdzie będzie spać — odrzekł Ron. — W moim pokoju, tak jak ostatnio...

— A więc chodźmy — powiedziała z naciskiem Hermiona.

— Och... dobrze — zgodził się szybko Ron.

— Tak, my też pójdziemy — dodał George.

— Zostaniecie tutaj! — warknęła pani Weasley.

Harry i Ron wymknęli się z kuchni i razem z Hermioną i Ginny ruszyli wąskim korytarzem, a później po rozklekotanych schodach, które wiły się zygzakami na wyższe piętra.

— Co to za Magiczne Dowcipy Weasleyów? — zapytał Harry.

Ron i Ginny parsknęli śmiechem, ale Hermiona prychnęła z niesmakiem.

— Mama znalazła całą kupę formularzy zamówień, kiedy sprzątała pokój Freda i George'a — wyjaśnił cicho Ron. — Cała długa lista, z cenami. No wiesz, różne dowcipne magiczne gadżety. Lipne różdżki, cukierki-niespodzianki, było tego mnóstwo... Mówię ci, ekstra, nie miałem pojęcia, że tyle tego wynaleźli...

— Od dawna z ich pokoju dochodziły jakieś wybuchy, ale nie wiedzieliśmy, że oni naprawdę produkują tam różne rzeczy — powiedziała Ginny. — Myśleliśmy, że po prostu lubią hałasować.

— Tak, tylko że większość tych wynalazków... no, chyba wszystkie... była trochę niebezpieczna — powiedział Ron — a oni, kapujesz, zamierzali to sprzedawać w Hogwarcie, żeby zarobić trochę forsy, no i mama się na nich wściekła. Powiedziała, że koniec z ich radosną twórczością i spaliła wszystkie formularze... a przecież i tak już była na nich zła, bo nie dostali tylu sumów, ile się spodziewała.

Sumy, czyli Standardowe Umiejętności Magiczne, zdobywali uczniowie Hogwartu w trakcie egzaminów, które przechodzili w wieku piętnastu lat.

— Mama zrobiła wielką awanturę — dodała Ginny — bo bardzo chce, żeby po szkole dostali się do Ministerstwa Magii, jak tata, a oni powiedzieli, że chcą otworzyć sklep z magicznymi gadżetami.

W tym momencie na drugim podeście otworzyły się drzwi i wyjrzała z nich obrażona twarz w rogowych okularach.

— Cześć, Percy — powiedział Harry.

— Och, witaj, Harry — odpowiedział Percy. — Zastanawiałem się, kto tak okropnie hałasuje. Próbuję pracować... no wiesz, mam do skończenia raport dla urzędu, a trochę trudno się skupić, kiedy ktoś bez przerwy dudni po schodach.

— My nie dudnimy, tylko wchodzimy — powiedział ze złością Ron. — Bardzo mi przykro, że przeszkodziliśmy ci w supertajnej pracy dla Ministerstwa Magii.

— Nad czym pracujesz? — zapytał Harry.

— Nad raportem dla Departamentu Międzynarodowej Współpracy Czarodziejów — odrzekł Percy z ważną miną. — Próbujemy ustalić standardowe grubości kociołków. Niektóre z tych importowanych mają trochę za cienkie denka... przecieki wzrastają prawie o trzy procent rocznie...

— No, taki raport na pewno zmieni świat — powiedział Ron. — Już widzę pierwszą stronę „Proroka Codziennego": *Przecieki kociołków.*

Percy zaczerwienił się lekko.

— Możesz sobie kpić, Ron — powiedział ze złością — ale jeśli nie wprowadzi się jakichś regulacji międzynarodowych, zostaniemy zalani marnymi produktami o cienkich denkach, które w poważnym stopniu zagrażają...

— No jasne, masz rację — rzucił Ron i ruszył w górę po schodach.

Percy zatrzasnął z hukiem drzwi swojej sypialni. Harry, Hermiona i Ginny zdążyli wspiąć się trzy kondygnacje wyżej, kiedy z kuchni na dole dobiegły wrzaski. Wyglądało na to, że pan Weasley powiedział żonie o toffi.

Pokój na poddaszu, w którym Ron miał sypialnię, niewiele się zmienił od czasu, gdy Harry w nim ostatnio mieszkał: ze ścian i pochyłego sufitu zwisały te same plakaty ulubionej drużyny Rona, Armat z Chudley, a w akwarium na parapecie, w którym rok temu był żabi skrzek, siedziała teraz wyjątkowo wielka żaba. Nie było już starego szczura Rona, Parszywka, tylko maleńka szara sóweczka, ta sama, która dostarczyła Harry'emu na Privet Drive list od Rona. Podskakiwała i ćwierkała jak szalona w małej klatce.

— Zamknij się, Świnko — powiedział Ron, przeciskając się pomiędzy dwoma z czterech łóżek poupychanych w pokoju. — Śpią tu też Fred i George, bo Bill i Charlie zajęli ich pokój. Percy'emu udało się zachować swój pokój tylko dla siebie, bo on przecież musi pracować.

— Ee... dlaczego nazwałeś swoją sowę Świnką? — zapytał Harry.

— Bo jest głupi — oznajmiła Ginny. — Jej prawdziwe imię to Świstoświnka.

— Tak, a to przecież wcale nie jest głupie imię — powiedział ironicznie Ron. — Ginny tak ją nazwała — wyjaśnił Harry'emu. — Uważa, że jest urocze. Próbowałem je zmienić, ale było za późno, ta sówka nie chce reagować na nic innego. Ale udało mi się chociaż skrócić to głupie imię i została Świnką, a z tym jakoś się pogodziła. Trzymam ją tutaj, bo strasznie denerwuje Errola i Hermesa. Prawdę mówiąc, mnie też.

Świstoświnka fruwała po klatce, pohukując radośnie. Harry zbyt dobrze znał Rona, by traktować poważnie jego słowa. Ron wciąż narzekał na swojego starego szczura Parszywka, ale bardzo był przygnębiony, gdy szczur zniknął i wszystko wskazywało na to, że pożarł go kot Hermiony, Krzywołap.

— Gdzie jest Krzywołap? — zapytał Harry Hermionę.

— Pewnie w ogrodzie. Lubi polować na gnomy, zobaczył je tu po raz pierwszy w życiu.

— A więc Percy jest zadowolony z pracy? — powiedział Harry, siadając na jednym z łóżek i przyglądając się

Armatom z Chudley, szybującym po plakatach na suficie i co jakiś czas znikającym za ich brzegami.

— Zadowolony? — powtórzył Ron posępnie. — Gdyby go tata nie zmuszał, w ogóle by nie wracał do domu. Ma kompletnego świra na punkcie tego całego departamentu. A zwłaszcza na punkcie swojego szefa. „Według pana Croucha... Jak powiedziałem panu Crouchowi... Pan Crouch jest zdania... Pan Crouch mówił mi..." Lada dzień ogłoszą swoje zaręczyny.

— Jak przeżyłeś to lato, Harry? — zapytała Hermiona. — Dostałeś nasze paczki z żywnością?

— Tak, bardzo wam dziękuję — odrzekł Harry. — Te ciasta uratowały mi życie.

— A miałeś jakieś wieści od... — zaczął Ron, ale urwał na widok miny Hermiony.

Harry wiedział, że Ron zamierzał go zapytać o Syriusza. Ron i Hermiona tak się zaangażowali w pomoc Syriuszowi, kiedy musiał uciekać przed funkcjonariuszami Ministerstwa Magii, że interesowali się jego losem prawie tak samo jak Harry. Rozmawianie o nim przy Ginny nie było jednak najlepszym pomysłem. Tylko oni i profesor Dumbledore wiedzieli, w jaki sposób Syriusz uciekł, i tylko oni wierzyli w jego niewinność.

— Chyba już przestali się kłócić — powiedziała Hermiona, by odwrócić uwagę Ginny, której oczy wędrowały z ciekawością od Rona do Harry'ego. — Może zejdziemy pomóc waszej mamie przy obiedzie?

— Dobry pomysł — zgodził się Ron.

Wszyscy czworo zeszli na dół do kuchni, gdzie zastali tylko panią Weasley w dość podłym nastroju.

— Zjemy w ogrodzie — powiedziała na ich widok. — Tutaj się wszyscy nie zmieścimy. Dziewczynki, może zaniesiecie tam talerze? Bill i Charlie ustawiają już stoły. — A wy dwaj łapcie się za noże i widelce — zwróciła się do Rona i Harry'ego, machając różdżką nieco zbyt energicznie w kierunku stosu kartofli w zlewie, które wyskoczyły ze skórek tak gwałtownie, że porozlatywały się po całej kuchni, odbijając się od ścian i sufitu. — Na miłość boską! — warknęła, tym razem kierując różdżkę ku śmietniczce, która podskoczyła i zaczęła tańczyć po podłodze, zgarniając kartofle. — Co z nimi jest? — wybuchnęła nagle, wyjmując garnki i rondle z kredensu, a Harry zrozumiał, że ma na myśli nie kartofle, tylko Freda i George'a. — Naprawdę, nie wiem, co z nich wyrośnie. Nie mają za grosz ambicji, tylko im głupie dowcipy w głowie, a im głupsze, tym bardziej są z nich dumni...

Cisnęła na stół wielki mosiężny rondel i zaczęła mieszać w nim różdżką, z której tryskał śmietankowy sos.

— A przecież nie brak im oleju w głowie — ciągnęła ze złością, stawiając rondel na kuchni i machnięciem różdżką rozpalając w niej ogień — ale marnują go na te głupstwa... i, naprawdę, jeśli wkrótce nie zmądrzeją, to wpadną w prawdziwe kłopoty. Dostałam więcej sów z Hogwartu ze skargami na nich niż na całą resztę razem wziętą. Jak tak dalej będą postępować, to skończą przed Wydziałem Niewłaściwego Używania Czarów.

Wycelowała różdżką w szufladę w kredensie, która wysunęła się z łoskotem. Harry i Ron ledwo zdążyli uskoczyć na bok, gdy wystrzeliło z niej kilka noży; przeleciały przez kuchnię i zaczęły wściekle siekać kartofle, które śmietniczka dopiero co zgarnęła z powrotem do zlewu.

— Musieliśmy popełnić jakiś błąd, ale naprawdę nie wiem, jaki i kiedy — powiedziała pani Weasley, odkładając różdżkę, by wyjąć więcej garnków. — Co roku to

samo, jedna awantura za drugą, a oni w ogóle nie słuchają...
OCH NIE, ZNOWU!

Wzięła różdżkę ze stołu, a ta zapiszczała głośno i zamieniła się w wielką gumową mysz.

— Kolejna fałszywa różdżka! — krzyknęła. — A tyle razy im mówiłam, żeby ich nie kładli, gdzie popadnie! Złapała swoją prawdziwą różdżkę, a kiedy się odwróciła, z rondla z sosem właśnie zaczęło się dymić.

— Chodź — powiedział szybko Ron do Harry'ego, chwytając garść sztućców z otwartej szuflady — pomożemy Billowi i Charliemu.

I wylecieli przez tylne drzwi na podwórze.

Przeszli zaledwie parę kroków, gdy spod krzaków wyskoczył rudy kot na pałąkowatych nogach, z dumnie sterczącym ogonem, przypominającym szczotkę do butelek. Gonił za czymś, co wyglądało jak zabłocony kartofel na nóżkach. Był to Krzywołap, kot Hermiony, a ścigał najprawdziwszego gnoma. Stworzonko pomknęło na zrogowaciałych nóżkach przez podwórko i dało nurka w jeden z gumiaków, rozrzuconych wokół drzwi. Harry słyszał, jak gnom piszczy jak oszalały, gdy Krzywołap wsadził do gumiaka łapę, starając się go stamtąd wyciągnąć. Tymczasem z drugiej strony domu coś głośno trzasnęło raz, potem drugi i znowu. Wkrótce się wyjaśniło, skąd ten łoskot. Kiedy weszli do ogrodu, zobaczyli Billa i Charliego z wyciągniętymi różdżkami i dwa stare stoły fruwające nad trawnikiem. Każdy z braci starał się tak pokierować swoim stołem, by strącić stół drugiego. Fred i George kibicowali im głośno, Ginny pokładała się ze śmiechu, a Hermiona schowała się pod żywopłotem, najwyraźniej rozdzierana sprzecznymi uczuciami.

Stół Billa wpadł z łoskotem na stół Charliego i wyłamał mu jedną nogę. Usłyszeli w górze trzask, a kiedy podnieśli głowy, zobaczyli Percy'ego wyglądającego z okna na drugim piętrze.

— Moglibyście sprowadzić je na ziemię?! — ryknął.

— Przepraszamy, Percy — odpowiedział Bill z uśmiechem. — Jak się mają denka kociołków?

— Niedobrze — odrzekł Percy ze złością i zatrzasnął okno.

Bill i Charlie, chichocąc, sprowadzili stoły bezpiecznie na ziemię, ustawili je jeden przy drugim, a Bill jednym machnięciem różdżki przymocował wyłamaną nogę i wyczarował obrusy.

O siódmej wieczorem oba stoły uginały się od półmisków wybornych potraw, a dziewięcioro Weasleyów, Harry i Hermiona zasiedli przy nich, by zjeść wspaniałą kolację pod czystym, ciemnoniebieskim niebem. Dla Harry'ego, który przez całe lato żywił się coraz bardziej wyschniętymi ciastami, była to rajska uczta, więc z początku nie brał udziału w rozmowie, pochłaniając kurczaka i szynkę w cieście, gotowane ziemniaki i sałatkę.

Na dalekim końcu stołu Percy opowiadał ojcu o swoim raporcie na temat denek kociołków.

— Powiedziałem panu Crouchowi, że przygotuję raport do wtorku — oświadczył z ważną miną. — Trochę wcześniej, niż się spodziewał, ale ja lubię, żeby mi wszystko grało jak w zegarku. Myślę, że będzie mi wdzięczny, jeśli szybko się z tym uporam. Mamy teraz mnóstwo roboty z powodu mistrzostw świata, a Departament Czarodziejskich Gier i Sportów nie bardzo nam pomaga. Ludo Bagman...

— Lubię Ludona — wtrącił łagodnie pan Weasley. — To od niego dostałem tak dobre miejsca na finałach. Trochę mu się przysłużyłem: jego brat, Otto, wpakował się w kłopoty... kosiarka do trawy o niezwykłej mocy... jakoś mi się udało to zatuszować.

— Och, oczywiście, Bagman to dość sympatyczna postać — powiedział Percy protekcjonalnym tonem — ale pomysł, żeby zrobić go szefem departamentu... Wystarczy go porównać z panem Crouchem! Nie wyobrażam sobie takiej sytuacji w naszym departamencie, żeby zniknął gdzieś pracownik, a pan Crouch nie próbował dowiedzieć się, co się z nim stało. Dasz wiarę, że Berty Jorkins nie ma już ponad miesiąc? Wybrała się na urlop do Albanii i dotąd nie wróciła!

— Tak, pytałem o to Ludona — rzekł pan Weasley, marszcząc czoło. — Mówi, że Berta już wiele razy znikała... chociaż muszę przyznać, że gdyby to był ktoś z mojego departamentu, chybabym się zaniepokoił...

— Och, Berta jest beznadziejna, to fakt. Słyszałem, że wciąż ją przenosili z jednego departamentu do drugiego, więcej z niej było kłopotu niż pożytku... ale tak czy owak Bagman powinien próbować ją odnaleźć. Pan Crouch jest tym osobiście zainteresowany... wiesz, kiedyś pracowała w naszym departamencie i wydaje mi się, że pan Crouch nawet ją polubił... a ten Bagman tylko się śmieje i mówi, że Berta prawdopodobnie źle spojrzała na mapę i dotarła do Australii zamiast do Albanii. A trzeba powiedzieć — tu Percy westchnął głęboko i wypił duży łyk wina z czarnego bzu — że nasz Departament Międzynarodowej Współpracy Czarodziejów ma teraz naprawdę mnóstwo roboty oprócz poszukiwania zaginionych pracowników innych departamentów. Jak wiesz, zaraz po mistrzostwach świata czeka nas kolejne wielkie wydarzenie.

Odchrząknął znacząco i spojrzał na drugi koniec stołu, gdzie siedzieli Harry, Ron i Hermiona.

— Wiesz, o czym mówię, ojcze — dodał lekko podniesionym głosem. — O tym ściśle tajnym.

Ron spojrzał w niebo i mruknął do Harry'ego i Hermiony:

— Od samego początku wyłazi ze skóry, żebyśmy go zapytali, co to za supertajna impreza. Założę się, że to jakaś wystawa kociołków z grubymi denkami.

Pośrodku stołu pani Weasley kłóciła się z Billem o jego kolczyk; wyglądało na to, że Bill nosi go od niedawna.

— ...i jeszcze z takim okropnym kłem, naprawdę, Bill, co na to powiedzą w banku!

— Mamo, nikogo w banku nie obchodzi, jak się ubieram, wystarczy, że przywożę mnóstwo skarbów — tłumaczył cierpliwie Bill.

— No i te twoje włosy... wyglądają trochę głupio — powiedziała pani Weasley, dotykając pieszczotliwie swojej różdżki. — Pozwól mi je przystrzyc...

— A mnie się podobają — oświadczyła Ginny, która siedziała obok Billa. — Jesteś taka staroświecka, mamo. Zresztą profesor Dumbledore ma o wiele dłuższe...

Fred, George i Charlie rozprawiali z przejęciem o mistrzostwach świata.

— Wygra Irlandia, mówię wam — powiedział Charlie z ustami pełnymi ziemniaków. — W półfinałach rozgromili Peru.

— Ale Bułgaria ma Wiktora Kruma — zauważył Fred.

— Krum to ich jedyny dobry zawodnik, a Irlandia ma takich siedmiu — oświadczył Charlie. — Ale szkoda, że Anglia odpadła. To było okropne.

— A co się stało? — zapytał żywo Harry, żałując niezmiernie, że w czasie pobytu w domu przy Privet Drive był kompletnie odcięty od świata czarodziejów.

Harry pasjonował się quidditchem. Od pierwszego roku pobytu w Hogwarcie grał jako szukający w drużynie Gryffindoru i miał Błyskawicę, jedną z najlepszych mioteł sportowych na świecie.

— Przegrali z Transylwanią i to trzysta dziewięćdziesiąt do dziesięciu — powiedział ponuro Charlie. — Miażdżąca klęska. Walia przegrała z Ugandą, a Luksemburg rozniósł Szkocję.

Pan Weasley wyczarował świeczniki z płonącymi świecami i zanim zjedli deser (domowe lody truskawkowe), ćmy zleciały się do stołu, a ciepłe powietrze przesyciła woń trawy i kapryfolium. Harry czuł, jak po tak wspaniałej kolacji przepełnia go błogość i z rozrzewnieniem obserwował gnomy biegające pod krzewami róż i ze śmiechem umykające przed Krzywołapem.

Ron upewnił się, że reszta rodziny zajęta jest ożywioną rozmową i zagadnął go cicho:

— Więc... miałeś jakieś wiadomości od Syriusza?

Hermiona rozejrzała się niespokojnie, wytężając słuch.

— Tak — odpowiedział cicho Harry. — Dwa razy. U niego wszystko w porządku. Napisałem do niego przedwczoraj. Może dostanę tutaj odpowiedź.

Nagle przypomniał sobie, dlaczego napisał do Syriusza i przez chwilę bliski był wyznania Ronowi i Hermionie, że znowu rozbolała go blizna, i opowiedzenia o tamtym śnie, z którego tak gwałtownie się przebudził... ale uznał, że nie powinien ich teraz niepokoić — teraz, kiedy sam czuł się tak szczęśliwy i spokojny.

— Ojej, zrobiło się późno — oznajmiła nagle pani Weasley, zerkając na zegarek. — Powinniście już być wszyscy w łóżkach, jutro wstajemy o świcie. Harry, zostaw mi swoją szkolną listę, kupię ci wszystko na ulicy Pokątnej, jak będę robiła zakupy dla Rona i bliźniaków. Po meczu może już nie być czasu. Ostatni finał trwał pięć dni.

— Ekstra! Mam nadzieję, że i tym razem tak będzie! — zawołał zachwycony Harry.

— A ja mam nadzieję, że nie — oświadczył Percy ze świętoszkowatą miną. — Strach pomyśleć, co bym znalazł w swojej poczcie, gdyby mnie nie było w pracy przez pięć dni.

— Tak, ktoś mógłby ci znowu podrzucić smocze łajno, no nie, Percy? — zakpił Fred.

— To była próbka nawozu z Norwegii! — oburzył się Percy, oblewając się rumieńcem. — To nie był żaden dowcip!

— Był — szepnął Fred do Harry'ego, kiedy wstawali od stołu. — My mu to posłaliśmy.

ROZDZIAŁ SZÓSTY

Świstoklik

Harry mógłby przysiąc, że dopiero co położył się spać w pokoju Rona, kiedy ktoś nim potrząsnął.

— Czas już wstawać, Harry — szepnęła pani Weasley, odchodząc od jego łóżka, by obudzić Rona.

Harry wymacał okulary, założył je i usiadł. Na zewnątrz wciąż było ciemno. Ron, wyrwany ze snu, mruknął coś niewyraźnie. Za swoim łóżkiem Harry dostrzegł dwie rozczochrane postacie, wyplątujące się z koców.

— Co, już czas? — rozległ się zaspany głos Freda.

Ubrali się w milczeniu, zbyt otępiali, by rozmawiać, a potem, ziewając i przeciągając się, wszyscy czterej zeszli na dół do kuchni.

Pani Weasley mieszała w wielkim garnku stojącym na piecu, a pan Weasley siedział przy stole, przeglądając pęk wielkich, pergaminowych biletów. Na widok wchodzących chłopców wyprężył się i rozpostarł ramiona, by zaprezentować swój ubiór. Miał na sobie sweter z golfem i bardzo stare dżinsy, trochę na niego za duże, z grubym skórzanym pasem.

— No i co wy na to? — zapytał niespokojnie. — Mamy tam być incognito... Harry, czy wyglądam jak mugol?

— Tak — odrzekł Harry, uśmiechając się. — Wspaniale.

— Gdzie jest Bill, Charlie i Pe-eee-ercy? — zapytał George, któremu nie udało się stłumić potężnego ziewnięcia.

— Przecież oni się teleportują, prawda? — powiedziała pani Weasley, stawiając na stole wielki garnek, z którego zaczęła nalewać owsiankę do misek. — Mogą trochę dłużej poleżeć.

Harry wiedział, że teleportacja jest bardzo trudną umiejętnością magiczną; polegała na znikaniu w jednym miejscu i pojawianiu się prawie w tej samej chwili w innym.

— No tak, oni się wylegują — burknął Fred, przysuwając sobie miskę owsianki. — Dlaczego my też nie możemy się teleportować?

— Bo jesteście za młodzi i nie zdaliście egzaminu — warknęła pani Weasley. — Co jest z tymi dziewczynkami?

Wypadła z kuchni i po chwili usłyszeli jej kroki na schodach.

— To trzeba zdać egzamin, żeby się teleportować? — zapytał Harry.

— O, tak — odrzekł pan Weasley, wsuwając bilety do tylnej kieszeni dżinsów. — Departament Transportu Magicznego musiał właśnie ukarać parę osób za teleportowanie się bez licencji. Teleportacja wcale nie jest łatwa, a jak nie zrobi się tego we właściwy sposób, może dojść do przykrych komplikacji. Ci, o których mówię, rozszczepili się.

Wszyscy, prócz Harry'ego, skrzywili się z niesmakiem.

— Rozszczepili się? — powtórzył Harry.

— Tak, zdeportowali się tylko w połowie — powiedział pan Weasley, wlewając sobie do owsianki sporą porcję syropu. — No i oczywiście ugrzęźli. Nie mogli się ruszyć ani wte, ani wewte. Musieli czekać na Czarodziejskie Pogotowie Ratunkowe, żeby ich z powrotem poskładało do kupy. Było mnóstwo papierkowej roboty, nie mówiąc już o mugolach, którzy natknęli się na części ich ciał...

Harry wyobraził sobie nagle parę nóg i jedną gałkę oczną porzucone na chodniku Privet Drive.

— I co, nic im się nie stało? — zapytał wstrząśnięty tą wizją.

— Och nie — stwierdził rzeczowo pan Weasley. — Ale musieli zapłacić wysoką grzywnę i nie sądzę, by znowu próbowali się teleportować w takim pośpiechu. Z teleportacją nie ma żartów. Wielu dorosłych czarodziejów w ogóle jej nie stosuje. Wolą miotły... Są wolniejsze, ale bezpieczniejsze.

— Ale Bill, Charlie i Percy potrafią?

— Charlie musiał dwa razy zdawać egzamin — powiedział Fred, uśmiechając się złośliwie. — Za pierwszym razem oblał. Aportował się pięć mil na południe od wyznaczonego miejsca i w dodatku na głowie jakiejś starszej pani robiącej sobie spokojnie zakupy... Pamiętacie?

— Tak, pamiętamy, ale za drugim razem zdał — powiedziała pani Weasley, wkraczając do kuchni wśród ogólnych chichotów.

— Percy zdał dopiero dwa tygodnie temu — wyjaśnił Harry'emu George. — Od tego czasu teleportuje się co rano z sypialni do kuchni, żeby pokazać, że potrafi.

W korytarzu rozległy się kroki i do kuchni weszły Hermiona i Ginny, obie blade i zaspane.

— Dlaczego musimy zrywać się tak wcześnie? — jęknęła Ginny, która trąc oczy, usiadła przy stole.

— Mamy kawałek do przejścia — odrzekł pan Weasley.

— Do przejścia? — zdziwił się Harry. — Idziemy pieszo na mistrzostwa świata?

— Nie, nie, to całe mile stąd — odpowiedział pan Weasley, uśmiechając się. — Ale kawałek trzeba przejść. To właśnie sprawia zwykle dużą trudność wielu czarodziejom: jak się gdzieś zgromadzić, żeby nie ściągnąć na siebie uwagi mugoli. Musimy być bardzo ostrożni, kiedy podróżujemy, a co dopiero przy takich wielkich zgromadzeniach, jak mistrzostwa świata w quidditchu...

— George! — krzyknęła ostro pani Weasley i wszyscy podskoczyli.

— Co? — zapytał George niewinnym tonem, który nikogo nie zwiódł.

— Co masz w kieszeni?

— Nic!

— Nie kłam mi w żywe oczy!

Pani Weasley wycelowała różdżkę w kieszeń George'a i powiedziała:

— *Accio!*

Z kieszeni wystrzeliło kilkanaście małych, kolorowych kostek. George chciał je złapać, ale nie zdążył i wszystkie wylądowały na wyciągniętej dłoni pani Weasley.

— Miałeś je zniszczyć! — fuknęła ze złością, pokazując garść gigantojęzycznych toffi. — Kazaliśmy ci pozbyć się tego świństwa! Wywrócić mi zaraz kieszenie na lewą stronę, obaj!

Nie była to przyjemna scena: bliźniacy najwyraźniej próbowali przeszmuglować z domu tyle toffi, ile im się uda, a pani Weasley odnalazła wszystkie dopiero dzięki zaklęciu przywołującemu.

— *Accio! Accio! Accio!* — wykrzykiwała, a toffi wyskakiwały z najróżniejszych dziwnych miejsc, w tym spod podszewki kurtki George'a i zza podwiniętych nogawek dżinsów Freda.

— Wynalezienie ich kosztowało nas sześć miesięcy pracy! — zawołał Fred do matki, kiedy wyrzucała cukierki.

— Wspaniały sposób na zmarnotrawienie sześciu miesięcy! — wrzasnęła. — Trudno się dziwić, że zaliczyliście tak mało sumów!

Trudno też było się dziwić, że atmosfera nieco się zagęściła. Kiedy pani Weasley na pożegnanie ucałowała męża w policzek, wciąż była nachmurzona, choć nie aż tak, jak obaj bliźniacy, którzy zarzucili plecaki i wyszli z kuchni bez słowa.

— No, to bawcie się dobrze — powiedziała pani Weasley — i zachowujcie się jak należy! — zawołała w kierunku pleców bliźniaków, ale nawet się nie obejrzeli ani nie odpowiedzieli. — Billa, Charliego i Percy'ego wyślę gdzieś koło południa — dodała, zwracając się do pana Weasleya, kiedy on, Harry, Ron, Hermiona i Ginny ruszyli za Fredem i George'em przez ciemny trawnik.

Było zimno, księżyc jeszcze świecił. Jedynie słaba, zielonkawa poświata tuż nad horyzontem wskazywała na bliskość świtu. Harry pomyślał o tysiącach czarodziejów udających się na finał mistrzostw świata w quidditchu i przyspieszył kroku, by zrównać się z panem Weasleyem.

— W jaki sposób wszyscy się tam dostaną, nie zwracając na siebie uwagi mugoli? — zapytał.

— To bardzo skomplikowana operacja — westchnął pan Weasley. — W końcu chodzi o jakieś sto tysięcy czarodziejów, którzy mają się zgromadzić w jednym miejscu, a oczywiście nie dysponujemy tak wielkim obiektem magicznym, by wszyscy się pomieścili. Są, rzecz jasna, miejsca, do których mugole nie mogą przeniknąć, ale wystarczy sobie wyobrazić próbę stłoczenia stu tysięcy czarodziejów na ulicy Pokątnej albo na peronie dziewięć i trzy czwarte. Musieliśmy więc znaleźć jakieś odludne wrzosowisko i zastosować mnóstwo antymugolskich środków ostrożności. Całe ministerstwo pracowało nad tym miesiącami. Przede wszystkim musieliśmy rozłożyć w czasie samo przybycie na mistrzostwa. Ci z tańszymi biletami musieli się pojawić na miejscu już dwa tygodnie temu. Pewna liczba czarodziejów wykorzystuje mugolskie środki transportu, ale nie mogliśmy pozwolić, by zbyt wielu zatłoczyło autobusy i pociągi, a pamiętaj, że czarodzieje przybywają z całego świata. Oczywiście niektórzy się teleportują, ale musieliśmy ustanowić bezpieczne punkty aportacji, z dala od mugoli. O ile wiem, jest tam w pobliżu las, w sam raz na bezpieczną aportację. Ci, którzy nie chcą albo nie potrafią się teleportować, muszą skorzystać ze świstoklików. To takie obiekty, którymi czarodzieje przemieszczają się z jednego miejsca na drugie w określonym czasie. W razie potrzeby można nimi przenosić dużą grupę na raz. Mamy dwieście świstoklików, rozmieszczonych w strategicznych punktach całej Wielkiej Brytanii, a najbliższy jest na szczycie wzgórza Stoatshead, dokąd właśnie idziemy.

Pan Weasley wskazał przed siebie, gdzie poza wioską Ottery St Catchpole czerniało wielkie wzniesienie.

— Jak wyglądają takie świstokliki? — zapytał zaciekawiony Harry.

— Przede wszystkim nie mogą rzucać się w oczy — odrzekł pan Weasley. — Wybieramy takie przedmioty, na które mugole nie zwrócą uwagi, a więc nie podniosą z ziemi i nie zaczną się nimi bawić. No wiesz, coś takiego, co uznają po prostu za śmieci.

Maszerowali ciemną, mokrą drogą ku wiosce; w ciszy

słychać było tylko odgłos ich kroków. Niebo bladło powoli, kiedy szli przez uśpioną jeszcze wioskę: atramentowa czerń zamieniła się w ciemny granat. Harry'emu zmarzły dłonie i stopy. Pan Weasley co jakiś czas zerkał na zegarek.

Kiedy zaczęli się wspinać na wzgórze Stoatshead, stracili ochotę do rozmowy. Od czasu do czasu wpadali w niewidoczne jamy królików i potykali się o gęste kępy trawy. Kiedy wreszcie wyszli na płaski szczyt, Harry był zdyszany, a nogi zaczynały mu odmawiać posłuszeństwa.

— Huuu — wysapał pan Weasley, zdejmując okulary i wycierając je o sweter. — No, tempo było całkiem niezłe... mamy jeszcze dziesięć minut.

Hermiona pojawiła się na szczycie ostatnia, trzymając się za bok, bo dostała kolki.

— Teraz musimy tylko znaleźć świstoklik — rzekł pan Weasley, zakładając okulary i rozglądając się po ziemi. — Nie będzie duży... No, to do dzieła.

Rozproszyli się i zaczęli szukać. Minęło jednak zaledwie kilka minut, gdy ciszę rozdarł krzyk:

— Tutaj, Arturze! Tutaj, synu, mamy go!

Na tle rozgwieżdżonego nieba pojawiły się dwie wysokie sylwetki.

— Amos! — zawołał pan Weasley, zmierzając z uśmiechem na twarzy w stronę mężczyzny, który krzyknął. Reszta ruszyła za nim.

Pan Weasley ściskał dłoń czarodziejowi o rumianej twarzy, okolonej krzaczastą brązową brodą, który w drugiej dłoni trzymał jakiś zapleśniały stary but.

— Moi drodzy, to jest Amos Diggory — powiedział pan Weasley. — Pracuje w Urzędzie Kontroli nad Magicznymi Stworzeniami. I chyba znacie jego syna Cedrika?

Cedrik Diggory był kapitanem i szukającym drużyny

Puchonów. Miał około siedemnastu lat i uchodził za jednego z najprzystojniejszych chłopców w całej szkole.

— Cześć — powiedział Cedrik, rozglądając się po twarzach obecnych.

Wszyscy, prócz Freda i George'a, odpowiedzieli mu „cześć". Bliźniacy tylko kiwnęli głowami. Do tej pory nie wybaczyli Cedrikowi wygranej z drużyną Gryfonów, w pierwszym w ubiegłym roku meczu quidditcha.

— Długo musieliście wędrować, Arturze? — zapytał ojciec Cedrika.

— Nie za bardzo — odrzekł pan Weasley. — Mieszkamy zaraz za tą wioską. A wy?

— Trzeba było wstać o drugiej w nocy, prawda, Ced? Będę rad, gdy mój syn dostanie już wreszcie prawo teleportacji. Ale nie uskarżam się... w końcu to finał mistrzostw świata. Warto przejść się kawałek, no i wydać worek galeonów na bilety. I chyba jakoś się udało... — Spojrzał dobrodusznie na trzech młodych Weasleyów, Harry'ego, Hermionę i Ginny. — To wszystko twoje dzieciaki, Arturze?

— Och nie, tylko te rudzielce — odpowiedział pan Weasley, wskazując na swoje dzieci. — To jest Hermiona, koleżanka Rona... i Harry, też ich kolega ze szkoły...

— Na brodę Merlina! — zawołał Amos Diggory, wytrzeszczając oczy. — Harry? Harry Potter?

— Ee... no... tak — rzekł Harry.

Harry przywykł już do tego, że ludzie przyglądają mu się ciekawie, kiedy dowiadują się, kim jest, a przede wszystkim przypatrują się dziwnej bliźnie na jego czole, ale wciąż budziło to w nim zażenowanie.

— Ced opowiadał o tobie, a jakże — powiedział Amos Diggory. — Tak, tak, wiem wszystko o waszym meczu w ubiegłym roku... Powiedziałem mu: „Ced, będziesz miał co opowiadać swoim wnukom. Pokonałeś samego Harry'e-go Pottera!"

Harry'emu nie przychodziła do głowy żadna odpowiedź na to wyznanie, więc milczał. Fred i George łypali niezbyt przyjaźnie na Cedrika, który lekko się zmieszał.

— Tato, Harry spadł z miotły — mruknął. — Mówiłem ci... to był wypadek...

— Tak, ale *ty* nie spadłeś z miotły, prawda? — zagrzmiał z dumą Amos, waląc syna po plecach. — Zawsze taki skromny, ten nasz Ced, zawsze taki dobrze wychowany... ale w końcu wygrał lepszy i jestem pewny, że Harry to przyzna, prawda, Harry? Kiedy jeden spada z miotły, a drugi z niej nie spada, nie trzeba być geniuszem, żeby stwierdzić, który z nich lepiej lata na miotle!

— Chyba już czas — powiedział szybko pan Weasley, patrząc na zegarek. — Amosie, czy jeszcze na kogoś czekamy?

— Nie, Lovegoodowie polecieli już tydzień temu, a Fawcettowie nie dostali biletów. To chyba wszyscy z naszej okolicy, co?

— O ile wiem, wszyscy — odpowiedział pan Weasley. — No, mamy już tylko minutę, lepiej się przygotujmy... — Spojrzał na Harry'ego i Hermionę. — Trzeba tylko dotknąć świstoklika, to wszystko, wystarczy jednym palcem...

Z pewnym trudem, ze względu na wypchane plecaki, cała dziewiątka zgromadziła się wokół starego buta, który Amos Diggory trzymał w wyciągniętej ręce.

Stali tak w ciasnym kręgu, gdy na szczycie wzgórza powiał zimny wiatr. Nikt nic nie mówił. Harry'emu nagle przyszło do głowy, że gdyby ich teraz zobaczył przypadkiem jakiś mugol, bardzo by się zdziwił... Blady świt, pustkowie, a tu dziewięć osób, w tym dwie dorosłe, trzyma stary, wyświechtany but i wyraźnie na coś czeka.

— Trzy — mruknął pan Weasley, wciąż wpatrując się w zegarek — dwa... jeden...

Zaledwie przebrzmiało „jeden", gdy Harry poczuł, jakby w okolicach pępka coś szarpnęło go mocno do przodu. Jego stopy oderwały się od ziemi, ramionami wyczuwał obok siebie Rona i Hermionę, a wszyscy pędzili gdzieś pośród ryku wiatru i migających barwnych plam; jego palec wskazujący przywarł do buta, który zdawał się ciągnąć go naprzód jak potężny magnes, a potem...

Uderzył stopami w coś twardego, Ron wpadł na niego, zwalając go z nóg, świstoklik rąbnął w ziemię tuż obok jego głowy, aż zadudniło.

Harry rozejrzał się. Pan Weasley, pan Diggory i Cedrik stali pewnie na nogach, choć wiatr nadal targał im włosy i ubrania, reszta leżała na ziemi.

— Piąta siedem, ze wzgórza Stoatshead — rozległ się głos.

ROZDZIAŁ SIÓDMY

Bagman i Crouch

Harry wyplątał się z kończyn Rona i wstał. Wylądowali na jakimś zamglonym wrzosowisku. Przed nimi stało dwóch wyraźnie zmęczonych i naburmuszonych czarodziejów; jeden trzymał wielki złoty zegarek, drugi gruby zwój pergaminu i pióro. Obaj mieli na sobie stroje mugoli, choć niezbyt szczęśliwie dobrane: ten z zegarkiem ubrany był w tweedowy garnitur i sięgające ud śniegowce, a jego towarzysz w szkocki kilt i poncho.

— Dzień dobry, Bazylu — rzekł pan Weasley, podnosząc gumiak i wręczając go czarodziejowi w szkockiej spódniczce. Ten wrzucił but do wielkiej skrzyni pełnej zużytych świstoklików, wśród których Harry dostrzegł starą gazetę, pustą puszkę po jakimś napoju i podziurawioną piłkę futbolową.

— Witaj, Arturze — odpowiedział Bazyl zmęczonym głosem. — Co, nie w pracy? Niektórzy to mają dobrze... my tu siedzimy od wieczora... Lepiej się odsuńcie, bo piąta piętnaście ląduje spora grupa z Black Forest. Chwileczkę, zaraz znajdę wasz kemping... Weasley... Weasley... —

Przebiegł wzrokiem po pergaminowym zwoju. — Jakieś ćwierć mili stąd, pierwsze pole namiotowe, jakie napotkacie. Właściciel kempingu nazywa się Roberts. Diggory... drugie pole... pytaj o Payne'a.

— Dzięki, Bazylu — rzekł pan Weasley i machnął ręką na resztę, by poszli za nim.

Ruszyli opustoszałym wrzosowiskiem, niewiele wokół siebie widząc z powodu mgły. Po jakichś dwudziestu minutach z mgły wyłonił się kamienny domek, a obok niego brama. Poza nimi Harry dostrzegł widmowe zarysy setek namiotów pokrywających łagodne zbocze sięgające ciemnego lasu na horyzoncie. Pożegnali się z Diggorymi i podeszli do kamiennego domku.

W drzwiach stał jakiś mężczyzna, obserwujący kemping. Harry natychmiast rozpoznał w nim prawdziwego mugola. Kiedy mężczyzna usłyszał ich kroki, odwrócił się, by zobaczyć, kto nadchodzi.

— Dzień dobry! — zagadnął go dziarsko pan Weasley.

— Dzień dobry — odpowiedział mugol.

— Czy pan Roberts?

— Zgadza się — odrzekł pan Roberts. — A pan?

— Weasley... dwa namioty, rezerwacja sprzed paru dni.

— Taak — powiedział pan Roberts, zerkając na listę przybitą do drzwi. — Macie miejsce tuż pod lasem. Na jedną dobę?

— Tak jest — odrzekł pan Weasley.

— Więc płaci pan od razu?

— Ee... tak jest... oczywiście... — wyjąkał pan Weasley. — Odszedł nieco na bok i gestem przywołał do siebie Harry'ego. — Pomóż mi, Harry — mruknął, wyciągając z kieszeni zwitek mugolskich banknotów i rozwijając je po kolei. — Ten to... dziesięć? Aha, teraz widzę te maleńkie cyferki... więc to piątka?

— Dwudziestka — poprawił go cicho Harry, świadom, że pan Roberts chciwie łowi każde ich słowo.

— No tak, więc to będzie... no, nie wiem... te papierowe świstki...

— Z zagranicy? — zapytał pan Roberts, kiedy pan Weasley wrócił do niego z odliczonymi poprawnie banknotami.

— Z zagranicy? — powtórzył pan Weasley, szczerze zdziwiony.

— Nie pan pierwszy ma kłopoty z banknotami — odrzekł pan Roberts, przyglądając mu się uważnie. — Dziesięć minut temu miałem tu takich dwóch, co mi próbowali zapłacić złotymi monetami wielkości kołpaków samochodowych.

— Naprawdę? — zapytał nerwowo pan Weasley.

Pan Roberts zaczął grzebać w puszce, żeby znaleźć drobne i wydać resztę.

— Jeszcze nigdy nie było tu takich tłumów — powiedział nagle, spoglądając znowu na zamglone pole biwakowe. — Setki rezerwacji. Zwykle ludzie pojawiają się bez zapowiedzi...

— Czy to w porządku? — zapytał pan Weasley, wyciągając rękę po drobne, ale pan Roberts nie kwapił się, by mu je wręczyć.

— No chyba — odrzekł z zadumą. — Walą tu ze wszystkich stron. Mnóstwo cudzoziemców. I nie tylko zwykłych cudzoziemców. No, wie pan, jest tu kupa bardzo dziwnych typów. Krąży tu, na przykład, facet w kilcie i poncho.

— A nie powinien? — zapytał z niepokojem pan Weasley.

— To chyba coś w rodzaju... bo ja wiem... jakiegoś zjazdu, czy co... Wszyscy jakby się znali. Jakieś wielkie przyjęcie, czy co?

W tym momencie tuż obok drzwi domku pojawił się znikąd czarodziej w pumpach.

— *Obliviate!* — powiedział ostrym tonem, wskazując różdżką na pana Robertsa.

Pan Roberts potoczył wokoło błędnym wzrokiem, czoło mu się wygładziło, a na twarzy pojawił wyraz błogiej nieświadomości. Harry rozpoznał objawy nagłego zmodyfikowania pamięci.

— Oto plan kempingu — powiedział łagodnie do pana Weasleya. — I pańska reszta.

— Bardzo dziękuję — odpowiedział pan Weasley.

Czarodziej w pumpach odprowadził ich do bramy kempingu. Wyglądał na zmęczonego, podbródek miał siny od zarostu, a oczy podkrążone. Kiedy już odeszli kawałek, mruknął do pana Weasleya:

— Mamy z nim sporo kłopotów. Żeby się dobrze czuł, trzeba na niego rzucać zaklęcie zapomnienia z dziesięć razy w ciągu jednego dnia. A Ludo Bagman w ogóle się niczym nie przejmuje. Wałęsa się po całym kempingu, rozprawiając o tłuczkach i kaflach, a tak się przy tym wydziera, jakby nie wiedział o antymugolskich środkach bezpieczeństwa. Naprawdę, odetchnę, jak już to wszystko się skończy. No to do zobaczenia, Arturze.

I zdeportował się.

— Myślałam, że pan Bagman jest dyrektorem Departamentu Magicznych Gier i Sportów — powiedziała Ginny, lekko zaskoczona. — Chyba nie powinien rozmawiać o tłuczkach, kiedy mugole są w pobliżu, prawda?

— Ano chyba nie — zgodził się pan Weasley, uśmiechając się i prowadząc ich przez bramę. — Ale Ludo zawsze jest trochę... no... lekkomyślny, jeśli chodzi o bezpieczeństwo. Z drugiej strony trudno sobie wyobrazić wspanialszego szefa Departamentu Sportów. Sam grał w quidditcha, i to w reprezentacji Anglii. Był najlepszym pałkarzem, jakiego kiedykolwiek miały Osy z Wimbourne.

Wspinali się po zamglonym zboczu, między długimi rzędami namiotów. Większość wyglądała prawie normalnie; ich mieszkańcy najwyraźniej starali się, by wyglądały jak mugolskie, co nie przeszkadzało im jednak pododawać tu i ówdzie kominów, dzwonków z rączkami czy blaszanych wiatrowskazów. Niektóre namioty były jednak tak jawnie czarodziejskie, iż trudno się było dziwić, że wzbudziły w panu Robertsie podejrzliwość. W połowie zbocza stał prawdziwy pałac z pasiastego jedwabiu; u wejścia było uwiązanych kilka żywych pawi. Nieco dalej minęli namiot o trzech piętrach i kilku wieżyczkach, a tuż za nim ktoś wyczarował sobie przed namiotem wystawny ogródek, z sadzawką dla ptaków, zegarem słonecznym i fontanną.

— Zawsze to samo — mruknął pan Weasley, uśmiechając się. — Tak nam trudno oprzeć się pokusie zrobienia wrażenia na innych, kiedy jesteśmy razem. Ach, ale spójrzcie, oto nasze miejsce!

Doszli do skraju lasu na szczycie wzgórza. Było tam puste miejsce oznaczone tabliczką z napisem: „Weezly".

— Trudno o lepsze miejsce! — zachwycił się pan Weasley. — Stadion jest tuż za lasem, bliżej już być nie mogło. — Zrzucił plecak z ramion. — No i niespodzianka! — dodał, wyraźnie podniecony. — Nie wolno używać czarów, bo znajdujemy się na terenie mugoli. Rozbijemy namioty własnoręcznie! Nie powinno być z tym trudności...

mugole zawsze tak robią... Hej, Harry, jak myślisz, od czego powinniśmy zacząć?

Harry jeszcze nigdy nie był na kempingu. Dursleyowie nigdzie go nie zabierali; kiedy sami wyjeżdżali z miasta, woleli zostawiać go u sąsiadki, starej pani Figg. Z pomocą Hermiony udało mu się jednak rozwikłać zagadkę przeznaczenia poszczególnych tyczek, linek i kołków, i w końcu — choć pan Weasley bardziej przeszkadzał, niż pomagał, bo ogarnęło go prawdziwe podniecenie, gdy doszło do użycia drewnianego młotka — udało im się wznieść dwa podniszczone dwuosobowe namioty.

Wszyscy cofnęli się, by podziwiać swe dzieło. Harry był pewien, iż nikt się nie domyśli, że namioty należą do czarodziejów. Był jednak pewien kłopot: kiedy pojawią się Bill, Charlie i Percy, będzie ich razem dziesięcioro. Hermiona też chyba o tym pomyślała, bo spojrzała na niego wymownie, kiedy pan Weasley wczołgał się na czworakach do pierwszego namiotu.

— Będzie nam trochę ciasno — zawołał — ale chyba jakoś się pomieścimy. Właźcie tu i sami zobaczcie.

Harry zgiął się w pół, zajrzał do środka i szczęka mu opadła ze zdumienia. Wnętrze przypominało staromodne trzypokojowe mieszkanie, z łazienką i kuchnią. I, co jeszcze dziwniejsze, umeblowanie było w zupełnie tym samym stylu, co w mieszkaniu pani Figg: źle dobrane fotele przykryte były szydełkowanymi pokrowcami, a w powietrzu unosił się ostry zapach kotów.

— Ale nie zabawimy tu długo — powiedział pan Weasley, ocierając sobie łysinę chustką i spoglądając na cztery piętrowe łóżka stojące w sypialni. — Sprzęt turystyczny pożyczyłem od Perkinsa, kolegi z biura. Biedaczysko, już go nie używa, złapał lumbago.

Podniósł zakurzony czajnik i zajrzał do środka.

— Będzie nam potrzebna woda...

— Na planie, który dostaliśmy od tego mugola, jest zaznaczony kran — powiedział Ron, który wczołgał się do namiotu za Harrym. Wyglądało na to, że niezwykłe proporcje wnętrza nie zrobiły na nim żadnego wrażenia.

— Po drugiej stronie kempingu.

— To może byście przynieśli trochę wody... — pan Weasley zwrócił się do Rona, Harry'ego i Hermiony, wręczając im czajnik i parę rondli — a my tymczasem znajdziemy trochę drewna na ognisko.

— Przecież mamy tu piec — powiedział Ron. — Możemy po prostu...

— Ron, antymugolskie środki bezpieczeństwa! — przypomniał mu pan Weasley, wciąż bardzo podekscytowany.

— Prawdziwi mugole na kempingu zawsze rozpalają ognisko, żeby sobie coś ugotować. Sam widziałem!

Po krótkim zwiedzeniu namiotu dziewczynek, nieco mniejszego od namiotu chłopców, ale pozbawionego kociego zapachu, Harry, Ron i Hermiona wyprawili się na drugi koniec kempingu z czajnikiem i rondlami.

Teraz, gdy wzeszło słońce i mgła opadła, ujrzeli całe miasto namiotów, rozciągające się we wszystkie strony. Szli powoli, rozglądając się z ciekawością dookoła. Dopiero teraz Harry zaczął sobie zdawać sprawę z tego, ilu czarodziejów musi być na świecie; do tej pory jakoś nie myślał o tych, którzy mieszkają w innych krajach.

Obozowicze zaczynali się budzić. Pierwsze wychynęły z namiotów rodziny z małymi dziećmi; Harry jeszcze nigdy nie widział tak małych czarownic i czarodziejów. Jakiś mały, najwyżej dwuletni chłopczyk przycupnął przy wielkim namiocie w kształcie piramidy, trzymając w ręku różdżkę i z uciechą dźgając nią nagiego ślimaka w trawie, który powoli powiększał się do rozmiarów salami. Właśnie przechodzili obok niego, gdy z namiotu wypadła matka.

— Ile razy mam ci powtarzać, Kevin? NIE WOLNO — DOTYKAĆ — RÓŻDŻKI — TATUSIA... ojej!!! Niechcący nastąpiła na wielkiego ślimaka, który rozpękł się z trzaskiem. Jej krzyki niosły się za nimi długo, pomieszane z wrzaskami chłopczyka: „Popękałaś ślimaka! Popękałaś ślimaka!"

Nieco dalej zobaczyli dwie małe czarodziejki, niewiele starsze od Kevina, które latały na dziecinnych miotełkach tuż nad trawą. Dostrzegł je już przedstawiciel Ministerstwa Magii i kiedy przebiegał obok Harry'ego, Rona i Hermiony, usłyszeli, jak mruczy pod nosem:

— W biały dzień! A rodzicom pewno nie chce się wstać, żeby przypilnować swoich dzieci...

Tu i tam dorośli czarodzieje wyłaniali się z namiotów i zabierali do przygotowywania śniadania. Niektórzy rozglądali się ukradkiem i wyczarowywali ogień różdżkami, inni wyjmowali mugolskie zapałki i pocierali je o pudełka z takimi minami, jakby byli pewni, że nic z tego nie wyjdzie. Trzech czarodziejów z Afryki rozprawiało o czymś z przejęciem; wszyscy mieli na sobie długie białe szaty i piekli na rożnie coś, co przypominało królika. Grupa amerykańskich czarownic w średnim wieku plotkowała wesoło pod rozpiętym między linkami dwóch namiotów transparentem, na którym było wypisane: INSTYTUT CZAROWNIC Z SALEM. Z namiotów, które mijali, Harry wychwytywał strzępy rozmów w nie znanych mu językach, a choć nie rozumiał ani słowa, wyczuwał w tych głosach wielkie podniecenie.

— Czy coś jest nie tak z moimi oczami, czy naprawdę wszystko zrobiło się zielone? — zapytał nagle Ron.

Z jego oczami było wszystko w porządku. Weszli między grupę namiotów porośniętych gęstą koniczyną, tak że wyglądały jak małe, dziwaczne pagórki. Z namiotów wyglądały roześmiane twarze. A potem usłyszeli, że za ich plecami ktoś wykrzykuje ich imiona.

— Harry! Ron! Hermiona!

Był to Seamus Finnigan, ich kolega z czwartej klasy. Siedział przed porośniętym koniczyną namiotem, z jasnowłosą kobietą, która musiała być jego matką, i swoim najlepszym przyjacielem, Deanem Thomasem. Obaj byli z Gryffindoru.

— Jak wam się podobają nasze dekoracje? — zapytał Seamus, uśmiechając się szeroko, kiedy Harry, Ron i Hermiona podeszli, by się z nim przywitać. — Ministerstwo nie jest nimi zachwycone.

— A niby dlaczego mielibyśmy się wstydzić naszych barw narodowych? — obruszyła się pani Finnigan. — Powinniście zobaczyć, jak wyglądają namioty Bułgarów. Mam nadzieję, że kibicujecie Irlandii? — dodała, świdrując spojrzeniem Harry'ego, Rona i Hermionę.

Zapewnili ją, że oczywiście kibicują Irlandii, a gdy odeszli, Ron zauważył:

— Spróbowalibyśmy odpowiedzieć co innego...

— Ciekawa jestem, czym poobwieszali swoje namioty Bułgarzy — powiedziała Hermiona.

— Chodźmy zobaczyć — zaproponował Harry, wskazując na dużą grupę namiotów w oddali, nad którą powiewała biało-zielono-czerwona bułgarska flaga.

Namioty Bułgarów nie były pokryte żywymi roślinami, za to do każdego był przymocowany plakat z twarzą jakiegoś gbura z gęstymi czarnymi brwiami. Twarz na fotografii była, oczywiście, ruchoma, ale tylko mrugała i łypała groźnie spod nastroszonych brwi.

— Krum — powiedział cicho Ron.

— Co? — zapytała Hermiona.

— Krum! — powtórzył Ron. — Wiktor Krum, szukający Bułgarów!

— Wygląda dość ponuro — powiedziała Hermiona, spoglądając na dziesiątki Krumów mrugających i łypiących na nich groźnie.

— Dość ponuro? — Ron wzniósł oczy ku niebu. — A co to ma za znaczenie, jak on wygląda? Jest naprawdę niewiarygodny. I wcale nie jest taki stary. Ma najwyżej osiemnaście lat albo coś koło tego. To prawdziwy geniusz, poczekaj do wieczora, to sama zobaczysz.

W rogu pola namiotowego utworzyła się już mała kolejka do kranu z wodą. Harry, Ron i Hermiona stanęli na końcu, tuż za dwoma czarodziejami kłócącymi się o coś zażarcie. Jednym był staruszek w długiej nocnej koszuli w kwiatki. Drugi był najwyraźniej pracownikiem Ministerstwa Magii; w ręku trzymał parę spodni w prążki i wyglądał, jakby miał się rozpłakać ze złości.

— Załóż je, Archie, nie bądź głupi, przecież nie możesz paradować w czymś takim, mugole przy bramie już zaczynają coś podejrzewać...

— Kupiłem to w sklepie mugoli — upierał się staruszek. — Mugole to noszą.

— Mugolskie kobiety, Archie, nie mężczyźni! Mężczyźni noszą to! — odpowiedział czarodziej z ministerstwa, wymachując spodniami w prążki.

— Ani myślę chodzić w czymś takim — odrzekł oburzony staruszek. — Lubię, jak mi przewiewa intymne zakątki, to bardzo zdrowe...

Hermiona dostała takiego ataku śmiechu, że musiała chyłkiem wycofać się z kolejki i wróciła dopiero wtedy, gdy Archie nabrał wody i odszedł.

Wracali dużo wolniej, objuczeni pełnymi wody rondlami i czajnikiem. Tu i tam dostrzegali znajome twarze innych uczniów Hogwartu z rodzinami. Oliver Wood, były kapitan drużyny Gryfonów, który dopiero co skończył Hogwart, zaciągnął Harry'ego do namiotu swoich rodziców, by go im przedstawić, po czym, cały podniecony, oświadczył, że właśnie go zwerbowali do rezerwowej drużyny Zjednoczonych z Pudlemere. Potem powitał ich z daleka Ernie Macmillan, Puchon z czwartej klasy, a nieco dalej zobaczyli Cho Chang, bardzo ładną dziewczynę, która grała na pozycji szukającego w drużynie Krukonów. Pomachała do nich ręką i uśmiechnęła się do Harry'ego, który machając do niej, chlusnął na siebie wodą. Głównie po to, by przerwać głupie chichoty Rona, wskazał szybko na dużą grupę nastolatków, których nigdy przedtem nie widział.

— Jak myślisz, kim oni są? — zapytał. — Jakoś nie pamiętam, żebym ich spotkał w Hogwarcie, a ty?

— Oni chyba są z zagranicy — odpowiedział Ron. — Wiem, że jest kilka zagranicznych szkół, ale jeszcze nigdy nie spotkałem ucznia którejś z nich. Bill korespondował z kimś z Brazylii... dawno, dawno temu... i chciał pojechać tam na wymianę, ale rodzice nie mogli sobie na to pozwolić. Jego korespondencyjny kumpel obraził się i przysłał mu zaczarowany kapelusz, jak Bill go włożył, uschły mu uszy.

Harry roześmiał się, ale nie wyraził na głos zdziwienia, które go ogarnęło, gdy usłyszał o innych szkołach dla czarodziejów. Teraz, widząc przedstawicieli tylu różnych narodowości, poczuł się głupio, bo do tej pory jakoś nie pomyślał, że istnieją inne szkoły magii poza Hogwartem.

Zerknął na Hermionę, ale ta nie zdawała się ani trochę zaskoczona. No tak, na pewno przeczytała o nich w książkach, które tak namiętnie pochłaniała.

— Ale was długo nie było — powiedział George, kiedy w końcu dotarli do namiotów Weasleyów.

— Spotkaliśmy masę znajomych — odrzekł Ron, stawiając czajnik na ziemi. — Co, jeszcze nie rozpaliliście ogniska?

— Tata ma ekstra ubaw z tymi zapałkami — powiedział Fred.

Panu Weasleyowi jeszcze się nie udało rozpalić ogniska, ale bynajmniej nie dlatego, że nie próbował. Wokół niego leżało na ziemi mnóstwo zapałek, a on sam był wniebowzięty.

— Uuuups! — zawołał, kiedy mu się udało zapalić kolejną zapałkę, którą natychmiast z wrażenia upuścił.

— Proszę mi to dać, panie Weasley — powiedziała uprzejmie Hermiona, wyjmując mu pudełko z ręki i zabierając się do pokazania, jak to należy zrobić.

W końcu rozpalili ognisko, ale minęła kolejna godzina, zanim udało im się coś nad nim ugotować. Ale nie nudzili się, czekając. Okazało się, że ich namioty położone są przy głównej arterii obozowiska, po której wciąż kręcili się tam i z powrotem przedstawiciele Ministerstwa Magii, pozdrawiając serdecznie pana Weasleya. Pan Weasley komentował głośno te spotkania, głównie z myślą o Harrym i Hermionie, bo jego własne dzieci zbyt wiele wiedziały o ministerstwie, by mogło je to interesować.

— To był Cuthbert Mockridge, kierownik Biura Łączności z Goblinami... a tu idzie Gilbert Wimple, pracuje w Komisji Eksperymentalnych Zaklęć, od jakiegoś czasu ma te różki... Cześć, Arnie... To Arnold Peasegood, jest amnezjatorem... no, wiesz, członkiem specjalnej brygady, która interweniuje, kiedy ktoś przypadkowo użyje zaklęcia... a to Bode i Croaker... są niewymownymi...

— Kim?

— Pracują w Departamencie Tajemnic, ściśle tajne, nikt nie wie, czym się zajmują...

W końcu, kiedy w ognisku zrobiło się tyle żaru, że zaczęli gotować jajka i parówki, spomiędzy drzew wyszli ku nim Bill, Charlie i Percy.

— Właśnie się zaportowaliśmy, tato! — zawołał Percy.

— Ach, wspaniale, jest drugie śniadanie!

Spałaszowali już połowę jajek i parówek, kiedy pan Weasley zerwał się na nogi i zaczął wymachiwać ręką do mężczyzny, który szedł ku nim wielkimi krokami.

— A oto i najważniejsza osoba! Ludo!

Ludo Bagman okazał się najosobliwszą postacią, jaką Harry do tej pory zobaczył, włączając starego pana Archie w nocnej koszuli w kwiatki. Miał na sobie długą szatę do quidditcha w szerokie, poziome, żółto-czarne pasy, z ogromną osą na piersiach. Sprawiał wrażenie potężnie zbudowanego mężczyzny, który nieco przytył; szata opinała się ciasno na wielkim brzuchu, którego na pewno nie miał, gdy grywał w quidditcha w reprezentacji Anglii. Nos miał złamany (pewnie dostał tłuczkiem, pomyślał Harry), ale okrągłe niebieskie oczy, krótkie jasne włosy i różowa cera nadawały mu wygląd wyjątkowo wyrośniętego ucznia.

— Ahoj! — zawołał uradowany.

Szedł tak, jakby miał do stóp przymocowane sprężyny i najwyraźniej był w stanie euforii.

— Arturze, mój stary — wysapał, kiedy dotarł do ogniska — ale dzień, co? Co za dzień! Trudno sobie wymarzyć lepszą pogodę! Będziemy mieli wieczór bez jednej chmurki... i wszystko idzie jak w zegarku... mówię ci, nie mam nic do roboty!

W tym momencie za jego plecami przebiegła grupka skrajnie wyczerpanych czarodziejów z ministerstwa, pokazujących sobie buchający w niebo snop fioletowych iskier, najwyraźniej z czarodziejskiego ogniska.

Percy podskoczył do niego z wyciągniętą ręką. Nie najlepsza opinia, jaką Ludo Bagman miał w swoim departamencie, najwidoczniej nie przeszkadzała Percy'emu w chęci zrobienia najlepszego wrażenia.

— Ach... tak... — powiedział z uśmiechem pan Weasley — to mój syn, Percy, właśnie podjął pracę w ministerstwie... a to Fred... nie, przepraszam, to George... to jest Fred... Bill, Charlie, Ron... moja córka Ginny... i przyjaciele Rona, Hermiona Granger i Harry Potter.

Bagman lekko drgnął, gdy usłyszał nazwisko Harry'ego, a jego wzrok powędrował szybko do blizny na jego czole.

— Słuchajcie — ciągnął pan Weasley — to jest Ludo Bagman, dobrze wiecie, kim jest, to dzięki niemu mamy takie świetne miejsca...

Bagman rozpromienił się, ale machnął ręką, jakby chciał dać do zrozumienia, że to dla niego drobnostka.

— Arturze, nie postawiłbyś paru galeonów na wynik meczu? — zapytał żywo, podzwaniając złotem ukrytym w kieszeniach swojej żółto-czarnej szaty, a sądząc po dźwięku, musiało go być sporo. — Roddy Pontner już postawił na to, że Bułgaria zdobędzie pierwszego gola... zgodziłem się na jeden do dziewięciu, bo przecież Irlandia ma najlepszą od wielu lat trójkę napastników... a mała Agata Timms postawiła połowę udziału w swojej hodowli węgorzy na to, że mecz będzie trwał co najmniej tydzień.

— Och... a więc dobrze... — powiedział pan Weasley.

— Zaraz... postawiłbym galeona na wygraną Irlandii...

— Galeona? — Ludo Bagman zrobił nieco zawiedzioną minę, ale natychmiast się zreflektował. — Świetnie, znakomicie... ktoś jeszcze chce postawić?

— Nie uważasz, że oni są trochę za młodzi na hazard? — powiedział pan Weasley. — Molly to by się nie spodobało...

— Postawimy trzydzieści siedem galeonów, piętnaście sykli i trzy knuty — oświadczył Fred, kiedy razem z George'em szybko podliczyli swoje oszczędności — że zwycięży Irlandia, ale Wiktor Krum zdobędzie znicza. I możemy dorzucić lipną różdżkę.

— Daj spokój, chyba nie zamierzasz pokazywać panu Bagmanowi takich głupot... — syknął Percy, ale Bagman najwidoczniej był odmiennego zdania o lipnej różdżce, przeciwnie, jego chłopięca twarz aż się zarumieniła z podniecenia, gdy wziął ją od Freda, a kiedy różdżka zaskrzeczała głośno i zamieniła się w gumowego kurczaka, ryknął śmiechem.

— Super! Od lat nie widziałem tak świetnej podróbki! Płacę za nią pięć galeonów!

Percy zamarł z miną, w której zdumienie mieszało się z niesmakiem.

— Chłopcy — mruknął cicho pan Weasley — nie chcę, żebyście się zakładali... to wasze wszystkie oszczędności... Matka...

— Nie psuj wszystkim dobrej zabawy, Arturze! — zagrzmiał Ludo Bagman, podzwaniając złotem jak szalony. — To stare byki, sami wiedzą, czego chcą! To co, uważacie, że Irlandia zwycięży, ale Krum złapie znicza? Małe szanse... naprawdę małe szanse... słuchajcie, za taki zakład dam wam niezłe fory... Zaraz, jak dodamy pięć galeonów za tę śmieszną różdżkę, to będziemy mieli razem...

Pan Weasley patrzył z rozpaczą w oczach, jak Ludo Bagman wyciągnął notatnik i pióro i zaczął wpisywać imiona bliźniaków.

— Ju-huu! — krzyknął George, biorąc od Bagmana zwitek pergaminu i chowając go za pazuchą.

Bagman odwrócił się do pana Weasleya z rozpromienionym obliczem.

— Nie poczęstowałbyś mnie kubkiem herbatki, co? Szukam Barty'ego Croucha. Mam trudności z moim bułgarskim partnerem, nie rozumiem ani słowa z tego, co mówi. Barty na pewno coś by z tego skapował. Zna około stu pięćdziesięciu języków.

— Pan Crouch? — zapytał Percy, którego twarz, do tej chwili stężała w wyrazie potępienia, nagle ożyła. — Zna ich dwieście! Trytoński, goblidegucki, trollański...

— Każdy zna trollański — przerwał mu lekceważąco Fred. — Wystarczy tylko wskazywać palcem i chrząkać.

Percy rzucił Fredowi wyjątkowo mordercze spojrzenie i zaczął energicznie grzebać w ognisku, żeby wodę w czajniku ponownie doprowadzić do wrzenia.

— Ludo, wiecie już coś o Bercie Jorkins? — zapytał pan Weasley, kiedy Bagman usiadł między nimi na trawie.

— Nic — odpowiedział spokojnie Bagman. — Ale na pewno się znajdzie. Biedna stara Berta... pamięć jak dziurawy kociołek i za knut zmysłu orientacji. Założę się, że po prostu gdzieś zabłądziła. Zobaczysz, że któregoś dnia w październiku wkroczy do biura, z przekonaniem, że wciąż jest lipiec.

— Nie uważasz, że warto by już kogoś po nią wysłać? — zapytał pan Weasley niepewnie, gdy Percy podał Bagmanowi kubek z herbatą.

— Barty Crouch wciąż to powtarza — odrzekł Bagman, a jego okrągłe oczy rozszerzyły się niewinnie — ale teraz wszyscy są bardzo potrzebni. Och... o wilku mowa... Barty!

Przy ognisku zaportował się czarodziej, będący dokładnym przeciwieństwem Ludona Bagmana, rozwalonego na trawie w swoim starym kostiumie drużyny Os. Bart Crouch był sztywnym, wyprostowanym starszym jegomościem, ubranym w nieskazitelny garnitur bez jednej zmarszczki, i pod krawatem. Przedziałek dzielący jego szare włosy był aż nienaturalnie prosty, a jego krótkie wąsiki wyglądały, jakby je przystrzyżono, używając suwaka logarytmicznego. Buty miał wyczyszczone na wysoki połysk. Harry od razu zrozumiał, dlaczego Percy tak go uwielbiał. Percy zawsze był zwolennikiem ścisłego przestrzegania zasad i regulaminów, a pan Crouch tak doskonale dostosował się do polecenia przebrania się za mugola, że mógłby uchodzić za wysokiego urzędnika jakiegoś mugolskiego banku. Nawet wuj Vernon nie rozpoznałby w nim czarodzieja.

— Usiądź sobie z nami na trawce — powiedział swobodnie Bagman, poklepując ziemię obok siebie.

— Nie, dziękuję, Ludo — odrzekł Crouch, a w jego głosie zabrzmiała nuta zniecierpliwienia. — Wszędzie cię szukam. Bułgarzy nalegają, żebyśmy dostawili tuzin foteli w loży honorowej.

— Ach, więc o to im chodzi? A ja myślałem, że ten facet prosi mnie o miejsce w jakimś dużym hotelu. Mówi z silnym akcentem.

— Panie Crouch! — wydyszał Percy, zginając się w półukłonie, co sprawiło, że wyglądał, jakby nagle wyrósł mu garb. — Może zechciałby pan wypić kubek gorącej herbaty?

— Och — powiedział pan Crouch, patrząc na Percy'ego z łagodnym zdziwieniem. — Tak... dziękuję ci, Weatherby.

Fred i George parsknęli w swoje kubki. Percy, zaczerwieniony po uszy, rzucił się do czajnika.

— Och... Arturze, z tobą też chciałem zamienić słówko — rzekł pan Crouch, spoglądając bystro na pana Weasleya. — Ali Bashir wstąpił na wojenną ścieżkę. Chce z tobą rozmawiać na temat twojego embarga na latające dywany.

Pan Weasley westchnął ciężko.

— Posłałem mu w związku z tym sowę w zeszłym tygodniu. I żebym mówił mu to raz czy dwa... Powtarzałem mu setki razy: w Rejestrze Zakazanych Obiektów Magicznych dywany figurują jako produkty mugolskie. Ale czy do niego w ogóle coś dociera?

— Wątpię — powiedział pan Crouch, biorąc kubek od Percy'ego. — Uparł się, by je eksportować do Anglii.

— No cóż, w Wielkiej Brytanii dywany nigdy nie zastąpią mioteł, prawda? — odezwał się Bagman.

— Ali uważa, że jest duże zapotrzebowanie rynkowe na pojazd rodzinny — powiedział pan Crouch. — Pamiętam, że mój dziadek miał strzyżonego axminstera na dwanaście osób... ale, rzecz jasna, to było w czasach, kiedy dywany nie były jeszcze zakazane.

Powiedział to w sposób nie pozostawiający cienia wątpliwości, że jego przodkowie ściśle przestrzegali prawa.

— Mamy trochę roboty, co, Barty? — zagadnął Bagman dziarskim tonem.

— Sporo — odpowiedział sucho pan Crouch. — Zorganizowanie świstoklików na pięciu kontynentach to nie zabawa, Ludo.

— Na pewno będziecie zadowoleni, jak to się skończy? — zapytał pan Weasley.

Ludo Bagman zrobił taką minę, jakby to niewinne pytanie wstrząsnęło nim do głębi.

— Zadowoleni? Jeszcze nigdy nie miałem takiej zabawy... chociaż, oczywiście, roboty jest jeszcze od groma, no nie, Barty? Sam powiedz! Sporo już zrobiliśmy, ale jeszcze wiele zostało do zrobienia, prawda?

Pan Crouch uniósł lekko brwi.

— Uzgodniliśmy, że nie będziemy wydawać żadnych oświadczeń, dopóki wszystkie szczegóły...

— A tam, szczegóły! — Bagman machnął ręką, jakby się oganiał od chmary muszek. — Podpisali, prawda? Zgodzili się, prawda? Założę się, że te dzieciaki i tak wkrótce wszystkiego się dowiedzą. Przecież to się dzieje w Hogwarcie...

— Ludo, musimy się spotkać z Bułgarami, zapomniałeś? — przerwał mu ostro pan Crouch. — Dziękuję za herbatę, Weatherby.

Oddał Percy'emu swój pełny kubek i czekał, aż Ludo wstanie. Bagman dźwignął się na nogi, dopijając resztkę herbaty; złoto w jego kieszeniach zadzwoniło wesoło.

— No, to do zobaczenia! Spotkamy się w loży honorowej... jestem komentatorem!

Pomachał im ręką, Barty Crouch skłonił się uprzejmie i obaj zdeportowali się jednocześnie.

— Tato, co się dzieje w Hogwarcie? — zapytał natychmiast Fred. — O czym oni mówili?

— Wkrótce się dowiesz — odpowiedział z uśmiechem pan Weasley.

— To poufna informacja, aż do czasu, kiedy ministerstwo uzna za stosowne oficjalnie ją ogłosić — oświadczył

Percy ważnym tonem. — Pan Crouch ma całkowitą rację, nie chcąc jej ujawniać przed czasem.

— Och, zamknij się, Weatherby — mruknął Fred.

W miarę jak mijało popołudnie, atmosfera podniecenia na polu namiotowym zagęszczała się jak wieczorna mgła. O zmierzchu spokojne letnie powietrze zdawało się już drżeć nastrojem wyczekiwania, a kiedy zapadła ciemność, puściły ostatnie hamulce i prawie wszyscy przestali udawać. Nawet funkcjonariusze ministerstwa pogodzili się z nieuniknionym i przestali walczyć z rażącymi oznakami uprawiania czystej magii.

Co krok aportowali się znikąd sprzedawcy, roznosząc tace lub pchając przed sobą wózki pełne niezwykłych gadżetów. Pojawiły się świecące rozetki — zielone dla kibiców Irlandii, czerwone dla fanów Bułgarii — które wywrzaskiwały nazwiska graczy, spiczaste zielone kapelusze ozdobione roztańczonymi koniczynkami, bułgarskie szarfy z lwami, które naprawdę ryczały, flagi obu państw odgrywające narodowe hymny, gdy się nimi powiewało. Były też maleńkie modele Błyskawic, które naprawdę latały, a także figurki słynnych graczy, które spacerowały po dłoni, pusząc się dumnie.

— Oszczędzałem na to przez całe lato — powiedział Ron Harry'emu, kiedy razem z Hermioną krążyli po kempingu, kupując pamiątki.

Choć Ron kupił już sobie kapelusz z roztańczonymi koniczynkami i wielką zieloną rozetkę, nabył też figurkę Wiktora Kruma, szukającego z drużyny bułgarskiej. Miniaturowy Krum spacerował tam i z powrotem po dłoni Rona, łypiąc groźnie na zieloną rozetkę na jego piersi.

— Ojej, spójrzcie na to! — zawołał Harry, biegnąc ku wózkowi wyładowanemu czymś, co wyglądało jak lornetki, ale miało mnóstwo dziwnych guzików i gałek.

— Omnikulary — zachwalał swój towar sprzedawca. — Można każdą akcję powtórzyć... spowolnić... obejrzeć każdą zagrywkę z komentarzem. Kupujcie... tylko dziesięć galeonów sztuka.

— Kurczę, po co ja to kupiłem — mruknął Ron, wskazując na swój zielony kapelusz i patrząc tęsknie na omnikulary.

— Trzy pary — powiedział stanowczo Harry do sprzedawcy.

— Nie... naprawdę... nie musisz... — wyjąkał Ron, czerwony jak burak.

Ron zawsze był trochę wyczulony na to, że Harry, który odziedziczył małą fortunę po rodzicach, miał więcej pieniędzy od niego.

— Nie dostaniesz nic na Boże Narodzenie — odpowiedział Harry, wtykając jemu i Hermionie omnikulary do rąk. — Przez najbliższe dziesięć lat.

— A, to co innego — ucieszył się Ron.

— Ooch, dzięki, Harry — powiedziała Hermiona. — A ja kupiłam kilka programów, zobaczcie...

Wrócili do swoich namiotów z o wiele lżejszymi sakiewkami. Bill, Charlie i Ginny też już mieli zielone rozetki, a pan Weasley trzymał irlandzką flagę. Fred i George nie kupili żadnych pamiątek, bo oddali Bagmanowi całe oszczędności.

A potem gdzieś za lasem zabrzmiał głęboki, dudniący dźwięk gongu i nagle pośród drzew zapłonęły zielone i czerwone latarnie, oświetlając drogę do stadionu.

— Już czas! — zawołał pan Weasley, równie podniecony, jak jego dzieci. — No, to idziemy!

ROZDZIAŁ ÓSMY

Finał mistrzostw świata w quidditchu

Ściskając swoje świeże nabytki, z panem Weasleyem na przedzie, zagłębili się szybko w las, idąc oświetloną latarniami alejką. Wokoło huczało od okrzyków, śmiechów i śpiewów tysięcy czarodziejów. Nastrój gorączkowego podniecenia udzielił się wszystkim — z twarzy Harry'ego nie znikał radosny uśmiech. Jakieś dwadzieścia minut szli przez las, rozmawiając i dowcipkując, aż w końcu spomiędzy drzew wyłonił się gigantyczny stadion. Choć widać było tylko kawałek otaczającego go długiego złotego muru, Harry był pewien, że w środku zmieściłoby się bez trudu z dziesięć katedr.

— Sto tysięcy miejsc — oświadczył pan Weasley na widok twarzy Harry'ego, wstrząśniętego tym, co zobaczył. — Specjalna, pięćsetosobowa grupa zadaniowa, powołana przez Ministerstwo Magii, pracowała nad tym przez cały rok. Każdy cal zabezpieczony jest zaklęciami antymugolskimi. Za każdym razem, kiedy w pobliżu pojawiali się mugole, nagle przypominali sobie o jakimś bardzo ważnym spotkaniu i musieli szybko wracać do domu... Biedaki...

— dodał czule, prowadząc ich do najbliższego wejścia, już otoczonego ciżbą rozkrzyczanych czarownic i czarodziejów.

— Najlepsze miejsca! — powiedziała czarownica przy wejściu, która sprawdziła ich bilety. — Loża honorowa! Prosto tymi schodami, Arturze, i na samą górę!

Schody wiodące na szczyt trybun pokryte były purpurowym dywanem. Zaczęli się nimi wspinać za innymi, ale tłum przerzedzał się powoli, znikał za prowadzącymi na różne poziomy trybun drzwiami po obu stronach schodów. Grupka pana Weasleya wspinała się dalej, aż dotarła na sam szczyt, gdzie było wejście do niewielkiej loży osadzonej nad stadionem, dokładnie pośrodku między złotymi bramkami obu drużyn. W dwu rzędach stało tu może dwadzieścia purpurowo-złotych foteli. Harry zasiadł z Weasleyami w pierwszym rzędzie i spojrzał z wysoka na scenerię, jakiej nie byłby w stanie nigdy sobie wyobrazić.

Sto tysięcy czarownic i czarodziejów zajmowało miejsca na trybunach wznoszących się tarasowato wokół długiego, owalnego boiska. Wszystko było skąpane w tajemniczym złotym świetle, które zdawało się emanować z samego stadionu. Z tej wysokości boisko sprawiało wrażenie gładkiego jak aksamit. Po obu stronach stały trzy słupki z pętlami, każdy wysokości pięćdziesięciu stóp; na wprost loży, prawie na poziomie oczu Harry'ego wznosiła się olbrzymia tablica. Pojawiały się na niej i znikały złote hasła reklamowe, jakby niewidzialna ręka jakiegoś olbrzyma pisała na niej, a potem ścierała napisy.

Błękitna Butla: miotła dla całej rodziny — bezpieczna, niezawodna i wyposażona w autoalarm... Magiczny Li-

*kwidator Wszelkich Zanieczyszczeń Pani Skower: bez
trudu pozbędziesz się brudu!... Stroje czarodziejskie na
każdą okazję firmy Gladrag — Londyn, Paryż, Hogsmeade...*

Harry oderwał wzrok od tablicy i spojrzał przez ramię,
by zobaczyć, kto siedzi z nimi w loży. Jak dotąd pojawiła
się tylko jedna osoba: maleńka postać, siedząca w drugim
fotelu od końca w rzędzie za nimi. Była tak mała, że nogi
jej sterczały z fotela, a ubrana była w serwetkę stołową
udrapowaną na kształt togi. Twarz miała ukrytą w dłoniach, ale w jej długich, nietoperzowatych uszach było coś
znajomego...

— Zgredek? — zapytał Harry tonem pełnym niedowierzania.

Stworzonko drgnęło i rozchyliło nieco palce, ukazując
olbrzymie brązowe oczy i nos wielkości i kształtu sporego
pomidora. To nie był Zgredek, ale z całą pewnością jakiś
inny domowy skrzat. Harry uwolnił kiedyś Zgredka z rąk
jego dawnych właścicieli, rodziny Malfoyów.

— Czy wielmożny pan nazwał mnie Zgredkiem? —
zaskrzeczał zaintrygowany skrzat spomiędzy palców.

Miał głos jeszcze bardziej piskliwy od Zgredka, był to
wysoki, rozdygotany skrzek, i Harry pomyślał, że — choć
z domowymi skrzatami nigdy nic nie wiadomo — może
to być skrzat płci żeńskiej. Ron i Hermiona obrócili się
w fotelach, by zobaczyć, kto tak przeraźliwie piszczy. Choć
wiele słyszeli od Harry'ego o Zgredku, nigdy go sami nie
spotkali. Nawet pan Weasley zerknął z ciekawością przez
ramię.

— Przepraszam — zwrócił się Harry do skrzata —
musiałem cię z kimś pomylić.

— Ale ja też znam Zgredka, sir — zapiszczała skrzatka. Nadal osłaniała sobie twarz, jakby ją oślepiało światło, choć w loży było dość ciemno. — Mam na imię Mrużka, sir... a wielmożny pan... — jej wielkie brązowe oczy powiększyły się do rozmiaru spodeczków, kiedy zobaczyła bliznę na czole Harry'ego — to na pewno Harry Potter!

— Tak, to ja — przyznał Harry.

— Ależ Zgredek wciąż o wielmożnym panu opowiada, sir! — zapiszczała skrzatka, opuszczając nieco dłonie i wpatrując się w niego z wielkim przejęciem.

— Jak on się miewa? — zapytał Harry. — Dobrze się czuje jako wolny skrzat?

— Ach, sir — powiedziała Mrużka, kręcąc głową — ach, sir, bez urazy, ale wcale nie jestem pewna, czy Harry Potter dobrze zrobił, dając mu wolność.

— Dlaczego? — zdumiał się Harry. — Co mu nie pasuje?

— Wolność uderzyła Zgredkowi do głowy, sir — powiedziała ponuro Mrużka. — Ma pomysły ponad swój stan, ot co. Nie może znaleźć nowej pracy, sir.

— Dlaczego? — powtórzył Harry.

Mrużka zniżyła głos o pół oktawy i wyszeptała:

— Domaga się zapłaty za pracę, sir.

— Zapłaty? — powtórzył Harry, nie mając pojęcia, o co właściwie chodzi. — A niby dlaczego nie miałby oczekiwać zapłaty za swoją pracę?

Mrużka zdawała się przerażona tym pomysłem i ponownie zsunęła palce, zakrywając pół twarzy.

— Domowym skrzatom nie płaci się za pracę, sir! — zaskrzeczała. — Nie, nie i nie. Mówię mu: Zgredku, znajdź sobie jakąś przyjemną rodzinę i ustatkuj się. A jemu wciąż w głowie jakieś psoty i zabawy, które całkowicie nie pasują do domowego skrzata. Zgredku, mówię mu, uspokój się, bo w końcu trafisz przed Urząd Kontroli nad Magicznymi Stworzeniami jak jakiś zwykły goblin.

— No cóż, w końcu należy mu się trochę rozrywki — powiedział Harry.

— Domowe skrzaty nie powinny myśleć o rozrywkach — oświadczyła stanowczo Mrużka. — Domowe skrzaty robią to, co im się każe. Ja, na przykład, bardzo nie lubię takich wysokości, Harry Potter, sir — tu zerknęła ku skrajowi loży i głośno przełknęła ślinę — ale mój pan wysłał mnie tutaj, więc jestem.

— Dlaczego twój pan cię tu przysłał, skoro nie lubisz wysokości? — zapytał Harry, marszcząc czoło.

— Mój pan... mój pan chciał, żeby mu zająć miejsce, sir, on bardzo zajęty, ten mój pan — odrzekła Mrużka, wskazując głową na puste krzesło obok siebie. — Mrużka bardzo by chciała być już z powrotem w namiocie swojego pana, sir, ale Mrużka robi to, co jej każą. Mrużka jest dobrym domowym skrzatem.

Rozejrzała się z przerażeniem po loży i znowu zakryła oczy palcami. Harry odwrócił się do swoich przyjaciół.

— A więc to jest domowy skrzat? — mruknął Ron. — Dziwaczne stworzenia...

— Prawdę mówiąc, to skrzatka, a nie skrzat. Ale Zgredek był jeszcze dziwniejszy — powiedział z przekonaniem Harry.

Ron wyjął swoje omnikulary i zaczął je testować, patrząc na tłum po drugiej stronie stadionu.

— Niesamowite! — powiedział, kręcąc gałką z boku lornetki. — Mogę sprawić, że ten wapniak na dole znowu podłubie sobie w nosie... i znowu... i jeszcze raz...

Tymczasem Hermiona studiowała gorliwie program, oprawiony w aksamit i ozdobiony misternymi zakładkami.

— „Mecz poprzedzi występ maskotek obu drużyn" — przeczytała na głos.

— Och, na to zawsze warto popatrzeć — powiedział pan Weasley. — Reprezentacje narodowe przywożą ze sobą różne, typowe dla swoich krajów stworzenia, będzie co oglądać.

Przez następne pół godziny loża stopniowo się zapełniała. Pan Weasley wciąż ściskał dłonie różnym czarodziejom, którzy najwidoczniej byli bardzo ważnymi osobistościami. Percy zrywał się na nogi tak często, że wyglądało, jakby próbował usiedzieć na jeżu. Kiedy przybył Korneliusz Knot, sam minister magii, Percy ukłonił się tak nisko, że spadły mu okulary i roztrzaskały się na drobne kawałki. Bardzo zakłopotany, naprawił je za pomocą różdżki i odtąd już nie wstawał z fotela, rzucając pełne zazdrości spojrzenia na Harry'ego, z którym Korneliusz Knot przywitał się jak ze starym znajomym. Bo rzeczywiście, już kiedyś się spotkali. Knot uściskał Harry'emu rękę po ojcowsku, zapytał, jak się miewa i przedstawił go czarodziejom siedzącym obok niego.

— Harry Potter... no wie pan — oznajmił głośno bułgarskiemu ministrowi, odzianemu we wspaniałe szaty z czarnego aksamitu przetykanego złotymi nićmi, który sprawiał wrażenie, jakby nie rozumiał ani słowa po angielsku. — *Harry Potter*. Przecież na pewno pan wie, kim on jest... to ten chłopiec, który przeżył atak Sam-Wiesz-Kogo... na pewno pan o nim słyszał...

Bułgarski czarodziej spostrzegł bliznę na czole Harry'ego i zaczął coś gwałtownie bełkotać, wskazując na nią palcem.

— Wiedziałem, że tak będzie — powiedział z westchnieniem Knot do Harry'ego. — Nie jestem mocny w językach, do tego jest mi potrzebny Barty Crouch. Ach, widzę, że jego domowy skrzat zajął mu miejsce... chytre posunięcie... te bułgarskie prostaki powpychały się na najlepsze miejsca... Ach, jest i Lucjusz!

Harry, Ron i Hermiona szybko się obrócili. Wzdłuż drugiego rzędu, ku trzem wolnym miejscom tuż za panem Weasleyem, zmierzali dawni właściciele Zgredka — Lucjusz Malfoy, jego syn Draco i kobieta, którą Harry uznał za matkę Dracona.

Harry i Draco Malfoy byli wrogami już od pierwszej podróży do Hogwartu. Draco, blady chłopiec o szczupłej twarzy i niezwykle jasnych włosach, bardzo przypominał swojego ojca. Jego matka też była blondynką; wysoka i smukła, mogłaby uchodzić za piękność, gdyby nie jej mina: pani Malfoy marszczyła się, jakby ją nękał jakiś przykry zapach.

— Ach, Knot — powiedział pan Malfoy, wyciągając do niego rękę — Jak się masz? Chyba jeszcze nie poznałeś mojej żony Narcyzy? I mojego syna Dracona?

— Bardzo mi przyjemnie, bardzo mi przyjemnie — powiedział Knot z uśmiechem, kłaniając się pani Malfoy.

— Pozwól, że przedstawię ci pana Oblanski... Obalonski... pana... no, bułgarskiego ministra magii, zresztą on i tak nie rozumie ani słowa z tego, co mówię. No i jest tu także... ale pewnie znasz Artura Weasleya, co?

Atmosfera się zagęściła. Pan Weasley i pan Malfoy spojrzeli na siebie, a Harry przypomniał sobie żywo ich ostatnie spotkanie twarzą w twarz: było to w księgarni „Esy i Floresy", gdzie obaj panowie się pobili. Zimne spojrzenie szarych oczu pana Malfoya omiotło pana Weasleya i natychmiast powędrowało dalej po pierwszym rzędzie, w którym siedział.

— Wielkie nieba, Arturze — powiedział cicho — co takiego musiałeś sprzedać, żeby wykupić miejsca w loży honorowej? Bo za swój dom chybabyś tyle nie dostał?

— Arturze — rzekł Knot, który tego nie dosłyszał — Lucjusz właśnie przekazał niezwykle szczodrobliwą dotację na Szpital Świętego Munga, w którym leczy się magiczne choroby i zranienia. Jest tutaj jako mój gość.

— Och... jak miło to słyszeć — odpowiedział pan Weasley z bardzo wymuszonym uśmiechem.

Oczy pana Malfoya spoczęły na Hermionie, która lekko się zarumieniła, ale dzielnie wytrzymała spojrzenie. Harry dobrze wiedział, dlaczego usta pana Malfoya skrzywiły się nieznacznie. Malfoyowie szczycili się tym, że od wielu pokoleń są czystej krwi czarodziejami, co w ich przypadku oznaczało, że każdą osobę mugolskiego pochodzenia — a taką była Hermiona — uważali za coś gorszego. W obecności ministra magii pan Malfoy nie śmiał jednak rzucić żadnej kąśliwej uwagi na ten temat. Skinął lekceważąco głową panu Weasleyowi i ruszył dalej ku trzem wolnym miejscom. Draco obrzucił Harry'ego, Rona i Hermionę pogardliwym spojrzeniem i usiadł między swoimi rodzicami.

— Oślizgłe gady — mruknął Ron, kiedy wszyscy troje odwrócili się z powrotem w stronę boiska.

W chwilę potem do loży wtargnął Ludo Bagman.

— Wszyscy gotowi? — zapytał; jego okrągła twarz błyszczała jak wielki, podniecony ser edamski. — Panie ministrze... możemy zaczynać?

— Jeśli ty jesteś gotowy, Ludo, to możemy — odrzekł uprzejmie Knot.

Ludo wyciągnął różdżkę, wycelował ją we własne gardło i powiedział:

— *Sonorus!* — Jego głos potoczył się głośnym echem po stadionie, zagłuszając radosny ryk tłumu. — Panie i panowie... witajcie! Witajcie na finałowym meczu czterysta dwudziestych drugich mistrzostw świata w quidditchu! Zagrzmiały oklaski i okrzyki. Zafalowały tysiące flag, kakofonicznie wygrywających oba narodowe hymny. Z olbrzymiej tablicy naprzeciw loży znikła ostatnia reklama (*Fasolki Wszystkich Smaków Bertiego Botta — niebo i ryzyko w gębie*) i pojawił się na niej napis: BUŁGARIA: ZERO, IRLANDIA: ZERO.

— A teraz, bez zbędnych wstępów, pozwólcie, że zapowiem... Oto... maskotki drużyny bułgarskiej!

Szkarłatne sektory po prawej stronie ryknęły entuzjastycznie.

— Ciekaw jestem, co nam przywieźli — powiedział pan Weasley, wychylając się ze swojego fotela. — Aaach!

— Nagle zerwał okulary z nosa i zaczął je pospiesznie przecierać skrajem swetra. — Wile!

— Co to są wile..?

Ale na boisko spłynęło już ze sto wil i Harry otrzymał odpowiedź na swoje pytanie. Wile okazały się kobietami... najpiękniejszymi kobietami, jakie kiedykolwiek widział... tyle że nie były... nie mogły być... istotami ludzkimi. Zdumiony, przez chwilę starał się dociec, kim właściwie są: co sprawia, że ich skóra lśni jak księżyc, że ich białozłote włosy tak pięknie powiewają, choć nie ma wiatru... ale oto zabrzmiała muzyka i Harry przestał się zastanawiać nad tożsamością owych zwiewnych piękności — w ogóle przestał się zastanawiać nad czymkolwiek.

Wile zaczęły tańczyć, a w Harrym wygasły wszelkie myśli. Nic już się nie liczyło, nic nie było ważne — tylko ten taniec, bo gdyby ustał, mogłoby się stać coś strasznego...

Lecz kiedy wile tańczyły coraz szybciej i szybciej, jakieś dzikie, nieokiełznane, na pół uformowane myśli zaczęły przemykać przez oszołomiony mózg Harry'ego. Nagle zapragnął zrobić coś wielkiego, coś, co wywarłoby wrażenie na wszystkich. Skoczyć z loży na stadion... tak, to dobry pomysł... ale czy dość dobry?

— Harry, co ty robisz? — dotarł do niego jakby z oddali głos Hermiony.

Muzyka urwała się. Harry zamrugał oczami. Stał, z jedną nogą wspartą na balustradzie loży. Obok niego Ron zamarł w pozycji, która świadczyła, że i on miał właśnie zamiar wyskoczyć.

Z trybun wzniosły się pod niebo rozeźlone ryki. Widzowie nie chcieli, by wile zeszły z boiska. Harry był całym sercem z nimi; już wiedział, że będzie kibicował Bułgarii i zaczął się nagle zastanawiać, dlaczego ma na piersi wielką zieloną rozetkę. Ron bezmyślnie tarmosił koniczynki na swoim kapeluszu. Pan Weasley, uśmiechając się lekko, wychylił się do Rona i wyrwał mu kapelusz z rąk.

— Będzie ci jeszcze potrzebny — powiedział. — Irlandia też ma coś do powiedzenia.

— Co? — wybełkotał Ron, gapiąc się z otwartymi ustami na wile, które ustawiły się szeregiem po jednej stronie boiska.

Hermiona prychnęła pogardliwie i pociągnęła Harry'ego z powrotem na fotel.

— Harry, na miłość boską! — syknęła.

— A teraz — zagrzmiał głos Ludona Bagmana — uprzejmie proszę wyciągnąć w górę różdżki... oto maskotki narodowej reprezentacji Irlandii!

W następnej chwili nad stadionem poszybowało coś, co przypominało wielką, zielono-złotą kometę. Okrążyło stadion i rozszczepiło się na dwie mniejsze komety, każda pomknęła ku słupkom bramkowym po obu stronach boiska, nad którym nagle rozkwitła tęcza, łącząca dwie świetliste kule. Z tłumu wyrwały się zduszone okrzyki: „ooooooooch!" i „aaaaaaach!", jak podczas pokazu ogni sztucznych.

Teraz tęcza zbladła, a świetliste kule znowu się połączyły, tworząc wielką, błyszczącą koniczynę, która wzniosła się ku niebu i zaczęła szybować nad trybunami. Spadało z niej coś, co przypominało złoty deszcz...

— Wspaniałe! — krzyknął Ron, kiedy koniczyna przepłynęła nad ich głowami, obsypując ich złotymi monetami.

Harry, wpatrując się w koniczynę, zobaczył, że tworzą ją tysiące maleńkich brodatych karzełków w czerwonych kamizelkach; każdy trzymał miniaturową lampę płonącą złotym lub zielonym światłem.

— Leprokonusy! — zawołał pan Weasley, przekrzykując ryk tłumu; wielu widzów nadal walczyło o złote monety, miotając się między rzędami i pełzając pod fotelami.

— Masz! — wrzasnął uradowany Ron, wsypując Harry'emu w dłoń garść złotych monet. — Za omnikulary! Teraz będziesz mi musiał kupić prezent na Boże Narodzenie, aha!

Wielka koniczyna rozpłynęła się w powietrzu, karzełki opadły łagodnie na boisko naprzeciw wil i usiadły ze skrzyżowanymi nogami, by obserwować mecz.

— A teraz, panie i panowie, przywitajmy... narodową reprezentację Bułgarii w quidditchu! Oto... Dymitrow!

Z bramy poniżej wystrzeliła na miotle postać w szkarłatnej szacie, mknąc tak szybko, że tworzyła rozmazaną plamę. Kibice Bułgarii ryknęli z zachwytu.

— Iwanowa!

Druga postać w szkarłacie wystrzeliła z bramy.

— Zograf! Lewski! Wulkanow! Wołkow! Iiii... Krum!

— To on, to on! — wrzeszczał Ron, śledząc lot Kruma przez omnikulary; Harry szybko wyostrzył swoje.

Wiktor Krum był chudy, o ziemistej cerze, miał długi, zakrzywiony nos i gęste czarne brwi. Wyglądał jak przerośnięty ptak drapieżny. Trudno było uwierzyć, że ma tylko osiemnaście lat.

— A teraz powitajmy... narodową reprezentację Irlandii w quidditchu! — ryknął Bagman. — Oto oni... Connolly! Ryan! Troy! Mullet! Moran! Quigley! Iiii... Lynch!

Siedem zielonych smug wystrzeliło z bramy; Harry pokręcił małą gałką z boku swojej lornetki, spowalniając lot zawodników, tak że teraz mógł odczytać złoty napis BŁYS-KAWICA na każdej miotle i nazwiska zawodników wyszyte srebrną nicią na plecach.

— A oto nasz sędzia, słynny przewodniczący Międzynarodowego Stowarzyszenia Quidditcha, Hassan Mustafa! Prosto z dalekiego Egiptu!

Z bramy wyszedł drobny, chudy czarodziej, kompletnie łysy, ale z wąsami, które wzbudziłyby zazdrość wuja Vernona, ubrany w szatę ze szczerego złota. Spod obfitych wąsów wystawał srebrny gwizdek, pod jedną pachą trzymał dużą, drewnianą skrzynkę, a pod drugą ściskał swoją miotłę. Harry zmienił szybkość na normalną, obserwując, jak Mustafa dosiada miotły i otwiera skrzynkę. W powietrze wystrzeliły cztery piłki: szkarłatny kafel, dwa czarne tłuczki i (Harry widział go tylko przez ułamek sekundy, zanim zniknął) maleńki, skrzydlaty, złoty znicz. Mustafa zagwizdał ostro i błyskawicznie sam wzbił się w powietrze.

— Wystartowaaaaaali! — wrzasnął Bagman. — Mullet! Teraz Troy! Moran! Dymitrow! Znowu Mullet! Troy! Lewski! Moran!

Takiego quidditcha Harry jeszcze nigdy nie widział. Przyciskał lornetkę do oczu tak mocno, że jego własne okulary wpiły mu się w nasadę nosa. Szybkość zawodników była zupełnie niewiarygodna — ścigający podawali sobie kafla tak szybko, że Bagman ledwo nadążał z wymienianiem ich nazwisk. Harry ponownie pokręcił prawą gałką, nacisnął guzik PLAY BY PLAY i już obserwował grę w spowolnionym tempie, podczas gdy przesuwające się w polu widzenia czerwone napisy komentowały ją na bieżąco, a w uszach dudnił mu ryk tłumu.

Atakująca Formacja Głowa Jastrzębia, przeczytał i patrzył, jak trójka irlandzkich ścigających — Troy w środku, nieco wysunięty przed Mullet i Moran — pikuje na Bułgarów. *Manewr Porskowej*, wyświetliło się w soczewkach, kiedy Troy udał, że podrywa się do góry, pociągając za sobą bułgarską ścigającą Iwanową, a jednocześnie upuścił kafla do Moran. Jeden z bułgarskich pałkarzy, Wołkow, uderzył mocno pałką przelatującego obok niego tłuczka, kierując go prosto w Moran. Moran zrobiła unik, ale wypuściła z ręki kafla, którego natychmiast złapał szybujący pod nią Lewski...

— TROY STRZELA GOLA! — ryknął Bagman, a stadion zadygotał od wiwatów. — Dziesięć do zera dla Irlandii!

— Co?! — wrzasnął Harry, jeszcze mocniej przyciskając omnikulary i gorączkowo przeszukując nimi boisko. — Przecież to Lewski złapał kafla!

— Harry, jeśli nie będziesz patrzył przy normalnej prędkości, przegapisz masę rzeczy! — krzyknęła Hermiona, która podskakiwała jak szalona, machając rękami, gdy Troy robił honorową pętlę. Harry spojrzał szybko ponad swoimi omnikularami i zobaczył, że leprokonusy obserwujące mecz z krawędzi boiska poderwały się w górę i utworzyły wielką, rozmigotaną koniczynę. Z drugiej strony boiska przyglądały im się ponuro wile.

Wściekły na siebie, Harry pokręcił gałką, przywracając normalną prędkość obrazu.

Znał się na quidditchu na tyle dobrze, by dostrzec, że irlandzcy ścigający są naprawdę znakomici. Byli cudownie zgrani, zdawali się czytać w swoich myślach i każdy zajmował właśnie taką pozycją, jakiej oczekiwał partner. Rozetka na piersi Harry'ego raz po raz wykrzykiwała ich nazwiska: *Troy — Mullet — Moran!* W ciągu następnych dziesięciu minut Irlandia strzeliła jeszcze dwa gole, zdobywając trzydzieści punktów przewagi, co ubrani na zielono kibice powitali rykami zachwytu, które przewaliły się nad trybunami jak grzmot.

Gra wciąż nabierała tempa, ale stawała się coraz bardziej brutalna. Wołkow i Wulkanow, bułgarscy pałkarze, walili dziko tłuczkami w irlandzkich ścigających i zaczęli pokazywać, co potrafią, nie pozwalając Irlandczykom wykonywać ich najlepszych zagrywek: dwukrotnie rozerwali ich szyk, aż w końcu Iwanowej udało się przez nich przedrzeć, zmylić obrońcę Ryana i strzelić pierwszego gola dla Bułgarii.

— Zatkajcie uszy! — krzyknął pan Weasley, gdy wile ruszyły do tańca.

Harry zacisnął też powieki; wolał skupić się na grze. Po kilku sekundach zerknął na stadion. Wile skończyły tańczyć i Bułgarzy znowu byli w posiadaniu kafla.

— Dymitrow! Lewski! Dymitrow! Iwanowa... aj, to dopiero! — ryknął Bagman.

Sto tysięcy czarownic i czarodziejów wstrzymało oddechy, kiedy dwóch szukających, Krum i Lynch, zanurkowało między ścigającymi tak szybko, jakby dopiero co wyskoczyli bez spadochronów z samolotów. Harry śledził ich opadanie przez omnikulary, wypatrując znicza...

— Roztrzaskają się! — krzyknęła Hermiona.

Była bliska prawdy. W ostatniej chwili Wiktor Krum poderwał miotłę i odleciał w bok, robiąc spiralę. Natomiast Lynch wyrżnął w ziemię z głuchym łoskotem, który dosłyszeli widzowie nawet w ostatnich rzędach. Irlandzkie sektory jęknęły donośnie.

— Głupi! — jęknął pan Weasley. — Krum udawał!

— Przerwa w grze! — zagrzmiał głos Bagmana. — Magomedycy wbiegają na boisko, by zbadać Aidana Lyncha!

— Nic mu nie będzie, tylko przeorał ziemię nogami! — uspokajał Charlie Ginny, która z twarzą zastygłą w przerażeniu przewiesiła się przez balustradę. — Oczywiście, o to właśnie Krumowi chodziło...

Harry szybko nacisnął guziki REPLAY i PLAY BY PLAY, pokręcił gałką szybkości i przyłożył omnikulary do oczu.

Patrzył, jak Krum i Lynch nurkują w zwolnionym tempie. *Zwód Wrońskiego — niebezpieczny podstęp szukającego*, głosił purpurowy napis, przesuwający się w polu widzenia soczewek. Zobaczył, jak twarz Kruma stężała w skupieniu, gdy poderwał miotłę w ostatniej chwili, podczas gdy Lynch rozpłaszczył się na ziemi. Teraz zrozumiał: Krum wcale nie dostrzegł znicza, tylko sprowokował Lyncha do zanurkowania za sobą. Harry jeszcze nigdy nie widział takiego lotu. Krum sprawiał wrażenie, jakby w ogóle nie dosiadał miotły; poruszał się w powietrzu tak swobodnie, jakby nie podlegał sile ciążenia. Harry skasował REPLAY i powrócił do normalnej szybkości, po czym wyostrzył soczewki, kierując je na Kruma. Bułgarski zawodnik krążył nad Lynchem, któremu magomedycy podawali jakiś eliksir. Harry zrobił zbliżenie na twarz Kruma: jego czarne oczy drapieżnie omiatały boisko. Wykorzystywał przerwę w grze, by dostrzec złotą plamkę znicza.

W końcu Lynch się podniósł, co jego kibice powitali gromkimi okrzykami, dosiadł Błyskawicy i odbił się stopami od ziemi, podrywając miotłę do lotu. Jego powrót do gry dodał irlandzkim zawodnikom otuchy. Kiedy Mustafa ponownie zagwizdał, ścigający ruszyli do akcji tak sprawnie, że Harry'ego aż zatkało z podziwu.

W ciągu kwadransa jeszcze szybszej i zacieklejszej walki Irlandia wbiła kolejne dziesięć goli. Przy punktacji sto trzydzieści do dziesięciu gra zaczęła robić się coraz bardziej brutalna.

Kiedy Mullet znowu poszybowała ku słupkom bułgarskim, ściskając pod pachą kafla, bułgarski obrońca, Zograf, wyleciał jej na spotkanie. Stało się to tak szybko, że Harry nie zdążył spostrzec, o co chodzi, ale po ryku wściekłości irlandzkich kibiców i długim, ostrym gwizdku Mustafy zorientował się, że Zograf sfaulował Mullet.

— Mustafa upomina bułgarskiego obrońcę — poinformował Bagman wrzeszczących widzów. — Szturch, niebezpieczne użycie łokci... i... tak, rzut karny dla Irlandii!

Leprokonusy, które wzbiły się w powietrze jak chmara rozwścieczonych szerszeni, kiedy Mullet została sfaulowana, teraz utworzyły w powietrzu słowa: HA HA HA! Wile po drugiej stronie boiska zerwały się na nogi, potrząsnęły gniewnie białymi grzywami i zaczęły tańczyć.

Weasleyowie i Harry natychmiast zatkali sobie uszy, ale Hermiona, na którą urok wil nie działał, po chwili szarpnęła Harry'ego za ramię. Spojrzał na nią nieprzytomnie, a ona niecierpliwie wyciągnęła mu palce z uszu.

— Popatrz na sędziego! — zawołała, chichocąc.

Harry spojrzał na boisko. Hassan Mustafa wylądował przed tańczącymi wilami i zaczął wyczyniać bardzo dziwne rzeczy. Napinał muskuły i gorączkowo przygładzał wąsy.

— No nie, tego już za wiele! — zagrzmiał Ludo Bagman, ale ton jego głosu wskazywał, że nieźle go to ubawiło.

— Niech ktoś stuknie sędziego!

Na boisko wbiegł magomedyk, który sam zatkał sobie uszy, i kopnął zdrowo Mustafę w zadek. Mustafa chyba się opamiętał; Harry, obserwując go przez omnikulary, zobaczył, że sędzia jest bardzo zmieszany i wrzeszczy na wile, które przestały tańczyć i łypały na niego buntowniczo.

— Chyba się nie mylę... tak, Mustafa próbuje przegonić z boiska bułgarskie maskotki! — zagrzmiał głos Bagmana. — No nie, czegoś takiego jeszcze nie widzieliśmy... och, robi się nieprzyjemnie...

I rzeczywiście: bułgarscy pałkarze, Wołkow i Wulkanow, wylądowali obok Mustafy i zaczęli się z nim gwałtownie kłócić, wymachując w kierunku leprokonusów, które teraz uformowały się w wielki napis: HI HI HI! Mustafa nie przejął się wcale wrzaskami Bułgarów i potrząsając groźnie wzniesionym ku niebu palcem, wyraźnie nakazywał im, by natychmiast wznieśli się w powietrze, a kiedy go nie usłuchali, zagwizdał dwukrotnie.

— Dwa rzuty karne dla Irlandii! — ryknął Bagman, a bułgarscy kibice zawyli z oburzenia. — A Wołkow i Wulkanow lepiej zrobią, jak dosiądą mioteł... tak... poooszli... teraz Troy bierze kafla...

Gra zrobiła się naprawdę brutalna; czegoś takiego jeszcze nigdy nie widziano na żadnym meczu. Pałkarze obu drużyn pozbyli się wszelkich hamulców, zwłaszcza Wołkow i Wulkanow przestali dbać o to, czy ich pałki trafiają w tłuczka, czy w przeciwników. Dymitrow wpadł z łoskotem na Moran, która trzymała kafla, prawie zwalając ją z miotły.

— Faul! — ryknęli jednym głosem kibice Irlandii, powstając i robiąc wielką zieloną falę.

— Faul! — powtórzył wzmocniony magicznie głos Ludona Bagmana. — Dymitrow wpada na Moran... umyślnie się z nią zderza... musi być kolejny rzut karny... tak, jest gwizdek!

Leprokonusy wystrzeliły ponownie w powietrze i tym razem utworzyły wielką rękę, która wymachiwała w bardzo obraźliwym geście w stronę wili. Widząc to, wile straciły nad sobą panowanie. Wybiegły na boisko, miotając na leprokonusy snopy ognia. Harry, patrząc na to wszystko przez omnikulary, dostrzegł, że wile nie są już tak urzekająco piękne jak uprzednio. Wręcz przeciwnie, ich twarze wydłużały się w ostre, zakończone dziobami głowy ptaków, a z ramion wyrastały im pokryte łuskami skrzydła...

— I właśnie dlatego, chłopcy — ryknął pan Weasley, przekrzykując straszliwy tumult ze wszystkich stron — nie dajcie się nigdy nabrać na sam wygląd!

Czarodzieje z Ministerstwa Magii wysypali się na boisko, by rozdzielić wile i leprokonusy, ale nie bardzo im się to udawało, a tymczasem zażarta walka w dole była niczym w porównaniu z tym, co działo się w powietrzu. Harry kierował omnikulary to tu, to tam, bo kafel przechodził z rąk do rąk z szybkością pocisku...

— Lewski... Dymitrow... Moran... Troy... Mullet... Iwanowa... znowu Moran... Moran... MORAN ZDOBYWA GOLA!

Wiwaty kibiców Irlandii utonęły jednak we wrzaskach wili, bo tym razem strumienie ognia tryskały z różdżek funkcjonariuszy ministerstwa, i wściekłym ryku Bułgarów. Grę wznowiono natychmiast; kafla zdobył Lewski, podał do Dymitrowa...

Irlandzki napastnik Quigley odbił z całej siły przelatującego obok niego tłuczka w stronę Kruma, który nie uchylił się dostatecznie szybko. Piłka ugodziła go w twarz.

Rozległ się ogłuszający ryk tłumu; wyglądało na to, że Krum ma złamany nos, bo krwawił obficie, ale Hassan Mustafa nie przerwał gry. Chyba tego nie dostrzegł, a Harry nie mógł go za to winić: jedna z wili właśnie cisnęła w górę garścią ognia i podpaliła mu miotłę.

Harry bardzo chciał, by ktoś w końcu zwrócił uwagę na to, że Krum jest ranny. Chociaż kibicował Irlandii, nie mógł zaprzeczyć, że Krum jest najlepszym zawodnikiem w tym meczu. Ron najwidoczniej czuł to samo.

— Przerwać grę! Och, prędzej, przecież on nie może grać w takim stanie, popatrzcie na niego...

— Spójrz na Lyncha! — krzyknął Harry.

Bo oto irlandzki szukający nagle zanurkował, a Harry był pewny, że tym razem nie jest to zwód Wrońskiego...

— Zobaczył znicza! — wrzasnął Harry. — Zobaczył go! Spójrz na niego!

Połowa widzów zrozumiała, co się dzieje, kibice Irlandii zrobili wielką zieloną falę, krzykiem dopingując swojego szukającego... ale Krum już siedział mu na ogonie. Harry nie miał pojęcia, w jaki sposób Krum w ogóle widział, co się dzieje, bo leciały za nim w powietrzu krople krwi, ale teraz zrównał się z Lynchem... obaj ponownie nurkowali ramię w ramię ku ziemi...

— Rozwalą się! — krzyknęła Hermiona.

— Nie! — wrzasnął Ron.

— Lynch tak! — ryknął Harry.

I miał rację. Lynch po raz drugi ugodził z całej siły w ziemię i natychmiast rzuciła się na niego horda wili.

— Znicz... gdzie jest znicz?! — krzyknął Charlie.

— Ma go... Krum go ma... już po wszystkim! — zawołał Harry.

Krum, w szacie obficie poplamionej krwią, wzbijał się już łagodnie w górę. W wyciągniętej dłoni mignął złoty błysk.

Na tablicy zapłonął napis: BUŁGARIA: STO SZEŚĆDZIESIĄT, IRLANDIA: STO SIEDEMDZIESIĄT. Widzowie zamarli, jakby do nich nie dotarło, co się właściwie stało. A potem, powoli, jakby startował wielki odrzutowiec, rozbrzmiał coraz głośniejszy i głośniejszy ryk kibiców Irlandii, aż wybuchł wrzaskiem zachwytu.

— IRLANDIA WYGRAŁA! — krzyknął Bagman, który, podobnie jak Irlandczycy, był wstrząśnięty nagłym końcem meczu. — KRUM ZŁAPAŁ ZNICZA... ALE IRLANDIA ZWYCIĘŻA... wielkie nieba, tego chyba nikt się nie spodziewał!

— I po co on złapał znicza? — ryknął Ron, podskakując dziko i wymachując rękami nad głową. — Kretyn, zakończył mecz, kiedy Irlandia miała sto sześćdziesiąt punktów przewagi!

— Już wiedział, że nie uda im się wyrównać! — odkrzyknął Harry, także wymachując rękami jak szalony. — Irlandzcy ścigający byli za dobrzy... chciał zakończyć mecz z honorem, to wszystko...

— Bardzo był dzielny, prawda? — powiedziała Hermiona, wychylając się do przodu, by zobaczyć, jak Krum ląduje na boisku i jak chmara magomedyków przedziera się ku niemu przez tłum walczących ze sobą karzełków i wili.

— Okropnie krwawi...

Harry ponownie przyłożył omnikulary do oczu. Trudno było dostrzec, co dzieje się w dole, bo rozradowane leprokonusy krążyły nad boiskiem, ale udało mu się zobaczyć Kruma, otoczonego przez magomedyków. Wyglądał jeszcze bardziej gburowato niż zwykle i nie pozwalał im doprowadzić się do porządku. Stojący wokół niego towarzysze z drużyny kręcili głowami i sprawiali wrażenie przygnębionych; nieco dalej irlandzcy zawodnicy tańczyli radośnie w deszczu złota sypanego przez ich maskotki. Nad trybunami powiewały flagi, ze wszystkich stron rozbrzmiewał irlandzki hymn narodowy. Wile zamieniły się z powrotem w niebiańsko piękne dziewczyny, choć miny miały ponure i strapione.

— Nu co, my walczyli dzielnie — rozległ się posępny głos za Harrym. Obejrzał się: był to bułgarski minister magii.

— Więc jednak mówi pan po angielsku! — powiedział Knot z oburzeniem. — A przez cały dzień zmuszał mnie pan do pokazywania wszystkiego na migi!

— Nu, było bardzo wesoło — odrzekł minister, wzruszając ramionami.

— Irlandzka drużyna wykonuje pętlę honorową w otoczeniu swoich maskotek — zagrzmiał głos Bagmana — a do loży honorowej wnoszą właśnie nasze wspaniałe trofeum, Puchar Świata!

Nagle Harry'ego oślepił biały blask, gdy loża honorowa została magicznie oświetlona, by wszyscy na trybunach mogli zobaczyć, co tam się dzieje. Dwóch zadyszanych czarodziejów wnosiło właśnie pudło z wielkim złotym pucharem. Wręczyli je Korneliuszowi Knotowi, który wciąż miał bardzo obrażoną minę, nie mogąc wybaczyć swojemu bułgarskiemu koledze, że przez cały dzień zmuszał go do używania języka migowego.

— Wielkie brawa dla walecznych Bułgarów! — ryknął Bagman.

Siódemka bułgarskich zawodników wspięła się do loży po pokrytych czerwonym dywanem schodach. Tłum bił im brawo, a ze wszystkich stron błyskały soczewki tysięcy omnikularów zwróconych w stronę loży.

Bułgarzy przeciskali się jeden po drugim między rzędami foteli w loży, a Bagman wykrzykiwał kolejno nazwiska tych, którym dłoń ściskali bułgarski minister i Knot. Krum, który podszedł na końcu, wyglądał okropnie. Para czarnych oczu łypała posępnie z pokiereszowanej, zakrwawionej twarzy. Wciąż trzymał znicza. Harry zauważył, że na ziemi bułgarski szukający utracił wiele ze zgrabności i zwinności, którymi odznaczał się na miotle: miał kaczkowaty chód i okropnie się garbił. Ale kiedy padło jego nazwisko, cały stadion powitał je ogłuszającym rykiem zachwytu.

Potem do loży wkroczyła drużyna Irlandii. Aidan Lynch wszedł podtrzymywany przez Moran i Connolly'ego; drugi upadek oszołomił go i miał dziwnie nieprzytomne spojrzenie. Uśmiechnął się jednak szeroko, gdy Troy i Quigley unieśli wysoko puchar, a cały stadion eksplodował krzykiem i brawami. Harry'emu dłonie aż zdrętwiały od oklasków.

W końcu, kiedy irlandzka drużyna opuściła lożę, by wykonać jeszcze jedną honorową pętlę na miotłach (Connolly wziął Aidana Lyncha na barana; irlandzki szukający złapał go kurczowo w pasie, wciąż uśmiechając się trochę nieprzytomnie), Bagman wskazał różdżką na swoje gardło i mruknął „*Quietus*".

— Długo będzie się mówić o tym meczu — powiedział ochrypłym głosem. — Niezwykłe zakończenie...

kto by się spodziewał... szkoda, że to trwało tak krótko... Aha, tak... tak... ile jestem wam winny?

Bo oto Fred i George przeleźli przez oparcia foteli do drugiego rzędu i stanęli przed Ludonem Bagmanem, uśmiechając się szeroko i wyciągając do niego ręce.

ROZDZIAŁ DZIEWIĄTY

Mroczny Znak

Tylko nie mówcie matce, że się zakładaliście — upomniał pan Weasley bliźniaków, kiedy schodzili powoli po wyłożonych purpurowym dywanem schodach.

— Nie martw się, tato — powiedział wesoło Fred — mamy wielkie plany, nie chcemy, by nam skonfiskowano forsę.

Pan Weasley sprawiał przez chwilę wrażenie, jakby chciał zapytać o te plany, ale po krótkim namyśle uznał, że lepiej nie wiedzieć.

Wkrótce znaleźli się w tłumie wypływającym ze stadionu i powracającym na pola namiotowe. Ochrypłe śpiewy niosły się ku nim w chłodnym powietrzu nocy, kiedy szli oświetloną latarniami drogą przez las, a leprokonusy wciąż szybowały nad ich głowami, trajkocąc i wymachując lampkami. Kiedy w końcu dotarli do namiotów, nikomu nie chciało się spać i pan Weasley, wziąwszy pod uwagę poziom hałasu wokół nich, zgodził się, że przed snem warto by wypić po kubku kakao. Oczywiście doszło do dyskusji o meczu; pan Weasley spierał się z Charliem o użycie łokci w grze i dopiero kiedy Ginny zasnęła przy małym stoliku, rozlewając wokół siebie gorące kakao, uznał, że najwyższy czas zakończyć omawianie kolejnych epizodów gry i rozejść się do łóżek. Hermiona i Ginny poszły do swojego namiotu, a Harry i reszta Weasleyów przebrali się w piżamy i powłazili na koje. Z drugiej strony kempingu wciąż dochodziły chóralne śpiewy i dziwne dudnienie.

— Och, cieszę się, że nie jestem na służbie — mruknął pan Weasley sennym głosem. — Nie chciałbym być osobą, która teraz musi iść do Irlandczyków i powiedzieć im, żeby przestali świętować.

Harry, który leżał na górnej koi, nad Ronem, wpatrywał się w płócienny dach namiotu, obserwując błyski śmigających nad kempingiem krasnoludków i przypominając sobie co ciekawsze zagrywki Kruma. Marzył o tym, by znowu dosiąść swojej Błyskawicy i wypróbować zwód Wrońskiego... Oliverowi Woodowi jakoś nigdy nie udało się pokazać im, nawet za pomocą jednego ze swoich zawiłych wykresów, na czym ten manewr właściwie polega... Harry ujrzał samego siebie w szacie ze swoim nazwiskiem na plecach i wyobraził sobie ryk stutysięcznego tłumu, gdy głos Ludona Bagmana toczy się echem po całym stadionie: „A oto... Potter!"

Nie był pewien, czy zasnął, czy śni na jawie — uświadomił sobie tylko raptownie, że pan Weasley krzyczy.

— Wstawać! Ron... Harry... wstawajcie, szybko, to bardzo pilne!

Harry usiadł gwałtownie, uderzając głową w płócienny dach.

— Co się dzieje? — zapytał.

Czuł niejasno, że dzieje się coś niedobrego. Odgłosy dochodzące z kempingu były teraz inne: umilkły śpiewy, słychać było wrzaski i tupot wielu nóg.

Ześliznął się z górnego łóżka i sięgnął po ubranie, ale pan Weasley, który wciągnął dżinsy na spodnie od piżamy, powiedział niecierpliwie:

— Nie ma czasu, Harry... złap tylko kurtkę i wychodź... szybko!

Harry zrobił, jak mu kazano, i wybiegł z namiotu; Ron za nim.

W świetle kilku płonących jeszcze ognisk zobaczył ludzi uciekających do lasu przed czymś, co sunęło za nimi poprzez pole namiotowe, przed czymś, co błyskało strumieniami światła i terkotało jak karabin maszynowy. Dobiegły ich głośne gwizdy, ryki śmiechu i pijackie wrzaski, a potem nagle wszystko oświetlił oślepiający zielony blask.

Zbity tłum czarodziejów z wyciągniętymi przed siebie różdżkami maszerował powoli przez pole namiotowe. Harry wytężył wzrok... wyglądali, jakby nie mieli twarzy... a potem zdał sobie sprawę, że byli zakapturzeni i zamaskowani. Wysoko ponad nimi miotały się dziko w powietrzu cztery postacie. Sprawiało to takie wrażenie, jakby zamaskowani czarodzieje na dole byli lalkarzami, a te cztery postacie nad nimi marionetkami, poruszanymi niewidzialnymi sznurkami wychodzącymi z końców uniesionych w górę różdżek. Dwie z czterech postaci były bardzo małe.

Do maszerującej grupy przyłączało się coraz więcej czarodziejów, ze śmiechem pokazujących sobie koziołkujące nad nimi postacie. Tłum rósł, przewracając napotkane po drodze namioty. Raz czy dwa Harry dostrzegł, że jeden z maszerujących wypala z różdżki w stronę jakiegoś namiotu. Niektóre zajęły się ogniem. Wrzaski narastały.

Lecące w powietrzu postacie oświetlił blask płonącego namiotu i Harry rozpoznał jedną z nich — pana Robertsa, kierownika kempingu. Trzy pozostałe wyglądały na jego żonę i dzieci. Jeden z czarodziejów przekręcił różdżką panią Roberts głową w dół; koszula nocna jej opadła, ukazując obszerne, wełniane majtki; z tłumu dały się słyszeć gwizdy i szydercze okrzyki, gdy pani Roberts usiłowała zakryć się koszulą w tej dość żałosnej pozycji.

— To jest chore — mruknął Ron, obserwując najmniejszego mugola, który zaczął wirować jak bąk, sześćdziesiąt stóp nad ziemią, a główka miotała mu się bezwładnie z boku na bok. — To jest naprawdę obrzydliwe...

Podbiegły do nich Hermiona i Ginny, naciągając płaszcze na nocne koszule, a tuż za nimi pojawił się pan Weasley. W tym samym momencie z namiotu chłopców wyłonili się Bill, Charlie i Percy. Byli całkowicie ubrani, rękawy mieli podwinięte, a różdżki trzymali w pogotowiu.

— Pomożemy ministerstwu! — ryknął pan Weasley, przekrzykując tumult i podwijając rękawy. — A wy... do lasu... i trzymajcie się razem. Jak zrobimy tu porządek, przyjdę po was!

Bill, Charlie i Percy biegli już w stronę zbliżającego się tłumu. Pan Weasley skoczył za nimi. Czarodzieje z ministerstwa zbiegali się ze wszystkich stron. Tłum maszerujący pod rodziną Robertsów był coraz bliżej.

— Chodź — powiedział Fred, łapiąc Ginny za rękę i ciągnąc ją w stronę lasu.

Harry, Ron, Hermiona i George ruszyli za nimi. Dotarłszy do skraju lasu, obejrzeli się. Tłum pod rodziną Robertsów urósł jeszcze bardziej; funkcjonariusze ministerstwa próbowali przedrzeć się do środka, ku zakapturzonym czarodziejom, ale mieli z tym duże trudności. Wyglądało na to, że boją się użyć zaklęć, które mogłyby sprawić, że Robertsowie pospadają na ziemię.

Kolorowe latarnie, oświetlające drogę na stadion, pogasły. Między drzewami migały ciemne postacie, słychać było płacz dzieci i przerażone okrzyki. Harry czuł, jak raz po raz popychają go biegnący, których twarzy nie mógł dostrzec. A potem usłyszał krzyk bólu i poznał głos Rona.

— Co się stało? — zapytała ze strachem Hermiona, zatrzymując się tak gwałtownie, że Harry na nią wpadł. — Ron, gdzie jesteś? Och, co za bezmyślność... *Lumos!*

Skierowała wąski strumień światła ze swojej różdżki na ścieżkę. Ron leżał na ziemi.

— Potknąłem się o korzeń — powiedział ze złością, wstając.

— Trudno się nie potknąć, jak się ma taki rozmiar stóp — rozległ się drwiący głos za ich plecami.

Harry, Ron i Hermiona odwrócili się gwałtownie. Blisko nich stał samotnie Draco Malfoy, oparty o drzewo, rozluźniony i najwidoczniej bardzo z siebie zadowolony. Ręce miał założone na piersi i wyglądało na to, że obserwował spokojnie całą scenę zza drzew.

Ron odpowiedział Malfoyowi tak, jak nigdy nie ośmieliłby się w obecności pani Weasley.

— Co za język, Weasley — wycedził Malfoy, a jego blade oczy błysnęły w ciemności. — Lepiej szybko stąd zmykaj. Chyba nie chcesz, żeby ją złapali, co?

Wskazał głową na Hermionę i w tym samym momencie z kempingu dobiegł ich potężny huk, jakby wybuchła bomba, a drzewa wokół nich oświetlił na chwilę zielony błysk.

— A niby co to ma znaczyć? — zapytała wojowniczo Hermiona.

— Granger, oni wyszukują *mugoli* — odrzekł Malfoy. — Chcesz pokazać w powietrzu swoje galoty? Bo jak chcesz, to trochę poczekaj... idą w tę stronę... będziemy mieli niezły ubaw.

— Hermiona jest czarownicą — warknął Harry.

— Jak uważasz, Potter — powiedział Malfoy, uśmiechając się jadowicie. — Skoro sądzisz, że nie złapią szlamy, zostańcie tutaj i poczekajcie.

— Licz się ze słowami! — krzyknął Ron.

Wszyscy wiedzieli, że „szlama" jest obraźliwym określeniem czarownicy lub czarodzieja z rodziny mugoli.

— Nie przejmuj się, Ron — powiedziała szybko Hermiona, łapiąc Rona za ramię, żeby go powstrzymać, bo już robił krok w stronę Malfoya.

Teraz huknęło coś z drugiej strony lasu, ale tym razem jeszcze głośniej. Z otaczającej ciemności dobiegły okrzyki przerażenia.

Malfoy zacmokał cicho.

— Ale mają pietra, nie? — powiedział leniwie. — A wasz tatuś na pewno wam powiedział, żebyście się schowali, zgadłem? Co on tam robi... próbuje uwolnić tych mugoli?

— Gdzie są twoi rodzice? — zapytał Harry, czując, że ogarnia go wściekłość. — Pewnie tam, w maskach, co?

Malfoy spojrzał na niego, wciąż się uśmiechając.

— No cóż... nawet gdyby tak było, to chybabym ci nie powiedział, co, Potter?

— Och, zostaw go — powiedziała Hermiona, patrząc ze wstrętem na Malfoya. — Chodźcie, poszukamy reszty.

— Tylko trzymaj nisko tę swoją wielką, rozczochraną głowę, Granger — zakpił Malfoy.

— Chodźcie — powtórzyła Hermiona i pociągnęła Harry'ego i Rona.

— Założę się, że jego stary jest pomiędzy tymi zamaskowanymi! — zaperzył się Ron.

— No to pracownicy ministerstwa złapią go przy odrobinie szczęścia! — powiedziała Hermiona mściwym tonem. — Och, aż trudno w to wszystko uwierzyć... Gdzie oni są?

Freda, George'a i Ginny nigdzie nie było widać. Ścieżka była zatłoczona ludźmi; wszyscy oglądali się niespokojnie za siebie, ku tumultowi na polu namiotowym.

Nieco dalej grupka nastolatków w piżamach sprzeczała się o coś zażarcie. Na widok Harry'ego, Rona i Hermiony jakaś dziewczyna o gęstych, kręconych włosach odwróciła się do nich i szybko zapytała:

— *Où est madame Maxime? Nous l'avons perdue...*

— Ee... co? — wyjąkał Ron.

— Och... — Dziewczyna odwróciła się do niego plecami, a kiedy przechodzili, usłyszeli, jak powiedziała wyraźnie: — 'Ogwart.

— Beauxbatons — mruknęła Hermiona.

— Słucham? — zapytał Harry.

— Muszą być z Beauxbatons — odpowiedziała Hermiona. — No wiesz... z Akademii Magii Beauxbatons... czytałam o niej w *Ocenie stanu edukacji magicznej w Europie.*

— Aha... no tak... oczywiście — wybąkał Harry.

— Fred i George nie mogli zajść aż tak daleko — powiedział Ron, wyciągając różdżkę, zapalając ją jak Hermiona i rozglądając się po ścieżce.

Harry sięgnął do kieszeni po swoją różdżkę — ale jej nie znalazł. W kieszeni miał tylko omnikulary.

— Och, nie, to okropne... zgubiłem różdżkę!

— Żartujesz!

Ron i Hermiona unieśli wysoko swoje różdżki, by tryskające z nich wąskie promienie oświetliły ścieżkę nieco dalej. Harry rozejrzał się, ale różdżki nigdzie nie było.

— Może zostawiłeś ją w namiocie — powiedział Ron.

— Może wypadła ci z kieszeni, jak biegliśmy? — zapytała z lękiem Hermiona.

— Taak — mruknął Harry. — Może...

Przebywając w czarodziejskim świecie, miał zwykle różdżkę przy sobie, i teraz, stwierdziwszy, że jej nie ma w tak niebezpiecznej sytuacji, poczuł się całkowicie bezbronny.

Nagle coś zaszeleściło i wszyscy troje podskoczyli. Okazało się, że to Mrużka przedziera się przez pobliskie krzaki. Poruszała się w bardzo dziwny sposób, najwyraźniej z dużym wysiłkiem, jakby czyjaś niewidzialna ręka przytrzymywała ją za kark.

— Tu są jacyś źli czarodzieje! — zapiszczała nieprzytomnie, gdy przedarła się przez krzaki i pobiegła dalej. — Wysoko... w powietrzu... ludzie! Mrużka schodzi im z drogi!

I zniknęła między drzewami po drugiej stronie ścieżki, dysząc i popiskując, jakby wciąż walczyła z niewidzialną ręką.

— Co jej jest? — zapytał Ron, patrząc za skrzatem ze zdziwieniem. — Dlaczego tak dziwnie biegnie?

— Założę się, że nie zapytała swojego pana, czy może się schować — odrzekł Harry.

Pomyślał o Zgredku: za każdym razem, gdy próbował zrobić coś, co nie spodobałoby się Malfoyom, zaczynał tłuc głową w coś twardego albo okładać się pięściami.

— Wiecie co, domowe skrzaty mają naprawdę bardzo ciężkie życie! — powiedziała z oburzeniem Hermiona. — To po prostu niewolnictwo! Ten pan Crouch kazał jej wleźć na sam szczyt stadionu, a ona ma lęk wysokości, i tak ją zaczarował, że nie może swobodnie biec, a tu tłum przewraca namioty! Dlaczego ktoś czegoś z tym nie zrobi?

— Bo ja wiem... przecież skrzaty wyglądają na całkiem zadowolone z takiego życia — powiedział Ron. — Słyszeliście tę Mrużkę na stadionie... „Domowe skrzaty nie powinny myśleć o rozrywkach!"... To, że jest popychadłem, widocznie sprawia jej przyjemność...

— To przez takich jak ty, Ron — zaperzyła się Hermiona — którzy wspierają zgniły i niesprawiedliwy system tylko dlatego, że są zbyt leniwi, żeby...

Ze skraju lasu dobiegł grzmot kolejnego wybuchu.

— Słuchajcie, może byśmy poszli dalej? — zaproponował Ron, a Harry dostrzegł, że rzucił niespokojne spojrzenie na Hermionę.

A może było coś w tym, co powiedział Malfoy, może Hermiona naprawdę jest w niebezpieczeństwie? Ruszyli dalej, a Harry wciąż przeszukiwał kieszenie, choć już wiedział, że różdżki tam nie znajdzie.

Zagłębili się ścieżką w las, wypatrując Freda, George'a i Ginny. Minęli grupkę goblinów, stłoczonych wokół worka złotych monet, które zapewne wygrały, stawiając na Irlandię. Trajkotały wesoło, najwyraźniej nie zwracając najmniejszej uwagi na to, co się działo na kempingu. Nieco dalej wkroczyli w plamę srebrnego światła, a kiedy spojrzeli przez drzewa, zobaczyli trzy wysmukłe i piękne wile stojące na polanie w otoczeniu stadka młodych czarodziejów, z których każdy mówił bardzo głośno.

— Wyciągam około stu worków galeonów rocznie! — wykrzykiwał jeden z nich. — Pracuję w Komisji Likwidacji Niebezpiecznych Stworzeń i zabijam smoki.

— Co ty opowiadasz! — wrzasnął jego towarzysz. — Jesteś pomywaczem w Dziurawym Kotle... Ja poluję na wampiry, zabiłem ich już z dziewięćdziesiąt...

Teraz wtrącił się trzeci młody czarodziej, tak obsypany pryszczami, że widać je było nawet w przyćmionym, srebrnym świetle emanującym z wil.

— Nie chwalę się, ale już wkrótce będę najmłodszym w historii ministrem magii.

Harry parsknął śmiechem. Rozpoznał czarodzieja z pryszczami: nazywał się Stan Shunpike i w rzeczywistości był konduktorem piętrowego Błędnego Rycerza.

Odwrócił się do Rona, by mu to powiedzieć, ale zobaczył, że ten nadął się dziwnie i już po chwili krzyczał:

— Mówiłem wam już, że wynalazłem miotłę, którą można polecieć na Jowisza?

— No nie! — zawołała Hermiona i razem z Harrym złapali go mocno za ramiona, okręcili wkoło i odprowadzili dalej. Kiedy głosy wil i ich adoratorów zupełnie ucichły, znaleźli się w samym sercu lasu. Panował tu spokój, wyglądało na to, że w pobliżu nie ma nikogo.

Harry rozejrzał się.

— Myślę, że możemy tu poczekać. Jak ktoś będzie nadchodził, usłyszymy go z daleka.

Zaledwie to powiedział, zza drzewa wyszedł Ludo Bagman.

Nawet w nikłym świetle dwóch różdżek można było zauważyć, że Bagman bardzo się zmienił. Nie tryskał już optymizmem, jego kroki utraciły sprężystość. Był bardzo blady i spięty.

— Kto to? — zapytał, mrugając szybko i starając się dostrzec ich twarze. — Co tu robicie sami w nocy?

Spojrzeli po sobie ze zdziwieniem.

— No... są jakieś zamieszki i... — zaczął Ron.

Bagman wytrzeszczył na niego oczy.

— Co?

— Na kempingu... jacyś czarodzieje dorwali rodzinę .mugoli i...

— A niech to szlag! — zaklął głośno Bagman, sprawiając wrażenie, jakby myślał o czymś innym, po czym zdeportował się z cichym pyknięciem.

— Chyba nie bardzo wie, co się wokół niego dzieje, co? — powiedziała Hermiona, marszcząc czoło.

— No, ale był kiedyś bardzo dobrym pałkarzem — rzekł Ron, schodząc ze ścieżki na małą polankę i siadając na kępie suchej trawy u stóp drzewa. — Osy z Wimbourne trzy razy z rzędu zdobyły mistrzostwo ligi, kiedy on z nimi grał.

Wyjął z kieszeni figurkę Kruma, postawił ją na ziemi i przez chwilę obserwował, jak maleńki Bułgar spaceruje tam i z powrotem. Podobnie jak prawdziwy Krum, figurka miała kaczkowaty chód i garbiła się, więc nie wzbudzała już takiego zachwytu jak Krum na miotle. Harry nasłuchiwał jakichś odgłosów z kempingu. Była jednak cisza. Może zamieszki już się skończyły?

— Mam nadzieję, że reszcie nic się nie stało — powiedziała po chwili Hermiona.

— Na pewno — mruknął Ron.

— A jakby tak twój tata złapał Lucjusza Malfoya? — odezwał się Harry, który usiadł przy Ronie i przyglądał się figurce Kruma, z trudem przełażącej przez zeschłe liście.

— Zawsze mówił, że chciałby mieć na niego jakiegoś haka.

— Byłoby super, Draco przestałby się wreszcie głupio uśmiechać — powiedział Ron.

— Żal mi jednak tych biednych mugoli — oświadczyła Hermiona. — A jeśli nie zdołają ściągnąć ich na ziemię?

— Nie bój się, ściągną — zapewnił ją Harry. — Na pewno coś wymyślą.

— Nie uważacie, że to czyste szaleństwo, robić coś takiego, kiedy naokoło jest pełno urzędników Ministerstwa

Magii? — zapytała Hermiona. — Jak oni się z tego wytłumaczą? Myślicie, że byli pijani, czy po prostu...

Nagle urwała i spojrzała przez ramię. Harry i Ron też szybko się obejrzeli. Ktoś szedł ku nim przez las. Czekali, nasłuchując niepewnych kroków między ciemnymi drzewami. Ale kroki nagle ucichły.

— Hop, hop! — zawołał Harry.

Cisza. Harry wstał i zajrzał za drzewo. Było ciemno, więc niczego nie zobaczył, ale wyczuł, że ktoś stoi tuż poza zasięgiem jego wzroku.

— Kto tam? — zapytał.

I nagle, bez żadnego ostrzeżenia, ciszę rozdarł jakiś dziwny głos, a to, co usłyszeli, nie było okrzykiem strachu, ale zabrzmiało jak zaklęcie.

— *MORSMORDRE!*

Coś dużego, zielonego i błyszczącego wystrzeliło z ciemności, którą Harry daremnie starał się przebić wzrokiem: śmignęło ku szczytom drzew i poszybowało w niebo.

— Co za... — wydyszał Ron, zrywając się na nogi i gapiąc w górę.

Przez ułamek sekundy Harry pomyślał, że to jakaś nowa formacja krasnoludków. Potem zdał sobie sprawę, że to olbrzymia czaszka, złożona z elementów, które przypominały szmaragdowe gwiazdy. Spomiędzy szczęk, jak język wysuwał się wąż. Na ich oczach wznosiła się coraz wyżej i wyżej, spowita zieloną mgiełką, rysując się na tle czarnego nieba jak jakaś nowa konstelacja.

Nagle las wokół nich rozbrzmiał krzykami. Harry nie wiedział dlaczego, ale jedyną możliwą przyczyną było nagłe pojawienie się owej czaszki, która teraz wzniosła się na tyle wysoko, że oświetliła cały las jak jakiś przerażający neon.

Wbił oczy w ciemność, szukając osoby, która wyczarowała czaszkę, ale nikogo nie dostrzegł.

— Kto tu jest? — zawołał ponownie.

— Harry, chodź, idziemy stąd, szybko! — Hermiona złapała go z tyłu za kurtkę i ciągnęła za sobą.

— O co chodzi? — zapytał Harry, wstrząśnięty widokiem jej twarzy, bladej i przerażonej.

— To Mroczny Znak, Harry! — jęknęła Hermiona, ciągnąc go z całej siły. — Znak Sam-Wiesz-Kogo!

— Voldemorta?...

— Harry, chodź!

Odwrócił się — Ron porwał swoją figurkę Kruma — wszyscy troje puścili się pędem przez polankę — ale zanim zdążyli zrobić kilka kroków, rozległa się cała seria cichych trzasków i pojawiło się ze dwudziestu czarodziejów, otaczając ich ze wszystkich stron.

Harry okręcił się w miejscu i w ułamku sekundy zarejestrował jeden fakt: każdy z czarodziejów trzymał różdżkę w pogotowiu, a każda różdżka była wycelowana w niego, Rona i Hermionę. Bez zastanowienia krzyknął:

— PADNIJ!

I złapał Rona i Hermionę, pociągając ich za sobą na ziemię.

— DRĘTWOTA! — zagrzmiało dwadzieścia głosów, trysnęły oślepiające błyski i Harry poczuł, że włosy mu się mierzwią, jakby powiał silny wiatr. Uniósł głowę na cal i zobaczył strumienie czerwonego światła tryskające ku nim z różdżek czarodziejów, krzyżujące się ze sobą, rozpryskujące iskrami o pnie drzew, ginące w ciemności...

— Stop! — ryknął głos, który natychmiast rozpoznał.

— Przerwać! To mój syn!

Włosy przestały Harry'emu falować. Podniósł głowę nieco wyżej. Stojący przed nim czarodziej opuścił różdżkę.

Harry przetoczył się na bok i zobaczył spieszącego ku nim pana Weasleya.

— Ron... Harry — głos mu się lekko trząsł — Hermiono... nic wam się nie stało?

— Zejdź z drogi, Arturze — rozległ się zimny, szorstki głos.

Był to pan Crouch, który zbliżał się do nich razem z innymi czarodziejami. Harry powstał. Twarz pana Croucha stężała z wściekłości.

— Które z was to zrobiło? — warknął, obrzucając ich wściekłym spojrzeniem. — Które z was wyczarowało Mroczny Znak?

— My tego nie zrobiliśmy! — powiedział Harry, wskazując na czaszkę.

— W ogóle nic nie zrobiliśmy! — dodał Ron, który rozcierał sobie łokieć i miał minę tak samo oburzoną, jak jego ojciec. — Dlaczego na nas napadliście?

— Nie kłam, mój panie! — krzyknął pan Crouch, wciąż celując w Rona różdżką i łypiąc na niego groźnie. Wyglądał, jakby ogarniał go jakiś amok. — Znaleźliśmy was w miejscu zbrodni!

— Barty — szepnęła czarownica w długim, wełnianym szlafroku — to przecież dzieciaki... Barty, oni by nie potrafili...

— Ej, wy troje, skąd wyłonił się Znak? — zapytał pan Weasley.

— Stamtąd — powiedziała Hermiona drżącym głosem, wskazując na miejsce, z którego dobiegł ich głos wypowiadający zaklęcie. — Ktoś chował się za drzewami... coś krzyczeli... jakieś zaklęcie...

— Stali sobie tam, powiadasz? — powiedział pan Crouch, zwracając swoje wytrzeszczone oczy na Hermionę. — I wypowiedzieli zaklęcie, tak? Coś mi się wydaje, że jesteś dobrze poinformowana, jak wywołuje się Znak, panno...

Ale poza nim chyba żaden z funkcjonariuszy ministerstwa nie uważał za prawdopodobne, by Harry, Ron czy Hermiona wyczarowali czaszkę; przeciwnie, po słowach Hermiony wznieśli ponownie różdżki i wycelowali je w kierunku, który wskazała, wbijając oczy w ciemność między drzewami.

— Przybyliśmy za późno — powiedziała czarownica w wełnianym szlafroku, kręcąc głową. — Zdeportowali się.

— Nie sądzę — rzekł czarodziej z krzaczastą brązową brodą, Amos Diggory, ojciec Cedrika. — Nasze oszałamiacze na pewno przeniknęły przez te drzewa... prawdopodobnie ich trafiliśmy...

— Amosie, bądź ostrożny — rozległo się parę głosów, kiedy pan Diggory wyprostował ramiona, wyciągnął przed siebie różdżkę i śmiało zagłębił się w ciemny las.

Hermiona patrzyła na to, zasłaniając sobie ręką usta. W chwilę później usłyszeli krzyk pana Diggory'ego.

— Tak! Mamy ich! Ktoś tu jest! Oszołomiony! Ale... a niech to!

— Znalazłeś kogoś? — zawołał pan Crouch z jawnym niedowierzaniem. — Kogo? Kto to jest?

Usłyszeli trzask gałązek, szelest zeschłych liści, zachrzęściły kroki i pan Diggory wyłonił się spomiędzy drzew. W ramionach niósł maleńką, bezwładną postać. Harry natychmiast rozpoznał serwetkę stołową, w którą była ubrana. To była Mrużka.

Pan Crouch nawet nie drgnął, gdy pan Diggory złożył mu u stóp jego domowego skrzata. Wszyscy inni czarodzieje z ministerstwa wpatrywali się w pana Croucha. Przez kilka sekund zamarł w bezruchu, tylko oczy mu płonęły w bladej twarzy, kiedy patrzył z góry na Mrużkę. Potem powoli oprzytomniał.

— To... nie może... być... — wyjąkał. — Nie... Obszedł pana Diggory'ego i szybkim krokiem ruszył w kierunku miejsca, w którym ten znalazł skrzata.

— Nie ma po co, panie Crouch! — zawołał za nim pan Diggory. — Tam już nie ma nikogo!

Pan Crouch nie był jednak skłonny uwierzyć mu na słowo. Słyszeli, jak miota się w ciemności, rozgarniając krzaki.

— Kłopotliwa sprawa — powiedział ponuro pan Diggory, patrząc na nieruchomą postać skrzata. — Domowy skrzat Barty'ego... to znaczy, chciałem powiedzieć...

— Daj spokój, Amosie — mruknął pan Weasley — przecież chyba nie myślisz poważnie, że to mógł zrobić skrzat... Mroczny Znak mógł wyczarować tylko czarodziej. Do tego jest potrzebna różdżka.

— Taak — powiedział pan Diggory. — A ona miała różdżkę.

— Co? — zdumiał się pan Weasley.

— Sam zobacz. — Pan Diggory wyciągnął ku niemu różdżkę. — Miała to w ręku. A więc mamy do czynienia z pogwałceniem trzeciego paragrafu Kodeksu Użycia Różdżki. *Żadnemu nie-ludzkiemu stworzeniu nie wolno nosić lub używać różdżki.*

Rozległo się jeszcze jedno pyknięcie i tuż przy panu Weasleyu zaportował się Ludo Bagman. Zadyszany i jakby nieco rozkojarzony, okręcił się jak fryga, wpatrując się w szmaragdową czaszkę nad ich głowami.

— Mroczny Znak! — wydyszał, o mały włos nie nadeptując na Mrużkę, gdy odwrócił się do swych kolegów z pytającą miną. — Kto to zrobił? Złapaliście ich? Barty! Co tu się dzieje?

Pan Crouch wrócił z pustymi rękami. Nadal miał upiornie bladą twarz, a dłonie i najeżone wąsy drgały mu okropnie.

— Gdzie byłeś, Barty? — zapytał Bagman. — Dlaczego nie było cię na meczu? Twój skrzat zajął ci miejsce... Garbate gargulce! — Bagman dopiero teraz zauważył Mrużkę leżącą u jego stóp. — A tej co się stało?

— Byłem... bardzo... zajęty... Ludo — powiedział pan Crouch, wciąż jąkając się gwałtownie i prawie nie poruszając ustami. — A mój skrzat został oszołomiony.

— Oszołomiony? Przez was? Ale dlaczego...

Nagle na jego krągłej, błyszczącej twarzy pojawił się cień zrozumienia. Spojrzał w górę na czaszkę, w dół na Mrużkę i z powrotem na pana Croucha.

— To niemożliwe! — zawołał. — Mrużka? Wyczarowała Mroczny Znak? Przecież nie wiedziałaby jak! No i musiałaby mieć różdżkę!

— I miała — odezwał się pan Diggory. — Znalazłem ją z różdżką w ręku, Ludo. Spokojnie, panie Crouch, jeśli nie ma pan nic przeciwko, to sądzę, że powinniśmy wysłuchać, co ona sama ma do powiedzenia.

Crouch sprawiał wrażenie, jakby nie usłyszał tych słów, ale pan Diggory odczytał jego milczenie jako zgodę. Podniósł własną różdżkę, wycelował nią w Mrużkę i rzekł:

— *Rennervate!*

Mrużka drgnęła. Jej wielkie brązowe oczy otworzyły się, zamrugała kilka razy i wytrzeszczyła je, rozglądając się nieprzytomnie. Potem, obserwowana przez milczących czarodziejów, podniosła się chwiejnie do pozycji siedzącej. Spostrzegła stopę pana Diggory'ego, i powoli, cała dygocąc, wzniosła oczy, by spojrzeć mu w twarz, a potem, jeszcze wolniej, spojrzała w niebo. W jej wielkich szklistych oczach Harry dostrzegł podwójne odbicie olbrzymiej czaszki. Skrzatka wzdrygnęła się, potoczyła dzikim wzrokiem po zatłoczonej polance i zaczęła straszliwie szlochać.

— Skrzacie! — powiedział pan Diggory surowym tonem. — Wiesz, kim jestem? Jestem pracownikiem Urzędu Kontroli nad Magicznymi Stworzeniami!

Mrużka zaczęła się kołysać w tył i w przód, z trudnością łapiąc powietrze. Harry mimo woli przypomniał sobie przerażonego Zgredka w chwilach jego nieposłuszeństwa.

— Jak widzisz, skrzacie, nie tak dawno wyczarowano tu Mroczny Znak — powiedział pan Diggory. — A w chwilę później znaleziono cię tuż pod nim! Możesz mi to wyjaśnić?

— Ja... ja... ja... tego nie zrobiła, sir! — wydyszała Mrużka. — Ja by nie wiedziała jak, sir!

— Znaleziono cię z różdżką w ręku! — zagrzmiał pan Diggory, wymachując nią przed jej nosem.

Zielone światło z czaszki padło na różdżkę i Harry ją rozpoznał.

— Zaraz... to moja różdżka! — powiedział.

Wszyscy utkwili w nim spojrzenia.

— Ze co? — zapytał z niedowierzaniem pan Diggory.

— To moja różdżka — powtórzył Harry. — Zgubiłem ją!

— Zgubiłeś? — powtórzył pan Diggory. — A więc przyznajesz się do winy? Porzuciłeś różdżkę po wyczarowaniu Znaku?

— Amosie, zastanów się, do kogo mówisz! — zawołał pan Weasley ze złością. — To przecież Harry Potter! I to on miałby wyczarować Mroczny Znak?

— Rzeczywiście — wymamrotał pan Diggory. — Przepraszam... trochę mnie poniosło...

— W każdym razie nie upuściłem jej tutaj — powiedział Harry, wskazując kciukiem ku drzewom pod zieloną czaszką. — Zgubiłem ją tuż po tym, jak weszliśmy do lasu.

— A więc... — wycedził pan Diggory, a oczy mu zabłysły zimno, kiedy odwrócił się, by znowu spojrzeć na Mrużkę, płaszczącą się u jego stóp. — A więc znalazłeś tę różdżkę, skrzacie? Podniosłeś ją i pomyślałeś sobie, że trochę się nią pobawisz?

— Ja tego nie używała, sir! — zapiszczała Mrużka, a łzy pociekły jej obficie po spłaszczonym, bulwiastym nosie. — Ja... ja... tylko ją podniosła, sir! Ja nie robiła Mrocznego Znaku, sir, ja nie wie jak!

— To nie ona! — odezwała się Hermiona, bardzo stanowcza, ale i bardzo zdenerwowana, co nietrudno było zrozumieć, jako że przemawiała wobec tylu czarodziejów z ministerstwa. — Mrużka ma piskliwy głosik, a ten głos, który wypowiedział zaklęcie, był mocny i niski! — Spojrzała na Harry'ego i Rona, oczekując ich poparcia. — To nie mogła być Mrużka, prawda?

— Nie — potwierdził Harry, kręcąc głową. — To na pewno nie był głos skrzata.

— Tak, to był ludzki głos — dodał Ron.

— Zaraz się przekonamy — warknął pan Diggory, którego ich zapewnienia wyraźnie nie przekonały. — Chyba wiecie, że jest bardzo prosty sposób wykrycia ostatniego zaklęcia rzuconego za pomocą tej różdżki, prawda?

Mrużka zaczęła dygotać i gwałtownie potrząsać głową, zamiatając wielkimi uszami, kiedy pan Diggory uniósł ponownie swoją różdżkę i przytknął jej koniec do końca różdżki Harry'ego.

— *Prior incantato!* — zagrzmiał pan Diggory.

Harry usłyszał zduszony okrzyk Hermiony, gdy z miejsca zetknięcia się obu różdżek wyrosła wielka czaszka z wężowym językiem. Był to jednak zaledwie szary, mglisty cień zielonej czaszki, wciąż unoszącej się nad ich głowami: widmo zaklęcia.

— *Deletrius!* — krzyknął pan Diggory, a widmowa czaszka rozpłynęła się w smudze dymu. — A więc wiemy już wszystko — oświadczył triumfalnie, patrząc z góry na Mrużkę, która wciąż trzęsła się konwulsyjnie.

— Ja tego nie zrobiła! — zaskrzeczał skrzat, tocząc dziko oczami. — Ja nie, ja nie, ja nie wie jak! Ja dobry skrzat, nie używa różdżek, ja nie wie jak!

— Przyłapano cię na gorącym uczynku, skrzacie! — ryknął pan Diggory. — Z tą różdżką w ręku!

— Amosie — odezwał się pan Weasley — zastanów się... niewielu czarodziejów zna to zaklęcie... niby gdzie ona mogła się tego nauczyć?

— Być może Amos chce przez to powiedzieć — wycedził lodowatym tonem pan Crouch — że mam w zwyczaju uczyć moich służących, jak wyczarować Mroczny Znak?

Zapanowało niezbyt przyjemne milczenie.

— Ależ nie, panie Crouch — wyjąkał Amos, wyraźnie przerażony — nie... ależ skąd...

— Ale byłeś bliski oskarżenia dwóch ostatnich osób, które mogłyby wyczarować Znak! Najpierw Harry'ego Pottera, a teraz mnie! Chyba znasz historię tego chłopca, Amosie, co?

— Oczywiście... wszyscy ją znają... — mruknął pan Diggory, coraz bardziej zmieszany.

— I chyba pamiętasz, że w swoim długim życiu wystarczająco dobitnie udowodniłem, i to nie raz, że głęboko gardzę czarną magią i wszystkimi, którzy ją uprawiają?! — krzyknął pan Crouch, a oczy wyskakiwały mu z orbit.

— Panie Crouch, ja... ja nigdy nie sugerowałem, że ma pan coś z tym wspólnego! — mruknął Amos Diggory, czerwieniąc się pod krzaczastą brązową brodą.

— Jeśli oskarżasz moją skrzatkę, to tym samym oskarżasz mnie! — wrzasnął pan Crouch. — Gdzie ona mogła się tego nauczyć, jak nie w moim domu?

— Mogła... mogła... gdziekolwiek...

— No właśnie, Amosie — powiedział pan Weasley.

— Mogła znaleźć różdżkę gdziekolwiek... Mrużko — zwrócił się do skrzatki łagodnie, ale ta drgnęła i skuliła się, jakby ktoś znowu na nią krzyknął — powiedz nam, gdzie dokładnie znalazłaś różdżkę Harry'ego?

Mrużka tak zawzięcie tarmosiła skraj swojej serwetki, że ta zaczęła się strzępić.

— Ja... ja znalazła ją... znalazła ją tam, sir... — wyszeptała. — Tam... między drzewami, sir...

— Widzisz, Amosie? — powiedział pan Weasley. — Nie wiemy, kto wyczarował Znak, wiemy tylko, że natychmiast się zdeportował, pozostawiając różdżkę Harry'ego. To sprytne: nie chciał użyć własnej różdżki, żeby się nie zdradzić. A Mrużka, na swoje nieszczęście, znalazła ją w chwilę później i podniosła.

— Ale to oznacza, że była o krok od prawdziwego przestępcy! — zawołał niecierpliwie pan Diggory. — Skrzacie! Widziałeś kogoś?

Mrużka zaczęła się trząść jeszcze gwałtowniej. Jej olbrzymie oczy spoczęły na panu Diggorym, potem przeniosły się na Ludona Bagmana, a w końcu na pana Croucha. Przełknęła głośno ślinę i wyjąkała:

— Ja... nie widziała nikogo, sir... nikogo...

— Amosie — powiedział sucho pan Crouch — jestem w pełni świadom, że w normalnym trybie postępowania chciałbyś zabrać Mrużkę na przesłuchanie. Proszę cię jednak, byś mi pozwolił zająć się nią osobiście.

Pan Diggory sprawiał wrażenie, jakby w ogóle nie brał tego pod uwagę, ale było oczywiste, że trudno mu było odmówić tak ważnej osobie, jak pan Crouch.

— Możesz być pewny, że zostanie ukarana — dodał chłodno pan Crouch.

— P-p-panie... — wyjąkała Mrużka, patrząc na niego żałośnie oczami pełnymi łez. — P-p-panie, b-b-błagam...

Pan Crouch spojrzał na nią surowo, rysy mu się wyostrzyły. W tym spojrzeniu nie było ani śladu litości.

— Mrużka zachowała się tej nocy w sposób karygodny — powiedział powoli. — Nigdy bym nie pomyślał, że może tak się zachować. Powiedziałem jej, że ma zostać w namiocie, podczas gdy ja pójdę zobaczyć, co się stało. A Mrużka mnie nie posłuchała. *A to oznacza ubranie.*

— Nie! — wrzasnęła Mrużka, padając plackiem u stóp pana Croucha. — Nie, panie! Tylko nie ubranie, nie ubranie!

Harry wiedział już, że domowego skrzata można zwolnić z obowiązków tylko w jeden sposób: dając mu normalny strój lub choćby jego fragment. Żal mu było patrzyć, jak Mrużka łka rozpaczliwie u stóp pana Croucha, ściskając kurczowo swoją serwetkę.

— Przecież ona była śmiertelnie wystraszona! — wybuchła nagle Hermiona, rzucając wściekłe spojrzenie na pana Croucha. — Pana skrzatka ma lęk wysokości, a ci zamaskowani czarodzieje wylewitowali w powietrze ludzi! Nie może pan oskarżać jej o to, że po prostu przed nimi uciekała!

Pan Crouch cofnął się o krok, odtrącając skrzata, którego teraz zaczął traktować jak coś plugawego i zgniłego, co brukało jego schludnie wyczyszczone obuwie.

— Nie widzę pożytku ze skrzata, który okazuje nieposłuszeństwo — oświadczył chłodno, patrząc na Hermionę. — Niepotrzebny mi sługa, który zapomina o swoich obowiązkach wobec pana i wystawia na szwank jego reputację.

Mrużka szlochała tak rozpaczliwie, że słychać ją było na całej polance.

Zapadło przykre milczenie, które przerwał pan Weasley, mówiąc:

— No cóż, chyba zaprowadzę dzieciaki z powrotem do namiotu, jeśli nikt nie wyraża sprzeciwu. Amosie, ta różdżka powiedziała nam już wszystko, co mogła... może, z łaski swojej, oddasz ją Harry'emu...

Pan Diggory oddał Harry'emu różdżkę, a ten schował ją do kieszeni.

— No, to idziemy — powiedział spokojnie pan Weasley.

Ale Hermiona nie ruszała się z miejsca; wciąż wpatrywała się w łkającego skrzata.

— Hermiono! — powiedział pan Weasley niecierpliwie.

Odwróciła się i ruszyła za Harrym i Ronem. Weszli między drzewa.

— Co się teraz stanie z Mrużką? — zapytała, gdy tylko opuścili polankę.

— Nie wiem — odrzekł pan Weasley.

— Jak oni ją traktowali! — wybuchła Hermiona. — Pan Diggory zwracał się do niej per „skrzacie"... a ten pan Crouch! Przecież dobrze wiedział, że Mrużka tego nie zrobiła, a jednak ma zamiar ją wypędzić! W ogóle go nie obchodzi, że była śmiertelnie wystraszona, że tak rozpacza... Jak można tak traktować człowieka!

— No... przecież Mrużka nie jest człowiekiem — powiedział Ron.

Hermiona łypnęła na niego groźnie.

— Ale to nie oznacza, że jest pozbawiona ludzkich uczuć... To naprawdę obrzydliwe, żeby...

— Hermiono, zgadzam się z tobą — powiedział szybko pan Weasley — ale to nie jest odpowiedni czas na dyskusje o prawach skrzatów. Teraz musimy jak najszybciej wrócić do naszych namiotów. Co się stało z resztą?

— Zgubiliśmy ich w ciemności — odrzekł Ron. — Tato, dlaczego wszyscy tak się wnerwiają z powodu tej czaszki?

— Wyjaśnię wam w namiocie — odpowiedział krótko pan Weasley, przyspieszając kroku.

Kiedy wyszli na skraj lasu, musieli się jednak zatrzymać. Zebrany tu tłum przerażonych czarownic i czarodziejów rzucił się ku panu Weasleyowi.

— Co się dzieje?... Kto to wyczarował?... Arturze... przecież chyba nie... ON?

— Oczywiście, że nie on — odparł niecierpliwie pan Weasley. — Nie wiemy kto, pewnie się zdeportował. A teraz wybaczcie mi, muszę odpocząć.

Przeprowadził przez tłum Harry'ego, Rona i Hermionę. Na kempingu panował spokój, nie było ani śladu zamaskowanych czarodziejów, choć kilka przewróconych namiotów wciąż się dymiło.

Z namiotu chłopców wychynęła głowa Charliego.

— Tato, co się dzieje? — zawołał. — Fred, George i Ginny już wrócili, nic im się nie stało, ale reszta...

— Są tu, ze mną — odpowiedział pan Weasley, pochylając się, by wejść do namiotu. Harry, Ron i Hermiona weszli za nim.

Bill siedział przy małym kuchennym stoliku, przyciskając prześcieradło do ramienia, które obficie krwawiło. Charlie miał rozdartą koszulę, a Percy zakrwawiony nos. Fred, George i Ginny nie odnieśli żadnych obrażeń, ale wyglądali na wstrząśniętych.

— Złapaliście ich, tato? — zapytał Bill. — Tych, którzy wyczarowali Znak?

— Nie — odpowiedział pan Weasley. — Znaleźliśmy domowego skrzata Barty'ego Croucha, z różdżką Harry'ego w ręku, ale nadal nie wiemy, kto wyczarował Znak.

— Co? — zapytali równocześnie Bill, Charlie i Percy.

— Z różdżką Harry'ego? — powtórzył Fred.

— Skrzat pana Croucha? — zapytał Percy takim głosem, jakby grom w niego strzelił.

Z małą pomocą Harry'ego, Rona i Hermiony pan Weasley opowiedział im, co wydarzyło się w lesie. Kiedy ich opowieść dobiegła końca, Percy nadął się i wybuchnął:

— Uważam, że pan Crouch słusznie robi, pozbywając się takiego skrzata! Uciekać gdzieś, kiedy mu wyraźnie kazano zostać... wprawiać go w zakłopotanie na oczach całego ministerstwa... Wyobrażam sobie, co by było, gdyby tego nicponia postawiono przed Urzędem Kontroli...

— To nie jest ON, tylko ONA, i nic nie zrobiła! — krzyknęła Hermiona. — Po prostu znalazła się w niewłaściwym miejscu w niewłaściwym czasie!

Percy'ego zatkało. Hermiona zwykle nieźle sobie z nim radziła — w każdym razie o wiele lepiej od innych.

— Hermiono, czarodziej o takiej pozycji jak pan Crouch nie może sobie pozwolić na trzymanie domowego skrzata, który miota się jak oszalały po lesie z cudzą różdżką! — oświadczył Percy pompatycznie, kiedy już przyszedł do siebie.

— ONA wcale się nie miotała jak oszalała! — zawołała Hermiona. — Ona ją po prostu podniosła z ziemi!

— Słuchajcie, czy ktoś może mi wreszcie wyjaśnić, o co chodzi z tą czaszką? — zapytał niecierpliwie Ron. — Nic nikomu nie zrobiła... o co ten cały hałas?

— Ron, przecież ci mówiłam, że to symbol Sam-Wiesz—Kogo — odpowiedziała Hermiona, zanim zdążył to zrobić ktokolwiek inny. — Czytałam o niej w *Powstaniu i upadku czarnej magii.*

— I nie widziano jej od trzynastu lat — powiedział cicho pan Weasley. — To normalne, że ludzie wpadli w panikę... to prawie tak, jakby znowu zobaczyli Sami--Wiecie-Kogo.

— Nie rozumiem — rzekł Ron, marszcząc czoło. — To znaczy... przecież to tylko taki kształt na niebie...

— Ron, Sam-Wiesz-Kto i jego zwolennicy wyczarowywali Mroczny Znak, kiedy kogoś zabili — powiedział pan Weasley. — Jesteś za młody, żeby mieć pojęcie, jakie przerażenie on budził. Wyobraź sobie, że wracasz do domu i widzisz, że wisi nad nim Mroczny Znak. Już wiesz, co w domu zastaniesz... — Pan Weasley zamrugał oczami. — Tego się wszyscy najbardziej bali... najbardziej...

Przez chwilę panowało milczenie.

Potem Bill zdjął prześcieradło z ramienia, sprawdził, czy rozcięcie wciąż krwawi, i powiedział:

— No cóż, tej nocy nam to nie pomogło, bez względu na to, kto wyczarował Znak. Wystraszył śmierciożerców, gdy tylko się pojawił. Wszyscy się zdeportowali, zanim zdołaliśmy zedrzeć maskę choćby jednemu z nich. Ale udało nam się złapać Robertsów, nim runęli na ziemię. Właśnie im modyfikują pamięć.

— Śmierciożerców? — zapytał Harry. — Kim oni są?

— Tak siebie nazywali poplecznicy Sami-Wiecie-Kogo — odrzekł Bill. — Tej nocy mogliśmy się przekonać, ilu ich jeszcze jest... w każdym razie tych, którym się udało uniknąć Azkabanu.

— Trudno dowieść, że to byli akurat oni, Bill — powiedział pan Weasley. — Chociaż... wszystko na to wskazuje — dodał posępnie.

— Tak, założę się, że to oni! — oświadczył nagle Ron. — Tato, w lesie spotkaliśmy Dracona Malfoya, i wiesz, do czego się prawie przyznał? Do tego, że wśród tych zamaskowanych był jego ojciec! A wszyscy dobrze wiemy, że Malfoyowie służyli Sam-Wiesz-Komu!

— Ale co zwolennicy Voldemorta... — zaczął Harry, a wszyscy się wzdrygnęli, bo, jak większość czarodziejów, Weasleyowie unikali wypowiadania tego nazwiska. — Przepraszam — dodał szybko Harry. — Co zwolennicy Sami-Wiecie-Kogo chcieli osiągnąć, zmuszając tych mugoli do lewitacji? Po co im to?

— Po co? — powtórzył pan Weasley i roześmiał się ponuro. — Harry, to dla nich najlepsza rozrywka. Kiedy Sam-Wiesz-Kto był u władzy, wymordowano wielu mugoli, a połowy tych morderstw dokonano po prostu dla zabawy! Na pewno sobie wieczorem popili i nie mogli się oprzeć, by nie pokazać nam, ilu ich jeszcze jest. Takie miłe spotkanie po latach i demonstracja siły — zakończył z wyraźną odrazą.

— Ale jeśli to byli śmierciożercy, to dlaczego się zdeportowali na widok Mrocznego Znaku? — zapytał Ron. — Przecież powinni się ucieszyć na jego widok...

— Wysil mózgownicę, Ron — powiedział Bill. — Jeśli to naprawdę byli śmierciożercy, to zrobili wszystko, żeby nie trafić do Azkabanu, gdy Sam-Wiesz-Kto utracił moc, i naopowiadali o nim mnóstwo łgarstw, twierdząc, że to on zmuszał ich do zabijania i torturowania ludzi. Założę się, że jego powrót przeraziłby ich jeszcze bardziej niż nas wszystkich. Wyparli się go, zaprzeczyli, że kiedykolwiek mieli z nim coś wspólnego, wrócili do normalnego życia... chybaby ich nie potraktował łaskawie, gdyby wrócił prawda?

— Więc... ci, którzy wyczarowali Mroczny Znak... — powiedziała powoli Hermiona — zrobili to, żeby okazać poparcie śmierciożercom, czy po to, żeby ich wystraszyć?

— Trudno tu mieć pewność, można tylko przypuszczać, Hermiono — rzekł pan Weasley. — Ale powiem ci jedno... tylko śmierciożercy wiedzą, jak go wyczarować. Byłbym bardzo zaskoczony, gdyby się okazało, że osoba, która to zrobiła, nie była kiedyś śmierciożercą, nawet jeśli już nim przestała być... Słuchajcie, jest już bardzo późno, a jeśli wasza matka dowie się, co tu się stało, będzie się zamartwiać ze strachu. Prześpijmy się trochę, złapmy jakiś wczesny świstoklik i wynośmy się stąd jak najszybciej.

Harry wlazł na swoje górne łóżko, a w głowie miał zamęt. Wiedział, że powinien odczuwać zmęczenie — była już prawie trzecia w nocy — ale czuł się rozbudzony i zaniepokojony.

Trzy dni wcześniej — teraz wydawało się, że było to o wiele dawniej — obudził się z bolącą blizną. A tej nocy, po raz pierwszy od trzynastu lat, znak Lorda Voldemorta pojawił się na niebie. Co to wszystko oznacza?

Pomyślał o liście, który napisał do Syriusza przed opuszczeniem Privet Drive. Czy Syriusz już go dostał? Kiedy odpowie? Harry leżał, patrząc w płócienny dach namiotu, ale tym razem żadne fantazje nie pomagały mu zasnąć. Charlie zaczął już chrapać, ale długo jeszcze trwało, zanim Harry'ego wreszcie zmorzył sen.

ROZDZIAŁ DZIESIĄTY

Chaos w Ministerstwie Magii

Pan Weasley obudził ich po paru godzinach snu. Użył magii, by zwinąć i spakować namioty, i opuścili kemping tak szybko, jak się dało, mijając po drodze stojącego w drzwiach swego domku pana Robertsa. Wyglądał na oszołomionego; pomachał im ręką i zawołał: „Wesołych świąt!"

— Nic mu nie będzie — powiedział cicho pan Weasley, kiedy znaleźli się na wrzosowisku. — Osoba, której zmodyfikowano pamięć, bywa czasami trochę rozkojarzona, ale to trwa krótko... A przecież sporo musieli mu wymazać z pamięci.

Kiedy zbliżali się już do miejsca, gdzie leżał świstoklik, usłyszeli ponaglające głosy, a kiedy do niego dotarli, zobaczyli sporą grupkę czarownic i czarodziejów tłoczących się wokół Bazyla, strażnika świstoklików; wszyscy chcieli jak najszybciej opuścić tę okolicę. Pan Weasley odbył z Bazylem pospieszną rozmowę i stanęli w ogonku. Wkrótce udało im się skorzystać ze starej opony, i zanim słońce wzeszło na dobre, znaleźli się z powrotem na wzgórzu Stoatshead. W bladym świetle brzasku przeszli przez

Ottery St Catchpole i polną drogą ruszyli ku Norze, nie rozmawiając wiele, bo wszyscy byli bardzo zmęczeni i myśleli tylko o śniadaniu. Kiedy minęli ostatni zakręt alejki i zobaczyli Norę, rozległ się głośny krzyk, który potoczył się echem po wrzosowisku.

— Och, dzięki Bogu, dzięki Bogu!

Pani Weasley, która najwyraźniej czekała na nich przed domem, wybiegła ku nim w bamboszach. Twarz miała bladą i napiętą, a w ręku trzymała zwinięty w trąbkę egzemplarz „Proroka Codziennego".

— Arturze... tak się martwiłam... tak się martwiłam...

Zarzuciła panu Weasleyowi ręce na szyję i „Prorok Codzienny" wypadł jej z rąk. Spojrzawszy na pierwszą stronę gazety, Harry odczytał wielki nagłówek: PANIKA PODCZAS FINAŁU MISTRZOSTW ŚWIATA W QUID-DITCHU, a pod nim drgające, czarno-białe zdjęcie Mrocznego Znaku ponad wierzchołkami drzew.

— Nic wam się nie stało... — wymamrotała pani Weasley, puszczając męża i spoglądając po nich zaczerwienionymi oczami. — Żyjecie... och, chłopcy...

I, ku zaskoczeniu wszystkich, złapała Freda i George'a i przyciągnęła ich tak gwałtownie do siebie, że stuknęli się głowami.

— Au! Mamo, udusisz nas...

— A ja krzyczałam na was, zanim odeszliście! — powiedziała pani Weasley, zaczynając płakać. — Tylko o tym myślałam przez cały czas! Myślałam... co by było, gdybyście trafili w ręce Sami-Wiecie-Kogo, a ostatnią rzeczą, jaką usłyszeliście z moich ust, była wymówka, że dostaliście tak mało sumów! Och, Fred... och, George...

— Daj już spokój, Molly, przecież sama widzisz, że jesteśmy wszyscy żywi i cali — uspokajał ją pan Weasley, odciągając od bliźniaków i prowadząc ku domowi. — Bill — dodał półgłosem — weź tę gazetę, chcę zobaczyć, co napisali...

Kiedy wszyscy stłoczyli się w maleńkiej kuchni, a Hermiona zrobiła pani Weasley kubek bardzo mocnej herbaty, do której pan Weasley dolał trochę Starej Ognistej Whisky Ogdena, Bill wręczył ojcu gazetę. Pan Weasley przebiegł wzrokiem pierwszą stronę, a Percy zaglądał mu przez ramię.

— Wiedziałem — westchnął pan Weasley. — *Ministerstwo działało nieudolnie... przestępcy nie zostali schwytani... brak należytego zabezpieczenia... czarnoksiężnicy uciekli nierozpoznani... hańba narodowa...* Kto to napisał? No tak... oczywiście... Rita Skeeter.

— Ona się uwzięła na Ministerstwo Magii! — zawołał oburzony Percy. — W zeszłym tygodniu pisała, że marnujemy czas na jałowe spekulacje na temat grubości denek kociołków, a powinniśmy zająć się likwidacją wampirów! Jakby nie było specjalnie zaznaczone w paragrafie dwunastym *Wytycznych w sprawie traktowania nieczarodziejskich, częściowo ludzkich istot...*

— Percy, wyświadcz nam łaskę — powiedział Bill, ziewając — i zamknij się.

— Pisze o mnie — rzekł pan Weasley, a w miarę czytania oczy za okularami rozszerzały mu się coraz bardziej.

— Gdzie? — krzyknęła pani Weasley, krztusząc się herbatą z whisky. — Gdybym to zobaczyła, wiedziałabym, że jesteś żywy!

— Bez nazwiska — powiedział pan Weasley. — Posłuchajcie: *Jeśli przerażeni czarodzieje i czarownice, którzy niecierpliwie wyczekiwali jakichś wiadomości na skraju lasu, spodziewali się należytej informacji ze strony Ministerstwa Magii, to srodze się zawiedli. W jakiś czas po ukazaniu się Mrocznego Znaku z lasu wyszedł pewien urzędnik z Ministerstwa i oświadczył, że nikt nie został ranny, ale odmówił udzielania informacji. Wkrótce się dowiemy, czy to oświadczenie uspokoi pogłoski o kilku ciałach usuniętych z lasu w godzinę później...* Też mi coś! — zawołał ze złością pan Weasley, oddając gazetę Percy'emu.

— Nikt nie został ranny, więc niby co miałem im powiedzieć? *Pogłoski o kilku ciałach usuniętych z lasu...* Jakie pogłoski? Pogłoski zaczną się dopiero wtedy, kiedy ludzie przeczytają, co ona tu powypisywała.

Westchnął głęboko.

— Molly, chyba będę musiał udać się do ministerstwa, trzeba będzie to wszystko jakoś doprowadzić do porządku.

— Lecę z tobą, ojcze — oświadczył z powagą Percy.

— Pan Crouch będzie potrzebował wszystkich rąk do pracy. I będę mógł mu oddać osobiście mój raport na temat kociołków.

I wybiegł z kuchni.

— Arturze, przecież masz urlop. Ta sprawa nie ma nic wspólnego z twoim departamentem. Na pewno poradzą sobie bez ciebie.

— Muszę tam być. To ja pogorszyłem całą sytuację. Tylko się przebiorę i już mnie nie ma.

— Pani Weasley — odezwał się nagle Harry, nie mogąc już dłużej wytrzymać — czy Hedwiga nie przyniosła mi czasem listu?

— Hedwiga? — powtórzyła pani Weasley niezbyt przytomnie. — Nie... nie... nie było żadnej poczty.

Ron i Hermiona spojrzeli z ciekawością na Harry'ego. Rzucił im znaczące spojrzenie i powiedział:

— Ron, nie masz nic przeciwko temu, żebym poszedł do twojego pokoju i zostawił tam swoje rzeczy?

— Ależ skąd... ja chyba też pójdę — odrzekł natychmiast Ron. — A ty, Hermiono?

— Tak, ja też — odpowiedziała szybko i wszyscy troje opuścili kuchnię i wpadli na schody.

— Co jest grane, Harry? — zapytał Ron, gdy tylko zamknęli za sobą drzwi od jego sypialni na poddaszu.

— Jest coś, o czym wam nie powiedziałem. Kiedy obudziłem się w sobotę rano, znowu bolała mnie blizna.

Reakcja Rona i Hermiony dokładnie odpowiadała temu, co sobie wyobrażał, leżąc w sypialni przy Privet Drive. Hermionę na chwilę zatkało, po czym natychmiast zaczęła mu udzielać rad, wymieniając mnóstwo książek i różne autorytety, począwszy od Albusa Dumbledore'a, a skończywszy na pani Pomfrey, szkolnej pielęgniarce.

Ron po prostu gapił się na niego w osłupieniu.

— Ale... jego tam nie było, prawda? No... Sam-Wiesz—Kogo... To znaczy... przecież ostatnim razem, jak cię bolała blizna, on był w Hogwarcie...

— Na Privet Drive go nie było, tego jestem pewny — odpowiedział Harry. — Ale mi się przyśnił... on i Peter... no wiecie, Glizdogon. Teraz już tego dokładnie nie pamiętam, ale na pewno spiskowali, żeby... zabić... kogoś.

Przez chwilę był bliski powiedzenia „mnie", ale nie mógł pozwolić na to, by Hermiona jeszcze bardziej się wystraszyła.

— To tylko sen — powiedział Ron, starając się, by jego głos zabrzmiał krzepiąco. — Po prostu nocny koszmar.

— Taak... Ale czy na pewno? — zapytał Harry, odwracając się, by spojrzeć przez okno na jaśniejące niebo. — Trochę to dziwne, nie uważacie? Boli mnie blizna, a trzy dni później widzimy maszerujących śmierciożerców i znak Voldemorta na niebie.

— Przestań... wymawiać... jego... imię! — wycedził Ron przez zaciśnięte zęby.

— A pamiętacie, co powiedziała profesor Trelawney? — ciągnął Harry, ignorując uwagę Rona. — Pod koniec roku?

Profesor Trelawney była nauczycielką wróżbiarstwa w Hogwarcie.

Hermiona prychnęła pogardliwie.

— Och, Harry, chyba nie przywiązujesz wagi do tego, co mówi ta stara oszustka!

— Ciebie tam nie było. Nie słyszałaś jej. Wyglądała zupełnie inaczej niż na lekcjach. Mówiłem wam, wpadła w trans... i wcale nie udawała. Powiedziała, że Czarny Pan znowu odzyska swą moc... stanie się jeszcze bardziej potężny i straszny niż przedtem... a zdoła to uczynić, bo wróci jego sługa... a tamtej nocy uciekł Glizdogon.

Zapadło milczenie. Ron wpatrywał się nieprzytomnym wzrokiem w dziurę w swojej narzucie na łóżko, pokrytej wizerunkami Armat z Chudley.

— Harry, dlaczego pytałeś o Hedwigę? — odezwała się w końcu Hermiona. — Spodziewasz się listu?

— Napisałem o bliźnie Syriuszowi — odrzekł Harry, wzruszając ramionami. — Czekam na jego odpowiedź.

— Dobry pomysł! — ucieszył się Ron. — Założę się, że Syriusz będzie wiedział, co zrobić!

— Miałem nadzieję, że odpowie mi szybko.

— Ale przecież nie wiemy, gdzie on jest... Może być w Afryce... wszędzie — powiedziała rozsądnie Hermiona.

— Dla Hedwigi to może być długa i wyczerpująca podróż, może trwać parę dni.

— Tak, wiem — zgodził się Harry, ale czuł jakiś zimny ciężar w żołądku, gdy patrzył przez okno na niebo, na którym nie widać było Hedwigi.

— Chodź, Harry, poćwiczymy sobie quidditcha w ogrodzie — powiedział Ron. — No chodź... trzech na trzech, Bill, Charlie, Fred i George na pewno zagrają... wypróbujesz zwód Wrońskiego...

— Ron — powiedziała Hermiona takim głosem, jakby chciała jeszcze dodać „mógłbyś być choć odrobinę bardziej wrażliwy". — Harry nie chce teraz grać w quidditcha, niepokoi się i jest zmęczony, wszyscy powinniśmy się przespać...

— Ależ tak, chętnie pogram — oświadczył nagle Harry.

— Poczekaj, tylko wyjmę Błyskawicę.

Hermiona wyszła z pokoju, mrucząc pod nosem coś, co brzmiało jak: „Ach, ci chłopcy!"

*

W ciągu następnego tygodnia pan Weasley i Percy mało przebywali w domu. Obaj wychodzili wczesnym rankiem, kiedy reszta rodziny spała, i wracali wieczorem, już po kolacji.

— Ale kocioł — powiedział im Percy z ważną miną w niedzielny wieczór poprzedzający ich wyjazd do Hogwartu. — Przez cały tydzień istna kanonada. Ludzie przysyłają mnóstwo wyjców, no, a wiecie, jak się od razu nie otworzy wyjca, wybucha. Biurko mam całe popalone, a z mojego najlepszego pióra pozostała kupka popiołu.

— Dlaczego przysyłają wam wyjce? — zapytała Ginny, która leżała na dywanie przed kominkiem i sklejała magiczną taśmą wysłużony egzemplarz *Tysiąca magicznych ziół i grzybów*.

— Skarżą się na brak należytego zabezpieczenia podczas mistrzostw świata — odpowiedział Percy. — Domagają się odszkodowań za zniszczoną własność prywatną. Na przykład Mundungus Fletcher żąda rekompensaty za namiot z dwunastoma sypialniami i jacuzzi. Ale nie ze mną te numery, wiem, że spał pod płaszczem umocowanym do czterech kijków.

Pani Weasley zerknęła na stary zegar w rogu. Harry'emu bardzo się podobał. Nie pokazywał godzin i minut, ale udzielał wszystkich niezbędnych informacji. Miał dziewięć złotych wskazówek; na każdej było wygrawerowane imię jednego z członków rodziny Weasleyów. Wokół tarczy nie było cyfr, tylko krótkie opisy miejsc lub sytuacji, w których każdy z członków rodziny powinien się aktualnie znajdować. Były tam więc takie słowa, jak: „dom", „szkoła" i „praca", ale i takie, jak: „zaginiony", „szpital", „więzienie", a w miejscu, gdzie zwykle jest dwunastka, widniał napis: „groźba śmierci".

W tej chwili osiem wskazówek wskazywało „dom", natomiast najdłuższa, pana Weasleya, wciąż tkwiła na pozycji „praca". Pani Weasley westchnęła.

— Od czasów Sami-Wiecie-Kogo wasz ojciec nie musiał chodzić do pracy w weekendy — powiedziała. — Za ciężko tyrają. Jeśli wkrótce nie wróci, zmarnuje mu się kolacja.

— Ojciec chyba chce jakoś naprawić swój błąd — rzekł Percy. — Prawdę mówiąc, palnął gafę, wydając publiczne oświadczenie bez porozumienia się z szefem departamentu...

— Nie waż się obwiniać ojca za to, co nawypisywała ta przeklęta Skeeter! — zawołała pani Weasley z oburzeniem.

— Wiadomo, co by napisała Rita, gdyby tata nic nie powiedział — odezwał się Bill, który grał w szachy z Ronem. — Już to widzę: to hańba, że nikt z ministerstwa nie zdobył się na skomentowanie sytuacji. Rita Skeeter zawsze wszystkich obsmarowuje. Pamiętacie, raz zrobiła wywiady ze wszystkimi łamaczami zaklęć u Gringotta i nazwała mnie „długowłosym świrem".

— No, bo rzeczywiście są trochę za długie — powiedziała łagodnie pani Weasley. — Gdybyś mi pozwolił...

— Nie, mamo.

W okno salonu zacinał deszcz. Hermiona zagłębiła się w *Standardowej księdze zaklęć (4 stopień)*, której egzemplarze pani Weasley kupiła na ulicy Pokątnej dla niej, Harry'ego i Rona. Charlie cerował ogniotrwałą kominiarkę. Harry polerował Błyskawicę; u jego stóp spoczywał otwarty neseser z podręcznym zestawem miotlarskim, który Hermiona podarowała mu na trzynaste urodziny. Fred i George siedzieli w kącie, pochyleni nad kawałkiem pergaminu. Rozmawiali szeptem, a w rękach mieli pióra.

— Co wy tam robicie? — zapytała ostro pani Weasley, utkwiwszy wzrok w bliźniakach.

— Odrabiamy pracę domową — odrzekł wymijająco Fred.

— Nie bądź śmieszny, jeszcze są wakacje — powiedziała pani Weasley.

— No tak, trzeba to było zrobić wcześniej — powiedział Fred.

— A nie wypisujecie przypadkiem jakiejś nowej oferty? — zapytała podejrzliwie pani Weasley. — Nie myślicie przypadkiem o nowych Magicznych Dowcipach Weasleyów?

— Mamo — Fred spojrzał na nią z wyrzutem — jeśli jutro ekspres do Hogwartu wykolei się, a ja i George stracimy życie, to jak będziesz się czuła, wiedząc, że ostatnimi słowami, jakie od ciebie przed śmiercią usłyszeliśmy, były jakieś niesprawiedliwe oskarżenia?

Wszyscy się roześmiali, nie wyłączając pani Weasley.

— Och, wraca wasz ojciec! — zawołała nagle, patrząc na zegar.

Wskazówka pana Weasleya przesunęła się z „pracy" na „podróż", a w chwilę później zatrzymała się gwałtownie na „domu" i usłyszeli jego wołanie z kuchni.

— Idę, Arturze! — krzyknęła pani Weasley, wybiegając z pokoju.

Wkrótce do ciepłego salonu wkroczył pan Weasley, niosąc tacę ze swoją kolacją. Wyglądał na wykończonego.

— Awantura na sto fajerek — powiedział, kiedy usiadł w fotelu przy kominku, grzebiąc bez entuzjazmu w lekko zeschniętym kalafiorze. — Rita Skeeter węszy od tygodnia, próbując wyłowić wszystkie potknięcia ministerstwa. Teraz dowiedziała się o zaginięciu tej biednej Berty, więc już widzę nagłówek na pierwszej stronie jutrzejszego „Proroka Codziennego". A już dawno mówiłem Bagmanowi, że trzeba kogoś wysłać, żeby ją odnalazł.

— Pan Crouch powtarza to od tygodni — wtrącił szybko Percy.

— Crouch ma szczęście, że Rita jeszcze nic nie wie o Mrużce — powiedział ze złością pan Weasley. — Miałaby o czym pisać przez tydzień. To by dopiero była sensacja, gdyby opisała, jak schwytano jego domowego skrzata z różdżką w ręku, tą samą, którą wyczarowano Mroczny Znak.

— Chyba wszyscy się zgadzamy co do tego, że ten skrzat, choć tak nieodpowiedzialny, nie wyczarował Znaku? — zaperzył się Percy.

— A ja uważam, że pan Crouch ma wielkie szczęście, że nikt z „Proroka Codziennego" nie dowiedział się jeszcze, jak podle traktuje swoje skrzaty! — zawołała oburzona Hermiona.

— Bez przesady, Hermiono! — powiedział Percy. — Wysokiej rangi urzędnik Ministerstwa Magii chyba zasługuje na bezwarunkowe posłuszeństwo ze strony swoich służących...

— Swoich *niewolników*, to chciałeś powiedzieć! — krzyknęła piskliwie Hermiona. — Bo przecież nie płacił Mrużce ani knuta, zapomniałeś?

— Myślę, że wszyscy powinniście teraz iść do swoich sypialni i sprawdzić, czy jesteście dobrze spakowani! — przerwała tę sprzeczkę pani Weasley. — No, dalej, jazda na górę!

Harry ułożył swoje przybory miotlarskie w neseserze, zarzucił Błyskawicę na ramię i razem z Ronem wyszedł do jego sypialni. Na górze deszcz jeszcze głośniej bębnił o dach, wiatr jęczał i poświstywał, a ghul mieszkający na strychu wył od czasu do czasu. Kiedy weszli do sypialni, Świstoświnka zaczęła świergotać i fruwać po klatce. Widok do połowy zapakowanych kufrów wprawił ją w dzikie podniecenie.

— Daj jej trochę przysmaku sów — powiedział Ron, rzucając Harry'emu pudełko — może się zamknie na jakiś czas.

Harry wrzucił kilka przysmaków do klatki Świstoświnki, a potem odwrócił się i spojrzał na swój kufer. Obok niego stała otwarta klatka Hedwigi, wciąż pusta.

— Już ponad tydzień — mruknął, patrząc na pustą żerdź. — Ron, chyba nie myślisz, że Syriusza złapali, co?

— Co ty, na pewno by o tym napisali w „Proroku Codziennym". Ministerstwo chciałoby pokazać, że udało im się kogoś złapać, nie uważasz?

— No, chyba tak...

— Zobacz, tutaj jest wszystko, co mama kupiła ci na Pokątnej. Wyjęła ci też trochę forsy z twojej skrytki... i wyprała ci wszystkie skarpetki.

Rzucił na składane łóżko Harry'ego stos pakunków, sakiewkę z pieniędzmi i kilkanaście par skarpetek. Harry zaczął rozpakowywać zakupy. Prócz *Standardowej księgi zaklęć (4 stopień)* Mirandy Goshawk, znalazł pęk nowych piór, tuzin zwojów pergaminu i zapasy do swojego zestawu składników eliksirów — pod koniec ubiegłego roku szkolnego miał już bardzo mało płetwy skorpeny i esencji belladony. Właśnie wciskał bieliznę do swojego kociołka, kiedy usłyszał za plecami pełen odrazy okrzyk Rona.

— Co to ma być?

Trzymał w ręku coś, co Harry'emu przypominało długą, aksamitną suknię, w kolorze kasztanowym, wokół kołnierza i na końcu rękawów przyozdobioną nieco zwiędniętymi koronkowymi falbankami.

Rozległo się pukanie do drzwi i weszła pani Weasley, niosąc naręcze świeżo wypranych szat szkolnych.

— Proszę — powiedziała, dzieląc naręcze na dwie części. — Tylko zapakujcie je jak należy, żeby się nie pogniotły.

— Mamo, dałaś mi nową sukienkę Ginny — powiedział Ron, podając jej kasztanowy strój.

— Ależ skąd — obruszyła się pani Weasley. — To dla ciebie. To jest szata wyjściowa.

— Co?! — zawołał przerażony Ron.

— Szata wyjściowa! — powtórzyła pani Weasley. — Figuruje na waszej tegorocznej liście. Szata na uroczyste okazje.

— Chyba żartujesz — powiedział Ron z niedowierzaniem. — Ja tego nie będę nosił, nie ma mowy.

— Wszyscy je noszą, Ron! — zaperzyła się pani Weasley. — Właśnie takie! Twój ojciec też ma taką na niektóre przyjęcia!

— Prędzej pójdę nago, niż to włożę!

— Nie bądź głupi — powiedziała pani Weasley — musisz mieć szatę wyjściową, jest na twojej liście! Harry'emu też kupiłam... pokaż mu, Harry...

Harry, lekko drżącymi rękami, otworzył ostatnią paczkę leżącą na jego łóżku. Nie było jednak tak źle: jego szata wyjściowa nie była ozdobiona koronkami, w gruncie rzeczy przypominała zwykłą szatę szkolną, tyle że była butelkowo-zielona, a nie czarna.

— Pomyślałam sobie, że podkreśli kolor twoich oczu, kochaneczku — powiedziała pieszczotliwie pani Weasley.

— Jego jest w porządku! — krzyknął ze złością Ron, patrząc na szatę Harry'ego. — Dlaczego ja takiej nie mam?

— Ponieważ... no... musiałam ci ją kupić w lumpeksie, a nie było dużego wyboru — odpowiedziała pani Weasley, rumieniąc się.

Harry spojrzał w bok. Chętnie by się podzielił z Weasleyami wszystkimi swoimi pieniędzmi, spoczywającymi w podziemiach banku Gringotta, ale wiedział, że nie zdołałby ich do tego namówić.

— Nigdy tego na siebie nie włożę — powtórzył Ron. — Nigdy.

— Świetnie — warknęła pani Weasley. — W ogóle niczego nie wkładaj. A ty, Harry, bądź tak dobry i zrób mu wtedy zdjęcie. Chętnie się trochę pośmieję.

Wyszła z pokoju, zatrzaskując za sobą drzwi. Zza pleców dobiegł ich dziwny odgłos, jakby ktoś się dusił. Świstośwince ugrzązł w dziobie zbyt duży przysmak sów.

— Dlaczego wszystko, co mam, musi być taką okropną tandetą? — zapytał Ron ze złością, idąc przez pokój, by pomóc sówce.

ROZDZIAŁ JEDENASTY

W pociągu do Hogwartu

Kiedy Harry obudził się następnego ranka, w powietrzu wyczuwało się wyraźnie ponurą atmosferę końca wakacji. Gęsty deszcz bębnił wciąż w okno, gdy wkładał dżinsy i bluzę. W szkolne szaty przebierali się zawsze dopiero w ekspresie Londyn-Hogwart.

Harry, Ron, Fred i George zeszli już na podest pierwszego piętra, zmierzając do kuchni na śniadanie, gdy u stóp schodów pojawiła się pani Weasley, wyraźnie czymś zaniepokojona.

— Arturze! — zawołała, podnosząc głowę do góry. — Arturze! Pilna wiadomość z ministerstwa!

Harry przywarł do ściany, żeby przepuścić pana Weasleya, który zbiegł na dół w szacie założonej tył na przód i zniknął im z oczu. Kiedy weszli do kuchni, zobaczyli panią Weasley grzebiącą zawzięcie w szufladzie kredensu — „Miałam tu gdzieś pióro!" — i pana Weasleya pochylonego nad kominkiem i rozmawiającego z...

Harry zacisnął powieki i otworzył je ponownie, aby sprawdzić, czy z jego oczami wszystko jest w porządku.

Pośród płomieni spoczywała głowa Amosa Diggory'ego, przywodząc na myśl wielkie brodate jajo. Mówiła bardzo szybko, nie zwracając najmniejszej uwagi na latające wokół niej iskry i płomienie liżące uszy.

— ...mieszkający w pobliżu mugole usłyszeli wybuchy i krzyki, więc wezwali tych, jak to oni mówią... pałecjantów... Arturze, musisz tam jechać...

— Masz! — wysapała pani Weasley, wciskając mężowi do rąk kawałek pergaminu, kałamarz i pogięte pióro.

— ...to naprawdę wielkie szczęście, że o tym usłyszałem — powiedziała głowa pana Diggory'ego — musiałem przyjść wcześniej do biura, żeby wysłać parę sów, patrzę, a tu ludzie z Wydziału Niewłaściwego Używania Czarów gdzieś się wybierają... Arturze, jeśli Rita Skeeter o tym się dowie...

— A co mówi Szalonooki? — zapytał pan Weasley, otwierając kałamarz, maczając w nim pióro i zaczynając robić notatki.

Głowa pana Diggory'ego przewróciła oczami.

— Mówi, że usłyszał, jak ktoś wchodzi na podwórze. Mówi, że skradali się w kierunku domu, ale wpadli na jego pojemniki na śmieci.

— Co zrobiły pojemniki na śmieci? — zapytał pan Weasley, skrobiąc zawzięcie piórem po pergaminie.

— Z tego, co wiem, narobiły okropnego hałasu i porozsypywały wszędzie śmieci — odpowiedział pan Diggory. — Najwyraźniej jeden z nich wciąż podskakiwał, kiedy pojawili się ci pałecjanci...

Pan Wesley jęknął.

— A co z tym intruzem?

— Arturze, przecież znasz Szalonookiego — odpowiedziała głowa pana Diggory'ego, ponownie błyskając białkami. — Ktoś zakrada się na jego podwórko w środku nocy... Mamy w to uwierzyć? Na pewno przebiegał tam jakiś kot, który zaplątał się w kartoflane obierki i dostał szału ze strachu. Ale jeśli Szalonooki dostanie się w łapy tych z Wydziału Niewłaściwego Używania Czarów... pomyśl o jego kartotece... musimy go jakoś z tego wyciągnąć... może jakiś mniejszy zarzut, coś, co podlega twojemu wydziałowi... może te eksplodujące pojemniki na śmieci?

— Być może skończy się ostrzeżeniem — powiedział pan Weasley z nastroszonymi brwiami, wciąż notując bardzo szybko. — Szalonooki nie użył różdżki? Nikogo nie zaatakował?

— Założę się, że wyskoczył z łóżka i zaczął walić przez okno we wszystko, co popadnie... ale trudno będzie im to udowodnić, nie było żadnych ofiar...

— No dobrze, już wybywam — powiedział pan Weasley, wcisnął pergamin z notatkami do kieszeni i wyleciał z kuchni.

Głowa pana Diggory'ego rozejrzała się i zobaczyła panią Weasley.

— Przepraszam cię, Molly — powiedziała, nieco spokojniej. — No wiesz, za budzenie o świcie i to wszystko... ale tylko Artur może wyciągnąć Szalonookiego z tej kabały, a Szalonooki miał dzisiaj rozpocząć nową pracę. Dlaczego akurat tej nocy...

— Nie przejmuj się, Amosie. Nie zjesz grzanki, zanim odejdziesz?

— Chętnie — powiedział pan Diggory.

Pani Weasley wzięła grzankę ze stołu, wetknęła ją w płomienie i umieściła w otwartych ustach głowy pana Digorry'ego.

— Dżęki — powiedział pan Diggory z pełnymi ustami, po czym z cichym pyknięciem zniknął.

Harry usłyszał, jak pan Weasley żegna się z Billem, Charliem, Percym i dziewczynkami. Zanim minęło pięć minut, wpadł do kuchni, już we właściwie założonej szacie, przyczesując włosy grzebieniem.

— Muszę się pospieszyć... chłopcy, życzę wam udanego semestru — zwrócił się do Harry'ego, Rona i bliźniaków, zarzucając na ramiona płaszcz i przygotowując się do teleportacji. — Molly, odprowadzisz dzieciaki na King's Cross?

— Oczywiście. Nie martw się o nic, zajmij się Szalonookim, my damy sobie radę.

Pan Weasley zniknął, a do kuchni weszli Bill i Charlie.

— Ktoś tu wspomniał Szalonookiego? — zapytał Bill.

— Co tym razem zmalował?

— Twierdzi, że ktoś próbował włamać się do jego domu zeszłej nocy — odpowiedziała pani Weasley.

— Szalonooki Moody? — zapytał George, smarując grzankę dżemem. — Czy to nie ten świr, który...

— Twój ojciec bardzo go ceni — przerwała mu surowo pani Weasley.

— Zgadza się, tata zbiera wtyczki, prawda? — mruknął Fred, kiedy pani Weasley wyszła z kuchni. — Pokrewne dusze, co?

— Moody był kiedyś wielkim czarodziejem — rzekł Bill.

— To stary przyjaciel Dumbledore'a — zauważył Charlie.

— Ale Dumbledore'a nie nazwałbyś chyba *normalnym*, co? — powiedział Fred. — To znaczy... wiem, że jest genialny i w ogóle...

— Kim jest ten Szalonooki? — zapytał Harry.

— To emeryt, kiedyś pracował w Ministerstwie Magii — odpowiedział Charlie. — Poznałem go, gdy tata wciągnął mnie do współpracy z nim. Był aurorem, jednym z najlepszych... Łowcą czarnoksiężników — dodał, widząc, że Harry nie ma pojęcia, o co chodzi. — Sam zapełnił połowę cel w Azkabanie. Ale narobił sobie mnóstwo wrogów...: głównie wśród członków rodzin tych, których złapał... i słyszałem, że w końcu naprawdę zbikował. Nikomu nie ufa, wszędzie widzi czarnoksiężników.

Bill i Charlie postanowili odprowadzić ich na dworzec King's Cross, ale Percy, tłumacząc się gęsto, oświadczył, że musi iść do pracy.

— Po prostu teraz nie mogę sobie pozwolić na zwolnienia. Pan Crouch naprawdę na mnie polega.

— Taak... I wiesz co, Percy? — powiedział George bardzo poważnym tonem. — Myślę, że już wkrótce będzie wiedział, jak się nazywasz.

Pani Weasley udało się zatelefonować z wiejskiego urzędu pocztowego i zamówić trzy mugolskie taksówki.

— Artur próbował wypożyczyć auta z ministerstwa — szepnęła Harry'emu, kiedy stali w deszczu przed domem, obserwując, jak kierowcy ładują do taksówek sześć ciężkich kufrów. — Ale nie mieli wolnych... Och, Harry, oni mi nie wyglądają na zbytnio uradowanych, prawda?

Harry nie chciał jej mówić, że mugolscy taksówkarze rzadko przewożą nadmiernie podekscytowane sowy, a Świstoświnka robiła straszny raban, nie mówiąc już o tym, że pewna liczba słynnych, reagujących na wilgoć sztucznych ogni doktora Filibustera odpaliła nieoczekiwanie, kiedy wieko kufra Freda otworzyło się raptownie, a Krzywołap wspiął się po nodze jednego z wrzeszczących ze strachu kierowców, używając przy tym pazurów.

Jazda na dworzec nie była zbyt przyjemna, bo musieli się zmieścić na tylnych siedzeniach razem z kuframi.

Krzywołap długo nie mógł przyjść do siebie po pokazie sztucznych ogni i zanim dojechali do Londynu, byli porządnie podrapani. Odetchnęli z ulgą, kiedy wysiedli przed dworcem King's Cross, choć deszcz lał jak z cebra i okropnie przemokli, wlokąc kufry przez zatłoczoną ulicę.

Harry nie miał już żadnych kłopotów w przedostaniu się na peron numer dziewięć i trzy czwarte. Trzeba było iść prosto na żelazną barierkę dzielącą perony numer dziewięć i dziesięć, pamiętając tylko, by nie zwracać na siebie uwagi mugoli. Dzisiaj zrobili to w małych grupkach. Pierwsi wystartowali Harry, Ron i Hermiona (najbardziej rzucający się w oczy, bo towarzyszyła im Świstoświnka i Krzywołap): oparli się niby przypadkiem o barierkę, gawędząc od niechcenia, i prześliznęli się przez nią... a gdy to zrobili, peron numer dziewięć i trzy czwarte natychmiast się przed nimi zmaterializował.

Ekspres Londyn-Hogwart, ze swoją lśniącą, czerwoną lokomotywą, stał już przy peronie. W obłokach pary wyrzucanej z komina liczni uczniowie Hogwartu i odprowadzający ich rodzice wyglądali jak mroczne widma. Świstoświnka rozgadała się jak szalona, słysząc we mgle pohukiwanie mnóstwa sów. Harry, Ron i Hermiona zaczęli szukać sobie miejsc i wkrótce wpychali już kufry do przedziału w połowie pociągu. Potem wrócili na peron, żeby się pożegnać z panią Weasley, Billem i Charliem.

— Może zobaczymy się wcześniej, niż sądzicie — rzekł Charlie, szczerząc zęby, gdy już uściskał Ginny.

— Dlaczego? — zapytał żywo Fred.

— Zobaczycie. Tylko nie wspominajcie Percy'emu, że o tym mówiłem. To „poufna informacja do czasu, kiedy ministerstwo uzna za stosowne ją ujawnić".

— Tak, w tym roku bardzo bym chciał wrócić do Hogwartu — powiedział Bill, który stał z rękami w kieszeniach i patrzył tęsknie na pociąg.

— Dlaczego? — zapytał niecierpliwie George.

— Bo to będzie bardzo ciekawy rok — odrzekł Bill, a oczy dziwnie mu pojaśniały. — Może nawet znajdę trochę czasu, żeby się tam pojawić i trochę sobie popatrzyć...

— Popatrzyć na co? — zapytał Ron.

Ale w tym momencie usłyszeli gwizdek i pani Weasley zagoniła ich do przedziału.

— Pani Weasley, dziękujemy za pobyt w pani domu — powiedziała Hermiona, kiedy weszli do przedziału, zamknęli drzwi i wyjrzeli przez okno.

— Tak, dziękujemy za wszystko, pani Weasley — dodał Harry.

— Och, to była dla mnie wielka przyjemność — odpowiedziała pani Weasley. — Zaprosiłabym was na Boże Narodzenie, ale... cóż, myślę, że wszyscy będziecie chcieli zostać w Hogwarcie, no bo przecież... tam jest tyle różnych...

— Mamo! — zawołał zniecierpliwiony Ron. — O czym wy troje wiecie, a my nie?

— Myślę, że dowiecie się dziś wieczorem. — Pani Weasley uśmiechnęła się. — To będzie bardzo ekscytujące... bardzo się cieszę, że zmienili zasady...

— Jakie zasady? — zapytali jednocześnie Harry, Ron, Fred i George.

— Jestem pewna, że profesor Dumbledore wszystko wam powie. A tymczasem zachowujcie się przyzwoicie. Dobrze, Fred? Przyrzekasz, George?

Tłoki lokomotywy zasyczały głośno i pociąg ruszył.

— Powiedzcie nam, co ma być w Hogwarcie! — krzyknął Fred, wychylając się przez okno. — Jakie zasady zmieniają?

Ale pani Weasley tylko się uśmiechnęła i pomachała im ręką. Zanim pociąg zniknął za zakrętem, ona, Bill i Charlie zdeportowali się.

Harry, Ron i Hermiona wrócili do przedziału. Gęsty deszcz bębnił w okna, więc nic nie było przez nie widać. Ron otworzył swój kufer, wyciągnął kasztanową szatę wyjściową i zarzucił ją na klatkę Świstoświnki, żeby zagłuszyć jej podniecone pohukiwanie.

— Bagman chciał nam powiedzieć, co się dzieje w Hogwarcie — powiedział ponuro, siadając obok Harry'ego. — Na mistrzostwach świata, pamiętacie? A moja własna matka nabrała wody w usta. Bardzo jestem ciekawy, o co...

— Ciiicho! — wyszeptała nagle Hermiona, przyciskając palec do ust i wskazując w stronę sąsiedniego przedziału. Harry i Ron zamilkli, a wtedy usłyszeli znajomy, kpiący głos, napływający przez otwarte drzwi.

— ...ojciec poważnie rozważał, czy nie posłać mnie do Durmstrangu, a nie do Hogwartu. Zna tam dyrektora. A wiecie, co myśli o naszym... Dumbledore uwielbia szlamy, a w Durmstrangu nie przyjmują takiej hołoty. Ale matka nie chciała się zgodzić, żebym był tak daleko od domu. Ojciec mówi, że w Durmstrangu mają o wiele zdrowszy stosunek do czarnej magii niż w Hogwarcie. Tam się jej *naucza*, a nie tylko pokazuje, jak się przed nią bronić...

Hermiona wstała, podeszła na palcach do drzwi i zasunęła je. Głos Malfoya ucichł.

— Więc on uważa, że Durmstrang bardziej by mu odpowiadał, tak? — powiedziała ze złością. — Szkoda, że tam nie poszedł, nie musielibyśmy się z nim użerać.

— Durmstrang to jakaś inna szkoła magii? — zapytał Harry.

— Tak — odpowiedziała z pogardą Hermiona — i ma okropną reputację. Według *Oceny stanu edukacji magicznej w Europie* kładą tam duży nacisk na czarną magię.

— Chyba o nim słyszałem — odezwał się Ron. — Gdzie to jest? W jakim kraju?

— Tego przecież nikt nie wie — odpowiedziała Hermiona, unosząc brwi.

— A dlaczego? — zapytał Harry.

— Między szkołami magii od dawna trwa zacięta rywalizacja. Durmstrang i Beauxbatons ukrywają swoje położenie, żeby nikt nie wykradł ich sekretów — powiedziała rzeczowym tonem Hermiona.

— Daj spokój — prychnął Ron, którego to rozśmieszyło. — Durmstrang jest tak duży jak Hogwart, jak sobie wyobrażasz ukrycie olbrzymiego zamku?

— Przecież Hogwart też jest ukryty — powiedziała Hermiona tonem, w którym brzmiało zaskoczenie. — Wszyscy o tym wiedzą... a w każdym razie wszyscy, którzy przeczytali *Historię Hogwartu*.

— A więc tylko ty — rzekł Ron. — No i dobrze, ale może raczysz nam powiedzieć, jak się ukrywa coś takiego jak Hogwart?

— To proste: za pomocą czarów. Kiedy na zamek patrzy jakiś mugol, widzi tylko rozwalone ruiny i napis nad bramą: NIEBEZPIECZEŃSTWO! NIE WCHODZIĆ, GROZI ŚMIERCIĄ.

— Więc dla obcego Durmstrang też wygląda jak ruiny?

— Być może — odpowiedziała Hermiona, wzruszając ramionami. — A może zabezpieczyli go zaklęciami antymugolskimi, tak jak ten stadion, na którym rozgrywano finał mistrzostw świata. No, ale żeby udaremnić odnalezienie go przez czarodziejów, trzeba by go uczynić nienanoszalnym...

— Możesz powtórzyć?

— Ojej, przecież można tak zaczarować jakiś budynek, żeby nie można go było nanieść na mapę, nie wiedziałeś?

— Ee... skoro tak mówisz — bąknął Harry.

— Ale ja myślę, że Durmstrang musi być gdzieś na dalekiej północy — powiedziała z namysłem Hermiona.

— Gdzieś, gdzie jest bardzo zimno, bo oni noszą takie grube, futrzane czapy.

— Ach, tylko pomyślcie... — powiedział Ron rozmarzonym głosem. — Jak łatwo byłoby zepchnąć Malfoya z jakiegoś lodowca i upozorować wypadek... Szkoda, że jego matka go lubi...

W miarę jak pociąg zmierzał coraz dalej na północ, deszcz stawał się coraz gęstszy, a krople coraz większe. Niebo było tak ciemne, a okna tak zaparowane, że zapaliły się światła, choć był środek dnia. W korytarzu rozległ się grzechot wózka z przysmakami i Harry kupił dla wszystkich stertę kociołkowych piegusków.

Po południu zajrzało do ich przedziału kilku kolegów, w tym Seamus Finnigan, Dean Thomas i Neville Longbottom, pyzaty, wyjątkowo roztrzepany chłopiec, wychowywany przez swoją bardzo groźną babcię, również czarownicę. Seamus wciąż miał przypiętą do bluzy irlandzką rozetkę. Jej czary wyraźnie osłabły; nadal popiskiwała: Troy! Mullet! Moran!, ale już o wiele słabiej i jakby miała zadyszkę.

Po jakichś dwóch kwadransach Hermiona, znudzona niekończącymi się dyskusjami o quidditchu, zagłębiła się w *Standardowej księdze zaklęć (4 stopień)* i zaczęła się uczyć zaklęcia przywołującego.

Neville przysłuchiwał się z zazdrością opowieściom o meczu finałowym.

— Babcia nie chciała pójść — powiedział ze smutkiem. — Nie kupiła biletów. Ale to musiał być wspaniały mecz...

— Był wspaniały — rzekł Ron. — Popatrz na to, Neville.

Pogrzebał w swoim kufrze i wyciągnął miniaturową figurkę Wiktora Kruma.

— Och... ojej! — Neville'a aż zatkało z zazdrości, kiedy Ron wetknął mu Kruma w pulchną dłoń.

— Widzieliśmy go żywego, i to z bliska — powiedział Ron. — Byliśmy w loży honorowej...

— Po raz pierwszy i ostatni w życiu, Weasley.

W drzwiach pojawił się Draco Malfoy. Za nim stali, rzecz jasna, jego dwaj goryle, Crabbe i Goyle, wielkie, zbirowate osiłki; obaj podrośli przez lato przynajmniej o stopę. Najwyraźniej podsłuchali ich rozmowę przez drzwi przedziału, które Dean i Seamus zostawili otwarte.

— Nie przypominam sobie, żebyśmy cię zapraszali, Malfoy — wycedził Harry.

— Weasley... a co to takiego? — zapytał Malfoy, wskazując na klatkę Świstoświnki.

Zwisał z niej rękaw wyjściowej szaty Rona, kołysząc się wraz z chybotaniem pociągu. Poszarzała koronka rzucała się w oczy.

Ron poderwał się, by schować szatę, ale Malfoy był szybszy. Chwycił za rękaw i pociągnął.

— Zobaczcie! — powiedział uradowany, pokazując szatę swoim gorylom. — Weasley, chyba nie zamierzasz tego nosić, co? No wiesz... to było bardzo modne gdzieś w 1890 roku...

— Wypchaj się krowim łajnem! — krzyknął Ron, z twarzą koloru swojej wyjściowej szaty.

Wyrwał ją Malfoyowi, który ryknął drwiącym śmiechem. Crabbe i Goyle parsknęli głupkowato.

— To co, Weasley, zamierzasz wziąć udział? Chcesz spróbować? Myślisz, że może ci się uda przysporzyć odrobinę sławy rodowemu nazwisku? No i w grę wchodzą pieniądze, chyba wiesz... jakbyś zwyciężył, mógłbyś sobie wreszcie sprawić jakieś przyzwoite ciuchy...

— O czym ty mówisz? — warknął Ron.

— Zamierzasz się zgłosić? — powtórzył Malfoy. — Założę się, że i ty, Potter. Ty nigdy nie przegapisz najmniejszej szansy, żeby się wszystkim pokazać, co?

— Malfoy, albo nam wyjaśnisz, o czym pleciesz, albo wynoś się stąd — odezwała się Hermiona znad *Standardowej księgi zaklęć (4 stopień)*.

Na bladej twarzy Malfoya pojawił się triumfalny uśmiech.

— To wy naprawdę o niczym nie wiecie? — zapytał uradowany. — Weasley, masz w ministerstwie ojca i brata i nic nie wiesz? Bo mój ojciec powiedział mi o tym już dawno... dowiedział się od Korneliusza Knota. No tak, ale mój ojciec zawsze przyjaźnił się z czołowymi osobistościami w ministerstwie. Może twój ma jeszcze zbyt niską pozycję, by o tym wiedzieć; pewnie w jego obecności nie rozmawiają o ważnych sprawach.

Zaśmiał się ponownie, skinął na Crabbe'a i Goyle'a i cała trójka zniknęła.

Ron zerwał się na nogi i zatrzasnął za nimi drzwi z taką siłą, że szyba rozleciała się w kawałki.

— Ron! — powiedziała z wyrzutem Hermiona, wyciągając różdżkę. Mruknęła: *Reparo!*, a kawałki szkła połączyły się w szybę, która natychmiast wróciła na swoje miejsce w drzwiach.

— Więc... wygląda na to, że on wie wszystko, a my nic — warknął Ron. — *Ojciec zawsze przyjaźnił się z czołowymi osobistościami w ministerstwie...* Tata mógłby już dawno awansować, ale nie chce, po prostu lubi swoją pracę.

— Ależ to oczywiste, Ron — powiedziała spokojnie Hermiona. — Nie daj się wyprowadzić z równowagi Malfoyowi.

— Jemu? Wyprowadzić się z równowagi? Daj spokój! — prychnął Ron, porywając kociołkowego pieguska i miażdżąc go w dłoni.

Podły nastrój nie opuścił Rona aż do końca podróży. Prawie się nie odzywał, gdy przebierali się w szkolne szaty, i wciąż był wściekły, kiedy pociąg w końcu zwolnił i zatrzymał się na ciemnej jak grobowiec stacji Hogsmeade.

Kiedy drzwi przedziałów pootwierały się z trzaskiem, gdzieś wysoko przetoczył się grzmot. Hermiona zawinęła Krzywołapa w swój płaszcz, a Ron pozostawił swoją szatę wyjściową na klatce Świstoświnki. Opuścili wagon, pochylając nisko głowy i mrużąc oczy w ulewnym deszczu. Lało tak strasznie, jakby im nad głowami nieustannie wylewano kubełki lodowatej wody.

— Hej! Hagrid! — ryknął Harry na widok olbrzymiej postaci na końcu peronu.

— W porząsiu, Harry? — odkrzyknął Hagrid, machając ręką. — Zobaczymy się na uczcie, jeśli się nie potopimy!

Zgodnie z tradycją, pierwszoroczniacy byli przewożeni do Hogwartu przez jezioro łódkami, a przeprawą kierował Hagrid.

— Oooch, nie wyobrażam sobie przepłynięcia jeziora w taką pogodę — powiedziała Hermiona, wzdrygając się, kiedy szli powoli peronem razem z całym tłumem uczniów. Przed stacją czekała na nich setka powozów bez koni. Harry, Ron, Hermiona i Neville wleźli z ulgą do jednego z nich, drzwiczki zatrzasnęły się z hukiem i w chwilę później długi sznur pojazdów potoczył się chwiejnie po rozmokłej drodze, zmierzając ku zamkowi Hogwart.

ROZDZIAŁ DWUNASTY

Turniej Trójmagiczny

Powozy przejechały przez bramę, pomiędzy dwoma posągami uskrzydlonych dzików, a potem szerokim podjazdem potoczyły się ku zamkowi, chybocąc się niebezpiecznie w podmuchach wściekłej nawałnicy. Przycisnąwszy nos do okna, Harry ujrzał zbliżający się coraz bardziej Hogwart, z wieloma oświetlonymi oknami migocącymi niewyraźnie za kurtyną gęstego deszczu. Błyskawica rozdarła niebo, gdy ich powóz zatrzymał się przed wielkimi dębowymi drzwiami frontowymi na szczycie kamiennych schodków, po których już wspinali się pospiesznie pasażerowie pierwszych powozów. Harry, Ron, Hermiona i Neville wyskoczyli z powozu i pobiegli ile sił w nogach po stopniach, podnosząc głowy dopiero wówczas, gdy znaleźli się w przepastnej i mrocznej, oświetlonej pochodniami sali wejściowej, z której na górne piętro wiodły wspaniałe marmurowe schody.

— A niech to dunder świśnie! — zawołał Ron, potrząsając głową i rozpryskując wokół siebie wodę. — Jak będzie tak lało, to jezioro wystąpi z brzegów. Przemokłem... AAAU!

Wielki, czerwony, napełniony wodą balon spadł spod sufitu prosto na jego głowę i pękł, oblewając go od stóp do głów. Prychając i plując, Ron zatoczył się na Harry'ego, gdy druga bomba wodna, ominąwszy Hermionę, eksplodowała u stóp Harry'ego, wlewając mu do adidasów strugi zimnej wody. Inni uczniowie wrzeszczeli i rozpychali się, usiłując wydostać się z pola rażenia. Harry spojrzał w górę i zobaczył unoszącego się jakieś dwadzieścia stóp nad posadzką poltergeista Irytka, małego ludzika w przystrojonej dzwoneczkami czapce i pomarańczowej krawatce; jego szeroka, złośliwa twarz stężała w skupieniu, gdy wycelował kolejny balon.

— IRYCIE! — zagrzmiał rozeźlony głos. — Na dół, ALE JUŻ!

Profesor McGonagall, zastępca dyrektora i opiekunka Gryffindoru, wypadła z Wielkiej Sali. Poślizgnęła się na mokrej posadzce i złapała Hermionę za szyję, żeby nie upaść.

— Oj... przepraszam, panno Granger...

— Nic nie szkodzi, pani profesor! — wysapała Hermiona, rozcierając sobie gardło.

— Irytku, NATYCHMIAST do mnie! — warknęła profesor McGonagall, prostując sobie spiczasty kapelusz i łypiąc groźnie spomad prostokątnych okularów.

— Ja nic nie robię! — zarechotał Irytek, ciskając wodną bombę w grupkę dziewcząt z piątej klasy, które z wraskiem dały nurka do Wielkiej Sali. — Przecież i tak już są przemoczeni! Mały wodotrysk! Łiiiii! — I rzucił kolejną bombę w grupkę drugoklasistów, którzy właśnie weszli do środka.

— Zawołam dyrektora! — krzyknęła profesor McGonagall. — Ostrzegam cię, Irytku...

Irytek wywalił język, cisnął ostatnią wodną bombę i poszybował w górę ponad marmurowymi schodami, rechocąc jak wariat.

— Ruszać się! — powiedziała ostro profesor McGonagall do przemoczonego tłumu. — Do Wielkiej Sali, szybko!

Harry, Ron i Hermiona ruszyli niepewnie po mokrej posadzce, ślizgając się co chwila, ku podwójnym drzwiom po prawej stronie. Ron mruczał coś ze złością pod nosem, odgarniając sobie mokre włosy z twarzy.

Wielka Sala jak zawsze wyglądała wspaniale, udekorowana odświętnie do uczty na rozpoczęcie roku szkolnego. W blasku setek świec, unoszących się w powietrzu nad stołami, lśniły złote talerze i puchary. Przy czterech długich stołach poszczególnych domów siedziało już mnóstwo rozgadanych uczniów; u szczytu, po drugiej stronie piątego stołu, twarzami do sali, siedziało gremium profesorskie. Było tu o wiele cieplej. Harry, Ron i Hermiona przeszli obok stołów Ślizgonów, Krukonów i Puchonów i usiedli razem z resztą Gryfonów w dalekim końcu sali, tuż obok Prawie Bezgłowego Nicka, ducha Gryffindoru. Perłowobiały i na pół przezroczysty, Nick miał na sobie swój zwykły kubrak, ozdobiony jednak wyjątkowo wielką kryzą, która zapewne miała podkreślić uroczysty charakter tego spotkania, ale i zapewnić większą stabilność częściowo odciętej głowie.

— Dobry wieczór — powiedział, spoglądając na nich z radością.

— Zależy dla kogo — odrzekł Harry, zdejmując adidasy, by wylać z nich wodę. — Mam nadzieję, że pospieszą się z Ceremonią Przydziału, umieram z głodu.

Ceremonia Przydziału nowych uczniów do poszczególnych domów miała miejsce na początku każdego nowego roku szkolnego, ale na skutek nieszczęśliwego zbiegu okoliczności Harry nie był obecny na żadnej z nich poza tą jedną, kiedy sam po raz pierwszy znalazł się w Hogwarcie. Bardzo chciał zobaczyć tegoroczną.

Nagle z końca stołu dobiegł go podekscytowany, zdyszany głos:

— Hej, Harry!

Był to Colin Creevey, chłopiec z trzeciej klasy, dla którego Harry był idolem.

— Cześć, Colin — odpowiedział bez zapału Harry.

— Harry, zgadnij, co będzie! Zgadnij! Mój brat zaczyna naukę! Mój brat Dennis!

— Ee... to wspaniale.

— Mówię ci, ale jest przejęty! — zawołał Colin, podskakując na krześle. — Mam nadzieję, że trafi do Gryffindoru! Harry, trzymaj za niego kciuki, dobra?

— Ee... dobra. — Harry odwrócił się do Hermiony, Rona i Prawie Bezgłowego Nicka. — Bracia i siostry zwykle trafiają do tego samego domu, prawda? — Miał na myśli Weasleyów, których cała siódemka była w Gryffindorze.

— Och, niekoniecznie — powiedziała Hermiona. — Bliźniaczka Parvati Patil jest w Ravenclawie, a przecież one są identyczne, więc niby powinny być razem, no nie?

Harry spojrzał na stół nauczycielski i pomyślał, że więcej przy nim pustych miejsc niż zwykle. Hagrid pewnie wciąż przeprawia się przez jezioro z pierwszoroczniakami, profesor McGonagall nadzoruje osuszanie posadzki w sali wejściowej, ale jest jeszcze jedno puste krzesło... Kogo brakuje?

— A gdzie jest nowy nauczyciel obrony przed czarną magią? — zapytała Hermiona, która też spoglądała na stół profesorów.

Jeszcze nigdy nie mieli nauczyciela obrony przed czarną magią, który by wytrzymał dłużej niż trzy semestry. Jak dotąd Harry najbardziej polubił profesora Lupina, który zrezygnował w ubiegłym roku. Przyjrzał się stołowi nauczycielskiemu. Nie, na pewno nie było żadnej nowej twarzy.

— Może nie mogą znaleźć chętnego! — powiedziała z niepokojem Hermiona.

Harry ponownie spojrzał na stół nauczycielski, tym razem przyglądając się wszystkim uważniej. Maleńki profesor Flitwick, nauczyciel zaklęć, siedział na stosie poduszek obok profesor Sprout, nauczycielki zielarstwa, która w kapeluszu na bakier na rozwianych szarych włosach rozmawiała z profesor Sinistrą, nauczającą astronomii. Po drugiej stronie profesor Sinistry siedział Snape, nauczyciel eliksirów, z ziemistą twarzą, tłustymi włosami i haczykowatym nosem — najmniej przez Harry'ego lubiana osoba w całym Hogwarcie. „Najmniej lubiana" to bardzo łagodne określenie, bo tak naprawdę Harry nienawidził go z całego serca. Nienawiść Harry'ego do Snape'a można było porównać tylko z nienawiścią, jaką Snape żywił do Harry'ego, która pogłębiła się jeszcze bardziej w ubiegłym roku, kiedy Harry pomógł Syriuszowi uciec z zamku tuż przed długim nosem Snape'a. Snape i Syriusz byli wrogami jeszcze z lat szkolnych.

Krzesło po drugiej stronie Snape'a było puste; Harry przypuszczał, że to miejsce profesor McGonagall. Dalej, przy środku stołu, siedział profesor Dumbledore, dyrektor szkoły, we wspaniałej, ciemnozielonej szacie ozdobionej wyszywanymi gwiazdami i księżycami; jego siwa czupryna i broda lśniły w blasku świec. Zetknął końce swoich długich, cienkich palców i wsparł na nich podbródek, patrząc w sufit przez okulary-połówki, jakby się głęboko nad czymś zamyślił. Harry też zerknął na sufit. Był zaczarowany i zawsze wyglądał tak samo jak niebo nad zamkiem. Tym razem przemykały po nim czarne i purpurowe chmury, a gdy z zewnątrz dobiegł grzmot, sklepienie przeciął zygzak błyskawicy.

— Ojej, pospieszcie się — jęknął Ron, siedzący obok Harry'ego. — Mógłbym zjeść hipogryfa.

Ledwo to powiedział, drzwi Wielkiej Sali rozwarły się z hukiem i zapadła cisza. Profesor McGonagall wprowadziła długi rząd pierwszorocznaków. Harry'emu, Ronowi i Hermionie mokre szaty kleiły się do ciała, ale to było nic w porównaniu z nowymi uczniami. Sprawiali wrażenie, jakby przepłynęli jezioro wpław. Wszyscy dygotali z zimna i strachu, podchodząc do stołu nauczycielskiego i zatrzymując się przed nim w szeregu, twarzami do sali — wszyscy prócz najmniejszego z nich, chłopca o mysich włosach, otulonego w coś, w czym Harry rozpoznał płaszcz z krecich futerek, należący do Hagrida. Płaszcz był tak wielki, że chłopiec wyglądał, jakby miał na sobie futrzany namiot. Znad kołnierza wyglądała mała, wykrzywiona z przejęcia buzia. Kiedy w końcu stanął w szeregu, dostrzegł Colina Creeveya, uniósł oba kciuki i oznajmił: „Wpadłem do jeziora!" Najwyraźniej był tym zachwycony.

Profesor McGonagall ustawiła przed pierwszorocznakami stołek o czterech nogach, a na nim złożyła bardzo starą, wyświechtaną i połataną tiarę czarodzieja. Pierwszoroczniacy utkwili w niej oczy i to samo zrobiła reszta uczniów. Przez chwilę panowała cisza. Potem rozdarcie tuż przy rondzie rozwarło się jak usta, a kapelusz zaśpiewał:

Tysiąc lub więcej lat temu,
Tuż po tym, jak uszył mnie krawiec,

Żyło raz czworo czarodziejów,
Niezrównanych w magii i sławie.
Śmiały Gryffindor z wrzosowisk,
Piękna Ravenclaw z górskich hal,
Przebiegły Slytherin z trzęsawisk,
Słodka Hufflepuff z dolin dna.
Jedno wielkie dzielili marzenie,
Jedną nadzieję, śmiały plan:
Wychować nowe pokolenie,
Czarodziejów potężnych klan.
Takie są początki Hogwartu,
Tak powstał każdy dom,
Bo każdy z magów upartych
Zapragnął mieć własny tron.
Każdy inną wartość ceni,
Każdy inną z cnót obrał za swą,
Każdy inną zdolność chętnie krzewi,
I chce jej zbudować trwały dom.
Gryffindor prawość wysławia,
Odwagę ceni i uczciwość,
Ravenclaw do sprytu namawia,
Za pierwszą z cnót uznaje bystrość.
Hufflepuff ma w pogardzie leni
I nagradza tylko pracowitych.
A przebiegły jak wąż Slytherin
Wspiera żądnych władzy i ambitnych.
Póki żyją, mogą łatwo wybierać
Faworytów, nadzieje, talenty,
Lecz co poczną, gdy przyjdzie umierać,
Jak przełamać śmierci krąg zaklęty?
Jak każdą z cnót nadal krzewić?
Jak dla każdej zachować tron?

Jak nowych uczniów podzielić,
By każdy odnalazł własny dom?
To Gryffindor wpada na sposób:
Zdejmuje swą tiarę — czyli mnie,
A każda z tych czterech osób
Cząstkę marzeń swych we mnie tchnie.
Więc teraz ja was wybieram,
Ja serca i mózgi przesiewam,
Każdemu dom przydzielam
I talentów rozwój zapewniam.
Więc śmiało, młodzieży, bez trwogi,
Na uszy mnie wciągaj i czekaj,
Ja domu wyznaczę wam progi,
A nigdy z wyborem nie zwlekam.
Nie mylę się też i nie waham,
Bo nikt nigdy mnie nie oszukał,
Gdzie kto ma przydział, powiem,
Niech każde z was mnie wysłucha.

Kiedy Tiara Przydziału skończyła śpiewać, Wielka Sala rozbrzmiała wiwatami i oklaskami.

— To nie jest ta piosenka, którą śpiewała, kiedy nam dawała przydział — zauważył Harry, klaszcząc razem z innymi.

— Co rok jest nowa — rzekł Ron. — Taki kapelusz musi mieć chyba strasznie nudne życie, no nie? Pewnie przez cały rok wymyśla następną.

Profesor McGonagall rozwijała już wielki zwój pergaminu.

— Uczeń albo uczennica, której nazwisko wyczytam, wkłada tiarę i siada na stołku — oznajmiła pierwszoroczniakom. — Po usłyszeniu swojego przydziału wstaje i siada przy odpowiednim stole.

— Ackerley, Stewart!

Wystąpił jakiś chłopiec, dygocąc na całym ciele, włożył Tiarę Przydziału na głowę aż po uszy i usiadł na stołku.

— *Ravenclaw!* — wrzasnęła tiara.

Stewart Ackerley zdjął kapelusz i pospiesznie zajął miejsce przy stole Krukonów, którzy powitali go oklaskami. Harry dostrzegł Cho, szukającą Krukonów, zawzięcie oklaskującą Ackerleya. Przez chwilę poczuł dziwną ochotę, by samemu usiąść przy stole Ravenclawu.

— Baddock, Malcolm!

— *Slytherin!*

Przy stole w drugim końcu sali wybuchły wiwaty. Kiedy Baddock usiadł przy tym stole, Harry zobaczył klaszczącego Malfoya. Zastanowił się przez chwilę, czy Baddock wie, że ze Slytherinu wyszło więcej wiedźm i czarnoksiężników niż z innych domów. Fred i George zasyczeli pogardliwie, kiedy Baddock usiadł.

— Branstone, Eleanor!

— *Hufflepuff!*

— Cauldwell, Owen!

— *Hufflepuff!*

— Creevey, Dennis!

Mały Dennis wyszedł z szeregu, potykając się o zbyt długi płaszcz Hagrida, i w tym samym momencie sam Hagrid wszedł przez drzwi za stołem nauczycielskim. Prawie dwukrotnie wyższy od przeciętnego mężczyzny i przynajmniej trzy razy szerszy, z długimi, rozczochranymi czarnymi włosami i zmierzwioną brodą, Hagrid wyglądał trochę przerażająco, ale było to fałszywe wrażenie, bo Harry, Ron i Hermiona dobrze wiedzieli, że olbrzym ma bardzo życzliwe usposobienie. Mrugnął do nich, kiedy usiadł przy końcu stołu nauczycielskiego i zaczął się przyglądać, jak

Dennis Creevey wkłada Tiarę Przydziału. Szpara przy rondzie rozszerzyła się i...

— *Gryffindor!* — ryknęła tiara.

Hagrid klaskał razem z Gryfonami, kiedy Dennis, promieniejąc radością, zdjął tiarę, położył ją z powrotem na stołku i pospieszył do swojego brata.

— Colin, wpadłem do wody! — powiedział piskliwym głosem, rzucając się na puste krzesło. — Mówię ci, ale było super! A w wodzie coś mnie złapało i wepchnęło z powrotem do łódki!

— Ekstra! — ucieszył się Colin, równie jak on podekscytowany. — Dennis, to pewnie była wielka kałamarnica!

— Uauuu! — zawołał uradowany Dennis, jakby nigdy, nawet w najśmielszych marzeniach, nie był w stanie sobie wyobrazić, że wpadnie do wstrząsanego burzą, straszliwie głębokiego jeziora i zostanie uratowany przez olbrzymiego morskiego potwora.

— Dennis! Dennis! Widzisz tego chłopaka, o, tam? Tego z czarnymi włosami, w okularach? Widzisz go? Wiesz, kto to jest?

Harry szybko odwrócił wzrok, wpatrując się w Tiarę Przydziału, która teraz spoczywała na głowie Emmy Dobbs.

Ceremonia Przydziału trwała; chłopcy i dziewczęta — z różnym stopniem przerażenia na twarzach — po kolei podchodzili do stołka. Kolejka powoli się zmniejszała. Profesor McGonagall dotarła do litery L.

— Szybciej — jęknął Ron, masując sobie żołądek.

— No wiesz, Ron, Ceremonia Przydziału jest chyba ważniejsza od pełnego brzucha — zauważył Prawie Bezgłowy Nick, kiedy „Madley, Laura!" została Puchonką.

— No jasne, zwłaszcza jak się jest martwym — warknął Ron.

— Mam nadzieję, że tegoroczny zaciąg do Gryffindoru stanie na wysokości zadania — rzekł Nick, oklaskując Natalię McDonald, która usiadła przy ich stole. — Nie chcemy przerwać zwycięskiej passy, prawda?

W ciągu ostatnich trzech lat Gryffindor za każdym razem zdobywał Puchar Domów.

— Pritchard, Graham!

— *Slytherin!*

— Quirke, Orla!

— *Ravenclaw!*

I wreszcie, po „Whitby, Kevin!" („*Hufflepuff!*"), Ceremonia Przydziału dobiegła końca. Profesor McGonagall wyniosła z sali tiarę i stołek.

— Najwyższy czas — powiedział Ron, łapiąc za widelec i nóż i spoglądając wyczekująco na swój talerz.

Teraz powstał profesor Dumbledore. Z uśmiechem rozejrzał się po sali i rozwarł ramiona w geście powitania.

— Mam wam do powiedzenia tylko jedno — rzekł, a jego głęboki głos zadudnił echem po Wielkiej Sali. — *Wsuwajcie.*

— Brawo! — powiedzieli głośno Harry i Ron, kiedy puste półmiski zapełniły się nagle potrawami.

Prawie Bezgłowy Nick patrzył tęsknie, jak Harry, Ron i Hermiona zgarniają jadło na talerze.

— Aaaach, pychota... — mruknął Ron z ustami pełnymi tłuczonych ziemniaków.

— Macie szczęście, że w ogóle coś podano — powiedział Prawie Bezgłowy Nick. — Były pewne kłopoty w kuchni.

— Dlaczego? Co 'ę sta'o? — zapytał Harry, zmagając się z wielkim kęsem pieczeni.

— Irytek, rzecz jasna — odrzekł Prawie Bezgłowy Nick, kręcąc głową, która zachybotała niebezpiecznie.

Podciągnął nieco wyżej kryzę. — To, co zawsze. Chciał wziąć udział w uczcie... no, a to jest absolutnie nie do przyjęcia, sami wiecie, co to za typ, za knut ogłady, jak zobaczy talerz, to nie może się powstrzymać, żeby nim w kogoś nie cisnąć. Odbyliśmy naradę duchów... Gruby Mnich był za tym, żeby dać mu szansę... ale Krwawy Baron bardzo rozsądnie, przynajmniej w mojej opinii, przesądził sprawę.

Krwawy Baron był duchem Slytherinu, posępnym, milczącym widmem pochlapanym srebrnymi plamami krwi. On jeden w całym Hogwarcie był w stanie zapanować nad Irytkiem.

— No tak, teraz rozumiem, dlaczego Irytek był taki wkurzony — rzekł Ron. — A co on zmalował w tej kuchni?

— Och, to, co zwykle — odpowiedział Prawie Bezgłowy Nick, wzruszając ramionami. — Spustoszenie. Porozrzucane garnki i dzbanki. Cała kuchnia w zupie. Domowe skrzaty odchodzące od zmysłów ze strachu...

Brzdęk. To Hermiona przewróciła złoty puchar. Po stole popłynął dyniowy sok, plamiąc na pomarańczowo biały obrus, ale nie zwracała na to uwagi.

— To tutaj też są domowe skrzaty? — zapytała, wytrzeszczając oczy na Prawie Bezgłowego Nicka. — Tutaj, w Hogwarcie?

— Oczywiście — odrzekł Nick, patrząc na nią ze zdumieniem. — Chyba najwięcej w całej Wielkiej Brytanii, biorąc pod uwagę jedno zabudowanie. Ponad setka.

— Nigdy żadnego nie widziałam!

— Bo prawie nigdy nie opuszczają kuchni w ciągu dnia — powiedział Prawie Bezgłowy Nick. — Wychodzą w nocy, żeby trochę posprzątać, dopilnować kominków... Zresztą... nie powinniście ich widzieć, prawda? Dobry domowy skrzat to taki, o którego istnieniu w ogóle się nie wie.

Hermiona wpatrywała się w niego, nadal wyraźnie wstrząśnięta.

— Ale przecież chyba dostają jakąś zapłatę? Mają wakacje, prawda? I... i zwolnienia chorobowe, emerytury... wszystko?

Prawie Bezgłowy Nick zarechotał tak, że kryza mu się zsunęła, a głowa odpadła, wisząc na skrawku widmowej skóry i mięśnia.

— Zwolnienia chorobowe i emerytury! — zawołał, wpychając sobie z powrotem głowę na ramiona i zabezpieczając ją ponownie kryzą. — Domowe skrzaty nie chcą żadnych zwolnień chorobowych ani emerytur!

Hermiona spojrzała na swoją prawie nie tkniętą porcję, odłożyła widelec i nóż i odsunęła talerz.

— Och, 'haj spo'ój 'Emiono — powiedział Ron, opryskując Harry'ego puddingiem. — Uuups... ple'paham, 'Arry... — Przełknął wreszcie. — Nie załatwisz im zwolnień chorobowych, głodząc się na śmierć.

— Praca niewolnicza — powiedziała Hermiona, oddychając ciężko przez nos. — Dzięki temu mamy tę ucztę. Dzięki pracy niewolniczej.

I nie zjadła już ani kęsa.

Deszcz wciąż bębnił w wysokie, ciemne okna. Kolejny grzmot wstrząsnął szybami, a burzliwe niebo rozbłysło, oświetlając złote talerze, gdy znikły resztki pierwszego dania, a na stołach pojawiły się desery.

— Hermiono, placek owocowy z syropem! — zawołał Ron, machając ku niej ręką, by poczuła zapach. — Ja cię kręcę, zobacz! Czekoladowy przekładaniec!

Ale Hermiona spojrzała na niego zupełnie tak, jak profesor McGonagall, więc dał jej spokój.

Kiedy uporano się z deserami, i talerze, z których znikły ostatnie okruszki, zabłysły czystym złotem, ponownie powstał Albus Dumbledore. Wesoły gwar ucichł prawie natychmiast, słychać było tylko wycie wiatru i bębnienie deszczu.

— Moi mili! — rzekł, uśmiechając się promiennie.

— Skoro już wszyscy najedli się i napili — („Yhm", mruknęła Hermiona) — muszę jeszcze raz prosić was o uwagę. Pragnę wam przekazać parę informacji. Pan Filch, nasz woźny, prosił mnie, abym wam powiedział, że lista przedmiotów zakazanych w obrębie szkoły została w tym roku poszerzona o wrzeszczące jo-jo, zębate frysbi i niechybiające bumerangi. Pełna lista zawiera chyba czterysta trzydzieści siedem przedmiotów i jest do wglądu w biurze pana Filcha, jeśli któreś z was zechciałoby do niej zajrzeć.

Kąciki ust zadrgały mu lekko.

— Jak zawsze — ciągnął dalej — pragnąłbym wam przypomnieć, że żaden uczeń nie ma prawa wstępu do Zakazanego Lasu, a uczniowie pierwszej i drugiej klasy nie mogą odwiedzać Hogsmeade. Z najwyższą przykrością muszę was też poinformować, że w tym roku nie będzie międzydomowych rozgrywek o Puchar Quidditcha.

— Co? — wydyszał Harry.

Spojrzał na Freda i George'a, którzy grali z nim w reprezentacji Gryffindoru. Poruszali ustami bezdźwięcznie, najwyraźniej pozbawieni mowy.

— A nie będzie ich — ciągnął Dumbledore — z powodu pewnego ważnego wydarzenia, które będzie trwało od października przez cały rok szkolny, pochłaniając większość czasu i energii nauczycieli. Jestem jednak pewny, że nie będziecie żałować. Mam wielką przyjemność oznajmić wam, że w tym roku w Hogwarcie...

Ale w tym momencie gruchnął grzmot, a drzwi Wielkiej Sali rozwarły się z hukiem.

W drzwiach stał jakiś mężczyzna spowity w czarny płaszcz podróżny, wspierając się na długiej lasce. Wszystkie głowy zwróciły się w stronę przybysza, nagle oświetlonego zygzakiem błyskawicy, która rozdarła mroczne sklepienie. Odrzucił kaptur, strząsnął z oczu grzywę ciemnoszarych włosów, po czym ruszył ku stołowi nauczycielskiemu, a głuchy stukot, towarzyszący jego krokom, rozchodził się echem po całej sali.

Doszedł do końca stołu, skręcił w prawo i pokuśtykał ciężko w kierunku Dumbledore'a. Jeszcze jedna błyskawica zajaśniała na sklepieniu. Hermiona wciągnęła głośno powietrze.

Blask błyskawicy oświetlił twarz przybysza, uwydatniając każdy jej rys, a była to twarz niepodobna do niczego. Wyglądała, jakby została wyrzeźbiona ze zbielałego od wiatru i deszczu drewna, i to przez kogoś, kto nie bardzo wiedział, jak powinna wyglądać twarz ludzka, a w dodatku niezbyt sprawnie posługiwał się dłutem. Posiekana była licznymi bliznami. Usta wyglądały jak poprzeczne rozcięcie, a sporej części nosa po prostu brakowało. Ale tym, co budziło prawdziwe przerażenie, były oczy przybysza.

Jedno z nich było małe, czarne, paciorkowate. Drugie — wielkie, okrągłe jak moneta i jaskrawoniebieskie. To niebieskie oko poruszało się nieustannie bez jednego mrugnięcia, w górę, na dół, na boki, całkiem niezależnie od drugiego oka. W pewnej chwili rozjarzona niebieska tęczówka powędrowała gdzieś w górę, aż w ogóle zniknęła, pozostawiając samo białko, jakby jej właściciel przyglądał się tyłowi swej głowy.

Przybysz doszedł do Dumbledore'a. Wyciągnął rękę, również pokrytą bliznami, a Dumbledore ją uścisnął, mrucząc coś, czego Harry nie dosłyszał. Chyba zadał przybyszowi jakieś pytanie, a ten potrząsnął głową bez uśmiechu i odpowiedział półgłosem. Dumbledore kiwnął głową i wskazał przybyszowi wolne krzesło po swojej prawej ręce.

Przybysz usiadł, strząsnął szarą grzywę z twarzy, przyciągnął do siebie talerz z kiełbaskami, podniósł go do resztek nosa i powąchał. Potem wyjął z kieszeni mały nóż, nadział kiełbaskę na jego koniec i zaczął jeść. Jego normalne oko utkwione było w kiełbasce, ale niebieskie nieustannie miotało się we wszystkie strony, rozglądając się po sali.

— Pragnę wam przedstawić naszego nowego nauczyciela obrony przed czarną magią — Dumbledore przemówił pogodnym tonem w głuchej ciszy — profesora Moody'ego.

Nowych profesorów zazwyczaj witano gromkimi oklaskami, ale tym razem zaklaskali tylko Hagrid i sam Dumbledore. Po kilku klaśnięciach, które potoczyły się echem w głuchej ciszy, i oni przestali. Wszyscy inni zdawali się tak wstrząśnięci dziwacznym wyglądem Moody'ego, że tylko wytrzeszczali na niego oczy.

— Moody? — mruknął Harry do Rona. — Szalonooki Moody? Ten, do którego wybrał się dzisiaj twój tata, żeby mu pomóc?

— Chyba on — odpowiedział cicho Ron.

— Co mu się stało? — szepnęła Hermiona. — Co się stało z jego twarzą?

— Nie wiem — odszepnął jej Ron, wpatrując się w Moody'ego zafascynowany.

Moody zdawał się nie zwracać najmniejszej uwagi na to raczej chłodne powitanie. Ignorując stojący przed nim dzban z sokiem dyniowym, sięgnął do kieszeni płaszcza, wyciągnął piersiówkę i pociągnął z niej tęgi łyk. Kiedy podnosił rękę, aby się napić, skraj płaszcza uniósł się o kilka cali i Harry zobaczył pod stołem kawałek drewnianej nogi, zakończonej stopą z pazurami.

Dumbledore ponownie odchrząknął.

— Jak właśnie mówiłem — rzekł, uśmiechając się do setek uczniów przed sobą, z których każdy wpatrywał się wciąż w Szalonookiego Moody'ego — w ciągu nadchodzących miesięcy będziemy mieli zaszczyt być uczestnikami bardzo podniecającego wydarzenia, wydarzenia, które nie miało miejsca już od ponad wieku. Mam wielką przyjemność oznajmić wam, że w tym roku odbędzie się w Hogwarcie Turniej Trójmagiczny!

— Pan chyba ŻARTUJE! — krzyknął Fred Weasley.

Napięcie wywołane pojawieniem się Moody'ego nagle prysło. Prawie wszyscy się roześmiali, a Dumbledore zacmokał.

— Ja wcale nie żartuję, panie Weasley — powiedział — choć teraz, jak już pan o tym wspomniał, przypomniał mi się znakomity dowcip, który usłyszałem tego lata, o trollu, wiedźmie i krasnoludku, którzy wchodzą do baru i...

Profesor McGonagall odchrząknęła głośno.

— Ee... ale może nie czas, żeby... — zmieszał się Dumbledore. — Na czym to ja skończyłem? Aha, na Turnieju Trójmagicznym... no więc tak... niektórzy z was nie wiedzą, na czym taki turniej polega, więc mam nadzieję, że ci, którzy wiedzą, wybaczą mi to krótkie wyjaśnienie, pozwalając swoim myślom błąkać się swobodnie. Otóż pierwszy turniej odbył się jakieś siedemset lat temu, jako przyjacielskie współzawodnictwo trzech największych w Europie szkół magii i czarodziejstwa: Hogwartu, Beauxbatons i Durmstrangu. Każda szkoła wybierała swojego reprezentanta, a owych trzech reprezentantów rywalizowało między sobą w trzech magicznych zadaniach. Turniej odbywał się co pięć lat, po kolei w każdej szkole, i w powszechnej opinii był znakomitą okazją do zadzierzgnięcia trwałych więzi między młodymi czarownicami i czarodziejami różnych narodowości. Niestety, ofiar śmiertelnych było tyle, że w końcu zaprzestano organizować turnieje.

— Ofiar śmiertelnych? — szepnęła Hermiona z lekko przerażoną miną.

Większość uczniów nie podzielała jednak jej niepokoju. Wielu szeptało między sobą w podnieceniu, a samego Harry'ego bardziej interesowało dowiedzenie się czegoś więcej o turnieju niż zajmowanie się ofiarami śmiertelnymi sprzed kilkuset lat.

— W ciągu wieków podejmowano próby powrotu do tradycji turnieju — ciągnął Dumbledore — ale żadna się nie powiodła. Nasz Departament Międzynarodowej Współpracy Czarodziejów i Departament Czarodziejskich Gier i Sportów uznały jednak, że nadszedł czas na jeszcze jedną próbę. Pracowaliśmy ciężko przez całe lato, by mieć pewność, że tym razem żaden mistrz nie znajdzie się w śmiertelnym zagrożeniu. Dyrektorzy Beauxbatons i Durmstrangu przybędą do nas w październiku z listami kandydatów, a wybór trzech reprezentantów odbędzie się w Noc Duchów. Niezależny sędzia osądzi, którzy uczniowie najbardziej zasługują na to, by współzawodniczyć o Puchar Turnieju Trójmagicznego, chwałę swojej szkoły i tysiąc galeonów.

— Wchodzę w to! — syknął Fred Weasley, a twarz mu się rozjaśniła na myśl o takiej chwale i bogactwie.

A nie był wcale jedyną osobą, która już wyobrażała sobie siebie jako reprezentanta Hogwartu. Harry widział przy każdym stole uczniów wpatrzonych z najwyższym przejęciem w Dumbledore'a lub szepczących gorączkowo do swoich sąsiadów. Ale Dumbledore znowu przemówił i w sali natychmiast zaległa cisza.

— Wiem, że każde z was pragnęłoby zdobyć Puchar Turnieju Trójmagicznego dla Hogwartu. Dyrektorzy poszczególnych szkół i przedstawiciele Ministerstwa Magii uzgodnili jednak, że w tym roku zastosujemy ograniczenie wieku kandydatów. Mogą się zgłaszać tylko ci, którzy ukończyli siedemnaście lat. Uważamy to — tu podniósł nieco głos, bo w sali rozbrzmiało kilka okrzyków oburzenia i zawodu, a Fred i George Weasleyowie wyglądali, jakby dostali nagłego napadu szału — za niezbędne, jako że zadania turniejowe będą wyjątkowo trudne i niebezpieczne, i choć zostaną przedsięwzięte wszelkie środki ostrożności, nie sądzimy, by uczniowie poniżej szóstej i siódmej klasy mogli sobie z nimi poradzić. Osobiście dopilnuję, by żaden uczeń, który nie ma jeszcze siedemnastu lat, nie próbował oszukać niezależnego sędziego co do swego wieku, by dostać się na listę kandydatów.

Jego jasnoniebieskie oczy drgnęły, kiedy przez chwilę zatrzymał wzrok na buntowniczych twarzach Freda i George'a.

— Dlatego proszę was, byście nie marnowali czasu na zgłaszanie się, jeśli nie macie siedemnastu lat. Delegacje Beauxbatons i Durmstrangu przybędą w październiku i pozostaną w Hogwarcie prawie do końca tego roku. Jestem pewny, że okażecie naszym zagranicznym gościom prawdziwą, godną naszej szkoły gościnność, a naszemu reprezentantowi szczere i bezwarunkowe poparcie. No, ale już jest późno, a wiem, jak bardzo zależy każdemu z was, by jutro rano wstać wypoczętym i gotowym do rozpoczęcia nauki. Pora spać! Zmykajcie!

Dumbledore usiadł i zaczął rozmawiać z Szalonookim Moodym. Wybuchł gwar, rozległo się szuranie krzeseł i stóp, gdy wszyscy uczniowie powstali i ruszyli tłumnie ku podwójnym drzwiom wiodącym do sali wejściowej.

— Nie mogą nam tego zrobić! — powiedział George Weasley, który nie przyłączył się do tłumu szturmującego drzwi, tylko stał nadal przy stole, łypiąc wściekle na Dumbledore'a. — Kończymy siedemnaście lat w kwietniu, i co, nie dadzą nam szansy?

— Ja tam mam ich w nosie i się zgłaszam — oświadczył Fred, który również patrzył spode łba na stół nauczycielski. — Reprezentanci będą mogli robić mnóstwo rzeczy, na które normalnie nikomu by nie pozwolono. No i tysiąc galeonów nagrody!

— Taak — mruknął Ron z niezbyt przytomną miną.

— Tak, tysiąc galeonów...

— Słuchajcie — powiedziała Hermiona — jak się stąd nie ruszycie, to tylko my pozostaniemy w sali.

Ruszyli więc w kierunku sali wejściowej. Bliźniacy dyskutowali o tym, w jaki sposób Dumbledore może powstrzymać od zgłoszenia się do turnieju tych, którzy nie mają jeszcze siedemnastu lat.

— Kim jest ten niezależny sędzia, który ma zadecydować o tym, kto będzie reprezentował szkoły?

— Nie mam pojęcia — odrzekł Fred — ale to jego trzeba będzie wykołować. George, myślę że parę kropel eliksiru postarzającego może wystarczyć...

— Przecież Dumbledore wie, ile macie lat — powiedział Ron.

— No tak, ale to nie on wybierze zawodników, prawda? Mnie tam się wydaje, że jak już ten sędzia pozna tych, którzy się zgłoszą, wybierze po prostu najlepszego z każdej szkoły, nie zastanawiając się nad jego wiekiem. Dumbledore stara się tylko powstrzymać nas od zgłoszenia.

— Pamiętajcie, że w tym turnieju ludzie tracili życie! — odezwała się Hermiona zaniepokojonym tonem, kiedy przeszli przez drzwi ukryte pod gobelinem i zaczęli się wspinać po kolejnych, węższych już schodach.

— Tak, ale to było parę wieków temu — stwierdził lekceważąco Fred. — A zresztą, bez odrobiny ryzyka nie ma prawdziwej zabawy. Hej, Ron, jak wymyślimy jakiś sposób, żeby wykołować Dumbledore'a, to się zgłosisz?

— A co ty o tym myślisz? — zapytał Ron Harry'ego.

— Fajnie by było znaleźć się na liście, co? Ale pewnie wybiorą kogoś starszego... pewnie uznają, że my chyba jeszcze za mało umiemy...

— Ja tam dobrze wiem, że za mało umiem — rozległ się za plecami Freda i George'a ponury głos Neville'a. — Chociaż babcia na pewno by chciała, żebym spróbował, zawsze powtarza, że powinienem dbać o honor rodziny. Będę musiał... auuu!

Noga zapadła mu się w stopień w połowie schodów. W Hogwarcie było wiele takich fałszywych stopni, a akurat ten większość uczniów znała tak dobrze, że przeskakiwała go bez zastanowienia, ale Neville miał nieustannie kłopoty z pamięcią. Harry i Ron chwycili go pod pachy i wyciągnęli z pułapki, podczas gdy zbroja stojąca na podeście u szczytu schodów podzwaniała i zgrzytała, zanosząc się śmiechem.

— Przymknij się — warknął Ron, zatrzaskując jej przyłbicę, kiedy przechodzili obok.

Doszli korytarzem do tajemnego wejścia do Gryffindoru, ukrytego za wielkim portretem otyłej damy w jedwabnej różowej sukni.

— Hasło? — zapytała, kiedy podeszli.

— Banialuki — odrzekł George. — Tak mi powiedział na dole prefekt.

Portret odchylił się, ukazując dziurę w ścianie, przez którą przeleźli do pokoju wspólnego. Trzaskający ogień na kominku ogrzewał dużą, okrągłą komnatę, pełną wysłużonych foteli i stolików. Hermiona rzuciła posępne spojrzenie na roztańczone wesoło płomienie, a Harry usłyszał, jak mruknęła: „Praca niewolnicza", zanim powiedziała im dobranoc i zniknęła na schodach wiodących do sypialni dziewcząt.

Harry, Ron i Neville wspięli się po ostatnich, spiralnych schodach do swojego dormitorium na samym szczycie wieży Gryffindoru. Przy ścianach stało tam pięć łóżek, każde z czterema kolumienkami w rogach, między którymi wisiały ciemnoczerwone zasłony. Przy każdym stał w nogach kufer właściciela. Dean i Seamus szykowali się już do snu. Seamus przypiął sobie nad łóżkiem irlandzką rozetkę, a Dean plakat Wiktora Kruma nad nocnym stolikiem. Obok wisiał jego stary plakat z piłkarską drużyną West Ham.

— Kretyństwo — mruknął Ron, kręcąc głową na widok całkowicie nieruchomych zawodników.

Harry, Ron i Neville przebrali się w piżamy i powskakiwali do łóżek. Ktoś — bez wątpienia jakiś domowy skrzat — powsadzał im między prześcieradła ogrzewacze. Cudownie było leżeć sobie w ciepłym łóżku i słuchać szalejącej na zewnątrz burzy.

— Wiesz, ja bym mógł się zgłosić — napłynął do Harry'ego z ciemności senny głos Rona — gdyby Fred i George wymyślili jak... a ty... nigdy nie wiadomo, co?

— Chyba nie...

Harry przewrócił się na bok. Oczami wyobraźni zobaczył całą serię scen... Wyprowadza w pole niezależnego sędziego... zostaje reprezentantem Hogwartu... stoi na szkolnych błoniach, unosi ręce w geście triumfu, a cała szkoła wrzeszczy i klaszcze z zachwytu... Tak, zdobył Puchar Turnieju Trójmagicznego... wśród tłumu uczniów dostrzega wyraźnie Cho, z podziwem na twarzy...

Harry zaśmiał się w poduszkę, wyjątkowo rad, że Ron nie może zobaczyć tego, co on.

ROZDZIAŁ TRZYNASTY

Szalonooki Moody

Rano burza ucichła, choć sklepienie Wielkiej Sali wciąż było ponure: ciężkie, ołowiane chmury kłębiły się nad głowami Harry'ego, Rona i Hermiony, gdy przy śniadaniu zapoznawali się ze swoimi planami zajęć. Kilka krzeseł dalej Fred, George i Lee Jordan dyskutowali o doskonałych metodach postarzenia się i zdobycia prawa do udziału w Turnieju Trójmagicznym.

— Dzisiaj nie jest tak źle... całe przedpołudnie na dworze — powiedział Ron, przesuwając palcem po swoim planie zajęć. — Zielarstwo z Puchonami i opieka nad magicznymi stworzeniami... a niech to... znowu ze Ślizgonami...

— Dwie godziny wróżbiarstwa po południu — jęknął Harry.

Wróżbiarstwa nie lubił najbardziej, zaraz po eliksirach. Profesor Trelawney wciąż przepowiadała mu śmierć, co bardzo go denerwowało.

— A nie możesz po prostu z tego zrezygnować, tak jak ja? — zapytała żywo Hermiona, smarując tost masłem.

— Mógłbyś wziąć sobie coś rozsądniejszego, na przykład numerologię.

— Widzę, że znowu jesz — powiedział Ron, obserwując, jak Hermiona nakłada grubą warstwę dżemu na posmarowany masłem tost.

— Uznałam, że są lepsze sposoby zajęcia stanowiska w sprawie równouprawnienia domowych skrzatów — odpowiedziała wyniośle Hermiona.

— Jasne... no i chyba zgłodniałaś — mruknął Ron, szczerząc zęby.

Nagle w górze zaszumiało i ze sto sów wleciało przez otwarte okna, roznosząc poranną pocztę. Harry podniósł głowę, ale wśród szarobrązowej masy nie dostrzegł białej plamy. Sowy krążyły nad stołami, wyszukując adresatów listów i paczek. Wielka brązowa sowa nadleciała nad Neville'a i upuściła mu na podołek paczkę — najwidoczniej jak zwykle zapomniał czegoś zabrać z domu. W drugim końcu sali na ramieniu Dracona Malfoya wylądowała jego sowa jarzębata, przynosząc mu, jak zwykle, paczkę słodyczy i ciastek z domu. Harry poczuł w żołądku mdlące ssanie zawodu, ale starał się je zignorować i zabrał się do swojej owsianki. A może Hedwidze coś się stało i Syriusz w ogóle nie dostał jego listu?

Nie mógł się opędzić od tych ponurych myśli nawet wówczas, kiedy już szli rozmokłą ścieżką między grządkami warzyw, zmierzając do cieplarni. Dopiero tam przestał myśleć o Hedwidze i Syriuszu, bo pani Sprout pokazała im najbrzydsze rośliny, jakie kiedykolwiek widział. Prawdę mówiąc, nie bardzo przypominały rośliny, już bardziej wielkie czarne ślimaki wyłażące pionowo z ziemi. Każda wiła się lekko i pokryta była dużymi, błyszczącymi bąblami pełnymi żółtawego płynu.

— To czyrakobulwy — oznajmiła im dziarskim tonem pani Sprout. — Trzeba je wyciskać. Będziecie zbierać ropę...

— Co?! — zapytał Seamus Finnigan, wzdrygając się lekko.

— Ropę, Finnigan, ropę — powiedziała pani Sprout. — Jest bardzo cenna, więc musicie to robić bardzo ostrożnie. Będziecie ją zbierać do tych butelek. Załóżcie rękawice ze smoczej skóry, bo nierozcieńczona ropa czyrakobulwy może być niebezpieczna dla waszych delikatnych rączek.

Wyciskanie czyrakobulw było czynnością dość obrzydliwą, ale odczuwali przy tym dziwną satysfakcję. Kiedy się nacisnęło taki bąbel, pękał i wytryskała z niego żółtozielona ciecz mocno pachnąca naftą. Zbierali ją do wskazanych przez panią Sprout butelek i pod koniec lekcji mieli już parę litrów.

— Pani Pomfrey się ucieszy — powiedziała pani Sprout, korkując ostatnią butelkę. — Ropa czyrakobulwy to wspaniały środek na najbardziej uporczywe postacie trądziku. Powinna powstrzymać uczniów od uciekania się do różnych desperackich sposobów pozbycia się pryszczy.

— Jak ta biedna Eloise Migden — odezwała się cicho Puchonka Hanna Abbott. — Próbowała zaklęć.

— Głupia dziewczyna — powiedziała pani Sprout, kręcąc głową. — No, ale pani Pomfrey w końcu przyprawiła jej nos z powrotem.

Poprzez mokre błonia napłynął ku nim z zamku głęboki dźwięk dzwonu sygnalizującego koniec lekcji. Klasa podzieliła się: Puchoni wspięli się po kamiennych stopniach, idąc na transmutację, a Gryfoni ruszyli w przeciwnym kierunku, schodząc po łagodnym, trawiastym zboczu ku drewnianej chatce Hagrida, stojącej na skraju Zakazanego Lasu.

Hagrid czekał na nich przed chatką, trzymając za obrożę swojego brytana Kła. U jego stóp leżało kilkanaście otwartych drewnianych klatek, a Kieł skomlał i wyrywał się, najwyraźniej pragnąc zapoznać się bliżej z ich zawartością. Kiedy podeszli, usłyszeli jakiś dziwny grzechot, przerywany cichymi eksplozjami.

— Dobry, dobry! — powitał ich Hagrid, uśmiechając się szeroko do Harry'ego, Rona i Hermiony. — Lepij poczekajmy na Ślizgonów, tego by nie odżałowali... Sklątki tylnowybuchowe!

— Że co? — zapytał Ron.

Hagrid wskazał na skrzynki.

— Ojej! — wrzasnęła Lavender Brown, odskakując do tyłu.

„Ojej!" było, według Harry'ego, zupełnie niezłym podsumowaniem sklątek tylnowybuchowych. Wyglądały jak zdeformowane, pozbawione skorup homary, okropnie blade i oślizgłe, z mnóstwem nóżek sterczących w dziwnych miejscach. Głowy trudno było zlokalizować. Miały około sześciu cali długości, a w każdej skrzynce było ich blisko setki. Łaziły po sobie i tłukły się na oślep o ścianki skrzynek, z których buchał zapach zgniłych ryb. Co jakiś czas z jednego końca sklątki strzelały iskry, rozlegało się głośne pyknięcie, a stworzonko przelatywało do przodu o kilkanaście cali.

— Dopiro co się wylęgły — oznajmił z dumą Hagrid — więc będziecie mogli je sami hodować! Możemy z tego zrobić taki mały projekcik!

— A niby po co mielibyśmy je hodować? — zapytał zimny głos.

Przybyli Ślizgoni. Głos należał do Dracona Malfoya. Crabbe i Goyle zarechotali kpiąco.

Hagrid zdawał się mocno zaskoczony tym pytaniem.

— No, co one robią? — zapytał Malfoy. — Jaki jest z nich pożytek?

Hagrid otworzył usta, najwyraźniej zastanawiając się nad odpowiedzią. Trwało to kilka sekund, po czym oświadczył szorstko:

— To będzie na następnej lekcji, Malfoy. Dzisiaj będziemy je tylko skarmiać. Popróbujecie podawać im różne rzeczy... bo, cholibka, ja ich jeszcze nigdy nie hodowałem, więc nie wim, co one żrą... mam tu trochę mrówczych jajek... i żabich wątróbek... i trochę zdechłych zaskrońców... no więc popróbujecie, co im będzie pasować.

— Najpierw ropa, teraz to świństwo — mruknął Seamus.

Tylko wielka sympatia do Hagrida skłoniła Harry'ego, Rona i Hermionę do wzięcia garści oślizgłych żabich wątróbek i wrzucenia ich do skrzynki z tylnowybuchowymi sklątkami. Harry'ego dręczyło podejrzenie, że jest to całkowicie bezsensowne, bo przecież sklątki nie miały otworów gębowych.

— Auu! — wrzasnął Dean Thomas po dziesięciu minutach. — Trafiło mnie!

Hagrid podskoczył ku niemu z przestraszoną miną.

— Strzeliła we mnie! — powiedział ze złością Dean, pokazując Hagridowi oparzenie na dłoni.

— A... no tak, to się zdarza, kiedy się odrzucają — powiedział Hagrid, kiwając głową.

— Ojejku! — krzyknęła znowu Lavender Brown. — Ojejku, Hagridzie, jednej coś takiego wystaje!

— Ach tak, niektórym wyrastają żądła! — Hagrid był tym wyraźnie zachwycony, natomiast Lavender szybko wyciągnęła rękę ze skrzynki. — Tak mi się widzi, że te z żądłami to samce... samiczki mają takie ssawki na brzuszkach... chyba do wysysania krwi.

— Teraz już rozumiem, dlaczego próbujemy je utrzymać przy życiu — powiedział ironicznie Malfoy. — Kto by nie chciał mieć zwierzątek, które parzą, żądlą i gryzą?

— Może i nie są śliczne, ale to nie znaczy, że są bezużyteczne — warknęła Hermiona. — Smocza krew ma niezwykłą magiczną moc, ale chyba nie chciałbyś trzymać w domu smoka, prawda?

Harry i Ron wyszczerzyli zęby do Hagrida, który uśmiechnął się do nich ukradkiem spoza krzaczastej brody. Dobrze wiedzieli, że trzymanie w domu smoka było marzeniem Hagrida — przed trzema laty nawet jednego miał, choć dość krótko, a był to norweski smok kolczasty, którego nazwał Norbertem. Hagrid po prostu kochał potworne stworzenia — im potworniejsze, tym bardziej.

— Te sklątki przynajmniej są małe — rzekł Ron, kiedy godzinę później wracali do zamku na obiad.

— Teraz są małe — powiedziała Hermiona rozdrażnionym tonem — ale jak Hagrid odkryje, czym się żywią, to podejrzewam, że urosną na sześć stóp.

— No tak, ale co to będzie miało za znaczenie, skoro się okaże, że lecą z morskiej choroby albo z jakiegoś innego świństwa, prawda? — zakpił Ron.

— Dobrze wiesz, że powiedziałam to tylko po to, żeby Malfoy się przymknął. A prawdę mówiąc, uważam, że miał rację. Najlepiej by było zrobić z nich miazgę, zanim zaczną nas wszystkich atakować.

Usiedli przy stole Gryffindoru i nałożyli sobie ziemniaków z jagnięciną. Hermiona zaczęła jeść tak szybko, że Harry i Ron wytrzeszczyli na nią oczy.

— Ee... czy to jakieś nowe stanowisko w sprawie praw domowych skrzatów? — zapytał Ron. — Zamierzasz zwymiotować?

— Nie — odparła Hermiona z taką godnością, na jaką jej pozwalały pełne usta. — Zamierzam po prostu iść do biblioteki.

— Co? — zdumiał się Ron. — Hermiono... przecież to pierwszy dzień szkoły! Jeszcze nic nam nie zadali!

Hermiona wzruszyła ramionami i rzuciła się z powrotem na ziemniaki z mięsem i jarzyny, jakby nie jadła od paru dni. Potem zerwała się na nogi i powiedziała:

— No to zobaczymy się na kolacji!

I wybiegła z sali.

Kiedy zabrzmiał dzwon oznajmiający początek lekcji popołudniowych, Harry i Ron wspięli się na Wieżę Północną, gdzie u szczytu spiralnych schodków srebrna drabina wiodła do okrągłej klapy w suficie — wejścia do pokoju profesor Trelawney.

Gdy tylko wyłonili się z otworu w podłodze, uderzył ich w nozdrza znajomy, słodki zapach perfum. Okna, jak zwykle, były zasłonięte, a okrągły pokój skąpany w czerwonawym świetle wielu lampek, okrytych szalami i chustami. Harry i Ron przeszli między mnóstwem obitych perkalem fotelików i pufów i usiedli przy jednym z okrągłych stolików.

— Dzień dobry — Harry aż podskoczył na dźwięk tajemniczego głosu profesor Trelawney, który rozległ się tuż za jego plecami.

Profesor Trelawney, wyjątkowo chuda i wiotka kobieta w olbrzymich okularach, które niesamowicie powiększały jej oczy, spoglądała na Harry'ego z bezbrzeżnym smutkiem — jak zawsze, kiedy na niego patrzyła. I jak zawsze obwieszona była mnóstwem paciorków, łańcuszków i bransoletek, które migotały w blasku ognia na kominku.

— Czymś się troskasz, mój drogi chłopcze — zajęczała do Harry'ego. — Moje wewnętrzne oko zagląda poprzez twą dzielną twarz do udręczonej duszy. I, niestety, muszę przyznać, że masz się czym niepokoić. Widzę przed tobą same trudności... same przeszkody, i to niemałe... obawiam się, że to, czego tak się boisz, naprawdę się stanie... i być może szybciej, niż myślisz...

Zniżyła głos prawie do szeptu. Ron spojrzał na Harry'ego, wznosząc oczy ku sufitowi, ale Harry zachował zimną krew. Profesor Trelawney przesunęła się obok nich jak zjawa i usiadła przed kominkiem, w dużym fotelu z wysokim oparciem, twarzą do klasy. Lavender Brown i Parvati Patil, które uwielbiały profesor Trelawney, siedziały na pufach tuż przed nią.

— Moi drodzy, nadszedł czas, by zająć się gwiazdami — powiedziała. — Ruchem planet i ujawnianymi przez nie tajemniczymi znakami, które stają się czytelne tylko dla tych, którzy poznali kroki i figury owego niebiańskiego tańca. Losy ludzi można przewidzieć, znając promieniowanie planet, które splata się z...

Myśli Harry'ego powędrowały już gdzie indziej. Wonne zapachy wypływające z kominka zawsze go usypiały i oszałamiały, a zawiłe i pełne dziwacznych ozdobników opowieści pani Trelawney o przepowiadaniu przyszłości nigdy go jakoś nie fascynowały, choć tym razem nie mógł przestać myśleć o tym, co mu przed chwilą powiedziała. *Obawiam się, że to, czego tak się boisz, naprawdę się stanie...*

No nie, Hermiona ma rację, pomyślał ze złością, ta Trelawney jest po prostu starą oszustką. Przecież nie boi się niczego konkretnego... no, chyba tylko tego, że mogli złapać Syriusza... ale skąd profesor Trelawney mogła o tym wiedzieć? Już dawno doszedł do wniosku, że to jej całe przepowiadanie przyszłości polegało na zwykłym zgadywaniu i dziwacznym sposobie bycia.

Z jednym wyjątkiem, rzecz jasna... Kiedy przy końcu ubiegłego semestru przepowiedziała mu, że Voldemort odzyska swą moc... a kiedy Harry opisał Dumbledore'owi trans, w który wówczas wpadła, nawet on przyznał, że mógł być nieudawany...

— Harry! — mruknął Ron.

— Co?

Harry rozejrzał się: wszystkie oczy zwrócone były na niego. Usiadł prosto, bo teraz zrozumiał, że prawie się zdrzemnął, pogrążony w swoich myślach i w tym okropnym gorącu.

— Mówiłam właśnie, mój drogi chłopcze, że najwyraźniej jesteś urodzony pod zgubnym wpływem Saturna — powiedziała profesor Trelawney z ledwo dosłyszalną nutą żalu, wzbudzonego oczywistym faktem, że w ogóle jej nie słuchał.

— Przepraszam, urodzony... pod czym? — zapytał Harry.

— Pod Saturnem, mój drogi, pod planetą, którą nazywamy Saturnem! — powiedziała profesor Trelawney, już wyraźnie poirytowana tym, że nie przejął się tą straszną wiadomością. — Mówiłam, że w momencie twoich narodzin Saturn był na pewno w pozycji górującej... twoje czarne włosy... twoja drobna budowa... tragiczna strata, której doznałeś tak wcześnie... Urodziłeś się w środku zimy, prawda?

— Nie — odrzekł Harry. — Urodziłem się w lipcu.

Ronowi udało się zamaskować wybuch śmiechu nagłym napadem kaszlu.

Pół godziny później każdy otrzymał skomplikowany kolisty wykres, z zadaniem wpisania w nim pozycji planet w momencie swoich narodzin. Była to żmudna praca, wymagająca częstego sięgania do tabel położenia planet i obliczania kątów.

— Wyszły mi dwa Neptuny — powiedział po chwili Harry, marszcząc czoło i patrząc na swój arkusz pergaminu.

— To chyba niemożliwe, co?

— Aaaaach... — odpowiedział Ron, naśladując tajemniczy szept profesor Trelawney. — Kiedy dwa Neptuny pojawiają się na niebie, to pewny znak, że narodził się karzełek w okularach...

Seamus i Dean, pracujący w pobliżu, zachichotali głośno, choć nie dość głośno, by zagłuszyć podniecone piski Lavender Brown:

— Och, pani profesor, niech pani spojrzy! Tu mi wyszła jakaś planeta bez aspektów! Oooch, co to za planeta, pani profesor?

— To Uran, moja droga — powiedziała profesor Trelawney, zaglądając do jej horoskopu — Uran, ważne ciało niebieskie.

— Czy ja też mogę sobie obejrzeć ciało Lavender? — zapytał Ron.

Niestety, profesor Trelawney to usłyszała i być może dlatego pod koniec lekcji zadała im katorżniczą pracę domową.

— Zrobicie szczegółową analizę wpływu ruchów i położenia planet na wasze losy w całym miesiącu, oczywiście z uwzględnieniem waszych indywidualnych horoskopów — oświadczyła tonem bardzo odbiegającym od swoich zwykłych nawiedzonych wypowiedzi, a dziwnie przypominającym reprymendy profesor McGonagall. — Chcę to zobaczyć w przyszły poniedziałek i nie przyjmuję żadnych usprawiedliwień!

— Żałosna stara nietoperzyca — powiedział Ron z goryczą, kiedy wraz z innymi schodzili do Wielkiej Sali na kolację. — To nam zajmie cały weekend, niech skonam...

— Co, już wam dowaliła pracę domową? — zapytała dziarskim tonem Hermiona, doganiając ich. — Profesor Vector w ogóle nic nam nie zadała!

— Wielkie brawa dla profesor Vector — mruknął posępnie Ron.

W sali wejściowej pełno już było uczniów spieszących na kolację. Stanęli na końcu długiej kolejki i natychmiast usłyszeli za sobą donośny głos:

— Weasley! Hej, Weasley!

Odwrócili się, by zobaczyć Malfoya, Crabbe'a i Goyle'a, najwyraźniej czymś rozradowanych.

— Co? — zapytał krótko Ron.

— Piszą o twoim tacie, Weasley! — rzekł Malfoy, wymachując egzemplarzem „Proroka Codziennego". Mówił dostatecznie głośno, by go usłyszeli wszyscy w zatłoczonej sali. — Posłuchaj!

KOLEJNE BŁĘDY
MINISTERSTWA MAGII

Wszystko wskazuje na to, że kłopoty Ministerstwa Magii jeszcze się nie skończyły, pisze nasz specjalny korespondent, Rita Skeeter. Niedawno ministerstwo znalazło się pod ostrzałem opinii publicznej za nieudolną kontrolę nad tłumem po zakończeniu mistrzostw świata w quidditchu, i nadal nie potrafi wyjaśnić tajemniczego zniknięcia jednej z pracujących w ministerstwie cza-

rownic, a oto mamy do czynienia z nową aferą,
tym razem związaną z błazeńskimi wyczynami
Arnolda Weasleya z Urzędu Niewłaściwego
Użycia Produktów Mugoli.

Malfoy przerwał czytanie i spojrzał na Rona.

— Widzisz, Weasley, nawet nie potrafili podać poprawnie jego imienia... to chyba oznacza, że jest kompletnym zerem, nie?

Teraz zrobiło się cicho, bo słuchała go cała sala. Malfoy strzepnął gazetę i czytał dalej:

Arnold Weasley, którego dwa lata temu ukarano
za posiadanie latającego samochodu, wdał się
wczoraj w bijatykę z kilkoma mugolskimi stróżami
prawa („policjantami"). Poszło o kilka bardzo
agresywnych pojemników na śmieci. Wszystko
wskazuje na to, że pan Weasley chciał pomóc „Sza-
lonookiemu" Moody'emu, wiekowemu eks-aurorowi,
którego ministerstwo odesłało na emeryturę, kiedy
nie był już w stanie odróżnić zwykłego uścisku dłoni
od usiłowania morderstwa. Trudno się dziwić, iż
po przybyciu do pilnie strzeżonego domu Moody'ego
pan Weasley stwierdził, że pan Moody znowu
wszczął fałszywy alarm. Pan Weasley był zmuszo-
ny zmodyfikować pamięć kilku policjantów, zanim
im uciekł, ale odmówił odpowiedzi na pytanie
„Proroka Codziennego", dlaczego wplątał minis-
terstwo w tak kłopotliwą sytuację.

— Jest i zdjęcie, Weasley! — dodał Malfoy, podnosząc wysoko gazetę. — Zdjęcie twoich rodziców przed ich domem... jeśli to można nazwać domem! Twoja matka mogłaby zrzucić parę kilo, nie uważasz?

Ron dygotał z wściekłości. Wszyscy na niego patrzyli.

— Wypchaj się, Malfoy — powiedział Harry. — Daj spokój, Ron...

— Ach tak, przecież ty, Potter, mieszkałeś u nich w lecie, prawda? — zadrwił Malfoy. — To może mi powiesz, czy jego matka naprawdę jest taka gruba, czy tylko tak wyszła na tym zdjęciu?

Harry i Hermiona złapali Rona za szatę na plecach, żeby go powstrzymać od rzucenia się na Malfoya.

— Znasz *swoją* matkę, Malfoy, prawda? — powiedział Harry. — Ma minę, jakby jej ktoś podsunął łajno pod nos... Czy ona zawsze ma taki wyraz twarzy, czy może tylko wtedy, kiedy ty jesteś w pobliżu?

Blada twarz Malfoya lekko poróżowiała.

— Nie waż się obrażać mojej matki, Potter.

— To nie otwieraj tej swojej parszywej gęby — odrzekł Harry, odwracając się.

BANG!

Kilka osób wrzasnęło — Harry poczuł, że coś bardzo gorącego muska jego policzek — sięgnął za pazuchę po różdżkę, ale zanim jej dotknął, usłyszał drugie BANG i ryk, który odbił się echem po sali wejściowej:

— O NIE! CO TO, TO NIE, CHŁOPCZE!

Harry odwrócił się na pięcie. Profesor Moody schodził, kuśtykając, po marmurowych schodach. Trzymał w ręku różdżkę, a jej koniec wycelowany był w białą fretkę, kulącą się na kamiennej posadzce dokładnie w tym miejscu, w którym przed chwilą stał Malfoy.

W sali wejściowej zaległa cisza. Wszyscy zamarli z przerażenia. Moody odwrócił się, by spojrzeć na Harry'ego —

a w każdym razie łypnął na niego swym normalnym okiem, bo drugie skierowane było do wnętrza czaszki albo gdzieś do tyłu.

— Trafił cię? — zagrzmiał Moody grobowym głosem.

— Nie — odrzekł Harry. — Chybił.

— ZOSTAW TO! — krzyknął Moody.

— Co mam zostawić? — zdziwił się Harry, kompletnie oszołomiony.

— Nie ty... on! — Moody wskazał kciukiem na Crabbe'a, który już się pochylił, by podnieść fretkę, ale teraz zamarł w bezruchu.

Wyglądało na to, że „szalone" oko ma magiczną moc i Moody widzi nim to, co jest za nim.

Moody pokuśtykał w stronę Crabbe'a, Goyle'a i fretki, która zapiszczała przeraźliwie i rzuciła się do ucieczki, zmykając ku wejściu do lochów.

— Ani mi się waż! — ryknął Moody, ponownie celując różdżką we fretkę, która wyleciała w powietrze na jakieś dziesięć stóp, upadła z trzaskiem na posadzkę i znowu podskoczyła.

— Nie lubię takich, którzy atakują, kiedy przeciwnik jest do nich odwrócony plecami — warknął Moody, podczas gdy fretka podskakiwała coraz wyżej i wyżej, piszcząc z bólu.

— Tak robią tylko śmierdzące tchórze i szumowiny...

Fretka wystrzeliła w powietrze, machając bezradnie łapkami.

— Nigdy... więcej... tego... nie... rób! — zawołał Moody, wypowiadając każde słowo w momencie, gdy fretka spadała na posadzkę i natychmiast ulatywała ponownie w górę.

— Profesorze Moody! — rozległ się przerażony głos.

Profesor McGonagall schodziła po marmurowych schodach, dźwigając w ramionach stos książek.

— Witam, profesor McGonagall! — odpowiedział spokojnie Moody, wysyłając łasiczkę jeszcze wyżej w powietrze.

— Co pan wyprawia! — krzyknęła profesor McGonagall, śledząc wzrokiem lot fretki.

— Uczę — odrzekł Moody.

— Moody, *czy to jest uczeń?!* — wrzasnęła profesor McGonagall, a książki wysypały się jej z rąk.

— Zgadza się — rzekł Moody.

— Nie! — krzyknęła profesor McGonagall, zbiegając po schodach i wyciągając swoją różdżkę.

W chwilę później trzasnęło i pojawił się ponownie Draco Malfoy, rozciągnięty jak długi na podłodze. Jego lśniące, prawie białe włosy rozsypały się wokół mocno już zaróżowionej twarzy. Wstał, mrugając i przecierając oczy.

— Moody, my tutaj nigdy nie używamy transmutacji jako kary! — powiedziała profesor McGonagall słabym głosem. — Profesor Dumbledore panu nie mówił?

— Może i o tym wspomniał — rzekł Moody, drapiąc się po brodzie — ale pomyślałem sobie, że taki mocny wstrząs...

— My tu dajemy szlaban! Albo rozmawiamy z opiekunem domu!

— A więc zrobię to — powiedział Moody, wpatrując się w Malfoya z odrazą.

Malfoy, w którego bladych oczach wciąż szkliły się łzy bólu i poniżenia, łypał na Moody'ego spode łba i zamruczał coś pod nosem; dało się z tego zrozumieć tylko powtarzane kilka razy słowo „ojciec".

— Tak? — powiedział cicho Moody, robiąc kilka kroków do przodu, a głuchy stukot jego drewnianej nogi odbił się echem po sali. — Cóż, chłopcze, od dawna znam twego ojca... Możesz mu powiedzieć, że Moody ma oko na jego syna... Tak, powiedz mu to ode mnie... A opiekunem twojego domu jest Snape, prawda?

— Tak — odpowiedział Malfoy obrażonym tonem.

— Jeszcze jeden stary znajomy... Od dawna chciałem sobie uciąć pogawędkę ze starym Snape'em... No, idziemy, chłopcze...

Złapał Malfoya za ramię i poprowadził w kierunku lochów.

Profesor McGonagall popatrzyła za nimi z wyraźnym niepokojem, a potem machnęła różdżką na rozsypane książki, które natychmiast wzbiły się w powietrze i wylądowały grzecznie w jej ramionach.

— Nie odzywajcie się do mnie — powiedział cicho Ron do Harry'ego i Hermiony, kiedy kilka minut później usiedli przy stole Gryffindoru. Wokoło aż szumiało od podnieconych rozmów na temat tego, co się wydarzyło.

— Dlaczego? — zapytała zaskoczona Hermiona.

— Bo chcę utrwalić to sobie w pamięci na zawsze — odpowiedział Ron. Oczy miał zamknięte, a na twarzy wyraz uniesienia. — Draco Malfoy, zdumiewająco skoczna tchórzofretka...

Harry i Hermiona parsknęli śmiechem, a Hermiona sięgnęła po zapiekankę z wołowiny, by rozdzielić ją na trzy talerze.

— Mógł mu jednak zrobić krzywdę — powiedziała. — Naprawdę, dobrze, że profesor McGonagall to przerwała...

— Hermiono! — powiedział z wyrzutem Ron, otwierając szeroko oczy. — Psujesz najwspanialszą chwilę w moim życiu!

Hermiona prychnęła niecierpliwie i rzuciła się na wołowinę tak łapczywie, że ich zamurowało.

— Nie mów, że znowu idziesz do biblioteki — powiedział Harry, zdumiony szybkością, z jaką pochłaniała jedzenie.

— Muszę. Mam kupę roboty.

— Ale przecież powiedziałaś nam, że profesor Vector...

— To nie jest praca domowa.

Po pięciu minutach talerz Hermiony był pusty, a ona sama wybiegła z sali.

Zaledwie zniknęła, jej miejsce zajął Fred Weasley.

— Moody! — zawołał. — Równy gość, nie?

— Ekstra facet — powiedział George, siadając naprzeciw Freda.

— Super — przyznał ich najlepszy przyjaciel, Lee Jordan, opadając na krzesło obok George'a. — Mieliśmy z nim lekcję po południu.

— Jak było? — zapytał z ciekawością Harry.

Fred, George i Lee wymienili znaczące spojrzenia.

— Takiej lekcji jeszcze nie miałem — stwierdził Fred.

— Człowieku, on po prostu wie — rzekł Lee.

— Co wie? — zapytał Ron, wychylając się do przodu.

— Wie, jak to jest, kiedy to się robi — powiedział George.

— Co robi? — zapytał Harry.

— Walczy z czarną magią — odrzekł Fred.

— Widział już wszystko — dodał George.

— Niesamowite — powiedział Lee.

Ron sięgnął do torby po swój plan zajęć.

— Mamy go dopiero w czwartek! — stwierdził z żalem.

ROZDZIAŁ CZTERNASTY

Zaklęcia Niewybaczalne

W ciągu następnych dwóch dni nie wydarzyło się nic szczególnego, jeśli nie liczyć tego, że na eliksirach Neville rozpuścił swój szósty kociołek. Profesor Snape sprawiał wrażenie, jakby podczas wakacji zaliczył kolejny poziom mściwości; dał Neville'owi szlaban, każąc mu wypatroszyć beczułkę rogatych ropuch. Po wykonaniu tego karnego zadania Neville wrócił w stanie załamania nerwowego.

— Chyba wiesz, dlaczego Snape jest w tak parszywym nastroju, co? — zapytał Ron Harry'ego, obserwując, jak Hermiona uczy Neville'a zaklęcia czyszczącego, żeby sobie usunął żabie flaki spod paznokci.

— Jasne — odrzekł Harry. — Moody.

Wszyscy wiedzieli, że Snape od dawna marzy o nauczaniu obrony przed czarną magią, a teraz nie udało mu się zdobyć tego stanowiska po raz czwarty z rzędu. Snape nie znosił wszystkich poprzednich nauczycieli tego przedmiotu i nie wahał się tego okazywać, ale jakoś nie kwapił się z okazywaniem otwartej wrogości wobec Szalonookiego Moody'ego. Za każdym razem, kiedy Harry widział ich razem — podczas posiłków albo mijających się na korytarzu — miał nieodparte wrażenie, że Snape unika oka Moody'ego, i to zarówno tego magicznego, jak i normalnego.

— Sądzę, że Snape trochę się go boi — powiedział Harry.

— Wyobraź sobie... jakby tak Moody zamienił Snape'a w rogatą ropuchę — rzekł Ron, a jego oczy zamgliły się marzycielsko — i miotał nią po lochach...

Czwartoklasiści z Gryffindoru tak bardzo byli ciekawi pierwszej lekcji z Moodym, że w czwartek po drugim śniadaniu zjawili się pod jego klasą i ustawili się w kolejce, jeszcze zanim zabrzmiał dzwonek.

Brakowało tylko Hermiony, która pojawiła się tuż przed lekcją.

— Byłam w...

— ...bibliotece — dokończył za nią Harry. — Wchodź, szybko, bo pozajmują wszystkie dobre miejsca.

Zdążyli usiąść w trzech ławkach naprzeciw biurka nauczyciela, wyjęli swoje egzemplarze podręcznika *Ciemne moce — poradnik samoobrony* i czekali w niezwykłej ciszy. Wkrótce usłyszeli charakterystyczny stukot na korytarzu i Moody wszedł do klasy, a wyglądał tak dziwacznie i przerażająco jak zawsze. Spod rąbka szaty wystawała mu drewniana, zakończona szponami noga.

— Możecie odłożyć książki — zagrzmiał, podchodząc do swojego biurka i siadając. — Nie będą nam potrzebne.

Pochowali podręczniki do toreb. Ron aż dygotał z podniecenia.

Moody wyjął dziennik, strząsnął grzywę szarych włosów z pokiereszowanej twarzy i przystąpił do wyczytywania nazwisk. Jego normalne oko śledziło listę, a magiczne biegało po klasie, zatrzymując się na wyczytanym uczniu lub uczennicy.

— Wspaniale — oznajmił, kiedy ostatnia osoba potwierdziła swą obecność. — Dostałem list od profesora Lupina, opisujący waszą klasę. Z listu wynika, że opanowaliście już sztukę poskramiania czarnoksięskich stworzeń... przerobiliście boginy, czerwone kapturki, zwodniki, druzgotki, kappy i wilkołaki. Zgadza się?

Klasa potwierdziła to zgodnym chóralnym pomrukiem.

— Ale jesteście w tyle... i to bardzo w tyle... jeśli chodzi o złowrogie zaklęcia — rzekł Moody. — A ja jestem tu po to, żeby wam przekazać choć odrobinę wiedzy o tym, co jeden czarodziej może zrobić drugiemu. Mam rok, żeby was nauczyć, jak się zachować w obliczu czarnej...

— Co, to pan profesor nie zostanie dłużej? — wypalił Ron.

Magiczne oko Moody'ego obróciło się błyskawicznie, by spojrzeć na Rona. Ron zrobił przerażoną minę, ale po chwili Moody się uśmiechnął — chyba po raz pierwszy od chwili, gdy Harry go zobaczył. Uśmiech spowodował, że jego poszatkowana twarz jeszcze bardziej się powykrzywiała, ale i tak wszyscy poczuli ulgę, widząc, że w ogóle potrafi się uśmiechać. Ron odetchnął głęboko.

— Ty pewno jesteś synem Artura Weasleya, tak? — zapytał Moody. — Twój ojciec wyciągnął mnie z nie lada tarapatów parę dni temu... Tak, będę tutaj tylko przez jeden rok. Zrobiłem to wyłącznie dla Dumbledore'a... Jeden rok i wracam na spokojną emeryturę.

Zaśmiał się ochryple, po czym klasnął w swe węźlaste dłonie.

— No więc nie traćmy czasu. Złowrogie zaklęcia. Mają różną moc i postać. Rzecz w tym, że Ministerstwo Magii oczekuje ode mnie, że nauczę was tylko przeciwzaklęć. Nie mam wam pokazywać, jak wyglądają nielegalne zaklęcia czarnoksięskie, te poznajecie dopiero w szóstej klasie. Uważają, że jesteście jeszcze na to za młodzi. Na szczęście profesor Dumbledore ma lepszą opinię o stanie waszych nerwów, uważa, że wytrzymacie, a według mnie, im wcześniej poznacie, z czym przyjdzie wam walczyć, tym lepiej. Bo niby jak macie się bronić przed czymś, czego nigdy nie widzieliście? Czarodziej, który zamierza rzucić na was nielegalne przekleństwo, na pewno nie poinformuje was, co zamierza zrobić. Nie powie wam tego w twarz. Musicie być przygotowani. Musicie być czujni i ostrożni. Musi to panienka odłożyć, kiedy ja mówię, panno Brown.

Lavender podskoczyła i oblała się rumieńcem. Pokazywała Parvati pod stolikiem swój kompletny horoskop. Najwyraźniej magiczne oko Moody'ego widziało przez drewno, podobnie jak przez jego własną głowę.

— No więc... czy któreś z was wie, jakie czarnoksięskie zaklęcia są najsrożej karane przez nasze prawo?

Podniosło się kilka rąk, w tym Rona i Hermiony. Moody wskazał na Rona, choć jego magiczne oko wciąż przyglądało się Lavender.

— Ee... — zaczął Ron — mój tata mówił mi o jednym... chyba się nazywa Imperius, czy jakoś tak...

— Ano tak... — zgodził się Moody. — Kto jak kto, ale twój ojciec na pewno je zna. Kiedyś sprawiło ministerstwu mnóstwo kłopotów. Tak, zaklęcie Imperius.

Dźwignął się na nogi, otworzył szafkę w biurku i wyjął szklany słój. W środku biegały szybko trzy wielkie czarne pająki. Harry poczuł, jak siedzący obok niego Ron wzdryga się lekko — nienawidził pająków.

Moody włożył rękę do słoja, złapał jednego pająka i pokazał całej klasie, po czym wycelował w niego różdżkę i mruknął:

— *Imperio!*

Pająk zsunął się z jego dłoni na jedwabistej nici i zaczął się na niej huśtać jak na trapezie. Wyciągnął sztywno nóżki, błyskawicznie je podciągnął, przerywając nić, i wylądował na biurku, po którym zaczął zataczać koła. Różdżka Moody'ego lekko drgnęła, pająk stanął na dwóch nóżkach i zaczął stepować.

Wszyscy się roześmiali — wszyscy prócz Moody'ego.

— Uważacie, że to śmieszne? — zagrzmiał. — A byłoby śmieszne, gdyby ktoś zrobił to wam?

Śmiech zamarł natychmiast.

— Mam nad nim całkowitą kontrolę — powiedział cicho Moody, kiedy pająk zwinął się w kłębek i zaczął się toczyć jak piłeczka. — Mogę sprawić, że wyskoczy przez okno, utopi się, wpadnie któremuś z was do gardła...

Ron wzdrygnął się mimowolnie.

— Przed laty mnóstwo czarownic i czarodziejów znalazło się pod władzą tego zaklęcia — rzekł Moody, a Harry zrozumiał, że mówi o czasach, gdy Voldemort był w pełni swoich czarnoksięskich mocy. — Ministerstwo miało sporo kłopotów z rozróżnieniem, kto działał zmuszony zaklęciem, a kto działał z własnej woli. Zaklęcie Imperius można jednak zwalczyć, i ja was tego nauczę, ale wymaga to siły woli i nie każdemu się udaje. Najlepiej unikać trafienia, jeśli tylko można. STAŁA CZUJNOŚĆ! — zagrzmiał, aż wszyscy podskoczyli.

Chwycił wywijającego koziołki pająka i włożył go z powrotem do słoja.

— Czy ktoś zna jakieś inne? Inne nielegalne zaklęcie?

Hermiona natychmiast podniosła rękę, i to samo, ku zaskoczeniu Harry'ego, zrobił Neville. Jedyną lekcją, podczas której Neville zwykle zgłaszał się do odpowiedzi, było zielarstwo, najbardziej lubiany przez niego przedmiot. Neville sprawiał wrażenie, jakby sam był zaskoczony swoją śmiałością.

— Tak? — powiedział Moody, a jego magiczne oko obróciło się w kierunku Neville'a.

— Jest takie... zaklęcie Cruciatus — powiedział Neville cichym, ale wyraźnym głosem.

Moody wpatrywał się pilnie w Neville'a, tym razem obojgiem oczu.

— Nazywasz się Longbottom, tak? — zapytał, a jego magiczne oko zerknęło błyskawicznie na listę.

Neville pokiwał nerwowo głową, ale Moody nie zadał mu już więcej pytań. Odwrócił się od klasy, sięgnął do słoja po kolejnego pająka i umieścił go na biurku, gdzie stworzonko zamarło, najwyraźniej zbyt przerażone, by się poruszyć.

— Zaklęcie Cruciatus — rzekł Moody. — Ten pajączek musi być trochę większy, żebyście zobaczyli, jak to działa. — Wycelował różdżką w pająka i powiedział: — *Engorgio!*

Pająk wzdął się błyskawicznie. Był teraz większy od tarantuli. Ron przestał dbać o pozory i odsunął swoje krzesło jak najdalej biurka Moody'ego.

Moody ponownie uniósł różdżkę, wycelował w pająka i mruknął:

— *Crucio!*

Pająk natychmiast skrzyżował nóżki — a właściwie już nogi — na brzuchu, przetoczył się na grzbiet i zaczął dygotać, miotając się z boku na bok. Nie wydawał, rzecz jasna, żadnych odgłosów, ale Harry był pewny, że gdyby miał głos, to piszczałby z bólu. Moody wciąż celował w niego różdżką, i po chwili pająk zaczął dygotać i miotać się jeszcze gwałtowniej...

— Niech pan przestanie! — krzyknęła Hermiona.

Harry obejrzał się na nią. Patrzyła nie na pająka, tylko na Neville'a, a kiedy i Harry spojrzał na niego, zobaczył, że ten zaciska ręce, złożone na ławce przed sobą, aż zbielały mu knykcie, a oczy ma rozszerzone z przerażenia.

Moody wzniósł różdżkę. Nogi pająka opadły, ale wciąż drżał.

— *Reducio!* — mruknął Moody, a pająk skurczył się do swoich normalnych rozmiarów. Wsadził go do słoja.

— Ból — rzekł cicho Moody. — Nie musicie używać imadeł lub noży, by zadać komuś ból, jeśli potraficie rzucić zaklęcie Cruciatus... Tak, kiedyś i ono było bardzo popularne.

— Dobrze... czy ktoś zna jeszcze jakieś inne?

Harry rozejrzał się wokoło. Miny wszystkich świadczyły o tym, że każdy zastanawia się, co stanie się z ostatnim pająkiem. Ręka Hermiony drżała lekko, gdy po raz trzeci uniosła ją do góry.

— Tak? — zachęcił ją Moody.

— Avada kedavra — wyszeptała Hermiona.

Kilka osób, w tym Ron, spojrzało na nią ze strachem.

— Ach... — westchnął Moody, a jego koślawe usta wykrzywił lekki uśmiech. — Tak, ostatnie i najgorsze. Avada kedavra... zaklęcie uśmiercające.

Wsadził rękę do słoja, a trzeci pająk, jakby przeczuwając, co go czeka, zaczął biegać jak szalony po dnie, chcąc uciec od palców Moody'ego, ale ten złapał go szybko i położył na biurku. Pająk natychmiast pomknął ku krawędzi blatu.

Moody podniósł różdżkę, a Harry'ego przeszył dreszcz złego przeczucia.

— *Avada kedavra!* — ryknął Moody.

Błysnęło oślepiające zielone światło, świsnęło, jakby coś niewidzialnego przemknęło przez powietrze — i nagle pająk przetoczył się na grzbiet i znieruchomiał. Nie zmienił się, prócz tego, że z całą pewnością był już martwy. Kilka dziewcząt wydało z siebie stłumione okrzyki. Ron rzucił się do tyłu i o mały włos nie spadł z krzesła, gdy pająk potoczył się w jego stronę.

Moody strzepnął martwego pająka na podłogę.

— Niezbyt miłe — powiedział spokojnie. — Niezbyt przyjemne. I nie ma na to żadnego przeciwzaklęcia. Nie ma żadnej blokady. Znam tylko jedną osobę, która to przeżyła. Siedzi tuż przede mną.

Harry poczuł, że robi się czerwony, kiedy oczy Moody'ego (magiczne i normalne) zajrzały w jego oczy. Czuł, że wszyscy na niego patrzą. Wbił wzrok w pustą tablicę, jakby coś go w niej zafascynowało, ale w rzeczywistości w ogóle jej nie widział...

A więc w ten sposób zginęli jego rodzice... tak jak ten pająk. Czy i na nich to złowrogie, śmiertelne zaklęcie nie pozostawiło żadnego śladu? Czy po prostu zobaczyli zielony błysk i usłyszeli świst godzącej w nich śmierci, zanim życie uleciało z ich ciał?

W ciągu ostatnich trzech lat Harry nieraz wyobrażał sobie śmierć swoich rodziców, a robił to od chwili, w której dowiedział się, że zostali zamordowani, od kiedy dowiedział się, co się wydarzyło tamtej nocy, gdy Glizdogon zdradził Voldemortowi miejsce ich pobytu, a ten przybył do ich domku. Jak najpierw zabił ojca Harry'ego. Jak James Potter próbował go powstrzymać, wołając do swej żony, by uciekała z dzieckiem... Jak Voldemort zbliżał się do Lily Potter, każąc jej odsunąć się, bo chce zabić Harry'ego... jak błagała go, żeby oszczędził dziecko, a zabił ją... jak osłaniała go własnym ciałem, więc Voldemort zabił i ją, zanim wycelował różdżkę w Harry'ego...

Harry znał te szczegóły, ponieważ słyszał głosy swoich rodziców, kiedy w ubiegłym roku walczył z dementorami — bo dementorzy taką mieli moc: zmuszali swoją ofiarę do przypomnienia sobie najgorszych chwil w życiu, by pogrążyła się bezwolnie we własnej rozpaczy...

Usłyszał znowu głos Moody'ego, ale jakby z oddali. Całym wysiłkiem woli wyzwolił się z tych wspomnień i powoli dotarły do niego słowa:

— ...Avada kedavra jest zaklęciem, które wymaga potężnej mocy magicznej... Moglibyście wszyscy wycelować we mnie różdżki i wypowiedzieć te słowa, a wątpię, czy dostałbym choćby krwotoku z nosa. Ale dajmy temu spokój. Nie jestem tutaj, żeby was nauczyć, jak rzucać to zaklęcie. No dobrze, ale skoro nie ma na nie przeciwzaklęcia, to po co wam pokazałem, jak ono działa? *Ponieważ musicie wiedzieć.* Musicie być przygotowani na najgorsze. Nie chcecie znaleźć się w takiej sytuacji, prawda? STAŁA CZUJNOŚĆ! — ryknął, i znów cała klasa podskoczyła.

— A więc... te trzy zaklęcia... Avada kedavra, Imperius i Cruciatus... nazywane są Zaklęciami Niewybaczalnymi. Użycie któregoś z nich wobec drugiego człowieka karane jest dożywotnim więzieniem w Azkabanie. Oto przed czym stoicie. Oto przed czym nauczę was się bronić. Musicie być przygotowani. Musicie być uzbrojeni. A przede wszystkim musicie nauczyć się *stałej, nieustającej czujności.* Wyjmijcie pióra... i zapiszcie to...

Resztę lekcji spędzili na sporządzaniu notatek dotyczących każdego z Zaklęć Niewybaczalnych. Nikt się nie odzywał aż do dzwonka, ale kiedy Moody oznajmił, że już koniec lekcji i opuścili klasę, wybuchły podniecone głosy.

Większość była wyraźnie pod wrażeniem trzech strasznych zaklęć.

— ...widzieliście te drgawki?

— ...a kiedy go uśmiercił...

— ...no ...tak po prostu...

Harry odniósł wrażenie, że rozmawiają o tej lekcji jak o jakimś intrygującym widowisku, podczas gdy on sam nie dostrzegał w niej niczego pasjonującego — podobnie jak Hermiona.

— Pospieszcie się — powiedziała do Harry'ego i Rona.

— Co, nie idziesz do swojej piekielnej biblioteki? — zdziwił się Ron.

— Nie — odpowiedziała Hermiona, wskazując na boczny korytarz. — Neville.

Neville stał samotnie w połowie korytarza, wpatrując się w kamienną ścianę z tą samą przerażoną miną, którą miał, kiedy Moody demonstrował im zaklęcie Cruciatus.

— Neville — powiedziała łagodnie Hermiona.

Neville odwrócił się od ściany.

— Och, cześć — powiedział o wiele bardziej piskliwym głosem niż zwykle. — To była ciekawa lekcja, prawda? Wiecie, co jest dzisiaj na kolację? Umieram z głodu, a wy?

— Neville, nic ci nie jest? — zapytała Hermiona.

— Ależ skąd, czuję się znakomicie — paplał Neville, wciąż tym samym, nienaturalnie piskliwym głosem. — Bardzo ciekawa kolacja... to znaczy lekcja... Co dzisiaj mamy?

Ron spojrzał wymownie na Harry'ego.

— Neville, co...

Ale w tym momencie usłyszeli za sobą dziwaczny stukot, a gdy się odwrócili, zobaczyli kuśtykającego ku nim profesora Moody'ego. Wszyscy czworo zamilkli, wpatrując się w niego ze strachem, ale kiedy przemówił, zrobił to o wiele ciszej i łagodniej niż zwykle.

— Już po wszystkim, synku — zwrócił się do Neville'a. — Może byś wpadł do mojego gabinetu? No chodź, wypijemy po kubku herbaty...

Perspektywa picia herbaty z Moodym wyraźnie jeszcze bardziej przeraziła Neville'a. Ani się nie poruszył, ani nie odpowiedział.

Magiczne oko Moody'ego spoczęło na Harrym.

— A z tobą wszystko w porządku, Potter?

— Tak — odrzekł Harry prawie wyzywającym tonem.

Błękitne oko Moody'ego zadrgało lekko w oczodole, wciąż utkwione w Harrym.

— Musicie wiedzieć — powiedział. — Wiem, to może wydawać się brutalne, *ale musieliście się dowiedzieć.* Nie ma sensu udawać... No chodź, Longbottom, mam kilka książek, które mogą cię zainteresować.

Neville spojrzał błagalnie na Harry'ego, Rona i Hermionę, ale oni milczeli, więc nie miał wyboru. Sękata dłoń Moody'ego spoczęła na jego ramieniu i obaj odeszli.

— O czym on właściwie mówił? — zapytał Ron, patrząc, jak Moody i Neville znikają za rogiem korytarza.

— Nie wiem — odpowiedziała zamyślona Hermiona.

— Ale lekcja była super, nie? — odezwał się Ron do Harry'ego, gdy ruszyli w kierunku Wielkiej Sali. — Fred i George mieli rację, prawda? Ten Moody naprawdę zna się na swojej robocie, nie? Jak zrobił Avada kedavra, to ten pająk po prostu wykorkował...

Nagle zamilkł na widok twarzy Harry'ego i nie odezwał się już aż do Wielkiej Sali, gdzie ni stąd, ni zowąd zaproponował, by po kolacji zabrali się za horoskopy dla pani Trelawney, bo zajmie im to sporo czasu.

Hermiona nie włączała się do ich rozmowy podczas kolacji. Zjadła błyskawicznie i znowu poleciała do biblioteki. Harry i Ron wrócili do wieży Gryffindoru, a po drodze Harry, który o niczym innym nie myślał przez całą kolację, poruszył temat Zaklęć Niewybaczalnych.

— Myślisz, że Moody i Dumbledore mogliby mieć kłopoty z ministerstwem, gdyby tamci się dowiedzieli, że widzieliśmy działanie tych zaklęć? — zapytał, kiedy podeszli do Grubej Damy.

— Chyba tak — odrzekł Ron. — Chociaż Dumbledore zawsze robi wszystko po swojemu. A Moody na pewno ma kłopoty od lat. Najpierw atakuje, a potem zadaje pytania. Te jego pojemniki na śmieci... Banialuki.

Gruba Dama odsłoniła dziurę w ścianie. Przeleźli przez nią do pokoju wspólnego Gryffindoru, w którym było tłoczno i hałaśliwie.

— To co, zabieramy się za te horoskopy? — zapytał Harry.

— Musimy — jęknął Ron.

Poszli na górę do dormitorium po książki i wykresy i zastali tam samotnego Neville'a, siedzącego na łóżku i pogrążonego w lekturze. Wyglądał o wiele spokojniej niż pod koniec lekcji z Moodym, ale jeszcze nie całkiem normalnie. Oczy miał zaczerwienione.

— W porządku, Neville? — zapytał Harry.

— O, tak. Czuję się znakomicie, dzięki. Czytam sobie książkę, którą mi pożyczył profesor Moody...

Pokazał mu okładkę: *Śródziemnomorskie magiczne rośliny wodne i ich właściwości.*

— Pani Sprout powiedziała profesorowi Moody'emu, że jestem naprawdę dobry z zielarstwa. — W jego głosie zabrzmiała rzadko przez niego okazywana duma. — Uznał, że mnie to zainteresuje.

Harry pomyślał, że powtórzenie Neville'owi, co o nim mówiła pani Sprout, było bardzo sprytną taktyką podniesienia go na duchu, bo Neville rzadko słyszał, że jest w czymś dobry. Tak by się zachował profesor Lupin.

Harry i Ron zabrali swoje egzemplarze *Demaskowania przyszłości* i zeszli z powrotem do pokoju wspólnego, gdzie usiadłszy przy wolnym stoliku, zabrali się za demaskowanie swojej przyszłości w nadchodzącym miesiącu. Godzinę później niewiele się posunęli naprzód, choć blat zawalony był kawałkami pergaminu z kolumnami liczb i symbolami, a Harry był tak otumaniony, jakby jego mózg wypełnił się wonnymi oparami z kominka pani Trelawney.

— Nie mam zielonego pojęcia, co to wszystko oznacza — rzekł, patrząc na długie kolumny obliczeń.

— Wiesz co? — powiedział Ron, którego włosy sterczały we wszystkie strony, bo przez cały czas w rozpaczy wichrzył je sobie palcami. — Chyba trzeba wrócić do starych, wypróbowanych metod przepowiadania przyszłości.

— Co... zmyślić?

— No jasne — odpowiedział Ron, zgarniając stosy notatek ze stołu i zanurzając pióro w kałamarzu.

— W następny poniedziałek — mówił, pisząc — prawdopodobnie nabawię się kaszlu, na co wskazuje niesprzyjająca koniunkcja Marsa i Jowisza. — Zerknął na Harry'ego. — Przecież ją znasz... trzeba tylko powypisywać mnóstwo złych przepowiedni, a ona to kupi.

— Słusznie — zgodził się Harry, zbierając wyniki swojej dotychczasowej pracy i wrzucając je ponad głowami grupy rozgadanych pierwszoroczniaków do kominka. — Dobra... w poniedziałek będzie mi groziło... ee... poparzenie.

— Oczywiście — powiedział ponuro Ron — bo w poniedziałek znowu zobaczymy sklątki. No dobra, we wtorek...

— Utracisz coś cennego — wtrącił Harry, który przeglądał *Demaskowanie przyszłości* w poszukiwaniu pomysłów.

— Dobre — ucieszył się Ron, notując to. — Z powodu... ee... Merkurego. A może tobie zada cios w plecy ktoś, kogo uważałeś za przyjaciela?

— Ekstra... — Harry szybko to zapisał. — Ponieważ... tak, Wenus jest w dwunastym polu.

— A w środę przegram w jakiejś bójce.

— No nie, właśnie zamierzałem uczestniczyć w bójce! No dobra, to ja przegram zakład.

— Tak, bo założysz się, że wygram...

Przez następną godzinę wypisywali kolejne, coraz tragiczniejsze przepowiednie, podczas gdy pokój wspólny powoli pustoszał, bo Gryfoni rozchodzili się do sypialni. Pojawił się Krzywołap, który wskoczył na puste krzesło i wpatrywał się zagadkowo w Harry'ego — zupełnie tak, jak przyglądałaby im się Hermiona, gdyby wiedziała, w jaki sposób odrabiają zadanie domowe.

Rozglądając się po prawie pustym pokoju i starając się wymyślić jakieś nowe nieszczęście, Harry zobaczył Freda i George'a, siedzących ramię w ramię. Skrobali coś zawzięcie na kawałku pergaminu. Było to niezwykłe zjawisko, bo zwykle widywało się ich w wirze jakichś wydarzeń, w których byli hałaśliwym ośrodkiem powszechnej uwagi. Kiedy tak siedzieli cicho w kącie, pisząc coś na kawałku pergaminu, otaczała ich atmosfera jakiejś tajemnicy albo spisku, i Harry przypomniał sobie, że już raz widział ich w takiej sytuacji. Tak, to było w Norze. Wtedy podejrzewał, że wypisują nową listę Magicznych Dowcipów Weasleyów, ale teraz na to nie wyglądało, bo nie towarzyszył im Lee Jordan, z którym zwykle robili takie rzeczy. A może obmy-

ślają, jak dostać się na listę kandydatów do Turnieju Trójmagicznego?

W pewnej chwili George potrząsnął głową, skreślił coś
i powiedział bardzo cicho (choć nie dość cicho, by jego słowa
nie dobiegły do Harry'ego przez prawie pusty pokój):

— Nie... to wygląda, jakbyśmy go oskarżali. Musimy
być ostrożni...

George podniósł głowę i spotkał wzrok Harry'ego. Harry wyszczerzył do niego zęby i szybko wrócił do swoich
przepowiedni — nie chciał, by George pomyślał, że ich
podsłuchuje. Wkrótce bliźniacy zwinęli swój pergamin,
powiedzieli im dobranoc i poszli na górę do sypialni.

Minęło z dziesięć minut, kiedy dziura pod portretem
otworzyła się i wylazła z niej Hermiona, niosąc plik pergaminów i jakieś pudło, którego zawartość dziwnie grze-
chotała. Krzywołap wygiął grzbiet w łuk, przeciągnął się
i zaczął mruczeć.

— Cześć — powiedziała. — Skończyłam!

— Ja też! — oznajmił triumfalnie Ron, odrzucając pióro.

Hermiona usiadła, złożyła pergaminy i pudło na pustym
krześle, po czym przysunęła do siebie przepowiednie Rona.

— Czeka cię dość ciężki miesiąc, co? — powiedziała
ironicznym tonem. Krzywołap wskoczył jej na kolana.

— Tak, ale przynajmniej zostałem ostrzeżony — odpowiedział Ron, ziewając.

— Będziesz się topił dwukrotnie? — zdziwiła się Hermiona.

— Och... tak? — Ron zajrzał do swoich przepowiedni. — To chyba zamienię jedno topienie się na stratowa-
nie przez rozszalałego hipogryfa.

— Nie sądzisz, że każdy od razu się połapie, że to
wszystko wymyśliłeś?

— Jak śmiesz! — zawołał Ron z udawaną złością. — Harowaliśmy nad tym jak domowe skrzaty!

Hermiona uniosła brwi.

— To tylko takie powiedzenie — dodał szybko Ron.

Harry odłożył pióro, wypisawszy ostatnią przepowiednię: śmierć przez odcięcie głowy.

— Co jest w tym pudle? — zapytał.

— A niby dlaczego cię to interesuje? — odpowiedziała Hermiona, obdarzając Rona niezbyt przyjemnym spojrzeniem.

Zdjęła pokrywkę, pokazując im zawartość pudła. Wewnątrz było z pięćdziesiąt różnokolorowych odznak; na wszystkich były te same litery: WESZ.

— Wesz? — zdziwił się Harry, biorąc jedną plakietkę i przyglądając się jej. — Kto ma być tą wszą?

— Nie *wesz* — odpowiedziała niecierpliwie Hermiona. — Stowarzyszenie W – E – S – Z. Stowarzyszenie Walki o Emancypację Skrzatów Zniewolonych.

— Pierwszy raz słyszę — powiedział Ron.

— Nic w tym dziwnego. Właśnie je założyłam.

— Ty? — zdziwił się lekko Ron. — A ilu już masz członków?

— No... jeśli wy się zapiszecie... to mamy już trzech.

— I myślisz, że będziemy chodzić po szkole z odznakami, na których jest napisane „wesz"?

— W – E – S – Z! — zaperzyła się Hermiona. — Najpierw myślałam o akcji „Już Dość Odrażającego Wykorzystywania Naszych Małych Czarodziejskich Braci — Walcz o Zmianę Statusu Prawnego Skrzatów Domowych", ale to się nie nadawało na nazwę. To będzie w nagłówku naszego manifestu.

Machnęła przed nimi plikiem pergaminów.

— Przeprowadziłam dogłębne prace badawcze w bibliotece. Zniewolenie skrzatów domowych trwa już od wieków. Aż trudno uwierzyć, że do tej pory nikt się temu nie sprzeciwił.

— Hermiono... nastaw dobrze uszy — powiedział głośno Ron. — One.To. Lubią. One LUBIĄ być zniewolone!

— A oto nasze cele krótkofalowe — powiedziała Hermiona jeszcze głośniej, ignorując wypowiedź Rona. — Musimy przede wszystkim zapewnić skrzatom domowym godziwe wynagrodzenie i warunki pracy. Natomiast cele długofalowe to zniesienie zakazu używania różdżek przez skrzaty i próba wprowadzenia przynajmniej jednego skrzata do Urzędu Kontroli nad Magicznymi Stworzeniami. Nie mają żadnego rzecznika swoich interesów. To oburzające!

— A w jaki sposób to wszystko osiągniemy? — zapytał Harry.

— Zaczniemy od rekrutacji członków — odpowiedziała z entuzjazmem Hermiona. — Pomyślałam sobie, że wystarczą dwa sykle wpisowego... za odznakę... co nam pokryje koszty kampanii informacyjnej. Ron, ty jesteś skarbnikiem... na górze mam dla ciebie puszkę... a ty, Harry, jesteś sekretarzem, więc powinieneś już teraz notować wszystko to, co mówię. No wiesz, protokół z naszego pierwszego posiedzenia.

Zapadło milczenie. Hermiona patrzyła na nich, cała rozpromieniona i dumna, a Harry siedział, rozdarty między złością na Hermionę a rozbawieniem na widok miny Rona. Milczenie przerwał nie Ron, który wyglądał, jakby na jakiś czas oniemiał i ogłuchł, ale ciche stukanie w okno. Harry spojrzał w nie poprzez zupełnie już pusty pokój i ujrzał siedzącą na parapecie sowę śnieżną, oświetloną blaskiem księżyca.

— Hedwiga! — krzyknął, zrywając się z krzesła i biegnąc ku oknu.

Otworzył okno, a Hedwiga wleciała do pokoju, okrążyła go i wylądowała na horoskopie Harry'ego.

— Najwyższy czas! — zawołał Harry, wracając szybko do stolika.

— Ma list! — krzyknął podekscytowany Ron, wskazując na wyświechtany kawałek pergaminu, przywiązany do nóżki sowy.

Harry niecierpliwie odwiązał list i usiadł, by go przeczytać, a Hedwiga sfrunęła na jego kolano, pohukując cicho.

— I co pisze? — wydyszała Hermiona.

List był bardzo krótki i wyglądał, jakby go napisano w pośpiechu. Harry odczytał go na głos:

Harry —
natychmiast lecę na północ. Wiadomość o twojej bliźnie jest ostatnią z całej serii dziwnych pogłosek, które tu do mnie dotarły. Jeśli rozboli cię znowu, idź prosto do Dumbledore'a — mówią, że ściągnął z emerytury Szalonookiego, a to oznacza, że trafnie odczytuje różne znaki, choć poza nim nikt nie zwraca na nie uwagi.

Wkrótce nawiążę z tobą kontakt. Pozdrowienia dla Rona i Hermiony. Miej oczy szeroko otwarte, Harry.

Harry spojrzał na Rona i Hermionę, którzy wpatrywali się w niego z napięciem.

— Leci na północ? — wyszeptała Hermiona. — Wraca?

— Dumbledore trafnie odczytuje znaki? — powtórzył Ron, wyraźnie zaniepokojony. — Harry... co robisz?

Bo Harry uderzył się pięścią w czoło, zrzucając Hedwigę z kolan.

— Nie powinienem mu o tym pisać! — zawołał.

— O czym ty mówisz? — zapytał zaskoczony Ron.

— To go skłoniło do powrotu! — powiedział Harry, teraz waląc pięścią w stolik. Hedwiga wylądowała na oparciu krzesła Rona, pohukując z oburzeniem. — Wraca, bo myśli, że jestem w niebezpieczeństwie! A przecież nic mi nie jest! I nie mam nic dla ciebie — warknął do Hedwigi, która kłapała dziobem z wyraźną nadzieją. — Jeśli jesteś głodna, musisz odwiedzić sowiarnię.

Hedwiga spojrzała na niego z głębokim wyrzutem i wyleciała przez otwarte okno, trzepnąwszy go w głowę rozłożonym skrzydłem.

— Harry... — zaczęła Hermiona uspokajającym tonem.

— Idę do łóżka — oświadczył krótko Harry. — Zobaczymy się jutro rano.

W dormitorium przebrał się w piżamę i wlazł do łóżka, ale nie czuł się wcale śpiący.

Jeśli Syriusz wróci i zostanie schwytany, będzie to jego, Harry'ego, wina. Po co od razu złapał za pióro i napisał do niego? Kilka sekund bólu i już musiał się komuś poskarżyć... jakby nie miał dość rozsądku, by zatrzymać to dla siebie...

Chwilę później usłyszał, jak Ron wchodzi do dormitorium, ale się do niego nie odezwał. Przez długi czas leżał, wpatrzony w ciemny baldachim nad swoim łóżkiem. W dormitorium było zupełnie cicho. Gdyby go nie pochłaniały rozmyślania, na pewno zdałby sobie sprawę z tego, że skoro nie słychać zwykłego chrapania Neville'a, to nie on jeden jeszcze nie śpi.

ROZDZIAŁ PIĘTNASTY

Beauxbatons i Durmstrang

Następnego ranka Harry obudził się wcześnie z gotowym planem w głowie, jakby podczas snu jego mózg pracował przez całą noc. Wstał, ubrał się w bladym świetle brzasku, opuścił dormitorium, nie budząc Rona, i zszedł do pustego pokoju wspólnego. Ze stolika, na którym wciąż leżała jego praca domowa z wróżbiarstwa, wziął kawałek pergaminu i napisał następujący list:

Kochany Syriuszu,
   chyba mi się tylko wydawało, że boli mnie blizna. Kiedy do Ciebie pisałem, byłem jeszcze nie całkiem rozbudzony. Nie ma sensu, żebyś wracał, tu nic złego się nie dzieje. Nie martw się o mnie, z moją głową wszystko w porządku. Harry

Przelazł przez dziurę pod portretem, przeszedł przez cichy zamek (tylko na chwilę zatrzymał go Irytek, który w połowie korytarza na czwartym piętrze próbował przewrócić na niego olbrzymią wazę) i w końcu znalazł się w sowiarni, na szczycie Wieży Zachodniej.

Sowiarnia była kolistym kamiennym pomieszczeniem z oknami bez szyb, więc było w niej zimno i wietrznie. Posadzkę pokrywała gruba warstwa słomy, sowich odchodów i wyplutych kostek myszy i nornic. Na grzędach, aż do samego sklepienia, siedziały setki sów najróżniejszych gatunków; prawie wszystkie spały, choć tu i ówdzie łypało na niego okrągłe bursztynowe oko. Odnalazł Hedwigę, między jakimś puszczykiem i sową błotną, i podbiegł do niej, ślizgając się na świeżych odchodach i słomie.

Obudzenie jej i zwrócenie na siebie uwagi zajęło mu trochę czasu, bo bez przerwy odwracała się do niego ogonem. Najwyraźniej nadal była obrażona za brak wdzięczności okazany jej poprzedniego wieczoru. W końcu zaczął się zastanawiać na głos, czy nie jest zbyt zmęczona i czy nie lepiej poprosić Rona, żeby mu pożyczył Świstoświnkę — i to poskutkowało. Wystawiła łaskawie nóżkę i pozwoliła sobie przywiązać list.

— Odnajdź go, dobrze? — powiedział Harry, gładząc ją po grzbiecie i niosąc do jednego z okien. — Zanim zrobią to dementorzy.

Uszczypnęła go w palec, chyba trochę mocniej niż zwykle, ale zahukała cicho w taki sposób, jakby chciała mu powiedzieć, żeby się nie martwił. Potem rozpostarła skrzydła i wyleciała. Słońce już wschodziło. Harry patrzył za nią, aż znikła mu z oczu, czując znajome i niezbyt przyjemne chybotanie w żołądku. A taką miał nadzieję, że odpowiedź Syriusza raczej go uspokoi, a nie wzbudzi jeszcze większy niepokój!

— To było kłamstwo, Harry — powiedziała ostro Hermiona przy śniadaniu, kiedy im powiedział, co zrobił. — Wcale ci się nie zdawało, że blizna cię boli, i dobrze o tym wiesz.

— No i co z tego? — obruszył się Harry. — Nie chcę, żeby przeze mnie trafił z powrotem do Azkabanu.

— Przestań — powiedział ostro Ron do Hermiony, kiedy już otwierała usta, by dalej się sprzeczać, a ona natychmiast usłuchała go i zamilkła.

Przez następnych parę tygodni Harry robił, co mógł, żeby zdusić w sobie niepokój o Syriusza. Nie był jednak w stanie opanować się na tyle, by każdego ranka nie rozglądać się z niepokojem, kiedy sowy roznosiły pocztę, ani by wieczorami w łóżku nie wyobrażać sobie okropnych scen, takich jak osaczenie Syriusza przez dementorów na jakiejś ponurej londyńskiej ulicy, ale w ciągu dnia starał się o nim nie myśleć. Bardzo mu brakowało quidditcha — nie było lepszego remedium na skołatane nerwy jak dobry ostry trening. Z drugiej strony, lekcje były coraz trudniejsze i angażujące, zwłaszcza obrona przed czarną magią.

Ku ich zaskoczeniu, pewnego dnia profesor Moody oświadczył, że będzie rzucał na każdego po kolei zaklęcie Imperius, żeby poznali jego moc i sprawdzili, czy zdołają znieść jego skutki.

— Ale... ale pan profesor powiedział, że to niezgodne z prawem — wybąkała Hermiona, kiedy Moody jednym machnięciem różdżki usunął stoliki na bok, tworząc miejsce pośrodku klasy. — Powiedział pan... że użycie go wobec innej istoty ludzkiej jest...

— Dumbledore chce, żebyście poznali, jak człowiek wtedy się czuje — powiedział Moody, wybałuszając na Hermionę magiczne oko i przyglądając się jej bez mrugnięcia powieką. — Jeśli wolisz, żeby ktoś inny rzucił na ciebie to zaklęcie i całkowicie nad tobą zapanował, to możemy się pożegnać. Droga wolna. Możesz wyjść.

I wyciągnął swój sękaty palec w kierunku drzwi. Hermiona spłonęła rumieńcem i wymamrotała coś pod nosem, że woli zostać. Harry i Ron wymienili spojrzenia. Wiedzieli, że Hermiona wolałaby przełknąć łyżkę ropy z czyrakobulwy niż opuścić tak ważną lekcję.

Moody zaczął wywoływać ich po kolei na środek klasy i rzucał na każdego zaklęcie Imperius. Harry obserwował ze zdumieniem, jak pod wpływem zaklęcia wszyscy wyczyniali najróżniejsze dziwne rzeczy. Dean Thomas okrążył trzykrotnie klasę, podskakując jak konik polny i wyśpiewując hymn narodowy. Lavender Brown naśladowała wiewiórkę. Neville wykonał serię zdumiewających ćwiczeń gimnastycznych, których w normalnym stanie z całą pewnością nie byłby w stanie wykonać. Nikomu nie udało się przezwyciężyć działania zaklęcia, każdy odzyskiwał wolę dopiero wówczas, gdy Moody cofał je.

— Potter — zagrzmiał Moody. — Teraz ty.

Harry stanął pośrodku klasy. Profesor podniósł różdżkę, wycelował nią w Harry'ego i powiedział:

— *Imperio.*

Było to cudowne uczucie. Harry poczuł lekkość i uniesienie, kiedy z głowy odpłynęły mu wszystkie myśli i troski, a pozostało jedynie niejasne poczucie szczęścia. Stał, czując się cudownie odprężony, ledwo sobie zdając sprawę z tego, że wszyscy na niego patrzą.

A potem usłyszał głos Szalonookiego Moody'ego, obijający się echem po dalekiej komorze jego mózgu: *Wskocz na biurko... wskocz na biurko...*

Ugiął posłusznie kolana, przygotowując się do skoku.

Wskocz na biurko...

Ale... niby dlaczego?

Nagle usłyszał w mózgu inny głos: „To głupota wskakiwać na biurko...”

Wskocz na biurko...

„Nie, chyba nie wskoczę, dzięki”, powiedział ten drugi głos nieco bardziej stanowczo. „Nie, nie mam na to ochoty”.

Wskakuj! JUŻ!

Nagle poczuł dość silny ból. Jednocześnie podskoczył i próbował się powstrzymać od skoku — skutek był taki, że wpadł na biurko, przewracając je i rozbijając sobie boleśnie kolana.

— No proszę, to jest dopiero coś! — zagrzmiał głos Moody'ego i nagle Harry poczuł, że zanika poczucie pustki w głowie. Pamiętał dokładnie, co się stało, a ból w kolanach wzmógł się w dwójnasób.

— Popatrzcie na to wszyscy: Potter się nie poddał! Walczył i był już bliski zwycięstwa! No dobrze, spróbujemy jeszcze raz, a reszta niech się uważnie przygląda. Patrzcie na jego oczy, tam to zobaczycie... Bardzo dobrze, Potter, wspaniale! Ciebie nie będzie im łatwo opanować!

— Jak on o tym mówi... — mruknął Harry, kiedy godzinę później kulejąc, wychodził z klasy obrony przed czarną magią (Moody uparł się, by rzucić na niego zaklęcie cztery razy pod rząd, aż w końcu Harry'emu udało się całkowicie je przezwyciężyć). — Można by pomyśleć, że w każdej chwili powinniśmy spodziewać się ataku ciemnych mocy.

— Tak, wiem — rzekł Ron, który co krok podskakiwał. On sam miał o wiele większe trudności w pokonaniu skutków zaklęcia, choć Moody zapewnił go, że do pory drugiego śniadania wszystko mu przejdzie. — Te wszystkie paranoidalne gadki... — Zerknął nerwowo przez ramię, żeby sprawdzić, czy Moody'ego nie ma w pobliżu. — Wcale się nie dziwię, że chcieli się go pozbyć z ministerstwa. Słyszałeś, jak mówił Seamusowi, co zrobił pewnej czarownicy, która zawołała za jego plecami „buuuu!" na prima aprilis? I kiedy mamy przeczytać o tym, jak się walczy z tym zaklęciem? Nawalili nam tyle, że...

Wszyscy czwartoklasiści zorientowali się już, że w tym semestrze czeka ich wyjątkowo ciężka orka. Profesor McGonagall wyjaśniła im, dlaczego mają coraz więcej pracy, kiedy cała klasa jęknęła wyjątkowo głośno na wiadomość o szczególnie ciężkiej pracy domowej z transmutacji.

— Wkraczacie w najważniejszą fazę edukacji czarodziejskiej! — powiedziała im, a jej oczy błysnęły groźnie spoza prostokątnych okularów. — Zbliża się zaliczanie Standardowych Umiejętności Magicznych...

— Przecież sumy będziemy zdobywać dopiero w piątej klasie! — powiedział z oburzeniem Dean Thomas.

— Może i tak, Thomas, ale wierz mi, trzeba się do tego bardzo dobrze przygotować! Jak dotąd tylko jedna panna Granger potrafi zamienić jeża w poduszeczkę do szpilek. A pozwolę sobie ci przypomnieć, Thomas, że *twoja* poduszeczka wciąż kurczy się ze strachu, gdy ktoś zbliża się do niej ze szpilką!

Hermiona zarumieniła się, ale starała się nie wyglądać na zbyt dumną z siebie.

Harry i Ron byli bardzo rozbawieni, kiedy profesor Trelawney powiedziała im, że dostali najwyższe oceny z wypracowania domowego. Odczytała na głos duże fragmenty ich horoskopów, chwaląc ich za odważną akceptację straszliwych prób, jakie piętrzą się przed nimi — ale miny im zrzedły, kiedy dodała, że mają sporządzić swoje horoskopy na kolejny miesiąc. Wyczerpali już większość pomysłów nieszczęść i katastrof.

Profesor Binns, duch, który nauczał historii magii, kazał im pisać co tydzień wypracowania na temat buntów goblinów w XVIII wieku. Profesor Snape zmuszał ich do wyszukiwania antidotów na różne trucizny. To zadanie potraktowali poważnie, bo Snape dał im do zrozumienia, że otruje kogoś przed Bożym Narodzeniem, żeby sprawdzić skuteczność ich antidotów. Profesor Flitwick kazał im przeczytać trzy nadprogramowe pozycje, przygotowujące do lekcji o zaklęciach przywołujących.

Nie oszczędzał ich nawet Hagrid. Sklątki tylnowybuchowe rosły z zadziwiającą szybkością, choć nikt jeszcze nie odkrył, czym się żywią. Hagrid był tym zachwycony i w ramach swojego „projekciku" zaproponował im, by przychodzili do jego chatki co drugi wieczór, żeby obserwować sklątki i sporządzać notatki na temat ich niezwykłych zachowań.

— Ja nie przyjdę — oświadczył sucho Draco Malfoy, kiedy Hagrid zachęcał ich do tego z miną Świętego Mikołaja wyciągającego z worka jeszcze jedną wielką zabawkę. — Wielkie dzięki, dość mam oglądania tych świństw podczas lekcji.

Uśmiech spełzł z twarzy Hagrida.

— Rób to, co ci mówię — warknął — albo wezmę przykład z profesora Moody'ego... Słyszałem, Malfoy, że z ciebie bardzo fikuśna fretka.

Gryfoni ryknęli śmiechem. Malfoy zaczerwienił się ze złości, ale najwyraźniej pamięć o tym wydarzeniu była zbyt bolesna, więc przestał odszczekiwać. Po lekcji Harry, Ron i Hermiona wrócili do zamku w znakomitych nastrojach. Utarcie nosa Malfoyowi sprawiło im szczególną radość, bo w ubiegłym roku Malfoy robił, co mógł, by Hagrida wyrzucono z pracy.

Przez salę wejściową trudno było się przecisnąć. Tłum uczniów otaczał wielki afisz ustawiony u stóp marmurowych schodów. Ron, najwyższy z nich trojga, wspiął się na palce, żeby odczytać im na głos treść ogłoszenia.

TURNIEJ TRÓJMAGICZNY

W piątek 30 października o godz. 18.00 przybędą do nas delegacje z Beauxbatons i Durmstrangu. Lekcje skończą się o pół godziny wcześniej...

— Wspaniale! — ucieszył się Harry. — Ostatnia lekcja w piątek to eliksiry! Snape'owi nie starczy czasu, żeby nas wszystkich otruć!

Uczniowie odniosą torby i książki do dormitoriów i zbiorą się przed zamkiem, by powitać naszych gości przed ucztą powitalną.

— To już tylko tydzień! — powiedział Puchon Ernie MacMillan, wyłaniając się z tłumu. Oczy mu błyszczały. — Ciekaw jestem, czy Cedrik wie. Chyba pójdę mu powiedzieć...

— Cedrik? — powtórzył Ron, kiedy Ernie popędził na górę.

— Diggory — powiedział Harry. — Pewnie postanowił zgłosić się do turnieju.

— Ten kretyn ma być reprezentantem Hogwartu? — zdziwił się Ron, kiedy przez rozgadany tłum przepychali się do marmurowych schodów.

— Wcale nie jest kretynem, nie lubisz go, bo dzięki niemu Puchoni zwyciężyli Gryfonów w quidditchu — zauważyła Hermiona. — Słyszałam, że jest bardzo dobrym uczniem... no i jest prefektem.

Wygłosiła swoje oświadczenie takim tonem, jakby kończyło sprawę.

— Lubisz go tylko dlatego, że jest przystojny — zadrwił Ron.

— O, przepraszam! Nie mam zwyczaju lubić kogoś tylko dlatego, że jest przystojny! — oburzyła się Hermiona.

Ron zakaszlał głośno, co zabrzmiało dziwnie podobnie do „Lockhart!"

Pojawienie się ogłoszenia w sali wejściowej miało widoczny wpływ na mieszkańców zamku. W ciągu całego tygodnia nie mówiło się o niczym innym, jak o Turnieju Trójmagicznym. Pogłoski szerzyły się jak zarazki: kto zamierza się zgłosić, na czym będą polegały trzy zadania i czym od uczniów Hogwartu różnią się uczniowie Beauxbatons i Durmstrangu.

Harry zauważył też, że w zamku odbywa się wyjątkowo gruntowne sprzątanie. Wyszorowano kilka najbrudniejszych portretów, co nie wzbudziło zachwytu w namalowanych na nich postaciach, które kuliły się w swoich ramach, pomrukując ponuro i krzywiąc się. Zbroje nagle rozbłysły i przestały skrzypieć, a Argus Filch, woźny szkoły, rugał tak ostro każdego, kto nie wytarł butów, że wpędził parę dziewcząt z pierwszej klasy w stan prawdziwej histerii.

Nauczyciele też byli dziwnie spięci i łatwo wybuchali.

— Longbottom, bardzo cię proszę, żebyś mi w obecności kogoś z Durmstrangu nie demonstrował, że nie potrafisz rzucić prostego zaklęcia przemieniającego! — ryknęła profesor McGonagall pod koniec jakiejś wyjątkowo trudnej lekcji, podczas której Neville niechcący przetransplantował własne uszy na kaktus.

Kiedy rano 30 października zeszli na śniadanie, zobaczyli, że Wielka Sala została w nocy wspaniale udekorowana. Na ścianach wisiały olbrzymie jedwabne sztandary poszczególnych domów — czerwony ze złotym lwem Gryffindoru, niebieski z brązowym orłem Ravenclawu, żółty z czarnym borsukiem Hufflepuffu i zielony ze srebrnym wężem Slytherinu. Za stołem nauczycielskim wisiał największy sztandar z godłem Hogwartu: lwem, orłem, borsukiem i wężem wokół wielkiej litery H.

Przy stole Gryffindoru Harry, Ron i Hermiona dostrzegli Freda i George'a. I tym razem siedzieli z dala od innych i rozmawiali ze sobą przyciszonymi głosami, co było zupełnie do nich niepodobne. Ron podszedł do nich.

— Wiem, to dołujące — mówił ponuro George do Freda — ale jeśli nie będzie chciał z nami rozmawiać osobiście, poślemy mu list. Albo wetkniemy mu go w rękę, przecież nie może nas wciąż unikać...

— Kto was unika? — zapytał Ron, siadając obok nich.

— Niestety nie ty — odrzekł Fred, zły, że im przerwano rozmowę.

— Co jest dołujące? — Ron zwrócił się do George'a.

— Że się ma za brata takiego rozwrzeszczanego pawiana — odpowiedział George.

— No i co, wymyśliliście już jakiś sposób na ten turniej? — zapytał Harry. — Wciąż główkujecie, jak by się załapać?

— Pytałem McGonagall, jak będą wybierani reprezentanci, ale nie chciała powiedzieć — odrzekł z goryczą George. — Powiedziała mi tylko, żebym się zamknął i dalej transmutował szopa.

— Bardzo jestem ciekaw, na czym będą polegały te zadania — rzekł Ron. — Ale coś wam powiem: założę się, że dalibyśmy sobie z nimi radę. Prawda, Harry? Różne rzeczy już się robiło, co?

— Ale nie przed zespołem sędziowskim — wtrącił się Fred. — McGonagall mówi, że zawodnicy dostają punkty za styl i sposób wykonania zadania.

— Kto będzie w tym zespole? — zapytał Harry.

— No wiesz, zawsze są w nim dyrektorzy szkół — powiedziała Hermiona, a wszyscy na nią spojrzeli, nieco zaskoczeni — bo podczas turnieju w 1792 roku wszyscy trzej dyrektorzy zostali ranni, kiedy wściekł się żmijoptak, którego zawodnicy mieli złapać.

Zauważyła, że wszyscy na nią patrzą i dodała tonem, którego używała zwykle, kiedy wyrażała łagodne zdziwienie, że nikt nie czyta książek:

— To wszystko jest w *Historii Hogwartu*. Ale, oczywiście, nie jest to dzieło całkowicie *wiarygodne*. Powinno raczej nosić tytuł: *Skorygowana historia Hogwartu* albo: *Bardzo stronnicza i wybiórcza historia Hogwartu, wybielająca najciemniejsze karty z dziejów szkoły*.

— O czym ty właściwie mówisz? — zapytał Ron, ale Harry już przeczuwał, co zaraz nastąpi.

— O SKRZATACH DOMOWYCH! — wrzasnęła Hermiona, dowodząc Harry'emu, że się nie mylił. — Na żadnej z tysiąca stron *Historii Hogwartu* nigdzie nie wspominają, że my wszyscy bierzemy udział w ciemiężeniu setek niewolników!

Harry pokręcił głową i zabrał się za jajecznicę. Brak entuzjazmu, okazywany przez niego i Rona, bynajmniej nie osłabił zapału, z jakim Hermiona oddała się wielkiej sprawie wyzwolenia skrzatów domowych. Co prawda obaj wpłacili po dwa sykle za plakietki WESZ, ale zrobili to tylko dla świętego spokoju. Okazało się, że zmarnowali pieniądze, bo

Hermiona wcale się od nich nie odczepiła. Przeciwnie, zadręczała ich nieustannie, najpierw przypominając im o obowiązku noszenia plakietek, potem żądając, by nakłaniali do tego innych, a sama biegała po pokoju wspólnym Gryffindoru, grzechocząc puszką i podtykając ją wszystkim pod nos.

— Czy do was w ogóle nie dociera, że ktoś wam zmienia pościel, rozpala w kominku, sprząta w klasach i gotuje? — pytała każdego z dzikim błyskiem w oczach. — A wiecie, kto to robi? Grupa zniewolonych magicznych stworzeń, które nie dostają za to ani knuta!

Niektórzy, jak Neville, płacili, żeby mieć spokój. Inni okazywali umiarkowane zainteresowanie, ale nie zamierzali odgrywać bardziej aktywnej roli w jej kampanii. Większość uważała to wszystko za dobry dowcip.

Teraz Ron potoczył wzrokiem po suficie, z którego spływał na nich blask jesiennego słońca, a Fred bardzo się zainteresował swoim bekonem (obaj bliźniacy odmówili kupienia plakietek WESZ). Tylko George wychylił się w stronę Hermiony.

— Słuchaj, czy ty w ogóle byłaś kiedyś w kuchni? — zapytał.

— Oczywiście, że nigdy nie byłam — odpowiedziała Hermiona. — Nie sądzę, by uczniom wolno było...

— Ale my byliśmy — rzekł George, wskazując na Freda — i to wiele razy. Żeby zwędzić coś do żarcia. I często spotykaliśmy skrzaty. Są bardzo szczęśliwe. Uważają, że trafiła im się najlepsza na świecie praca.

— Bo są niewykształcone i poddane praniu mózgu! — zaczęła Hermiona wojowniczo, ale jej następne słowa utonęły w głośnym szumie sów roznoszących poranną pocztę.

Harry spojrzał w górę i natychmiast rozpoznał lecącą ku niemu Hedwigę. Hermiona urwała; ona i Ron wpatrywali się z napięciem w śnieżną sowę, która wylądowała na ramieniu Harry'ego, złożyła skrzydła i wyciągnęła nóżkę.

Zdjął list i poczęstował Hedwigę skórkami bekonu, które połknęła z wdziękiem i wdzięcznością. Potem, widząc, że Fred i George pogrążyli się ponownie w dyskusji na temat Turnieju Trójmagicznego, odczytał szeptem list Ronowi i Hermionie.

Niezła próba, Harry.

Wróciłem do kraju i dobrze się ukryłem. Chcę, żebyś mi donosił o wszystkim, co się dzieje w Hogwarcie. Nie używaj Hedwigi, zmieniaj często sowy i nie martw się o mnie, tylko uważaj na siebie. Nie zapominaj o tym, co ci napisałem na temat blizny.

Syriusz

— Dlaczego masz często zmieniać sowy? — zapytał półgłosem Ron.

— Hedwiga wzbudza sensację — odpowiedziała natychmiast Hermiona. — Wyróżnia się. Sowa śnieżna powracająca co jakiś czas do jego kryjówki może budzić zainteresowanie, przecież to nie jest miejscowy gatunek, prawda?

Harry zwinął pergamin i wsadził go do wewnętrznej kieszeni, zastanawiając się, czy czuje większy czy mniejszy lęk niż uprzednio. To, że Syriuszowi udało się wrócić i nikt go nie złapał, było jednak pocieszające, nie mógł też zaprzeczyć, że jego bliskość napawała go otuchą; w każdym razie nie będzie musiał tak długo oczekiwać odpowiedzi na swoje listy.

— Dzięki, Hedwigo — powiedział, gładząc jej grzbiet.

Zahukała sennie, zanurzyła dziób w jego pucharze z sokiem pomarańczowym, po czym dała mu do zrozumienia, że musi natychmiast zażyć długiego, mocnego snu w sowiarni.

Tego dnia w zamku wyczuwało się miły nastrój oczekiwania. Nikt nie uważał na lekcjach, wszystkich bardziej interesowało przybycie tego wieczoru gości z Beauxbatons i Durmstrangu. Nawet eliksiry łatwiej było znieść, bo trwały o pół godziny krócej. Kiedy rozległ się upragniony, wcześniejszy dzwonek, Harry, Ron i Hermiona pospieszyli do wieży Gryffindoru, zgodnie z poleceniem zostawili tam swoje torby i książki, narzucili płaszcze i zbiegli z powrotem do sali wejściowej.

Opiekunowie domów ustawiali swoich uczniów w rzędy.

— Weasley, wyprostuj kapelusz — warknęła profesor McGonagall do Rona. — Panno Patil, proszę wyjąć tę śmieszną rzecz ze swoich włosów!

Parvati nachmurzyła się i zdjęła z warkocza wielką zapinkę w kształcie motyla.

— Proszę za mną — oznajmiła profesor McGonagall. — Pierwszoroczniacy z przodu... nie popychać się...

Zeszli po frontowych schodach i ustawili się w szeregach przed zamkiem. Był zimny, bezchmurny wieczór, zmierzch już zapadał, a nad Zakazanym Lasem pojawił się blady, jakby przezroczysty księżyc. Harry, stojący między Ronem i Hermioną w czwartym rzędzie od frontu, dostrzegł wśród pierwszoroczniaków Dennisa Creeveya, który aż dygotał z przejęcia.

— Prawie szósta — mruknął Ron, zerkając na zegarek, a potem patrząc na podjazd wiodący do bramy. — Jak myślicie, czym przyjadą? Pociągiem?

— Wątpię — powiedziała Hermiona.

— No to jak? Na miotłach? — zastanawiał się Harry, spoglądając w rozgwieżdżone niebo.

— Chyba nie... to za daleko...

— Może świstoklikiem? — zapytał Ron. — Albo się zaportują... może w ich krajach wolno to robić poniżej siedemnastego roku życia?

— Na terenie Hogwartu nie można używać teleportacji, ile razy mam ci powtarzać? — żachnęła się Hermiona.

Wpatrywali się uważnie w ciemniejące błonia, ale nic się nie poruszało, wszystko było ciche, nieruchome i takie jak zawsze. Harry zaczął marznąć. Niech się pospieszą... A może ci zagraniczni uczniowie szykują jakieś niesamowite wejście? Przypomniał sobie, co mówił pan Weasley na kempingu przed mistrzostwami świata w quidditchu: „Zawsze to samo. Tak nam trudno oprzeć się pokusie zrobienia wrażenia na innych, kiedy jesteśmy razem".

A potem usłyszał głos Dumbledore'a, stojącego razem z innymi nauczycielami w tylnym szeregu:

— Aha! Albo się mylę, albo zbliża się delegacja z Beauxbatons!

— Gdzie? — rozległo się pytanie z wielu ust, a wszyscy rozglądali się gorączkowo na wszystkie strony.

— TAM! — krzyknął jeden z szóstoklasistów, wskazując ponad Zakazany Las.

Coś wielkiego, o wiele większego od miotły — może setka mioteł? — szybowało na tle ciemnoniebieskiego nieba ku zamkowi, rosnąc z każdą chwilą.

— To smok! — zapiszczała jedna z pierwszoklasistek, tracąc kompletnie głowę.

— Nie bądź głupia... to latający dom! — zawołał Dennis Creevey.

Przypuszczenie Dennisa okazało się o wiele bliższe prawdy. Kiedy olbrzymi czarny kształt przemknął ponad szczytami drzew i znalazł się w kręgu światła tryskającego z okien zamku, zobaczyli wielki, niebieski powóz zaprzężony w konie. Miał rzeczywiście rozmiary dużego domu, a ciągnęło go tuzin skrzydlatych złotobrązowych koni, każdy rozmiarów słonia.

Pierwsze trzy rzędy uczniów cofnęły się gwałtownie, gdy powóz zniżył się, podchodząc do lądowania z przerażającą szybkością — a potem, z ogłuszającym łoskotem, który sprawił, że Neville podskoczył i opadł na stopę jakiegoś Ślizgona z piątej klasy — kopyta koni, większe od talerzy obiadowych, uderzyły w ziemię. Sekundę później wylądował i sam powóz, podskakując na wielkich kołach, podczas gdy złote konie potrząsały olbrzymimi łbami i toczyły ogromnymi, ognistoczerwonymi oczami.

Zanim drzwi powozu się otworzyły, Harry zdążył zobaczyć, że widnieje na nich herb w kształcie dwóch skrzyżowanych złotych różdżek, każda tryskająca trzema gwiazdkami.

Z powozu wyskoczył chłopiec w bladoniebieskiej szacie, sięgnął do środka i rozłożył składane złote schodki, po czym cofnął się z szacunkiem. Harry dostrzegł wyłaniający się z kabiny powozu błyszczący czarny but na wysokim obcasie — wielkości dziecinnych sanek — a tuż za nim największą kobietę, jaką kiedykolwiek widział w życiu. Teraz wyjaśniły się rozmiary powozu i koni. Rozległo się kilka zduszonych okrzyków.

Jedyną osobą, która dorównywała wzrostem tej kobiecie, był Hagrid. Harry był pewien, że są dokładnie tego samego wzrostu, ale ta kobieta — może dlatego, że do Hagrida był przyzwyczajony — sprawiała wrażenie jeszcze wyższej. Zatrzymała się na chwilę na stopniach powozu, patrząc na zdumiony tłum, a potem zstąpiła w krąg światła napływającego z sali wejściowej. Teraz można było dostrzec, że ma ładną twarz o oliwkowej cerze, wielkie, czarne i jakby przejrzyste oczy i dość wydatny, zakrzywiony nos. Włosy miała zaczesane do tyłu i spięte na karku w lśniący kok. Od stóp do głów spowita była w czarny atłas, a mnóstwo wspaniałych opali połyskiwało na jej szyi i grubych palcach. Dumbledore zaczął klaskać. Tłum uczniów poszedł za jego przykładem, wybuchła burza oklasków. Niektórzy wspinali się na palce, by lepiej obejrzeć cudzoziemkę.

Na jej twarzy pojawił się wdzięczny uśmiech. Podeszła do Dumbledore'a, wyciągając połyskującą klejnotami rękę. Dumbledore, choć sam dość wysoki, nie musiał się wcale pochylać, aby ją ucałować.

— Droga madame Maxime — powiedział. — Witamy w Hogwarcie.

— Dumbli-dorr — odpowiedziała madame Maxime głębokim altem. — Mam nadziei, że zdrowi dopisui?

— Dziękuję, jestem w wyśmienitej formie — odpowiedział Dumbledore.

— Moi uczniowi — rzekła, machając nonszalancko olbrzymią ręką.

Harry, którego uwaga była całkowicie skupiona na madame Maxime, zobaczył teraz, że z powozu wyłonił się z tuzin chłopców i dziewcząt — na pierwszy rzut oka raczej od niego starszych — którzy stanęli za madame Maxime. Trzęśli się lekko, czemu trudno było się dziwić, bo ich szaty wyglądały na jedwabne, a nie mieli płaszczy. Kilku miało głowy owinięte szalami i chustami. Na ile Harry mógł dostrzec ich twarze (stali w wielkim cieniu madame Maxime), chyba gapili się podejrzliwie na zamek.

— Karkarow już jest? — zapytała madame Maxime.

— Powinien być lada chwila — odrzekł Dumbledore.

— Madame, czy chciałaby pani poczekać tu i powitać go z nami, czy raczej wejść do środka i troszkę się ogrzać?

— Chyba ogziać — odpowiedziała madame Maxime.
— Ali koni...

— Nasz nauczyciel opieki nad magicznymi stworzeniami chętnie się nimi zaopiekuje — rzekł Dumbledore — jak tylko upora się z pewną drobną trudnością, jaką mu sprawiły jego inne... ee... obowiązki.

— Sklątki — mruknął Ron do Harry'ego, szczerząc zęby.

— Moi rumaki wimagają... ee... mocni ręki — powiedziała madame Maximé z taką miną, jakby wątpiła, by hogwarcki nauczyciel opieki nad magicznymi stworzeniami był w stanie zająć się jej końmi. — Oni barzo silni...

— Zapewniam panią, madame, że Hagrid znakomicie sobie z nimi poradzi — rzekł Dumbledore, uśmiechając się lekko.

— Wspaniali — powiedziała madame Maxime z lekkim ukłonem. — Czy moglibi informować tego 'Agrid, ze te koni pić tylko nie mieszani whisky?

— Dopilnuję tego — odrzekł Dumbledore, również się kłaniając.

— Za mną — powiedziała madame Maxime władczym tonem do swoich uczniów, a tłum hogwartczyków rozstąpił się, by goście mogli wejść po kamiennych stopniach.

— Jak myślicie, jak wielkie będą konie z Durmstrangu? — zapytał Seamus Finnigan, wychylając się przed Lavender i Parvati, by zwrócić się do Harry'ego i Rona.

— Jak będą większe od tych, to nawet Hagrid sobie z nimi nie poradzi — odpowiedział Harry. — To znaczy, jeśli go nie zaatakowały sklątki. Ciekawe, co się z nimi stało.

— Może mu pouciekały — mruknął Ron z nadzieją w głosie.

— Och, przestań — powiedziała Hermiona, wzdrygając się. — Wyobraź sobie, jak się rozłażą po całych błoniach...

Stali, dygocąc lekko z zimna i czekając na przybycie delegacji z Durmstrangu. Większość wpatrywała się z nadzieją w niebo. Przez kilka minut panowała cisza, przerywana tylko parskaniem i tupaniem olbrzymich koni madame Maxime.

— Słyszysz? — zapytał nagle Ron.

Z ciemności napływały ku nim dziwne dźwięki: stłumione huczenie i szumy, jakby jakiś olbrzymi odkurzacz sunął wzdłuż koryta rzeki...

— Jezioro! — krzyknął Lee Jordan, wyciągając rękę.

— Patrzcie na jezioro!

Ze szczytu łagodnego wzniesienia, na którym stali, widać było dobrze gładką, czarną powierzchnię jeziora — tylko że nagle tafla wody przestała być gładka. Coś się pod nią kotłowało, tworzyły się wielkie bąble, fale zaczęły obmywać błotniste brzegi — a potem, w samym środku jeziora, utworzył się wielki lej wiru, jakby z dna wyciągnięto wielki korek...

Ze środka owego leja wyłoniło się powoli coś, co wyglądało na długą, czarną tyczkę... a potem Harry zobaczył takielunek.

— To jest maszt! — powiedział do Rona i Hermiony.

Powoli, powoli z wody wyłaniał się statek, lśniąc w świetle księżyca. Wyglądał jak szkielet statku, jak zmartwychwstały wrak, a mgliste, tajemnicze światła migotały w iluminatorach jak oczy widma. W końcu, z donośnym chlupotem, wyłonił się cały, podrygując na wzburzonej wodzie, po czym zaczął sunąć w kierunku brzegu. W kilka chwil później usłyszeli głośny plusk rzucanej na płyciźnie kotwicy i łoskot trapu opuszczanego na brzeg.

Ze statku wychodzili na ląd ludzie; widzieli ich sylwetki, migające na tle iluminatorów. Wszyscy, jak zauważył Harry, wyglądali na zbudowanych jak Crabbe i Goyle... ale po chwili, gdy podeszli bliżej i znaleźli się w zasięgu światła płynącego z sali wejściowej, zobaczył, że pogrubiały ich płaszcze z jakiegoś włochatego, matowego futra. Tylko jeden z nich, idący na czele, miał futro innego rodzaju: lśniące i srebrne jak jego włosy.

— Dumbledore! — zawołał z radością, idąc w górę łagodnego, trawiastego zbocza. — Jak się masz, mój stary druhu, jak się masz?

— Dziękuję, wyśmienicie, profesorze Karkarow — odrzekł Dumbledore.

Karkarow miał trochę zbyt przesłodzony głos, a kiedy wszedł w krąg światła z otwartych drzwi wejściowych, zobaczyli, że jest równie chudy i wysoki jak Dumbledore, ale jego siwe włosy są krótko przycięte, a kozia bródka (zakończona małym kędziorem) nie zasłania całkowicie dość wątłej dolnej szczęki. Kiedy podszedł do Dumbledore'a, uścisnął mu rękę obiema dłońmi.

— Kochany stary Hogwart — rzekł, patrząc na zamek z uśmiechem; zęby miał żółtawe, a Harry zauważył, że jego uśmiech nie obejmował oczu, które pozostały zimne i przebiegłe. — Jak dobrze się tu znaleźć, jak dobrze... Wiktorze, chodź tutaj, ogrzej się. Dumbledore, chyba nie masz nic przeciwko temu, co? Wiktor trochę się przeziębił...

Karkarow skinął na jednego ze swoich uczniów. Kiedy chłopiec przechodził, Harry dostrzegł wydatny zakrzywiony nos i gęste czarne brwi. Ron nie musiał go szczypać w ramię i syczeć mu do ucha, sam rozpoznał ten profil.

— Harry... *to jest Krum!*

ROZDZIAŁ SZESNASTY

Czara Ognia

Nie do wiary! — powiedział Ron, kręcąc głową, kiedy tłum uczniów Hogwartu zapełnił kamienne schody za gośćmi z Durmstrangu. — Harry, to Krum! *Wiktor Krum!*

— Na miłość boską, Ron, to przecież tylko gracz w quidditcha — odezwała się Hermiona.

— *Tylko gracz w quidditcha?* — powtórzył Ron, patrząc na nią tak, jakby nie wierzył własnym uszom. — Hermiono, to jeden z najlepszych szukających na świecie! Nie miałem pojęcia, że on jest jeszcze uczniem!

Kiedy razem z innymi szli przez salę wejściową, zmierzając do Wielkiej Sali, Harry dostrzegł Lee Jordana, który podskakiwał, by rzucić okiem na Kruma. Dziewczyny z szóstej klasy gorączkowo przeszukiwały kieszenie.

— Och, nie, ale plama, nie mam przy sobie pióra... Myślisz, że podpisze mi się szminką na kapeluszu?

— No nie, to jest żałosne — mruknęła z pogardą Hermiona, kiedy mijali dziewczyny, które teraz kłóciły się o szminkę.

— Zdobędę jego autograf, jak mi się uda — oświadczył Ron. — Masz pióro, Harry?

— Nie, zostawiłem na górze, w torbie — odrzekł Harry.

Doszli do stołu Gryfonów. Ron zadbał o to, żeby usiąść twarzą do drzwi, bo Krum i jego koledzy z Durmstrangu wciąż tkwili w wejściu, najwyraźniej nie wiedząc, gdzie mają usiąść. Uczniowie z Beauxbatons usiedli przy stole Krukonów. Rozglądali się po Wielkiej Sali z ponurymi minami. Troje wciąż miało na głowach chusty i szaliki.

— Przecież nie jest aż tak zimno — zauważyła pogardliwie Hermiona, która też ich obserwowała. — Dlaczego nie zabrali płaszczy?

— Tutaj! Chodźcie tutaj! — syknął Ron. — Tutaj! Hermiono, posuń się, zrób miejsce...

— Co?

— Za późno — powiedział z goryczą Ron.

Wiktor Krum i jego koledzy usiedli przy stole Ślizgonów. Harry dostrzegł kołtuńskie uśmiechy na twarzach Malfoya, Crabbe'a i Goyle'a. Malfoy wychylił się, by zagadać do Kruma.

— Czemu nie, podlizuj mu się, Malfoy — mruknął Ron. — Ale założę się, że Krum zna się na takich numerach... na pewno ciągle ktoś się przed nim płaszczy... Jak myślicie, gdzie oni będą spać? Harry, moglibyśmy zaprosić ich do naszego dormitorium, co? Mógłbym mu oddać swoje łóżko, mogę się przekimać na składanym.

Hermiona prychnęła głośno.

— Wyglądają na bardziej zadowolonych niż ci z Beauxbatons — zauważył Harry.

Uczniowie z Durmstrangu ściągali swoje ciężkie futra i patrzyli z ciekawością na gwiaździste, czarne sklepienie.

Kilku wzięło do ręki złote talerze i puchary i oglądało je z bliska z wyraźnym podziwem.

Woźny Filch dostawiał krzesła do stołu nauczycielskiego. Miał na sobie staroświecki, wyświechtany frak. Harry zdziwił się, kiedy zobaczył, że Filch dostawił cztery krzesła — po dwa po każdej stronie miejsca Dumbledore'a.

— Przecież jest ich tylko dwoje — powiedział. — Po co przyniósł aż cztery krzesła? Czekamy jeszcze na kogoś?

— Co? — spytał lekko zamroczony Ron, który wciąż gapił się na Kruma.

Kiedy weszli już wszyscy uczniowie i zajęli miejsca przy swoich stołach, wkroczyło ciało pedagogiczne, zasiadając przy stole dla profesorów. Ostatni weszli profesorowie Dumbledore, Karkarow i madame Maxime. Na widok swojej dyrektorki uczniowie z Beauxbatons poderwali się z krzeseł. Kilku hogwartczyków parsknęło śmiechem. Ich kolegów z Beauxbatons wcale to nie zmieszało: stali, dopóki madame Maxime nie zajęła miejsca po lewej ręce Dumbledore'a. Ten ostatni wciąż jednak stał, aż w całej sali zapadła cisza.

— Dobry wieczór, panie i panowie, duchy, a szczególnie nasi drodzy goście — rzekł, spoglądając dobrodusznie na zagranicznych uczniów. — Mam wielką przyjemność powitać was w Hogwarcie. Mam nadzieję i ufam, że będzie wam tutaj miło i wygodnie.

Jedna z dziewcząt z Beauxbatons, która wciąż miała głowę owiniętą szalikiem, wydała z siebie odgłos, który mógł być tylko szyderczym śmiechem.

— Nikt cię nie zmusza, żebyś tu została! — szepnęła Hermiona, łypiąc na nią groźnie.

— Turniej zostanie oficjalnie ogłoszony przy końcu tej uczty — oznajmił Dumbledore. — A teraz zachęcam was gorąco: jedzcie, pijcie i czujcie się jak u siebie w domu!

I usiadł, a Harry zauważył, że Karkarow natychmiast zajął go rozmową.

Półmiski jak zwykle napełniły się potrawami. Kuchenne skrzaty powyjmowały chyba wszystko, co było pochowane w spiżarni na specjalne okazje. Takiej różnorodności potraw Harry nigdy jeszcze nie widział, zwłaszcza że niektóre były na pewno zagraniczne.

— Co to jest? — zapytał Ron, wskazując na wielki półmisek z jakimiś skorupiakami w sosie, stojący obok imponującego puddingu z siekanego mięsa.

— Bouillabaisse — odpowiedziała Hermiona.

— I ja ciebie też! — zawołał Ron.

— To francuskie danie — dodała Hermiona. — Jadłam to dwa lata temu podczas wakacji, jest bardzo smaczne.

— Wierzę ci na słowo — rzekł Ron, nakładając sobie porcję puddingu.

Wielka Sala wydawała się jakoś bardziej zatłoczona niż zwykle, choć przybyło nie więcej niż dwudziestu dodatkowych uczniów. Być może wrażenie to powodowała barwność ich szat, wyróżniających się natarczywie na tle czerni strojów Hogwartu. Kiedy delegaci Durmstrangu pozdejmowali futra, okazało się, że mają na sobie szaty o barwie krwistoczerwonej.

Po dwudziestu minutach od rozpoczęcia uczty przez drzwi za stołem nauczycielskim wśliznął się wreszcie Hagrid. Usiadł na swoim zwykłym miejscu przy końcu stołu i pomachał Harry'emu, Ronowi i Hermionie grubo obandażowaną ręką.

— Jak tam sklątki, w porządku, Hagridzie? — zawołał do niego Harry.

— Rozwijają się! — odkrzyknął mu uradowany Hagrid.

— Tak, i mogę się nawet założyć, że szybko — powiedział cicho Ron. — Wygląda na to, że w końcu znalazły żarcie, które im pasuje. Palce Hagrida.

W tym momencie rozległ się głos:

— Przepraszam, czi mogę bouillabaisse?

Była to owa dziewczyna z Beauxbatons, która zaśmiała się kpiąco podczas mowy Dumbledore'a. Nie miała już szalika na głowie. Długie, srebrnoblond włosy spływały jej prawie do pasa. Miała duże, ciemnoniebieskie oczy i bardzo białe, równe zęby.

Ron spłonął rumieńcem. Gapił się na nią, otworzywszy usta, by coś odpowiedzieć, ale wydobyło się z nich jedynie długie i ochrypłe chrząknięcie.

— Tak, bardzo proszę — powiedział Harry, podsuwając dziewczynie półmisek.

— Już zjedli?

— Tak — wydyszał Ron. — To było znakomite.

Dziewczyna wzięła półmisek i zaniosła go ostrożnie do stołu Krukonów. Ron wciąż gapił się na nią, jakby zobaczył ją po raz pierwszy w życiu. Harry zaczął się śmiać. To otrzeźwiło Rona.

— To jest *wila*! — powiedział ochrypłym głosem.

— Co ty bredzisz! — odezwała się cierpko Hermiona.

— Nie zauważyłam, żeby ktoś oprócz ciebie gapił się na nią jak kretyn!

Ale nie była to obserwacja do końca zgodna z prawdą. Kiedy dziewczyna szła przez salę, odwracały się za nią głowy wielu chłopców, a niektórzy sprawiali wrażenie, jakby ich zatkało tak samo jak Rona.

— Mówię wam, to nie jest normalna dziewczyna! — upierał się Ron, wychylając się i śledząc ją wzrokiem. — W Hogwarcie takich nie ma!

— Dziewczyny z Hogwartu są zupełnie w porządku — powiedział bez zastanowienia Harry.

Cho Chang siedziała tylko o parę krzeseł dalej od dziewczyny ze srebrzystymi włosami.

— Kiedy już przestaniecie wywalać na nią gały — powiedziała niecierpliwie Hermiona — to zobaczycie, kto właśnie przyszedł.

Wskazała na stół nauczycielski, przy którym zajęte już były dwa ostatnie puste miejsca. Ludo Bagman siedział obok profesora Karkarowa, a pan Crouch, szef Percy'ego, zajął miejsce obok madame Maxime.

— Co oni tu robią? — zdziwił się Harry.

— No, przecież to oni są organizatorami Turnieju Trójmagicznego, prawda? — powiedziała Hermiona. — Sądzę, że chcą uczestniczyć w otwarciu.

Kiedy pojawiło się drugie danie, dostrzegli na półmiskach jakieś nie znane im desery. Ron spróbował trochę dziwnie wyglądającej galaretki migdałowej, po czym przesunął półmisek nieco w prawo, tak żeby był widoczny ze stołu Krukonów. Ale dziewczyna o wyglądzie wili chyba już się najadła i nie podeszła do nich po raz drugi.

W końcu złote talerze zalśniły czystością i Dumbledore powstał ponownie. W sali wyczuwało się radosne napięcie. Harry poczuł lekki dreszczyk emocji, zastanawiając się, co ich czeka. Kilkanaście krzeseł dalej Fred i George wychylili się do przodu, wpatrując się bacznie w dyrektora.

— Nadeszła długo oczekiwana chwila — rzekł Dumbledore, spoglądając z uśmiechem po morzu wpatrzonych w niego twarzy. — Czas, by obwieścić początek Turnieju Trójmagicznego. Chciałbym jednak powiedzieć kilka słów, zanim przyniesiemy szkatułę...

— Co? — mruknął Harry.

Ron wzruszył ramionami.

— ...by wyjaśnić wam procedurę, zgodnie z którą będziemy w tym roku postępować. Najpierw jednak pozwólcie, że przedstawię... oczywiście tym, którzy jeszcze ich nie znają... pana Bartemiusza Croucha, dyrektora Departamentu Międzynarodowej Współpracy Czarodziejów — tu rozległy się dość niemrawe oklaski — i pana Ludona Bagmana, dyrektora Departamentu Magicznych Gier i Sportów.

Bagman otrzymał o wiele głośniejsze brawa, być może dlatego, że był kiedyś sławnym pałkarzem, a może po prostu dlatego, że miał o wiele przyjemniejszą powierzchowność. Podziękował za oklaski jowialnym machnięciem ręki. Natomiast Bartemiusz Crouch ani się nie uśmiechnął, ani nie podniósł ręki. Harry pamiętał go z mistrzostw świata w quidditchu; miał wówczas na sobie schludny mugolski garnitur, więc teraz, w szatach czarodzieja, wyglądał trochę dziwacznie, a już szczególnie dziwnie wyglądały jego krótko przystrzyżone wąsiki i równy przedziałek tuż obok burzy siwych włosów i długiej brody Dumbledore'a.

— Pan Bagman i pan Crouch pracowali niezmordowanie przez parę ostatnich miesięcy nad przygotowaniem turnieju — ciągnął Dumbledore — a teraz, wraz ze mną, profesorem Karkarowem i madame Maxime wejdą w skład zespołu sędziów, którzy będą oceniać wysiłki reprezentantów poszczególnych szkół.

Na dźwięk słowa „reprezentanci" atmosfera w sali zrobiła się jeszcze bardziej napięta.

Być może Dumbledore zauważył, że wszyscy zamarli, bo uśmiechnął się i powiedział:

— Panie Filch, proszę przynieść szkatułę.

Filch, który czaił się niezauważony w kącie sali, teraz zbliżył się do Dumbledore'a, niosąc dużą drewnianą skrzynkę inkrustowaną drogimi kamieniami. Wyglądała na bardzo starą. W sali dał się słyszeć cichy pomruk: emocje sięgnęły zenitu. Mały Dennis Creevey wlazł na krzesło, żeby lepiej widzieć, ale i tak głowa ledwo mu wystawała ponad innymi.

— Instrukcje zadań, przed którymi staną w tym roku reprezentanci szkół, zostały już zatwierdzone przez pana Croucha i pana Bagmana — powiedział Dumbledore, gdy Filch ostrożnie postawił przed nim na stole skrzynkę — i dokonali oni odpowiednich przygotowań do każdego z zadań. W ciągu całego roku szkolnego reprezentanci zmierzą się z trzema zadaniami, które będą sprawdzianem ich czarodziejskich zdolności i umiejętności, ich waleczności magicznej, ich śmiałości, ich umiejętności trafnego wnioskowania... no i, oczywiście, ich zdolności radzenia sobie w obliczu zagrożenia.

Teraz w sali zapadła tak głucha cisza, jakby wszyscy wstrzymali oddechy.

— Jak wiecie, w turnieju współzawodniczy ze sobą trzech zawodników, po jednym z każdej szkoły. Wszyscy oni będą oceniani stosownie do tego, jak wykonają każde z zadań, a ten, który otrzyma najwięcej punktów, zdobędzie Puchar Turnieju Trójmagicznego. Reprezentanci szkół zostaną wybrani przez niezależnego sędziego... Przez Czarę Ognia.

Wyjął różdżkę i stuknął nią trzykrotnie w skrzynkę. Wieko otworzyło się powoli. Dumbledore sięgnął do środka i wyjął dużą, dość topornie wyciosaną drewnianą czarę. Nikt nie zwróciłby na nią uwagi, gdyby nie to, że była pełna aż po brzegi roztańczonych, niebiesko-białych płomieni.

Dumbledore zamknął szkatułę i postawił na niej czarę, tak żeby wszyscy ją widzieli.

— Każdy, kto pragnie zgłosić się do turnieju, musi napisać czytelnie na kawałku pergaminu swoje imię i nazwisko, a także nazwę szkoły, i wrzucić pergamin do czary. Macie dwadzieścia cztery godziny na podjęcie decyzji. Jutro, w Noc Duchów, czara wyrzuci nazwiska tych trzech, którzy zostaną przez nią uznani za godnych reprezentowania swoich szkół. Po tej uczcie czara zostanie umieszczona w sali wejściowej, by każdy, kto pragnie kandydować, miał do niej swobodny dostęp. Aby ustrzec przed pokusą tych uczniów, którzy nie ukończyli jeszcze siedemnastu lat, nakreślę wokół Czary Ognia Linię Wieku. Ten, kto nie ukończył siedemnastu lat, nie będzie w stanie jej przekroczyć. I wreszcie chciałbym przestrzec tych, którzy chcą się zgłosić, by bardzo uważnie i szczerze ocenili swoje możliwości. Turniej nie jest błahą zabawą. Kiedy Czara Ognia dokona wyboru, nie będzie już odwrotu: wybrany reprezentant będzie musiał przejść przez wszystkie próby aż do końca turnieju. Wrzucenie swojego nazwiska do czary jest równoznaczne z zawarciem magicznego kontraktu. Z roli reprezentanta nie można się będzie wycofać. Dlatego upewnijcie się, czy jesteście naprawdę przygotowani do wzięcia udziału w turnieju, zanim wrzucicie swoje nazwisko do czary. A teraz już chyba najwyższy czas, by pójść spać. Życzę wszystkim dobrej nocy.

— Linia Wieku! — zawołał Fred Weasley, kiedy szli ku drzwiom prowadzącym do sali wejściowej. Oczy mu błyszczały. — Przecież to można załatwić eliksirem postarzającym, no nie? A jak już się wrzuci swoje nazwisko do czary, można spać spokojnie, przecież ona nie zwraca uwagi na wiek!

— A ja uważam, że ten, kto jeszcze nie ukończył siedemnastu lat, nie ma żadnych szans — oświadczyła Hermiona. — My po prostu jeszcze za mało umiemy...

— Mów za siebie, dobra? — przerwał jej George. — To co, Harry, startujemy?

Harry pomyślał krótko o bezwzględnym zakazie Dumbledore'a, ale natychmiast wyobraził sobie siebie zdobywającego Puchar Turnieju Trójmagicznego. Czy Dumbledore bardzo by się wściekł, gdyby ktoś nie mający jeszcze siedemnastu lat znalazł sposób na przekroczenie Linii Wieku?

— Gdzie on jest? — zapytał Ron, który w ogóle nie słuchał, o czym mówią, tylko wypatrywał w tłumie Kruma.

— Dumbledore nie powiedział, gdzie będą spać ci z Durmstrangu?

Ale natychmiast uzyskał na to odpowiedź: przechodzili właśnie obok stołu Slytherinu, gdzie Karkarow zbierał swoich uczniów.

— A więc wracamy na pokład — mówił. — Wiktorze, jak się czujesz? Najadłeś się? Mam posłać do kuchni po wino z korzeniami?

Harry zobaczył, jak Krum kręci głową i narzuca na siebie futro.

— Panie profesorze, ja bym się napił trochę wina — odezwał się z nadzieją w głosie jeden z pozostałych uczniów Durmstrangu.

— Tobie niczego nie proponowałem, Poliakow — warknął Karkarow, tracąc natychmiast swój ojcowski ton. — Widzę, chłopcze, że poplamiłeś sobie szatę jedzeniem, wstydź się.

Odwrócił się i poprowadził swoich uczniów w stronę drzwi, a dotarł do nich w tej samej chwili, co Harry, Ron i Hermiona. Harry zatrzymał się, by go przepuścić.

— Dziękuję — powiedział Karkarow niedbałym tonem, spoglądając na niego przez ramię.

I wówczas zamarł w bezruchu. Odwrócił głowę do Harry'ego i wpatrywał się w niego, jakby nie dowierzał własnym oczom. Jego uczniowie również się zatrzymali. Spojrzenie Karkarowa przesuwało się powoli po twarzy Harry'ego, aż natrafiło na bliznę. Uczniowie Durmstrangu też wlepili w nią oczy. Kątem oka Harry dostrzegł, że na kilku twarzach pojawia się wyraz zrozumienia. Chłopiec w poplamionej jedzeniem szacie szturchnął stojącą obok niego dziewczynę i pokazał jej palcem bliznę Harry'ego.

— Tak, to Harry Potter — zagrzmiał zza ich pleców ochrypły głos.

Profesor Karkarow okręcił się na pięcie. Stał tam Szalonooki Moody, opierając się ciężko na lasce. Jego magiczne oko utkwione było w dyrektorze Durmstrangu.

Karkarow zbladł. Na jego twarzy pojawiła się mieszanina wściekłości i strachu.

— To ty! — powiedział, wpatrując się w Moody'ego, jakby nie dowierzał własnym oczom.

— Tak, to ja — odrzekł ponuro Moody. — A jeśli nie masz nic do powiedzenia Potterowi, to rusz się z miejsca. Tarasujesz przejście.

Bo rzeczywiście, pod drzwiami zebrał się już spory tłum. Połowa uczniów czekała na przejście, wyciągając szyje, by zobaczyć, co spowodowało ten korek.

Profesor Karkarow bez słowa machnął ręką na swoich uczniów i wyprowadził ich z sali. Moody patrzył za nim, a jego magiczne oko błysnęło białkiem, najwyraźniej spoglądając teraz do tyłu. Na pokiereszowanej twarzy pojawił się wyraz głębokiej odrazy.

Następnego dnia była sobota, a w weekendy większość uczniów zwykle jadła śniadanie nieco później. Harry, Ron i Hermiona nie byli jednak jedynymi, którzy wstali wcześniej niż zwykle. Kiedy zeszli do sali wejściowej, zobaczyli w niej ze dwadzieścia osób, niektóre z tostami w rękach, oglądających Czarę Ognia. Ustawiono ją w samym środku sali, na stołku, na którym zwykle umieszczano Tiarę Przydziału. Wokół stołka na posadzce widniała cienka złota linia.

— Ktoś już wrzucił swoje nazwisko? — zapytał Ron jakąś dziewczynę z trzeciej klasy.

— Z Durmstrangu chyba wszyscy. Ale nie widziałam jeszcze nikogo z Hogwartu.

— Założę się, że niektórzy zrobili to w nocy, kiedy wszyscy poszli spać — powiedział Harry. — Ja bym tak zrobił; wolałbym, żeby nikt tego nie widział. A jak czara po prostu cię odrzuci i wypluje twój pergamin?

Ktoś roześmiał się za jego plecami. Odwrócił się i zobaczył Freda, George'a i Lee Jordana, zbiegających po schodach. Wszyscy trzej byli bardzo podnieceni.

— Zrobiłem to — oznajmił Fred Harry'emu, Ronowi i Hermionie triumfalnym szeptem. — Właśnie zażyłem.

— Co? — zapytał Ron.

— Eliksir postarzający, głąbie — odrzekł Fred.

— Wzięliśmy po jednej kropli — powiedział George, zacierając ręce. — Tyle, żeby się zestarzeć o parę miesięcy.

— Jak któryś z nas wygra, to podzielimy te tysiąc galeonów między trzech — dodał Lee, szczerząc zęby.

— Wcale nie jestem pewna, czy to zadziała — odezwała się Hermiona. — Dumbledore na pewno to przewidział.

Fred, George i Lee zlekceważyli jej ostrzeżenie.

— Gotowi? — zapytał Fred, drżąc z emocji. — No to walimy... ja idę pierwszy...

Harry patrzył, zafascynowany, jak Fred wyciąga z kieszeni kawałek pergaminu z napisem: „Fred Weasley — Hogwart", a potem podchodzi do złotej linii, staje tuż przy niej, kołysząc się na palcach jak pływak przygotowujący się do skoku z wysokości pięćdziesięciu stóp. A potem, na oczach wszystkich zgromadzonych, wziął głęboki oddech i przekroczył linię.

Przez ułamek sekundy Harry był pewien, że mu się udało — a George zapewne pomyślał to samo, bo ryknął triumfalnie i skoczył za Fredem — ale w następnej chwili rozległ się głośny trzask i obaj bliźniacy wylecieli ze złotego kręgu, jakby ich stamtąd wyrzucił niewidzialny miotacz kulą. Wylądowali boleśnie na kamiennej posadzce jakieś dziesięć stóp od linii, a na dodatek coś głośno pyknęło i obu wyrosły identyczne, długie, siwe brody.

Wszyscy ryknęli śmiechem. Śmiali się nawet sami bliźniacy, kiedy już wstali z podłogi i przyjrzeli się swoim brodom.

— Ostrzegałem was — rozległ się rozbawiony głos.

Wszyscy się odwrócili. Z Wielkiej Sali wychodził profesor Dumbledore. Przyglądał się Fredowi i George'owi, a oczy mu się iskrzyły.

— Radzę wam pójść do pani Pomfrey. Już się zajmuje panną Fawcett z Ravenclawu i panem Summersem z Hufflepuffu. Oboje postanowili dodać sobie trochę lat. Ale muszę przyznać, że ich brody nie są tak malownicze jak wasze.

Fred i George odeszli do skrzydła szpitalnego w towarzystwie Lee Jordana, który wył ze śmiechu, a Harry, Ron i Hermiona, chichocąc, udali się na śniadanie.

Wielka Sala była udekorowana inaczej niż poprzedniego dnia. Zbliżała się Noc Duchów, więc pod zaczarowanym sklepieniem krążyły chmary żywych nietoperzy, a z każdego kąta szczerzyły zęby wydrążone dynie. Harry skierował kroki do Deana i Seamusa, którzy dyskutowali na temat ewentualnych kandydatów Hogwartu.

— Krążą pogłoski, że Warrington wstał wcześnie, żeby wrzucić swoje nazwisko — powiedział Harry'emu Dean.

— No wiesz, to ten wielki osiłek ze Slytherinu, który wygląda jak leniwiec.

Harry, który spotkał się z Warringtonem w meczu quidditcha, skrzywił się i pokręcił głową.

— Przecież reprezentantem szkoły nie może być Ślizgon!

— A wszyscy Puchoni mówią o Diggorym — powiedział z niesmakiem Seamus. — Ale mnie się wydaje, że bałby się o swoją urodę... a nuż by ją sobie popsuł?

— Posłuchajcie! — odezwała się nagle Hermiona.

Z sali wejściowej dobiegły ich głośne wiwaty. Obrócili się w krzesłach i zobaczyli Angelinę Johnson wchodzącą do Wielkiej Sali z nieco zażenowanym uśmiechem. Angelina, wysoka czarnoskóra dziewczyna, która grała na pozycji ścigającego w drużynie Gryfonów, podeszła do stołu, usiadła i oznajmiła:

— No, mam już to poza sobą! Wrzuciłam swoje nazwisko!

— Żartujesz! — krzyknął Ron, patrząc na nią z podziwem.

— Masz już siedemnaście lat? — zapytał Harry.

— No pewnie, że ma — wtrącił Ron. — Jakoś nie widzę brody, a ty?

— W zeszłym tygodniu miałam urodziny — wyjaśniła Angelina.

— Okropnie się cieszę, że wreszcie zgłosił się ktoś z Gryffindoru — powiedziała Hermiona. — I mam nadzieję, że się zakwalifikujesz, Angelino!

— Dzięki, Hermiono — odpowiedziała Angelina, uśmiechając się do niej.

— No jasne, na pewno będziesz lepsza od tego przystojniaczka Diggory'ego — powiedział Seamus, a kilku przechodzących obok stołu Puchonów spojrzało na niego krzywo.

— To co dzisiaj robimy? — zapytał Ron przyjaciół, kiedy skończyli śniadanie i wychodzili z Wielkiej Sali.

— Jeszcze nie odwiedziliśmy Hagrida — odrzekł Harry.

— Możemy iść, chyba że poprosi nas o ofiarowanie kilku palców swoim skrętkom.

Hermiona nagle się ożywiła.

— Właśnie zdałam sobie sprawę, że jeszcze nie poprosiłam Hagrida, żeby się zapisał do stowarzyszenia WESZ. Poczekajcie na mnie, a ja skoczę na górę i wezmę odznaki, dobrze?

— Chyba jej odbiło — mruknął Ron, patrząc, jak Hermiona wbiega na górę po marmurowych schodach.

— Hej, Ron — powiedział nagle Harry — idzie twoja znajoma...

Przez frontowe drzwi wchodzili właśnie uczniowie z Beauxbatons, wśród nich dziewczyna podobna do wili. Ci, którzy otaczali Czarę Ognia, rozstąpili się, by zrobić im miejsce, i z ciekawością patrzyli, co zrobią.

Za swoimi uczniami wkroczyła madame Maxime i natychmiast ustawiła ich rzędem. Jeden po drugim przekraczali Linię Wieku i wrzucali kawałki pergaminu w niebiesko-białe płomienie. Za każdym razem, gdy pergamin wpadał do czary, płomienie zabarwiały się na czerwono i tryskały iskry.

— Jak myślisz, co się stanie z tymi, którzy odpadną? — zapytał półgłosem Ron Harry'ego, gdy wilowata dziewczyna wrzuciła swoją kartkę. — Wrócą do swojej szkoły, czy zostaną, żeby obserwować turniej?

— Nie wiem — odpowiedział Harry. — Chyba zostaną... Przecież madame Maxime ma być sędzią.

Kiedy wszyscy uczniowie Beauxbatons wrzucili swoje nazwiska, madame Maxime wyprowadziła ich z sali.

— A gdzie oni śpią? — zapytał Ron, podchodząc do frontowych drzwi i odprowadzając ich wzrokiem.

Donośny grzechot za plecami obwieścił im powrót Hermiony z puszką i odznakami.

— Jesteś, no to lecimy — powiedział Ron i pomknął po kamiennych stopniach, nie spuszczając oczu z pleców wilowatej dziewczyny, która teraz była już w połowie trawnika.

Zagadka miejsca zamieszkania gości z Beauxbatons rozwiązała się sama, gdy tylko zbliżyli się do chatki Hagrida na skraju Zakazanego Lasu. Olbrzymi, jaskrawoniebieski powóz, którym przybyli, był zaparkowany ze dwieście jardów od frontowych drzwi chatki, a uczniowie wspinali się do środka po złotych schodkach. Olbrzymie latające konie pasły się za prowizorycznym ogrodzeniem tuż obok powozu.

Harry zapukał do drzwi chatki Hagrida i natychmiast odpowiedziało mu głuche poszczekiwanie Kła.

— Najwyższy czas! — zagrzmiał Hagrid, gdy otworzył drzwi i zobaczył, kto pukał. — A już se myślałem, że wam z głowy wyleciało, gdzie mam chatę!

— Byliśmy naprawdę okropnie zajęci, Hag... — zaczęła Hermiona, ale nagle urwała, patrząc na niego, jakby zapomniała języka w gębie.

Hagrid miał na sobie swój najlepszy (i wyjątkowo okropny) garnitur, brązowy i włochaty, a pod szyją krawat w żółto-pomarańczową kratkę. Nie to było jednak najgorsze. Wszystko wskazywało na to, że próbował sobie przyczesać włosy, używając do tego ogromnej ilości czegoś, co wyglądało jak smar do osi. Teraz włosy opadały mu dwoma grubymi strąkami — być może próbował zapleść je sobie w koński ogon, jak Bill, ale stwierdził, że ma ich za dużo. W ogóle to do niego nie pasowało. Hermiona przez chwilę gapiła się na niego, a potem, najwyraźniej postanowiwszy powstrzymać się od komentarza, wymamrotała:

— Ee... a gdzie są sklątki?

— Na grządce z dyniami — odpowiedział uradowany Hagrid. — Robią się spore, mają już chyba ze trzy stopy. Tylko że... no... zaczęły się nawzajem zabijać.

— Och nie, naprawdę? — powiedziała Hermiona, rzucając karcące spojrzenie Ronowi, który wytrzeszczał oczy na fryzurę Hagrida i już otwierał usta, aby coś na jej temat powiedzieć.

— Taak — westchnął ponuro Hagrid. — Ale już w porząsiu, zrobiłem im oddzielne boksy. Wciąż mam ze dwadzieścia.

— No... to świetnie — rzekł Ron. Hagrid nie zwrócił uwagi na jego ironiczny ton.

W chatce Hagrida była tylko jedna izba, w kącie której stało olbrzymie łóżko pokryte kołdrą z patchworku. Przed kominkiem stał również ogromny stół z krzesłami, a z sufitu zwieszało się mnóstwo wędzonych szynek i martwych ptaków. Usiedli przy stole, a Hagrid przygotowywał herbatę.

Wkrótce pogrążyli się w rozmowie na temat Turnieju Trój-magicznego. Hagrid pasjonował się nim tak samo, jak oni.

— Poczekajcie — rzekł, uśmiechając się szeroko. — Tylko poczekajcie. Zobaczycie takie numery, że oko wam zbieleje. Pirwsze zadanie... ach, ale przecież nie mogę...

— Mów, Hagridzie! — zaczęli go błagać, ale tylko kręcił głową, nadal się uśmiechając.

— Nie chcę wam popsuć zabawy — powiedział. — Ale będzie na co popatrzyć, tyle wam powim. Zawodnicy będą mieli ręce pełne roboty. Cholibka, nigdy nie myśla-łem, że dożyję Turnieju Trójmagicznego!

Poczęstował ich drugim śniadaniem, ale niewiele zjedli. Podał im coś, co nazwał gulaszem wołowym, ale kiedy Hermiona odkryła w nim wielki pazur, wszyscy troje stra-cili apetyt. Próbowali jednak z zapałem skłonić Hagrida do zdradzenia im, na czym będą polegały turniejowe zadania, zastanawiali się nad tym, kto spośród kandydatów może zostać reprezentantem i czy Fred i George nadal mają brody.

Po południu zaczął siąpić lekki deszczyk. Przyjemnie było siedzieć przy kominku, słuchać łagodnego bębnienia kropel o szyby, patrzeć na Hagrida cerującego sobie skar-petki i sprzeczającego się z Hermioną na temat skrzatów domowych — bo stanowczo odmówił wstąpienia do sto-warzyszenia WESZ, kiedy mu pokazała odznaki.

— To by było nie w porządku wobec nich, Hermiono — oświadczył poważnym tonem, wbijając potężną kościa-ną igłę w żółtą wełnę. — Taką już mają naturę, że służą ludziom, to właśnie lubią, kapujesz? Tylko byś ich unieszczę-śliwiła, gdybyś zabrała im tę robotę, a jakbyś próbowała im płacić, toby się obraziły.

— Ale Harry uwolnił Zgredka, a on był tym zachwycony! — powiedziała Hermiona. — I słyszeliśmy, że teraz żąda zapłaty!

— Taak... no... widzisz, w każdym gatunku trafiają się dziwolągi. Nie mówię, że w ogóle nie ma takich skrzatów, co by nie chciały wolności, ale większości z nich do tego nie namówisz. Nie, nie da rady, Hermiono.

Hermiona wyglądała na bardzo poirytowaną, kiedy chowała pudełko z odznakami do kieszeni płaszcza.

O pół do szóstej zaczęło się ściemniać i Ron, Harry i Hermiona uznali, że już czas wracać do zamku na ucztę w Noc Duchów i — co ważniejsze — na ogłoszenie nazwisk reprezentantów szkół.

— Pójdę z wami — powiedział Hagrid, odkładając swoją robótkę. — Poczekajcie chwilkę.

Wstał, podszedł do komody przy łóżku i zaczął w niej grzebać. Nie zwracali na to większej uwagi, dopóki jakiś okropny zapach nie uderzył ich w nozdrza.

— Hagridzie, co to takiego? — zapytał Ron, zanosząc się kaszlem.

— A co? — Hagrid odwrócił się do nich z wielką butlą w dłoni. — Nie podoba się wam?

— Czy to jakaś woda po goleniu? — zapytała Hermiona nieco zduszonym głosem.

— To... woda kolońska — mruknął Hagrid, zaczerwieniony po uszy. — Może trochę za dużo chlusnąłem — burknął. — Zaraz to spłuczę, poczekajcie...

Wyszedł z chatki i zobaczyli przez okno, jak myje się energicznie w beczce z wodą.

— Woda kolońska? — powtórzyła zdumiona Hermiona. — Hagrid?

— A te jego włosy... i to ubranko... — dodał Harry półgłosem.

— Patrzcie! — powiedział Ron, wskazując przez okno. Hagrid właśnie się wyprostował i odwrócił. Jeśli przedtem był zarumieniony, to teraz zrobił się czerwony jak piwonia. Ostrożnie podeszli do okna, uważając, żeby ich nie zobaczył. Z powozu dopiero co wyszła madame Maxime, prowadząc swoich uczniów. Najwyraźniej i oni wybierali się już na ucztę. Harry, Ron i Hermiona nie słyszeli, co Hagrid mówi, ale widzieli, że rozmawia z madame Maxime, a minę ma tak rozanieloną i oczy tak zamglone, jak przed trzema laty, kiedy hodował w domu małego smoka Norberta.

— Słuchajcie, on z nią idzie do zamku! — powiedziała Hermiona oburzonym tonem. — Myślałam, że na nas poczeka!

Hagrid, nie obejrzawszy się nawet na swoją chatkę, kroczył już przez łąkę obok madame Maxime. Jej uczniowie biegli za nimi truchtem, aby dotrzymać im kroku.

— On się w niej buja! — zawołał Ron z niedowierzaniem. — Jeśli skończy się tym, że będą mieli dzieci, to ustanowią rekord świata... założę się, że najmniejsze z ich dzieciątek będzie ważyło z tonę.

Wyszli z chatki i zamknęli za sobą drzwi. Było zaskakująco ciemno. Otulili się szczelniej płaszczami i ruszyli w górę łagodnego zbocza.

— Ooch, to oni, patrzcie! — szepnęła Hermiona.

Od strony jeziora szli ku zamkowi goście z Durmstrangu. Wiktor Krum kroczył na przedzie obok profesora Karkarowa, a reszta uczniów dreptała za nimi. Ron wbił tęskne spojrzenie w plecy Kruma, ale ten nie odwrócił się ani razu, a kiedy dotarł do frontowych drzwi, natychmiast wszedł do środka.

Rozświetlona blaskiem tysięcy świec Wielka Sala była już zatłoczona. Czarę Ognia przeniesiono: stała teraz na stole nauczycielskim, przed pustym jeszcze krzesłem Dumbledore'a. Fred i George — świeżo ogoleni — zdawali się zupełnie nieźle znosić gorycz porażki.

— Mam nadzieję, że to będzie Angelina — powiedział Fred, kiedy Harry, Ron i Hermiona usiedli przy stole Gryffindoru.

— Ja też! — wydyszała Hermiona. — No, ale wkrótce się dowiemy!

Uczta w Noc Duchów ciągnęła się dłużej niż zwykle, a w każdym razie tak im się wydawało. Może dlatego, że była to już druga uczta w ciągu dwóch dni, w każdym razie nadzwyczajne potrawy nie sprawiały Harry'emu takiej radości jak zwykle. Jak wszyscy inni — sądząc po nieustannym wyciąganiu szyj i niecierpliwych spojrzeniach rzucanych ukradkiem na stół nauczycielski, by sprawdzić, czy Dumbledore skończył już jeść — wyczekiwał chwili, w której talerze zalśnią czystością, a on usłyszy, kto weźmie udział w turnieju.

W końcu talerze zalśniły czystym złotem i wybuchła wrzawa podniecenia, która ucichła prawie natychmiast, gdy Dumbledore podniósł się z krzesła. Siedzący po jego bokach profesor Karkarow i madame Maxime wydawali się równie spięci i podnieceni jak wszyscy. Ludo Bagman uśmiechał się i mrugał do niektórych uczniów. Pan Crouch natomiast sprawiał wrażenie, jakby go to wszystko niewiele obchodziło, a nawet jakby się trochę nudził.

— Czara jest już prawie gotowa, by dokonać wyboru — rzekł Dumbledore. — Myślę, że to jej zajmie jeszcze z minutę. Kiedy zostaną ogłoszone nazwiska reprezentantów, proszę, by tutaj podeszli, przemaszerowali wzdłuż stołu nauczycielskiego i weszli do przylegającej komnaty — wskazał na drzwi za stołem nauczycielskim — gdzie otrzymają pierwsze instrukcje.

Wyjął różdżkę i machnął nią szeroko, a natychmiast pogasły wszystkie świece z wyjątkiem tych w wydrążonych dyniach. Czara Ognia była teraz najjaśniejszym punktem w całej sali; bladoniebieskie płomienie prawie oślepiały. Wszyscy się w nie wpatrywali... kilka osób zerknęło na zegarki...

— Jeszcze sekunda... — szepnął Lee Jordan, siedzący o dwa krzesła dalej od Harry'ego.

Płomienie pełzające nad krawędzią Czary Ognia nagle poczerwieniały. Buchnęły iskry. W następnej chwili z czary wystrzelił długi język ognia, z którego wyleciał nadpalony kawałek pergaminu. Rozległy się zduszone okrzyki.

Dumbledore zręcznie pochwycił kawałek pergaminu i wyciągnął na długość ramienia, aby móc go odczytać w świetle płomieni, które znowu zrobiły się niebiesko-białe.

— Reprezentantem Durmstrangu będzie... — przeczytał mocnym, czystym głosem — Wiktor Krum.

— Żadna niespodzianka! — wrzasnął Ron, kiedy sala rozbrzmiała oklaskami i wiwatami.

Harry zobaczył, jak Krum wstaje od stołu Ślizgonów i idzie ku profesorowi Dumbledore'owi, a potem skręca w prawo, przechodzi wzdłuż stołu nauczycielskiego i znika w drzwiach do przyległej komnaty.

— Brawo, Wiktorze! — zahuczał Karkarow tak głośno, że mimo oklasków wszyscy go usłyszeli. — Wiedziałem, że to będziesz ty!

Oklaski i wrzawa powoli zamierały. Teraz wszyscy znowu utkwili wzrok w Czarze Ognia, która po kilku sekundach ponownie rozkwitła czerwienią. Drugi kawałek pergaminu wyleciał w powietrze.

— Reprezentantem Beauxbatons jest Fleur Delacour! — oznajmił Dumbledore.

— Ron, to ona! — krzyknął Harry, widząc, jak wstaje dziewczyna podobna do wili, odgarnia do tyłu srebrnoblond włosy i idzie między stołami Ravenclawu i Hufflepuffu.

— Popatrzcie na ich zawiedzione miny — powiedziała Hermiona, przekrzykując wrzawę i wskazując na pozostałych uczniów Beauxbatons.

„Zawiedzione" to trochę zbyt łagodne określenie, pomyślał Harry. Dwie dziewczyny zalały się łzami i szlochały z głowami ukrytymi w ramionach.

Kiedy Fleur Delacour również znikła w bocznych drzwiach, znowu zapadła cisza, ale tym razem tak nabrzmiała napięciem, że prawie czuło się jej smak. Teraz ogłoszą reprezentanta Hogwartu...

I ponownie zaczerwieniły się płomienie, i znowu buchnął snop iskier, język ognia wystrzelił w powietrze, a Dumbledore pochwycił trzeci kawałek pergaminu.

— Reprezentantem Hogwartu — zawołał — jest Cedrik Diggory!

— Nie! — krzyknął Ron, ale nikt go poza Harrym nie usłyszał, bo ryk przy sąsiednim stole był ogłuszający. Wszyscy Puchoni zerwali się na nogi, wrzeszcząc i tupiąc, kiedy Cedrik, uśmiechając się szeroko, ruszył ku komnacie za stołem nauczycielskim. Wiwaty trwały tak długo, że dopiero po kilku minutach Dumbledore mógł znowu przemówić.

— Wspaniale! — zawołał, szczerze uradowany, kiedy wrzawa w końcu ucichła. — A więc mamy trzech reprezentantów szkół. Jestem pewny, że nie zawiodę się na was wszystkich, nie wyłączając pozostałych uczniów z Beauxbatons i Durmstrangu... Liczę na to, że wszyscy reprezentanci spotkają się z waszym wspaniałomyślnym poparciem i aplauzem. Dopingując i oklaskując swojego reprezentanta, przyczynicie się do...

Ale nagle urwał, a po chwili dla wszystkich stało się jasne, co go wytrąciło z równowagi.

Płomienie w Czarze Ognia ponownie zabarwiły się czerwienią. Trysnęły iskry. Długi język ognia wystrzelił w powietrze i wyrzucił jeszcze jeden kawałek pergaminu.

Chyba zupełnie machinalnie Dumbledore wyciągnął rękę i pochwycił pergamin. Wyciągnął go przed siebie na długość ramienia i wytrzeszczył oczy. Zapadła cisza, w czasie której Dumbledore długo wpatrywał się w świstek w swojej dłoni, a wszyscy wpatrywali się w Dumbledore'a.

A potem Dumbledore odchrząknął i przeczytał:

— Harry Potter.

ROZDZIAŁ SIEDEMNASTY

Czworo reprezentantów

Harry siedział nieruchomo, świadom, że wszystkie głowy zwróciły się w jego stronę. Był kompletnie oszołomiony. Odrętwiały. Myślał, że to sen. Albo że się przesłyszał.

Nie było oklasków. Szum, podobny do brzęczenia rozwścieczonych pszczół, wypełnił Wielką Salę. Niektórzy wstawali, by lepiej widzieć Harry'ego. A on zamarł w bezruchu na swoim krześle.

Profesor McGonagall zerwała się na nogi i przeszła szybko obok Ludona Bagmana i profesora Karkarowa, by szepnąć kilka słów profesorowi Dumbledore'owi, który pochylił ku niej głowę, marszcząc czoło.

Harry odwrócił się do Rona i Hermiony; za nimi zobaczył cały długi stół Gryffindoru. Wszyscy gapili się na niego z otwartymi ustami.

— Ja nie wrzuciłem tam swojego nazwiska — bąknął Harry. — Przecież wiecie, że tego nie zrobiłem.

Oboje patrzyli na niego w milczeniu.

Profesor Dumbledore wyprostował się, kiwając głową do profesor McGonagall.

— Harry Potter! — powtórzył. — Harry! Podejdź tu, proszę!

— Idź — szepnęła Hermiona, popychając lekko Harry'ego.

Wstał, przydepnął sobie skraj szaty i zachwiał się. Ruszył między stołami Gryffindoru i Hufflepuffu. Była to bardzo długa wędrówka. Stół nauczycielski wcale się nie przybliżał, czuł też na sobie setki spojrzeń, jakby każde z nich było reflektorem. Szum narastał. Wydawało mu się, że upłynęła godzina, zanim stanął przed Dumbledore'em, czując, że wpatrują się w niego wszyscy nauczyciele.

— No, to... do sąsiedniej komnaty, Harry — powiedział Dumbledore.

Nie uśmiechał się.

Harry powlókł się wzdłuż stołu nauczycielskiego. Hagrid siedział na samym końcu. Nie mrugnął do Harry'ego, nie machnął ręką, nie zrobił żadnego przyjaznego gestu czy miny. Wyglądał na kompletnie zaskoczonego i gapił się na Harry'ego tak samo jak wszyscy. Harry przeszedł przez boczne drzwi i znalazł się w małym pomieszczeniu, obwieszonym portretami czarownic i czarodziejów. Naprzeciw niego huczał wesoło ogień na kominku.

Twarze na portretach zwróciły się ku niemu, gdy wszedł. Zobaczył, jak jakaś pomarszczona czarownica wyskoczyła z ram swojego obrazu, wskoczyła w sąsiednie, w których królował czarodziej z wąsami morsa, i zaczęła mu coś szeptać do ucha.

Wokół kominka stali Wiktor Krum, Cedrik Diggory i Fleur Delacour. Wyglądali dziwnie imponująco na tle drgających płomieni. Krum, przygarbiony i zamyślony, opierał się o gzyms kominka, w pewnym oddaleniu od dwojga pozostałych. Cedrik stał z rękami założonymi do tyłu, wpatrując się w ogień. Fleur Delacour obejrzała się, kiedy wszedł Harry, i odrzuciła do tyłu swoje długie, srebrzyste włosy.

— Co jest? — zapytała. — Czi chcą, żebi my wrócili do sali?

Najwidoczniej uznała, że przyszedł z jakąś wiadomością. Harry nie miał pojęcia, jak im wyjaśnić to, co się przed chwilą wydarzyło. Stał, patrząc na troje reprezentantów. Uderzyło go, że wszyscy są bardzo wysocy.

Usłyszał za sobą pospieszne kroki i do pokoju wszedł Ludo Bagman. Wziął Harry'ego pod ramię i poprowadził do kominka.

— Niesłychane! — mruknął, ściskając mu ramię. — Absolutnie niesamowite! Panowie... pani — dodał, podchodząc do kominka i zwracając się do trójki pozostałych. — Pragnę wam przedstawić... choć może to wydać się wam nieprawdopodobne... *czwartego* uczestnika turnieju.

Wiktor Krum wyprostował się. Jego gburowata twarz pociemniała, gdy spojrzał na Harry'ego. Cedrik sprawiał wrażenie zakłopotanego. Patrzył to na Bagmana, to na Harry'ego, jakby nie był pewny, czy dobrze zrozumiał, co Bagman powiedział. Natomiast Fleur Delacour potrząsnęła srebrną grzywą i powiedziała:

— Och, to barzo dobri ziart, monsieur Bagman.

— Żart? — powtórzył zdumiony Bagman. — Nie, nie, nie, to wcale nie jest żart! Czara Ognia właśnie wyrzuciła jego nazwisko!

Gęste brwi Kruma drgnęły lekko. Cedrik nadal wyglądał na uprzejmie zdziwionego.

Fleur zmarszczyła brwi.

— Ale to musi jakaś pomylka — powiedziała z wyrzutem. — On nie mozi. Jest za muodi.

— No cóż... to rzeczywiście niezwykłe — rzekł Bagman, pocierając swój gładki podbródek i uśmiechając się do Harry'ego. — Ale, jak wiadomo, ograniczenie wieku zostało wprowadzone dopiero w tym roku, jako nadzwyczajny środek ostrożności. A jego nazwisko wypadło z Czary. Nie sądzę, by na tym etapie można było kogoś wycofać, to sprzeczne z przepisami... Jesteście wszyscy zobowiązani... Harry będzie po prostu musiał robić, co w jego...

Drzwi ponownie się otworzyły i weszła duża grupa ludzi: profesor Dumbledore, a tuż za nim pan Crouch, profesor Karkarow, madame Maxime, profesor McGonagall i profesor Snape.

— Madame Maxime! — zawołała natychmiast Fleur, podchodząc szybko do swojej dyrektorki. — On mówi, że ten mali chlopiec ma też być reprezentant!

Harry poczuł, że przez grubą, wełnistą warstwę oszołomienia przedarła się w nim fala gniewu. *Mały chłopiec?*

Madame Maxime wyprostowała się, demonstrując w całości swoją okazałą postać. Szczyt jej wdzięcznej głowy omiótł wiszący u sufitu żyrandol ze świecami, a czarna satynowa szata wzdęła się imponująco.

— Co to znaczi, Dumbli-dorr? — zapytała władczym tonem.

— Ja też chciałbym to wiedzieć, Dumbledore — powiedział profesor Karkarow. Uśmiechał się chłodno, a jego niebieskie oczy przypominały dwa lodowe dropsy. — Dwóch reprezentantów Hogwartu? Nie przypominam sobie, by ktoś mi mówił, że szkoła, w której rozgrywa się turniej, może wystawić dwóch zawodników... chyba że nie dość dokładnie przeczytałem regulamin.

I parsknął ironicznym śmiechem.

— *C'est impossible* — oświadczyła madame Maxime, której olbrzymia dłoń, ozdobiona mnóstwem wspaniałych opali, spoczęła na ramieniu Fleur. — 'Ogwart nie mozi wystawić dwa reprezentant. To by bilo nie fair.

— Byliśmy przekonani, że twoja Linia Wieku wykluczy młodszych pretendentów, Dumbledore — powiedział Karkarow, wciąż uśmiechając się chłodno, a jego oczy błysnęły lodowatą stalą. — Bo w innym przypadku, oczywiście, dokonalibyśmy wyboru z większej liczby kandydatów.

— Karkarow, to wyłącznie wina Pottera — powiedział łagodnie Snape, a jego czarne oczy rozbłysły nienawiścią. — Proszę nie obwiniać profesora Dumbledore'a o to, że Potter rozmyślnie złamał przepisy. Robi to zresztą od chwili, gdy do nas przybył...

— Dziękuję ci, Severusie — przerwał mu stanowczym tonem Dumbledore, a Snape umilkł, choć jego oczy nadal połyskiwały złośliwie spoza kurtyny tłustych czarnych włosów.

Profesor Dumbledore patrzył teraz na Harry'ego, który odwzajemniał to spojrzenie, starając się dostrzec wyraz oczu profesora za półkolistymi okularami.

— Harry, czy wrzuciłeś swoje nazwisko do Czary Ognia? — zapytał spokojnie Dumbledore.

— Nie — odpowiedział Harry.

Był świadom, że wszyscy patrzą na niego uważnie. Ukryty w cieniu Snape prychnął pogardliwie.

— Czy prosiłeś jakiegoś starszego ucznia, żeby wrzucił twoje nazwisko do Czary Ognia? — zapytał Dumbledore, nie zwracając uwagi na Snape'a.

— Nie — odpowiedział porywczo Harry.

— Ach, on klami! *C'est impossible!* — krzyknęła madame Maxime.

Snape kręcił głową, wykrzywiając usta.

— Nie mógł przekroczyć Linii Wieku — powiedziała ostro profesor McGonagall. — Jestem pewna, że wszyscy się co do tego zgadzamy...

— Dumbli-dorr pomylisie z tę linię — oświadczyła madame Maxime, wzruszając ramionami.

— To oczywiście możliwe — zgodził się uprzejmie Dumbledore.

— Dumbledore, przecież doskonale wiesz, że nie ma mowy o żadnej pomyłce! — powiedziała ze złością profesor McGonagall. — To czysty nonsens! Harry nie mógł przekroczyć tej linii, a skoro profesor Dumbledore wierzy, że nie namówił też żadnego starszego kolegi, żeby zrobił to za niego, to chyba zamyka sprawę!

Rzuciła wściekłe spojrzenie na Snape'a.

— Panie Crouch, panie Bagman — odezwał się Karkarow obłudnym, przesłodzonym tonem — jesteście naszymi... ee... obiektywnymi sędziami. Chyba się zgodzicie, że mamy tu do czynienia z uderzającą nieprawidłowością?

Bagman otarł chusteczką swoją krągłą, chłopięcą twarz i spojrzał na pana Croucha, który stał poza kręgiem światła z kominka i sprawiał trochę dziwne wrażenie, bo w tym półmroku wyglądał o wiele starzej, a jego głowa przypominała trupią czaszkę. Kiedy jednak przemówił, głos miał jak zwykle uprzejmy.

— Musimy trzymać się zasad, a zasady wyraźnie mówią, że ci, których nazwiska wyrzuci Czara Ognia, mają obowiązek wzięcia udziału w turnieju.

— No cóż, Barty zna regulamin na pamięć — powiedział Bagman, uśmiechając się i odwracając z powrotem do Karkarowa i madame Maxime, jakby rzecz została przesądzona.

— Nalegam, by nazwiska reszty moich uczniów zostały poddane nowej próbie — oświadczył Karkarow. Porzucił już swój obleśny ton i nie uśmiechał się obłudnie. Przeciwnie, jego twarz ziała teraz złością. — Ustawimy ponownie Czarę Ognia i będziemy do niej wrzucać nazwiska do czasu, aż każda szkoła będzie miała po dwóch reprezentantów. To jedyne sprawiedliwe rozwiązanie, Dumbledore.

— Ależ, Karkarow, to niemożliwe — powiedział Bagman. — Czara Ognia wygasła... i nie zapłonie ponownie aż do następnego turnieju...

— ...w którym Durmstrang na pewno nie weźmie udziału! — krzyknął Karkarow. — Po tych wszystkich naradach, negocjacjach i kompromisach nie spodziewałem się, że dojdzie do czegoś takiego! Zastanawiam się, czy nie wyjechać natychmiast!

— Próżne gadanie, Karkarow — zagrzmiał głos spod drzwi. — Nie możesz teraz opuścić swojego reprezentanta. A on musi wziąć udział w turnieju. Oni wszyscy muszą wziąć udział w turnieju. Wiążący magiczny kontrakt, jak powiedział Dumbledore. Bardzo wygodne, co?

Do komnaty wszedł Moody. Pokuśtykał do kominka, przy każdym kroku stukając złowieszczo drewnianą nogą.

— Wygodne? — powtórzył Karkarow. — Obawiam się, że nie rozumiem.

Harry mógłby przysiąc, że Karkarow chciał, by jego głos zabrzmiał lekceważąco, tak jakby Moody powiedział coś nie zasługującego na uwagę. Zdradziły go jednak ręce, które bezwiednie zacisnęły się w pięści.

— Nie rozumiesz? — powiedział cicho Moody. — To bardzo proste, Karkarow. Ktoś wrzucił do czary nazwisko Pottera, wiedząc, że będzie musiał wziąć udział w turnieju, jeśli czara je wyrzuci.

— *Il est de toute évidence...* ktoś, kto chcial dać 'Ogwart *double*-szansę! — zawołała madame Maxime.

— Całkowicie się z panią zgadzam, madame Maxime — rzekł Karkarow, kłaniając się jej. — Złożę skargę w Ministerstwie Magii i w Międzynarodowej Konfederacji Czarodziejów...

— Jeśli już ktoś ma powody, by się skarżyć, to tylko Potter — warknął Moody — ale... dziwna rzecz... nie słyszałem, by wypowiedział choćby jedno słowo...

— Czemu mialbi się skarzic? — wybuchła Fleur Delacour, tupiąc nogą. — Jemu nagle dali szansy w tym turnieju! My na to wyciekali i wyciekali cali tygodni! Tu chodzi o 'onor Beauxbatons! Tysiący galeoni! Za taki szansy wielu by umarli!

— Być może właśnie ktoś żywi nadzieję, że Potter umrze, jak dostanie taką szansę — powiedział Moody, a w jego głosie dało się odczuć leciutkie echo śmiechu.

Po tych słowach zaległo pełne napięcia milczenie.

Ludo Bagman, który teraz miał już bardzo wystraszoną minę, zakołysał się nerwowo na piętach i powiedział:

— Moody... mój stary... co ty opowiadasz!

— Wszyscy wiemy, że profesor Moody uważa poranek za stracony, jeśli przed obiadem nie wykryje sześciu spisków na swoje życie — powiedział głośno Karkarow. — Najwidoczniej teraz uczy młodych ludzi, żeby i oni bali się morderczych zamachów. Dziwna to cecha u nauczyciela obrony przed czarną magią, Dumbledore, ale na pewno miałeś swoje powody.

— Ja sobie wyobrażam spiski, tak? — zagrzmiał Moody. — Widzę wszędzie morderców, tak? Ten, kto wrzucił do czary kartkę z nazwiskiem tego chłopca, musiał być bardzo zręcznym i dobrze wyszkolonym czarodziejem...

— Ach, a ma na to jaki dowody? — zapytała madame Maxime, wznosząc swoje olbrzymie ręce.

— Ten ktoś oszukał bardzo potężny obiekt magiczny! — rzekł Moody. — Musiał użyć wyjątkowo silnego zaklęcia Confundus, żeby wykiwać czarę tak, by zapomniała o tym, że tylko trzy szkoły uczestniczą w turnieju... Podejrzewam, że przy nazwisku tego chłopca podano nazwę czwartej szkoły, żeby wyglądało, że jest jedynym kandydatem w swojej kategorii...

— Chyba bardzo długo nad tym rozmyślałeś, Moody — powiedział chłodno Karkarow. — To genialna hipoteza... Ale słyszałem, że niedawno przyszło ci do głowy, że twój prezent urodzinowy to chytrze zamaskowane jajo bazyliszka i roztrzaskałeś je na drobne kawałki, zanim się zorientowałeś, że to budzik. Musisz więc nas zrozumieć, jeśli nie będziemy traktować twoich hipotez zbyt poważnie...

— Są tacy, którzy wykorzystają każdą niewinną okazję, by osiągnąć swój cel — odparł Moody jadowitym tonem. — Taki już mam zawód, Karkarow... A polega on na przewidywaniu, w jaki sposób mogą nas zaatakować mistrzowie czarnej magii... Powinieneś o tym pamiętać...

— Alastorze! — krzyknął Dumbledore ostrzegawczym tonem.

Harry zastanawiał się przez chwilę, do kogo dyrektor mówi, ale później zdał sobie sprawę, że „Szalonooki" nie może być imieniem Moody'ego. Moody zamilkł, choć wciąż wpatrywał się w Karkarowa z widoczną satysfakcją — twarz Karkarowa płonęła niezdrowym rumieńcem.

— Nie wiemy, jak doszło do takiej sytuacji — powiedział Dumbledore, zwracając się do wszystkich obecnych. — Wydaje mi się jednak, że nie mamy wyboru, musimy ją zaakceptować. Zarówno Cedrik, jak i Harry zostali wybrani, by wziąć udział w Turnieju Trójmagicznym. I dlatego wezmą w nim udział...

— Ach, Dumbli-dorr, ale...

— Moja droga madame Maxime, jeśli ma pani jakąś inną propozycję, wysłucham jej z najwyższą przyjemnością. Czekał, ale madame Maxime milczała, patrząc na niego spode łba. I nie ona jedna. Snape też był wściekły, a Karkarow posiniał ze złości. Natomiast Bagman sprawiał wrażenie podekscytowanego tą sytuacją.

— No to co, rozwijamy żagle? — zapytał, zacierając ręce i uśmiechając się ochoczo. — Udzielimy instrukcji naszym zawodnikom? Barty, może ty?

Pan Crouch zrobił taką minę, jakby ocknął się z głębokiej zadumy.

— Tak... instrukcje. Tak... pierwsze zadanie...

Podszedł do kominka. Z bliska wydał się Harry'emu chory. Miał sine cienie pod oczami, a pomarszczona skóra miała jakiś niezdrowy, papierowy wygląd. Od czasu mistrzostw świata w quidditchu bardzo się zmienił.

— Pierwsze zadanie ma sprawdzić waszą odwagę — zwrócił się do Harry'ego, Cedrika, Fleur i Kruma — więc nie powiemy wam, na czym ono polega. Męstwo w obliczu nieznanego jest ważną cechą dobrego czarodzieja... bardzo ważną... Pierwsze zadanie czeka was dwudziestego czwartego listopada, a będziecie je wykonywać na oczach wszystkich innych uczniów i zespołu sędziów. Zawodnikom nie wolno prosić nauczycieli o pomoc w wykonaniu turniejowych zadań i nie wolno im takiej pomocy przyjąć. Będziecie uzbrojeni tylko w różdżki. Po wykonaniu pierwszego zadania otrzymacie instrukcje dotyczące zadania drugiego. Ze względu na wymagający i czasochłonny charakter zadań turniejowych, reprezentanci szkół będą w tym roku zwolnieni z egzaminów końcowych.

Pan Crouch spojrzał na Dumbledore'a.

— To chyba wszystko, Albusie?

— Myślę, że tak — odpowiedział Dumbledore, wciąż patrząc na pana Croucha z lekkim niepokojem. — Na pewno nie zechcesz zostać na noc w Hogwarcie, Barty?

— Nie, Dumbledore, muszę wracać do ministerstwa. To bardzo trudny okres, mamy mnóstwo pracy... Zostawiłem na stanowisku tego młodzieńca, Weatherby'ego. Ma dużo zapału... szczerze mówiąc, może trochę za dużo...

— Ale przynajmniej napijemy się czegoś razem, co? — zapytał Dumbledore.

— Daj się skusić, Barty, ja zostaję! — odezwał się Bagman. — To, co dzieje się tu, w Hogwarcie, jest o wiele bardziej podniecające niż robota w ministerstwie!

— Nie sądzę, Ludo — odrzekł Crouch z nutą swojego dawnego zniecierpliwienia.

— Profesorze Karkarow, madame Maxime... — zaczął Dumbledore — wypijemy po szklaneczce czegoś rozgrzewającego przed pójściem do łóżek?

Ale madame Maxime już objęła Fleur za ramiona i wyprowadzała ją pospiesznie z komnaty. Harry dosłyszał, jak obie rozmawiają bardzo szybko po francusku. Karkarow skinął na Kruma i obaj wyszli, bardzo poruszeni, ale milczący.

— Harry, Cedriku, powinniście już iść spać — rzekł Dumbledore, uśmiechając się do nich. — Jestem pewny, że w Gryffindorze i Hufflepuffie czekają, by świętować wasz wybór, a byłoby zbrodnią pozbawiać ich tak wspaniałej wymówki do urządzenia okropnego zamieszania i hałasu, jakiego się spodziewam.

Harry zerknął na Cedrika, a ten kiwnął głową i wyszli razem.

Wielka Sala już opustoszała, w wyszczerzonych gębach dyń dopalały się świece, co nadawało im tajemniczy, niemal groźny wygląd.

— A więc znowu gramy przeciwko sobie! — zauważył Cedrik z lekkim uśmiechem.

— Na to wygląda — odrzekł Harry. Nic innego nie przychodziło mu do głowy, w której miał kompletny chaos, jakby mu przetrząśnięto mózg.

— Więc powiedz mi — rzekł Cedrik, gdy znaleźli się w sali wejściowej, którą teraz oświetlały tylko pochodnie — jak ci się udało wrzucić swoją kartkę?

— Nie zrobiłem tego — odpowiedział Harry, patrząc mu w oczy. — Nie wrzucałem żadnej kartki. Mówię ci prawdę.

— Ach... w porządku. — Harry był pewny, że Cedrik mu nie uwierzył. — No to... do zobaczenia.

Zamiast wejść po marmurowych schodach, Cedrik wszedł w drzwi po prawej stronie. Harry stał przez chwilę, słuchając jego kroków po kamiennych stopniach wiodących do lochów, a potem zaczął się wspinać po marmurowych schodach.

Czy uwierzy mu ktokolwiek poza Ronem i Hermioną, czy raczej wszyscy są przekonani, że to on sam zgłosił się do turnieju? Ale jak oni mogli coś takiego pomyśleć, przecież jego rywale mają za sobą trzy lata nauki magii więcej od niego... przecież stanie w obliczu zadań, które nie tylko są niebezpieczne, ale mają być wykonane na oczach setek ludzi! Owszem, myślał o tym... fantazjował... ale to był tylko żart, jałowe marzenia... przecież nigdy poważnie nie liczył na swój udział w turnieju.

Tymczasem ktoś inny o tym pomyślał, ktoś inny chciał, żeby to on się zgłosił, ktoś zadbał, żeby Czara wyrzuciła jego nazwisko. Dlaczego? Żeby zrobić mu frajdę? Jakoś nie bardzo w to wierzył...

Żeby zobaczyć go, jak zrobi z siebie głupca? No, jeśli tak, to ten ktoś jest już bardzo bliski celu...

A może po to, żeby wystawić go na pewną śmierć? Może Moody wcale nie jest zwariowanym emerytem, który wszędzie widzi zagrożenie? Może ktoś znał jakąś sztuczkę, dzięki której wrzucił do czary świstek z jego nazwiskiem? Czy ktoś naprawdę chce go zabić?

Na to ostatnie pytanie natychmiast udzielił sobie odpowiedzi. Tak, ktoś pragnie jego śmierci, ktoś pragnie jego śmierci od chwili, gdy skończył zaledwie rok: Lord Voldemort. Ale jak by mu się udało wrzucić jego nazwisko do Czary Ognia? Przecież przebywa gdzieś daleko, w jakimś odległym kraju, samotny... słaby... pozbawiony mocy...

A jednak w tym śnie, tuż zanim przebudził się z bolącą blizną, widział, że Voldemort nie był sam. Rozmawiał z Glizdogonem... planował śmierć Harry'ego...

Wzdrygnął się na widok Grubej Damy. Nogi same go niosły, nawet nie wiedział gdzie. Zaskoczyło go również, że nie była sama w swych ramach. Obok niej siedziała owa pomarszczona czarownica, która na jego widok przeskoczyła do sąsiedniego obrazu, kiedy wszedł do bocznej komnaty na dole. Musiała przeskakiwać błyskawicznie z obrazu na obraz przez siedem pięter, żeby dostać się tu przed nim. A teraz i ona, i Gruba Dama wpatrywały się w niego z najwyższym zainteresowaniem.

— No, no, no — powiedziała Gruba Dama. — Violet właśnie mi o wszystkim opowiedziała. Więc kto został reprezentantem szkoły?

— Banialuki — burknął Harry.

— Żadne banialuki! — oburzyła się blada czarownica.

— Nie, nie, Violet, to tylko hasło — uspokoiła ją Gruba Dama i wyskoczyła do przodu na zawiasach, żeby wpuścić Harry'ego do pokoju wspólnego.

Ryk, jaki rozdarł mu uszy, gdy tylko otworzyła się dziura pod portretem, prawie zwalił go z nóg. W następnej chwili został wciągnięty do pokoju wspólnego przez blisko tuzin rąk i stanął przed całym domem Gryffindoru, a wszyscy wrzeszczeli, klaskali i gwizdali.

— Dlaczego nam nie powiedziałeś, że się zgłosiłeś? — ryknął Fred, trochę obrażony, a trochę zachwycony.

— Jak to zrobiłeś, że broda ci nie wyrosła? Ale numer! — krzyknął George.

— Ja tego nie zrobiłem — powiedział Harry. — Ja nie wiem, jak...

Ale już rzuciła się na niego Angelina.

— Och... no pewnie, żal mi, że to nie ja, ale jednak przynajmniej ktoś z Gryffindoru...

— Będziesz mógł odpłacić Diggory'emu za ostatni mecz quidditcha, Harry! — zapiszczała Katie Bell, druga ścigająca Gryfonów.

— Harry, zdobyliśmy żarcie, częstuj się...

— Nie jestem głodny. Najadłem się podczas uczty...

Ale nikt nie chciał słyszeć, że nie jest głodny, nikt nie chciał słyszeć, że to nie on wrzucił swoje nazwisko do czary, nikt nie chciał zauważyć, że nie jest w nastroju do zabawy i świętowania... Lee Jordan wytrzasnął skądś flagę Gryffindoru i uparł się, by owinąć nią Harry'ego jak płaszczem. Harry nie mógł uciec; za każdym razem, gdy próbował prześliznąć się do schodów wiodących do sypialni, tłum gęstniał, wmuszono w niego kolejną butelkę kremowego piwa, wciskano mu w ręce chrupki i orzeszki... Każdy chciał się dowiedzieć, w jaki sposób przechytrzył Dumbledore'a, przekraczając Linię Wieku, i jak mu się udało wrzucić do Czary Ognia kartkę ze swoim nazwiskiem...

— Ja tego nie zrobiłem — powtarzał. — Nie mam pojęcia, jak to się stało.

Ale nikt nie zwracał na to najmniejszej uwagi. Równie dobrze mógłby w ogóle nic nie mówić.

— Jestem zmęczony! — wrzasnął w końcu po upływie blisko pół godziny. — Nie, poważnie, George... idę do łóżka...

Pragnął przede wszystkim odnaleźć swoich przyjaciół, ostoję rozsądku i normalności, ale nigdzie ich nie dostrzegł. Powtarzając, że jest śpiący, przedarł się jakoś przez tłum do stóp schodów, gdzie o mały włos nie wpadł na dwóch małych Creeveyów, którzy zaczaili się na niego. W końcu udało mu się pozbyć wszystkich i popędził ile sił w nogach do sypialni.

Z wielką ulgą zobaczył Rona, leżącego na łóżku w pustym dormitorium. Był kompletnie ubrany. Gdy Harry zatrzasnął za sobą drzwi, Ron spojrzał na niego, nie ruszając się z łóżka.

— Gdzie ty byłeś? — zapytał Harry.

— Och, cześć — mruknął Ron.

Uśmiechał się, ale był to bardzo dziwny, wymuszony uśmiech. Harry nagle zdał sobie sprawę, że wciąż ma na sobie szkarłatną flagę Gryffindoru, którą obwiązał go Lee. Chciał ją szybko zdjąć, ale węzeł nie chciał puścić. Ron leżał nieruchomo na łóżku, obserwując jego wysiłki.

— Moje gratulacje — powiedział, kiedy Harry'emu w końcu udało się pozbyć flagi, którą cisnął w kąt.

— Jakie gratulacje, zwariowałeś? — odrzekł Harry, wpatrując się w niego.

Tak, z całą pewnością coś mu się nie podobało w uśmiechu Rona. To w ogóle nie był uśmiech, raczej grymas.

— Nikt inny nie przekroczył Linii Wieku — powiedział Ron. — Nawet Fredowi i George'owi się nie udało. Czego użyłeś? Peleryny-niewidki?

— W pelerynie-niewidce nie przekroczyłbym tej linii — powiedział powoli Harry.

— No tak, słusznie. Pomyślałem sobie, że jakbyś jej użył, tobyś mi powiedział, bo przecież zmieścilibyśmy się pod nią we dwóch, prawda? Ale znalazłeś jakiś inny sposób, tak?

— Posłuchaj — rzekł Harry — ja nie wrzuciłem swojego nazwiska do Czary Ognia. Ktoś inny musiał to zrobić.

Ron uniósł brwi.

— Ktoś inny? A niby po co?

— Nie wiem. — Harry poczuł, że zabrzmiałoby bardzo melodramatycznie, gdyby powiedział: „żeby mnie zabić".

Ron uniósł brwi tak wysoko, że prawie znikły mu pod czupryną.

— No dobra, ale *mnie* mógłbyś powiedzieć — rzekł. — Nie chcesz, żeby ktoś inny o tym wiedział, rozumiem, ale dlaczego zadajesz sobie tyle trudu, żeby kłamać, przecież nie masz przez to kłopotów, prawda? Ta przyjaciółka Grubej Damy, Violet, wszystko nam opowiedziała, już wiemy, że Dumbledore pozwolił ci startować. Tysiąc galeonów nagrody, co? No i nie będziesz musiał zdawać egzaminów pod koniec roku...

— Ja nie wrzuciłem swojego nazwiska do czary! — krzyknął Harry, czując, że ogarnia go złość.

— No jasne, w porządku — powiedział Ron tym samym ironicznym tonem co Cedrik. — Ale rano mówiłeś, że zrobiłbyś to w nocy, tak żeby nikt cię nie zauważył. Nie jestem taki głupi, za jakiego mnie uważasz.

— A sprawiasz wrażenie, jakbyś był — warknął Harry.

— Tak? — Teraz na twarzy Rona nie było już uśmiechu, ani wymuszonego, ani naturalnego. — Wiesz co, Harry, pewno chcesz się już położyć, jutro będziesz musiał wcześnie wstać... na sesję zdjęciową albo coś w tym rodzaju.

I zasunął kotary wokół swojego łóżka z baldachimem. Harry stał przy drzwiach i gapił się na czerwony aksamit, ukrywający teraz jedną z tych niewielu osób na świecie, co do których tak był pewny, że mu uwierzą.

ROZDZIAŁ OSIEMNASTY

Sprawdzanie różdżek

K iedy Harry obudził się w niedzielę rano, przez chwilę nie wiedział, dlaczego czuje się tak podle. A potem zwaliło się na niego wspomnienie poprzedniego wieczoru. Usiadł i gwałtownie rozsunął kotary swojego łóżka, zamierzając porozmawiać z Ronem, zmusić go, by mu uwierzył — ale łóżko Rona było puste; musiał już pójść na śniadanie.

Ubrał się i zszedł spiralnymi schodami do pokoju wspólnego. Gdy tylko tam się pojawił, ci, którzy już zjedli śniadanie, powitali go okrzykami i oklaskami. Perspektywa zejścia na dół do Wielkiej Sali i spotkania się z resztą Gryfonów, traktujących go jak bohatera, nie była wcale zachęcająca, ale pozostanie tutaj oznaczało z kolei osaczenie przez braci Creeveyów, którzy już machali do niego jak zwariowani, by do nich podszedł. Ruszył więc stanowczym krokiem do dziury pod portretem, przelazł przez nią i znalazł się twarzą w twarz z Hermioną.

— Cześć — powiedziała, wyciągając do niego stosik grzanek, które niosła na serwetce. — Przyniosłam ci coś do jedzenia. Chcesz się przejść?

— Dobry pomysł — zgodził się Harry z wdzięcznością.
Zeszli na dół, przecięli szybko salę wejściową, nie patrząc w stronę Wielkiej Sali, i wkrótce zmierzali już przez błonie ku jezioru, gdzie zakotwiczony przy brzegu statek z Durmstrangu odbijał się w ciemnej wodzie. Poranek był chłodny, więc chrupali grzanki idąc, a Harry opowiadał Hermionie, co się wydarzyło po tym, jak poprzedniego wieczoru wywołano go od stołu Gryffindoru. Ku jego wielkiej uldze, Hermiona uwierzyła mu, nie zadając zbędnych pytań.

— Byłam pewna, że nie zgłosiłeś się sam — powiedziała, kiedy skończył opowiadać jej o tym, co zaszło w komnacie za stołem nauczycielskim. — Wystarczyło spojrzeć na twoją twarz, kiedy Dumbledore wyczytał twoje nazwisko! Pytanie tylko, kto to zrobił. Bo Moody ma rację, Harry, tego nie mógł zrobić żaden uczeń... Przecież nikomu nie udałoby się oszukać Czary Ognia albo przekroczyć linii Dumbledore'a...

— Widziałaś dzisiaj Rona? — przerwał jej Harry.

Hermiona zawahała się.

— Eee... tak... był na śniadaniu.

— Wciąż wierzy, że sam się zgłosiłem?

— No... nie, chyba nie do końca — odpowiedziała Hermiona niezbyt pewnym tonem.

— Co to znaczy „nie do końca”?

— Och, Harry, przecież to takie oczywiste! — wybuchła Hermiona. — On jest zazdrosny!

— Zazdrosny? — zdziwił się Harry. — O co? Przecież chybaby nie chciał zrobić z siebie głupka na oczach całej szkoły, prawda?

— Zrozum — powiedziała Hermiona cierpliwym tonem — to ty zawsze wzbudzasz ogólne zainteresowanie, przecież sam o tym dobrze wiesz. Wiem, że to nie twoja wina — dodała szybko, widząc, że Harry skrzywił się i otworzył usta — wiem, że sam się o to nie starasz... ale... zrozum, w domu Ron wciąż musi rywalizować ze swoimi starszymi braćmi, a ty jesteś jego najlepszym przyjacielem i jesteś naprawdę sławny. Jak ludzie was razem spotykają, to on przestaje istnieć. Jakoś to znosi, nigdy nie robi żadnych uwag, ale chyba tym razem już nie wytrzymał.

— Wspaniale — powiedział gorzko Harry. — Naprawdę super. Przekaż mu, że chętnie się z nim zamienię. Powiedz mu, że... proszę bardzo... niech spróbuje... jak to jest, kiedy wszyscy bez przerwy gapią się na twoje czoło...

— Nic mu nie będę mówiła — ucięła Hermiona. — Sam mu powiedz. Tylko w ten sposób można to rozwiązać.

— Nie będę się za nim uganiał, żeby pomóc mu dorosnąć! — krzyknął Harry tak głośno, że kilka sów uleciało z pobliskiego drzewa. — Może mi uwierzy, że nie sprawi mi to żadnej przyjemności, jak złamię kark albo...

— To nie jest śmieszne — powiedziała cicho Hermiona. — To wcale nie jest śmieszne. — Wyglądała na poważnie zaniepokojoną. — Harry, myślałam nad tym... i wiesz, co powinniśmy zrobić, prawda? Jak tylko wrócimy do zamku...

— Tak, dać Ronowi zdrowego kopa...

— Musisz napisać do Syriusza. Musisz mu napisać, co się tutaj stało. Przecież prosił cię, żebyś mu donosił o wszystkim, co się dzieje w Hogwarcie. Jakby się spodziewał, że coś takiego może się wydarzyć. Wzięłam kawałek pergaminu i pióro...

— Nawet o tym nie myśl — rzekł Harry, rozglądając się niespokojnie, czy ktoś ich nie podsłuchuje, ale na błoniach nie było nikogo. — Wrócił do kraju, bo rozbolała mnie blizna. Jak mu napiszę, że ktoś wplątał mnie w ten turniej, to natychmiast tu przybędzie i...

— On chciał, żebyś mu o wszystkim donosił — powtórzyła z powagą Hermiona. — Zresztą i tak się o tym dowie...

— Niby jak?

— Harry, przecież wszyscy się o tym dowiedzą. Ten turniej budzi powszechne zainteresowanie, a ty jesteś sławny. Byłabym zaskoczona, gdyby nie napisano o tym w „Proroku Codziennym". Przecież piszą o tobie w połowie książek poświęconych Sam-Wiesz-Komu... A byłoby lepiej, gdyby Syriusz dowiedział się tego od ciebie, naprawdę.

— No dobra, dobra, napiszę do niego — powiedział Harry, wrzucając do wody ostatnią grzankę.

Przez chwilę stali, patrząc na chybocącą się na powierzchni jeziora grzankę, póki nie wyłoniła się wielka macka, która porwała ją i wciągnęła pod wodę. Wtedy odwrócili się, by wrócić do zamku.

— Jaką sowę mam wysłać? — zapytał Harry, kiedy wspinali się po schodach. — Napisał, żebym nie wysyłał Hedwigi.

— Poproś Rona, żeby ci pożyczył swoją.

— Nie będę Rona o nic prosił — oświadczył stanowczo Harry.

— To weź którąś ze szkolnych. Każdy może ich użyć.

Poszli do sowiarni. Hermiona wręczyła Harry'emu kawałek pergaminu, pióro i kałamarz, a sama zaczęła spacerować wzdłuż długich żerdzi, przyglądając się różnym gatunkom sów. Harry usiadł przy ścianie, by napisać list.

Drogi Syriuszu,

prosiłeś mnie, żebym Ci donosił o wszystkim, co się dzieje w Hogwarcie, więc piszę: nie wiem, czy już słyszałeś, że w tym roku odbędzie się tu Turniej Trój-magiczny, a w sobotę wieczorem ogłoszono, że będę czwartym zawodnikiem. Nie wiem, kto wrzucił moje nazwisko do Czary Ognia, bo ja tego nie zrobiłem. Drugim reprezentantem Hogwartu jest Cedrik Diggory z Hufflepuffu.

Przerwał pisanie i zamyślił się. Bardzo pragnął zwierzyć się z niepokoju, który dręczył go od minionego wieczoru, ale nie potrafił ubrać tego w słowa, więc zanurzył ponownie pióro w kałamarzu i napisał:

Mam nadzieję, że z Tobą i z Hardodziobem wszystko w porządku — Harry

— Skończyłem — oznajmił Hermionie, wstając i otrze-pując szatę ze słomy.

Hedwiga natychmiast sfrunęła mu na ramię i wyciąg-nęła nóżkę.

— Nie możesz lecieć — powiedział jej Harry, rozglą-dając się za szkolnymi sowami. — Muszę wysłać jedną z tych...

Hedwiga zahuczała głośno i odbiła się od jego ramienia tak gwałtownie, że pazury rozcięły mu skórę, a potem usiadła tyłem na najbliższej żerdzi, podczas gdy on przywią-zywał list do nóżki wielkiej płomykówki. Potem wyciągnął rękę, by pogłaskać Hedwigę, ale ta kłapnęła groźnie dzio-bem i odfrunęła na najwyższe żerdzie.

— Najpierw Ron, teraz ty — mruknął ze złością Harry.

— To naprawdę nie moja wina.

*

Jeśli Harry się spodziewał, że sytuacja się poprawi, gdy już wszyscy przyzwyczają się do tego, że jest drugim reprezentantem Hogwartu, to następny dzień wykazał, jak bardzo się mylił. Nie mógł już dłużej unikać reszty szkoły, bo zaczęły się lekcje — a było jasne, że reszta szkoły, podobnie jak Gryfoni, trwała w przekonaniu, że Harry sam zgłosił się do turnieju. Tyle że poza Gryfonami nikt inny nie uważał tego za powód do zachwytu.

Puchoni, którzy zwykle utrzymywali bardzo dobre stosunki z Gryfonami, zaczęli się do nich odnosić bardzo chłodno. Wystarczyła jedna lekcja zielarstwa, by się o tym przekonać. Puchoni wyraźnie uważali, że Harry pozbawił ich reprezentanta pełni chwały, tym bardziej, że dom Hufflepuffu bardzo rzadko chwały dostępował, a Cedrik był jednym z tych niewielu, którzy na nią kiedykolwiek zapracowali, jako że miał główny udział w zwycięstwie swojej drużyny nad Gryffindorem w meczu quidditcha. Ernie Macmillan i Justyn Finch-Fletchley, z którymi Harry zawsze się przyjaźnił, nie odezwali się do niego ani słowem, chociaż pracowali z nim przy jednej tacy nad przesadzaniem skaczących bulw, a gdy jedna z bulw wyrwała się Harry'emu z uścisku i chlasnęła go mocno w twarz, roześmiali się dość paskudnie. Ron też milczał jak zaklęty. Hermiona siedziała między nimi, próbując nawiązać rozmowę, ale choć obaj odpowiadali jej normalnie, unikali swoich spojrzeń. Harry miał wrażenie, że nawet profesor Sprout traktuje go chłodno — no, ale w końcu była opiekunką Hufflepuffu.

W normalnych warunkach cieszyłby się na spotkanie

z Hagridem, ale lekcja opieki nad magicznymi stworzeniami oznaczała, że spotka się też ze Ślizgonami — po raz pierwszy od chwili, gdy ogłoszono, że i on weźmie udział w turnieju.

Jak było do przewidzenia, Malfoy pojawił się przed chatką Hagrida ze swoim zwykłym drwiącym uśmiechem.

— Popatrzcie, chłopaki, a oto i nasz reprezentant — powiedział do Crabbe'a i Goyle'a, gdy tylko znalazł się dostatecznie blisko Harry'ego. — Macie albumy do autografów? Lepiej postarajcie się o jego podpis teraz, bo wkrótce może go zabraknąć między nami... W końcu połowę uczestników Turnieju Trójmagicznego spotkała śmierć. Jak sądzisz, Potter, długo wytrzymasz? Bo ja idę o zakład, że przez dziesięć minut pierwszego zadania.

Crabbe i Goyle zarechotali usłużnie, ale Malfoy musiał na tym poprzestać, bo zza chatki wyszedł Hagrid ze stosem skrzynek w ręku; w każdej była uwięziona jedna bardzo duża sklątka tylnowybuchowa. Ku zgrozie wszystkich zaczął im wyjaśniać, że sklątki zabijają się nawzajem z powodu nadmiaru energii, wobec czego odtąd zadaniem każdego ucznia będzie wyprowadzanie ich na spacer. Jedyną dobrą stroną tego pomysłu było to, że Malfoy przestał się zajmować Harrym.

— Wyprowadzić coś takiego na spacer? — powtórzył z odrazą, zaglądając do jednej ze skrzynek. — A niby gdzie mamy umocować smycz? Wokół żądła, tego wybuchającego końca czy ssawki?

— Tu, w środku — powiedział Hagrid, pokazując im, jak to zrobić. — Ee... możecie założyć rękawice ze smoczej skóry, tak na wszelki wypadek. Harry, chodź tutaj i pomóż mi z tą wielką... — Najwyraźniej chciał porozmawiać z Harrym na osobności.

Odczekał, aż wszyscy zajmą się swoimi sklątkami, po czym zwrócił się do Harry'ego bardzo poważnym tonem:

— A więc... tego... bierzesz udział. W turnieju. Jako reprezentant szkoły.

— Jako jeden z reprezentantów — poprawił go Harry.

Czarne jak żuki oczy Hagrida wpatrywały się w niego z głębokim niepokojem.

— Masz pojęcie, kto cię w to wpakował, Harry?

— A więc wierzysz, że to nie ja? — Harry z najwyższym trudem opanował falę wdzięczności, która go zalała po słowach Hagrida.

— No chyba — burknął Hagrid. — Powiedziałeś, że to nie ty, a ja ci wierzę... Dumbledore też... i wszyscy.

— Bardzo bym chciał wiedzieć, kto to zrobił — powiedział z goryczą Harry.

Spojrzeli na błonia. Klasa rozeszła się po trawniku, każdy z najwyższym trudem prowadził swoją sklątkę. Sklątki miały już ponad trzy stopy długości i wyjątkową siłę. Nie były już nagie i bezbarwne, lecz okrywał je gruby, szarawy chitynowy pancerz. Wyglądały jak skrzyżowanie wielkich skorpionów z wydłużonymi krabami, ale wciąż nie miały głów i oczu. Zrobiły się bardzo silne i trudno było nad nimi zapanować.

— Ale mają radochę, co? — powiedział uradowany Hagrid.

Harry zrozumiał, że mówi o sklątkach, bo jego koledzy z pewnością nie sprawiali takiego wrażenia. Co jakiś czas któraś ze sklątek eksplodowała z donośnym hukiem, a siła odrzutu wyrzucała ją o kilka jardów do przodu, co powodowało, że prowadząca ją na smyczy osoba lądowała na brzuchu i sunęła po trawie, rozpaczliwie usiłując podnieść się na nogi.

— No... bo ja wim, Harry — westchnął nagle Hagrid, patrząc na niego z niepokojem. — Reprezentant szkoły... wygląda na to, że wszystko trafia się tobie, no nie? Harry nie odpowiedział. Tak, wszystko zawsze przytrafia się jemu... Mniej więcej to samo powiedziała Hermiona, kiedy w niedzielę wybrali się na przechadzkę nad jezioro. Według niej Ron przestał się do niego odzywać właśnie z tego powodu.

*

Następne dni były dla Harry'ego jednymi z najgorszych, jakie dotąd przeżył w Hogwarcie. Coś podobnego przytrafiło mu się w drugiej klasie, kiedy przez parę miesięcy większość uczniów podejrzewała, że to on atakował swoich kolegów. Ale wtedy Ron był po jego stronie. Teraz pomyślał, że łatwiej byłoby to znieść mając poparcie Rona, ale nie zamierzał nakłaniać go do rozmowy, skoro Ron wyraźnie sobie tego nie życzył. Było mu więc ciężko i czuł się bardzo osamotniony, a ze wszystkich stron spotykał się z niechęcią i wzgardą.

Zachowanie Puchonów mógł jakoś zrozumieć, choć sprawiało mu przykrość; w końcu kibicowali swojemu zawodnikowi. Ze strony Ślizgonów nie mógł się spodziewać niczego dobrego — nigdy go nie lubili i trudno było się temu dziwić, skoro tyle razy walnie się przyczynił do zwycięstwa Gryffindoru nad Slytherinem, zarówno w rozgrywkach quidditcha, jak i w rywalizacji domów. Miał jednak nadzieję, że może Krukoni nie będą mieli powodu, by traktować go gorzej od Cedrika. Mylił się jednak. Większość Krukonów zdawała się sądzić, że sprytnie oszukał Czarę Ognia dla sławy.

Trudno było zaprzeczyć, że Cedrik o wiele bardziej

pasował do roli reprezentanta szkoły niż on. Wyjątkowo przystojny, z prostym nosem, ciemnymi włosami i szarymi oczami — nie wiadomo było, kto w tych dniach budził większy zachwyt, on czy Wiktor Krum. Harry widział niedawno te same dziewczyny z szóstej klasy, którym tak zależało na autografie Kruma, jak błagały Cedrika, by im się podpisał na szkolnych torbach.

Tymczasem wciąż nie było odpowiedzi od Syriusza, Hedwiga nadal była obrażona, profesor Trelawney przepowiedziała mu śmierć jeszcze bardziej stanowczo niż zwykle, a na lekcji z profesorem Flitwickiem tak mu źle poszło przy zaklęciach przywołujących, że dostał dodatkową pracę domową — jako jedyny, pomijając Neville'a.

— Harry, to naprawdę nie jest takie trudne — zapewniała go Hermiona, gdy wyszli z klasy; sama przez całą lekcję sprawiała, że różne przedmioty przylatywały jej do rąk, jakby była magnesem dla gąbek do tablicy, koszy do śmieci i lunaskopów. — Po prostu nie koncentrowałeś się na tym jak należy...

— A dziwisz się dlaczego? — mruknął posępnie Harry, gdy przeszedł obok nich Cedrik Diggory w otoczeniu dużej grupy wdzięczących się do niego dziewczyn; wszystkie spojrzały na Harry'ego tak, jakby był wyjątkowo wielką tylnowybuchową skląką. — Zresztą... nieważne. Po południu mamy jeszcze dwie godziny eliksirów...

Podwójna lekcja eliksirów zawsze była okropnym przeżyciem, ale w tych dniach przypominała tortury. Siedzieć przez półtorej godziny w lochu razem ze Snape'em i Ślizgonami, którzy mścili się na Harrym ile wlazło za to, że śmiał zostać reprezentantem szkoły, było dla Harry'ego jednym z najgorszych doświadczeń, jakie mógł sobie wyobrazić. Już raz przez nie przeszedł w ostatni piątek, kiedy Hermiona, która siedziała obok niego, musiała mu wciąż powtarzać szeptem: „Nie zwracaj na nich uwagi, nie zwracaj uwagi, nie zwracaj uwagi", a nic nie wskazywało, by dzisiaj miało być lepiej.

Kiedy razem z Hermioną pojawił się po drugim śniadaniu przed lochem Snape'a, Ślizgoni już czekali, a każdy miał na piersiach wielką odznakę. Przez chwilę pomyślał, że to odznaki stowarzyszenia WESZ, ale potem zobaczył, że wszystkie głoszą to samo hasło, wypisane świecącymi czerwonymi literami, które płonęły jak neony w mrocznym podziemnym korytarzu:

Kibicuj CEDRIKOWI DIGGORY'EMU PRAWDZIWEMU reprezentantowi Hogwartu!

— Podoba ci się, Potter? — zapytał głośno Malfoy, kiedy Harry podszedł. — Ale to jeszcze nie wszystko... zobacz!

Przycisnął swoją odznakę, a hasło znikło i pojawiło się nowe, tym razem wypisane świecącymi zielonymi literami:

POTTER CUCHNIE

Ślizgoni zawyli ze śmiechu. Każdy przycisnął swoją odznakę, aż wokół Harry'ego zapłonęło mnóstwo haseł *POTTER CUCHNIE*. Poczuł, że twarz i kark oblewa mu fala gorąca.

— Och, strasznie śmieszne — powiedziała ironicznie Hermiona do Pansy Parkinson i jej bandy Ślizgonek, które śmiały się najgłośniej. — Naprawdę, bardzo zabawne.

Tuż przy ścianie stał Ron z Deanem i Seamusem. Nie śmiał się, ale i nie bronił Harry'ego.

— Chcesz jedną, Granger? — zapytał Malfoy, podsuwając odznakę Hermionie. — Mam ich mnóstwo. Tylko mnie nie dotykaj, właśnie umyłem ręce, więc nie chcę upaprać się szlamem.

Złość i gniew, które Harry czuł od wielu dni, przerwały tamę. Sięgnął po różdżkę, zanim pomyślał, co chce zrobić. Ślizgoni rozpierzchli się, umykając korytarzem.

— Harry! — zawołała Hermiona ostrzegawczym tonem.

— No, śmiało, Potter — powiedział cicho Malfoy, wyjmując własną różdżkę. — Moody'ego tu nie ma, nie pomoże ci... zrób to, jeśli starczy ci odwagi...

Przez chwilę patrzyli sobie w oczy, a potem jednocześnie...

— *Furnunculus!* — krzyknął Harry.

— *Densaugeo!* — ryknął Malfoy.

Z obu różdżek wystrzeliły strużki światła, zderzyły się i odbiły rykoszetem pod różnymi kątami — promień Harry'ego ugodził Goyle'a w twarz, a promień Malfoya trafił Hermionę. Goyle wrzasnął i złapał się za nos, na którym wyrosły wielkie bąble; Hermiona, piszcząc z przerażenia, trzymała się za usta.

— Hermiono! — Ron podbiegł do niej, żeby zobaczyć, co się stało.

Harry odwrócił się i zobaczył, że Ron odciąga jej rękę od ust. Nie był to przyjemny widok. Przednie zęby Hermiony — normalnie i tak już większe od przeciętnych — rosły z zatrważającą szybkością; teraz przypominała już bobra... a zęby nadal rosły, sięgały podbródka... Hermiona pomacała je i krzyknęła przeraźliwie.

— Co to za hałasy? — rozległ się cichy, ale jadowity głos. Przybył Snape.

Wśród Ślizgonów zawrzało: jeden przez drugiego rzucili się do wyjaśnień. Snape wycelował żółty palec w Malfoya:

— Ty mi to wyjaśnij.

— Potter mnie zaatakował, panie profesorze, i...

— Zaatakowaliśmy się równocześnie! — krzyknął Harry.

— ...i ugodził Goyle'a... niech pan popatrzy...

Snape spojrzał na Goyle'a, którego twarz pasowałaby teraz jak ulał do atlasu trujących grzybów.

— Goyle, marsz do skrzydła szpitalnego — powiedział spokojnie Snape.

— Malfoy trafił w Hermionę! — zawołał Ron. — Proszę zobaczyć!

Zmusił Hermionę, by pokazała Snape'owi swoje zęby, bo robiła, co mogła, by je zasłonić obiema rękami, choć nie było to łatwe, gdyż sięgały jej już poza kołnierz. Pansy Parkinson i inne Ślizgonki pokazywały ją sobie palcami zza pleców Snape'a.

Snape spojrzał chłodno na Hermionę i rzekł:

— Nie widzę żadnej różnicy.

Hermiona jęknęła, w jej oczach zaszkliły się łzy, odwróciła się na pięcie i pobiegła korytarzem, znikając im z oczu.

Być może dobrze się stało, że Harry i Ron zaczęli wrzeszczeć jednocześnie i ich głosy odbijały się echem w kamiennym korytarzu, tak że nie sposób było zrozumieć, co każdy z nich wywrzaskuje. Do Snape'a dotarł jednak ogólny sens tych wrzasków i to mu wystarczyło.

— No dobrze — wycedził jadowicie słodkim tonem. — Gryffindor traci pięćdziesiąt punktów, a Potter i Weasley mają szlaban. A teraz marsz do klasy, bo jak nie, to szlaban potrwa tydzień.

Harry'emu dzwoniło w uszach. Pragnął rzucić na Snape'a zaklęcie, które by go rozerwało na tysiąc obślizgłych kawałeczków. Minął go, poszedł razem z Ronem na koniec lochu i cisnął torbę na stolik. Ron też cały się trząsł ze złości —

przez chwilę wydawało się, że między nimi wszystko wróciło do stanu normalnego, ale Ron odwrócił się i usiadł przy Deanie i Seamusie, pozostawiając Harry'ego samego. W drugim końcu lochu Malfoy odwrócił się plecami do Snape'a i nacisnął swoją odznakę, chichocąc złośliwie. Hasło *POTTER CUCHNIE* ponownie rozbłysło w półmroku lochu.

Lekcja się zaczęła, a Harry siedział, wpatrując się w Snape'a i wyobrażając sobie najgorsze rzeczy, jakie mogłyby mu się przytrafić. Gdyby tylko wiedział, jak rzucić zaklęcie Cruciatus... Rozłożyłby go na podłodze i patrzył, jak miota się i dygoce jak tamten pająk...

— Antidota! — oznajmił Snape, rozglądając się po klasie, a jego zimne oczy rozbłysły mściwą satysfakcją. — Każdy powinien już mieć przygotowany przepis. Teraz macie mi je uwarzyć, a potem wybierzemy sobie kogoś, żeby wypróbować ich skuteczność...

Spojrzenia Snape'a i Harry'ego spotkały się i Harry już wiedział, co nadchodzi. Snape zamierza otruć właśnie jego. Wyobraził sobie, że podnosi swój kociołek, wybiega na środek klasy i wsadza go Snape'owi na głowę...

Nagle rozległo się pukanie i w myśli Harry'ego wdarł się huk gwałtownie otwieranych drzwi.

Do lochu wpadł Colin Creevey. Spojrzał rozradowany na Harry'ego i podszedł prosto do biurka Snape'a.

— Słucham — warknął Snape.

— Panie profesorze, mam zaprowadzić Harry'ego na górę.

Snape spojrzał zezem na Colina, z którego twarzy natychmiast zniknął uśmiech.

— Potter ma jeszcze przed sobą całą godzinę eliksirów — wycedził. — Przyjdzie na górę, kiedy skończy się lekcja.

Colin poczerwieniał.

— Ale... panie profesorze... pan Bagman chce go natychmiast widzieć — wyjąkał. — Mają się stawić wszyscy reprezentanci. Chyba chcą im zrobić zdjęcia...

Harry oddałby wszystko, co posiadał, byle powstrzymać Colina od wypowiedzenia tych słów. Zerknął na Rona, ale ten wpatrywał się w sufit.

— Dobrze, dobrze — warknął Snape. — Potter, zostaw tu swoje rzeczy. Masz tu później wrócić, sprawdzę skuteczność twojego antidotum.

— Ale... panie profesorze... on ma swoje rzeczy zabrać ze sobą — zapiszczał Colin. — Wszyscy reprezentanci...

— Dosyć! Potter, zabieraj torbę i zejdź mi z oczu!

Harry zarzucił torbę na ramię, podniósł się i ruszył ku drzwiom. Kiedy przechodził obok ławek Ślizgonów, ze wszystkich stron migotały ku niemu napisy POTTER CUCHNIE.

— To niesamowite, co? — powiedział Colin, gdy tylko Harry zamknął za sobą drzwi lochu. — Prawda, Harry? Ty reprezentantem...

— Tak, rzeczywiście niesamowite — odrzekł ponuro Harry, kiedy szli korytarzem ku schodom do sali wejściowej. — Po co im te zdjęcia, Colin?

— Chyba dla „Proroka Codziennego"!

— Super — mruknął Harry. — Tego mi właśnie brakowało. Większego rozgłosu.

— Powodzenia! — powiedział Colin, gdy doszli do właściwego pokoju.

Harry zapukał i wszedł do środka.

Znalazł się w małej klasie; większość stolików przesunięto do tyłu, tworząc pustą przestrzeń w środku, pozostawiono tylko trzy przed tablicą, zsunięte razem i pokryte aksamitem. Stało przy nich pięć krzeseł. Na jednym siedział Ludo Bagman i rozmawiał z czarownicą, której Harry nigdy przedtem nie widział. Miała na sobie szatę w kolorze karmazynowym.

Wiktor Krum stał samotnie w kącie, zasępiony jak zwykle. Cedrik i Fleur pogrążeni byli w rozmowie. Fleur wyglądała na o wiele bardziej zadowoloną z życia niż dotychczas. Co jakiś czas odrzucała długie srebrzyste włosy, żeby zamigotało w nich światło. Jakiś brzuchaty mężczyzna z wielkim czarnym aparatem, z którego lekko się dymiło, obserwował ją kątem oka. Bagman dostrzegł Harry'ego, szybko wstał i podszedł do niego.

— Oto i on! Zawodnik numer cztery! Wejdź, Harry, wejdz... nie ma się czego bać, to tylko ceremonia sprawdzania różdżek, reszta sędziów zaraz przybędzie...

— Sprawdzania różdżek? — powtórzył niespokojnie Harry.

— Musimy sprawdzić, czy wasze różdżki są w pełni sprawne, czy nie będzie żadnych problemów, sam rozumiesz, przecież to będą wasze podstawowe narzędzia przy rozwiązywaniu kolejnych zadań. Ekspert już jest, rozmawia na górze z profesorem Dumbledore'em. A potem będzie mała sesja zdjęciowa. To jest Rita Skeeter — dodał, wskazując na czarownicę w karmazynowej szacie. — Pisze mały artykulik dla „Proroka Codziennego".

— Może nie taki mały, Ludo — przerwała mu Rita Skeeter, przypatrując się Harry'emu.

Włosy miała poskręcane w bardzo wypracowane, ciasne sploty, dziwnie kontrastujące z jej wydatną szczęką. Nosiła okulary w oprawce ozdobionej drogimi kamieniami. Grube palce, zaciśnięte na torebce z krokodylej skóry, zakończone były dwucalowymi, szkarłatnymi paznokciami.

— Czy mogłabym zamienić słówko z Harrym, zanim zaczniemy? — spytała Bagmana, wciąż wpatrując się w Harry'ego. — Najmłodszy reprezentant, sam rozumiesz... żeby trochę ubarwić artykuł...

— Oczywiście! — krzyknął Bagman. — To znaczy... jeśli Harry nie ma nic przeciwko temu.

— Ee... — bąknął Harry.

— Cudownie — powiedziała Rita Skeeter i po chwili z zadziwiającą siłą zacisnęła szkarłatne szpony na przedramieniu Harry'ego i pchnęła pobliskie drzwi.

— Niepotrzebne nam to całe zamieszanie, prawda? — powiedziała. — Popatrzmy... ach, tak, tu jest miło i przytulnie.

Było to pomieszczenie na miotły. Harry wytrzeszczył na nią oczy.

— Chodź tu, mój drogi... o tak... wspaniale — zagruchała Rita Skeeter, przysiadając niepewnie na przewróconym dnem do góry kubełku, popychając Harry'ego na jakieś tekturowe pudło i zamykając drzwi, co sprawiło, że pogrążyli się w ciemności. — Chwileczkę...

Otworzyła torebkę z krokodylej skóry i wyjęła kilka świec, które zapaliła jednym machnięciem różdżki, a drugim sprawiła, że zawisły w powietrzu.

— Nie będzie ci chyba przeszkadzało, że użyję samonotującego pióra? Pozwoli mi to rozmawiać z tobą swobodnie...

— Czego pani użyje?

Rita Skeeter uśmiechnęła się jeszcze szerzej. Harry doliczył się trzech złotych zębów. Znowu sięgnęła do torebki i wyjęła z niej długie, jadowicie zielone pióro i rolkę pergaminu, którą rozwinęła między nimi na pudle Magicznego Likwidatora Wszelkich Zanieczyszczeń Pani Skower. Wetknęła koniuszek zielonego pióra do ust, possała je przez chwilę z widoczną przyjemnością, a potem umieściła pionowo na pergaminie, gdzie stanęło samo, chwiejąc się lekko i drżąc.

— Próba... Nazywam się Rita Skeeter, jestem reporter-ką „Proroka Codziennego".

Zielone pióro zaczęło natychmiast skrobać po pergaminie, wypisując następujący tekst:

Rita Skeeter, atrakcyjna blondynka lat czterdzieści trzy, której drapieżne pióro przekłuło już wiele dętych reputacji...

— Znakomicie — powiedziała Rita Skeeter, po czym oddarła górny koniec zwoju, zmięła go, wrzuciła do torebki i nachyliła się do Harry'ego: — A więc, Harry, powiedz mi, co cię skłoniło do tego, by zgłosić się do Turnieju Trójmagicznego?

— Ee... — wybąkał znowu Harry, ale nie mógł się skupić, bo wciąż wpatrywał się w pióro. Nawet teraz, kiedy nic nie mówił, pióro miotało się po pergaminie, wypisując kolejne zdanie:

Brzydka blizna, pamiątka tragicznej przeszłości, znie-kształca skądinąd czarującą twarz Harry'ego, którego oczy...

— Nie zwracaj uwagi na pióro — powiedziała stanowczo Rita Skeeter. Harry niechętnie oderwał wzrok od pergaminu i spojrzał na nią. — Więc dlaczego postanowiłeś wziąć udział w turnieju, Harry?

— Niczego nie postanowiłem. Nie wiem, w jaki sposób moje nazwisko znalazło się w Czarze Ognia. Ja go tam nie wrzuciłem.

Rita Skeeter uniosła grubo poczernioną brew.

— Daj spokój, Harry, nie musisz się już bać, że będziesz miał z tego powodu kłopoty. Wszyscy wiemy, że nie powinieneś się w ogóle zgłaszać. Ale nie przejmuj się tym. Nasi czytelnicy lubią zbuntowanych.

— Ale ja się wcale nie zgłosiłem — powtórzył Harry.

— Nie wiem, kto...

— Co czujesz, myśląc o czekających cię zadaniach? — zapytała Rita Skeeter. — Jesteś podniecony? Zdenerwowany?

— Tak naprawdę jeszcze się nad tym nie zastanawiałem... tak, chyba zdenerwowany — odpowiedział Harry, czując nieprzyjemny skurcz w żołądku.

— W przeszłości bywało, że zawodnicy ginęli, prawda? — zapytała żywo Rita Skeeter. — Zastanawiałeś się nad tym?

— No... mówią, że w tym roku turniej będzie o wiele bezpieczniejszy.

Pióro pomykało po pergaminie, od skraju do skraju arkusza, jakby jeździło na łyżwach.

— Oczywiście patrzyłeś już śmierci w oczy, prawda? — zapytała Rita Skeeter, wpatrując się w niego uważnie. — Myślisz, że miało to na ciebie jakiś wpływ?

— Ee — wymamrotał znowu Harry.

— Myślisz, że ten uraz z dzieciństwa mógł spowodować, że chciałeś się sprawdzić? Udowodnić, że zasługujesz na sławę, jaka cię otacza? Może kusiło cię, żeby zgłosić się do turnieju, bo...

— *Ja się nie zgłosiłem* — powtórzył Harry, czując, że ogarnia go złość.

— Pamiętasz swoich rodziców?

— Nie.

— Jak myślisz, co by czuli, gdyby się dowiedzieli, że bierzesz udział w Turnieju Trójmagicznym? Dumę? Strach? Złość?

Harry poczuł, że teraz jest już naprawdę zły. Niby skąd ma wiedzieć, co by czuli jego rodzice, gdyby żyli? Wiedział, że Rita Skeeter obserwuje go bardzo uważnie. Nachmurzony, unikał jej spojrzenia i patrzył na słowa, które właśnie wyszły spod pióra:

Łzy wypełniły te uderzająco zielone oczy, gdy nasza rozmowa zeszła na jego rodziców, których przecież nie może pamiętać.

— Żadne łzy nie wypełniły mi oczu! — oświadczył głośno.

Zanim Rita zdążyła coś powiedzieć, drzwi od komórki na miotły otworzyły się gwałtownie. Stanął w nich Albus Dumbledore i przyjrzał się im obojgu, wciśniętym między pudła, kubełki i mopy.

— Dumbledore! — zawołała Rita Skeeter z rozanieloną miną, ale Harry spostrzegł, że pióro i pergamin znikły z pudła Magicznego Likwidatora Wszelkich Zanieczyszczeń Pani Skower, a szpony Rity pospiesznie zatrzasnęły torebkę z krokodylej skóry. — Jak się miewasz? — zapytała, wstając i wyciągając ku niemu swoją wielką, męską łapę. — Mam nadzieję, że czytałeś w lecie mój tekst o konferencji Międzynarodowej Konfederacji Czarodziejów?

— Czarująco paskudny — rzekł Dumbledore, a oczy mu zamigotały. — Podobał mi się zwłaszcza ten kawałek o mnie jako skretyniałym dinozaurze.

Rita Skeeter wcale nie wyglądała na zmieszaną.

— Chciałam tylko wykazać, że niektóre z twoich poglądów są nieco przestarzałe i że wielu zwykłych, normalnych czarodziejów...

— Z rozkoszą poznałbym powody takiego grubiaństwa, Rito — przerwał jej Dumbledore z uprzejmym ukłonem i uśmiechem — ale obawiam się, że będziemy to musieli przedyskutować później. Zaraz ma się rozpocząć sprawdzanie różdżek, a nie może się rozpocząć, jeśli jeden z reprezentantów będzie ukryty w komórce na miotły.

Ucieszony z tego, że uciekł Ricie Skeeter, Harry wrócił pospiesznie do klasy. Pozostali reprezentanci siedzieli już na krzesłach przy drzwiach, więc szybko usiadł przy Cedriku, patrząc na pokryty aksamitem stół, przy którym zasiadło już czterech z pięciu sędziów: profesor Karkarow, madame Maxime, pan Crouch i Ludo Bagman. Rita Skeeter usadowiła się w kącie; zobaczył, że znowu wyjęła z torebki kawałek pergaminu, rozłożyła go na kolanach, possała koniuszek samonotującego pióra i ustawiła je na pergaminie.

— Czy mogę wam przedstawić pana Ollivandera? — zapytał Dumbledore, zajmując miejsce przy stole i zwracając się do zawodników. — Sprawdzi wasze różdżki, abyśmy uzyskali pewność, że nie zawiodą podczas turnieju.

Harry rozejrzał się i ze zdumieniem zobaczył starego czarodzieja o dużych, bladych oczach, stojącego spokojnie przy oknie. Kiedyś już go spotkał — Ollivander był znanym wytwórcą różdżek, od którego kupił swoją, a było to ponad trzy lata temu, w jego sklepie na ulicy Pokątnej.

— Mademoiselle Delacour, czy mogłaby pani podejść pierwsza? — zapytał pan Ollivander, wychodząc na środek klasy.

Fleur Delacour podbiegła do pana Ollivandera i podała mu swoją różdżkę.

— Hmmm... — mruknął.

Przetoczył różdżkę między swoimi długimi palcami jak batutę, a z jej końca trysnęło trochę różowych i złotych iskier. Potem zbliżył ją do oczu i zbadał dokładnie.

— Tak... — powiedział cicho — dziewięć i pół cala... niezbyt giętka... różane drzewo... i ma w sobie... aj, aj, aj...

— Wlos z glowi wili — powiedziała Fleur. — Jedni z moi babci.

A więc Fleur ma jednak w sobie krew wili, pomyślał Harry, odnotowując to w pamięci, żeby powiedzieć Ronowi, ale natychmiast sobie przypomniał, że przecież Ron nie odzywa się do niego.

— Tak — powiedział pan Ollivander — rzecz jasna, sam nigdy nie użyłem włosa wili. Powiedziałbym... hmm... to sprawia, że różdżki stają się dość kapryśne, ale każdemu odpowiada co innego, a jeśli ta panience pasuje...

Przebiegł palcami po różdżce, najwidoczniej szukając zadrapań lub nierówności, potem mruknął: — *Orchideus!* — i z jej końca wystrzeliła wiązka kwiatów.

— Bardzo dobrze, bardzo dobrze, działa znakomicie — oznajmił, zbierając kwiaty w bukiet i podając go Fleur razem z różdżką. — Teraz pan Diggory.

Fleur wróciła na swoje miejsce, uśmiechając się do mijającego ją Cedrika.

— Ach, to przecież jedna z moich, nieprawdaż? — ucieszył się pan Ollivander, kiedy Cedrik wręczył mu swoją różdżkę. — Tak, dobrze ją pamiętam. Zawiera włos z ogona wyjątkowo dorodnego jednorożca... miał z siedemdziesiąt cali, mało brakowało, a przebiłby mnie rogiem, kiedy mu wyrwałem włos z ogona. Dwanaście i jedna czwarta cala... jesion... rozkosznie giętka. W wyśmienitym stanie. Czyści ją pan regularnie?

— Polerowałem ją wczoraj wieczorem — odrzekł Cedrik, szczerząc lśniące zęby.

Harry spojrzał na swoją różdżkę: pełno na niej było odcisków niezbyt czystych palców. Zebrał szatę na kolanach i próbował ukradkiem wytrzeć te ślady. Z końca różdżki wystrzeliło kilka złotych iskier. Fleur Delacour rzuciła mu protekcjonalne spojrzenie, więc dał sobie spokój.

Pan Ollivander puścił z różdżki Cedrika kilkanaście srebrnych kółek dymu, oświadczył, że jest zadowolony, po czym zawołał:

— Pan Krum, jeśli łaska!

Wiktor Krum podszedł do niego swoim niezgrabnym, kaczkowatym krokiem. Podał mu różdżkę i stał, patrząc na pana Ollivandera spode łba, z rękami w kieszeniach szaty.

— Hmm... — mruknął pan Ollivander. — Dzieło Gregorowicza, chyba się nie mylę? To znakomity wytwórca różdżek, choć w wykończeniu zawsze brakuje tego, co ja nazywam... jednakowoż...

Uniósł różdżkę i przyjrzał się jej z bliska, obracając ją tuż przed nosem.

— Tak... grab i włókienko ze smoczego serca, zgadza się? — powiedział do Kruma, który kiwnął głową. — Nieco grubsza niż zwykle się spotyka... raczej sztywna... dziesięć i ćwierć cala... *Avis!*

Grabowa różdżka huknęła, a z jej końca wystrzeliło kilkanaście małych, rozćwierkanych ptaszków, które wyleciały przez otwarte okno.

— Dobrze — powiedział pan Ollivander, oddając Krumowi różdżkę. — A więc pozostaje nam... pan Potter.

Harry podszedł, mijając po drodze Kruma.

— Aaaach... tak... — rzekł pan Ollivander, biorąc od niego różdżkę, a oczy mu zapłonęły. — Tak, tak, tak. Jak dobrze to pamiętam.

Harry też pamiętał. Pamiętał to tak, jakby się wydarzyło wczoraj.

Ponad trzy lata temu, w dzień swoich jedenastych urodzin, wszedł z Hagridem do sklepu pana Ollivandera, żeby sobie kupić różdżkę. Pan Ollivander wziąwszy z niego miarę, wręczył mu różne różdżki do wypróbowania. Harry wymachiwał po kolei chyba wszystkimi różdżkami w sklepie, aż w końcu pan Ollivander znalazł jedną, która do niego pasowała — właśnie tę, wykonaną z ostrokrzewu, jedenastocalową, zawierającą pióro z ogona feniksa. Pan Ollivander był bardzo zaskoczony tym faktem. „Ciekawe... bardzo ciekawe", mruczał pod nosem, a kiedy Harry zapytał się, co w tym dziwnego, wyjaśnił mu, że pióro feniksa w tej różdżce pochodzi z ogona tego samego ptaka, z którego wyrwano pióro znajdujące się w różdżce Lorda Voldemorta.

Harry nigdy o tym nikomu nie powiedział. Był bardzo przywiązany do swojej różdżki, a to, że coś ją łączyło z różdżką Voldemorta, uważał za dopust boży, na który nic nie może poradzić, podobnie jak na swoje pokrewieństwo z ciotką Petunią. Miał więc nadzieję, że pan Ollivander teraz o tym nie wspomni. Czuł, że samonotujące pióro Rity Skeeter eksplodowałoby z przejęcia, gdyby o tym usłyszało.

Pan Ollivander badał różdżkę Harry'ego o wiele dłużej niż pozostałe. W końcu wyczarował z jej końca małą fontannę wina i zwrócił ją Harry'emu, oświadczywszy, że różdżka przeszła test znakomicie.

— Dziękuję wam — powiedział Dumbledore, powstając. — Możecie wracać na lekcje... albo... może lepiej od razu zejdźcie na kolację, bo lekcje chyba już się kończą...

Czując, że wreszcie coś mu się jednak dzisiaj udało, Harry wstał i już chciał wyjść, kiedy mężczyzna z aparatem podskoczył nerwowo i głośno chrząknął.

— Zdjęcia, Dumbledore, zdjęcia! — zawołał podekscytowany Bagman. — Wszyscy sędziowie i reprezentanci. Co o tym myślisz, Rito?

— Dobrze, zróbmy najpierw wspólne ujęcie — zgodziła się Rita Skeeter, której oczy znowu były utkwione w Harrym. — A potem może parę indywidualnych...

Zdjęcia zajęły sporo czasu. Madame Maxime rzucała na każdego cień, bez względu na to, gdzie stała, a fotograf nie był w stanie oddalić się na tyle, by zmieściła się w kadrze; w końcu musiała usiąść, a wszyscy stanęli wokół niej. Karkarow wciąż podkręcał sobie kozią bródkę. Krum, który, jak sądził Harry, powinien być przyzwyczajony do błysku flesza, kulił się gdzieś z tyłu. Fotograf najwyraźniej chciał ustawić Fleur z przodu, ale Rita Skeeter wciąż wyciągała na pierwszy plan Harry'ego. Potem uparła się, by zrobić osobne zdjęcia każdemu z zawodników. W końcu jakoś udało im się wyrwać z jej szponów.

Harry zszedł na kolację. Hermiony nie było w Wielkiej Sali, uznał więc, że wciąż jest w skrzydle szpitalnym. Zjadł kolację samotnie, przy końcu stołu, a potem wrócił do Gryffindoru, rozmyślając smętnie nad swoją dodatkową pracą domową z zaklęć. W dormitorium natknął się na Rona.

— Masz sowę — rzucił szorstko Ron, gdy tylko go zobaczył.

Wskazał na poduszkę Harry'ego. Czekała tam na niego ruda płomykówka.

— Och... wspaniale — wybąkał Harry.

— A jutro wieczorem mamy się stawić w lochu Snape'a. Nasz szlaban — powiedział Ron.

I natychmiast wyszedł z sypialni, nawet nie spojrzawszy na Harry'ego. Przez chwilę Harry namyślał się, czy za nim nie pójść — choć nie bardzo wiedział, czy ma większą ochotę z nim porozmawiać, czy mu przyłożyć — ale pragnienie zobaczenia listu od Syriusza było silniejsze. Podszedł do płomykówki, zdjął list z jej nóżki i rozwinął pergamin.

Harry —

nie mogę napisać wszystkiego, co bym chciał, to zbyt ryzykowne, bo ktoś mógłby sowę przechwycić — musimy porozmawiać w cztery oczy. Czy możesz być sam przy kominku w wieży Gryffindoru o pierwszej w nocy 22 listopada?

Wiem najlepiej, że potrafisz sam o siebie zadbać, a póki w pobliżu jest Dumbledore i Moody, nie sądzę, by ktoś mógł zrobić ci krzywdę. Ktoś jednak najwyraźniej próbuje. Zgłoszenie cię do turnieju było bardzo ryzykowne, zwłaszcza pod samym nosem Dumbledore'a.

Harry, bądź czujny. Nadal donoś mi o wszystkim, co ci się wyda niezwykłe. Odpowiedz jak najszybciej, czy możemy się spotkać 22 listopada.

Syriusz

ROZDZIAŁ DZIEWIĘTNASTY

Rogogon węgierski

Przez najbliższe dwa tygodnie Harry'ego podtrzymywała na duchu tylko perspektywa spotkania z Syriuszem, jedyny jasny punkt na horyzoncie, który jeszcze nigdy nie wydawał się tak mroczny. Otrząsnął się już nieco z szoku, jakim było niespodziewane ogłoszenie go reprezentantem szkoły; teraz czuł coraz silniejszy lęk przed tym, co go czeka. Pierwsze zadanie zbliżało się nieuchronnie; czuł się tak, jakby czyhał na niego jakiś straszliwy potwór, zagradzając mu drogę. Towarzyszyło temu okropne napięcie nerwowe, o wiele większe niż przed rozgrywkami quidditcha, większe nawet niż przed ostatnim meczem ze Ślizgonami, od którego zależało, kto ostatecznie zdobędzie szkolny Puchar Quidditcha. Trudno mu było w ogóle myśleć o przyszłości, jakby jego całe dotychczasowe życie prowadziło do tego pierwszego zadania i na nim miało się zakończyć...

W dodatku nie bardzo wiedział, w jaki sposób Syriusz może poprawić fatalne samopoczucie, które pogarszało się jeszcze bardziej za każdym razem, gdy pomyślał że ma rzucić jakieś trudne i niebezpieczne zaklęcie na oczach setek ludzi. Nie wiedział nawet, jakie to będzie zaklęcie. Ale sam widok przyjaznej twarzy mógł mu dodać otuchy... Odpisał więc Syriuszowi, że będzie przy kominku o umówionej porze, a następnie długo zastanawiał się razem z Hermioną, jak w ów wieczór wywabić z pokoju wspólnego wszystkie niepożądane osoby. Uznali, że w ostateczności rozrzucą torbę łajnobomb, ale mieli nadzieję, że do tego nie dojdzie — Filch obdarłby ich żywcem ze skóry.

Tymczasem Harry'ego czekały jeszcze gorsze katusze, kiedy Rita Skeeter opublikowała swój artykuł o przygotowaniach do Turnieju Trójmagicznego, który okazał się mocno podkolorowanym życiorysem Harry'ego. Prawie całą pierwszą stronę zajmowało jego zdjęcie, a sam artykuł, ciągnący się przez strony drugą, szóstą i siódmą, opowiadał głównie o nim; imiona i nazwiska zawodników Beauxbatons i Durmstrangu (z błędami) wciśnięto w ostatnią linijkę tekstu, a o Cedriku w ogóle nie wspomniano.

Artykuł pojawił się przed dziesięcioma dniami, a Harry'emu wciąż przewracało się w żołądku ze wstydu, kiedy tylko o nim pomyślał. Rita Skeeter wsadziła mu w usta zdania, których nie wypowiedział — nie tylko w tej nieszczęsnej komórce z miotłami, ale nigdy w życiu.

„Myślę, że odziedziczyłem moc po moich rodzicach, wiem, że byliby ze mnie bardzo dumni, gdyby mnie teraz widzieli... Tak, czasami w nocy wciąż za nimi płaczę, nie wstydzę się do tego przyznać... Wiem, że nic mi się nie stanie podczas turnieju, bo rodzice mnie strzegą..."

Ale Rita Skeeter posunęła się jeszcze dalej. Nie tylko zamieniła jego wszystkie „ee" w długie, okropne zdania: rozmawiała również o nim z innymi osobami.

Harry w końcu odnalazł w Hogwarcie miłość.

Jego bliski przyjaciel, Colin Creevey, mówi, że Harry'ego rzadko się widuje bez niejakiej Hermiony Granger, oszałamiająco pięknej dziewczyny z mugolskiej rodziny, która, podobnie jak Harry, jest jedną z najlepszych uczennic w całej szkole.

Od chwili opublikowania artykułu Harry musiał wciąż znosić kpiące uwagi kolegów i koleżanek — głównie Ślizgonów — którzy w jego obecności głośno cytowali jego rzekome wypowiedzi.

— Potter, może chcesz chusteczkę, na wypadek, gdybyś się rozpłakał podczas transmutacji?

— Od kiedy to jesteś najlepszym uczniem w szkole, co, Potter? A może to jakaś inna szkoła, którą założyliście razem z Longbottomem?

— Hej... Harry!

— Tak, tak! — krzyknął Harry, odwracając się gwałtownie na korytarzu, bo miał już serdecznie dość tych głupich uwag. — Właśnie wypłakiwałem sobie oczy, rozmyślając o mojej zmarłej mamie, i czuję, że muszę jeszcze trochę popłakać...

— Nie... Harry... po prostu... upuściłeś pióro.

To była Cho. Harry poczuł, że się rumieni.

— Och... dziękuję... i przepraszam — wybąkał, biorąc od niej pióro.

— Powodzenia we wtorek — powiedziała. — Jestem pewna, że dasz sobie radę.

Co sprawiło, że Harry poczuł się strasznie głupio.

Hermiona też przeżywała ciężkie chwile, ale jeszcze nie zaczęła wrzeszczeć na Bogu ducha winnych ludzi. Prawdę mówiąc, Harry szczerze podziwiał hart ducha, z jakim znosiła tę niemiłą dla siebie sytuację.

— Oszałamiająco piękna? Ona? — zawołała Pansy Parkinson, kiedy natknęła się na Hermionę po raz pierwszy od ukazania się artykułu Rity. — Może w porównaniu z wiewiórką...

— Nie zwracaj na to uwagi, Harry — powiedziała z godnością Hermiona, przechodząc z wysoko podniesioną głową obok rozchichotanych Ślizgonek. — Po prostu nie zwracaj na to uwagi.

Ale Harry'emu trudno było nie zwracać na to wszystko uwagi. Ron nie odezwał się do niego od czasu, gdy powiedział mu o szlabanie, jaki dostali od Snape'a. Harry miał cichą nadzieję, że jakoś się pogodzą w ciągu tych dwóch godzin, które musieli spędzić w lochu, marynując szczurze móżdżki, ale właśnie w tym dniu pojawił się artykuł Rity, utwierdzając Rona w przekonaniu, że Harry naprawdę pławi się w szczęściu, bo wszyscy mówią tylko o nim.

Hermiona, wściekła na obu, biegała od jednego do drugiego, próbując ich zmusić, by znowu zaczęli ze sobą rozmawiać, ale Harry był nieugięty: uparł się, że odezwie się do Rona dopiero wtedy, gdy ten uzna, że to nie Harry wrzucił swoje nazwisko do Czary Ognia i przeprosi za nazwanie go kłamcą.

— Ja tego nie zacząłem — powtarzał uparcie. — To jego problem.

— Przecież ci go brakuje! — rzuciła niecierpliwie Hermiona. — I wiem, że jemu też brakuje ciebie...

— Jego mi brakuje? Wcale za nim nie tęsknię...

Ale było to oczywiste kłamstwo. Harry bardzo lubił Hermionę, ale Hermiona nie mogła zastąpić Rona. Było z nią o wiele mniej śmiechu, a za to o wiele więcej przesiadywania w bibliotece. Harry wciąż jeszcze nie opanował zaklęć przywołujących, czuł, że coś mu w tym przeszkadza, a Hermiona upierała się, że dobre poznanie teorii pomoże mu w przełamaniu tej blokady. Przerwy obiadowe spędzali więc głównie w bibliotece, ślęcząc nad książkami.

Wiktor Krum też tam często przesiadywał i Harry zastanawiał się, co to oznacza. Uczy się, czy może szuka czegoś, co by mu pomogło w wykonaniu pierwszego zadania? Hermiona narzekała na obecność Kruma w bibliotece — nie dlatego, by on sam im przeszkadzał, ale z powodu grupek rozchichotanych dziewczyn, które często śledziły go spoza regałów z książkami. W każdym razie twierdziła, że przeszkadza jej hałas.

— Gdyby chociaż był przystojny! — mruczała ze złością, patrząc na ostry profil Kruma. — Rajcuje je tylko to, że jest sławny! W ogóle by na niego nie spojrzały, gdyby nie potrafił zrobić tego jakiegoś zwodu wrednego...

— Zwodu Wrońskiego — wycedził Harry przez zęby.

Zupełnie niezależnie od tego, że nie znosił, jak ktoś przekręca terminy związane z quidditchem, poczuł niemiłe ukłucie żalu, kiedy sobie wyobraził minę Rona, gdyby ten usłyszał, jak Hermiona rozprawia o wrednych zwodach.

To dziwne, ale kiedy człowiek się czegoś boi i oddałby wszystko, byle tylko spowolnić upływ czasu, czas ma okropny zwyczaj przyspieszania swego biegu. Dni dzielące Harry'ego od pierwszego zadania zdawały się upływać tak szybko, jakby ktoś zaczarował zegary, by wskazówki obracały się z podwójną prędkością. Harry czuł, że ogarnia go trudna do opanowania, wciąż narastająca panika, towarzysząca mu wszędzie jak szydercze uwagi na temat artykułu w „Proroku Codziennym".

W sobotę przed pierwszym zadaniem wszystkim uczniom od trzeciej klasy wzwyż pozwolono odwiedzić Hogsmeade. Hermiona powiedziała Harry'emu, że dobrze by mu zrobiło, gdyby na trochę wyrwał się z zamku, i wcale nie musiała go do tego długo namawiać.

— Ale co z Ronem? — zapytał. — Nie chcesz pójść z nim?

— Och... no.. wiesz... — Hermiona nieco poróżowiała — myślałam, że moglibyśmy się spotkać w Trzech Miotłach...

— Nie — powiedział szorstko Harry.

— Och, Harry, to takie głupie...

— Pójdę, ale nie zamierzam spotykać się z Ronem. I założę pelerynę-niewidkę.

— Och, już dobrze, dobrze... chociaż tego nie znoszę... Jak z tobą rozmawiam, kiedy masz na sobie tę pelerynę, to nigdy nie wiem, czy patrzę na ciebie, czy gdzie indziej.

Tak więc Harry nałożył pelerynę-niewidkę w swoim dormitorium, zszedł na dół i razem z Hermioną udali się do Hogsmeade.

Pod peleryną poczuł się nareszcie cudownie wolny; patrzył na innych uczniów, mijających go na głównej ulicy wioski — większość miała plakietki z napisem: *Kibicuj*

CEDRIKOWI DIGGORY'EMU — ale tym razem nikt nie dręczył go głupimi uwagami i nie cytował tamtego idiotycznego artykułu.

— Wszyscy się na mnie gapią — mruknęła ponuro Hermiona, kiedy wyszli z Miodowego Królestwa, zajadając się wielkimi nadziewanymi czekoladami. — Myślą, że mówię sama do siebie.

— Staraj się mniej poruszać ustami.

— Przestań... po prostu na chwilę ściągnij tę pelerynę. Przecież nikt nie będzie ci się tutaj naprzykrzał.

— Tak? To spójrz za siebie.

Z Trzech Mioteł właśnie wyszła Rita Skeeter w towarzystwie swojego fotografa. Rozmawiając cicho między sobą, minęli Hermionę, nawet na nią nie spojrzawszy. Harry przywarł do ściany cukierni, by uniknąć ciosu torbą z krokodylej skóry, którą wymachiwała Rita.

— Zatrzymała się tutaj — powiedział Harry, kiedy przeszli. — Założę się, że przyjdzie obejrzeć pierwsze zadanie.

Kiedy to powiedział, poczuł falę przerażenia, która wypełniła mu żołądek jak roztopione żelazo. Przemilczał to; do tej pory nie rozmawiał z Hermioną o tym, co go czeka w pierwszym zadaniu, bo czuł, że i ona nie chce o tym myśleć.

— Poszła — powiedziała Hermiona, patrząc przez Harry'ego wzdłuż ulicy Głównej. — Wiesz co? A może byśmy wpadli do Trzech Mioteł i strzelili sobie po kuflu kremowego piwka? Jest trochę chłodno, nie uważasz? Nie musisz rozmawiać z Ronem! — dodała ze złością, bezbłędnie odczytując jego milczenie.

W Trzech Miotłach było pełno, głównie uczniów Hogwartu spędzających tu wolne popołudnie, ale i rozmaitych czarodziejskich stworzeń, których Harry'emu nie zdarzało się widywać nigdzie indziej. Hogsmeade cieszyło się sławą jedynej miejscowości w Wielkiej Brytanii zamieszkanej wyłącznie przez czarodziejów; ściągały tu więc różne dziwne istoty, na przykład wiedźmy, które nie potrafiły się tak dobrze maskować jak czarodzieje.

Harry z najwyższym trudem przeciskał się przez tłum w pelerynie-niewidce, uważając, żeby przypadkowo na kogoś nie wpaść, co nieuchronnie prowadziłoby do niewygodnych pytań. Powoli zmierzał ku wolnemu stolikowi w kącie gospody, a Hermiona poszła do baru, by zamówić kremowe piwo. W pewnej chwili dostrzegł Rona, który siedział z Fredem, George'em i Lee Jordanem. Powstrzymując gwałtowną chęć trzepnięcia go mocno w tył głowy, dotarł w końcu do stolika i usiadł przy nim.

W chwilę później nadeszła Hermiona i wsunęła mu pod pelerynę kufel kremowego piwa.

— Wyglądam jak idiotka, sama przy stoliku — mruknęła. — Dobrze, że wzięłam coś do roboty.

I wyjęła zeszyt, w którym prowadziła listę członków stowarzyszenia WESZ. Harry zobaczył swoje i Rona nazwiska na szczycie krótkiej listy. Wydało mu się, że już wiele czasu upłynęło, odkąd przyłączyli się do tej akcji, a Hermiona mianowała ich sekretarzem i skarbnikiem.

— Wiesz co, może spróbuję namówić jakichś mieszkańców wioski, by poparli naszą ideę — powiedziała Hermiona, rozglądając się po gospodzie.

— Taak, spróbuj — rzekł Harry. Wypił pod peleryną duży łyk kremowego piwa. — Hermiono, kiedy wreszcie dasz sobie spokój z tą WSZĄ?

— Kiedy skrzaty domowe uzyskają przyzwoite wynagrodzenie i godziwe warunki pracy! — syknęła. — Wiesz co, Harry, zaczynam myśleć, że czas już na akcję bezpośrednią. Słuchaj, jak się można dostać do szkolnej kuchni?

— Nie mam pojęcia, zapytaj Freda i George'a.

Hermiona zamilkła, zastanawiając się nad czymś ze zmarszczonym czołem, a Harry sączył swoje piwo, obserwując ludzi w gospodzie. Wyglądało na to, że wszyscy bawią się beztrosko. Przy najbliższym stoliku Ernie Macmillan i Hanna Abbott wymieniali się kartami z czekoladowych żab; oboje mieli na płaszczach plakietki z napisem: *Kibicuj CEDRIKOWI DIGORRY'EMU*. Tuż przy drzwiach siedziała Cho z dużą grupą Krukonów. Ucieszyło go trochę, że nie miała plakietki popierającej Cedrika...

Ach, wiele by dał, żeby być jednym z nich, żeby tak siedzieć sobie beztrosko, śmiejąc się i gawędząc, bez żadnych zmartwień na głowie prócz pracy domowej! Wyobraził sobie, jak by się teraz czuł, gdyby Czara Ognia nie wyrzuciła jego nazwiska. Przede wszystkim nie musiałby się kryć pod peleryną-niewidką. Siedziałby sobie spokojnie z Hermioną i Ronem, rozprawiając o niebezpieczeństwach czyhających na reprezentantów szkół w najbliższy wtorek. I wyczekiwałby niecierpliwie na pierwsze zadanie w turnieju, jakiekolwiek by ono było, a później razem z innymi kibicowałby Cedrikowi, siedząc sobie bezpiecznie w głębi trybun...

Ciekawe, jak się teraz czują inni zawodnicy... Kiedy ostatnio spotykał Cedrika, zawsze go otaczało grono fanów, a on sam sprawiał wrażenie trochę zdenerwowanego, ale i podnieconego. Od czasu do czasu widywał na korytarzach szkoły Fleur Delacour. Wyglądała tak jak zawsze:wyniosła i opanowana. A Krum zwykle przesiadywał w bibliotece, ślęcząc nad książkami.

Pomyślał o Syriuszu i ciasny supeł w żołądku jakby się trochę rozluźnił. Już za dwanaście godzin będzie z nim rozmawiał, bo to przecież dziś w nocy spotka się z nim w pokoju wspólnym — jeśli tylko znowu nie zdarzy się coś niespodziewanego i przykrego...

— Zobacz, jest Hagrid! — powiedziała Hermiona.

Ponad tłumem pojawiła się wielka, włochata głowa Hagrida — na szczęście zrezygnował ze swoich warkoczy. Harry zdziwił się, dlaczego wcześniej go nie zauważył, bo przecież Hagrid był o wiele wyższy od innych, ale kiedy podniósł się ostrożnie, zobaczył, że ich olbrzymi przyjaciel siedzi nisko pochylony, rozmawiając z profesorem Moodym. Przed nim stał wielki cynowy kufel, ale Moody popijał ze swojej piersiówki. Madame Rosmerta, piękna właścicielka gospody, która zbierała puste szklanki z sąsiednich stolików, zdawała się tym nie przejmować, choć zerkała na Moody'ego z ukosa. Ktoś mógłby sądzić, że korzystanie z przyniesionego przez siebie napoju jest obrazą dla jej pitnego miodu, ale Harry wiedział, o co tu naprawdę chodzi. Podczas ostatniej lekcji obrony przed czarną magią Moody powiedział im, że zawsze sam sobie przygotowuje jedzenie i picie w obawie przed czarnoksiężnikami, którzy mogliby mu czegoś dosypać.

Po chwili Hagrid i Moody zaczęli zbierać się do wyjścia. Harry pomachał ręką, ale natychmiast przypomniał sobie, że Hagrid go nie widzi. Natomiast Moody zatrzymał się i spojrzał w jego kierunku swym magicznym okiem. Klepnął Hagrida w okolice pośladków (bo nie mógł dosięgnąć jego ramienia), mruknął coś do niego i razem ruszyli w głąb gospody, zmierzając w stronę ich stolika.

— Wszystko gra, Hermiono? — zapytał dziarsko Hagrid.

— Cześć! — odpowiedziała Hermiona, uśmiechając się do niego.

Moody obszedł stolik i zgiął się wpół. Harry pomyślał, że profesor zerka na zeszyt z listą członków stowarzyszenia WESZ, gdy ten mruknął:

— Ładna pelerynka, Potter.

Harry wytrzeszczył na niego oczy. Pokiereszowany nos rzucał się wyjątkowo w oczy z tej odległości. Moody wyszczerzył zęby.

— To oko pana profesora... to znaczy... czy pan...

— Tak, widzę nim poprzez peleryny-niewidki — szepnął Moody. — I wierz mi, czasami bardzo się to przydaje.

Hagrid też patrzył na niego z uśmiechem. Nie mógł go widzieć, ale widocznie Moody mu powiedział, że Harry tu jest.

Teraz pochylił się i on, udając, że czyta notatki Hermiony, i szepnął tak cicho, by usłyszał go tylko Harry:

— Harry, spotkajmy się dziś o północy w mojej chałupce. Przyjdź w pelerynie-niewidce, dobra?

Po czym wyprostował się i powiedział głośno:

— Miło było cię zobaczyć, Hermiono.

Puścił do niej oko i ruszył do wyjścia, a Moody za nim.

— Dlaczego chce się ze mną spotkać o północy? — zapytał zdziwiony Harry.

— A chce? — Hermiona też wyglądała na zaskoczoną.

— Bardzo jestem ciekawa, o co mu chodzi. Ale nie wiem, czy powinieneś iść... — Rozejrzała się niespokojnie i syknęła: — Możesz się spóźnić na spotkanie z Syriuszem.

To prawda, pójście do Hagrida o północy oznaczało, że będzie miał naprawdę mało czasu, by spotkać się z Syriuszem. Hermiona radziła, by wysłać do Hagrida Hedwigę z wiadomością, że Harry nie może jednak przyjść — upewniwszy się, rzecz jasna, że sowa zgodzi się zanieść mu liścik — ale Harry uważał, że lepiej będzie jak najszybciej dowiedzieć się, czego Hagrid od niego chce. A bardzo był tego ciekaw, bo Hagrid jeszcze nigdy nie umawiał się z nim na spotkanie o tak późnej porze.

*

O pół do dwunastej Harry udał, że idzie wcześniej spać, naciągnął na siebie pelerynę-niewidkę i zszedł na palcach do pokoju wspólnego. Było tam jeszcze całkiem sporo osób. Bracia Creeveyowie zdobyli skądś stosik odznak z napisem: *Kibicuj CEDRIKOWI DIGGORY'EMU* i próbowali za pomocą czarów przerobić go na: *Kibicuj HARRY'EMU POTTEROWI*, ale jak dotąd wychodziło im wciąż: *POTTER CUCHNIE*. Harry przemknął w stronę dziury pod portretem i czekał przez blisko minutę, zerkając na zegarek. Wreszcie Hermiona otworzyła dziurę z zewnątrz, tak jak zaplanowali. Prześliznął się obok niej, szepnął: „Dzięki!" i ruszył przez opustoszały zamek do drzwi wyjściowych.

Błonia były pogrążone w ciemnościach i Harry kierował się tylko światłem padającym z okien chatki Hagrida. W olbrzymim powozie delegacji z Beauxbatons też się świeciło i kiedy Harry pukał do drzwi chatki, słyszał dobiegający z powozu głos madame Maxime.

— To ty, Harry? — szepnął Hagrid, otwierając drzwi i rozglądając się niespokojnie.

— Tak — odpowiedział Harry, po czym wślizgnął się do środka i ściągnął pelerynę-niewidkę z głowy. — O co chodzi?

— Chcę ci coś pokazać.

Hagrid sprawiał wrażenie niezwykle czymś podekscytowanego. W butonierce miał kwiat przypominający przerośniętego karczocha. Chyba zrezygnował z wysmarowania sobie włosów dziegciem, ale z całą pewnością próbował je uczesać, bo tkwiło w nich kilka ułamanych zębów grzebienia.

— Co mi chcesz pokazać? — zapytał Harry podejrzliwie, zastanawiając się, czy skląktki nie złożyły jajek, albo czy Hagrid znowu nie kupił olbrzymiego trójgłowego psa od jakiegoś nieznajomego spotkanego w pubie.

— Ukryj się pod peleryną-niewidką i idź za mną cicho — polecił Hagrid. — Kła nie zabieramy, chybaby mu się to nie spodobało...

— Słuchaj, Hagridzie, nie mam zbyt wiele czasu... Muszę być w zamku o pierwszej...

Ale Hagrid go nie słuchał, właśnie otworzył drzwi i wyszedł w ciemność. Harry pobiegł za nim i ku wielkiemu zaskoczeniu stwierdził, że Hagrid prowadzi go do wielkiego powozu.

— Hagridzie, co...

— Ciii... — syknął Hagrid i zapukał trzy razy w drzwiczki ozdobione herbem ze skrzyżowanymi złotymi różdżkami.

Otworzyła mu madame Maxime. Potężne ramiona okryła jedwabnym szalem. Na widok Hagrida uśmiechnęła się.

— Ach, 'Agrid... To już czas?

— Błąd-swar — rzekł Hagrid, uśmiechając się do niej i wyciągając rękę, by pomóc jej zejść po złotych stopniach.

Madame Maxime zamknęła za sobą drzwi, Hagrid podał jej ramię i ruszyli razem skrajem padoku, w którym zamknięto olbrzymie skrzydlate konie. Harry, kompletnie oszołomiony, pobiegł za nimi. Czyżby Hagrid chciał mu pokazać madame Maxime? Przecież oglądał ją wiele razy... w końcu kogoś takiego jak ona trudno było nie zauważyć...

Wyglądało jednak na to, że madame Maxime znalazła

się w tej samej sytuacji co Harry, bo po chwili zagadnęła figlarnym tonem:

— Gdzie ty mnie prowadzi, 'Agrid?

— Spodoba ci się — mruknął Hagrid. — Warto zobaczyć, niech skonam. Tylko... nie gadaj nikomu, że ci pokazałem, dobra? No wiesz, ty nie powinnaś o tym wiedzieć.

— Ależ *naturellement* — powiedziała madame Maxime, trzepocząc czarnymi rzęsami.

Szli i szli, a Harry, który przez cały czas biegł truchtem, by dotrzymać im kroku, denerwował się coraz bardziej. Raz po raz zerkał na zegarek, obawiając się, że z powodu jakiegoś nowego niedorzecznego pomysłu Hagrida spóźni się na spotkanie z Syriuszem. Postanowił, że jeśli wkrótce nie dojdą tam, gdzie mieli dojść, wróci bez słowa do zamku. Niech sobie Hagrid spaceruje z madame Maxime w świetle księżyca, on nie musi im towarzyszyć.

Lecz wkrótce — kiedy zaszli już tak daleko skrajem Zakazanego Lasu, że nie widać było ani zamku, ani jeziora — usłyszał jakieś krzyki... a potem ogłuszający, rozdzierający uszy ryk...

Hagrid poprowadził madame Maxime wokół kępy drzew i zatrzymał się. Harry dobiegł do nich, przez ułamek sekundy zdawało mu się, że widzi ogniska i uwijających się wokół nich ludzi... a potem szczęka mu opadła.

Smoki.

Za ogrodzeniem z grubych bali miotały się, stając dęba, cztery dorosłe, olbrzymie, przerażające smoki. Ryczały, parskały i ziały strumieniami ognia z szeroko rozwartych, groźnie uzębionych paszczy, kołyszących się na końcu długich szyj jakieś pięćdziesiąt stóp nad ziemią. Jeden — srebrnoniebieski, z długimi, ostro zakończonymi rogami — warczał i kłapał na czarodziejów biegających u jego stóp; drugi

— zielony, cały pokryty lśniącymi łuskami — miotał się i tupał; trzeci — czerwony, z pyskiem otoczonym dziwaczną grzywą złotych kolców — wystrzeliwał z pyska pióropusze ognia; czwarty, najbliżej nich — czarny, gigantyczny, najbardziej przypominał olbrzymią jaszczurkę.

Co najmniej trzydziestu czarodziejów — z siedmiu lub ośmiu na jednego smoka — próbowało opanować rozwścieczone bestie, ciągnąc za łańcuchy przymocowane do grubych skórzanych obroży zaciśniętych wokół szyj i nóg gadów. Harry spojrzał w górę i wysoko nad sobą ujrzał ślepia czarnego smoka, ze źrenicami pionowymi jak u kota, wytrzeszczone ze strachu lub z wściekłości, trudno było stwierdzić... Harry patrzył jak zahipnotyzowany, podczas gdy smok ryczał i skrzeczał, wyłupiając straszliwe ślepia...

— Trzymaj się z dala, Hagridzie! — zawołał jeden z czarodziejów, który stał tuż przy ogrodzeniu i próbował napiąć łańcuch. — Potrafią strzelić ogniem na dwadzieścia stóp! Widziałem rogogona, który wystrzelił na czterdzieści!

— Czyż nie jest śliczny? — zapytał cicho Hagrid.

— To na nic! — krzyknął inny czarodziej. — Zaklęcia oszałamiające, liczę do trzech!

Harry zobaczył, jak czarodzieje sięgają po swoje różdżki.

— *Drętwota!* — zawołali chórem, a czary oszałamiające wystrzeliły w ciemność jak rakiety, rozpryskując się pękami iskier o pokryte łuskami boki smoków...

Najbliższy smok zakołysał się niebezpiecznie na tylnych nogach, jego paszcza rozwarła się nagle w bezgłośnym ryku, z nozdrzy znikły płomienie, choć wciąż się z nich dymiło... a potem, bardzo powoli... kilkunastotonowy, muskularny, pokryty łuskami czarny smok runął na ziemię z takim grzmotem, iż Harry mógłby przysiąc, że zatrzęsły się drzewa za jego plecami.

Strażnicy smoków opuścili różdżki i podeszli do zmartwiałych cielsk — każde było wielkości małego pagórka. Pospiesznie napięli łańcuchy i umocowali je do żelaznych kołków, które wbili głęboko w ziemię za pomocą różdżek.

— Chcesz popatrzeć z bliska? — zapytał Hagrid podnieconym głosem swoją towarzyszkę.

Ruszyli do ogrodzenia, a Harry poszedł za nimi. Czarodziej, który ostrzegł Hagrida, odwrócił się i Harry go rozpoznał — to był Charlie Weasley.

— Wszystko w porządku, Hagridzie? — wydyszał, podchodząc, by porozmawiać. — Już się uspokoiły... Na czas transportu oszołomiliśmy je eliksirem usypiającym, myśleliśmy, że lepiej będzie, jak się obudzą w ciemności i ciszy... ale, jak widziałeś, nie były wcale zadowolone, wręcz przeciwnie...

— Jakie rasy tu macie, Charlie? — zapytał Hagrid, przyglądając się z szacunkiem najbliższemu, czarnemu smokowi.

Smok miał półotwarte oczy, spod pomarszczonej czarnej powieki błyskał skrawek żółtego ślepia.

— To jest węgierski rogogon — powiedział Charlie. — Tam mamy walijskiego zielonego smoka pospolitego, ten mniejszy, szaroniebieski, to szwedzki krótkopyski, a czerwony to chiński ogniomiot.

Charlie spojrzał na madame Maxime, która oddaliła się od nich, spacerując wzdłuż ogrodzenia i przyglądając się odrętwiałym smokom.

— Nie wiedziałem, że ją tu przyprowadziłeś, Hagridzie — burknął Charlie, marszcząc czoło. — Zawodnicy nie powinni wiedzieć, co ich czeka... a ona na pewno wszystko powie swojej uczennicy.

— Pomyślałem sobie, że chętnie na nie popatrzy —

odpowiedział Hagrid, wzruszając ramionami i wciąż gapiąc się na smoki jak urzeczony.

— Bardzo romantyczna randka, Hagridzie, nie ma co — rzekł Charlie zgryźliwie.

— Cztery — mruknął Hagrid. — A więc po jednym na każdego, tak? Co mają zrobić... pokonać je?

— Chyba muszą tylko koło nich przejść. Będziemy w pobliżu, z zaklęciami gaszącymi, na wypadek, gdyby się rozzłościły. Zażyczyli sobie samice wysiadujące, nie wiem dlaczego... ale powiem ci szczerze, nie zazdroszczę temu, kto wylosuje rogogona. Jest naprawdę groźny. Z tyłu tak samo jak z przodu, zobacz.

Wskazał na ogon czarnego smoka, najeżony długimi, połyskującymi jak mosiądz kolcami.

W tym momencie do rogogona podeszło pięciu innych strażników, dźwigających na rozpostartym kocu kilka granitowoszarych jaj. Umieścili je ostrożnie pod bokiem smoka. Hagrid jęknął tęsknie.

— Policzyłem je, Hagridzie — ostrzegł go surowo Charlie, po czym zapytał: — A jak się czuje Harry?

— Świetnie — mruknął Hagrid, wciąż wpatrując się w szare jaja.

— Mam nadzieję, że nie będzie czuł się gorzej, kiedy już zmierzy się z tymi tutaj — rzekł ponuro Charlie, spoglądając za ogrodzenie. — Nie śmiałem powiedzieć mamie, co go czeka w pierwszym zadaniu, i tak już się zamartwia... — I zaczął naśladować panią Weasley: — „Jak oni mogli mu pozwolić na wzięcie udziału w tym turnieju, przecież jest na to za młody! Myślałam, że uczniowie są bezpieczni, że jest jakiś limit wieku!" Zalewała się łzami, kiedy czytała ten artykuł o Harrym w „Proroku Codziennym". „On wciąż opłakuje swoich rodziców! A ja nic o tym nie wiedziałam!"

Harry miał już dosyć. Uznał, że Hagrid, podniecony widokiem czterech smoków i bliskością madame Maxime, nawet nie zauważy jego odejścia — więc ruszył ostrożnie z powrotem w kierunku zamku.

Nie był wcale pewny, czy cieszyć się z tego, że już wie, co go czeka. Ale może i lepiej, że tak się stało... Przynajmniej ma już za sobą pierwszy wstrząs. Pewnie gdyby zobaczył smoki we wtorek, zemdlałby na oczach całej szkoły... a może i tak zemdleje, przecież stanie uzbrojony tylko w różdżkę — która teraz wydawała mu się jedynie kawałkiem drewna — naprzeciw olbrzymiego, mierzącego pięćdziesiąt stóp, pokrytego łuskami, najeżonego kolcami, ziejącego ogniem smoka. I będzie musiał koło niego przejść. I wszyscy będą na to patrzyć. *Jak tego dokonać?*

Przyspieszył, biegnąc skrajem Zakazanego Lasu; miał niecały kwadrans na dotarcie do kominka w pokoju wspólnym, by porozmawiać z Syriuszem. Jeszcze nigdy nie pragnął z kimś porozmawiać tak bardzo jak teraz... I nagle, niespodziewanie, wpadł na coś twardego.

Przewrócił się, okulary przekrzywiły mu się na nosie. Kurczowo zacisnął wokół siebie pelerynę. W pobliżu usłyszał czyjś głos.

— Auu! Kto to?

Harry sprawdził gorączkowo, czy peleryna okrywa go całkowicie, i zamarł bez ruchu, wbijając oczy w ciemny zarys postaci, na którą wpadł. Rozpoznał kozią bródkę Karkarowa.

— Kto to? — powtórzył Karkarow podejrzliwym tonem, rozglądając się czujnie. Harry wstrzymał oddech, starając się nawet nie drgnąć. Po dłuższej chwili Karkarow najwidoczniej uznał, że wpadł na jakieś zwierzę: jego spojrzenie błądziło dość nisko, jakby spodziewał się dostrzec psa. Potem wycofał się chyłkiem pod osłonę drzew i powędrował skrajem lasu ku miejscu, gdzie leżały smoki.

Bardzo powoli i bardzo ostrożnie Harry podniósł się na nogi i ruszył tak szybko, jak potrafił, nie robiąc hałasu, w stronę zamku.

Nie miał wątpliwości, co było celem nocnego wypadu Karkarowa. Na pewno wymknął się po kryjomu ze statku, żeby się dowiedzieć, na czym będzie polegało pierwsze zadanie. Mógł nawet zauważyć Hagrida i madame Maxime idących skrajem lasu — trudno było ich nie dostrzec, nawet z daleka — i wystarczyło tylko pójść za ich głosami... Teraz i on, podobnie jak madame Maxime, będzie już wiedział, co czeka zawodników. A więc jedynym reprezentantem, który we wtorek stanie do walki z nieznanym, jest Cedrik.

Harry dotarł do zamku, wśliznął się do środka i pobiegł po marmurowych schodach. Zadyszał się, ale biegł dalej... Miał już tylko pięć minut na dotarcie do kominka w wieży Gryffindoru...

— Banialuki! — wysapał do Grubej Damy, drzemiącej w ramach obrazu ukrywającego przejście.

— Skoro tak twierdzisz — mruknęła sennie, nie otwierając oczu, a portret odsunął się od ściany, aby wpuścić go do środka. W pokoju wspólnym nie było nikogo, a sądząc po braku przykrej woni, Hermiona nie musiała użyć łajnobomb, żeby zapewnić spokój jemu i Syriuszowi.

Harry zrzucił pelerynę-niewidkę i opadł na fotel stojący przed kominkiem. Pokój był pogrążony w półmroku; oświetlał go tylko blask ognia. W pobliżu, na stoliku, połyskiwały plakietki *Kibicuj CEDRIKOWI DIGGORY'EMU*, które próbowali udoskonalić Creeveyowie. Teraz widniał na nich napis: *POTTER NAPRAWDĘ*

CUCHNIE. Harry spojrzał ponownie w płomienie... i aż podskoczył.

W ogniu tkwiła głowa Syriusza. Gdyby Harry nie był świadkiem, jak tego samego dokonał pan Diggory w kuchni Weasleyów, zemdlałby ze strachu. Teraz jednak uśmiechnął się po raz pierwszy od wielu dni, wygramolił się z fotela, ukucnął przed kominkiem i powiedział zduszonym szeptem:

— Syriusz! Jak się masz?

Syriusz bardzo się zmienił. Kiedy widział go ostatni raz, miał wychudłą, zapadniętą twarz otoczoną plątaniną czarnych, zmatowiałych włosów — a teraz włosy miał krótkie i lśniące, twarz pełniejszą i wyglądał o wiele młodziej, prawie tak, jak na jedynej fotografii, którą Harry posiadał, tej ze ślubu swoich rodziców.

— Mniejsza o mnie, jak ty się masz? — zapytał z powagą Syriusz.

— Ja...

Harry już miał powiedzieć: „wspaniale", ale to słowo jakoś nie przeszło mu przez gardło. Zamiast tego, zanim zdołał się powstrzymać, gadał już jak najęty, opowiadając o tym, jak to nikt nie uwierzył, że nie zakwalifikował się do turnieju z własnej woli, jak Rita Skeeter nakłamała o nim w „Proroku Codziennym", jak wszyscy z niego kpią na korytarzach, i o tym, że nawet Ron mu nie uwierzył, o jego zazdrości...

— ...a Hagrid właśnie mi pokazał, co mnie czeka w pierwszym zadaniu, to są smoki, Syriuszu... już po mnie... — zakończył rozpaczliwym tonem.

Syriusz przyglądał mu się z troską; jego oczy nie utraciły jeszcze owej pełnej udręki, widmowej dzikości, której nabyły w Azkabanie. Nie przerywał mu, a gdy Harry się wygadał, rzekł:

— Ze smokami sobie poradzimy, Harry, ale o tym za chwilę... Nie mamy wiele czasu... Włamałem się do czyjegoś domu, żeby dostać się tu przez kominek, ale lada chwila gospodarze mogą wrócić. Harry, muszę cię ostrzec.

— Przed czym? — zapytał Harry, czując, że samopoczucie jeszcze bardziej mu się pogarsza... Czy mogło być coś gorszego od smoków?

— Przed Karkarowem — odpowiedział Syriusz. — Słuchaj, on był śmierciożercą. Wiesz, kim są śmierciożercy, prawda?

— Tak... ale on... co...

— Został schwytany, siedział ze mną w Azkabanie, ale go wypuścili. Założę się o wszystko, że właśnie dlatego Dumbledore chciał mieć w tym roku w Hogwarcie aurora... żeby miał na niego oko. To Moody schwytał Karkarowa. To głównie dzięki niemu Karkarow znalazł się w Azkabanie.

— I wypuścili go? — zapytał powoli Harry, podczas gdy jego mózg wzbraniał się przed wchłonięciem jeszcze jednej wstrząsającej wiadomości. — Dlaczego go wypuścili?

— Zawarł układ z Ministerstwem Magii — oznajmił z goryczą Syriusz. — Przekonał ich, że zrozumiał swój błąd, a potem wymienił sporo nazwisk... wydał kupę ludzi, których natychmiast zamknięto w Azkabanie, a jego wypuszczono... Wierz mi, nie cieszy się tam popularnością. Z tego, co wiem, od czasu, gdy stamtąd wyszedł, naucza czarnej magii we własnej szkole. Musisz więc strzec się również reprezentanta Durmstrangu.

— Dobra — powiedział powoli Harry. — Ale... chcesz powiedzieć, że to Karkarow wrzucił moje nazwisko do Czary Ognia? Bo jeśli tak, to jest naprawdę dobrym aktorem. Sprawiał wrażenie, jakby się okropnie wściekał z tego powodu. Robił wszystko, żeby mnie nie dopuścić do turnieju.

— On jest znakomitym aktorem — rzekł Syriusz.

— W końcu udało mu się przekonać Ministerstwo Magii, żeby go wypuścili, prawda? Słuchaj, Harry, czytałem uważnie „Proroka Codziennego"...

— Jak wszyscy — mruknął gorzko Harry.

— ...i między wierszami artykułu Rity Skeeter wyczytałem, że Moody został napadnięty w noc przed przybyciem do Hogwartu. Tak, wiem, że według niej to tylko fałszywy alarm — dodał pospiesznie, widząc, że Harry chce mu przerwać — ale ja jakoś nie mogę w to uwierzyć. Myślę, że ktoś próbował powstrzymać go od podjęcia pracy w Hogwarcie. Myślę, że temu komuś przeszkadza jego obecność tutaj. A nikt nie zamierza tego sprawdzić... Szalonooki trochę za często słyszy różnych włamywaczy, to prawda, ale to wcale nie oznacza, że nie potrafi rozpoznać prawdziwego zagrożenia. Moody to najlepszy auror, jakiego kiedykolwiek miało Ministerstwo Magii.

— Więc... co to wszystko oznacza? — zapytał powoli Harry. — Karkarow chce mnie zabić? Ale... dlaczego?

Syriusz zawahał się.

— Słyszałem różne dziwne rzeczy... Ostatnio śmierciożercy jakby się uaktywnili. Dali o sobie znać podczas finału mistrzostw świata w quidditchu, prawda? Ktoś wyczarował Mroczny Znak... Słyszałeś o zaginionej czarownicy z Ministerstwa Magii?

— Berta Jorkins?

— Tak... zniknęła gdzieś w Albanii, właśnie tam, gdzie podobno widziano Voldemorta. A przecież ona na pewno wiedziała o Turnieju Trójmagicznym, prawda?

— No tak, ale to trochę nieprawdopodobne, żeby od razu natknęła się na Voldemorta, nie uważasz?

— Posłuchaj, Harry, ja znałem tę Bertę Jorkins — rzekł ponuro Syriusz. — Była ze mną w Hogwarcie, parę klas wyżej ode mnie i twojego taty. Straszna idiotka. Bardzo wścibska, ale rozumu ani za grosz. A to nie jest dobre połączenie. Według mnie, bardzo łatwo wciągnąć ją w pułapkę.

— Więc... więc Voldemort mógł się dowiedzieć o turnieju? — zapytał Harry. — To chcesz mi powiedzieć? Myślisz, że Karkarow może być jego sługą?

— Nie wiem — odrzekł Syriusz powoli. — Po prostu nie wiem... Karkarow nie wygląda mi na takiego, który by wrócił do Voldemorta, gdyby nie był pewien, że Voldemort jest już na tyle potężny, by go chronić. Ale ktokolwiek wrzucił twoje nazwisko do Czary Ognia, zrobił to w jakimś celu, a tak mi się zdaje, że ten turniej to bardzo dobra okazja, żeby zaatakować ciebie i upozorować wypadek...

— Z mojego punktu widzenia to naprawdę znakomity plan — przyznał ponuro Harry. — Będą sobie stać i przyglądać się spokojnie, jak smoki odwalają za nich czarną robotę.

— No właśnie... te smoki — powiedział szybko Syriusz. — Na smoki jest pewien sposób, Harry. Zapomnij o zaklęciu oszałamiającym, smoki są bardzo silne i mają za dużo magicznej mocy, żeby je można pokonać jednym oszałamiaczem. Trzeba z pół tuzina czarodziejów, żeby pokonać smoka.

— Tak, wiem, dopiero co to widziałem — przerwał mu Harry.

— Ale możesz tego dokonać — rzekł Syriusz. — Jest pewien sposób, jedno dość łatwe zaklęcie. Po prostu...

Nagle Harry podniósł rękę, żeby go uciszyć, a serce zaczęło mu łomotać w piersi, jakby miało mu za chwilę pęknąć. Za plecami usłyszał czyjeś kroki. Ktoś schodził po spiralnych schodach prowadzących z sypialni.

— Znikaj! — syknął do Syriusza. — Uciekaj! Ktoś idzie!

Zerwał się z fotela i zasłonił sobą kominek — jeśli ktoś zobaczy głowę Syriusza w Hogwarcie, podniesie alarm. Ministerstwo Magii zaraz się tym zainteresuje, zaczną go wypytywać, gdzie jest Syriusz...

Za plecami usłyszał ciche pyknięcie w kominku i już wiedział, że Syriusz zniknął. Wpatrywał się w podest, zastanawiając się, kto postanowił wybrać się na przechadzkę o pierwszej w nocy, by przerwać jego rozmowę z Syriuszem w tak ważnym momencie?

To był Ron, w swojej kasztanowej piżamie w indiański wzorek. Zamarł bez ruchu u stóp schodów, rozglądając się po pustym pokoju.

— Z kim rozmawiałeś? — zapytał.

— A co cię to obchodzi? — warknął Harry. — Co tu robisz o pierwszej w nocy?

— Zastanawiałem się, gdzie ty... — Ron urwał i wzruszył ramionami. — Zresztą, nieważne. Wracam do łóżka.

— Bo według mnie przyszedłeś, żeby trochę powęszyć! Może nie? — krzyknął Harry.

Wiedział, że Ron nie mógł mieć pojęcia, w czym mu przeszkodzi, wiedział, że nie zrobił tego świadomie, ale nie dbał o to — w tym momencie nienawidził w Ronie wszystkiego, od czubka głowy po skrawek gołych kostek wystający spod kasztanowych spodni od piżamy.

— Bardzo mi przykro — powiedział Ron, czerwieniejąc ze złości. — Powinienem zdawać sobie sprawę z tego, że nie życzysz sobie, żeby ci przeszkadzano. Więc zostawiam cię, żebyś mógł w spokoju przygotować się do kolejnego wywiadu.

Harry porwał ze stolika jedną z plakietek *POTTER NAPRAWDĘ CUCHNIE* i cisnął nią z całej siły przez pokój. Plakietka ugodziła Rona w czoło, odbiła się i upadła na podłogę.

— Masz — powiedział Harry. — Możesz ją sobie przypiąć we wtorek. A jak dobrze pójdzie, może nawet zostanie ci blizna... Tego właśnie ci bardzo brakowało, tak?

I ruszył szybkim krokiem w stronę schodów. Miał cichą nadzieję, że Ron go zatrzyma, nawet by się ucieszył, gdyby Ron go rąbnął, ale Ron stał nadal nieruchomo w swojej przykrótkiej piżamie. Harry, wbiegłszy po schodach, rzucił się na łóżko, a potem jeszcze długo leżał, dysząc z wściekłości i nie mogąc zasnąć. Nie usłyszał jednak, by Ron wrócił do sypialni.

ROZDZIAŁ DWUDZIESTY

Pierwsze zadanie

Harry wstał w niedzielny poranek i zaczął się ubierać. Był tak rozkojarzony, że przez chwilę próbował wciągnąć na nogę swój kapelusz zamiast skarpetki. Kiedy w końcu pozakładał wszystkie części ubrania na właściwe części ciała, wybiegł, by odnaleźć Hermionę. Zastał ją w Wielkiej Sali, jedzącą śniadanie razem z Ginny. Zbyt roztrzęsiony, by coś zjeść, czekał, aż Hermiona przełknie ostatnią łyżkę owsianki, a wtedy wyciągnął ją na błonia. Poszli na długi spacer wokół jeziora, a on opowiedział jej o smokach i o tym, czego dowiedział się od Syriusza.

Hermionę bardzo zaniepokoiło to, co Syriusz mówił o Karkarowie, ale uznała, że smoki są pilniejszym problemem.

— Skupmy się na zachowaniu cię przy życiu do wtorkowego wieczoru — powiedziała zrozpaczona — a dopiero potem będziemy się martwić Karkarowem.

Obeszli trzykrotnie jezioro, próbując sobie przypomnieć jakieś proste zaklęcie ujarzmiające smoka. Nic jednak nie wymyślili, więc udali się do biblioteki. Harry pozdejmował z półek wszystkie książki o smokach i zabrali się do wertowania wielkiego stosu.

— *Przycinanie pazurów za pomocą zaklęć... zabiegi w przypadku gnicia łusek...* nie, to nie dla nas, to dla takich świrów jak Hagrid, którzy chcą utrzymać te bestie w jak najlepszym zdrowiu...

— *Smoki bardzo trudno uśmiercić, a to z powodu pewnego odwiecznego czaru, który chroni ich grube skóry; mogą go przezwyciężyć tylko bardzo potężne zaklęcia...* ale przecież Syriusz mówił, że jest prosty sposób...

— A więc poszukajmy w księgach z prostymi zaklęciami — zaproponował Harry, odrzucając egzemplarz *Ludzi, którzy za bardzo kochają smoki.*

Wrócił do stołu ze stosem ksiąg z zaklęciami i zaczęli je po kolei kartkować. Hermiona przez cały czas szeptała mu nad łokciem:

— Tu są zaklęcia przemieniające... ale co za sens... chyba żeby przemienić mu kły w żelki owocowe, nie byłby już taki groźny... tak, ale problem w tym, że przez smoczą skórę to nie zadziała... a może spróbować transmutacji, ale z czymś tak wielkim nie masz szans, chyba nawet sama profesor McGonagall nie... zaraz, a jakbyś tak rzucił to zaklęcie na siebie? Żeby uzyskać większą moc? No tak, ale to nie są *proste* zaklęcia, no wiesz jeszcze ich nie przerabialiśmy... wiem o nich tylko dlatego, że przeleciałam już ćwiczenia do sumów...

— Hermiono — mruknął Harry przez zaciśnięte zęby — czy mogłabyś się przymknąć? Próbuję się skupić.

Ale nawet kiedy Hermiona zamilkła, niewiele mu to pomogło, bo w głowie miał coraz większy chaos. Wpatrywał się z rozpaczą w spis treści *Podstawowych zaklęć dla tych, którzy nie mają czasu... Natychmiastowe oskalpowanie...* ale smo-

ki nie mają włosów... *Pieprzny oddech*... to by tylko zwięk-
szyło siłę ogniowego rażenia tych bestii... *Zrogowaciały
język*... jeszcze tego by brakowało, to przecież nowa broń...
— Och nie, znowu tu siedzi, dlaczego nie może czytać
na tym swoim głupim statku? — jęknęła Hermiona na
widok Wiktora Kruma, który wszedł do biblioteki, obrzucił
ich posępnym spojrzeniem i usiadł w odległym kącie, kładąc
na stole stos książek. — Chodź, Harry, wracajmy do pokoju wspólnego... zaraz tu się zwalą jego rozchichotane fanki...

I rzeczywiście, gdy wychodzili, natknęli się na grupę
dziewczyn, które natychmiast wśliznęły się na palcach do
biblioteki. Jedna przewiązała się w pasie szarfą w narodowych barwach Bułgarii.

*

Harry niewiele spał tej nocy. Kiedy się obudził w ponie-
działkowy ranek, zaczął się zupełnie poważnie zastanawiać
— po raz pierwszy w życiu — czy nie uciec z Hogwartu.
Ale kiedy podczas śniadania rozejrzał się po Wielkiej Sali
i pomyślał, co by to oznaczało, zrozumiał, że nie mógłby
tego zrobić. To jedyne miejsce, w którym zaznał szczęścia...
no, może poza wczesnym dzieciństwem w domu rodziców,
ale tego nie pamiętał.

Świadomość, że w końcu lepiej pozostać w zamku i stanąć oko w oko ze straszliwym smokiem, niż wrócić na
Privet Drive, w jakiś sposób mu pomogła; poczuł się odrobinę lepiej. Zjadł z trudem porcję smażonego bekonu (miał
kłopoty z przełykaniem), a kiedy wstał razem z Hermioną,
zobaczył Cedrika Diggory'ego, który również wstawał od
stołu Puchonów.

Cedrik wciąż nie wie nic o smokach, pomyślał Harry.

Jako jedyny spośród zawodników, bo przecież Maxime i Karkarow na pewno już poinformowali Fleur i Kruma...

— Hermiono, zobaczymy się w cieplarni — powiedział, śledząc wzrokiem Cedrika. — Idź, dogonię cię.

— Harry, przecież się spóźnisz, zaraz będzie dzwonek...

— Dogonię cię, rozumiesz?

Kiedy znalazł się u stóp marmurowych schodów, Cedrik już był na ich szczycie. Otaczała go duża grupa szóstoklasistów. Harry nie chciał z nim rozmawiać w ich obecności; należeli do tych, którzy cytowali głośno artykuł Rity Skeeter, gdy tylko go zobaczyli. Szedł za Cedrikiem w pewnej odległości i zobaczył, że zmierza ku korytarzowi wiodącemu do klasy zaklęć. To mu podsunęło pewien pomysł. Zatrzymał się, wyciągnął różdżkę i dobrze wycelował.

— *Diffindo!*

Torba Cedrika pękła. Pergaminy, pióra i książki wysypały się na podłogę. Kałamarze roztrzaskały się na kawałki.

— Dam sobie radę — mruknął Cedrik rozdrażnionym głosem, kiedy koledzy rzucili się, by pomóc mu pozbierać rzeczy. — Powiedzcie Flitwickowi, że zaraz przyjdę...

Tego właśnie spodziewał się Harry. Wsunął różdżkę z powrotem do kieszeni, poczekał, aż koledzy Cedrika znikną w klasie, a wówczas ruszył pustym już korytarzem.

— Cześć — powiedział Cedrik, podnosząc poplamiony atramentem egzemplarz *Poradnika transmutacji dla zaawansowanych*. — Pękła mi torba... dopiero co ją kupiłem...

— Cedriku, pierwszym zadaniem będą smoki.

— Co? — zapytał Cedrik, patrząc na niego ze zdumieniem.

— Smoki — rzekł Harry, a potem dodał szybko, w obawie, że profesor Flitwick wyjdzie z klasy, żeby zobaczyć, co jest z Cedrikiem. — Mają cztery smoki, po jednym dla każdego, musimy przejść obok nich.

— Jesteś pewny? — zapytał Cedrik ochrypłym głosem.

— Nie ma wątpliwości. Widziałem je.

— Ale jak się dowiedziałeś? Przecież mieliśmy nie...

— Nieważne — powiedział szybko Harry; bał się, że Hagrid miałby kłopoty, gdyby prawda wyszła na jaw. — I nie tylko ja o tym wiem. Fleur i Krum na pewno już wiedzą... Maxime i Karkarow też widzieli te smoki.

Cedrik wyprostował się. W objęciach trzymał stos poplamionych atramentem pergaminów, książek i piór; z ramienia zwisała mu rozdarta torba. Spojrzał na Harry'ego, a było to spojrzenie pełne zaskoczenia, może nawet podejrzliwości.

— Dlaczego mi o tym mówisz? — zapytał.

Teraz z kolei Harry spojrzał na niego z niedowierzaniem. Był pewny, że Cedrik nie zadałby tego pytania, gdyby sam zobaczył smoki. Miałby stanąć oko w oko ze smokiem, nie wiedząc, co go czeka? Tego by Harry nie życzył nikomu, nawet najgorszemu wrogowi. No... może Malfoyowi i Snape'owi...

— To chyba jasne. Teraz wiemy wszyscy, więc startujemy z tej samej pozycji, prawda?

Cedrik wciąż przyglądał mu się trochę podejrzliwie, kiedy Harry usłyszał za plecami znajomy stukot. Odwrócił się i zobaczył Szalonookiego Moody'ego wyłaniającego się z pobliskiej klasy.

— Chodź ze mną, Potter — warknął. — Diggory, zmykaj.

Harry spojrzał ze strachem na Moody'ego. Czyżby wszystko słyszał?

— Ee... panie profesorze, powinienem być na zielarstwie...

— Nie przejmuj się tym, Potter. Proszę do mojego gabinetu.

Harry poszedł za nim, zastanawiając się, co go czeka. A jeśli Moody chce z niego wyciągnąć, w jaki sposób dowiedział się o smokach? Czy pójdzie zaraz do Dumbledore'a i naskarży na Hagrida, czy po prostu zamieni Harry'ego w tchórzofretkę? No, może byłoby łatwiej prześliznąć się obok smoka jako fretka... Małą fretkę o wiele trudniej dostrzec z wysokości pięćdziesięciu stóp...

Wszedł za Moodym do jego gabinetu. Moody zamknął drzwi i utkwił w Harrym zarówno magiczne, jak i normalne oko.

— Zachowałeś się bardzo przyzwoicie, Potter — powiedział spokojnie.

Harry nie wiedział, co na to odpowiedzieć; czegoś takiego w ogóle się nie spodziewał.

— Usiądź — polecił Moody, więc Harry usiadł i rozejrzał się po gabinecie.

Bywał tu już, kiedy gabinet zajmowali po kolei dwaj poprzedni nauczyciele obrony przed czarną magią. Za czasów profesora Lockharta ściany były wytapetowane uśmiechniętymi, mrugającymi portretami samego profesora. Kiedy urzędował tu Lupin, łatwo było się natknąć na jakiś nowy gatunek czarnomagicznego potwora, sprowadzonego, by mieli co poznawać na lekcji. Teraz gabinet był zapełniony wyjątkowo dziwnymi przedmiotami, i Harry pomyślał, że to jakieś przyrządy, których Moody używał, kiedy był aurorem.

Na biurku spoczywał wielki, popękany szklany bąk, w którym Harry natychmiast rozpoznał fałszoskop, bo sam miał podobny, choć jego egzemplarz był o wiele mniejszy. W kącie, na małym stoliku, stało coś, co przypominało bardzo pogiętą, złotą antenę telewizyjną, i cicho buczało. Na ścianie wisiało coś w rodzaju lustra, ale nic się w nim nie odbijało, za to poruszały się w nim jakieś niewyraźne cieniste postacie.

— Podobają ci się moje wykrywacze, co? — zagrzmiał Moody, który przyglądał mu się uważnie.

— Co to takiego? — zapytał Harry, wskazując na pokręconą antenę.

— Czujnik tajności. Wibruje, kiedy wykrywa jakieś utajnienie czy kłamstwo... Tutaj jest bezużyteczny, za dużo zakłóceń... ze wszystkich stron napływają łgarstwa uczniów, tłumaczących się, dlaczego nie odrobili pracy domowej. Buczy, odkąd go tu postawiłem. Fałszoskop też musiałem unieszkodliwić, bo bez przerwy gwizdał. Jest niezwykle czuły, wychwytuje wszystkie świństwa w promieniu mili. Oczywiście wyłapuje więcej niż tylko psikusy uczniaków — dodał z cichym rechotem.

— A do czego służy to zwierciadło?

— Och, to mój monitor wrogów. Widzisz ich tam, jak się czają? Nie są groźni, dopóki nie zobaczę białek ich oczu. Wtedy otwieram kufer.

Zaśmiał się ochryple i wskazał na wielki kufer pod oknem. Miał kilka dziurek od klucza w jednym rzędzie. Harry zastanawiał się, co też może być w środku, gdy następne pytanie Moody'ego sprowadziło go gwałtownie na ziemię.

— A więc... dowiedziałeś się o smokach, tak?

Harry zawahał się. Obawiał się tego pytania, ale na szczęście nie powiedział Cedrikowi o Hagridzie, a sam nie zamierzał donosić Moody'emu, że gajowy złamał przepisy.

— W porządku — rzekł Moody, siadając i wyciągając drewnianą nogę z cichym jękiem. — Oszukiwanie należy do tradycji Turnieju Trójmagicznego i zawsze tak będzie.

— Ja nie oszukiwałem — powiedział Harry ostrym tonem. — Dowiedziałem się o tym przez przypadek.

Moody wyszczerzył zęby.

— Nie oskarżam cię, chłopcze. Od samego początku powtarzałem Dumbledore'owi, że może sobie być szlachetny i przestrzegać zasad, jeśli mu się podoba, ale stary Karkarow i Maxime na pewno tacy nie będą. Powiedzą swoim zawodnikom wszystko, czego się dowiedzą. Chcą zwyciężyć. Chcą pobić Dumbledore'a na głowę. Chcą udowodnić, że jest tylko człowiekiem.

Znowu zaśmiał się ochryple, a jego magiczne oko zawirowało tak szybko, że Harry'ego zemdliło.

— No więc... masz już jakiś pomysł, jak minąć smoka? — zapytał Moody.

— Nie.

— No, ja nie zamierzam ci tego powiedzieć — burknął Moody. — Nie będę nikogo faworyzował. Chcę ci tylko dać kilka dobrych ogólnych rad. A pierwsza brzmi: *wykorzystuj swoje atuty.*

— Nie mam żadnego atutu — powiedział Harry, zanim zdążył ugryźć się w język.

— Że co? — warknął Moody. — Jak ja mówię, że masz, to masz. Pomyśl. W czym jesteś najlepszy?

Harry próbował się skupić. W czym jest najlepszy? To przecież jasne...

— W quidditchu — powiedział ponuro. — A to mi nie pomoże...

— Racja — rzekł Moody, utkwiwszy w nim swoje magiczne oko. — Słyszałem, że jesteś piekielnie dobry w lataniu na miotle.

— Tak, ale... — Harry spojrzał na niego, marszcząc czoło. — Przecież nie będę miał miotły, tylko różdżkę...

— A oto druga rada ogólna — przerwał mu Moody.

— Użyj jakiegoś prostego zaklęcia, żeby zdobyć to, czego ci potrzeba.

Harry wytrzeszczył na niego oczy. Czego mu potrzeba?

— Śmiało, chłopcze... — szepnął Moody. — Poskładaj to do kupy, to wcale nie jest trudne...

I Harry'emu nagle coś kliknęło w głowie. Jest najlepszy w lataniu na miotle. Musi przelecieć nad smokiem. Do tego jest mu potrzebna Błyskawica. A żeby mieć Błyskawicę, potrzeba...

— Hermiono — wyszeptał, gdy dziesięć minut później wpadł do cieplarni, w biegu usprawiedliwił się przed panią Sprout i stanął obok Hermiony. — Hermiono... potrzebuję twojej pomocy.

— A niby co innego robię przez cały czas? — odpowiedziała również szeptem, a jej oczy rozszerzyły się ze strachu ponad drżącym krzakiem trzepotki, który przycinała.

— Hermiono, do jutrzejszego popołudnia muszę się dobrze nauczyć zaklęcia przywołującego.

*

Więc ćwiczyli. Nie poszli na drugie śniadanie, tylko ukryli się w pustej klasie, gdzie Harry starał się jak mógł sprawić, by różne przedmioty przylatywały mu do rąk. Wciąż miał trudności. Książki i pióra traciły animusz pośrodku sali i spadały jak kamienie na podłogę.

— Skoncentruj się, Harry, *skoncentruj się...*

— A niby co innego staram się robić? — żachnął się Harry. — Jakiś ohydny wielki smok bez przerwy tłucze mi się w głowie, nie bardzo wiadomo dlaczego... Dobra, jeszcze raz...

Miał zamiar opuścić lekcję wróżbiarstwa, żeby nadal ćwiczyć, ale Hermiona zaparła się, że musi iść na numerologię, a nie było sensu ćwiczyć bez niej. Musiał więc ponad godzinę znosić profesor Trelawney, która przez pół lekcji opowiadała, że aktualna pozycja Marsa wobec Saturna oznacza poważne zagrożenie nagłą śmiercią dla osób urodzonych w lipcu.

— No i świetnie — powiedział głośno Harry, nie mogąc się już powstrzymać. — Byleby szybko, żebym nie cierpiał.

Ron sprawiał przez chwilę wrażenie, jakby miał zamiar się roześmiać. Ich spojrzenia spotkały się po raz pierwszy od wielu dni, ale Harry wciąż miał do niego zbyt wielki żal, żeby to wykorzystać. Resztę lekcji spędził, próbując przywoływać małe przedmioty pod stolikiem. Udało mu się zmusić do tego muchę, ale nie był pewny, czy to skutek jego zaklęcia przywołującego, czy po prostu jej głupoty.

Po wróżbiarstwie zmusił się do zjedzenia kolacji, a potem wrócił z Hermioną do pustej klasy, ukryty pod peleryną-niewidką, by uniknąć spotkania z którymś z profesorów. Ćwiczyli do północy. Zostaliby dłużej, gdyby nie pojawił się Irytek, który zaczął ciskać krzesłami po sali w odpowiedzi na rzekome ataki Harry'ego. Czmychnęli z klasy, obawiając się, że hałas ściągnie Filcha, i wrócili do pokoju wspólnego Gryffindoru, teraz zupełnie opustoszałego.

O drugiej w nocy Harry stał przy kominku, otoczony stosami różnych przedmiotów — książkami, piórami, przewróconymi krzesłami, wysłużonym kompletem gargulków, wśród których była też ropucha Neville'a, Teodora. Dopiero w ciągu ostatniej godziny udało mu się w końcu połapać, na czym polega zaklęcie przywołujące.

— Lepiej, Harry, o wiele lepiej — pochwaliła go Hermiona, zmęczona, ale bardzo uradowana.

— Przynajmniej wiemy, co robić, kiedy następnym razem nie będę mógł opanować jakiegoś zaklęcia — powiedział Harry, rzucając jej słownik runów, żeby spróbować jeszcze raz. — Wystarczy zagrozić mi smokiem. Dobra...

— Jeszcze raz uniósł różdżkę. — *Accio* słownik!

Ciężki wolumin wyrwał się Hermionie z ręki, przeleciał przez pokój i wylądował w ręku Harry'ego.

— Harry, naprawdę myślę, że już to opanowałeś! — zawołała ucieszona Hermiona.

— Żeby tylko tak było jutro. Błyskawica będzie o wiele dalej, w zamku, a ja będę na błoniach...

— To nie ma żadnego znaczenia — powiedziała stanowczo Hermiona. — Jeśli tylko naprawdę bardzo, bardzo się skoncentrujesz, przyleci. Harry, prześpijmy się trochę, to ci dobrze zrobi.

*

W ciągu popołudnia i nocy Harry tak się skupił na ćwiczeniu zaklęcia przywołującego, że ślepa panika, jaka go opanowała, nieco osłabła. Wróciła jednak z całą mocą następnego ranka. W całej szkole wyczuwało się gęstą atmosferę napięcia i podniecenia. Lekcje przerwano w południe, żeby dać uczniom czas na zebranie się przy ogrodzeniu dla smoków — chociaż, oczywiście, nie mieli pojęcia, co tam na nich czeka.

Harry czuł się bardzo dziwnie: jakby nic go z nikim nie łączyło, bez względu na to, czy ktoś życzył mu powodzenia, czy syczał: „Nie martw się, Potter, weźmiemy ze sobą paczkę chusteczek", kiedy przechodził. Nerwy miał tak napięte, że bał się, czy nie straci głowy, gdy będzie musiał stanąć naprzeciw swojego smoka, i nie zacznie miotać zaklęć na wszystkich w polu widzenia.

Czas też zachowywał się bardzo dziwnie: galopował z zawrotną szybkością, tak że Harry'emu wydawało się, iż w jednej chwili siedzi na pierwszej w tym dniu lekcji, historii magii, a w następnej idzie już na obiad... A potem nagle (a właściwie kiedy minęło całe przedpołudnie, ostatnie godziny bez smoków?) zobaczył spieszącą ku niemu przez Wielką Salę profesor McGonagall. Mnóstwo głów odwróciło się w jego kierunku.

— Potter, wszyscy reprezentanci już się zbierają na błoniach... Musicie przygotować się do pierwszego zadania.

— Już idę — powiedział Harry, wstając; widelec wypadł mu z ręki i uderzył z brzękiem w talerz.

— Powodzenia, Harry — szepnęła Hermiona. — Uda ci się, zobaczysz!

— No jasne — odpowiedział Harry nieswoim głosem.

Wyszedł z Wielkiej Sali z profesor McGonagall. Ona też nie była sobą: prawdę mówiąc, wyglądała na prawie tak samo przerażoną jak Hermiona. Kiedy zeszli po kamiennych schodach w listopadowy chłód popołudnia, położyła mu rękę na ramieniu.

— Tylko bez paniki — powiedziała. — Zachowaj trzeźwość umysłu. Mamy tam czarodziejów, którzy nie pozwolą, by sytuacja wymknęła się spod kontroli. Najważniejsze, żebyś starał się to zrobić jak najlepiej, a o resztę się nie martw. Nawet jak ci się nie uda, nikt nie weźmie ci tego za złe... Dobrze się czujesz?

— Tak. — Harry usłyszał własny głos. — Tak, wspaniale.

Prowadziła go do ogrodzenia dla smoków, wokół skraju Zakazanego Lasu. Kiedy jednak zbliżyli się do kępy drzew, za którą powinno już być widać ogrodzenie, Harry zobaczył, że wzniesiono tam namiot, zasłaniający smoki.

— Masz tam wejść, razem z innymi zawodnikami — powiedziała profesor McGonagall lekko roztrzęsionym głosem — i czekać na swoją kolej. W środku jest pan Bagman, który wyjaśni wam procedurę... Powodzenia.

— Dzięki — odpowiedział Harry bezbarwnym, jakby odległym głosem.

Zostawiła go przed wejściem do namiotu. Wszedł do środka.

Fleur Delacour siedziała w kącie na niskim drewnianym stołku. Nie wyglądała na tak opanowaną jak zawsze, była bledsza i jakby wilgotna. Wiktor Krum sposępniał jeszcze bardziej; Harry uznał, że w ten sposób objawia się jego napięcie nerwowe. Cedrik spacerował tam i z powrotem. Kiedy Harry wszedł, uśmiechnął się do niego, a Harry odpowiedział mu tym samym, czując, że mięśnie twarzy nie bardzo go słuchają, jakby zapomniały, jak to się robi.

— Harry! Znakomicie! — ucieszył się na jego widok Bagman. — Wchodź, wchodź, czuj się jak u siebie w domu!

Pośród bladych zawodników Bagman przywodził na myśl lekko przekwitłą postać z kreskówki. Miał na sobie swój stary kostium drużyny Os.

— A więc jesteśmy już wszyscy... Czas na instrukcje! — oznajmił rześkim tonem. — Kiedy zbierze się widownia, podam każdemu z was tę torebkę — uniósł mały woreczek z purpurowego jedwabiu i potrząsnął nim — z której każdy wyciągnie mały model tego, co was czeka! Są różne... ee.. odmiany... I muszę wam jeszcze coś powiedzieć... Aha, tak... waszym zadaniem jest zdobycie złotego jaja!

Harry zerknął na innych. Cedrik kiwnął głową, żeby pokazać, że zrozumiał słowa Bagmana, a potem zaczął znowu spacerować po namiocie; był lekko zielony. Fleur Delacour i Krum w ogóle nie zareagowali. Może myśleli, że ich zemdli, jak otworzą usta; w każdym razie Harry tak właśnie się czuł. No tak, ale w końcu oni zgłosili się na ochotnika...

Wydawało mu się, że za namiotem usłyszał setki par stóp, których właściciele rozmawiają, śmieją się, żartują... Poczuł się tak obco, jakby należał do jakiegoś innego gatunku. A potem — Harry'emu wydało się, że w następnej sekundzie — Bagman rozwiązał purpurowy woreczek.

— Panie mają pierwszeństwo — rzekł, wyciągając woreczek ku Fleur.

Włożyła drżącą rękę do środka i wyciągnęła maleńką, bardzo dokładną figurkę smoka — walijskiego zielonego. Na jego szyi wisiała mała dwójka. Nie okazała zaskoczenia, raczej rezygnację, i Harry wiedział już, że madame Maxime przygotowała ją na to.

To samo było z Krumem. Wyciągnął szkarłatnego chińskiego ogniomiota, z trójką u szyi. Nawet nie mrugnął, tylko wbił wzrok w ziemię.

Cedrik wyciągnął niebieskawoszarego szwedzkiego smoka krótkopyskiego z numerem jeden. Już wiedząc, co pozostało dla niego, Harry sięgnął do jedwabnego woreczka i wyciągnął węgierskiego rogogona z numerem cztery. Kiedy na niego spojrzał, smok rozprostował skrzydła i obnażył maleńkie kły.

— A więc już wiecie! — rzekł Bagman. — Każde z was wybrało smoka, przed którym stanie, a liczby oznaczają kolejność, to chyba jasne? Teraz was opuszczę i zajmę miejsce komentatora. Panie Diggory, jest pan pierwszy, kiedy usłyszy pan gwizdek, proszę wejść do ogrodzenia. Jasne? Jeszcze chwileczkę... Harry, czy mogę zamienić z tobą słówko? Na zewnątrz.

— Ee... oczywiście — wybąkał Harry.

Wyszedł z namiotu z Bagmanem, który odszedł kawałek, między drzewa, a potem odwrócił się do niego z ojcowską miną.

— Harry, czujesz się dobrze? Mogę ci w czymś pomóc?

— Co? Ja... nie, nic mi nie...

— Masz już jakiś plan? — zapytał Bagman konspiracyjnym tonem. — Bo jak chcesz, to mogę ci udzielić kilku wskazówek... Rozumiesz — Bagman ściszył głos jeszcze bardziej — jesteś przecież na straconej pozycji, Harry... więc gdybym mógł ci w czymś pomóc...

— Nie — przerwał mu szybko Harry, tak szybko, że musiało to zabrzmieć niegrzecznie. — Nie... ja już wiem, co mam robić, dzięki.

— Nikt się nie dowie — powiedział Bagman, puszczając do niego oko.

— Nie, czuję się znakomicie — rzekł Harry, dziwiąc się, dlaczego wciąż powtarza to wszystkim, choć nigdy w życiu nie czuł się tak okropnie. — Mam już opracowany plan... Ja...

Rozległ się gwizdek.

— Ojej, muszę lecieć! — zawołał przerażony Bagman i pospiesznie odszedł.

Harry ruszył z powrotem w stronę namiotu i zobaczył Cedrika, teraz już bardzo zielonego na twarzy. Harry chciał życzyć mu powodzenia, kiedy koło niego przechodził, ale to, co wyszło z jego ust, bardziej przypominało ochrypłe chrząknięcie.

Wszedł do namiotu. W chwilę później usłyszeli ryk tłumu, co oznaczało, że Cedrik znalazł się już wewnątrz ogrodzenia i stanął twarzą w twarz z żywym odpowiednikiem swojej figurki.

To było okropne. Gorsze od wszelkich wyobrażeń — siedzieć tam i słuchać. Tłum wrzeszczał... wył... wydawał zduszone okrzyki jak jedna wielogłowa istota, gdy Cedrik usiłował minąć szwedzkiego smoka krótkopyskiego. Krum nadal wpatrywał się tępo w ziemię. Fleur, na odmianę, zaczęła krążyć po namiocie jak uprzednio Cedrik. A komentarz Bagmana tylko wszystko pogarszał... Straszne obrazy formowały się w głowie Harry'ego, gdy słyszał:

— Ooooch, prawie go trafił, o mały włos... Ryzykuje... ojojoj, bardzo ryzykuje!.. Sprytne posunięcie... szkoda, że nic nie dało!

A potem, po jakimś kwadransie, Harry usłyszał ogłuszający ryk, który mógł oznaczać tylko jedno: Cedrik przeszedł obok smoka i pochwycił złote jajko.

— Wspaniaaale! — krzyczał Bagman. — A teraz oceny sędziów!

Ale Harry nie usłyszał tych ocen; wyglądało na to, że sędziowie unieśli tabliczki z cyframi, pokazując je widzom.

— Jeden przeszedł, troje pozostało! — ryknął Bagman, kiedy gwizdek rozległ się po raz drugi. — Panna Delacour, jeśli łaska!

Fleur dygotała od stóp do głów. Po raz pierwszy Harry poczuł do niej sympatię, kiedy patrzył, jak wychodzi z namiotu z dumnie podniesioną głową, zaciskając palce na różdżce. Teraz zostali sami — on i Krum — w przeciwnych końcach namiotu, unikając swoich spojrzeń.

Wszystko zaczęło się powtarzać...

— Och, to chyba nie było mądre! — usłyszeli podniecony głos Bagmana. — Ach... mało brakowało! Teraz ostrożnie... a niech to, już myślałem, że po wszystkim!

Dziesięć minut później Harry usłyszał grzmot oklasków. A więc Fleur też się udało. Chwila ciszy, pewno czekają na oceny sędziów... znowu oklaski... a potem gwizdek po raz trzeci.

— A oto pan Krum! — krzyknął Bagman i Krum wyszedł z namiotu swoim kaczkowatym krokiem.

Harry został sam. Odczuwał — mocniej niż zwykle — przyspieszone bicie serca, lekkie drżenie palców... a jednocześnie wydawało mu się, że jest poza ciałem, na zewnątrz, widzi ściany namiotu, słyszy krzyki tłumu, jakby z oddali...

— Bardzo śmiałe! — zawołał Bagman, a Harry usłyszał, jak chiński ogniomiot zaryczał straszliwie, podczas gdy tłum wstrzymał oddech. — Cóż za odwaga... iiii... tak, ma już jajo!

Salwa oklasków, jakby jednocześnie stłuczono tysiąc szyb... Krum zakończył występ... za chwilę kolej na niego.

Wstał, odnotowując w świadomości dziwne wrażenie, że nogi ma z galarety. Czekał. A potem usłyszał gwizdek. Wyszedł z namiotu, czując narastającą panikę. I oto mijał już kępę drzew, wchodził przez przerwę w ogrodzeniu.

To, co zobaczył, wydało mu się bardzo kolorowym snem. Setki twarzy patrzyły na niego z trybun, które wyczarowano od czasu, gdy był tu ostatnio. A przed nim, w drugim końcu ogrodzenia, przysiadł nad kupką jaj wielki rogogon. Potworny, okryty czarną łuską jaszczur, bijący najeżonym długimi kolcami ogonem, który żłobił w ziemi długie na jard ślady. Skrzydła miał do połowy złożone, wściekłe, żółte oczy były utkwione w Harrym. Tłum wrzeszczał, ale Harry nie zastanawiał się, czy są to przyjazne okrzyki. Nadszedł czas, by zrobić to, co musiał zrobić... skupić się, całkowicie, bez reszty, na tym, co było jego jedyną szansą...

Uniósł różdżkę.

— *Accio* Błyskawica! — krzyknął.

Czekał, czując, jak dygoce mu każdy nerw, każde włókno mięśni, modląc się w duchu... bo jeśli to nie zadziała... jeśli miotła nie przyleci... Wydawało mu się, że patrzy na wszystko przez jakąś rozmigotaną, przejrzystą zasłonę, jakby przez mgiełkę żaru, co sprawiało, że ogrodzenie ze smokiem i setki twarzy na widowni falowały dziwacznie...

I wówczas usłyszał świst. Odwrócił się i ujrzał Błyskawicę lecącą ku niemu wokół skraju lasu, szybującą ponad ogrodzeniem i zatrzymującą się w powietrzu tuż obok niego, gotową, by jej dosiadł. Ryk tłumu wzmógł się... Bagman coś krzyczał... ale słuch Harry'ego przestał działać normalnie... to wszystko przestało być ważne...

Przerzucił nogę przez miotłę i odepchnął się mocno od ziemi. A w chwilę później stało się coś zupełnie niesamowitego...

Kiedy wystrzelił w górę, kiedy pęd zmierzwił mu włosy, kiedy w dole twarze tłumu zamieniły się w różowe główki od szpilek, a rogogon zmniejszył się do rozmiarów psa, poczuł, że tam, w dole, została nie tylko ziemia, ale i jego strach... Odzyskał spokój, znalazł się w swoim królestwie...

To przecież tylko kolejny mecz quidditcha, nic więcej... jeszcze jeden mecz quidditcha, a ten rogogon to po prostu drużyna przeciwników...

Spojrzał w dół, na kupkę jaj, przy których warował rogogon, i wypatrzył to złote. Wyróżniało się na tle tych innych, cementowoszarych, spoczywając bezpiecznie między przednimi łapami smoka.

Zanurkował. Rogogon obrócił łeb, śledząc go uważnie. Wiedział, co smok zaraz zrobi, więc wyhamował i poderwał się gwałtownie, a miejsce, w którym znajdował się jeszcze przed ułamkiem sekundy, przeszył strumień ognia... Lecz Harry nie odczuł strachu... bo... czym to się różniło od uniku przed tłuczkiem?

— Ależ ten chłopak lata! — ryknął Bagman, gdy tłum

wrzasnął i umilkł, wstrzymując oddech. — Widział to pan, panie Krum?

Harry wzbił się nieco wyżej i zaczął krążyć nad smokiem. Rogogon wciąż śledził go uważnie; obracał łeb na długiej szyi... jak to potrwa dłużej, to mu się zakręci w głowie... ale lepiej nie przeciągać struny, bestia może zaraz rzygnąć ogniem po raz drugi...

Zanurkował dokładnie w tej samej chwili, gdy rogogon otworzył paszczę, ale tym razem Harry miał nieco mniej szczęścia — uniknął strumienia ognia, ale nie uniknął ogona: kiedy gwałtownie skręcił w lewo, jeden z długich kolców musnął mu ramię, rozdzierając szatę...

Poczuł piekący ból, usłyszał wrzaski i jęki z dołu... ale to przecież tylko zadraśnięcie... poszybował nad karkiem smoka... i nagle zaświtał mu w głowie pewien pomysł...

Rogogon najwyraźniej nie chciał ruszyć się z miejsca, bo chronił swoje drogocenne jaja. Choć skręcał się i miotał, rozkładał i zwijał skrzydła, nieustannie śledząc Harry'ego żółtymi, wściekłymi ślepiami, bał się oddalić od kupki jaj... Trzeba go do tego zmusić, to jedyny sposób, by porwać to złote... rzecz w tym, by zrobić to ostrożnie, stopniowo...

Zaczął szybować to w tę, to w tamtą stronę, nie podlatując za blisko, by nie narazić się na zabójczy strumień ognia, ale i nie odlatując za daleko, tak, aby smok nie tracił go z oczu. Smok kręcił łbem, utkwiwszy w nim swoje płonące, pionowe źrenice, obnażywszy kły...

Wystrzelił w górę. Rogogon poderwał łeb, wyciągając szyję na całą długość, jak wąż przed zaklinaczem...

Harry wzbił się jeszcze parę stóp wyżej, a smok zaryczał ze złości. Harry musiał być dla niego natarczywą muchą, którą trzeba zmiażdżyć, spopielić... Machnął ponownie ogonem, ale mucha była za wysoko, by ją dosięgnąć... strzelił strumieniem ognia, ale mucha zrobiła unik... otworzył szeroko paszczę...

— No chodź — syknął Harry, krążąc nad smokiem i drażniąc go nieustannie — dalej, złap mnie... tu jestem...

I nagle olbrzymi jaszczur stanął na tylnych nogach, rozwijając swoje czarne, skórzaste skrzydła, wielkie jak skrzydła sportowego samolotu. Harry zanurkował. Zanim smok zorientował się, o co chodzi i gdzie się podziała ta bezczelna mucha, Harry spadał już na ziemię jak kamień, nie spuszczając z oczu kupki jaj, teraz nie osłoniętych uzbrojonymi w długie szpony łapami smoka... Oderwał dłonie od Błyskawicy... schwycił złote jajo...

I już poderwał się w górę z zapierającą dech szybkością, już szybował nad trybunami, trzymając bezpiecznie jajo pod pachą zdrowego ramienia, i nagle, jakby ktoś podkręcił głośność, usłyszał straszliwą wrzawę. Tłum ryczał i klaskał tak głośno, jak kibice Irlandii na finałowym meczu o mistrzostwo świata...

— Paaaatrzcie! — wrzeszczał Bagman. — Zobaaaczcie! Nasz najmłodszy zawodnik najszybciej złapał jajo! No, no, nooo, pan Potter ma szansę na zwycięstwo!

Harry zobaczył, jak wybiegają strażnicy smoków, by poskromić rogogona, jak w przerwie w ogrodzeniu pojawiają się profesor McGonagall, profesor Moody i Hagrid, wymachując do niego rękami; nawet z tej odległości widział ich roześmiane twarze. Przeleciał jeszcze raz nad trybunami, słysząc ogłuszający ryk tłumu, i wylądował gładko na ziemi, a w sercu czuł taką lekkość, jakiej nie czuł już od wielu tygodni... Przeszedł pierwszą próbę, przeżył...

— To było wspaniałe, Potter! — zawołała profesor McGonagall, gdy zsiadł z miotły, co jak na nią było wyjątkową pochwałą. Zauważył, że ręka jej drży, gdy wskazywała na jego ramię. — Pokaż się zaraz pani Pomfrey, jeszcze zanim sędziowie ogłoszą punktację, niech to obejrzy... Jest tam, chyba już opatrzyła Diggory'ego...

— Cholibka, Harry, udało ci się! — powiedział Hagrid ochrypłym głosem. — Udało ci się! I to z rogogonem... a Charlie mówił, że to najpaskud...

— Dzięki, Hagridzie — przerwał mu szybko Harry, bojąc się, by Hagrid zaraz nie wypaplał, że pokazał mu wcześniej smoki.

Profesor Moody też wyglądał na bardzo zadowolonego; magiczne oko miotało mu się we wszystkie strony.

— Wyszło ci to ładnie i zgrabnie, Potter — zagrzmiał.

— Potter, marsz do namiotu pierwszej pomocy! — powiedziała profesor McGonagall.

Harry wyszedł z ogrodzenia, wciąż dysząc ciężko, i zobaczył panią Pomfrey stojącą w wejściu do drugiego namiotu. Była wyraźnie przerażona.

— Smoki! — powiedziała z odrazą i wciągnęła Harry'ego do środka.

Namiot był poprzedzielany płóciennymi przepierzeniami. Za jednym z nich dostrzegł zarys postaci Cedrika, ale chyba nic poważnego mu się nie stało, bo siedział. Pani Pomfrey dokładnie zbadała Harry'emu ramię, mrucząc bez przerwy:

— W zeszłym roku dementorzy, teraz smoki... ciekawe, co wymyślą w przyszłym roku. Masz duże szczęście... rana nie jest głęboka... ale będę musiała ją przemyć, zanim zlikwiduję...

Obmyła rozcięcie tamponem umaczanym w jakimś czerwonym dymiącym płynie. Zapiekło, ale kiedy dotknęła ramienia różdżką, ból ustał, a rana zniknęła.

— Teraz posiedź spokojnie z minutę... Siedź! Potem będziesz mógł wyjść i dowiedzieć się, ile dostałeś punktów.

Wpadła za przepierzenie i usłyszał, jak mówi:

— Jak się teraz czujesz, Diggory?

Harry nie miał najmniejszej ochoty siedzieć spokojnie w namiocie — adrenalina wciąż w nim buzowała. Wstał, by zobaczyć, co się dzieje na zewnątrz, ale zanim doszedł do wyjścia, do środka wpadły dwie osoby: Hermiona, a tuż za nią Ron.

— Harry, byłeś naprawdę wspaniały! — krzyknęła Hermiona piskliwym głosem. Na jej policzkach widniały ślady paznokci, widocznie wbijała je sobie ze strachu. — Byłeś zdumiewający! Niesamowity!

Ale Harry patrzył na Rona, białego jak kreda i wpatrującego się w niego jak w ducha.

— Harry — powiedział bardzo poważnym tonem — nie wiem, kto wrzucił twoje nazwisko do czary... ale uważam, że... że chciał cię wykończyć!

Jakby w ogóle nie było tych paru ostatnich tygodni, jakby spotkał się z Ronem po raz pierwszy tuż po ogłoszeniu, że został reprezentantem szkoły...

— A więc wreszcie to do ciebie dotarło? — zapytał chłodno Harry. — Potrzebowałeś dużo czasu.

Hermiona patrzyła niespokojnie to na jednego, to na drugiego. Ron otworzył usta, ale zawahał się. Harry wiedział, że Ron chce go przeprosić. Nie chciał tego słuchać.

— Już dobra — rzekł, zanim Ron zdołał coś wykrztusić. — Zapomnijmy o tym.

— Nie. Nie powinienem...

— Daj spokój!

Ron uśmiechnął się do niego niepewnie, a Harry również odpowiedział uśmiechem.

Hermiona zalała się łzami.

— Obaj jesteście głupi! — krzyknęła, tupiąc, a łzy kapały jej obficie na szatę. A potem, zanim zdołali ją powstrzymać, uścisnęła każdego z osobna i wyleciała z namiotu, rycząc z radości.

— Chce to obwieścić całemu światu, czy co? — powiedział Ron, kręcąc głową. — Chodź, Harry, zaraz podadzą punktację.

Harry wziął złote jajo i Błyskawicę. Jeszcze godzinę temu nigdy by nie uwierzył, że będzie mu tak lekko na duszy. Wyszli razem z namiotu; Ron gadał jak najęty.

— Byłeś najlepszy, nie ma sprawy, poza konkurencją. Cedrik wyczyniał jakieś cuda... transmutował kamień w psa... chciał, żeby smok zajął się tym psem, a nie nim. Fakt, że to było coś, no wiesz, przemienić kamień w psa, no i podziałało, złapał jajo, ale smokowi się nagle odwidziało, uznał, że lepiej jednak spopielić Diggory'ego niż tego labradora... Ledwo zdążył uciec, ale trochę go poparzyło. A potem ta dziewczyna, Fleur, próbowała czarów... chyba chciała go wprowadzić w trans... no i rzeczywiście, bestia jakby przysnęła, ale nagle zachrapała i jak nie miotnie strumieniem ognia... dziewczynie zapalił się skraj szaty... ugasiła go wodą z różdżki. A Krum... mówię ci, nie uwierzysz, ale w ogóle nie pomyślał o tym, że można latać! Ale był dobry, drugi po tobie. Rąbnął go jakimś zaklęciem w oko, tylko że smok zaczął się miotać z bólu i pogniótł z połowę jaj... Za to odjęli Krumowi punkty, bo jaj nie wolno niszczyć.

Ron wziął głęboki oddech. Dotarli do ogrodzenia. Teraz, kiedy rogogona wyprowadzono, Harry zobaczył, gdzie siedzą sędziowie — w drugim końcu ogrodzenia, na wysokim podium przykrytym złotą tkaniną.

— Każdy ma do dyspozycji dziesięć punktów — powiedział Ron, a Harry zobaczył, jak pierwszy sędzia — madame Maxime — unosi wysoko różdżkę.

Z różdżki wystrzeliła długa, srebrna wstęga, która ukształtowała się w wielką ósemkę.

— Nieźle! — ucieszył się Ron, gdy zagrzmiały oklaski.

— Pewnie ci odjęła dwa punkty za to ramię...

Teraz przyszła kolej na pana Croucha. Wystrzelił dziewiątkę.

— Dobrze, dobrze! — ryknął Ron, waląc Harry'ego w plecy.

Teraz Dumbledore. On też pokazał dziewiątkę. Oklaski były jeszcze głośniejsze.

Ludo Bagman... *dziesięć.*

— Dziesięć? — zdumiał się Harry, jakby nie wierzył własnym oczom. — Ale... przecież smok mnie trafił... co tu jest grane?

— Harry, nie narzekaj! — krzyknął Ron, podskakując z radości.

Teraz podniósł różdżkę Karkarow. Zawahał się przez chwilę, a potem w powietrze wystrzeliła cyfra. *Cztery.*

— Co?! — ryknął Ron. — *Cztery?* Ty stary, wszawy, stronniczy worku rzygowin, Krumowi dałeś dziesięć!

Ale Harry miał to w nosie, a miałby to w nosie nawet wtedy, gdyby Karkarow dał mu zero punktów. Oburzenie Rona było dla niego warte sto punktów. Nie powiedział mu tego, oczywiście, ale kiedy się odwrócił, by wyjść poza ogrodzenie, serce miał lekkie jak piórko. I nie chodziło tylko o Rona... nie tylko o Gryfonów, ryczących z radości na trybunach. Okazało się, że kiedy już wszyscy zobaczyli, z czym przyszło im się zmierzyć, kibicowała mu większość szkoły. Jemu i Cedrikowi. A Ślizgoni... Nie dbał o nich; teraz mogli mu nagwizdać!

— Pierwsze miejsce, Harry! Ty i Krum! — zawołał Charlie Weasley, biegnąc ku nim, gdy już ruszyli w stronę zamku. — Słuchajcie, lecę, muszę wysłać mamie sowę, przyrzekłem, że ją natychmiast powiadomię... Ale... ale to było niewiarygodne! Aha... i kazali mi powiedzieć, żebyś jeszcze nie odchodził. Bagman chce wam coś powiedzieć w namiocie zawodników.

Ron oznajmił, że poczeka, więc Harry wrócił do namiotu, który teraz wydał mu się jakby trochę inny: przyjazny i gościnny. Przypomniał sobie, jak szybował nad rogogonem, unikając jego ognistych pocisków, i porównał to z długim oczekiwaniem na wyjście z namiotu... Nie, nie ma porównania, to czekanie było o wiele gorsze.

Weszli Fleur, Cedrik i Krum.

Cedrik miał połowę twarzy posmarowaną jakąś pomarańczową maścią. Uśmiechnął się do Harry'ego, gdy tylko go zobaczył.

— Byłeś dobry, Harry.

— Ty też — odpowiedział Harry, odwzajemniając uśmiech.

— Wszyscy byliście dobrzy! — oświadczył Bagman, wpadając do namiotu z taką miną, jakby przed chwilą sam wykiwał smoka. — Tylko kilka słów. Macie długą przerwę przed następnym zadaniem. Staniecie przed nim dwudziestego czwartego lutego o pół do dziesiątej rano, ale będziecie mieli nad czym się zastanawiać przez ten czas! Jak się przyjrzycie tym złotym jajom, które ma każde z was, zobaczycie, że można je otworzyć... Widzicie te zawiasy? Wewnątrz znajdziecie zagadkę, którą musicie rozwiązać,

a wtedy dowiecie się, na czym polega drugie zadanie i będziecie mogli się do niego przygotować! Wszystko jasne?
Na pewno? No to zmykajcie!

Harry wyszedł z namiotu, wrócił do Rona i ruszyli wokół
skraju Zakazanego Lasu, pogrążeni w rozmowie. Harry
chciał się dowiedzieć ze szczegółami, jak sobie radzili inni
zawodnicy. A potem, gdy już okrążyli kępę drzew, spoza
których Harry po raz pierwszy usłyszał ryk smoków, zza
ich pleców wyskoczyła nagle czarownica.

To była Rita Skeeter. Tym razem miała na sobie szatę
jadowicie zieloną, a w ręku trzymała samonotujące pióro,
wycelowane dokładnie w nich.

— Moje gratulacje, Harry! — powiedziała, uśmiechając się. — Mogłabym usłyszeć od ciebie słówko? Co czułeś,
gdy stanąłeś przed smokiem? Co myślisz o tej punktacji?

— Tak, może pani usłyszeć ode mnie słówko — warknął Harry. — Nawet dwa. *Do widzenia.*

Odwrócił się do niej plecami i razem z Ronem ruszyli
w stronę zamku.

ROZDZIAŁ DWUDZIESTY PIERWSZY

Front Wyzwolenia Skrzatów Domowych

Wieczorem Harry, Ron i Hermiona poszli razem do sowiarni, żeby znaleźć Świstoświnkę i wysłać Syriuszowi wiadomość o pomyślnym wyniku pierwszej próby. Po drodze Harry przekazał Ronowi wszystko, co mu Syriusz doniósł o Karkarowie. Ron wyglądał na wstrząśniętego, gdy się dowiedział o tym, że Karkarow był kiedyś śmierciożercą, ale kiedy doszli do sowiarni, twierdził już, że powinni go podejrzewać od samego początku.

— Wszystko pasuje, no nie? Pamiętacie, co Malfoy powiedział w pociągu? Że jego ojciec przyjaźni się z Karkarowem? Teraz już wiemy, gdzie się poznali. Założę się, że razem maszerowali w tłumie zamaskowanych śmierciożerców po mistrzostwach świata. Ale coś ci powiem, Harry. Jeśli to rzeczywiście Karkarow wrzucił twoje nazwisko do czary, to teraz musi się czuć bardzo głupio, no nie? Nic mu to nie dało, prawda? Wyszedłeś z tego tylko z zadrapaniem! Poczekaj, ja to zrobię...

Świstoświnka była tak przejęta swoją misją, że latała wokół głowy Harry'ego, pohukując nieustannie. Ron złapał ją w powietrzu i przytrzymał, żeby Harry mógł jej przywiązać list do nóżki.

— Nie ma siły, żeby następne zadania były bardziej niebezpieczne od tego pierwszego. To niemożliwe, prawda? — powiedział Ron, gdy zaniósł Świstoświnkę do okna. — Wiesz co, Harry? Myślę, że wygrasz ten turniej. Mówię poważnie.

Harry wiedział, że Ron mówi tak tylko dlatego, by zatrzeć pamięć o swoim zachowaniu przez ostatnie parę tygodni, ale i tak to docenił. Natomiast Hermiona oparła się o ścianę, założyła ręce na piersiach i obdarzyła Rona niezbyt przychylnym spojrzeniem.

— Przed Harrym jeszcze długa droga — powiedziała z powagą. — Jeśli to było pierwsze zadanie, to wolę nie myśleć, jakie będzie następne.

— Oto nasz promyk słońca — burknął Ron. — Ty i profesor Trelawney powinnyście występować razem.

Wyrzucił Świstoświnkę przez okno. Sówka opadła ze dwanaście stóp, zanim udało się jej poderwać do lotu: list przymocowany do jej nóżki był o wiele większy i cięższy niż zwykle, bo Harry nie mógł się oprzeć, by nie opisać Syriuszowi dokładnie, jak okpił rogogona.

Obserwowali Świstoświnkę, póki nie znikła w ciemności, a wtedy Ron powiedział:

— No, to schodzimy na dół, Harry, czeka cię tam balanga-niespodzianka... Fred i George już chyba zwędzili dość żarcia z kuchni.

I rzeczywiście, gdy tylko weszli do pokoju wspólnego Gryfonów, zagrzmiały wiwaty i oklaski. Na każdej wolnej powierzchni wznosiły się góry ciastek i sterczały dzbany dyniowego soku i kremowego piwa. Lee Jordan odpalił kilka zimnych ogni doktora Filibustera, więc cały pokój wypełnił się gwiazdami i iskrami, a Dean Thomas, który potrafił świetnie malować, ozdobił ściany nowymi plakatami; na większości z nich Harry śmigał na miotle wokół łba rogogona, choć kilka przedstawiało Cedrika z płonącą głową.

Harry rzucił się na ciastka: prawie zapomniał, co to znaczy czuć się naprawdę głodnym. Potem usiadł razem z Ronem i Hermioną. Aż trudno mu było uwierzyć w swoje szczęście. Ron siedział przy jego boku, przeszedł pomyślnie pierwsze zadanie, a następne czekało go dopiero za trzy miesiące.

— O żesz ty, ale ciężkie! — powiedział Lee Jordan, biorąc do ręki złote jajo, które Harry położył na stole. — Otwórz je, Harry, nie daj się prosić! Zobaczmy, co jest w środku!

— On ma sam rozwiązać zagadkę — szybko wtrąciła Hermiona. — To jest w regulaminie turnieju...

— Tak, miałem też sam wymyślić sposób na tego smoka — mruknął Harry tak cicho, by dosłyszała to tylko Hermiona, która uśmiechnęła się do niego niepewnie.

— Tak, otwórz je, Harry! Teraz! — rozległo się kilka głosów.

Lee podał jajo Harry'emu, który wbił paznokcie w szparę biegnącą wokół wypukłości, i otworzył je.

Jajo było w środku wydrążone i zupełnie puste — ale gdy tylko się otworzyło, rozległo się rozdzierające wycie. Harry'emu przypomniała się natychmiast widmowa orkiestra podczas przyjęcia w rocznicę śmierci Prawie Bezgłowego Nicka, przygrywająca na piłach.

— Zamknij to! — krzyknął Fred, zatykając sobie rękami uszy.

— Co to było? — zapytał Seamus Finnigan, wpatrując się w złote jajo, gdy Harry je zatrzasnął. — Zupełnie jak szyszymora... Może wystąpi w drugim zadaniu, co, Harry?

— Jakby kogoś torturowano! — zawołał Neville, bardzo blady, który przed chwilą rozsypał po podłodze półmisek pasztecików nadziewanych kiełbaskami. — Będziesz musiał pokonać zaklęcie Cruciatus!

— Nie bądź głupi, Neville, to jest nielegalne — powiedział George. — Nie użyją zaklęcia Cruciatus wobec zawodników. Mnie to bardziej przypominało śpiew Percy'ego... Może będziesz musiał zaatakować go pod prysznicem, Harry.

— Chcesz trochę strucli z owocami, Hermiono? — zapytał Fred.

Hermiona spojrzała podejrzliwie na talerz, który Fred jej podsuwał.

— Daj spokój, to zwykłe ciasto — powiedział Fred, szczerząc do niej zęby. — Nic z tym nie robiłem. Ale tych kremówek to bym się wystrzegał...

Neville, który właśnie ugryzł kawał kremówki, zakrztusił się i wypluł wszystko na podłogę. Fred ryknął śmiechem.

— To tylko taki żarcik, Neville...

Hermiona wzięła kawałek strucli i zapytała:

— Fred, wynieśliście to wszystko z kuchni?

— Jasne — odrzekł Fred, uśmiechając się do niej szeroko. — Wszystko, co tylko pan sobie zażyczy, sir! — dodał, naśladując piskliwy głos domowego skrzata. — Dałyby mi wszystko, nawet pieczonego wołu, gdybym powiedział, że jestem głodny.

— Jak się tam dostaliście? — zapytała Hermiona niewinnym, zdawkowym tonem.

— To bardzo łatwe. Za tym malunkiem z misą pełną owoców są ukryte drzwi. Trzeba tylko połaskotać gruszkę, a ona zachichoce i... — Urwał i spojrzał na nią podejrzliwie. — Dlaczego pytasz?

— A... nic, tak sobie — odpowiedziała szybko Hermiona.

— Chcesz podburzyć skrzaty domowe do strajku, tak? — zapytał George. — Już ci nie wystarczają te ulotki i plakietki, chcesz wywołać prawdziwy bunt?

Rozległy się chichoty. Hermiona milczała.

— Nie waż się tam łazić i wmawiać im, że muszą mieć normalne ubrania i dostawać wynagrodzenie! — powiedział Fred ze złością. — Powariują i przestaną nam gotować!

W tym momencie Neville zamienił się w wielkiego kanarka, co odwróciło uwagę bliźniaków od Hermiony.

— Och... przepraszam, Neville! — zawołał Fred, przekrzykując ogólny śmiech. — Zapomniałem... rzeczywiście zaczarowaliśmy te kremówki...

Po minucie Neville jednak zrzucił pióra i odzyskał normalny wygląd. Nawet on przyłączył się do ogólnego śmiechu.

— Kanarkowe kremówki! — wrzeszczał Fred do rozochoconych Gryfonów. — Wynaleźliśmy je z George'em! Siedem sykli sztuka, okazja!

Zbliżała się już pierwsza w nocy, kiedy Harry w końcu udał się do dormitorium, razem z Ronem, Neville'em, Seamusem i Deanem. Zanim zaciągnął zasłony swojego łoża z czterema kolumienkami po rogach, ustawił maleńki model węgierskiego rogogona na stoliku przy łóżku. Smok ziewnął, zwinął się w kłębek i zamknął oczy. Ten Hagrid ma jednak rację, pomyślał Harry, zaciągając zasłony, te smoki są zupełnie w porządku...

Początek grudnia przyniósł do Hogwartu wiatr i deszcz ze śniegiem. Zimą po zamku zwykle hulały chłodne przeciągi, ale i tak Harry błogosławił grube mury i rozpalone kominki, gdy przechodził obok okrętu z Durmstrangu, kołyszącego się niespokojnie u brzegu jeziora i łopocącego czarnymi żaglami na tle szarego nieba. W wielkim powozie gości z Beauxbatons też musiało być zimno. Zauważył, że Hagrid bardzo dba o konie madame Maxime, dostarczając im ich ulubioną nie mieszaną whisky; same opary, które buchały z wielkiego żłobu w rogu padoku, wystarczyłyby do wprawienia całej klasy, zgromadzonej na lekcji opieki nad magicznymi stworzeniami, w stan lekkiego upojenia. Potrzebowali jednak trzeźwych głów, bo wciąż hodowali te okropne sklątki.

— Nie wim do końca, czy one zasypiają na zimę, czy nie — oświadczył Hagrid klasie, drżącej z zimna na dyniowej grządce. — Zobaczymy, może zaczną kimać... Powsadzamy je do tych skrzyń...

Pozostało już tylko dziesięć sklątek, bo nie można ich było oduczyć zabijania się nawzajem. Każda miała już blisko sześć stóp długości. Ich szare pancerze, potężne, ruchliwe odnóża, miotające ogień końce, żądła i ssawki czyniły z nich najbardziej odrażające stwory, jakie Harry dotąd widział. Klasa spoglądała bez zapału na olbrzymie, wymoszczone poduszkami i kołdrami skrzynie wyniesione przez Hagrida.

— Zagonimy je do tych skrzyń — powiedział Hagrid — zatrzaśniemy pokrywy i zobaczymy, co to da.

Ale okazało się, że sklątki wcale nie zapadają w sen zimowy i nie życzą sobie, by je zagonić do wymoszczonych poduszkami skrzyń i zabić wieka gwoździami. Wkrótce Hagrid pokrzykiwał: „Tylko bez paniki, bez paniki!", podczas gdy sklątki miotały się po dyniowej grządce pośród szczątków skrzyń. Większość klasy — z Malfoyem, Crabbe'em i Goyle'em na czele — uciekła do chatki Hagrida i zabarykadowała się w środku. Harry, Ron i Hermiona byli wśród tych, którzy pozostali, by pomóc Hagridowi. W końcu udało im się okiełznać i związać dziewięć sklątek, choć nie obyło się przy tym bez poparzeń i zadrapań. Na wolności została tylko jedna.

— Tylko bez czarów, bo się przestraszy! — krzyknął Hagrid, gdy Ron i Harry zaczęli strzelać z różdżek iskrami w sklątkę, która zbliżała się ku nim z rozdygotanym, wygiętym w łuk żądłem. — Po prostu zaciągnijcie jej linkę na żądle, to nikomu nic nie zrobi!

— Tak, a tego byśmy bardzo nie chcieli! — odkrzyknął ze złością Ron, cofając się z Harrym aż pod ścianę chatki Hagrida i wciąż odpędzając od siebie sklątkę snopami iskier.

— No, no, no... to ci dopiero zabawa!

Rita Skeeter, oparta o płot ogrodu Hagrida, przyglądała się całej scenie. Dzisiaj miała na sobie karmazynową pelerynę z purpurowym futrzanym kołnierzem, a na ramieniu swoją torebkę z krokodylej skóry.

Hagrid rzucił się na sklątkę atakującą Harry'ego i Rona i przydusił ją do ziemi. Strumień ognia tryskającego z jej końca zwęglił pobliskie sadzonki.

— A pani to kto? — zapytał Hagrid, zaciskając pętlę na żądle sklątki.

— Rita Skeeter, reporterka „Proroka Codziennego" — odpowiedziała z uśmiechem Rita. Błysnęły złote zęby.

— A ja bym szedł o zakład, że Dumbledore już zakazał pani wałęsać się po szkole — warknął Hagrid, ciągnąc nieco stłamszoną sklątkę do jej towarzyszek.

Rita zachowywała się tak, jakby tego w ogóle nie dosłyszała.

— Jak się nazywają te fascynujące stworzenia? — zapytała, pokazując jeszcze więcej złotych zębów.

— Sklątki tylnowybuchowe — burknął Hagrid.

— Naprawdę? — Rita okazywała coraz większe zainteresowanie. — Nigdy o nich nie słyszałam... A skąd pochodzą?

Harry dostrzegł rumieniec, pełznący po policzkach Hagrida znad jego czarnej brody i serce w nim zamarło. *Skąd Hagrid wziął te sklątki?*

Hermiona, która najwidoczniej pomyślała o tym samym, powiedziała szybko:

— Są bardzo interesujące, prawda? Prawda, Harry?

— Co? Och... tak... auuu... bardzo — jęknął Harry, bo przydeptała mu stopę.

— Ach, i ty tutaj jesteś, Harry! — ucieszyła się Rita Skeeter. — A więc lubisz opiekę nad magicznymi stworzeniami, tak? To jeden z twoich ulubionych przedmiotów?

— Tak — odrzekł Harry zdecydowanym tonem. Hagrid obdarzył go promiennym uśmiechem.

— To cudowne — powiedziała Rita. — Naprawdę bardzo miłe. Długo pan tego naucza? — zwróciła się do Hagrida.

Harry zauważył, że jej oczy powędrowały w stronę Deana (który miał okropną krwawą pręgę na policzku), potem w stronę Lavender (której szata była osmalona) i Seamusa (który chuchał i dmuchał na poparzone palce), a potem w stronę okien chatki, w których widać było resztę klasy z nosami przyklejonymi do szyb, czekającą na oczyszczenie pola walki.

— Dopiro drugi rok — wybąkał Hagrid.

— Wspaniale... A nie zechciałby pan udzielić mi krótkiego wywiadu? Podzielić się odrobiną swojego doświadczenia w obchodzeniu się z magicznymi stworzeniami? Na pewno pan wie, że co środę w „Proroku" jest kolumna zoologiczna. Moglibyśmy opisać te... ee... tylnowybuchowe glutki.

— Tylnowybuchowe sklątki — poprawił ją ochoczo Hagrid. — Ee... no dobra, czemu nie?

Harry miał jak najgorsze przeczucia, ale nie było sposobu, by ostrzec Hagrida tak, żeby Rita tego nie zauważyła, więc musiał obserwować w milczeniu, jak Rita umawia się z Hagridem na spotkanie w Trzech Miotłach jeszcze w tym tygodniu. A potem z zamku dobiegł ich dźwięk dzwonu, sygnalizującego koniec lekcji.

— No to do widzenia, Harry! — zawołała wesoło Rita, kiedy ruszył w stronę zamku razem z Ronem i Hermioną.

— Do wieczora w piątek, Hagridzie!

— Poprzekręca wszystko, co jej powie — mruknął Harry.

— Mam nadzieję, że nie zdobył tych sklątek w nielegalny sposób — powiedziała z niepokojem Hermiona.

Spojrzeli po sobie — właśnie tego wszyscy troje się obawiali.

— Hagrid miał już mnóstwo kłopotów, ale Dumbledore zawsze go wybronił — pocieszał ich Ron. — Najgorsze by było, gdyby kazali mu pozbyć się tych sklątek. O, przepraszam, powiedziałem: „najgorsze"? Chciałem powiedzieć: „najlepsze".

Harry i Hermiona parsknęli śmiechem. W nieco lepszym nastroju udali się na obiad.

Tym razem dwie godziny wróżbiarstwa sprawiły Harry'emu dużą uciechę. Nadal pracowali nad horoskopami, ale teraz, kiedy już pogodził się z Ronem, mieli z tego niezłą zabawę. Profesor Trelawney, która uprzednio była tak zadowolona z ich przepowiedni, wieszczących im rychłą i straszliwą śmierć, szybko zdenerwowały ich chichoty, gdy wyjaśniała klasie rozmaite przykre aspekty Plutona.

— Wydaje mi się — oświadczyła swoim tajemniczym szeptem, w którym jednak dało się odczuć głęboką urazę — że *niektórzy* z nas — tu spojrzała wymownie na Harry'ego — zachowywaliby się nieco mniej *frywolnie*, gdyby zobaczyli to, co ja zobaczyłam wczoraj wieczorem w mojej kryształowej kuli. Siedziałam tu sobie przy jakiejś robótce, gdy nagle poczułam przemożną potrzebę spojrzenia w kulę. Zasiadłam przed nią i zajrzałam w jej kryształowe głębie... i jak myślicie, co zobaczyłam?

— Obrzydliwego starego nietoperza w wielkich okularach — mruknął cicho Ron.

Harry całą siłą woli powstrzymał się od parsknięcia śmiechem.

— Śmierć, moi drodzy. Śmierć.

Parvati i Lavender zatkały sobie usta dłońmi; wyglądały na przerażone.

— Tak — powiedziała profesor Trelawney, kiwając powoli głową. — Śmierć nadchodzi, zbliża się coraz bardziej, krąży nad zamkiem jak sęp, coraz niżej... coraz niżej...

Spojrzała zjadliwie na Harry'ego, który ziewnął szeroko, wcale tego nie kryjąc.

— Może zrobiłoby to na mnie trochę większe wrażenie, gdyby nie powtarzała tego już osiemdziesiąt razy — powiedział Harry, gdy już zaczerpnęli świeżego powietrza na podeście pod klasą profesor Trelawney. — Ale gdybym padał martwy za każdym razem, kiedy mi to przepowiada, byłbym już medyczną osobliwością.

— Byłbyś czymś w rodzaju skondensowanego ducha — zachichotał Ron, kiedy minęli Krwawego Barona, zmierzającego w przeciwnym kierunku i łypiącego na nich złowieszczo. — Ale przynajmniej nie zadała nam nic do domu. Mam nadzieję, że profesor Vector dowaliła mnóstwo Hermionie, uwielbiam nic nie robić, kiedy ona haruje...

Ale Hermiona nie pojawiła się na kolacji, nie było jej też w bibliotece. Siedział tam tylko Wiktor Krum. Ron obserwował go przez chwilę zza półek z książkami, radząc się szeptem Harry'ego, czy podejść do niego i poprosić go o autograf, gdy nagle za drugim rzędem półek zobaczyli z sześć lub siedem dziewczyn, które debatowały o tym samym, więc stracił ochotę.

— Ciekawe, gdzie ona polazła — zastanawiał się na głos Ron, kiedy wracali do wieży Gryffindoru.

— Nie mam pojęcia... Banialuki.

Ale ledwo Gruba Dama odchyliła się, żeby ich przepuścić, usłyszeli za plecami szybkie kroki, po których poznali Hermionę.

— Harry! — wysapała, zatrzymując się obok nich (Gruba Dama spojrzała na nią, unosząc brwi). — Harry, musisz tam pójść... musisz pójść... to coś niesamowitego... błagam...

Złapała go za ramię i zaczęła ciągnąć z powrotem korytarzem.

— O co chodzi? — zapytał Harry.

— Pokażę ci, jak tam dojdziemy... och, chodź, szybko...

Harry spojrzał na Rona, a ten spojrzał na Harry'ego, również zaintrygowany.

— Dobra — zgodził się Harry, ruszając korytarzem razem z Hermioną. Ron pobiegł za nimi.

— Och, nie przejmujcie się mną! — zawołała za nimi ze złością Gruba Dama. — Nie musicie przepraszać! Ja sobie po prostu będę tak wisiała w powietrzu i czekała, aż raczycie wrócić, tak?

— Tak, dzięki! — krzyknął Ron przez ramię.

— Hermiono, dokąd idziemy? — zapytał Harry, kiedy sprowadziła ich sześć pięter niżej i szła dalej po marmurowych schodach do sali wejściowej.

— Zobaczysz, zaraz sam zobaczysz! — odpowiedziała Hermiona, bardzo czymś podekscytowana.

U stóp schodów skręciła w lewo i pobiegła w stronę drzwi, za którymi zniknął Cedrik Diggory w ten pamiętny wieczór, kiedy Czara Ognia wyrzuciła jego i Harry'ego nazwiska. Harry jeszcze nigdy tam nie był. Zeszli za Hermioną stromymi kamiennymi schodami, i znaleźli się nie w ponurym, wąskim lochu, podobnym do tego, który wiódł do klasy Snape'a, tylko w szerokim, kamiennym korytarzu, jasno oświetlonym pochodniami i ozdobionym wesołymi obrazami, przedstawiającymi głównie różne owoce i potrawy.

— Och, daj spokój — powiedział powoli Harry. — Zatrzymaj się na chwilę, Hermiono...

— Co? — odwróciła się, by na niego spojrzeć; na jej twarzy malowała się niecierpliwość.

— Wiem, o co ci chodzi — powiedział Harry.

Szturchnął Rona i wskazał na obraz tuż za plecami Hermiony. Namalowana była na nim wielka, srebrna misa z owocami.

— Hermiono! — zawołał Ron, który też się pokapował. — Chcesz nas znowu wciągnąć w tę twoją zawszoną aferę!

— Nie, nie, wcale nie! I wcale nie chodzi o żadną WESZ, Ron...

— A co, zmieniłaś nazwę? — zapytał Ron, patrząc na nią ze złością. — To jak teraz brzmi? Może Front Wyzwolenia Skrzatów Domowych? Nie będę włamywał się do kuchni, żeby ich namawiać do porzucenia pracy! Nigdy w życiu!

— Wcale cię o to nie proszę! — odpowiedziała niecierpliwie Hermiona. — Zeszłam tu tylko po to, żeby z nimi porozmawiać i zobaczyłam... Och, chodź, Harry, musisz to sam zobaczyć!

Znowu złapała go za ramię, zaciągnęła przed obraz z wielką misą z owocami i połaskotała palcem olbrzymią zieloną gruszkę. Ta zachichotała i zaczęła się zwijać i marszczyć, aż nagle zamieniła się w wielką zieloną klamkę. Hermiona chwyciła ją, otworzyła drzwi i pchnęła Harry'ego mocno w plecy, zmuszając do wejścia do środka.

Zaledwie zdążył rzucić okiem na wielkie, wysoko sklepione pomieszczenie o rozmiarach Wielkiej Sali, znajdującej się tuż ponad nim, obwieszone błyszczącymi mosiężnymi garnkami i rondlami, z olbrzymim ceglanym paleniskiem w jednym końcu, kiedy coś małego podbiegło do nich ze środka sali, skrzecząc:

— Harry Potter, sir! Harry Potter!

W następnej chwili aż mu oddech zaparło, gdy rozwrzeszczany skrzat uderzył go mocno w przeponę, ściskając tak mocno, że o mało mu żebra nie popękały.

— Z-Zgredek? — wydyszał Harry.

— Tak, to Zgredek, sir, to Zgredek! — zapiszczał głos gdzieś w okolicach jego pępka. — Zgredek wciąż miał nadzieję, że jeszcze zobaczy Harry'ego Pottera, sir, a Harry Potter przyszedł, żeby się z nim spotkać, sir!

Zgredek puścił go i cofnął się o kilka kroków, uśmiechając się do Harry'ego szeroko. W jego wielkich, zielonych oczach o kształcie piłek tenisowych zalśniły łzy szczęścia. Wyglądał prawie tak, jak go Harry zapamiętał: nos jak ołówek, uszy jak u nietoperza, długie palce i stopy — wszystko było takie samo, z wyjątkiem stroju.

Kiedy Zgredek pracował u Malfoyów, nosił zawsze tę samą starą, brudną poszewkę na poduszkę. Teraz miał na sobie najdziwniejszy zestaw ubraniowy, jaki zdarzyło się Harry'emu widzieć; tak dziwacznie ubrani nie byli nawet niektórzy czarodzieje podczas mistrzostw świata. Na głowie miał filcowy ocieplacz na czajnik, z mnóstwem kolorowych odznak, na nagiej piersi krawat z końskimi podkowami, na nogach dziecinne spodenki piłkarskie i bardzo dziwaczne skarpetki. W jednej z nich Harry rozpoznał swoją własną, czarną, którą kiedyś zdjął z nogi i podpuścił pana Malfoya, by dał ją Zgredkowi, co dla skrzata oznaczało wolność. Druga była w różowo-pomarańczowe paski.

— Zgredku, co ty tutaj robisz? — zapytał zdumiony Harry.

— Zgredek przybył do Hogwartu, żeby tu pracować, sir! — zapiszczał podniecony skrzat. — Profesor Dumbledore dał Zgredkowi i Mrużce zatrudnienie, sir!

— Mrużce? To ona też tu jest?

— Tak, sir, jest! — odpowiedział Zgredek, po czym złapał Harry'ego za rękę i pociągnął za sobą między cztery długie stoły, które stały pośrodku kuchni.

Harry zauważył, że każdy stół był ustawiony dokładnie pod odpowiednim stołem domu wyżej, w Wielkiej Sali. W tej chwili wszystkie były puste, ale podejrzewał, że jeszcze godzinę temu były zastawione potrawami, które wysyłano przez sufit na ich odpowiedniki piętro wyżej.

W kuchni była również przynajmniej setka innych skrzatów, które kłaniały się z uśmiechem, kiedy przechodził. Wszystkie miały na sobie taki sam strój: serwetki obiadowe z godłem Hogwartu, udrapowane jak togi.

Zgredek zatrzymał się przed ceglaną kuchnią i pokazał palcem.

— Mrużka, sir!

Mrużka siedziała na stołku przed kominkiem. W przeciwieństwie do Zgredka ubrana była dość gustownie: w zgrabną spódniczkę i bluzkę, a także pasujący do całości niebieski kapelusz z dziurami na uszy. Jeśli jednak każda część zadziwiającego zestawu ubraniowego Zgredka była tak czysta i w dobrym stanie, że wyglądała na nową, strój Mrużki nie świadczył o jej dbałości o czystość. Bluzkę miała poplamioną zupą, a w spódniczce widać było wypalone dziury.

— Cześć, Mrużko — powitał ją Harry.

Wargi Mrużki zadrgały. Po chwili zalała się łzami, które wypływały obficie z jej wielkich brązowych oczu i spadały na bluzkę — tak, jak na finale mistrzostw świata w quidditchu.

— Och, mój Boże... — jęknęła Hermiona, która razem z Ronem przywędrowała za Harrym w drugi koniec kuchni. — Mrużko, nie płacz, błagam cię...

Ale Mrużka zaniosła się płaczem jeszcze gwałtowniej. Natomiast Zgredek patrzył z uśmiechem na Harry'ego.

— Czy Harry Potter wypiłby filiżankę herbaty? — zapiszczał głośno, żeby przekrzyczeć szlochy Mrużki.

— Ee... tak, chętnie — odrzekł Harry.

I już dreptało ku niemu z sześć skrzatów domowych, niosących wielką srebrną tacę z dzbankiem, trzema filiżankami, dzbanuszkiem mleka i dużym talerzem pełnym biszkoptów.

— Ale obsługa! — powiedział Ron z podziwem.

Hermiona spojrzała na niego z wyrzutem, ale skrzaty wyglądały na zachwycone; wszystkie skłoniły się nisko i czmychnęły.

— Jak długo tu jesteś, Zgredku? — zapytał Harry, gdy skrzat ponalewał im herbaty.

— Dopiero tydzień, Harry Potter, sir! — odpowiedział uradowany Zgredek. — Zgredek przybył tu, żeby się zobaczyć z profesorem Dumbledore'em, sir. Pan rozumie, sir, to bardzo trudne dla domowego skrzata, który został zwolniony ze służby, dostać nową pracę, sir, bardzo trudne...

Na te słowa Mrużka zawyła jeszcze głośniej, a z jej pomidorowatego nosa pociekł obfity strumyk, którego nie starała się powstrzymać.

— Zgredek wędrował po kraju przez całe dwa lata, sir, próbując znaleźć pracę! — zaskrzeczał skrzat. — Ale Zgredek nie znalazł żadnej pracy, sir, ponieważ Zgredek domaga się teraz zapłaty!

Wszystkie inne skrzaty, przysłuchujące się z ciekawością tej rozmowie, odwróciły wstydliwie wzrok, jakby Zgredek powiedział coś ordynarnego i wprawiającego w zakłopotanie.

Hermiona nie wytrzymała i wypaliła:

— Brawo, Zgredku! Bardzo dobrze!

— Dziękuję, panienko! — odpowiedział Zgredek, pokazując jej w uśmiechu wszystkie zęby. — Ale większość czarodziejów nie chce mieć w domu skrzata, który żąda zapłaty, panienko. „To nie przystoi domowemu skrzatowi!", tak mówią i zatrzaskują Zgredkowi drzwi przed nosem! Zgredek lubi pracować, ale chce się ubierać normalnie i otrzymywać zapłatę za swoją pracę, Harry Potter, sir... Zgredek cieszy się z wolności i chce być wolny!

Domowe skrzaty z Hogwartu zaczęły się odsuwać od Zgredka, jakby miał w ręku coś zaraźliwego. Tylko Mrużka nie ruszyła się z miejsca, choć zaniosła się jeszcze głośniejszym i obfitszym płaczem.

— A potem, Harry Potter, sir, Zgredek idzie odwiedzić Mrużkę i stwierdza, że ona też otrzymała wolność, sir! — dodał z zachwytem Zgredek.

Na te słowa Mrużka zerwała się ze stołka i padła twarzą w dół na kamienną posadzkę, bijąc w nią maleńkimi piąstkami i wyjąc z żalu. Hermiona pospiesznie uklękła przy niej i próbowała ją pocieszyć, ale bez najmniejszego rezultatu.

Zgredek ciągnął dalej swą opowieść, wrzeszcząc ochryple, by przekrzyczeć szlochy Mrużki.

— A potem Zgredek wpada na pomysł, Harry Potter, sir! „Dlaczego Zgredek i Mrużka nie mieliby pracować razem?", zapytuje Zgredek. „Gdzie jest dość pracy dla dwóch skrzatów domowych?", zapytuje Zgredek. *Hogwart!*, przychodzi Zgredkowi do głowy. Więc Zgredek i Mrużka przybyli tu, żeby porozmawiać z profesorem Dumbledore'em, sir, a profesor Dumbledore przyjął i Zgredka, i Mrużkę!

Na twarzy Zgredka rozlał się błogi uśmiech, a w oczach ponownie zabłysły łzy szczęścia.

— I profesor Dumbledore mówi, że będzie płacił Zgredkowi, sir, jeśli Zgredek chce zapłaty! I w ten sposób Zgredek jest wolnym skrzatem, dostaje galeona tygodniowo, a raz w miesiącu ma jeden dzień wolny!

— To niezbyt dużo! — krzyknęła z oburzeniem Hermiona, na tyle głośno, by ją usłyszeli mimo hałasu, który wciąż robiła Mrużka.

— Profesor Dumbledore zaproponował Zgredkowi dziesięć galeonów na tydzień i wszystkie weekendy wolne — wyjaśnił Zgredek, nagle wzdrygając się lekko, jakby go przeraziła perspektywa tak wielkiego bogactwa i takiego mnóstwa wolnego czasu — ale Zgredkowi udało się to obniżyć, panienko... Zgredek lubi wolność, panienko, ale nie żąda zbyt wiele, panienko, woli pracować.

— A tobie ile płaci profesor Dumbledore, Mrużko? — zapytała uprzejmie Hermiona.

Jeśli sądziła, że to pytanie choć trochę poprawi Mrużce humor, to bardzo się myliła. Skrzatka przestała szlochać, ale gdy usiadła i spojrzała na Hermionę swoimi wypukłymi, brązowymi oczami, zapłonęła w nich złość.

— Mrużka nie bierze pieniędzy za swoją pracę! — zaskrzeczała. — Tak nisko jeszcze Mrużka nie upadła! Mrużka czuje to, co powinien czuć każdy skrzat, którego zwolniono: wstyd!

— Wstyd? — powtórzyła bardzo zmieszana Hermiona. — Ależ Mrużko, daj spokój! To pan Crouch powinien się wstydzić, nie ty! Nie zrobiłaś niczego złego, a on traktował cię okropnie...

Na to Mrużka złapała się za uszy i przypłaszczyła je tak, by nie słyszeć więcej ani słowa, po czym zapiszczała:

— Panienka nie obraża mojego pana! Panienka nie obraża pana Croucha! Pan Crouch jest dobrym czarodziejem, panienko! Pan Crouch ma rację, wyrzucając złą Mrużkę!

— Mrużka ma kłopoty z przystosowaniem się, Harry Potter, sir — zaskrzeczał Zgredek poufnym tonem. — Mrużka zapomina, że nic jej już nie wiąże z panem Crouchem. Może już mówić to, co myśli, ale nie chce tego robić.

— A więc domowe skrzaty nie mogą mówić tego, co myślą o swoich panach? — zapytał Harry.

— Och, nie, sir, nie! — zawołał Zgredek, który nagle bardzo spoważniał. — To jest jedna ze stron zniewolenia domowych skrzatów, sir. Nie ujawniamy ich sekretów i trzymamy buzie na kłódkę, sir, bronimy honoru rodziny, nigdy źle o niej nie mówimy... chociaż profesor Dumbledore powiedział Zgredkowi, że na to nie nalega. Profesor Dumbledore powiedział, że jak nam się podoba, to... to...

Zgredek nagle rozejrzał się ze strachem i gestem ręki przywołał Harry'ego bliżej. Harry nachylił się ku niemu.

— Powiedział, że jak nam się podoba — wyszeptał — to możemy go nazywać starym dziwakiem, sir!

I zachichotał nerwowo.

— Ale Zgredek tego nie chce, Harry Potter, sir — oświadczył uroczyście, kręcąc głową tak gwałtownie, że uszy mu załopotały. — Zgredek bardzo lubi profesora Dumbledore'a, sir, i jest dumny z tego, że nie ujawnia jego sekretów.

— Ale przecież możesz teraz mówić o Malfoyach, co ci się podoba, prawda? — zapytał Harry, uśmiechając się do niego.

W olbrzymich oczach Zgredka pojawił się cień strachu.

— Zgredek mógłby... — powiedział niepewnie, po czym wyprostował ramiona i oświadczył: — Zgredek mógłby powiedzieć Harry'emu Potterowi, że jego dawni państwo byli... byli... *bardzo złymi czarodziejami*!

Przez chwilę stał, dygocąc na całym ciele, przerażony własną śmiałością, a potem podbiegł do najbliższego stołu i zaczął walić głową w blat, piszcząc:

— Zły Zgredek! Zły Zgredek!

Harry chwycił go z tyłu za krawat i odciągnął od stołu.

— Dziękuję, Harry Potter, sir, dziękuję — wydyszał Zgredek, rozcierając sobie głowę.

— Musisz tylko trochę poćwiczyć — rzekł Harry.

— Poćwiczyć! — zaskrzeczała Mrużka ze złością. — Powinieneś się wstydzić, Zgredku, jak można tak mówić o swoich panach!

— Oni już nie są moimi panami, Mrużko! — odpowiedział Zgredek. — Zgredka już nic nie obchodzi, co sobie o nim pomyślą!

— Och, jesteś naprawdę złym skrzatem, Zgredku! — jęknęła Mrużka, a łzy ponownie trysnęły jej z oczu. — Mój biedny pan Crouch, co on tam robi bez Mrużki? Mrużka jest mu potrzebna! Pan Crouch potrzebuje mojej pomocy! Przez całe życie opiekowałam się tą rodziną, a przedtem moja matka, a przed nią moja babka... Och, co by powiedziały, gdyby się dowiedziały, że Mrużkę zwolniono! Och, co za wstyd, co za wstyd!

Znowu ukryła twarz w spódniczce i zaczęła wyć.

— Mrużko — powiedziała stanowczo Hermiona — jestem pewna, że pan Crouch daje sobie doskonale radę bez ciebie. Widzieliśmy go niedawno i...

— Widzieliście mojego pana? — wydyszała Mrużka, podnosząc umazaną łzami twarz i wytrzeszczając oczy na Hermionę. — Widzieliście go tutaj, w Hogwarcie?

— Tak. On i pan Bagman są sędziami w Turnieju Trójmagicznym.

— Pan Bagman też tu jest? — zaskrzeczała Mrużka i ku wielkiemu zaskoczeniu Harry'ego (a także Rona i Hermiony, sądząc po ich minach) znowu się rozzłościła. — Pan Bagman jest złym czarodziejem! Bardzo złym czarodziejem! Mój pan go nie lubi, o nie, ani trochę!

— Bagman jest zły? — zapytał Harry.

— Tak, tak — powiedziała Mrużka, kiwając zawzięcie głową. — Mój pan mówi coś Mrużce! Ale Mrużka nie powie... Mrużka nie zdradza sekretów swojego pana...

Znowu zalała się łzami, chowając głowę w spódniczce.

— Biedny pan — łkała — biedny pan, nie ma przy sobie Mrużki, kto mu pomoże!

Nie zdołali już wyciągnąć z niej ani jednego rozsądnego słowa. Zostawili ją w spokoju i wypili herbatę do końca, słuchając rozradowanej paplaniny Zgredka o jego życiu na wolności i o tym, co zrobi z zarobionymi pieniędzmi.

— Zgredek kupi sobie sweter, Harry Potter, sir! — oznajmił, wskazując na swoją nagą pierś.

— Wiesz co, Zgredku — rzekł Ron, który najwyraźniej bardzo go polubił — dam ci ten, który moja mama przyśle mi na Boże Narodzenie, zawsze mi przysyła. Lubisz kasztanowy kolor?

Zgredek był zachwycony.

— Możemy ci go trochę zmniejszyć — dodał Ron — ale będzie dobrze pasował do tego futerału na czajnik.

Kiedy zabierali się już do odejścia, skrzaty rzuciły się ku nim, nalegając, by wzięli ze sobą trochę przekąsek. Hermiona odmówiła, patrząc z bólem na ich niskie ukłony, ale Harry i Ron wypchali sobie kieszenie ciastkami i pasztecikami.

— Wielkie dzięki! — powiedział Harry do skrzatów, które zgromadziły się wokół drzwi, żeby ich pożegnać. — Do zobaczenia, Zgredku!

— Czy Zgredek może czasami przyjść zobaczyć się z Harrym Potterem, sir? — zapytał Zgredek błagalnym tonem.

— Oczywiście — odpowiedział Harry, a skrzat rozpromienił się ze szczęścia.

— Wiecie co? — zagadnął Ron, kiedy już opuścili kuchnię i wspinali się po wąskich schodkach do sali wejściowej. — Przez te wszystkie lata naprawdę podziwiałem Freda i George'a, że im się udawało zwędzić tyle żarcia z kuchni... no i okazało się, że to wcale nie jest trudne, co? Te skrzaty aż się palą do tego, by je dawać!

— Myślę, że to najlepsza rzecz, jaka mogła spotkać te skrzaty — powiedziała Hermiona, idąc pierwsza po marmurowych schodach. — Że Zgredek zaczął tu pracować. Inne skrzaty zobaczą, jaki jest szczęśliwy, będąc wolny, i powoli zaświta im w głowach, że one też tego chcą!

— Miejmy nadzieję, że nie będą za bardzo przyglądać się Mrużce — zauważył Harry.

— Och, jej to na pewno przejdzie — powiedziała Hermiona, ale nie zabrzmiało to zbyt przekonująco. — Jak już otrząśnie się z szoku, przyzwyczai do Hogwartu, zobaczy, że to o wiele lepsze od służenia temu Crouchowi.

— Ona go chyba uwielbia — powiedział Ron (właśnie ugryzł kawał ciastka).

— Ale tego Bagmana wyraźnie nie znosi — rzekł Harry.

— Ciekawe, co Crouch mówi o nim w domu.

— Pewnie powtarza, że Bagman nie jest najlepszym szefem departamentu — powiedziała Hermiona — i chyba się z nim zgadzamy, co?

— Ja tam wolałbym pracować z nim niż ze starym Crouchem — rzekł Ron. — Bagman ma przynajmniej poczucie humoru.

— Tylko nie mów tego przy Percym. — Hermiona uśmiechnęła się lekko.

— No jasne, Percy nie chciałby pracować z kimś, kto ma poczucie humoru, no nie? — zarechotał Ron, zabierając się do czekoladowego eklerka. — Nie poznałby się na żarcie, nawet gdyby tańczył przed nim nago w filcowym ocieplaczu na głowie.

ROZDZIAŁ DWUDZIESTY DRUGI

Nieoczekiwane zadanie

Potter! Weasley! Może zaczniecie uważać!
Poirytowany głos profesor McGonagall strzelił jak bicz
w klasie transmutacji, a Harry i Ron wzdrygnęli się i podnieśli głowy.

Czwartkowa lekcja dobiegała końca. Perliczka nadmor-
ska, którą zamieniali w świnkę morską, została zamknięta
w wielkiej klatce stojącej na biurku profesor McGonagall
(świnka Neville'a wciąż miała piórka). Przepisali z tablicy
temat pracy domowej („Opisz, podając przykłady, stoso-
wanie zaklęć transmutacyjnych w przypadku zamiany mię-
dzygatunkowej"). Lada chwila spodziewali się dzwonka.
Harry i Ron, którzy pojedynkowali się w głębi klasy na
fałszywe różdżki Freda i George'a, spojrzeli na profesor
McGonagall ze strachem; Ron trzymał teraz w ręku maleńką papużkę, a Harry gumową rybkę.

— No więc, skoro Potter i Weasley zechcieli już łaskawie
zachować się stosownie do swojego wieku — powiedziała
profesor McGonagall, patrząc na nich gniewnie (rybce
Harry'ego właśnie odpadła głowa i plasnęła o podłogę, bo

papużka Rona oderwała ją dziobem chwilę temu) — mam wam wszystkim coś do powiedzenia. Zbliża się Bal Bożonarodzeniowy, tradycyjna część Turnieju Trójmagicznego, znakomita okazja, by poznać bliżej naszych zagranicznych gości. Bal jest tylko dla uczniów od czwartej klasy wzwyż... ale każde z was może zaprosić młodszego ucznia lub uczennicę...

Lavender Brown zachichotała głośno. Parvati Patil szturchnęła ją mocno w żebra, choć sama robiła, co mogła, by powstrzymać chichot. Obie obejrzały się na Harry'ego. Profesor McGonagall zlekceważyła je, co Harry uznał za wysoce niesprawiedliwe, bo przecież dopiero co nakrzyczała na niego i Rona.

— Obowiązują szaty odświętne — ciągnęła profesor McGonagall. — Bal rozpocznie się w Wielkiej Sali o ósmej wieczorem w dzień Bożego Narodzenia, a zakończy o północy. I jeszcze jedno. — Rozejrzała się uważnie po klasie. — Bal Bożonarodzeniowy jest, oczywiście, okazją... żeby sobie pozwolić na... ee... trochę luzu — powiedziała potępiającym tonem.

Lavender zachichotała jeszcze głośniej, przyciskając rękę do ust, by to stłumić. Harry połapał się, w czym rzecz: profesor McGonagall, którą zawsze widywano z włosami spiętymi w ciasny kok, sprawiała wrażenie, jakby nigdy w życiu nie rozluźniła nie tylko owego koka, ale i swoich sztywnych manier.

— Ale to wcale NIE znaczy, że pozwolimy na jakiekolwiek naruszenie zasad, jakie obowiązują uczniów Hogwartu. Byłoby godne najwyższego potępienia, gdyby któryś z uczniów Gryffindoru przyniósł ujmę dobremu imieniu szkoły.

Rozległ się dzwonek, a po nim zwykły hałas towarzyszący pakowaniu toreb i wychodzeniu z klasy.

Profesor McGonagall zawołała, przekrzykując hałas:

— Potter, proszę do mnie na słówko!

Harry, pewny, że ma to coś wspólnego z bezgłową gumową rybką, podszedł do jej biurka z ponurą miną.

Profesor McGonagall odczekała, aż wszyscy wyjdą, po czym powiedziała:

— Potter, reprezentanci szkół i ich partnerzy...

— Jacy partnerzy? — zdziwił się Harry.

Profesor McGonagall spojrzała na niego podejrzliwie, jakby próbował być dowcipny.

— Wasi partnerzy podczas Balu Bożonarodzeniowego, Potter — powiedziała chłodno. — *Wasi partnerzy do tańca*. Ściślej mówiąc, partner i partnerki.

Harry poczuł, że coś mu się przewróciło w brzuchu.

— Partnerki do tańca? — Poczuł, że się czerwieni. — Ja nie tańczę — dodał szybko.

— Oczywiście, że tańczysz — powiedziała niecierpliwie profesor McGonagall. — Właśnie ci to mówię. Zgodnie z tradycją bal otwierają reprezentanci szkół ze swoimi partnerkami albo partnerami.

Harry wyobraził sobie nagle samego siebie w cylindrze i fraku, w towarzystwie jakiejś dziewczyny ubranej w coś podobnego do plisowanej sukienki, którą ciotka Petunia zawsze wkładała podczas przyjęć urządzanych przez wuja Vernona dla znajomych z pracy.

— Ja nie tańczę — powtórzył.

— To należy do tradycji — oświadczyła stanowczo profesor McGonagall. — Jesteś reprezentantem Hogwartu i zrobisz to, czego się oczekuje od reprezentanta szkoły. Dlatego zadbaj o to, żebyś miał partnerkę, Potter.

— Ale... ja nie...

— Słyszałeś, co powiedziałam, Potter — powiedziała profesor McGonagall, kończąc rozmowę.

Jeszcze tydzień temu Harry uznałby, że znalezienie sobie partnerki to pryszcz w porównaniu z wykradzeniem jajka rogogonowi węgierskiemu. Teraz, kiedy już tego dokonał i stanął wobec konieczności zaproszenia dziewczyny na bal, pomyślał, że wolałby raczej jeszcze raz zmierzyć się ze smokiem.

Po raz pierwszy aż tylu uczniów wpisało się na listę tych, którzy pozostają na święta w Hogwarcie. Harry robił to zawsze, ponieważ alternatywą był tylko powrót na Privet Drive, ale do tej pory należał do zdecydowanej mniejszości. Tym razem wyglądało na to, że zostają wszyscy od czwartej klasy wzwyż i że wszyscy dostali bzika na punkcie balu — w każdym razie na pewno wszystkie dziewczęta, a nagle się okazało, że w Hogwarcie jest naprawdę dużo dziewcząt. Było to dla Harry'ego zdumiewające odkrycie; przedtem jakoś nigdy tego nie zauważał. Dziewczyny chichocące i szepcące na korytarzach, dziewczyny wybuchające głośnym śmiechem na widok mijających je chłopców, dziewczyny rozprawiające o strojach, które włożą w bożonarodzeniowy wieczór...

— Dlaczego one muszą zawsze chodzić stadami? — zapytał Harry Rona, kiedy przeszło obok nich z tuzin dziewcząt, podśmiewując się i gapiąc bezczelnie na Harry'ego. — Jak mam zaprosić którąś na bal?

— Mogę ci zrobić lasso — zaproponował Ron. — A wiesz już, którą chcesz zaprosić?

Harry nie odpowiedział. Wiedział bardzo dobrze, kogo *chciałby* zaprosić, ale nie miał pojęcia, jak się do tego zabrać... Cho była od niego o rok starsza... bardzo ładna i bardzo dobra w quidditchu... no i bardzo popularna wśród chłopców.

Ron jakby wiedział, co się dzieje w głowie Harry'ego.

— Słuchaj, przecież nic ci się nie stanie. Jesteś reprezentantem szkoły. Dopiero co pokonałeś węgierskiego rogogona. Założę się, że ustawią się do ciebie w kolejce.

Mając na uwadze ich świeżo naprawioną przyjaźń, Ron starał się, jak mógł, by w jego głosie nie dało się wyczuć goryczy. Co więcej, ku zdumieniu Harry'ego, okazało się, że ma rację.

Już następnego dnia podeszła do niego jakaś Puchonka z trzeciej klasy i zapytała go, czy nie chciałby z nią iść na bal. Miała bardzo kędzierzawe włosy. Harry nigdy w życiu z nią nie rozmawiał. Jej pytanie tak go zaskoczyło, że odpowiedział „nie", zanim pomyślał, co robi. Dziewczyna odeszła zraniona, a Harry musiał przez całą historię magii znosić uszczypliwe uwagi Deana, Seamusa i Rona. Dzień później o to samo zapytały go dwie kolejne dziewczyny: jedna z drugiej klasy, druga (ku przerażeniu Harry'ego) z piątej; ta druga wyglądała, jakby mogła go zwalić z nóg jednym uderzeniem, gdyby odmówił.

— Jest całkiem niezła — powiedział Ron, kiedy przestał ryczeć ze śmiechu.

— Daj spokój, o stopę wyższa ode mnie — rzekł Harry, wciąż lekko zdenerwowany. — Wyobraź sobie, jakbym z nią wyglądał w tańcu.

Wciąż przypominał sobie to, co powiedziała Hermiona o Krumie: „Lubią go tylko dlatego, że jest sławny!" Wątpił, by którakolwiek z tych dziewczyn zechciała pójść z nim na bal, gdyby nie był reprezentantem szkoły. A potem zaczął się zastanawiać, czy miałoby to jakieś znaczenie, gdyby chodziło o Cho.

Ogólnie rzecz biorąc, musiał przyznać, że choć perspektywa publicznego występu podczas otwarcia balu napełniała go lekką zgrozą, jego życie bardzo się poprawiło od czasu, gdy przeszedł przez pierwsze zadanie. Nie spotykał się już z tyloma szyderczymi uwagami na korytarzach, co, jak podejrzewał, mogło mieć coś wspólnego z Cedrikiem. Całkiem poważnie myślał, że Cedrik — wdzięczny Harry'emu za wiadomość o smokach — mógł powiedzieć Puchonom, by zostawili go w spokoju. Plakietki z hasłem *Kibicuj CE-DRIKOWI DIGGORY'EMU* też jakoś przestały rzucać się w oczy. Oczywiście Draco Malfoy nadal cytował przy lada okazji co bardziej jadowite kawałki z artykułu Rity Skeeter, ale coraz mniej osób to śmieszyło. Harry czuł się jeszcze lepiej także dlatego, że w „Proroku Codziennym" nie ukazał się jak dotąd żaden artykuł o Hagridzie.

— Powim wam, że jej w ogóle nie interesowały żadne zwierzątka — odpowiedział Hagrid, gdy podczas ostatniej w tym semestrze lekcji opieki nad magicznymi stworzeniami Harry, Ron i Hermiona zapytali go o wywiad, który z nim przeprowadziła Rita Skeeter.

Ku ich wielkiej uldze Hagrid zrezygnował z bezpośredniego kontaktu ze skrętkami. Siedzieli za jego chatką przy drewnianym stole i przygotowywali nowy zestaw pożywienia, którym mieli skusić skrętki do jedzenia.

— Ona po prostu chciała, żebym jej opowiadał o tobie, Harry — ciągnął Hagrid cichym głosem. — No to ja jej powiedziałem, że jesteśmy kumplami od czasu, gdy odebrałem cię Dursleyom. Na to ona: „I nigdy nie musiał pan go upominać w ciągu tych czterech lat?" „Nigdy nie robił panu kawałów na lekcjach?" Ja jej mówię, że nie, a ona wcale się nie ucieszyła. Cholibka, myślałby kto, że by się ucieszyła, jakbym jej powiedział, że byłeś okropny, Harry.

— No jasne — rzekł Harry, wrzucając kawałki smoczej wątroby do wielkiej metalowej misy i biorąc nóż, by pokroić więcej. — Przecież nie może wciąż pisać o mnie jako o małym tragicznym bohaterze, to by się zrobiło nudne.

— Ona chce mieć jakiś inny punkt widzenia, Hagridzie — zgodził się Ron, kończąc patroszenie jaj salamandry.

— Chciała, żebyś powiedział, że Harry jest notorycznym przestępcą!

— Przecież nie jest! — obruszył się Hagrid.

— Powinna zrobić wywiad ze Snape'em — mruknął ponuro Harry. — Już on by jej dostarczył mięsa do artykułu na mój temat. *Potter łamie wszystkie przepisy od czasu, gdy pojawił się w tej szkole.*

— Tak powiedział? — zapytał Hagrid, kiedy Ron i Hermiona wybuchnęli śmiechem. — No, może nagiąłeś parę przepisów, Harry, ale przecież chyba jesteś w porządku, no nie?

— Spoko, Hagridzie! — powiedział Harry, uśmiechając się do niego.

— Hagridzie, wybierasz się na bal w dzień Bożego Narodzenia? — zapytał Ron.

— Może wpadnę, żeby rzucić okiem — burknął Hagrid. — Będzie na co, nie? A ty, Harry, zatańczysz na samym początku, tak? Kogo zaprosisz?

— Na razie nikogo — odpowiedział Harry, czując, że znowu się czerwieni.

Hagrid nie poruszył już tego tematu.

W ostatnim tygodniu semestru wszystkich opanowała prawdziwa gorączka. Krążyły najróżniejsze pogłoski o balu, choć Harry nie wierzył w połowę z nich — na przykład, że Dumbledore zakupił u madame Rosmerty osiemset baryłek pitnego miodu z korzeniami. Wszystko wskazywało jednak na to, że rzeczywiście wynajął Fatalne Jędze. Harry nie miał pojęcia, kim lub czym są Fatalne Jędze, bo nigdy nie miał dostępu do radia czarodziejów, ale z dzikiego podniecenia, jakie wywoływała ta pogłoska wśród słuchaczy CRR (Czarodziejska Rozgłośnia Radiowa), wywnioskował, że musi to być jakaś słynna grupa muzyczna.

Niektórzy z nauczycieli, na przykład profesor Flitwick, zrezygnowali z prób nauczenia ich czegokolwiek, uznając to za bezproduktywne w sytuacji, gdy wszyscy myśleli zupełnie o czymś innym. Flitwick pozwolił im zabawiać się w różne gry na środowej lekcji, a sam spędził większość czasu na rozmowie z Harrym o wspaniałym zaklęciu przywołującym, którym Harry posłużył się podczas pierwszego zadania Turnieju Trójmagicznego. Inni nauczyciele nie byli tak wspaniałomyślni. Nic nigdy nie mogło odwieść profesora Binnsa od odczytywania im drobiazgowych notatek na temat buntów goblinów. Skoro jednak nawet własna śmierć nie przeszkodziła mu w dalszym nauczaniu, przypuszczali, że na takie drobnostki jak Boże Narodzenie i bal w ogóle nie zwraca uwagi. Zdumiewało ich tylko, jak mu się udawało nawet najbardziej krwawe zamieszki goblinów uczynić równie nudnymi, jak raport Percy'ego na temat grubości denek kociołków. Profesor McGonagall i profesor Moody też im nie popuszczali aż do ostatniej sekundy lekcji, a Snape, rzecz jasna, prędzej by adoptował Harry'ego, niż pozwolił im bawić się na lekcji. Rozglądając się po klasie z mściwym uśmieszkiem na wąskich wargach, oświadczył, że podczas ostatniej lekcji w semestrze zrobi sprawdzian z antidotów.

— On zaprzedał duszę diabłu — stwierdził z goryczą Ron tego wieczoru w pokoju wspólnym Gryfonów. — Sprawdzian w ostatni dzień nauki. Chce nam za wszelką cenę zepsuć sam koniec semestru.

— Hm... jakoś się tym nie przejąłeś, co? — mruknęła Hermiona znad stosu notatek na temat eliksirów.

Ron budował zamek z kart, wykorzystując do tego swoją eksplodującą talię, co było o wiele bardziej interesujące, niż gdyby używał zwykłej talii mugolskiej, bo budowla mogła w każdej chwili wybuchnąć.

— Hermiono, jest Boże Narodzenie — powiedział leniwie Harry, który czytał po raz dziesiąty *W powietrzu z Armatami*, wyciągnięty w fotelu przy kominku.

Hermiona spojrzała na niego surowo.

— Myślałam, że robisz coś konstruktywnego, Harry, nawet jeśli akurat nie chcesz uczyć się antidotów!

— Na przykład? — zapytał Harry, obserwując, jak Joey Jenkins z Armat odbija tłuczka prosto w ścigającego Nietoperzy z Ballycastle.

— To jajo! — syknęła Hermiona.

— Daj spokój, Hermiono, mam czas do dwudziestego czwartego lutego.

Złote jajo włożył do swojego kufra i nie otwierał go od czasu balangi na cześć jego zwycięstwa w pierwszym zadaniu. Ostatecznie miał jeszcze dwa i pół miesiąca na zinterpretowanie tych okropnych jęków.

— Ale rozwiązanie tej zagadki może ci zająć całe tygodnie! — powiedziała Hermiona. — Wyjdziesz na kompletnego głupka, jeśli wszyscy inni będą wiedzieli, co ich czeka w następnym zadaniu, a ty nie!

— Zostaw go w spokoju, Hermiono, zasłużył na małą przerwę — burknął Ron, po czym umieścił dwie ostatnie karty na szczycie zamku, a wówczas wszystko wybuchło, osmalając mu brwi.

— Ślicznie wyglądasz, Ron... Będzie pasowało do twojej wyjściowej szaty.

Podeszli Fred i George. Usiedli przy stole, a Ron zaczął obmacywać sobie brwi i czoło.

— Ron, pożyczysz nam Świstoświnkę? — zapytał George.

— Nie, poleciała z listem — odrzekł Ron. — A po co?

— Bo George chce ją zaprosić na bal — powiedział ironicznie Fred.

— Bo chcemy wysłać list, matołku — rzucił George.

— Do kogo wy właściwie wciąż piszecie, co? — zapytał Ron.

— Trzymaj swój nochal z daleka, Ron, albo ci go również osmalę — rzekł Fred, wymachując ostrzegawczo różdżką. — No to jak... macie już dziewczyny na bal?

— Nie.

— No to lepiej się pospieszcie, chłopaki, bo sprzątną wam wszystkie lepsze.

— A ty z kim idziesz?

— Z Angeliną — odpowiedział Fred bez najmniejszego śladu zakłopotania.

— Co? — Ron był naprawdę wstrząśnięty. — Już ją zaprosiłeś?

— Dobry pomysł — rzekł Fred. Odwrócił się i zawołał przez cały pokój wspólny: — Hej, Angelino!

Angelina, która plotkowała z Alicją Spinnet przy kominku, podniosła głowę.

— Co? — zawołała.

— Chcesz iść ze mną na bal?

Angelina zmierzyła go taksującym spojrzeniem.

— No dobra — powiedziała i wróciła do plotkowania, tyle że teraz miała na twarzy lekki uśmiech.

— Tak się to robi — oświadczył spokojnie Fred Harry'emu i Ronowi. — Pestka.

Wstał, ziewnął i powiedział:

— No to będziemy musieli wysłać szkolną sowę. George, idziemy...

I wyszli. Ron przestał sobie obmacywać brwi i spojrzał ponad dymiącymi zgliszczami na Harry'ego.

— Musimy to zrobić... musimy kogoś zaprosić. On ma rację. Bo w końcu zostanie nam para jakichś trollic.

Hermiona prychnęła z oburzeniem.

— Para czego?

— Sama rozumiesz — odpowiedział Ron, wzruszając ramionami — że wolałbym pójść sam niż... na przykład, z Eloise Midgen.

— Trądzik już jej prawie zniknął... i jest naprawdę miła!

— Ma scentrowany nos.

— Och, teraz rozumiem — powiedziała Hermiona, mierząc go pogardliwym spojrzeniem. — A więc zamierzasz iść z jakąś superlaską, choćby nawet była najokropniejszą jędzą?

— Tak, to chyba brzmi rozsądnie — rzekł Ron.

— Idę spać — warknęła Hermiona, wstając i zmierzając prosto ku schodom do sypialni dziewcząt.

Personel nauczycielski Hogwartu, pałając pragnieniem wywarcia jak najlepszego wrażenia na gościach z Beauxbatons i Durmstrangu, robił, co mógł, by w Boże Narodzenie pokazać zamek od jak najlepszej strony. Kiedy pojawiły się dekoracje, Harry od razu uznał, że jeszcze takich nie widział. Kolumienki poręczy marmurowych schodów zostały ozdobione wiecznotrwałymi soplami lodu, dwanaście choinek w Wielkiej Sali lśniło najróżniejszymi ozdobami, od rozmigotanych czerwonych jagód ostrokrzewu po prawdziwe, pohukujące złote sowy, a zbroje w korytarzach wyśpiewywały kolędy za każdym razem, kiedy się koło nich przechodziło. Trzeba przyznać, że robiło wrażenie, kiedy się usłyszało „Cichą noc" śpiewaną przez jakiś pusty hełm z opuszczoną przyłbicą, który znał tylko połowę słów. Woźny Filch musiał już kilkanaście razy wyciągać ze zbroi Irytka, który chował się tam, wypełniając przerwy w kolędzie swoimi własnymi piosenkami, a jedna była sprośniejsza od drugiej.

A Harry wciąż nie mógł się zdobyć na zaproszenie Cho. On i Ron denerwowali się coraz bardziej, chociaż, jak dowodził Harry, Ron nie musiał rozpoczynać tańców razem z innymi reprezentantami szkół, więc wyglądałby bez partnerki o wiele mniej głupio od niego.

— Zawsze mamy w odwodzie Jęczącą Martę — mruknął posępnie, mówiąc o duchu, który mieszkał w toalecie dla dziewczyn na drugim piętrze.

— Harry, musimy zaciąć zęby i po prostu to zrobić — oświadczył Ron w piątek rano takim tonem, jakby się zastanawiali nad sposobem wtargnięcia do jakiejś niezdobytej twierdzy. — Kiedy dziś wieczorem wrócimy do pokoju wspólnego, musimy obaj mieć partnerki, zgoda?

— Ee... no dobra — zgodził się Harry.

Ale za każdym razem, gdy spotykał Cho — podczas przerwy, potem podczas obiadu, a raz po drodze na historię magii — otaczały ją przyjaciółki. Czy ona nigdy nie chodzi sama? A może dopaść ją, kiedy będzie szła do łazienki? Ale nawet tam szła w eskorcie czterech lub pięciu innych dziewczyn. A przecież jeśli szybko tego nie zrobi, może ją zaprosić ktoś inny.

Podczas sprawdzianu z antidotów trudno mu było się skupić i zapomniał o dodaniu najważniejszego składnika, bezoaru, więc dostał najniższą ocenę. Nie bardzo się tym jednak przejął, bo zbyt był pochłonięty zbieraniem w sobie odwagi na to, co musiał zrobić. Kiedy rozległ się dzwonek, złapał torbę i pobiegł do drzwi lochu.

— Spotkamy się na kolacji! — zawołał do Rona i Hermiony, po czym pomknął na górę.

Ma tylko poprosić Cho o chwilę rozmowy na osobności, to wszystko... Przepychał się przez zatłoczone korytarze, rozglądając się dookoła, i zobaczył ją, trochę szybciej, niż się spodziewał, przed klasą obrony przed czarną magią.

— Eee... Cho! Mógłbym zamienić z tobą słówko?

Chichotanie powinno być zakazane, pomyślał ze złością, patrząc na otaczające Cho dziewczyny. Ale Cho odpowiedziała tylko: „Oczywiście" i odeszła za nim od grupy koleżanek.

Harry spojrzał na nią i żołądek podskoczył mu dziwnie, jakby opuścił stopień, zbiegając po schodach.

— Ee — bąknął.

Nie był w stanie tego z siebie wydusić. Nie potrafił. Ale przecież musi. Cho stała z nieco zdziwioną miną i przyglądała mu się uważnie.

Słowa same wyleciały Harry'emu z gardła, zanim zdołał uporządkować je językiem.

— Chceszíszemnąnabal?

— Słucham?

— Czy ch-chciałabyś iść ze mną na bal? — zapytał.

Dlaczego się zaczerwienił? *Dlaczego?*

— Och! — Cho też się zaczerwieniła. — Och, Harry, naprawdę mi przykro — i zrobiła taką minę, jakby naprawdę było jej przykro. — Już powiedziałam komuś, że z nim pójdę.

— Och — powiedział Harry.

To było bardzo dziwne: chwilę wcześniej wnętrzności skręcały mu się jak węże, a teraz wydawało mu się, że w ogóle ich nie ma.

— Och, rozumiem — powiedział. — Nie ma sprawy.

— Naprawdę mi przykro.

— W porządku.

Stali i patrzyli na siebie, a potem Cho powiedziała:

— No to...

— Tak — powiedział Harry.

— No to cześć — powiedziała Cho, wciąż bardzo czerwona.

I odeszła.

Harry zawołał za nią, zanim zdołał ugryźć się w język:

— A z kim idziesz?

— Och... z Cedrikiem. Z Cedrikiem Diggorym.

— Aha.

Wnętrzności wróciły na swoje miejsce, ale czuł się tak, jakby wróciły naładowane ołowiem.

Zapomniawszy zupełnie o obiedzie, wrócił powoli do wieży Gryffindoru, a głos Cho dźwięczał mu w uszach za każdym krokiem. *Z Cedrikiem. Z Cedrikiem Diggorym.* A już zaczynał lubić Cedrika, już gotów był zapomnieć, że pokonał go w quidditchu i jest taki przystojny, taki popularny, kibicują mu prawie wszyscy. Teraz nagle uświadomił sobie, że tak naprawdę Cedrik jest bezwartościowym przystojniakiem, którego mózg nie wypełniłby kieliszka do jajka.

— Bajeczne świecidełka — mruknął do Grubej Damy; właśnie wczoraj zmieniło się hasło.

— O, tak, mój drogi, tak! — zagruchała, prostując nową, migocącą klejnotami wstążkę do włosów, kiedy odchyliła się, by go przepuścić.

Po wejściu do pokoju wspólnego Harry rozejrzał się i ku swemu zaskoczeniu ujrzał Rona siedzącego w kącie z twarzą szarą jak popiół. Ginny mówiła coś do niego cichym, pocieszającym głosem.

— Ron, co się stało? — zapytał Harry, podchodząc bliżej.

Ron spojrzał na niego; na jego twarzy zastygł wyraz ślepej paniki.

— Po co ja to zrobiłem? — zapytał roztrzęsionym głosem. — Co mnie do tego podkusiło?

— Co zrobiłeś?

— Właśnie zapytał Fleur Delacour, czy pójdzie z nim na bal — wyjaśniła Ginny.

Ginny wyglądała tak, jakby powstrzymywała się od śmiechu, ale wciąż poklepywała Rona ze współczuciem po ramieniu.

— Że co? — zapytał Harry.

— Nie mam pojęcia, co mnie do tego podkusiło! — wyrzucił z siebie ponownie Ron. — W co ja się władowałem? Tam byli ludzie.. wszędzie... naokoło... a mnie coś odbiło... wszyscy na mnie patrzyli! Przechodziłem koło niej w sali wejściowej... stała tam i rozmawiała z Diggorym... a mnie coś odbiło... i zapytałem ją!

Ron jęknął i ukrył twarz w dłoniach. Nadal mówił, choć teraz trudno było zrozumieć słowa.

— Spojrzała na mnie, jakbym był ślimakiem. Nawet mi nie odpowiedziała. A potem... nie wiem... jakbym nagle odzyskał rozum... i uciekłem.

— Ona jest po części wilą — powiedział Harry. — Miałeś rację, jej babka była wilą. To nie była twoja wina, założę się, że gdy przechodziłeś sobie obok niej, ona próbowała tego ich starego czaru na Diggorym i ciebie po prostu trafił... ale i tak marnowała tylko czas, bo Diggory idzie z Cho Chang.

Ron opuścił dłonie i spojrzał na niego.

— Właśnie ją zapytałem, czy pójdzie ze mną — dodał ponuro Harry. — No i się dowiedziałem.

Ginny nagle przestała się uśmiechać.

— To jakiś obłęd — rzekł Ron. — Tylko my zostaliśmy na lodzie... no, oprócz Neville'a. Słuchaj, wiesz, kogo on zapytał? *Hermionę.*

— Co? — Ta nowina kompletnie wytrąciła Harry'ego z równowagi.

— Naprawdę! — powiedział Ron, a na jego twarz powróciło nieco koloru, gdy zaczął się śmiać. — Powiedział mi o tym po eliksirach! Nawijał, że Hermiona zawsze jest taka milutka, pomaga mu w pracach domowych i w ogóle... A ona mu powiedziała, że już z kimś idzie. Ha, ha! Już to widzę! Po prostu nie chciała iść z Neville'em. No bo kto by chciał?

— Przestań! — oburzyła się Ginny. — Nie wyśmiewaj się...

W tym momencie z dziury pod portretem wygramoliła się Hermiona.

— Dlaczego nie byliście na kolacji? — zapytała, podchodząc.

— Bo... och, przestańcie rechotać... bo właśnie obaj dostali kosza od dziewczyn, które zaprosili na bal! — wypaliła Ginny.

Harry i Ron przestali rechotać.

— Bardzo ci dziękujemy, Ginny — rzekł kwaśno Ron.

— Co, Ron, wszystkie laski już zajęte? — zapytała wyniośle Hermiona. — Już ci się zaczyna podobać Eloise Midgen? No cóż, jestem pewna, że znajdziesz sobie kogoś i nie pójdziesz na bal z trollicą.

Ale Ron wpatrywał się w Hermionę, jakby zobaczył ją po raz pierwszy w życiu.

— Hermiono, Neville ma rację... przecież TY jesteś dziewczyną...

— Och, ale jesteś bystry — odpowiedziała jadowicie.

— No dobra... możesz iść z jednym z nas!

— Nie, nie mogę — warknęła Hermiona.

— Daj spokój — żachnął się Ron. — Potrzebujemy partnerek, wyjdziemy na głupków, jak żadnej nie znajdziemy, wszyscy już mają...

— Nie mogę z wami iść — powiedziała Hermiona, teraz już zarumieniona — ponieważ już komuś obiecałam.

— Nie nawijaj! Powiedziałaś tak tylko dlatego, żeby się pozbyć Neville'a!

— Tak? — W oczach Hermiony zapaliły się groźne błyski. — Więc przyjmij do wiadomości, że jeśli ty potrzebowałeś aż trzech lat, żeby zauważyć, że jestem dziewczyną, to wcale nie oznacza, że nikt inny tego nie zauważył!

Ron wybałuszył na nią oczy, a po chwili znowu się uśmiechnął.

— No dobra, dobra, przecież wiemy, że jesteś dziewczyną. Zadowolona? Teraz pójdziesz?

— Już ci powiedziałam! — zawołała Hermiona ze złością. — Idę z kim innym!

Wybiegła z pokoju wspólnego i zniknęła na schodach prowadzących do dormitorium dziewcząt.

— Ona kłamie — powiedział spokojnie Ron, patrząc za nią.

— Nie kłamie — powiedziała równie spokojnie Ginny.

— Tak? To z kim idzie? — zapytał ostro Ron.

— Nie powiem ci, to nie twój interes.

— Słusznie — rzekł Ron, sprawiając wrażenie kompletnie wykończonego. — To zaczyna być głupie. Ginny, możesz iść z Harrym, a ja po prostu...

— Nie mogę — powiedziała Ginny i spłoniła się po uszy. — Idę z... Neville'em. Poprosił mnie, kiedy Hermiona mu odmówiła, więc pomyślałam... no... że w końcu w ogóle nie będę mogła iść na bal, przecież nie jestem w czwartej klasie. — Zrobiła bardzo żałosną minę. — Chyba pójdę na kolację — dodała, wstając, i po chwili znikła w dziurze pod portretem.

Ron zachichotał.

— Co w nie wszystkie wstąpiło?

Ale Harry właśnie zobaczył Parvati i Lavender wchodzące przez dziurę. Nadszedł czas drastycznych rozwiązań.

— Poczekaj tutaj — rzekł do Rona, a sam wstał, podszedł prosto do Parvati i wypalił:

— Parvati? Pójdziesz ze mną na bal?

Parvati dostała gwałtownego ataku chichotów. Harry czekał, aż jej przejdzie, zaciskając w kieszeniach kciuki.

— Dobra, pójdę — odpowiedziała w końcu, czerwona jak burak.

— Dzięki — rzekł Harry z ulgą. — Lavender, pójdziesz z Ronem?

— Ona idzie z Seamusem — odpowiedziała za nią Parvati i obie zaniosły się niepowstrzymanym chichotem.

Harry westchnął.

— A nie przychodzi wam do głowy ktoś, kto by poszedł z Ronem? — zapytał, ściszając głos, żeby Ron tego nie usłyszał.

— A Hermiona Granger? — zapytała Parvati.

— Już idzie z kimś innym.

Parvati zrobiła zdumioną minę.

— Ooooch... a z kim?

Harry wzruszył ramionami.

— Nie mam pojęcia. Więc co z Ronem?

— Bo ja wiem... — zastanowiła się Parvati. — Może moja siostra, Padma, z Ravenclawu. Jak chcesz, to ją zapytam.

— Byłoby fajnie — powiedział Harry. — Dasz mi znać, tak?

Wrócił do Rona, czując, że ten bal zaczyna go już męczyć. No i miał wielką nadzieję, że Padma Patil ma idealnie prosty nos.

ROZDZIAŁ DWUDZIESTY TRZECI

Bal

Pomimo mnóstwa prac domowych, zadanych czwarto-
klasistom na ferie świąteczne, Harry nie miał najmniejszej ochoty zabrać się do nich po zakończeniu semestru i spędził cały tydzień, jaki pozostał do Bożego Narodzenia, ciesząc się wolnym czasem razem z innymi.
W Gryffindorze było prawie równie tłoczno jak podczas
semestru, a sama wieża jakby się nieco skurczyła, bo jej
mieszkańcy rozrabiali bardziej niż zwykle. Fred i George
zrobili prawdziwą furorę swoimi kanarkowymi kremów-
kami i przez pierwsze parę dni ferii wszędzie widziało się
ludzi obrastających nagle piórami. Wkrótce jednak wszyscy Gryfoni nauczyli się traktować oferowane im przy-
smaki z najwyższą ostrożnością i zawsze sprawdzali, czy
w środku nie ukryto kanarkowej niespodzianki. George
wyznał Harry'emu, że pracują teraz razem z Fredem nad
czymś innym. Harry zanotował sobie w pamięci, by pod
żadnym pozorem nie przyjmować od nich choćby okrusz-
ka. Wciąż nie mógł zapomnieć Dudleya i gigantojęzycznych toffi.

Śnieg sypał gęsto na zamek i błonia. Bladoniebieski powóz z Beauxbatons wyglądał jak wielka zamrożona dynia, która wyrosła tuż obok polukrowanej chatki z piernika, iluminatory żaglowca z Durmstrangu szkliły się lodem, a takielunek pobielał od szronu. Skrzaty domowe w kuchni prześcigały się w przyrządzaniu wspaniałych gulaszy o najróżniejszych smakach i wonnych puddingów, i tylko Fleur Delacour była w stanie znaleźć coś, na co mogła się uskarżać.

— Okropni ciężki te potrawi z 'Ogwart — usłyszeli, jak mówi, wychodząc z Wielkiej Sali pewnego wieczoru (Ron schował się za Harrym, nie chcąc, by go zauważyła).

— Suknia nie będzi mi pasować!

— Och, to mamy małą tragedię! — wycedziła Hermiona, gdy Fleur zniknęła w sali wejściowej. — Zdaje się, że ona zajmuje się wyłącznie swoją osobą, prawda?

— Hermiono, z kim ty idziesz na bal? — zapytał Ron.

Pytał ją o to co jakiś czas, mając nadzieję, że zaskoczy ją w którymś momencie i Hermiona w końcu puści farbę. Ale Hermiona tylko zmarszczyła czoło i odpowiedziała:

— Nie powiem ci, bo będziesz się ze mnie śmiał.

— Żartujesz, Weasley? — rozległ się za ich plecami głos Malfoya. — Chyba nie powiesz mi, że ktoś zaprosił to-to na bal? Taką łopatozębą szlamę?

Harry i Ron odwrócili się błyskawicznie, ale Hermiona zawołała, machając ręką ponad ramieniem Malfoya:

— Hej, panie profesorze Moody!

Malfoy zbladł i odskoczył, rozglądając się niespokojnie za Moodym, ale ten siedział wciąż przy stole nauczycielskim, kończąc duszoną wołowinę.

— Ale z ciebie płocha tchórzofretka, Malfoy! — zadrwiła Hermiona, po czym razem z Harrym i Ronem zaczęli się wspinać po marmurowych schodach, rycząc ze śmiechu.

— Hermiono — powiedział nagle Ron, przyglądając się jej z przekrzywioną głową i marszcząc czoło — twoje zęby...

— O co ci chodzi?

— No... są jakieś inne... Właśnie zauważyłem...

— No pewnie, że są inne. A co, myślałeś, że zachowam sobie te kły, którymi mnie obdarzył Malfoy?

— Nie, chodzi mi o to, że one były inne, zanim Malfoy poraził cię tym zaklęciem... one są teraz... proste... no i... normalnej wielkości.

Hermiona nagle uśmiechnęła się figlarnie i wtedy Harry też to zauważył: to był uśmiech zupełnie inny od tego, jaki pamiętał.

— No więc... jak poszłam do pani Pomfrey, żeby mi je zmniejszyła, to ona wzięła do ręki lusterko i powiedziała mi, żebym dała jej znać, jak już będą takie jak przedtem. A ja po prostu... no wiecie... troszkę się z tym spóźniłam. — Uśmiechnęła się jeszcze szerzej. — Mama i tata nie będą za bardzo zachwyceni. Od dawna ich błagałam, żeby pozwolili mi je zmniejszyć, ale oni woleli, żebym nosiła klamrę. Wiecie, oni są dentystami, nie mają pojęcia, że zęby i magia... Patrzcie! Wróciła Świstoświnka!

Na najeżonej soplami balustradzie ćwierkała jak zwariowana sówka Rona; do nóżki miała przywiązany zwitek pergaminu. Przechodzący obok uczniowie pokazywali ją sobie i zanosili się śmiechem. Grupka dziewczyn z trzeciej klasy zatrzymała się, a jedna z nich zawołała:

— Och, patrzcie na tę maleńką sówkę! Czy ona nie jest milutka?

— Ty głupia, opierzona paździorko! — syknął Ron, wbiegając po schodach i łapiąc sóweczkę. — Masz przynosić listy prosto do adresata! Nie wolno ci szwendać się po całym zamku i pokazywać wszystkim, jaka jesteś dzielna!

Świstoświnka zahukała ze szczęścia, wystawiając łebek spomiędzy zaciśniętych palców Rona.

Trzecioklasistki wytrzeszczyły oczy.

— Zjeżdżajcie! — warknął na nie Ron, wymachując pięścią, w której trzymał Świstoświnkę. Ptaszek rozćwierkał się jeszcze radośniej.

— Masz, Harry — dodał Ron półgłosem, kiedy trzecioklasistki czmychnęły, najwyraźniej obrażone.

Harry szybko schował do kieszeni odpowiedź Syriusza i popędzili do wieży Gryffindoru, aby ją przeczytać.

W pokoju wspólnym panował miły przedświąteczny rozgardiasz. Harry, Ron i Hermiona usiedli z dala od innych przy ciemnym oknie, już do połowy przesłoniętym śniegiem, i Harry odczytał na głos list.

Harry,
gratulacje z powodu pokonania rogogona. Temu, kto wrzucił twoje nazwisko do czary, musi teraz być łyso! Miałem ci podsunąć zaklęcie Conjunctivitis, bo oczy smoka są jego najsłabszym punktem...

— To właśnie zrobił Krum! — wyszeptała Hermiona.

...ale twój sposób był o wiele lepszy, naprawdę, bardzo mi zaimponowałeś.
Ale nie spoczywaj na laurach, Harry. Przeszedłeś dopiero jedno zadanie. Nie wiem, kto zgłosił cię do turnieju, ale wiem, że ma nadal mnóstwo możliwości, by zrobić ci krzywdę. Miej oczy otwarte — zwłaszcza jeśli osoba,

*o której mówiliśmy, jest w pobliżu — i skup się na uni-
kaniu kłopotów.*

*Bądźmy w stałym kontakcie, donoś mi o wszystkim, co
wyda ci się niezwykłe.*

Syriusz

— Zupełnie jak Moody — mruknął Harry, wsuwając
list do wewnętrznej kieszeni. — „Stała czujność!" Można
by pomyśleć, że łażę po zamku z zamkniętymi oczami,
obijając się o ściany...

— Ale on ma rację, Harry — oświadczyła z powagą
Hermiona. — Przed tobą jeszcze dwa zadania. Musisz
wreszcie wziąć się za to jajo i zacząć główkować, co znaczy
ten jęk...

— Hermiono, on ma jeszcze kupę czasu! — prychnął
Ron. — To co, zagramy w szachy, Harry?

— Dobra — zgodził się Harry, ale spojrzawszy na
Hermionę, dodał: — Daj spokój, niby jak bym się miał
skupić w tym hałasie? Przecież tutaj nawet bym nie usłyszał
wycia tego jaja.

— No tak, chyba nie — westchnęła i usiadła, by obserwować ich grę, zakończoną widowiskowym matem, do
którego doszło po brawurowej akcji pionów Rona i jego
wyjątkowo agresywnego hetmana.

W dzień Bożego Narodzenia Harry obudził się raptownie, nie wiedząc, co go tak nagle wyrwało ze snu. Otworzył
oczy i tuż przed sobą zobaczył wielkie, okrągłe, zielone
oczy, wpatrujące się w niego z ciemności.

— Zgredku! — krzyknął Harry, odsuwając się od
skrzata tak gwałtownie, że prawie spadł z łóżka. — Przestań!

— Zgredek bardzo przeprasza, sir! — zapiszczał skrzat ze strachem, cofając się i zatykając sobie usta długimi palcami. — Zgredek chciał tylko życzyć Harry'emu Potterowi wesołych świąt i wręczyć mu prezent, sir! Harry Potter sam powiedział, że Zgredek może czasami przyjść, sir!

— W porządku — wysapał Harry, oddychając nieco szybciej niż zwykle, podczas gdy jego serce powoli wracało do normalnego rytmu. — Tylko... następnym razem szturchnij mnie, a nie wiś tak nade mną, dobrze?

Odciągnął zasłony, założył okulary. Jego wrzask obudził Rona, Seamusa, Deana i Neville'a. Wszyscy wystawili głowy przez szpary między zasłonami swoich łóżek, oczy mieli zaspane, a włosy rozczochrane.

— Ktoś cię napadł, Harry? — zapytał Seamus sennym głosem.

— Nie, to tylko Zgredek — mruknął Harry. — Śpij spokojnie.

— Prezenty! — zawołał Seamus na widok wielkiego stosu paczek w nogach swojego łóżka.

Ron, Dean i Neville uznali, że skoro już się obudzili, to mogą obejrzeć swoje prezenty. Harry zwrócił się ponownie do Zgredka, który stał, lekko dygocąc, przy jego łóżku, wciąż przerażony, że go zdenerwował. Do pętelki na szczycie filcowego ocieplacza na czajnik przywiązał sobie choinkową bombkę.

— Czy Zgredek może dać Harry'emu Potterowi prezent? — zapiszczał błagalnie.

— Oczywiście — odpowiedział Harry. — Ee... ja też mam coś dla ciebie.

Było to łgarstwo: nie kupił nic Zgredkowi, ale szybko otworzył kufer i wyciągnął wyjątkowo zmechaconą i pozaciąganą parę wełnianych skarpetek — najstarszych i najbrzydszych jakie miał, musztardowożółtych, należących kiedyś do wuja Vernona. Przyczyna ich żałosnego stanu było dość prosta: Harry od roku owijał w nie swój fałszoskop. Wyjął kryształowy stożek i wręczył skarpetki Zgredkowi.

— Przepraszam, zapomniałem je zapakować...

Ale Zgredek nie posiadał się z radości.

— To najbardziej ulubiona przez Zgredka część garderoby, sir! — powiedział, szybko ściągając swoje stare skarpetki i wciągając nowe, wuja Vernona. — Mam ich już teraz siedem... ale, sir... — dodał, a oczy mu się rozszerzyły jeszcze bardziej, kiedy podciągnął skarpetki do samej góry, tak że sięgnęły jego krótkich spodenek — chyba się pomylili w sklepie... dali Harry'emu Potterowi dwie takie same!

— No nie, Harry, jak mogłeś tego nie zauważyć! — krzyknął Ron, szczerząc do nich zęby ze swojego łóżka, zasypanego zmiętoszonymi papierami. — Wiesz co, Zgredku... masz, weź jeszcze te dwie, będziesz mógł je sobie pomieszać. A tu jest twój sweter!

I rzucił Zgredkowi parę fioletowych skarpetek, które dopiero co rozpakował, oraz ręcznie robiony sweter, który mu przysłała pani Weasley.

Zgredek był zachwycony.

— Sir, to bardzo uprzejme z pana strony! — zaskrzeczał, a oczy wypełniły mu się łzami. Skłonił się nisko przed Ronem. — Zgredek wiedział, że wielmożny pan musi być wielkim czarodziejem, bo przecież jest największym przyjacielem Harry'ego Pottera, ale nie wiedział, że wielmożny pan jest również tak wspaniałomyślny, tak szlachetny, tak szczodrobliwy...

— To tylko skarpetki — powiedział Ron, który poczerwieniał trochę wokół uszu, ale wyglądał na mile połechtanego. — Ojej, Harry... — właśnie rozwinął prezent od Harry'ego: klubowy kapelusz Armat z Chudley. Ale *cool!*

Wcisnął go sobie na głowę, a Harry'ego aż zatkało na widok tak okropnego połączenia kolorów.

Zgredek wręczył Harry'emu małą paczuszkę. Okazało się, że w środku są... skarpetki.

— Zgredek sam je zrobił, sir! Kupił wełnę za swoje wynagrodzenie, sir!

Lewa skarpetka była jaskrawoczerwona, wyszywana w miotły, a prawa zielona, ze złotymi zniczami.

— Są naprawdę... naprawdę... no... bardzo ci dziękuję, Zgredku... — wyjąkał Harry i zaraz wciągnął je na stopy, co sprawiło, że w oczach Zgredka znowu zaszkliły się łzy szczęścia.

— Zgredek musi już iść, sir, my w kuchni przygotowujemy obiad świąteczny!

I wybiegł z dormitorium, machając wszystkim ręką na pożegnanie.

Pozostałe prezenty ucieszyły Harry'ego o wiele bardziej niż dziwaczne skarpetki Zgredka — oczywiście z wyjątkiem „prezentu" od Dursleyów, bo była nim papierowa chusteczka. Harry przypuszczał, że nie zapomnieli o gigantojęzycznym toffi. Hermiona dała mu książkę *Brytyjskie i irlandzkie drużyny quidditcha*, Ron pękatą torbę łajnobomb, Syriusz poręczny scyzoryk z wytrychem otwierającym każdy zamek i specjalnym ostrzem rozwiązującym każdy supeł, a Hagrid wielkie pudło słodyczy — w tym ulubionych fasolek wszystkich smaków Bertiego Botta, czekoladowych żab, najlepszej balonowej gumy do żucia Drooblesa i musów-świstusów. Była też, oczywiście, paczka od pani Weasley, zawierająca jak zwykle nowy sweter (zielony, ze smokiem na piersiach — Harry podejrzewał, że Charlie napisał jej o rogogonie) i mnóstwo domowych ciasteczek miętowych.

Harry i Ron spotkali się z Hermioną w pokoju wspólnym i zeszli razem na śniadanie. Większość przedpołudnia spędzili w wieży Gryffindoru, gdzie wszyscy cieszyli się swoimi prezentami, a potem wrócili do Wielkiej Sali na wspaniały obiad, na który podano ze sto indyków, mnóstwo świątecznych puddingów i stosy strzelających cukierków-niespodzianek.

Po południu poszli na spacer po błoniach, pokrytych grubą warstwą śniegu. Uczniowie Beauxbatons i Durmstrangu przekopali w nim głębokie tunele prowadzące do zamku. Hermiona wolała przypatrywać się z boku walce na śnieżki, jaką stoczyli Weasleyowie i Harry, a o piątej oświadczyła, że idzie na górę, by przygotować się do balu.

— Co, potrzebujesz na to aż trzech godzin? — zdziwił się Ron, patrząc na nią z niedowierzaniem. Jego chwilowy brak koncentracji wykorzystał George, trafiając go wielką kulą śnieżną prosto w głowę.

— Z kim idziesz? — ryknął za Hermioną, ale tylko pomachała mu ręką i znikła na szczycie kamiennych schodów wiodących do zamku.

Tym razem nie podano świątecznego podwieczorku, bo w programie balu była uczta, więc o siódmej, kiedy zrobiło się tak ciemno, że trudno było trafić śnieżką do celu, przerwali zabawę i wrócili do pokoju wspólnego. Gruba Dama gościła w swoich ramach Violet z parteru; obie były mocno podchmielone, a u ich stóp leżało kilka pustych pudełek po czekoladkach z likierem.

— Świąteczne bawidełka! — zachichotała, kiedy podali jej hasło, i wyskoczyła do przodu, przepuszczając ich do środka.

Harry, Ron, Seamus, Dean i Neville przebrali się w dormitorium w szaty wyjściowe. Wszyscy mieli bardzo nietęgie miny, a już najbardziej Ron, który z przerażeniem na twarzy przejrzał się w wysokim lustrze w kącie. Trudno było nie dostrzec, że jego szata bardziej przypomina suknię niż cokolwiek innego. W rozpaczliwej próbie nadania jej bardziej męskiego charakteru użył zaklęcia redukującego wobec zdobnej kryzy i mankietów, pozbywając się w ten sposób koronek, ale nie zrobił tego zbyt dokładnie, więc pod szyją i nad dłońmi wisiały mu okropne frędzle.

— Wciąż główkuję, jak wam się udało poderwać najlepsze dziewczyny z roku — mruknął Dean.

— Zwierzęcy magnetyzm — odpowiedział ponuro Ron, szarpiąc nitki zwisające z rękawów.

Dziwacznie teraz wyglądał pokój wspólny, pełen ludzi odzianych w różnobarwne szaty zamiast, jak zwykle, w czarne. Parvati czekała na Harry'ego u stóp schodów. Wyglądała bardzo ładnie w szokująco różowej sukni, z długimi czarnymi włosami, w które wplotła sobie złote nitki, i złotymi bransoletkami na przegubach. Harry był jej wdzięczny, że tym razem nie zachichotała na jego widok.

— Wyglądasz... super — wybąkał nieśmiało.

— Dzięki. Ron, Padma będzie na ciebie czekała w sali wejściowej.

— W porządku — rzekł Ron, rozglądając się wokoło.

— Gdzie jest Hermiona?

Parvati wzruszyła ramionami.

— To co, Harry, schodzimy na dół?

— Dobra — zgodził się Harry, marząc o tym, by zostać w pokoju wspólnym i spędzić w spokoju resztę wieczoru.

Fred mrugnął do niego, kiedy go mijali, zmierzając do dziury pod portretem.

Sala wejściowa pełna już była uczniów czekających na godzinę ósmą, kiedy miały się otworzyć drzwi do Wielkiej

Sali. Ci, którzy wybrali sobie partnerki lub partnerów z innych domów, krążyli w tłumie, szukając się nawzajem. Parvati odnalazła swoją siostrę i przyprowadziła ją do Harry'ego i Rona.

— Cześć — powitała ich Padma, która miała na sobie turkusową suknię i wyglądała tak samo ładnie jak Parvati. Nie sprawiała jednak wrażenia zbyt zachwyconej z faktu, że Ron jest jej partnerem; zmierzyła go przeciągłym spojrzeniem, zatrzymując wzrok dłużej na postrzępionym dekolcie i rękawach.

— Cześć — mruknął Ron, nie patrząc na nią, tylko rozglądając się po sali. — Och, nie...

Ugiął lekko kolana, by schować się za Harrym, bo właśnie przechodziła Fleur Delacour, a wyglądała absolutnie olśniewająco w sukni ze srebrnoszarego atłasu. Towarzyszył jej kapitan drużyny Krukonów, Roger Davies. Kiedy zniknęli w tłumie, Ron wyprostował się i wyciągnął szyję, rozglądając się ponad głowami tłumu.

— Gdzie jest Hermiona?

Z lochów wyszła właśnie grupa Ślizgonów. Na przedzie szedł Malfoy, w szacie z czarnego aksamitu, z wysokim kołnierzem, która według Harry'ego upodabniała go do pastora. Jego ramienia uwiesiła się Pansy Parkinson w bladoróżowej sukni z mnóstwem falbanek. Crabbe i Goyle ubrani byli na zielono i przypominali omszone głazy. Harry z satysfakcją zauważył, że żaden z nich nie ma partnerki.

Wkrótce otworzyły się dębowe frontowe drzwi i wszystkie głowy zwróciły się ku wchodzącym gościom z Durmstrangu. Na czele, za profesorem Karkarowem, szedł Krum w towarzystwie nie znanej Harry'emu, ładnej dziewczyny w niebieskiej sukni. Ponad ich głowami zobaczył, że błonia tuż przed zamkiem zostały przemienione w wielką bożonarodzeniową grotę pełną migocących światełek — prawdziwych żywych elfów, siedzących na gałązkach krzaków różanych, które tam wyczarowano, i polatujących nad posągiem przedstawiającym Świętego Mikołaja i jego reny.

A potem rozległ się głos profesor McGonagall:

— Reprezentanci szkół, proszę tutaj!

Parvati, cała rozpromieniona, poprawiła sobie bransoletki, Harry mruknął do Rona i Padmy: „Zaraz wrócimy", i ruszyli ku drzwiom do Wielkiej Sali, a rozgadany tłum rozstępował się, by zrobić im przejście. Profesor McGonagall, która miała na sobie suknię w czerwoną szkocką kratę i wyjątkowo okropny wieniec z ostu wokół ronda kapelusza, powiedziała im, żeby poczekali obok drzwi, aż wszyscy wejdą do środka: mieli wkroczyć uroczyście do Wielkiej Sali, kiedy wszyscy już usiądą. Fleur Delacour i Roger Davies stanęli tuż przy drzwiach; Davies był tak ogłupiały ze szczęścia, mając za partnerkę Fleur, że nie odrywał od niej oczu. Koło Harry'ego stali Cedrik i Cho; starał się na nich nie patrzyć, żeby uniknąć męki rozmawiania z nimi. Jego wzrok padł na dziewczynę obok Kruma i aż rozdziawił usta ze zdumienia.

To była Hermiona.

Ale w ogóle nie wyglądała jak Hermiona. Zrobiła coś z włosami: nie były już gęste i splątane, ale gładkie i lśniące, upięte w wytworny kok z tyłu głowy. Miała na sobie suknię z jakiejś zwiewnej, niebieskiej jak kwiaty barwinka tkaniny, a trzymała się też zupełnie inaczej niż zwykle — a może tak mu się tylko wydawało, bo nie dźwigała ze dwudziestu książek. I uśmiechała się — trochę nerwowo, co prawda, ale teraz widać już było bardzo wyraźnie, że ma ładne, kształtne zęby. Harry nie mógł pojąć, dlaczego do tej pory tego nie dostrzegł.

— Cześć, Harry! — powiedziała, uśmiechając się do nich. — Cześć, Parvati!

Parvati patrzyła na nią z nieukrywanym zdumieniem. I nie tylko ona. Kiedy otworzyły się drzwi do Wielkiej Sali, minęły ich dziewczyny z bibliotecznego klubu wielbicielek Kruma, obrzucając Hermionę nienawistnymi spojrzeniami. Pansy Parkinson zagapiła się na nią, przechodząc obok z Malfoyem, i nawet on nie był w stanie rzucić jakiejś obraźliwej uwagi na temat Hermiony. Natomiast Ron przeszedł, nie zaszczycając jej nawet spojrzeniem.

Kiedy reszta uczniów zasiadła w Wielkiej Sali, profesor McGonagall poleciła reprezentantom ustawić się parami i pójść za sobą. Cała sala rozbrzmiała oklaskami, kiedy wkroczyli, zmierzając powoli ku wielkiemu okrągłemu stołowi u szczytu sali, gdzie siedzieli sędziowie.

Ściany Wielkiej Sali pokrywał rozmigotany srebrny szron, a pod rozgwieżdżonym sklepieniem biegły we wszystkie strony girlandy jemioły i bluszczu. Długie stoły poszczególnych domów znikły, a zamiast nich pojawiło się ze sto mniejszych, oświetlonych lampionami. Przy każdym siedziało ze dwanaście osób.

Harry myślał tylko o jednym: żeby się nie potknąć o skraj swojej wyjściowej szaty. Parvati tryskała dumą i szczęściem, sterując Harrym tak zdecydowanie, że czuł się jak pies prowadzony po wybiegu. Kiedy zbliżyli się do okrągłego stołu, uchwycił kątem oka Rona i Padmę. Ron wpatrywał się zmrużonymi oczami w Hermionę. Padma była trochę nadąsana.

Dumbledore uśmiechnął się radośnie na ich widok, ale Karkarow miał minę bardzo podobną do miny Rona patrzącego na Kruma z Hermioną. Ludo Bagman, w purpurowej szacie z żółtymi gwiazdami, klaskał entuzjastycznie jak wszyscy uczniowie, a madame Maxime, która zamieniła swoje zwykłe czarne atłasy na zwiewne lawendowe jedwabie, oklaskiwała ich z wytworną gracją. Nie było jednak pana Croucha. Piąte miejsce przy stole zajął Percy Weasley. Reprezentanci szkół doszli do stołu sędziowskiego. Percy odsunął puste krzesło obok siebie, patrząc wymownie na Harry'ego. Harry zrozumiał to spojrzenie i usiadł obok niego. Percy był wystrojony w nowiutką granatową szatę i miał minę wyjątkowo zadowolonego z siebie kołtuna.

— Dostałem awans — oznajmił, zanim Harry zdążył się odezwać, a ton, jakim to powiedział, mógł sugerować, że właśnie został najwyższym władcą wszechświata. — Jestem teraz osobistym asystentem pana Croucha i reprezentuję go tutaj.

— A dlaczego sam nie przyszedł? — zapytał Harry, który nie miał najmniejszej ochoty na wysłuchiwanie przez całą kolację wykładów na temat grubości denek kociołków.

— Muszę z przykrością stwierdzić, że pan Crouch nie czuje się dobrze. Stan jego zdrowia pogorszył się już od mistrzostw świata. I trudno się dziwić, przecież ten człowiek haruje jak wół. Nie jest już taki młody... choć oczywiście nadal ma piekielnie bystry umysł. Ale finał mistrzostw świata okazał się prawdziwą klęską dla całego ministerstwa, a pan Crouch przeżył głęboki wstrząs osobisty z powodu fatalnego zachowania swojego domowego skrzata... tej Mrożki, czy jak jej tam. Naturalnie natychmiast ją odprawił, ale... no cóż, jak powiadam, starzeje się, wymaga opieki, a od czasu, jak ta skrzatka odeszła, brakuje mu w domu wielu wygód, do których przywykł. No i musieliśmy przygotować ten turniej i stawić czoło burzy, jaka się rozpętała po mistrzostwach świata, i tej obrzydliwej Skeeter, która rozsiewała głupie plotki... Biedny pan Crouch naprawdę zasłużył sobie na spokojne Boże Narodzenie. Przynajmniej wie, że ma kogoś, kto go zastąpi i nie sprawi mu zawodu.

Harry miał wielką ochotę zapytać Percy'ego, czy pan Crouch przestał już zwracać się do niego per „Weatherby", ale oparł się tej pokusie.

Na błyszczących złotych talerzach jeszcze nie pojawiły się żadne potrawy, za to przed każdym leżały niewielkie karty z menu. Harry wziął niepewnie swoją i rozejrzał się — nie było kelnerów. Zobaczył jednak, że Dumbledore przyjrzał się uważnie karcie, po czym powiedział bardzo wyraźnie do swojego talerza:

— Kotlety wieprzowe!

I natychmiast pojawiły się przed nim kotlety wieprzowe. Reszta stołu zorientowała się, o co chodzi, i również złożyła zamówienia. Harry zerknął na Hermionę, żeby zobaczyć, jak zareaguje na ten nowy i bardziej skomplikowany sposób podawania potraw — z pewnością oznaczający o wiele więcej pracy dla skrzatów domowych — ale tym razem Hermiona zdawała się nie myśleć o stowarzyszeniu WESZ. Tak była pochłonięta rozmową z Wiktorem Krumem, że nie zwracała uwagi na to, co ma na talerzu.

Harry zdał sobie nagle sprawę, że do tej pory nie słyszał, by Krum kiedykolwiek coś powiedział — a teraz z całą pewnością rozmawiał, i to z wielkim przejęciem.

— Nu, my też mamy zamek, choć nie tak wielki jak ten i nie tak wigłodny — mówił do Hermiony. — Mamy tylko cztiry piętra, a w kominkach rozpala się tilko wtedy, kiedy wimłaga tego magia. Ale mamy większy zielony tereny, tyle że w zjimie u nas dzień krótszy, więc z nich nie korzystamy. Nu, ale w lecie dzień w dzień latamy, nad jizorami i gorami...

— No, no, Wiktorze! — odezwał się Karkarow ze śmiechem, który jednak nie objął jego zimnych oczu. — Nie wyjawiaj niczego więcej, bo twoja czarująca koleżanka dowie się, jak nas odnaleźć!

Dumbledore uśmiechnął się, a oczy mu rozbłysły.

— Igorze, po co te wszystkie tajemnice... Ktoś może pomyśleć, że nie życzycie sobie gości.

— No cóż, Dumbledore — odpowiedział Karkarow, ukazując swoje żółtawe zęby w pełnej krasie — przecież wszyscy chronimy swoje terytoria, prawda? Czyż nie strzeżemy zazdrośnie pałaców nauki, które nam powierzono? I czyż nie jesteśmy słusznie dumni z tego, że tylko my znamy wszystkie sekrety naszych szkół?

— Och, nigdy bym nie posunął się do twierdzenia, że znam wszystkie sekrety Hogwartu, Igorze — powiedział przyjaznym tonem Dumbledore. — Na przykład dziś rano pomyliłem drogę do łazienki i znalazłem się w jakimś pokoju o wyjątkowo pięknych proporcjach, którego nigdy przedtem nie widziałem. Odkryłem w nim wspaniałą kolekcję nocników. Kiedy później wróciłem, żeby przyjrzeć się bliżej tej rzadkiej kolekcji, stwierdziłem, że pokój zniknął. Muszę jednak to zbadać. Możliwe, że wchodzi się do niego tylko o piątej trzydzieści rano. A może pojawia się tylko w pierwszej kwadrze księżyca... albo kiedy poszukujący go osobnik ma wyjątkowo pełny pęcherz.

Harry parsknął w swój talerz z gulaszem, a Percy zmarszczył czoło. Harry mógłby przysiąc, że Dumbledore puścił do niego oko.

Tymczasem Fleur Delacour krytykowała dekoracje.

— To taki nic — mówiła do Rogera Daviesa, rozglądając się po roziskrzonych ścianach Wielkiej Sali. — W Beauxbatons mamy na Bozinarozeni lodowi statui w cali Jadalni

Komnat. Nie rozpliwai się, *naturellement*, są jak wielki statui z diament... I mami lasowi nimfi, one nam serenadui, kiedy jemy. Nie mamy taki stari zbroji, a jak poltergeist pojawi się w Beauxbatons, to robimy tak — tu trzasnęła dłonią w stół — i poltergeista nie ma!

Roger Davies wpatrywał się w nią z cielęcym zachwytem i wciąż nie trafiał widelcem do ust. Harry odniósł wrażenie, że Davies tak jest zajęty gapieniem się na Fleur, że nie dociera do niego ani jedno słowo z tego, co ona mówi.

— Absolutnie — oświadczył nagle stanowczo Davies, uderzając dłonią w stół, tak, jak to przed chwilą zrobiła Fleur. — O, tak. Tak.

Harry rozejrzał się po sali. Hagrid siedział przy jednym ze stołów dla nauczycieli; znowu miał na sobie ten okropny włochaty garnitur i patrzył w stronę głównego stołu. Pomachał ręką, a kiedy Harry spojrzał w bok, zobaczył, że madame Maxime odwzajemnia ten gest, migocąc opalami w blasku świec.

Hermiona uczyła Kruma poprawnej wymowy swojego imienia, które w jego ustach wciąż brzmiało „Hiermiją-ona".

— Her-mio-na — powiedziała wolno i bardzo wyraźnie.

— Hiermi-ją-nina.

— Prawie dobrze — pochwaliła go, dostrzegając spojrzenie Harry'ego i szczerząc do niego zęby.

Kiedy wszyscy się najedli, Dumbledore powstał i poprosił, by uczniowie zrobili to samo. Machnął różdżką i stoły podjechały do ścian, pozostawiając wolny środek sali, po czym na prawo od siebie wyczarował podium, a na nim orkiestrę: perkusję, gitary, lutnię, wiolonczelę i kobzy.

Teraz, wśród burzy oklasków, na podium wkroczyły Fatalne Jędze, wszystkie nadzwyczaj owłosione i ubrane w czarne szaty, malowniczo porozdzierane i postrzępione. Chwyciły za instrumenty, a Harry, który tak się na nie zapatrzył, że prawie zapomniał, co go teraz czeka, nagle zdał sobie sprawę, że lampiony na stolikach pogasły, a reprezentanci szkół podnoszą się ze swoich miejsc.

— Chodź! — syknęła Parvati. — Mamy przecież tańczyć!

Harry wstał i potknął się o skraj swojej wyjściowej szaty. Fatalne Jędze zagrały jakąś powolną, smętną melodię. Wkroczył na jasno oświetlony parkiet, starając się na nikogo nie patrzeć (kątem oka dostrzegł Seamusa i Deana, machających do niego i śmiejących się szyderczo), a w następnej chwili Parvati chwyciła go za ręce i jedną umieściła wokół swojej kibici, a drugą ścisnęła swoją dłonią.

Nie jest tak źle, pomyślał Harry, obracając się powoli w miejscu (Parvati prowadziła). Starał się patrzyć gdzieś ponad głowy obserwujących ich ludzi, a wkrótce na parkiet weszło wiele innych par, więc reprezentanci szkół przestali być ośrodkiem powszechnej uwagi. W pobliżu tańczył Neville z Ginny — Ginny krzywiła się co jakiś czas, kiedy Neville nadeptywał jej na stopę — a Dumbledore walcował z madame Maxime. Był przy niej tak mały, że szczyt jego spiczastej tiary ledwo muskał jej podbródek. Poruszała się jednak z wielką gracją, jak na taką olbrzymkę. Szalonooki Moody posuwał się jakimś wyjątkowo niezgrabnym dwukrokiem, trzymając w ramionach profesor Sinistrę, całkowicie pochłoniętą wystrzeganiem się jego drewnianej nogi.

— Ładne skarpetki, Potter — zadudnił tubalnym głosem Moody, przenikając swym magicznym okiem przez szatę Harry'ego.

— Och... taak, zrobił mi je Zgredek, domowy skrzat — odpowiedział Harry, zmuszając się do uśmiechu.

— Skóra mi cierpnie, jak go widzę! — szepnęła Parvati, kiedy Moody oddalił się z głuchym stukotem. — Takie oko powinno być zabronione!

Harry z ulgą powitał ostatnią, rozdygotaną nutę kobzy. Fatalne Jędze przestały grać, znowu rozległy się oklaski, a Harry natychmiast uwolnił się z mocnego uścisku Parvati.

— Może usiądziemy, co?

— Och... ale... ale ten kawałek jest naprawdę dobry! — zawołała Parvati, gdy Fatalne Jędze zagrały znowu, tym razem o wiele szybciej.

— Wcale mi się nie podoba — skłamał Harry i wyprowadził ją z parkietu, mijając Freda i Angelinę, którzy tańczyli tak żywiołowo, że wszyscy naokoło uciekali w popłochu, obawiając się kontuzji. Podeszli do stołu, przy którym siedzieli Ron i Padma.

— Jak ci idzie? — zapytał Rona, siadając obok niego i otwierając butelkę kremowego piwa.

Ron nie odpowiedział. Wpatrywał się ponuro w Hermionę i Kruma, którzy tańczyli w pobliżu. Padma siedziała z rękami założonymi na piersiach, podrygując nogą w takt muzyki. Co jakiś czas obrzucała pogardliwym spojrzeniem Rona, który całkowicie ją ignorował. Parvati usiadła z drugiej strony Harry'ego, skrzyżowała ręce podobnie jak siostra i po chwili została poproszona do tańca przez jakiegoś chłopaka z Beauxbatons.

— Nie masz nic przeciwko, Harry? — zapytała.

— Co? — bąknął Harry, który obserwował Cho i Cedrika.

— Och, nie ma sprawy — prychnęła Parvati i odeszła z chłopakiem z Beauxbatons.

Kiedy Fatalne Jędze przestały grać, już nie wróciła.

Po chwili na pustym krześle Parvati usiadła Hermiona, zarumieniona od tańca.

— Cześć — rzekł Harry.

Ron milczał.

— Gorąco, co? — powiedziała Hermiona, wachlując się dłonią. — Wiktor poszedł przynieść mi coś do picia.

Ron rzucił jej mordercze spojrzenie.

— *Wiktor?* To jeszcze cię nie poprosił, żebyś mówiła mu *Wiki?*

Hermiona spojrzała na niego ze zdumieniem.

— Co ci jest? — zapytała.

— Jak sama się nie domyślasz — odpowiedział Ron jadowitym głosem — to ja ci nie powiem.

Hermiona wytrzeszczyła na niego oczy, a potem spojrzała na Harry'ego, który wzruszył ramionami.

— Ron, co ci odbiło?

— On jest z Durmstrangu! — warknął Ron. — Rywalizuje z Harrym! Przeciwko Hogwartowi! Wiesz, co robisz? — Zawahał się, szukając właściwego słowa, by określić zbrodnię Hermiony. — *Bratasz się z wrogiem*, oto co robisz!

Hermiona otworzyła szeroko usta.

— Nie bądź głupi! — powiedziała po chwili. — Z wrogiem! A to dobre! A kto dostawał kręćka na jego widok? Kto marzył o zdobyciu jego autografu? Kto trzyma jego figurkę przy łóżku?

Ron uznał, że nie będzie odpowiadał na te pytania.

— Pewnie cię poprosił, żebyś poszła z nim na bal, kiedy siedzieliście oboje w bibliotece, co?

— Jakbyś zgadł — odpowiedziała Hermiona, a rumieńce na jej policzkach gwałtownie pociemniały. — No i co z tego?

— Może próbowałaś go namówić, żeby wstąpił do tej twojej WSZY?

— Nie, nie próbowałam! Jeśli chcesz już wiedzieć, to... to powiedział, że przychodził codziennie do biblioteki tylko po to, żeby do mnie zagaić, ale nie miał odwagi!

Hermiona wypowiedziała to bardzo szybko i zaczerwieniła się tak, że jej policzki były teraz koloru sukni Parvati.

— No tak... Cóż, to jego wersja... — powiedział Ron jadowitym tonem.

— Co chcesz przez to powiedzieć?

— To chyba jasne, nie? Jest uczniem Karkarowa, nie? Wie, z kim wciąż przebywasz... po prostu chce dorwać Harry'ego... wyciągnąć informacje na jego temat... albo jakoś się do niego zbliżyć, żeby rzucić zły urok...

Hermiona wyglądała, jakby Ron dał jej w twarz. Kiedy przemówiła, głos jej się trząsł.

— Więc dowiedz się, że *ani razu* nie zapytał mnie o Harry'ego, o nic...

Ron błyskawicznie zmienił taktykę.

— A więc ma nadzieję, że pomożesz mu zgadnąć, o czym wyje jego jajo! Już widzę, jak skłaniacie do siebie główki podczas tych uroczych wspólnych posiaduch w bibliotece...

— Nigdy bym mu nie pomogła w odgadnięciu, co oznacza wycie jego jaja! — oświadczyła Hermiona, przejęta szczerym oburzeniem. — Nigdy. Jak mogłeś coś takiego powiedzieć... przecież dobrze wiesz, że życzę wygranej Harry'emu. I Harry o tym wie, prawda, Harry?

— Okazujesz to w bardzo dziwny sposób — zadrwił Ron.

— Ten cały turniej ma służyć nawiązaniu przyjaźni z czarodziejami z innych szkół! — warknęła Hermiona.

— Wcale nie! — zaperzył się Ron. — Tu chodzi o zwycięstwo!

Ludzie zaczęli się na nich patrzeć.

— Ron — powiedział cicho Harry — mnie nie przeszkadza to, że Hermiona przyszła z Krumem.

Ale Ron nie zwracał na niego uwagi.

— Może byś poszła i poszukała swojego Wikusia, na pewno zastanawia się, gdzie jesteś — powiedział.

— *Nie nazywaj go Wikusiem!* — Hermiona zerwała się na nogi i pobiegła przez parkiet, znikając w tłumie.

Ron patrzył za nią z mieszaniną złości i satysfakcji na twarzy.

— Słuchaj, czy ty w ogóle nie masz zamiaru poprosić mnie do tańca? — zapytała Padma.

— Nie — burknął Ron, nawet się do niej nie odwracając.

— Świetnie — prychnęła Padma, po czym wstała i podeszła do Parvati i jej chłopaka z Beauxbatons, który błyskawicznie wyczarował jednego ze swoich kolegów. Harry mógłby przysiąc, że wykorzystał do tego zaklęcie przywołujące.

— Gdzie jest Hiermi-ją-nina?

Pojawił się Krum z dwoma butelkami kremowego piwa.

— Nie mam pojęcia — odpowiedział Ron niezbyt przyjaznym tonem. — A co, zgubiłeś ją?

Krum znowu sposępniał.

— Nu, jakby ty ją zobaczył, to jej powiedz, że mam piwo — powiedział i odszedł, kołysząc się jak kaczka.

— Co, zaprzyjaźniłeś się z Wiktorem Krumem, Ron?

Pojawił się Percy. Zacierał ręce i był jeszcze bardziej napuszony niż zwykle.

— Wspaniale! O to właśnie chodzi, o międzynarodową współpracę czarodziejów!

Harry jęknął w duchu, bo Percy natychmiast zajął miejsce zwolnione przez Padmę. Przy stole sędziów nie było teraz nikogo: profesor Dumbledore tańczył z profesor Sprout, Ludo Bagman z profesor McGonagall, madame Maxime i Hagrid walcowali po parkiecie między pierzchającymi na ich widok uczniami, a Karkarow gdzieś zniknął. Kiedy skończył się kolejny kawałek, znowu rozległy się oklaski, a Harry zobaczył, jak Ludo Bagman całuje profesor McGonagall w rękę i przeciska się przez tłum do stołu. W tym momencie podeszli do niego Fred i George.

— Co oni sobie myślą? Żeby zaczepiać wysokich rangą urzędników ministerstwa! — syknął Percy, obserwując ich podejrzliwie. — Żadnego szacunku...

Ludo Bagman pozbył się jednak Freda i George'a bardzo szybko, a zobaczywszy Harry'ego, pomachał ręką i podszedł do ich stołu.

— Mam nadzieję, że moi bracia nie narzucali się panu, panie Bagman? — zapytał natychmiast Percy.

— Co? Och, nie, wcale, ależ skąd! Opowiadali mi tylko trochę o swoich fałszywych różdżkach. Pytali, czy nie mógłbym im doradzić w kwestii marketingu. Obiecałem, że przekażę im parę swoich kontaktów w sklepie Zonka...

Percy'ego najwyraźniej wcale to nie ucieszyło, a Harry gotów byłby się założyć, że powie o tym pani Weasley, kiedy tylko wróci do domu. Wszystko wskazywało na to, że plany Freda i George'a stawały się coraz bardziej ambitne, skoro już myśleli o rynku zbytu.

Bagman otworzył usta, żeby zapytać o coś Harry'ego, ale Percy mu na to nie pozwolił.

— Jak pan ocenia przebieg turnieju, panie Bagman? *Nasz* departament jest raczej zadowolony. Oczywiście ta komplikacja z Czarą Ognia — zerknął na Harry'ego — nie była zbyt przyjemna, ale potem wszystko potoczyło się gładko, nie sądzi pan?

— Och, tak — zgodził się wesoło Bagman — mamy kupę zabawy. Jak się miewa stary Barty? Wielka szkoda, że nie mógł przybyć.

— Och, jestem pewny, że pan Crouch wkrótce wróci do zdrowia — rzekł Percy ważnym tonem — ale póki co, jestem gotów pociągnąć ten wózek za niego. Oczywiście nie chodzi tylko o chodzenie na bale! — zaśmiał się beztrosko. — O nie, mam na głowie mnóstwo spraw, które wyskoczyły podczas jego nieobecności... Słyszał pan, że przyłapano Alego Bashira na szmuglowaniu latających dywanów? Poza tym, musimy nakłonić Transylwańczyków do podpisania międzynarodowej kowencji o zakazie pojedynków. Po Nowym Roku mam umówione spotkanie z dyrektorem Departamentu Międzynarodowej Współpracy Czarodziejów...

— Chodźmy się przejść — mruknął Ron do Harry'ego. — Byle dalej od Percy'ego...

Odeszli od stołu pod pretekstem chęci napicia się czegoś, obeszli parkiet i wymknęli się do sali wejściowej. Drzwi frontowe były otwarte, a bajeczne światełka w różanym ogrodzie migotały i mrugały, gdy zeszli po kamiennych schodach i znaleźli się wśród kwitnących krzewów, krętych, ozdobnych ścieżek i wielkich kamiennych posągów. Tu i ówdzie na rzeźbionych ławkach siedzieli ludzie. Ruszyli krętą ścieżką między krzakami róż, ale uszli zaledwie kilkanaście kroków, gdy usłyszeli niemiły, znajomy głos.

— ...nie rozumiem, o co tyle zamieszania, Igorze.

— Severusie, nie udawaj, że nic się dzieje! — W głosie Karkarowa można było wyczuć zaniepokojenie, a mówił cicho, jakby się bał, że ktoś ich podsłucha. — To się staje coraz bardziej oczywiste, nie przeczę, że zaczyna mnie to poważnie martwić...

— Więc uciekaj — przerwał mu Snape. — Wyjedź stąd, jakoś cię wytłumaczę. Ale ja pozostanę w Hogwarcie.

Snape i Karkarow wyszli zza zakrętu ścieżki. Snape miał w ręku różdżkę, którą smagał krzaki róż ze złośliwą miną. Rozległy się piski i spod krzaków umknęły jakieś ciemne kształty.

— Fawcett, Hufflepuff traci przez ciebie dziesięć punktów! — krzyknął Snape do dziewczyny, która przebiegła koło niego. — Ravenclaw też dziesięć punktów, Stebbins! — dodał, gdy z krzaków wyleciał za nią jakiś chłopiec. — A wy co tu robicie? — ryknął na Harry'ego i Rona, kiedy zobaczył ich przed sobą na ścieżce.

Harry spostrzegł, że Karkarow trochę się zmieszał na ich widok. Ręka powędrowała mu do koziej bródki, którą zaczął okręcać wokół palca.

— Spacerujemy — odpowiedział krótko Ron. — To chyba nie jest sprzeczne z prawem?

— No to spacerujcie! — warknął Snape i minął ich szybkim krokiem, a długi czarny płaszcz powiewał za nim jak skrzydła nietoperza. Karkarow pospieszył za nim. Harry i Ron ruszyli dalej ścieżką.

— Czym ten Karkarow tak się martwi? — mruknął Ron.

— I od kiedy są ze Snape'em po imieniu?

Doszli do kamiennego posągu wielkiego renifera, ponad którym tryskały wysoko perliste strumienie fontanny. Na kamiennej ławce widać było ciemne zarysy dwóch postaci, przyglądających się migocącej w blasku księżyca wodzie. A potem usłyszeli głos Hagrida:

— Jak tylko cię zobaczyłem, od razu wiedziałem — mówił dziwnie wilgotnym, ochrypłym głosem.

Harry i Ron zamarli. Zabrzmiało to jakoś tak, że nie mieli ochoty wkraczać w tę scenę. Harry obrócił się, spojrzał za siebie i zobaczył Fleur Delacour i Rogera Daviesa stojących między pobliskimi krzakami róż. Klepnął lekko Rona w ramię i wskazał głową za siebie, dając mu do zrozumienia, że trzeba się wycofać (Fleur i Davies wyglądali na bardzo sobą zajętych), ale Ron wytrzeszczył oczy na widok Fleur, potrząsnął stanowczo głową i pociągnął Harry'ego głębiej, w cień za posągiem renifera.

— Co ty wiedzial, 'Agrid? — zagruchała madame Maxime.

Harry z całą pewnością nie chciał tego słuchać; wiedział, że Hagrid byłby wściekły, gdyby ktoś go podsłuchiwał w takiej sytuacji (sam czułby się tak samo). Gdyby to było możliwe, zatkałby sobie uszy palcami i zaczął coś nucić, ale tego akurat nie mógł zrobić. Próbował więc skupić uwagę na żuku pełznącym po grzbiecie renifera, ale niestety nie przeszkodziło mu to w usłyszeniu tego, co Hagrid mówił dalej.

— Od razu się skapowałem... że jesteś taka jak ja... U ciebie kto, matka czy ojciec?

— Ja nie wiem, co ty mówi, 'Agrid...

— Bo u mnie matka — powiedział cicho Hagrid. — Była jedną z ostatnich na tej wyspie. Jasne, że za dobrze to ja jej nie pamiętam... Rozumiesz, odeszła. Miałem ze trzy lata. No i nie była... tego... za macierzyńska. To nie leży w ich naturze, no nie? Nie wim, co się z nią stało... Z tego, co wim, to chyba umarła...

Madame Maxime milczała. A Harry, wbrew samemu sobie, przestał się gapić na żuka, tylko zamarł i słuchał... Nigdy dotąd nie słyszał, by Hagrid opowiadał o swoim dzieciństwie.

— Mojemu staremu mało serce nie nawaliło, jak odeszła. To był taki mały gościu... jak miałem sześć lat, to go mogłem złapać, podnieść do góry i posadzić na komodzie, jak mnie wkurzył. Ryczał ze śmiechu... — Basowy głos Hagrida nagle się załamał. Madame Maximie słuchała bez ruchu, najwidoczniej wpatrując się w srebrną fontannę. — Tata mnie wychował... ale mu się zmarło, zaraz po tym, jak trafiłem do szkoły. No to, cholibka, musiałem sam o siebie zadbać. Dumbledore bardzo mi pomógł. To równy gość, był dla mnie bardzo dobry...

Hagrid wyciągnął wielką, jedwabną chustkę w kropki i wydmuchał hałaśliwie nos.

— No i tak... ale... dość już o mnie. A jak było z tobą? Po kim to masz?

Madame Maxime nagle wstała.

— Jest zimno — oświadczyła tonem o wiele chłodniejszym od zimowego powietrza. — Chyba wrócę do zamku.

— Co? Nie, nie odchodź! Ja jeszcze nigdy nie spotkałem drugiego!

— *Drugiego?* — powtórzyła madame Maxime lodowatym głosem.

Harry bardzo chciał podpowiedzieć Hagridowi, żeby nie odpowiadał na to pytanie; stał w cieniu, zaciskając zęby i modląc się w duchu, żeby tego nie zrobił — ale na nic się to nie zdało.

— No, drugiego półolbrzyma! — powiedział Hagrid.

— Jak śmi! — wrzasnęła madame Maxime. Jej głos rozdarł ciszę nocy jak syrena przeciwmgielna, a Harry usłyszał za sobą tupot nóg, gdy Fleur i Roger wypadli spomiędzy krzaków róż. — Nikt nigdy tak mnie nie obrazil w cali moi życi! Pol-olbzim? *Moi?* Ja... ja mam grubi kości!

I oddaliła się zamaszystym krokiem, a z krzaków, które rozgarniała ze złością, wzbiły się w powietrze chmary różnobarwnych elfów. Hagrid nie ruszał się z ławki, patrząc za nią. Było o wiele za ciemno, by dostrzec wyraz jego twarzy. A potem, po jakiejś minucie, wstał i odszedł w ciemność. Nie wrócił już do zamku, tylko skierował się w stronę swojej chatki.

— Chodź — powiedział bardzo cicho Harry do Rona. — Idziemy stąd...

Ale Ron ani drgnął.

— Co jest z tobą? — zapytał Harry, spoglądając na niego.

Ron odwrócił się i też na niego spojrzał, a twarz miał bardzo poważną.

— Wiedziałeś? — wyszeptał. — Wiedziałeś, że Hagrid jest półolbrzymem?

— Nie — odrzekł Harry, wzruszając ramionami. — I co z tego?

Wystarczyło mu spojrzeć na minę Rona, by zrozumieć, że po raz któryś popisał się nieznajomością świata czarodziejów. Wychował się w domu Dursleyów, i wiele rzeczy, które dla wszystkich czarodziejów były zupełnie oczywiste, dla niego stanowiły całkowitą nowość, ale od czasu, gdy znalazł się w Hogwarcie, takich niespodzianek było coraz mniej. Teraz jednak poczuł od razu, że żaden czarodziej nie powiedziałby „I co z tego?", dowiedziawszy się, że jeden z jego przyjaciół miał matkę olbrzymkę.

— Wyjaśnię ci to w zamku — powiedział cicho Ron. — Idziemy.

Fleur i Roger gdzieś zniknęli — prawdopodobnie ukryli się w jakiejś bardziej ustronnej kępie krzaków. Harry i Ron wrócili do Wielkiej Sali. Parvati i Padma siedziały przy stole w otoczeniu chłopców z Beauxbatons, a Hermiona znowu tańczyła z Krumem. Usiedli daleko od parkietu.

— No więc co? — zagadnął niecierpliwie Harry. — Co jest z tymi olbrzymami?

— No wiesz, one są... są... — Ron szukał właściwych słów — niezbyt przyjemne — zakończył kulawo.

— I co z tego? Przecież Hagrid jest w porządku!

— Wiem, ale... kurczę, wcale się nie dziwię, że nigdy o tym nie wspominał — powiedział Ron, kręcąc głową. — Zawsze myślałem, że jak był dzieckiem, to go trafiło zaklęcie wyolbrzymiające, czy coś w tym rodzaju, bo ja wiem... Nie wypadało go o to pytać.

— Ale co z tego, że jego matka była olbrzymką?

— No wiesz... ten, kto go dobrze zna, nie będzie się tym przejmować, bo wszyscy wiedzą, że Hagrid nie jest groźny — ciągnął Ron. — Ale... Harry, olbrzymy są okropne... bardzo niebezpieczne i złośliwe. Takie po prostu są, taką mają naturę, jak powiedział sam Hagrid... Są jak trolle... lubią zabijać, wszyscy o tym wiedzą. Chociaż w Wielkiej Brytanii już ich nie ma.

— Co się z nimi stało?

— Częściowo powymierały, ale wiele wybili aurorzy. Podobno są jeszcze olbrzymy w innych krajach... kryją się w dzikich górach...

— Nie wiem, kogo ta Maxime chce oszukać — powiedział Harry, patrząc na dyrektorkę Beauxbatons, siedzącą samotnie przy stole dla sędziów. — Jeśli Hagrid jest półolbrzymem, to ona tym bardziej. Te wielkie kości... chyba tylko dinozaur ma większe.

Przez resztę balu dyskutowali w kącie o olbrzymach, nie czując najmniejszej ochoty do tańca. Harry starał się nie patrzeć na Cho i Cedrika, bo kiedy to robił, ogarniała go przemożna chęć kopnięcia czegoś.

Kiedy o północy Fatalne Jędze skończyły grać, wszyscy

nagrodzili je długimi oklaskami i zaczęli opuszczać Wielką Salę. Wiele osób wyrażało głośno życzenie, by bal trwał dłużej, ale Harry myślał już tylko o łóżku; jeśli chodzi o niego, za bardzo się nie ubawił.

W sali wejściowej zobaczyli, jak Hermiona żegna się z Krumem przed jego powrotem na statek Durmstrangu. Zmierzyła Rona bardzo chłodnym spojrzeniem i bez słowa minęła go na marmurowych schodach. Poszli za nią, ale w połowie schodów Harry usłyszał czyjeś wołanie.

— Hej... Harry!

Był to Cedrik Diggory. Harry dostrzegł Cho, czekającą na niego w sali wejściowej.

— O co chodzi? — zapytał chłodno Harry, kiedy Cedrik podbiegł ku niemu po schodach.

Cedrik dał mu do zrozumienia, że wolałby nie rozmawiać w obecności Rona, który wzruszył ramionami i z wściekłą miną ruszył dalej po schodach.

— Słuchaj... — zaczął Cedrik ściszonym głosem, kiedy Ron zniknął. — Jestem ci coś winien za to, że powiedziałeś mi o smokach. Słuchaj, czy twoje złote jajo wyje, jak się je otworzy?

— Tak.

— No to... wykąp się, dobrze?

— Co?!

— Weź gorącą kąpiel i... miej ze sobą to jajo... i... po prostu zastanów się nad tym w gorącej wodzie. To ci pomoże, zaufaj mi.

Harry wytrzeszczył na niego oczy.

— I zrób to w łazience prefektów — dodał Cedrik. — Czwarte drzwi na lewo od posągu Borysa Szalonego, na piątym piętrze. Hasło brzmi: „Sosnowa świeżość". No, muszę lecieć... chcę się pożegnać...

Uśmiechnął się do Harry'ego i zbiegł po schodach do Cho. Harry wrócił sam do wieży Gryffindoru. To była bardzo dziwna rada. Dlaczego kąpiel miałaby mu pomóc zrozumieć, co znaczy to jęczące jajo? A może Cedrik tylko go podpuszcza? Może chce zrobić z niego głupka, żeby lepiej wypaść w oczach Cho?

Gruba Dama i jej przyjaciółka Vi drzemały w ramach obrazu ukrywającego dziurę. Harry musiał wrzasnąć: „Bajeczne świecidełka!", zanim je obudził, a kiedy to zrobił, nie były wcale zachwycone. Wszedł do pokoju wspólnego, gdzie zastał Rona i Hermionę patrzących na siebie spode łba; oboje mieli twarze czerwone ze złości.

— No więc jak ci się to nie podoba, to chyba wiesz, co powinieneś zrobić, nie?! — krzyknęła Hermiona, której część włosów już się wymknęła spod wytwornego koka.

— Tak?! — ryknął Ron. — A niby co?

— Następnym razem, jak będzie bal, to mnie zaproś, zanim zrobi to ktoś inny, a nie traktuj mnie jak ostatnią deskę ratunku!

Ron otworzył usta i zaczął bezgłośnie poruszać wargami jak złota rybka wyjęta z wody, a Hermiona odwróciła się na pięcie i zniknęła na schodach wiodących do sypialni dziewcząt. Ron zobaczył Harry'ego.

— No nie — powiedział z taką miną, jakby go piorun trzasnął — to przecież dowodzi... że ona kompletnie nic nie rozumie...

Harry nic na to nie powiedział. Cieszył się, że Ron znowu z nim rozmawia, więc nie chciał wypowiadać tego, co myśli — a jakoś mu się wydawało, że Hermiona rozumie o wiele więcej niż Ron.

ROZDZIAŁ DWUDZIESTY CZWARTY

Rewelacje Rity Skeeter

W drugi dzień świąt wszyscy wstali późno. W pokoju wspólnym Gryfonów było o wiele spokojniej niż w ostatnich dniach, a leniwe rozmowy często przerywało głośne ziewanie. Hermiona znowu miała na głowie burzę gęstych, poskręcanych włosów. Wyznała Harry'emu, że przed balem użyła dużej ilości płynu do włosów „Ulizanna".

— Ale przecież nie będę tego robiła codziennie, za dużo zachodu — stwierdziła rzeczowo, drapiąc za uszami Krzywołapa, który rozmruczał się z rozkoszy.

Wszystko wskazywało na to, że Ron i Hermiona zawarli milczącą umowę, by nie poruszać gorącego tematu, który tak ich poróżnił. Odnosili się do siebie dość poprawnie, ale z nieco wymuszoną uprzejmością. Ron i Harry opowiedzieli Hermionie o podsłuchanej rozmowie między madame Maxime i Hagridem, ale nie była wcale tak zszokowana jak Ron, gdy się dowiedziała, że Hagrid jest półolbrzymem.

— Od dawna to podejrzewałam — oświadczyła, wzruszając ramionami. — Wiedziałam, że nie może być olbrzymem czystej krwi, bo one mają ze dwadzieścia stóp wzrostu. Ale te wszystkie histeryczne opowieści o olbrzymach uważam za mocno przesadzone. Przecież nie wszystkie olbrzymy muszą być takie okropne. Ludzie mają takie same uprzedzenia wobec wilkołaków. To po prostu brak tolerancji, nie sądzicie?

Ron miał najwyraźniej ochotę powiedzieć coś zjadliwego, ale chyba nie chciał wywołać nowej kłótni, bo tylko pokręcił powątpiewająco głową.

Nadszedł czas, by pomyśleć o pracach domowych, których nawet nie tknęli w pierwszym tygodniu ferii. Teraz, po świętach, wszystkich ogarnęła dziwna apatia — wszystkich prócz Harry'ego, który zaczął się znowu lekko denerwować.

Problem w tym, że kiedy już minęło Boże Narodzenie, dzień dwudziestego czwartego lutego jakoś błyskawicznie się przybliżył, a Harry jeszcze nic nie zrobił, by rozwiązać zagadkę ukrytą w złotym jaju, i wciąż nie miał pojęcia, co go czeka w drugim zadaniu turniejowym. Za każdym razem, gdy wracał do dormitorium, wyjmował jajo z kufra i otwierał je, wsłuchując się z uwagą w straszliwe wycie, z nadzieją, że tym razem coś z tego zrozumie. Zastanawiał się, co mu ten dźwięk przypomina, ale poza orkiestrą składającą się z trzydziestu pił nic nie przychodziło mu do głowy. Zamykał jajo, potrząsał nim energicznie, znowu otwierał, ale nic się nie działo. Próbował zadawać jajku pytania, przekrzykując jego żałosne wycie, na próżno. Raz nawet cisnął nim przez sypialnię — choć tak naprawdę nie spodziewał się, by to coś dało.

Nie zapomniał o wskazówce, której mu udzielił Cedrik, ale chłodne uczucia, jakie żywił wobec niego, powstrzymywały go od skorzystania z jego rady, skoro wciąż miał nadzieję, że rozwiąże zagadkę sam. Wydawało mu się zresztą, że gdyby Cedrik naprawdę chciał mu pomóc, zrobiłby to w jakiś bardziej zrozumiały sposób. On, Harry, powiedział Cedrikowi wyraźnie, co ich czeka w pierwszym zadaniu, a Cedrik najwidoczniej uważał, że spłaci swój dług, zachęcając Harry'ego do kąpieli. W nosie miał taką pomoc — i to jeszcze od kogoś, kto spacerował sobie po korytarzach razem z Cho. Więc gdy nadszedł pierwszy dzień nowego semestru i Harry wybrał się na pierwszą lekcję obładowany jak zwykle książkami, pergaminem i piórami, czuł w żołądku dodatkowy niepokojący ciężar, jakby w rozpaczliwej próbie rozwiązania zagadki połknął to złote jajo w całości i czekał, co z tego wyjdzie.

Błonia wciąż okrywał gruby kożuch śniegu, a na szybach cieplarni osiadła tak gruba warstwa pary, że podczas zielarstwa nic nie było widać na zewnątrz. W taką pogodę nikomu nie paliło się do opieki nad magicznymi stworzeniami, chociaż Ron twierdził, że sklątki na pewno ich ogrzeją — albo goniąc ich po grządkach, albo miotając strumieniami ognia, którymi podpalą chatkę Hagrida.

Na miejscu zastali jednak nie Hagrida, a jakąś starszą czarownicę ze schludnie przystrzyżonymi siwymi włosami i bardzo wydatnym podbródkiem.

— Pospieszcie się, już pięć minut po dzwonku — fuknęła na nich, kiedy brnęli ku niej przez głęboki śnieg.

— Kim pani jest? — zapytał Ron. — Gdzie jest Hagrid?

— Jestem profesor Grubbly-Plank — odpowiedziała dziarskim tonem. — Przez jakiś czas będę was nauczała opieki nad magicznymi stworzeniami.

— Gdzie jest Hagrid? — powtórzył głośno Ron.

— Jest niedysponowany — stwierdziła krótko profesor Grubbly-Plank.

Harry usłyszał cichy, drwiący śmiech. Odwrócił się. Nadeszli Draco Malfoy i reszta Ślizgonów. Wszyscy wyglądali na bardzo rozbawionych i wcale nie byli zaskoczeni widokiem profesor Grubbly-Plank.

— Tędy, proszę — powiedziała, ruszając w stronę padoku, na którym dygotały z zimna olbrzymie konie z Beauxbatons. Harry, Ron i Hermiona poszli za nią, oglądając się przez ramię na chatkę Hagrida. We wszystkich oknach były zaciągnięte zasłony. Czyżby Hagrid był w środku, samotny i chory?

— Co się stało Hagridowi? — zapytał Harry, dogoniwszy profesor Grubbly-Plank.

— Nie musi cię to obchodzić — odpowiedziała takim tonem, jakby uznała, że jest za bardzo wścibski.

— Ale mnie obchodzi — zaperzył się Harry. — Co mu się stało?

Profesor Grubbly-Plank zachowywała się tak, jakby tego nie usłyszała. Poprowadziła ich wokół ogrodzenia dla koni, które tuliły się do siebie z zimna, a potem ku samotnemu drzewu na skraju Zakazanego Lasu, gdzie był uwiązany cudowny biały jednorożec.

Na widok jednorożca dziewczęta wydały zgodny okrzyk zachwytu

— Och, jaki on jest piękny! — szepnęła Lavender Brown. — Skąd ona go wytrzasnęła? Podobno bardzo trudno je złapać!

Jednorożec był tak niesamowicie biały, że śnieg przy nim wydawał się szary. Darł nerwowo ziemię złotymi kopytami i podrzucał rogatym łbem.

— Chłopcy niech się trzymają z daleka! — warknęła profesor Grubbly-Plank, chwytając Harry'ego za szatę. — Jednorożce wolą dotyk kobiety. Dziewczęta do przodu.

Podchodźcie ostrożnie. No, proszę, tylko spokojnie, to nic trudnego...

Ona i dziewczęta podeszły powoli do jednorożca, pozostawiając chłopców przy ogrodzeniu dla koni.

Gdy tylko profesor Grubbly-Plank znalazła się poza zasięgiem głosu, Harry zwrócił się do Rona.

— Jak myślisz, co mu się mogło stać? Chyba nie uważasz, że jakaś sklątka...

— Nie, nie został zaatakowany, Potter, jeśli to masz na myśli — odezwał się cicho Malfoy. — Tylko wstydzi się pokazywać swoją obrzydliwą buźkę.

— Co chcesz przez to powiedzieć? — zapytał ostro Harry.

Z kieszeni na piersiach Malfoy wyjął złożoną stronę gazety.

— Tylko to — powiedział. — Bardzo mi przykro, Potter.

Uśmiechnął się złośliwie, kiedy Harry wyrwał mu gazetę z ręki, rozłożył i zaczął czytać, podczas gdy Ron, Seamus, Dean i Neville zaglądali mu przez ramię. Był to artykuł opatrzony zdjęciem Hagrida, na którym wyglądał wyjątkowo podejrzanie.

OLBRZYMI BŁĄD DUMBLEDORE'A

Albus Dumbledore, ekscentryczny dyrektor Szkoły Magii i Czarodziejstwa, nie boi się zatrudniać w Hogwarcie bardzo kontrowersyjnych postaci, pisze Rita Skeeter, nasz specjalny korespondent. We wrześniu tego roku zatrudnił jako nauczyciela obrony przed czarną magią Alastora „Szalonookiego" Moody'ego, byłego aurora, notorycznie wpadającego w kłopoty. Decyzja ta zaskoczyła wielu przedstawicieli Ministerstwa Magii, powszechnie bowiem wiadomo, że Moody ma zwyczaj atakowania każdego, kto w jego obecności wykona jakiś gwałtowny ruch. Jednak nawet Szalonooki Moody sprawia wrażenie osoby odpowiedzialnej i dobrze wychowanej, kiedy stanie obok mieszańca, którego Dumbledore przyjął na stanowisko nauczyciela opieki nad magicznymi stworzeniami.

Rubeus Hagrid, który przyznaje, że został wyrzucony z Hogwartu na trzecim roku, jest tam od tego czasu gajowym, a załatwił mu to właśnie Dumbledore. W ubiegłym roku Hagrid zdołał jednak w tajemniczy sposób przekonać Dumbledore'a, by mu dodatkowo powierzył obowiązki nauczyciela opieki nad magicznymi stworzeniami, z pominięciem o wiele bardziej wykwalifikowanych kandydatów.

Wyróżniający się wyjątkowym wzrostem, niepokojącą gwałtownością i nieokrzesaniem Hagrid od samego początku wzbudzał przerażenie wśród swoich uczniów, każąc im zajmować się bardzo groźnymi stworzeniami. Nie napotykając na żaden sprzeciw Dumbledore'a, dopuścił do okaleczenia kilku uczniów podczas swoich lekcji, które wielu z nich określa jako „przerażające i niebezpieczne".

„Zostałem zaatakowany przez hipogryfa, a mojego kolegę Crabbe'a bardzo groźnie pokąsał gumochłon", mówi Draco Malfoy, uczeń czwartej klasy. „Wszyscy nienawidzimy Hagrida, ale za bardzo się go boimy, żeby coś powiedzieć".

Hagrid nie ma jednak zamiaru zrezygnować ze swojej metody zastraszania uczniów. W rozmowie, jaką reporterka „Proroka Codziennego" odbyła z nim w ubiegłym miesiącu, przyznał, że wyhodował „sklątki tylnowybuchowe", wysoce niebezpieczne skrzyżowanie mantykory i kraba ognistego. Tworzenie nowych gatunków i odmian stworzeń magicznych jest, oczywiście, procedurą wymagającą zezwolenia i podlegającą ścisłemu nadzorowi Urzędu Kontroli nad Magicznymi Stworzeniami. Hagrid uważa jednak najwyraźniej, że jego takie ograniczenia nie dotyczą.

„Zrobiłem to dla hecy", powiedział, zanim pospiesznie zmienił temat.

Jakby tego było mało, „Prorok Codzienny" jest w posiadaniu dowodów, że Hagrid wcale nie jest — jak zawsze utrzymywał — czarodziejem czystej krwi. Nie jest nawet w pełni człowiekiem. Możemy wreszcie ujawnić, że jego matką była olbrzymka Frydwulfa, której obecne miejsce zamieszkania nie jest znane.

Żądne krwi i okrutne olbrzymy same się wyniszczyły w ciągu tego stulecia, tocząc między sobą nieustające wojny. Garstka, która przeżyła, przyłączyła się do Tego, Którego Imienia Nie Wolno Wymawiać i podczas jego okrutnego panowania dopuściła się jednego z największych masowych mordów na mugolach.

Większość olbrzymów służących Temu, Którego Imienia Nie Wolno Wymawiać została wybita przez walczących z siłami Ciemności aurorów, ale Frydwulfy nie było pośród nich. Jest możliwe, że *uciekła do jednej z hord olbrzymów, które wciąż żyją w dzikich łańcuchach górskich obcych krajów. Sądząc po niebezpiecznych błazeństwach, jakich się Hagrid dopuszcza podczas swoich lekcji opieki nad magicznymi stworzeniami, syn Frydwulfy odziedziczył po niej dziką i okrutną naturę.*

Jest dziwnym paradoksem, że Hagrid zaprzyjaźnił się blisko z chłopcem, który pozbawił Sami-Wiecie-Kogo mocy i władzy — przez co zmusił matkę Hagrida, podobnie jak resztę popleczników Sami-Wiecie-Kogo, do znalezienia sobie dobrej kryjówki. Być może sam Harry Potter nie zna całej niemiłej prawdy o swoim olbrzymim przyjacielu, ale nie ulega wątpliwości, że Albus Dumbledore powinien zadbać o to, by Harry Potter i jego koledzy zostali ostrzeżeni przed zagrożeniem związanym z przyjaźnieniem się z półolbrzymami.

Harry skończył czytać i spojrzał na Rona, któremu szczęka opadła.

— Jak ona to wyniuchała? — zapytał Ron.

Ale to akurat najmniej obchodziło Harry'ego.

— A ty co miałeś na myśli, mówiąc: „Wszyscy nienawidzimy Hagrida"? — warknął do Malfoya. — I co to za bzdury o nim — wskazał na Crabbe'a — że go okropnie pogryzł gumochłon? Przecież one nie mają zębów!

Crabbe uśmiechał się głupkowato, najwyraźniej bardzo z siebie zadowolony.

— No cóż, sądzę, że to już koniec nauczycielskiej kariery tego głąba — powiedział Malfoy, a oczy mu rozbłysły. — Półolbrzym... a ja myślałem, że po prostu wypił butelkę Szkiele-Wzro, kiedy był mały. Nie sądzę, by nasi rodzice byli zachwyceni, jak się dowiedzą. Będą się bali, że pozjada ich dzieciaczki, ha, ha, ha...

— Ty...

— Może byście zaczęli uważać, co? — dotarł do nich głos profesor Grubbly-Plank.

Dziewczęta otoczyły już jednorożca, głaszcząc go i drapiąc za uszami. Harry był tak wściekły, że strona „Proroka Codziennego" drżała mu w ręku, kiedy zwrócił niewidzące spojrzenie na jednorożca, którego magiczne właściwości wyliczała teraz profesor Grubbly-Plank na tyle głośno, by i chłopcy to słyszeli.

— Mam nadzieję, że ona już zostanie! — powiedziała Parvati Patil, kiedy skończyła się lekcja i wszyscy wracali do zamku na obiad. — Tak powinna wyglądać opieka nad magicznymi stworzeniami! Porządne stworzenia, jak jednorożec, a nie jakieś potwory...

— A co z Hagridem? — zapytał ze złością Harry, kiedy szli już po kamiennych stopniach prowadzących do drzwi frontowych.

— O co ci chodzi? Przecież może być nadal gajowym, no nie?

Parvati boczyła się na niego od balu. Czuł, że być może poświęcił jej zbyt mało uwagi, ale w końcu i tak dobrze się bawiła. W każdym razie wciąż opowiadała każdemu, kto chciał jej wysłuchać, że w przyszły weekend umówiła się w Hogsmeade z chłopcem z Beauxbatons.

— To była naprawdę świetna lekcja — powiedziała Hermiona, kiedy weszli do Wielkiej Sali. — Nie wiedziałam nawet połowy tego, co ta Grubbly-Plank opowiadała nam o jedno...

— To popatrz sobie na to! — warknął Harry i podsunął jej pod nos artykuł z „Proroka Codziennego".

Hermionie też szczęka opadła, gdy przeczytała artykuł. Zareagowała identycznie jak Ron.

— Jak tej podłej Skeeter udało się to wyszperać? Przecież chyba Hagrid jej tego nie powiedział!

— Nie — rzekł Harry, zmierzając do stołu Gryfonów i rzucając się na krzesło. — Nawet nam nigdy tego nie powiedział, prawda? Na pewno się wściekła, bo nie naopowiadał jej żadnych bzdur o mnie, więc zaczęła węszyć wokół niego.

— A może podsłuchała, jak on to mówił madame Maxime? — zapytała cicho Hermiona.

— Przecież byśmy ją zobaczyli w ogrodzie! — powiedział Ron. — A zresztą jej już nie wolno przebywać na terenie szkoły. Hagrid mówił, że Dumbledore jej zakazał...

— Może ma pelerynę-niewidkę — rzekł Harry, nakładając sobie na talerz potrawkę z kurczęcia i ze złości rozpryskując sos naokoło. — To do niej pasuje: schować się w krzakach i podsłuchiwać ludzi.

— Tak jak ty i Ron, no nie? — mruknęła Hermiona.

— My wcale nie chcieliśmy go podsłuchiwać! — oburzył się Ron. — Nie mieliśmy wyjścia! Co za kretyn! Żeby opowiadać o swojej matce olbrzymce, kiedy każdy mógł to usłyszeć!

— Musimy go odwiedzić — oświadczył Harry. — Dziś wieczorem, po wróżbiarstwie. Powiemy, że chcemy, by wrócił. Ale ty pewnie tego nie chcesz? — naskoczył nagle na Hermionę.

— Ja... no wiesz, nie będę udawała, że była to całkiem przyjemna odmiana. Choć raz mieliśmy prawdziwą lekcję opieki nad magicznymi stworzeniami. Ale... przecież...

oczywiście chcę, żeby Hagrid wrócił! — dodała pospiesznie, widząc mordercze spojrzenie Harry'ego.

Tego wieczoru, po kolacji, wszyscy troje jeszcze raz wyszli z zamku i udali się przez zaśnieżone błonia do chatki Hagrida. Gdy zapukali, odpowiedziało im basowe ujadanie Kła.

— Hagridzie, to my! — zawołał Harry, bębniąc w drzwi.

— Otwórz!

Nie było odpowiedzi. Kieł skomlał i drapał w drzwi, ale się nie otworzyły. Łomotali w nie z dziesięć minut, Ron zastukał nawet w jedno z okien, ale Hagrid nie odpowiadał.

— Dlaczego nas unika? — dziwiła się Hermiona, kiedy w końcu dali za wygraną i wracali do zamku. — Przecież chyba nie myśli, że coś się zmieniło tylko dlatego, że już wiemy, że jest półolbrzymem.

Wyglądało jednak na to, że dla Hagrida coś się zmieniło. Nie widzieli go przez cały tydzień. Nie pojawiał się przy stole nauczycielskim podczas posiłków, nie widywali go na błoniach, a profesor Grubbly-Plank nadal prowadziła lekcje opieki nad magicznymi stworzeniami. Malfoy puszył się i naigrawał z Harry'ego i Hermiony przy każdej okazji.

— Tęsknisz za swoim skundlonym kumplem? — szeptał do Harry'ego za każdym razem, kiedy w pobliżu był jakiś nauczyciel, więc czuł się bezpieczny. — Tęsknisz za człowiekiem-słoniem?

W połowie stycznia miał być wypad do Hogsmeade. Hermiona była bardzo zaskoczona, gdy Harry oświadczył, że się wybiera.

— Myślałam, że chcesz skorzystać z tego, że w pokoju wspólnym będzie cisza i spokój — powiedziała. — Naprawdę, Harry, powinieneś popracować nad tym jajem.

— Och, ja... ja już się domyślam, o co chodzi — skłamał Harry.

— Naprawdę? — ucieszyła się Hermiona, na której zrobiło to duże wrażenie. — Brawo, Harry!

Harry'emu coś przewróciło się w żołądku, ale nie dał tego po sobie poznać. Wciąż miał jeszcze pięć tygodni na rozwiązanie łamigłówki złotego jaja. Pięć tygodni to masa czasu... a jeśli odwiedzi Hogsmeade, może spotka tam Hagrida i będzie miał szansę namówienia go do powrotu.

Tak więc w sobotę Harry, Ron i Hermiona opuścili zamek i ruszyli przez zimne, mokre błonia ku szkolnej bramie. Kiedy przechodzili obok zakotwiczonego przy brzegu jeziora statku z Durmstrangu, zobaczyli, jak spod pokładu wychodzi Wiktor Krum, ubrany jedynie w spodenki kąpielowe. Był dość chudy, ale wyraźnie bardziej krzepki, niż na to wyglądał, bo wspiął się zręcznie na burtę, wyciągnął ramiona i dał nurka do jeziora.

— To wariat! — powiedział Harry, obserwując ciemną głowę Kruma, która wynurzyła się pośrodku jeziora. — Woda musi być lodowata, jest przecież styczeń!

— Tam, skąd pochodzi, jest o wiele zimniej — zauważyła Hermiona. — Myślę, że jemu wydaje się ciepła.

— Tak, tylko że jest w niej ta olbrzymia kałamarnica — mruknął Ron z nutą nadziei w głosie.

Hermiona spojrzała na niego krzywo.

— On jest naprawdę fajny, tyle ci powiem. Myślisz, że jak przyjechał z Durmstrangu, to musi być wredny i głupi? Mylisz się. Jemu tu się bardzo podoba.

Ron nic na to nie odpowiedział. Od balu w ogóle nie wspominał o Wiktorze Krumie, ale w drugi dzień świąt Bożego Narodzenia Harry znalazł pod jego łóżkiem maleńką rączkę, która wyglądała, jakby ją oderwano od figurki ubranej w kostium bułgarskiej drużyny narodowej.

Na grząskiej ulicy Głównej Harry wciąż wypatrywał Hagrida, a kiedy nie spotkali go w żadnym ze sklepów, zaproponował, by odwiedzili Trzy Miotły.

Pub był zatłoczony jak zwykle, ale wystarczyło jedno szybkie spojrzenie po stolikach, by stwierdzić, że Hagrida tu nie ma. Harry ze ściśniętym sercem podszedł z przyjaciółmi do lady, zamówił u madame Rosmerty trzy kremowe piwa i pomyślał ponuro, że równie dobrze mógł zostać w zamku i wsłuchiwać się w zawodzenie złotego jaja.

— Czy on w ogóle bywa w swoim biurze? — szepnęła nagle Hermiona. — Patrzcie!

Wskazała na lustro za barem, w którym odbijał się Ludo Bagman, siedzący w ciemnym kącie z kilkoma goblinami. Mówił coś bardzo szybko i cicho do goblinów, które słuchały go z rękami skrzyżowanymi na piersiach i z dość groźnymi minami.

To rzeczywiście dziwne, pomyślał Harry, że Bagman siedzi sobie w Trzech Miotłach w okresie przerwy w Turnieju Trójmagicznym, kiedy nie pełni funkcji sędziego. Obserwował go przez chwilę w lustrze. Znowu wyglądał na bardzo zdenerwowanego, prawie tak, jak owej nocy w lesie, zanim pojawił się Mroczny Znak. Ale w tym samym momencie Bagman spojrzał w kierunku baru, zobaczył Harry'ego i wstał.

— Na chwilkę, na chwilkę! — rozległ się jego szorstki głos i ruszył ku nim ze swoim zwykłym chłopięcym uśmiechem.

— Harry! — zawołał. — Jak się masz? Miałem nadzieję, że cię tu spotkam! Wszystko gra?

— W porządku, dziękuję — odrzekł Harry.

— Słuchaj, Harry, czy mógłbym zamienić z tobą słówko na osobności? — zapytał natarczywie Bagman. — Moglibyście na chwilę zostawić nas samych?

— Ee... jasne — powiedział Ron i razem z Hermioną odeszli poszukać wolnego stolika.

Bagman poprowadził Harry'ego wzdłuż baru, jak najdalej od madame Rosmerty.

— Pomyślałem sobie po prostu, że muszę ci jeszcze raz pogratulować twojego wspaniałego wyczynu, Harry. No wiesz, jak sobie poradziłeś z tym rogogonem. To było naprawdę imponujące.

— Dzięki — rzekł Harry, wiedząc, że jest z pewnością inny powód, dla którego Bagman chciał uniknąć obecności Rona i Hermiony.

Bagman nie spieszył się jednak, by przejść do sedna sprawy. Harry spostrzegł, że zerka w lustro na gobliny, które obserwowały ich w milczeniu swoimi posępnymi, skośnymi oczami.

— Absolutny koszmar — powiedział półgłosem Bagman, wskazując na nie wzrokiem. — Ten ich angielski... Okropny, jakbym znowu rozmawiał z Bułgarami podczas mistrzostw świata w quidditchu... No, ale tamci przynajmniej używali języka migowego zrozumiałego dla ludzi. A ci bełkocą po goblidegucku... a w tym języku znam tylko jedno słowo. *Bladvak*. Znaczy: „oskard". Ale go nie wypowiadam, bo jeszcze pomyślą, że im grożę.

Zaśmiał się krótko.

— Czego one chcą? — zapytał Harry, widząc, że gobliny wciąż uważnie obserwują Bagmana.

— Ee... no... — zaczął jąkać się Bagman, nagle wyraźnie przerażony. — No więc... ee... szukają Barty'ego Croucha.

— Dlaczego szukają go tutaj? — zdziwił się Harry. — Przecież jest w ministerstwie, w Londynie, prawda?

— Ee... szczerze mówiąc, nie mam pojęcia, gdzie on jest — wyznał Bagman. — On jakby... no... przestał przychodzić do pracy. Nie ma go już od kilku tygodni. Ten młody Percy, jego asystent, mówi, że Crouch jest chory, ale najwyraźniej dostaje instrukcje przez sowę. Ale zachowaj to dla siebie, Harry, dobrze? Rita Skeeter wciąż węszy gdzie się da, a idę o zakład, że zrobiłaby jakąś ponurą aferę z choroby Barty'ego. Pewnie by napisała, że zaginął jak Berta Jorkins.

— Słyszał pan coś o Bercie Jorkins? — zapytał Harry.

— Nie — odrzekł Bagman, który znowu wydał mu się bardzo spięty. — Oczywiście moi ludzie jej szukają...

— (Chyba zabrali się do tego trochę późno, pomyślał Harry) — ale to wszystko jest bardzo dziwne. Z całą pewnością przybyła do Albanii, bo odwiedziła tam swoją kuzynkę. A potem opuściła dom kuzynki i udała się na południe, żeby spotkać się ze swoją ciotką... i przepadła bez śladu. Nie mam pojęcia, co się z nią mogło stać. Nie wygląda na kogoś, kto mógłby mieć jakiś romans... Ale co my właściwie robimy? Rozprawiamy o goblinach, o Bercie Jorkins, a ja przecież chciałem cię zapytać — ściszył głos — jak sobie radzisz ze swoim złotym jajkiem?

— Ee... całkiem nieźle — odpowiedział Harry niezgodnie z prawdą.

Bagman chyba się na tym poznał.

— Słuchaj, Harry — powiedział (wciąż ściszonym głosem) — bardzo się tym przejmuję. W końcu zostałeś wmanewrowany w ten turniej, nie zgłosiłeś się na ochotnika, więc jeśli... — teraz mówił już tak cicho, że Harry musiał nachylić się do niego, by coś usłyszeć — jeśli mogę ci pomóc... jakoś nakierować... Bardzo cię polubiłem... jak ty sobie poradziłeś z tym smokiem! Wystarczy, że powiesz słówko.

Harry spojrzał na krągłą, rumianą twarz Bagmana i w jego błękitne oczy oseska.

— Mamy przecież sami znaleźć wskazówkę, prawda? — powiedział, starając się mówić zdawkowym tonem, a nie jak uczeń oskarżający dyrektora Departamentu Magicznych Gier i Sportów o łamanie regulaminu.

— No tak — rzekł niecierpliwie Bagman — ale... daj spokój, Harry, przecież wszyscy chcemy, żeby zwyciężył Hogwart, prawda?

— Czy zaproponował pan pomoc Cedrikowi? — zapytał Harry.

Na gładkiej twarzy Bagmana pojawiły się ledwo dostrzegalne zmarszczki.

— Nie, bo widzisz... jak mówię... bardzo cię polubiłem. Pomyślałem sobie, że mógłbym...

— Bardzo dziękuję — rzekł Harry — ale wydaje mi się, że jestem już bliski rozwiązania zagadki. Jeszcze parę dni i będzie po wszystkim.

Nie bardzo wiedział, dlaczego odrzuca pomoc Bagmana. Może dlatego, że Bagman był dla niego całkowicie obcą osobą, a przyjęcie jego pomocy byłoby jednak oszustwem, czego nie odczuwał, prosząc o radę Rona, Hermionę czy Syriusza.

Bagman sprawiał wrażenie, jakby poczuł się obrażony, ale nie mógł już nic więcej powiedzieć, bo w tym momencie pojawili się Fred i George.

— Dzień dobry, panie Bagman — przywitał go dziarsko Fred. — Możemy panu postawić drinka?

— Chyba nie — odpowiedział Bagman, rzucając Harry'emu ostatnie, pełne zawodu spojrzenie. — Nie, dziękuję wam, chłopcy.

Fred i George zrobili prawie tak zawiedzione miny jak Bagman, patrzący z wyrzutem na Harry'ego.

— No, muszę pędzić — oznajmił. — Miło było was zobaczyć. Powodzenia, Harry.

I wyleciał z pubu. Gobliny ześliznęły się ze swoich krzeseł i pobiegły za nim. Harry odnalazł Rona i Hermionę.

— Czego on chciał? — zapytał Ron, gdy tylko Harry usiadł przy stoliku.

— Powiedział, że mógłby mi pomóc przy tym złotym jajku.

— Nie powinien tego robić! — oburzyła się Hermiona. — Jest jednym z sędziów! Zresztą... przecież już sam sobie z tym poradziłeś, prawda?

— Ee... no, prawie — bąknął Harry.

— W każdym razie nie sądzę, żeby Dumbledore był zachwycony, gdyby się dowiedział, że Bagman próbował namówić cię do oszustwa — powiedziała Hermiona, nadal z potępiającą miną. — Mam nadzieję, że Cedrikowi też to zaproponował!

— Nie. Zapytałem go o to.

— No dobra, ale czy to takie ważne, czy Diggory'emu ktoś pomoże, czy nie? — zapytał Ron, a Harry zgodził się z nim w duchu.

— Te gobliny nie wyglądały zbyt przyjaźnie — zauważyła Hermiona, sącząc kremowe piwo. — Co one tutaj robiły?

— Bagman twierdzi, że szukają Croucha — odpowiedział Harry. — A on nadal jest chory. Nie pojawia się w pracy.

— Może Percy go podtruwa — mruknął Ron. — Pewnie myśli, że jak Crouch wykorkuje, to on sam zostanie szefem Departamentu Międzynarodowej Współpracy Czarodziejów.

Hermiona rzuciła mu spojrzenie mówiące: „to-nie-jest—temat-do-żartów" i powiedziała:

— To dziwne, że gobliny szukają pana Croucha... normalnie powinny chyba szukać kogoś z Urzędu Kontroli nad Magicznymi Stworzeniami.

— Crouch mówi wieloma językami — zauważył Harry.

— Może potrzebują tłumacza.

— Teraz z kolei martwisz się o biedne goblinki? — zapytał Hermiony Ron. — Myślisz o założeniu Ligi Obrony Ohydnych Goblinów?

— Ha, ha, ha, bardzo śmieszne. Gobliny nie potrzebują naszej obrony. Czy wy w ogóle nie słuchacie tego, co profesor Binns opowiada nam wciąż o buntach goblinów?

— Nie — odpowiedzieli jednocześnie Harry i Ron.

— No więc przyjmijcie do wiadomości, że same potrafią sobie poradzić z czarodziejami — oświadczyła Hermiona, wypiwszy łyk kremowego piwa. — Są bardzo sprytne. W ogóle nie przypominają domowych skrzatów, które nigdy nie upomną się same o swoje prawa.

— O kurczę... — jęknął Ron, wpatrując się w drzwi.

Właśnie weszła Rita Skeeter. Dzisiaj miała na sobie bananowożółtą szatę, paznokcie połyskiwały bijącym w oczy różem, a towarzyszył jej, jak zwykle, brzuchaty fotograf. Zamówiła coś do picia, po czym razem z fotografem przecisnęła się przez tłum do pobliskiego stolika. Harry, Ron i Hermiona obrzucili ją wściekłymi spojrzeniami. Mówiła bardzo szybko i wyglądała na bardzo z czegoś zadowoloną.

— ...jakoś nie bardzo chciał z nami rozmawiać, co, Bozo? A jak myślisz, dlaczego? I dlaczego włóczy się po miasteczku z bandą goblinów? Pokazuje im miejscowe atrakcje? To nonsens... Zresztą on zawsze łże jak najęty. Co się za tym kryje? Nie uważasz, że powinniśmy trochę powęszyć? *Okryty niesławą były dyrektor Departamentu Magicznych Gier i Sportów, Ludo Bagman*... niezły początek, Bozo, musimy tylko wynaleźć jakąś sensacyjkę...

— Próbuje pani zrujnować życie następnej osobie? — zapytał głośno Harry.

Kilka osób spojrzało z zaciekawieniem. Rita Skeeter zobaczyła Harry'ego i jej oczy, ukryte za mieniącymi się od drogich kamieni okularami, rozszerzyły się drapieżnie.

— Harry! — zawołała, uśmiechając się promiennie.

— Cudownie! Może się do nas przysiądziesz...

— Nie zbliżyłbym się do pani nawet z trzymetrową miotłą — warknął Harry. — Dlaczego pani to zrobiła Hagridowi?

Rita Skeeter uniosła w górę swoje grubo poczernione brwi.

— Nasi czytelnicy mają prawo poznać prawdę, Harry. Ja tylko wykonuję swój...

— A kogo to obchodzi, czy on jest półolbrzymem, czy nie? — krzyknął Harry. — Jest w porządku i to nam wystarczy!

W pubie nagle zrobiło się cicho. Madame Rosmerta patrzyła na nich zza baru, nieświadoma tego, że kufel, który nadal napełniała miodem, jest już pełny.

Przez ułamek sekundy Rita Skeeter przestała się uśmiechać, ale natychmiast rozpromieniła się ponownie, otworzyła swoją torebkę z krokodylej skóry, wydobyła z niej samonotujące pióro i zapytała:

— A może udzielisz mi wywiadu, Harry, na temat Hagrida, jakiego ty znasz? Opowiesz mi, jaki człowiek kryje się pod tymi wspaniałymi muskułami? O waszej niecodziennej przyjaźni? Jak do tego doszło? Może nazwałbyś go swoim przyszywanym ojcem?

Hermiona nagle wstała, ściskając w ręku kufel kremowego piwa jak odbezpieczony granat.

— Ty wstrętna babo — wycedziła przez zęby — wszystko masz w nosie, każdego możesz obsmarować, byle tylko mieć jakąś sensację, tak? Nawet Ludona Bagmana...

— Siadaj, głupia smarkulo, i nie zabieraj głosu w sprawach, o których nie masz zielonego pojęcia — wycedziła Rita Skeeter, patrząc chłodno na Hermionę. — Wiem o Bagmanie takie rzeczy, że włosy by ci stanęły dęba na głowie... Gdyby już nie stały — dodała złośliwie.

— Idziemy — oświadczyła Hermiona. — Chodźcie.

Opuścili pub, a ludzie przyglądali się im ciekawie, kiedy wychodzili. W drzwiach Harry zerknął przez ramię. Samonotujące pióro Rity Skeeter sunęło błyskawicznie po rozłożonym na stoliku kawałku pergaminu.

— Teraz dobierze się do ciebie, Hermiono — rzekł Ron cicho i z lekkim odcieniem przerażenia w głosie, gdy wyszli na ulicę.

— Niech tylko spróbuje! — warknęła Hermiona, trzęsąc się ze złości. — Już ja jej pokażę! Jestem głupią smarkulą? O, drogo mi za to zapłaci... Najpierw Harry, potem Hagrid...

— Daj spokój, nie zadzieraj z Ritą Skeeter — powiedział Ron ze strachem. — Mówię poważnie, Hermiono, ona na pewno wynajdzie na ciebie jakiegoś haka...

— Moi rodzice nie czytają „Proroka Codziennego", mnie nie zmusi do chowania się przed ludźmi! — odpowiedziała Hermiona, idąc tak szybko, że Harry i Ron ledwo za nią nadążali. Tak rozwścieczoną widzieli ją tylko raz: kiedy trzasnęła Dracona Malfoya w twarz. — A Hagrid nie będzie już się ukrywał! Nie wolno pozwolić, żeby ta baba nim pomiatała! Chodźcie!

Puściła się biegiem i biegła już przez całą drogę, aż do bramy strzeżonej przez posągi uskrzydlonych dzików, a potem przez błonia do chatki Hagrida.

Zasłony w oknach wciąż były zaciągnięte. Kiedy się zbliżyli, usłyszeli ujadanie Kła.

— Hagridzie! — krzyknęła Hermiona, waląc pięścią w drzwi. — Hagridzie, dosyć tego! Wiemy, że tam jesteś! Nikogo nie obchodzi, że twoja mama była olbrzymką! Nie możesz pozwolić, żeby ta wstrętna Skeeter tobą pomiatała! Hagridzie, wyłaź, zaczynasz już...

Drzwi otworzyły się.

— No wresz...

Hermiona urwała nagle, ponieważ znalazła się twarzą w twarz nie z Hagridem, ale z... Albusem Dumbledore'em.

— Dobry wieczór — przywitał ich uprzejmie, uśmiechając się lekko.

— My... ee... chcieliśmy się zobaczyć z Hagridem — wyjąkała cicho Hermiona.

— Domyśliłem się tego — rzekł Dumbledore z wesołym błyskiem w oczach. — Może byście weszli do środka?

— Och... mmm... oczywiście — bąknęła Hermiona.

Weszli do chatki. Kieł natychmiast rzucił się na Harry'ego, szczekając radośnie i usiłując wylizać mu uszy. Harry odsunął go i rozejrzał się po chatce.

Hagrid siedział przy stole, na którym stały dwa wielkie kubki herbaty. Wyglądał żałośnie. Twarz miał całą w plamach, oczy zapuchnięte, a włosy rozczochrane tak, że wyglądały jak kłąb splątanego drutu.

— Cześć, Hagridzie — rzekł Harry.

Hagrid spojrzał na niego.

— He — mruknął ochrypłym głosem.

— Chybaby się przydało więcej herbatki — powiedział Dumbledore, zamykając za nimi drzwi i wyjmując różdżkę.

W powietrzu pojawiła się nagle wirująca taca z dzbankiem, filiżankami i talerzem ciasteczek. Dumbledore ściągnął ją różdżką na stół i gdy wszyscy usiedli, zapytał:

— Hagridzie,· czy może słyszałeś, co wykrzykiwała panna Granger?

Hermiona zaróżowiła się lekko, ale Dumbledore uśmiechnął się do niej i ciągnął dalej:

— Hermiona, Harry i Ron nadal pragną się z tobą przyjaźnić, sądząc po fakcie, że właśnie próbowali wyłamać drzwi.

— No pewnie! — powiedział Harry, wpatrując się w Hagrida. — Przecież chyba nie myślisz, że to, co ta krowa... przepraszam, panie profesorze — dodał szybko, spojrzawszy na Dumbledore'a.

— Miałem właśnie napad głuchoty i nie mam pojęcia, co powiedziałeś, Harry — rzekł Dumbledore, kręcąc młynka kciukami i gapiąc się w sufit.

— Rozumiem — powiedział nieśmiało Harry. — Chodzi mi o to, Hagridzie... że... jak w ogóle mogłeś pomyśleć, że przejmiemy się tym, co ta... baba... napisała o tobie?

Dwie opasłe łzy wypłynęły z czarnych, błyszczących jak dwa żuki oczu Hagrida i stoczyły się w jego zmierzwioną brodę.

— Masz żywy dowód na to, co ci mówiłem, Hagridzie — rzekł Dumbledore, wciąż wpatrując się w sufit. — Pokazałem ci listy od wielu rodziców, którzy pamiętają cię z czasów, kiedy sami tu byli, a teraz piszą bez ogródek, że jeśli cię wyrzucę, będą mieli na ten temat coś do powiedzenia...

— Nie wszyscy — zachrypiał Hagrid. — Nie wszyscy chcą, żebym został.

— Hagridzie, jeśli marzysz o światowej sławie, to obawiam się, że jeszcze długo nie wyjdziesz z tej chałupki — powiedział Dumbledore, patrząc na niego surowo sponad swoich okularów-połówek. — Nie minął tydzień, odkąd zostałem dyrektorem tej szkoły, a już miałem przynajmniej jedną sowę ze skargą na sposób, w jaki tu rządzę. I co miałem zrobić? Zabarykadować się w gabinecie i oświadczyć, że nie będę z nikim rozmawiał?

— Tak... ale pan nie jest półolbrzymem! — załkał Hagrid.

— Hagridzie, pomyśl, jakich ja mam krewnych! — zawołał Harry. — Pomyśl o Dursleyach!

— Otóż to, otóż to! — powiedział Dumbledore. — A mój własny brat, Aberforth, został osądzony za ćwiczenie niestosownych zaklęć na kozie. Pisali o tym w gazetach, ale czy Aberforth ukrył się gdzieś przed ludźmi? Nie! Chodził z podniesioną głową i zajmował się swoimi sprawami jakby nigdy nic! Co prawda, nie jestem całkiem pewny, czy potrafił czytać, więc może to nie był przejaw odwagi, ale...

— Hagridzie, wracaj do szkoły — powiedziała cicho Hermiona. — Prosimy cię, wróć, naprawdę nam ciebie brak.

Hagrid przełknął głośno. Łzy znowu potoczyły się po jego policzkach i zniknęły w gąszczu brody. Dumbledore wstał.

— Nie przyjmuję twojej rezygnacji, Hagridzie, i oczekuję, że w poniedziałek wrócisz do swoich obowiązków — oświadczył. — O ósmej trzydzieści czekam na ciebie przy stole w Wielkiej Sali, gdzie zjemy śniadanie. Żadnych wymówek. Życzę wszystkim miłego wieczoru.

I wyszedł, zatrzymując się tylko na chwilę, by podrapać Kła za uszami. Kiedy drzwi zamknęły się za nim, Hagrid zaczął łkać, ukrywając twarz w dłoniach wielkości pokryw od pojemników na śmieci. Hermiona poklepywała go wciąż po ramieniu. W końcu opuścił dłonie, spojrzał na nich bardzo zaczerwienionymi oczami i rzekł:

— To jest gość, ten Dumbledore... to jest gość...

— No jasne — powiedział Ron. — Czy mogę się poczęstować ciasteczkiem, Hagridzie?

— Bardzo proszę — odpowiedział Hagrid, ocierając oczy wierzchem dłoni. — I ma rację... wszyscy macie rację... byłem głupi... Mój tata to by się spalił ze wstydu, że tak się zachowałem. — Pociekło więcej łez, ale otarł je, tym razem nieco gwałtowniej, i dodał: — Cholibka, czy ja wam pokazywałem zdjęcie mojego taty? Zobaczcie...

Wstał, podszedł do komody, wysunął szufladę i wyjął z niej zdjęcie niskiego czarodzieja o czarnych, ukrytych w zmarszczkach oczach, bardzo podobnych do oczu Hagrida, siedzącego na ramieniu syna i uśmiechającego się promiennie. Sądząc po jabłonce w tle, Hagrid musiał mieć z siedem lub osiem stóp wzrostu, ale nie miał brody; jego twarz była młoda, pyzata i gładka — mógł mieć najwyżej jedenaście lat.

— To zdjęcie zrobiono zaraz po tym, jak dostałem się do Hogwartu — powiedział ochrypłym, wilgotnym głosem. — Tatuś był ze mnie cholernie dumny; bał się, że nigdy nie zostanę czarodziejem. Kapujecie, z powodu mojej mamy... no już dobra. Oczywiście nigdy nie byłem za dobry w magii... ale przynajmniej nie widział, jak mnie wywalono. Zmarło mu się, bidakowi, jak byłem w drugiej klasie. A jak tatuś zmarł, to zajął się mną Dumbledore. Zrobił mnie gajowym. On ufa ludziom, ot co. Daje im szansę — to go właśnie różni od innych dyrektorów. Cholibka, on to przyjmie do Hogwartu każdego, jak tylko się skapuje, że ma talent. Wie, że ludzie mogą być w porządku, nawet jeśli ich rodziny nie są... tego... no, za bardzo szanowane. Ale są tacy, co tego nie rozumią. Są tacy, co zawsze będą się czepiać, co zawsze będą udawać, że mają duże kości, zamiast wstać i powiedzieć: Jestem tym, kim jestem i wcale się tego nie wstydzę. „Nigdy się nie wstydź", tak mi zawsze mówił tatuś, „Są tacy, co będą się ciebie czepiać, ale miej ich w nosie, nie warto się nimi przejmować". I miał rację. Byłem głupi jak but. Już nie będę się nią przejmować, obiecuję wam. Duże kości... ja jej dam duże kości...

Harry, Ron i Hermiona popatrzyli po sobie ze strachem. Harry wolałby wyprowadzić na spacer pięćdziesiąt sklątek, niż przyznać się Hagridowi, że podsłuchał jego rozmowę z madame Maxime, ale Hagrid wciąż mówił i mówił, najwyraźniej nieświadom, że powiedział coś dziwnego.

— Wiesz co, Harry? — rzekł, podnosząc głowę znad fotografii swojego ojca, a oczy mu zapłonęły. — Kiedy cię pirszy raz zobaczyłem, to mi trochę mnie przypominałeś. Nie miałeś tatusia i mamusi, czułeś się, jakbyś nie pasował do Hogwartu, pamiętasz? W ogóle nie byłeś pewny, czy dasz sobie radę... A teraz... cholibka, Harry, jesteś reprezentantem szkoły!

Przyglądał się przez chwilę Harry'emu, po czym powiedział z wielką powagą:

— Wiesz, co mi sprawi największą radochę, Harry? Jak zwyciężysz. Niech skonam. I tak se myślę: niech wszyscy zobaczą, że nie trzeba być czystej krwi, żeby być najlepszym. Nie musisz się wstydzić, że jesteś tym, kim jesteś. Niech zobaczą, że Dumbledore to równy gość, że ma rację, przyjmując każdego, kto potrafi czarować. A jak sobie radzisz z tym jajem, Harry?

— Znakomicie — odpowiedział Harry. — Naprawdę znakomicie.

Na wymęczonej twarzy Hagrida pojawił się szeroki, nieco łzawy uśmiech.

— Mój chłopak! Pokaż im, Harry, pokaż im. Pobij ich wszystkich.

Kłamanie Hagridowi nie było tym samym, co kłamanie komukolwiek innemu. Harry wrócił do zamku z Ronem i Hermioną, mając wciąż przed oczyma rozanieloną twarz Hagrida, gdy ten wyobrażał sobie jego zwyciężającego w turnieju. Tego wieczoru zagadkowe złote jajo dręczyło go bardziej niż zwykle, a kiedy poszedł do łóżka, podjął już decyzję. Czas pożegnać się z dumą i sprawdzić, ile jest warta rada Cedrika.

ROZDZIAŁ DWUDZIESTY PIĄTY

Jajo i oko

Ponieważ Harry nie miał pojęcia, jak długo będzie musiał moczyć się w wannie, by rozwiązać zagadkę złotego jaja, postanowił zrobić to w nocy, kiedy będzie mógł kąpać się tak długo, jak uzna za stosowne. Nie miał wielkiej ochoty na korzystanie z rad Cedrika, ale w końcu uznał, że warto skorzystać z łazienki prefektów, bo chodziło do niej o wiele mniej osób, więc było mniejsze prawdopodobieństwo, że ktoś mu przeszkodzi.

Zaplanował ten wypad pieczołowicie, bo już raz Filch przyłapał go na wałęsaniu się po zamku w środku nocy, a nie chciał przeżyć tego po raz drugi. Postanowił, rzecz jasna, użyć peleryny-niewidki i zabrać ze sobą Mapę Huncwotów, drugą po pelerynie nieocenioną pomoc przy naruszaniu szkolnego regulaminu. Mapa ukazywała cały Hogwart, w tym wszystkie przejścia na skróty i tajne korytarze, a przede wszystkim ludzi w postaci maleńkich, opatrzonych napisami kropek, poruszających się po planie zamku, więc byłby w porę ostrzeżony, gdyby ktoś zbliżał się do łazienki.

W czwartkowy wieczór wyśliznął się z łóżka, narzucił na głowę pelerynę-niewidkę, zszedł po cichu na dół i — podobnie jak w tamtą noc, kiedy Hagrid pokazał mu smoki — czekał na otwarcie dziury pod portretem. Tym razem to Ron podał Grubej Damie hasło („Bananowe naleśniki") i przelazł przez dziurę do pokoju wspólnego, mruknąwszy: „Powodzenia", kiedy Harry przemknął koło niego.

Poruszanie się w pelerynie-niewidce po ciemnym zamku nie było zbyt wygodne, bo pod jedną pachą niósł ciężkie jajo, a drugą ręką trzymał przed nosem Mapę Huncwotów. Oświetlone blaskiem księżyca korytarze były jednak ciche i puste, a rzucając okiem na mapę w strategicznych punktach, mógł być pewny, że nie natknie się na nikogo, kogo wolałby uniknąć. Kiedy dotarł do figury Borysa Szalonego, czarodzieja o nieco oszołomionym spojrzeniu, który miał lewą rękawicę na prawej ręce, a prawą na lewej, odnalazł właściwe drzwi, przywarł do nich i mruknął cicho hasło „Sosnowa świeżość", tak jak mu powiedział Cedrik.

Drzwi otworzyły się z przeraźliwym skrzypieniem. Harry wśliznął się do środka, zamknął za sobą drzwi na zasuwkę, ściągnął pelerynę-niewidkę i rozejrzał się.

Natychmiast nawiedziła go refleksja, że warto być prefektem choćby tylko dlatego, by korzystać z takiej łazienki. Ze wspaniałego, najeżonego świecami kandelabru sączyło się łagodne światło. Wszystko tu było z marmuru, łącznie z pustym, prostokątnym basenem pośrodku, wpuszczonym w podłogę. Ze ścianek basenu sterczało ze sto złotych kranów, każdy z klejnotem o innej barwie osadzonym pośrodku rączki. Była też trampolina. W oknach wisiały białe, płócienne zasłony, w kącie piętrzył się stos białych, puchatych ręczników, a na ścianie wisiał obraz w złotej ramie, przedstawiający złotowłosą syrenę, pogrążoną w głębokim śnie na jakiejś skale; za każdym razem, gdy zachrapała, długie włosy trzepotały jej wokół twarzy.

Harry odłożył pelerynę, jajo i mapę, po czym ruszył naprzód, rozglądając się niespokojnie, bo odgłos jego kroków odbijał się echem od ścian. Łazienka była wspaniała, to prawda — i warto by wypróbować kilka tych kurków — ale nie mógł się pozbyć podejrzenia, że Cedrik go podpuścił. Bo niby jak kąpiel miałaby mu pomóc w rozwiązaniu zagadki złotego jaja? Wziął jednak puchaty ręcznik, wrócił po pelerynę, mapę i jajo, złożył to wszystko na skraju basenu i ukląkł, by odkręcić parę kurków.

Natychmiast zorientował się, że z każdego kurka wypływa inny rodzaj płynu do kąpieli zmieszanego z ciepłą wodą. I żaden nie przypominał zwykłego płynu do kąpieli. Z jednego kurka płynęły różowe i niebieskie bańki mydlane wielkości piłek futbolowych, z innego lała się perłowobiała piana, tak gęsta, że mogłaby utrzymać nieruchome ciało człowieka, z trzeciego wylatywały wonne purpurowe obłoczki, unoszące się nad powierzchnią wody. Harry bawił się przez chwilę, odkręcając i zakręcając różne kurki; spodobał mu się szczególnie jeden, z którego tryskał cienki strumień, który odbijał się od powierzchni wody, tworząc wielkie lśniące łuki. Potem, kiedy już basen napełnił się gorącą wodą, pianą i bańkami mydlanymi (co trwało wyjątkowo krótko jak na jego rozmiary), pozakręcał wszystkie kurki, zdjął szlafrok, piżamę i pantofle, i wśliznął się do wody.

Basen był tak głęboki, że ledwo dotykał stopami dna. Przepłynął go kilka razy, po czym złapał się krawędzi, wpatrując się w złote jajo jak sroka w kość. Pływanie w gorącej i pienistej wodzie wśród obłoków różnokolorowej pary było bardzo przyjemne, ale w żaden sposób nie przybliżyło go do rozwiązania zagadki. Nie poczuł nagłego błysku olśnienia, nie myślał ani szybciej, ani wydajniej. Nic.

Wyciągnął ręce, podniósł jajo mokrymi rękami i otworzył. Łazienkę natychmiast wypełniło żałosne zawodzenie, odbijające się echem od marmurowych ścian, ale nie było ono ani trochę bardziej zrozumiałe niż zwykle, a może nawet trochę mniej — przez to echo. Zatrzasnął je, w obawie, że jęki ściągną Filcha, zastanawiając się, czy nie o to właśnie chodziło Cedrikowi — i nagle ktoś przemówił, tak niespodziewanie, że aż podskoczył, wypuszczając jajo, które potoczyło się, dudniąc, po łazience.

— Na twoim miejscu spróbowałabym włożyć je do wody.

Harry z wrażenia połknął sporą ilość kolorowych baniek. Wyprostował się, plując i rozglądając dookoła, i zobaczył posępnego ducha dziewczynki, siedzącej po turecku na jednym z kurków. Była to Jęcząca Marta, której głos dobywał się zwykle z kolanka w toalecie trzy piętra niżej.

— Marto! — krzyknął Harry z oburzeniem. — Ja... ja nie mam nic na sobie!

Piana była tak gęsta, że nie miało to żadnego znaczenia, ale podejrzewał, że Marta śledziła go z jakiejś rury od chwili, gdy wszedł do łazienki.

— Zamknęłam oczy, jak wchodziłeś do wody — powiedziała, mrugając do niego spoza swoich grubych szkieł. — Nie odwiedzałeś mnie już od tak dawna...

— No wiesz... — wyjąkał Harry, uginając lekko kolana, żeby być absolutnie pewnym, że Marta widzi tylko jego głowę — przecież nie wolno mi wchodzić do twojej łazienki, prawda? To toaleta dla dziewczyn.

— Przedtem jakoś ci to nie przeszkadzało — powiedziała z wyrzutem Marta. — Wciąż tam przychodziłeś.

Była to prawda, choć tylko dlatego, że Harry, Ron i Hermiona uznali nieczynną łazienkę Marty za bardzo dogodne miejsce do warzenia eliksiru wielosokowego — zakazanego wywaru, który na całą godzinę zamienił Harry'ego i Rona w sobowtóry Crabbe'a i Goyle'a, co im pomogło dostać się do pokoju wspólnego Ślizgonów.

— Miałem niezłą awanturę za to, że tam wchodziłem — wyjaśnił Harry. Było to po części prawdą, bo raz Percy przyłapał go, kiedy wychodził z łazienki Marty. — Pomyślałem sobie, że lepiej tam nie wracać.

— Och... rozumiem — powiedziała ponuro Marta, wyciskając sobie krostę na podbródku. — W każdym razie... ja bym spróbowała zanurzyć to jajo w wodzie. Tak właśnie zrobił Cedrik Diggory.

— Jego też podglądałaś? — oburzył się Harry. — Co ty sobie myślisz? Wślizgujesz się tu wieczorami i podglądasz prefektów w kąpieli?

— Czasami — stwierdziła Marta, trochę zawstydzona — ale jeszcze nigdy nie wychodziłam, żeby z kimś porozmawiać.

— Jestem zaszczycony! — mruknął ze złością Harry. — A teraz zamknij oczy!

Upewnił się, że Marta zasłoniła dokładnie rękami okulary, po czym wyszedł z basenu, owinął się ciasno ręcznikiem i poszedł po złote jajo.

Kiedy wszedł z powrotem do wody, Marta zerknęła na niego przez palce i powiedziała:

— No, dalej, otwórz je pod wodą!

Harry zanurzył jajo w pienistej wodzie i otworzył je. Tym razem nie zaniosło się żałosnym jękiem. Tym razem zaśpiewało bulgotliwie, tak że nie zrozumiał słów.

— Musisz zanurzyć głowę pod wodę — powiedziała Marta, której pouczanie go najwidoczniej sprawiało wielką przyjemność. — No, śmiało!

Harry wziął głęboki wdech, zanurzył się i usiadł na marmurowym dnie basenu wypełnionego różnokolorowymi bąbelkami, a wtedy usłyszał chór dziwacznych głosów, wyśpiewujących z otwartego jaja w jego dłoniach:

> *Szukaj nas tam tylko, gdzie słyszysz nasz głos,*
> *Nad wodą nie śpiewamy, taki już nasz los,*
> *A kiedy będziesz szukał, zaśpiewamy tak:*
> *To my mamy to, czego tobie tak brak.*
> *Aby to odzyskać, masz tylko godzinę,*
> *Której nie przedłużymy choćby i o krztynę.*
> *Po godzinie nadzieję przyjdzie ci porzucić,*
> *A to, czego tak szukasz, nigdy już nie wróci.*

Harry odbił się od dna, wytknął głowę z piany i strząsnął włosy z oczu.

— Słyszałeś? — zapytała Marta.

— Tak... „Szukaj nas tam tylko, gdzie słyszysz nasz głos", jakbym potrzebował zachęty... Chwileczkę, muszę posłuchać jeszcze raz. — I zanurzył się ponownie.

Musiał zanurzać się trzykrotnie, zanim wyuczył się słów piosenki na pamięć. Potem brodził przez chwilę w wodzie, rozmyślając ze zmarszczonym czołem, a Marta siedziała cicho, przyglądając mu się uważnie.

— Muszę poszukać ludzi, którzy nie mogą używać głosu nad wodą... — powiedział powoli. — Kto to może być?

— Bystry to ty nie jesteś...

Tylko raz widział Martę tak rozbawioną, a było to wtedy, gdy Hermiona wypiła eliksir wielosokowy i twarz jej porosła futerkiem, a z tyłu wyrósł koci ogon.

Rozglądał się po łazience, myśląc... Jeśli te głosy można usłyszeć tylko pod wodą, to chyba muszą należeć do jakichś podwodnych stworzeń. Podzielił się swoją hipotezą z Martą, która uśmiechnęła się do niego z wyższością.

— To samo pomyślał Diggory. Leżał tutaj strasznie długo, wytężając mózg. Bardzo długo... Poznikały prawie wszystkie bąbelki...

— Pod wodą... — powtórzył powoli Harry. — Marto, kto żyje w tym jeziorze prócz wielkiej kałamarnicy?

— Och, mnóstwo różnych stworzeń. Czasami tam spływam... No wiesz, czasem nie mam innego wyjścia, jak ktoś spuści wodę w toalecie, kiedy się tego nie spodziewam.

Starając się nie myśleć o Jęczącej Marcie spływającej rurą do jeziora wraz z zawartością toalety, Harry zapytał:

— No dobrze, ale czy są takie, co mają ludzkie głosy? Zaraz...

Bo w tym momencie jego wzrok padł na obraz śpiącej nimfy wodnej.

— Marto, czy w jeziorze są trytony?

— Znakomicie! — pochwaliła go, a jej grube szkła zamigotały. — Diggory'emu zajęło to o wiele więcej czasu! A ona wtedy nie spała! — Marta wskazała głową na syrenę, a na jej ponurej twarzy pojawił się wyraz obrzydzenia. — Chichotała, wdzięczyła się, błyskała tymi swoimi płetwami...

— A więc o to chodzi, tak? — zapytał podekscytowany Harry. — Drugie zadanie polega na odnalezieniu w jeziorze trytonów i... i...

Ale nagle zdał sobie sprawę, o czym mówi i poczuł okropne ssanie w żołądku, jakby ktoś wyciągnął zatyczkę na jego dnie. Nie był dobrym pływakiem, nie miał w tym praktyki. Dudley chodził na naukę pływania, ale ciotka Petunia i wuj Vernon nie kwapili się, by i jego posłać, bez wątpienia w nadziei, że pewnego dnia się utopi. Parę długości tego basenu przepłynął, ale jezioro to zupełnie co innego — jest wielkie i bardzo, bardzo głębokie... A trytony na pewno mieszkają na samym dnie...

— Marto — powiedział powoli — jak ja mam tam oddychać?

Oczy Marty nagle wypełniły się łzami.

— Co za brak taktu! — mruknęła, szukając chusteczki.

— Co jest brakiem taktu? — zapytał zdumiony Harry.

— Mówić o oddychaniu w mojej obecności! — odpowiedziała piskliwie, a jej głos potoczył się echem po łazience. — Kiedy ja nie mogę... kiedy nie robiłam tego... od wieków...

I ukryła twarz w chusteczce, wycierając sobie hałaśliwie nos.

Harry przypomniał sobie, że Marta miała zawsze uraz na punkcie tego, że nie żyje, choć nie okazywał tego żaden inny ze znanych mu duchów.

— Przepraszam — powiedział niecierpliwie. — Nie chciałem... po prostu zapomniałem...

— Och, tak, bardzo łatwo zapomnieć, że Marta nie żyje — powiedziała, przełykając łzy i patrząc na niego zapuchniętymi oczami. — Nikt za mną nigdy nie tęsknił, nawet wtedy, kiedy jeszcze żyłam. A ile czasu upłynęło, zanim odnaleźli moje ciało... Wiem, bo siedziałam tam, czekając na nich. Oliwia Hornby weszła do łazienki: „Znowu się tu schowałaś, Marto, znowu się dąsasz?", tak powiedziała. „Bo profesor Dippet prosił, żebym cię odnalazła". A potem zobaczyła moje ciało... Oooch, nie zapomniała tego aż do śmierci, o to już zadbałam. Wciąż ją nękałam, wciąż jej to przypominałam, raz na weselu jej brata...

Ale Harry jej nie słuchał: rozmyślał o piosence trytonów. *To my mamy to, czego tobie tak brak.* Zaraz...To brzmi, jakby ten wodny ludek zamierzał wykraść coś, na czym mu bardzo zależy, coś, co musi odzyskać. Ale co?

— ...no i potem oczywiście poszła do Ministerstwa Magii i naskarżyła na mnie, więc musiałam tu wrócić i odtąd mieszkam w mojej łazience.

— Dobra — mruknął Harry. — No, jestem już o wiele bliżej rozwiązania tej zagadki. Zamknij znowu oczy, z łaski swojej, wychodzę.

Wziął jajo z dna basenu, wyszedł, wytarł się, po czym włożył piżamę i szlafrok.

— A odwiedzisz mnie czasami w mojej łazience? — zapytała żałośnie Marta, kiedy Harry podniósł pelerynę-niewidkę.

— Spróbuję — odpowiedział, choć w duchu pomyślał, że odwiedziłby ją tylko wtedy, gdyby pozatykały się wszystkie inne toalety w całym zamku. — Do zobaczenia, Marto. Dzięki za pomoc.

— Do widzenia — jęknęła ponuro, a kiedy zarzucił na siebie pelerynę-niewidkę, zniknęła wewnątrz jednego z kurków.

Znalazłszy się w ciemnym korytarzu, sprawdził na Mapie Huncwotów, czy nikt mu nie zagraża. Nie, droga wolna, kropki oznaczające Filcha i Panią Norris tkwiły nadal w jego biurze. Nic innego się nie poruszało, prócz Irytka, który krążył po Izbie Pamięci piętro wyżej. Harry zrobił już pierwszy krok w kierunku wieży Gryffindoru, kiedy nagle dostrzegł na mapie coś bardzo dziwnego.

Poruszał się nie tylko Irytek. Jakaś kropka poruszała się po pokoju w lewym dolnym rogu mapy — w gabinecie Snape'a. Ale nie była opatrzona napisem „Severus Snape". To był Bartemiusz Crouch.

Harry wytrzeszczył oczy. Pan Crouch miał być przecież tak chory, że nie mógł chodzić do pracy ani przyjść na Bal Bożonarodzeniowy — więc co robi w Hogwarcie o pierwszej w nocy? Wpatrywał się w kropkę, która krążyła po pokoju, zatrzymując się to tu, to tam.

Zawahał się, pomyślał... a potem wzięła w nim górę ciekawość. Odwrócił się i ruszył w przeciwnym kierunku, ku najbliższym schodom. Postanowił zobaczyć, co Crouch robi w gabinecie Snape'a.

Zszedł po schodach na palcach, ale mimo to twarze na niektórych portretach obracały się za nim, zaintrygowane skrzypieniem podłogi i szelestem jego piżamy. Zagłębił się w korytarz piętro niżej, odgarnął gobelin wiszący w połowie korytarza i odnalazł wąskie schody — jedno z tajemnych przejść na skróty o dwa piętra w dół. Wciąż zerkał na mapę, zastanawiając się nad tą kropką. Jakoś to nie pasowało do spokojnego, zawsze przestrzegającego prawa pana Croucha, żeby łazić po czyimś gabinecie w środku nocy...

A potem, w połowie schodów, nie myśląc o tym, co robi, skoncentrowany wyłącznie na osobliwym zachowaniu pana Croucha, trafił nogą na fałszywy stopień-pułapkę, o którym zwykle zapominał Neville. Noga mu się zapadła i gdy zachwiał się gwałtownie, usiłując utrzymać równowagę, złote jajo, wciąż mokre po kąpieli, wyślizgnęło mu się spod pachy — rzucił się do przodu, by je złapać, ale było za późno: jajo potoczyło się po schodach, dudniąc jak werbel — peleryna-niewidka zsunęła mu się z ramion — chwycił ją w ostatniej chwili — Mapa Huncwotów wypadła mu z ręki i zleciała sześć stopni w dół. Uwięziony po kolano w fałszywym stopniu, nie mógł jej dosięgnąć.

Złote jajo potoczyło się pod gobelinem u stóp schodów, otworzyło się i zaczęło zawodzić wniebogłosy na korytarzu. Harry wyciągnął różdżkę, starając się dosięgnąć nią Mapy Huncwotów, by zatrzeć obraz, ale mapa była za daleko...

Zarzucił pelerynę-niewidkę z powrotem na głowę, wyprostował się, nasłuchując uważnie i mrużąc oczy ze strachu... i nagle...

— IRYTEK!

Nie było wątpliwości: ten okrzyk nocnego łowcy mógł wydać tylko woźny Filch. Harry usłyszał jego szybkie, szurające kroki... coraz bliżej i bliżej... i jego rozeźlony głos:

— Co to za hałasy? Obudzisz cały zamek! Dopadnę cię, Irytku, dopadnę cię, a wtedy... A co to takiego?

Kroki Filcha zatrzymały się, rozległ się cichy szczęk metalu i jęki ucichły — Filch musiał podnieść jajo i zamknąć je. Harry zamarł, nadal unieruchomiony w zaczarowanym stopniu. Filch w każdej chwili może odgarnąć tkaninę, spodziewając się zobaczyć Irytka, ale Irytka nie zobaczy, więc wejdzie po tych schodach, natknie się na Mapę Huncwotów... na której zobaczy kropkę z napisem „Harry Potter" dokładnie w tym samym miejscu, gdzie sam się znajduje.

— Jajo? — usłyszał cichy głos Filcha u stóp schodów.
— Moja kochana! — Najwidoczniej towarzyszyła mu Pani Norris. — To jest turniejowa zagadka! Należy do któregoś z reprezentantów!

Harry'ego zemdliło, serce tłukło mu się w piersi...

— IRYTKU! — ryknął radośnie Filch. — Ty złodzieju!

Odgarnął gwałtownie tkaninę i Harry zobaczył jego okropną kapciowatą twarz i wypukłe blade oczy wpatrzone w ciemne i (dla Filcha) opustoszałe schody.

— Kryjesz się, tak? — powiedział cicho. — Ale ja i tak cię dorwę, Irytku. Ukradłeś turniejową zagadkę. Dumbledore wywali cię za to na zbity pysk, ty plugawy złodzieju...

Filch zaczął wspinać się po schodach, a tuż za nim jego chuda szara kotka. Oczy Pani Norris świeciły jak latarki, utkwione — podobnie jak oczy jej pana — w Harrym. Już kiedyś zastanawiał się, czy peleryna-niewidka działa na koty, a teraz, trzęsąc się ze strachu, patrzył, jak Filch zbliża się coraz bardziej w swoim starym flanelowym szlafroku. Szarpnął rozpaczliwie nogę, ale tylko zapadła się o parę cali głębiej. Za sekundę Filch natknie się na mapę...

— Filch? Co tu się dzieje?

Filch zatrzymał się o parę stopni niżej od Harry'ego. U stóp schodów stała osoba, która mogła tylko pogorszyć sytuację Harry'ego — Snape. Miał na sobie długą szarą koszulę nocną i wyglądał na rozwścieczonego.

— To Irytek, panie profesorze — wyszeptał niechętnie Filch. — Zrzucił to jajo po schodach.

Snape wspiął się szybko po schodach i zatrzymał obok Filcha. Harry zacisnął zęby, przekonany, że lada chwila usłyszą głośne bicie jego serca.

— Irytek? — powiedział cicho Snape, wpatrując się w złote jajo w rękach Filcha. — Przecież Irytek nie mógł dostać się do mojego gabinetu...

— Jajo było w pana gabinecie, panie profesorze?

— Ależ nie! — żachnął się Snape. — Ale usłyszałem ten hałas i jęki...

— Tak, panie profesorze, to właśnie to jajo...

— ...wyszedłem, żeby zobaczyć, co to takiego...

— ...to Irytek je rzucił, panie profesorze...

— ...a kiedy przechodziłem koło swojego gabinetu, zobaczyłem, że pochodnie są zapalone, a drzwiczki kredensu otwarte! Ktoś w nim grzebał!

— Ale Irytek nie mógł...

— Wiem, że nie mógł, Filch! — warknął Snape. — Pieczętuję swój gabinet zaklęciem, które może złamać tylko czarodziej! — Spojrzał w górę schodów, poprzez Harry'ego, a potem w dół, na korytarz. — Chcę, żebyś ze mną poszedł i pomógł mi odnaleźć tego intruza, Filch.

— Ja... tak jest, panie profesorze... ale...

Filch spojrzał tęsknie w górę schodów, prosto przez Harry'ego, który dobrze wiedział, że woźny bardzo nie chce zrezygnować z zapędzenia Irytka w kozi róg. *Idź*, jęknął Harry w duchu, *idź ze Snape'em... no idź...* Pani Norris machała nerwowo ogonem, czając się tuż przy stopach Filcha... na pewno wyczuwa go węchem... po co się kąpał w takiej ilości wonnej piany...

— Rzecz w tym, panie profesorze — powiedział Filch rozżalonym tonem — że tym razem dyrektor musi mnie usłuchać. Irytek ukradł coś uczniowi, tym razem mogą go raz na zawsze wyrzucić z zamku...

— Filch, guzik mnie obchodzi ten przeklęty poltergeist, w tej chwili ważne jest to, że do mojego gabinetu...

Stuk. Stuk. Stuk.

Snape urwał w połowie zdania. Obaj z Filchem spojrzeli w dół. Między ich głowami Harry dostrzegł u stóp schodów Szalonookiego Moody'ego. Miał na sobie swój stary płaszcz podróżny, spod którego wyglądała nocna koszula. Jak zwykle opierał się na długiej lasce.

— Co to, przyjęcie w piżamach? — zagrzmiał.

— Profesor Snape i ja usłyszeliśmy jakieś hałasy, panie profesorze — powiedział natychmiast Filch. — Poltergeist Irytek jak zwykle rzucał różnymi przedmiotami, a później profesor Snape odkrył, że ktoś włamał się do jego gabine...

— Milcz! — syknął Snape do Filcha.

Moody zrobił jeszcze jeden krok w stronę schodów. Jego magiczne oko zatrzymało się przez chwilę na Snapie, a potem, niewątpliwie, spoczęło na Harrym.

Harry'emu serce podskoczyło do gardła. *Moody widzi przez peleryny-niewidki...* Tylko on dostrzega całą dziwność tej sceny. Snape w nocnej koszuli, Filch ściskający złote jajo, a on, Harry, uwięziony ponad nimi na schodach. Krzywe wargi Moody'ego rozchyliły się ze zdumienia. Przez parę sekund on i Harry patrzyli sobie prosto w oczy. A potem Moody zamknął usta i zwrócił swoje niebieskie oko ponownie na Snape'a.

— Nie przesłyszałem się, Snape? — zapytał powoli. — Ktoś włamał się do twojego gabinetu?

— Nieważne — odrzekł chłodno Snape.

— Przeciwnie — zagrzmiał Moody — to bardzo ważne. Komu mogła przyjść ochota na włamanie się do twojego gabinetu?

— To na pewno jakiś uczeń — powiedział Snape; żyła na spoconej skroni pulsowała mu okropnie. — Już nieraz do tego dochodziło. Ginęły mi składniki eliksirów z prywatnych zapasów. Na pewno uczniowie próbują sporządzać jakieś niedozwolone mikstury...

— Uważasz, że szukają składników eliksirów, tak? — warknął Moody. — A niczego innego tam nie ukrywasz?

Harry zobaczył, że bladożółta twarz Snape'a zrobiła się ceglasta, a żyła na skroni zaczęła mu pulsować jeszcze szybciej.

— Dobrze wiesz, że niczego nie ukrywam, Moody — odpowiedział cichym, jadowitym głosem — bo już sam przeszukałeś mój gabinet, i to bardzo dokładnie.

Twarz Moody'ego wykrzywił uśmiech.

— To przywilej aurora, Snape. Dumbledore mi polecił, żebym miał oko na...

— Tak się składa, że Dumbledore mi ufa — wycedził Snape przez zaciśnięte zęby. — Jakoś nie wierzę, że to on kazał ci szperać w moim gabinecie!

— Ależ oczywiście, Dumbledore ci ufa — zagrzmiał Moody. — To bardzo ufny człowiek, prawda? Wierzy w drugą szansę. Ale ja... ja twierdzę, że są plamy, które nie znikają. Plamy, które nigdy nie znikają, Snape, chyba wiesz, co mam na myśli?

Nagle Snape zrobił coś bardzo dziwnego. Złapał się za lewe przedramię, jakby go zabolało.

Moody zarechotał.

— Wracaj do łóżka, Snape.

— Nie będziesz mnie nigdzie wysyłać! — syknął Snape, puszczając swoje ramię, jakby zły na samego siebie. — Mam takie samo prawo grasowania po tej szkole po zmroku jak ty!

— No to grasuj stąd — warknął Moody, a w jego głosie zabrzmiała groźba. — Czasami mam ochotę natknąć się na ciebie w jakimś ciemnym korytarzu... Nawiasem mówiąc, coś upuściłeś...

Harry poczuł się tak, jakby ktoś dźgnął go rozpalonym szpikulcem, gdy zobaczył, że Moody wskazuje na Mapę Huncwotów, wciąż leżącą sześć stopni poniżej niego. Kiedy Snape i Filch odwrócili się we wskazanym kierunku, zrezygnował z wszelkich środków ostrożności, podniósł rękę pod peleryną i pomachał nią rozpaczliwie, żeby zwrócić uwagę Moody'ego, jednocześnie bezgłośnie wymawiając słowa: „To moje! *Moje!*"

Snape sięgnął po mapę, a na jego twarzy zaświtało zrozumienie.

— *Accio* pergamin!

Mapa poderwała się, prześliznęła między wyciągniętymi palcami Snape'a i poszybowała w dół, prosto do rąk Moody'ego.

— Pomyliłem się — rzekł chłodno Moody. — To należy do mnie... musiałem upuścić wcześniej...

Ale wzrok Snape'a przeniósł się błyskawicznie z jaja w ramionach Filcha na pergamin w ręku Moody'ego i Harry już wiedział, że Snape szybko skojarzy oba fakty.

— Potter — powiedział cicho.

— Że co? — zapytał spokojnie Moody, zwijając mapę i chowając ją do kieszeni.

— Potter! — warknął Snape, po czym odwrócił głowę i spojrzał dokładnie w to miejsce, w którym tkwił Harry, jakby go nagle zobaczył. — To jajo należy do Pottera. Ten kawałek pergaminu należy do Pottera. Już go raz widziałem, poznaję! Tu gdzieś jest Potter! Potter, w swojej pelerynie-niewidce!

Wyciągnął przed siebie ręce jak ociemniały i zaczął wspinać się po schodach. Harry widział, jak jego wielkie nozdrza drgają, próbując go wywęszyć. Uwięziony w stopniu-pułapce, Harry odchylił się do tyłu, by uniknąć palców Snape'a, ale za chwilę...

— Tam nikogo nie ma, Snape! — zagrzmiał Moody.

— Ale z wielką przyjemnością wspomnę dyrektorowi, jak szybko pomyślałeś o Harrym Potterze!

— I co z tego? — warknął Snape, odwracając się do Moody'ego, ale ręce miał nadal wyciągnięte, a jego palce zatrzymały się zaledwie o parę cali od piersi Harry'ego.

— A to, że Dumbledore bardzo chce się dowiedzieć, kto czyha na tego chłopca! — powiedział Moody, podchodząc jeszcze bliżej do stóp schodów. — I ja też, Snape. Bardzo jestem tego ciekaw...

Światło pochodni zadrgało na jego pokiereszowanej twarzy, tak że blizny i ubytek w nosie wydawały się głębsze i ciemniejsze niż zwykle.

Snape patrzył z góry na Moody'ego, a Harry nie widział wyrazu jego twarzy. Przez chwilę nikt się nie poruszał i nikt nic nie mówił. Potem Snape powoli opuścił ręce.

— Ja tylko sobie pomyślałem — rzekł, siląc się na spokój — że gdyby Potter znowu wałęsał się nocą po zamku... to jego niezbyt chwalebny zwyczaj... to trzeba by go powstrzymać. Dla... dla jego własnego bezpieczeństwa.

— Aha, rozumiem — powiedział cicho Moody. — A ty bardzo się o niego troszczysz, prawda?

Zapadło milczenie. Snape i Moody wciąż wpatrywali się w siebie. Pani Norris miauknęła głośno, wyciągając szyję i wypatrując źródła silnej woni bąbelkowej kąpieli.

— Chyba wrócę do łóżka — stwierdził Snape.

— To najlepszy pomysł, jaki ci wpadł do głowy tej nocy — powiedział Moody. — Panie Filch, proszę mi dać to jajko.

— Nie! — odpowiedział Filch, przyciskając jajo do piersi jak nowo narodzonego syna. — Profesorze Moody, to jest dowód przestępstwa Irytka!

— To jest własność reprezentanta szkoły, któremu ukradł to Irytek — oświadczył Moody. — Oddaj mi je, proszę.

Snape zszedł po schodach i minął Moody'ego bez słowa. Filch zacmokał na Panią Norris, która jeszcze przez kilka sekund wlepiała oczy w Harry'ego, po czym odwróciła się i powędrowała za swoim panem. Harry, wciąż z trudem łapiąc powietrze, usłyszał, jak Snape oddala się korytarzem. Filch wręczył Moody'emu jajo i po chwili też zniknął, mrucząc do Pani Norris:

— Nie przejmuj się, maleńka. Rano zobaczymy się z Dumbledore'em i opowiemy mu, co ten Irytek zmalował.

Trzasnęły drzwi. Harry patrzył z góry na Moody'ego, który postawił laskę na pierwszym stopniu i zaczął się wspinać ku niemu, postukując przy każdym kroku.

— Mało brakowało, Potter — mruknął.

— Taak... dziękuję panu — wymamrotał Harry.

— A co to właściwie jest? — zapytał Moody, wyciągając z kieszeni Mapę Huncwotów i rozkładając ją.

— Mapa Hogwartu — odpowiedział Harry, który miał ogromną nadzieję, że Moody zaraz wyciągnie go ze stopnia-pułapki, bo noga już porządnie go rozbolała.

— Na brodę Merlina — wyszeptał Moody, wpatrując się w mapę, a jego magiczne oko zawirowało jak szalone. — No, no... to jest dopiero mapa, Potter!

— Tak, jest... bardzo użyteczna — przytaknął Harry; teraz już łzy napłynęły mu do oczu z bólu. — Panie profesorze, mógłby mi pan pomóc?

— Co? Och! Tak, oczywiście...

Chwycił go za ręce i pociągnął. Noga Harry'ego wyskoczyła z pułapki, a on sam szybko stanął o stopień wyżej.

Moody wciąż wpatrywał się w mapę.

— Potter... — powiedział powoli — czy nie udało ci się przypadkiem zobaczyć, kto włamał się do gabinetu Snape'a? Znaczy się... na tej mapie?

— Ee... tak, widziałem. To był pan Crouch.

Magiczne oko Moody'ego przebiegło błyskawicznie po całej powierzchni mapy.

— Crouch? — powtórzył, wyraźnie zaniepokojony. — Jesteś tego pewny, Potter?

— Tak.

— Ale teraz już go tam nie ma — rzekł Moody, nadal przyglądając się mapie. — Crouch... to bardzo, bardzo interesujące...

Przez prawie minutę milczał, wpatrując się w mapę. Harry mógłby przysiąc, że ta wiadomość coś dla Moody'ego znaczyła i bardzo chciał wiedzieć co. Zastanawiał się, czy odważy się zapytać. Moody budził w nim lęk, choć dopiero co pomógł mu uniknąć straszliwych kłopotów.

— Panie profesorze... jak pan myśli, dlaczego pan Crouch chciał się rozejrzeć po gabinecie profesora Snape'a?

Magiczne oko Moodyego przeniosło się, lekko drgając, z mapy na twarz Harry'ego. Było to głęboko penetrujące spojrzenie i Harry miał wrażenie, że Moody bada go, zastanawiając się nad odpowiedzią.

— Ujmijmy to w następujący sposób, Potter — mruknął w końcu. — Mówią, że stary Szalonooki ma bzika na punkcie wyłapywania czarnoksiężników. Ale Szalonooki to nic, naprawdę nic w porównaniu z Bartym Crouchem.

Jego normalne oko nadal oglądało uważnie mapę. Harry strasznie chciał dowiedzieć się czegoś więcej.

— Panie profesorze — zagadnął ponownie. — Czy pan myśli... czy to może mieć coś wspólnego z... Może pan Crouch sądzi, że coś tu się dzieje...

— Na przykład? — zapytał ostro Moody.

Teraz Harry zastanowił się, ile może mu powiedzieć. Nie chciał, by Moody zaczął podejrzewać, że ma źródło informacji poza Hogwartem, bo wtedy mogłoby dojść do niewygodnych pytań o Syriusza.

— No nie wiem — mruknął Harry. — Ostatnio dzieją się tu dziwne rzeczy, prawda? Pisali o tym w „Proroku Codziennym". Mroczny Znak na mistrzostwach świata, ci śmierciożercy... i w ogóle...

Magiczne oko Moody'ego rozszerzyło się gwałtownie, a normalne natychmiast zrobiło to samo.

— Bystry z ciebie chłopak, Potter — powiedział, a jego magiczne oko powróciło do Mapy Huncwotów. — Być może Crouch myśli podobnie. Bardzo możliwe... Ostatnio krążyły różne dziwne pogłoski, a Rita Skeeter walnie się do tego przyczyniła. Ludzie zaczynają się bać. — Ponury uśmiech wykrzywił jego i tak już koślawe wargi. — Och, tego nienawidzę najbardziej — mruknął, bardziej do siebie niż do Harry'ego, utkwiwszy swoje magiczne oko w lewym dolnym rogu mapy. — Nienawidzę śmierciożercy na wolności...

Harry wybałuszył na niego oczy. Czy to możliwe, że Moody ma na myśli to samo, co on?

— A teraz ja ci zadam pytanie, Potter — rzekł Moody bardziej rzeczowym tonem.

W Harrym serce zamarło: już wiedział, co teraz będzie. Moody na pewno zapyta go, skąd ma tę mapę — w końcu był to bardzo podejrzany obiekt magiczny — a opowieść, w jaki sposób trafiła w ręce Harry'ego, stawiała w wątpliwym świetle nie tylko jego, ale i jego ojca, Freda i George'a Weasleyów, a także profesora Lupina, ich ostatniego nauczyciela obrony przed czarną magią.

Moody machnął mu mapą przed nosem, Harry wstrzymał oddech i...

— Czy mógłbym to sobie pożyczyć?

— Och! — wyrwało się Harry'emu z ust. Bardzo był przywiązany do Mapy Huncwotów, ale odczuł niesamowitą ulgę, widząc, że Moody wcale go nie pyta, skąd mapa pochodzi. No i pamiętał, że ma wobec Moody'ego dług wdzięczności. — Tak, oczywiście!

— Dobry z ciebie chłopak! — zagrzmiał Moody. — Ta mapa bardzo mi się przyda... Może właśnie tego mi brakowało. No, dobrze, a teraz do łóżka, Potter! Idziemy!

Razem wspięli się po schodach; Moody wciąż wpatrywał się w mapę jak w bezcenny skarb, który zobaczył po raz pierwszy w życiu. Doszli w milczeniu aż do drzwi gabinetu Moody'ego, gdzie zatrzymali się.

— Nie myślałeś nigdy o karierze aurora, Potter?

— Nie — odpowiedział Harry, całkowicie zbity z tropu tym pytaniem.

— Powinieneś to rozważyć — rzekł Moody, kiwając głową i przyglądając się Harry'emu badawczo. — Tak, tak... A z innej beczki: tego złotego jajka chyba nie wyprowadziłeś ot tak, na nocny spacer, co?

— Nie — odpowiedział Harry, szczerząc zęby. — Rozwiązywałem zagadkę.

Moody mrugnął do niego, a jego magiczne oko znowu zawirowało.

— Nic tak nie pomaga w rozwiązywaniu zagadek, jak nocna przechadzka, Potter. No, zobaczymy się rano.

Wszedł do swojego gabinetu, ponownie zerkając na Mapę Huncwotów, po czym zamknął za sobą drzwi.

Harry powlókł się do wieży Gryffindoru, rozmyślając o Snapie, o Crouchu, i o tym, co to wszystko znaczy. Dlaczego Crouch udawał, że jest chory, skoro może odwiedzić Hogwart, kiedy tylko ma na to ochotę? Czego szukał w gabinecie Snape'a?

A Moody uważa, że on, Harry, powinien zostać aurorem! Ciekawy pomysł... Ale kiedy dziesięć minut później wśliznął się do swojego łóżka z czterema kolumienkami w rogach, zamknąwszy uprzednio w kufrze złote jajo i pelerynę-niewidkę, pomyślał, że warto najpierw sprawdzić, jak bardzo pokiereszowani są inni aurorzy, zanim wybierze się taką karierę.

ROZDZIAŁ DWUDZIESTY SZÓSTY

Drugie zadanie

A mówiłeś, że już rozwiązałeś zagadkę tego jaja! — zawołała z oburzeniem Hermiona.

— Nie wydzieraj się tak! — burknął Harry. — Chciałem po prostu zrobić to dokładniej, rozumiesz?

On, Ron i Hermiona siedzieli na lekcji zaklęć przy jednym stoliku w końcu klasy. Mieli dzisiaj ćwiczyć przeciwieństwo zaklęcia przywołującego — zaklęcie odsyłające. W obawie przed przykrymi w skutkach wypadkami profesor Flitwick wręczył każdemu uczniowi kilka poduszek, na których mieli ćwiczyć, żeby nikomu nie stała się krzywda, gdy obiekt wymknie się spod kontroli. Było to dobre założenie, ale w praktyce okazało się nie do końca skuteczne. Neville, na przykład, wciąż odsyłał o wiele cięższe obiekty — w tym samego profesora Flitwicka.

— Po prostu zapomnij na minutę o tym przeklętym jajku, dobrze? — syknął Harry, kiedy profesor Flitwick przeleciał obok nich ze świstem i wylądował na szczycie wielkiej szafy. — Próbuję wam opowiedzieć o Snapie i Moodym...

Ta lekcja stwarzała idealne warunki do poufnej rozmowy, bo wszyscy zbyt dobrze się bawili, by zwracać na nich uwagę. Przez ostatnie pół godziny Harry opowiadał im szeptem o wydarzeniach poprzedniej nocy.

— Snape powiedział, że Moody przeszukał jego gabinet? — szepnął Ron, a oczy mu się rozjarzyły. Machnięciem różdżki odesłał poduszkę, która poszybowała w powietrzu i strąciła Parvati kapelusz z głowy. — A może Moody jest tutaj po to, żeby mieć oko nie tylko na Karkarowa, ale i na Snape'a?

— Nie wiem, czy Dumbledore go o to prosił, ale na pewno właśnie to robi — odrzekł Harry, machnąwszy różdżką bez niezbędnego skupienia się na tej czynności, wobec czego jego poduszka tylko zsunęła się leniwie ze stolika i pacnęła o podłogę. — Moody powiedział, że Dumbledore tylko dlatego pozwala Snape'owi zostać tutaj, bo daje mu drugą szansę czy coś w tym rodzaju...

— Co? — zdumiał się Ron, otwierając szeroko oczy; jego kolejna poduszka zatoczyła wysoki łuk w powietrzu, odbiła się od żyrandola i upadła ciężko na biurko Flitwicka.

— Harry, może Moody myśli, że to Snape wrzucił twoje nazwisko do Czary Ognia!

— Och, Ron — szepnęła Hermiona, kręcąc sceptycznie głową — już raz byliśmy przekonani, że Snape chce zabić Harry'ego, a okazało się, że ratował mu życie, nie pamiętasz?

Odesłała poduszkę, która przeleciała przez klasę i wylądowała w pudle, do którego miały trafiać wszystkie poduszki. Harry spojrzał na Hermionę, zastanawiając się nad tym, co powiedziała. Tak, to prawda, że raz Snape uratował mu życie, ale czy to nie dziwne, że tak Harry'ego nienawidzi, podobnie jak nienawidził jego ojca, kiedy byli razem w szkole? Uwielbia odejmować mu punkty i nigdy nie traci okazji, by go ukarać, czy nawet postulować usunięcie go ze szkoły.

— Ja bym się tak nie przejmowała tym, co mówi Moody — ciągnęła Hermiona. — Dumbledore nie jest głupi. Słusznie zaufał Hagridowi i profesorowi Lupinowi, mimo że nikt inny by ich nie zatrudnił, więc dlaczego miałby się pomylić co do Snape'a, nawet jeśli Snape jest trochę...

— ...zły — wpadł jej w słowo Ron. — Daj spokój, Hermiono, a dlaczego łowcy czarnoksiężników przeszukują jego gabinet?

— Dlaczego Crouch udaje, że jest chory? — zapytała Hermiona, ignorując Rona. — To chyba trochę dziwne, że nie mógł być na Balu Bożonarodzeniowym, a wślizguje się tutaj potajemnie w środku nocy?

— Ty po prostu nie lubisz Croucha z powodu tej skrzatki, Mrużki — szepnął Ron, odsyłając kolejną poduszkę prosto w okno.

— A ty po prostu chcesz koniecznie Snape'a o coś posądzić — odpowiedziała Hermiona, odsyłając swoją poduszkę zgrabnie do pudła.

— A ja po prostu chciałbym się dowiedzieć, co zrobił Snape ze swoją pierwszą szansą, jeśli otrzymał drugą — mruknął ponuro Harry, a jego poduszka, ku jego wielkiemu zaskoczeniu, przeleciała przez pokój i wylądowała dokładnie na poduszce Hermiony.

*

Spełniając życzenie Syriusza, by mu donosić o wszystkich dziwnych sprawach, Harry wysłał mu tego wieczoru list, tym razem przez brązową sowę, opowiadający o włamaniu się Croucha do gabinetu Snape'a i o rozmowie Moody'ego ze Snape'em. Potem skupił się gorliwie na najpilniejszym dla niego problemie: jak dwudziestego czwartego lutego przeżyć godzinę pod wodą.

Ron proponował, by ponownie użyć zaklęcia przywołującego. Harry opowiedział mu kiedyś o akwalungach i Ron uważał, że można by przywołać coś takiego z najbliższego miasta mugoli. Hermiona zdruzgotała ten plan, wykazując, że nawet gdyby Harry'emu udało się w ciągu godziny opanować sztukę posługiwania się takim sprzętem, zostałby na pewno zdyskwalifikowany za złamanie Międzynarodowego Kodeksu Tajności Czarów. Trudno było bowiem założyć, że żaden mugol nie zauważy akwalungu przelatującego nad wioskami, polami i lasami.

— Oczywiście idealnym rozwiązaniem byłaby transmutacja. No wiesz, jakbyś się transmutował w jakąś łódź podwodną albo coś w tym rodzaju — oświadczyła. — Niestety, jeszcze nie przerabialiśmy transmutacji ludzkiej! To chyba będzie dopiero w szóstej klasie, a mógłbyś zrobić sobie dużą krzywdę, gdybyś próbował transmutacji, nie mając pojęcia, jak to zrobić...

— Tak, nie mam zbyt wielkiej ochoty na paradowanie po Hogwarcie z peryskopem sterczącym z głowy — powiedział Harry. — Ale zawsze mogę zaatakować kogoś w obecności Moody'ego, a on mnie w coś przemieni...

— Tylko że raczej nie będziesz miał wpływu na to, w co cię przemieni, a to dość duże ryzyko — powiedziała z powagą Hermiona. — Uważam, że musisz użyć jakiegoś zaklęcia.

Tak więc Harry, z niezbyt miłym przeczuciem, że wkrótce będzie miał dość biblioteki na całe życie, zakopał się ponownie w stosach zakurzonych woluminów, poszu kując zaklęcia, które pozwoli mu przeżyć bez tlenu. Chociaż jednak i on, i Ron, i Hermiona szukali gorliwie we wszystkie przerwy obiadowe, wieczory i całe weekendy, choć Harry dostał od profesor McGonagall pisemne pozwolenie na korzystanie z działu Książek Zakazanych, a nawet poprosił o pomoc zgryźliwą, podobną do sępa bibliotekarkę, panią Pince, nie znaleźli niczego, co pozwoliłoby Harry'emu spędzić godzinę pod wodą i przeżyć, by opowiedzieć, jak tam było.

Znajome dreszcze paniki zaczęły znowu nękać Harry'ego i znowu trudno mu było skupić się na lekcjach. Jezioro, które dotąd uważał po prostu za element krajobrazu, teraz przyciągało jego spojrzenie za każdym razem, gdy znalazł się przy oknie — wielka, stalowa masa zimnej wody, której mroczne i lodowate odmęty zdawały mu się tak odległe jak księżyc.

Podobnie jak wówczas, gdy miał stanąć oko w oko z rogogonem, czas pomykał, jakby ktoś zaczarował wszystkie zegary, by chodziły dziesięć razy szybciej niż normalnie. Już tylko tydzień dzielił go od dwudziestego czwartego lutego (wciąż jeszcze mam trochę czasu)... Już tylko pięć dni (tak, teraz już *trzeba* coś znaleźć)... Trzy dni (o Boże, *muszę* coś znaleźć...).

Dwa dni przed datą turniejowych zmagań znowu przestał jeść. Jedyną dobrą rzeczą, jaka go spotkała podczas śniadania, był powrót brązowej sowy, którą wysłał do Syriusza. Sięgnął szybko po pergamin przywiązany do jej nóżki, rozwinął go i zobaczył najkrótszy list, jaki Syriusz kiedykolwiek do niego napisał:

Prześlij mi zwrotną sową datę najbliższego Hogsmeade.

Harry odwrócił pergamin i spojrzał z nadzieją na drugą stronę, ale była pusta.

— W następny weekend — szepnęła Hermiona, która przeczytała list ponad jego ramieniem. — Masz…weź moje pióro i natychmiast odeślij mu tę sowę.

Harry naskrobał datę na drugiej stronie listu Syriusza, przywiązał pergamin do nóżki sowy i obserwował, jak ptak wylatuje przez okno. Ale czego miałby się spodziewać? Rady, jak przeżyć pod wodą? Przecież tak mu zależało na tym, by opowiedzieć Syriuszowi o Snapie i Moodym, że kompletnie zapomniał nadmienić o zagadce złotego jaja.

— Dlaczego on chce się dowiedzieć, kiedy będzie następny wypad do Hogsmeade? — zapytał Ron.

— Nie mam pojęcia — mruknął Harry. Chwilowa radość na widok brązowej sowy już w nim zagasła. — Chodźcie, mamy opiekę nad magicznymi stworzeniami.

Od czasu powrotu do pracy Hagrid kontynuował lekcje o jednorożcach, choć nie bardzo byli pewni dlaczego — czy dlatego, że zrezygnował już z prób oswojenia sklątek, czy dlatego, że pozostały mu tylko dwie, czy też chciał udowodnić, że potrafi robić to, co profesor Grubbly-Plank. Okazało się zresztą, że wie o jednorożcach tyle, co o swoich ulubionych potworach, choć dawał jasno do zrozumienia, że nie są zbyt ciekawe, bo nie mają jadowitych kłów.

Dzisiaj udało mu się schwytać dwa młode jednorożce. W przeciwieństwie do dorosłych okazów, źrebaki miały złotą sierść. Parvati i Lavender rozpływały się na ich widok, i nawet Pansy Parkinson musiała bardzo się wytężyć, by nie okazać swojego zachwytu.

— Łatwiej je wypatrzyć niż dorosłe — powiedział im Hagrid. — Robiom się srebrne, kiedy mają ze dwa lata, a róg im wyrasta, jak mają cztery. A całkiem białe robiom się, jak już zupełnie dorosną, po siedmiu latach. Są bardziej ufne, jak są malutkie, nie wnerwiają się tak na chłopców. Ruszcie się, podejdźcie bliżej, możecie je sobie poklepać, dać im trochę cukru...

— Wszystko gra, Harry? — mruknął, odchodząc na bok, podczas gdy reszta klasy zgromadziła się wokół źrebiątek.

— Tak — mruknął Harry.

— Tylko nerwy, nie?

— Trochę.

— Harry — rzekł Hagrid, klepiąc go olbrzymią dłonią po ramieniu, tak że pod Harrym ugięły się kolana — trochę miałem pietra, jak cię zobaczyłem przed tym rogogonem, ale teraz już wim, że za co się nie złapiesz, to dasz radę. W ogóle się o to nie martwię. Dasz radę i tyle. Roztrzaskałeś już tę łamigłówkę?

Harry kiwnął głową, ale kiedy to zrobił, natychmiast poczuł przemożną chęć wyznania Hagridowi, że nie ma zielonego pojęcia, jak przeżyć godzinę na dnie jeziora. Spojrzał na niego badawczo: może czasami zanurza się w jeziorze w poszukiwaniu jakichś wodnych potworów? Bo na ziemi potrafi złowić wszystkie...

— Wygrasz, tyle ci powim — zagrzmiał Hagrid, klepiąc go znowu po ramieniu, a Harry poczuł, że zapada się na kilka cali w błotnistą ziemię. — Ja to wim. Ja to czuję. Wygrasz, Harry, ja ci to mówię.

Harry po prostu nie mógł pozbawić Hagrida tego radosnego, ufnego uśmiechu. Odwzajemnił ten uśmiech z pewnym trudem i udając, że bardzo go ciekawią młode jednorożce, odszedł, by wraz z innymi poklepać je po złotych grzbietach.

W przeddzień drugiego zadania po południu Harry czuł się tak, jakby pogrążył się w jakimś sennym koszmarze. Wiedział dobrze, że nawet gdyby jakimś cudem udało mu się trafić na skuteczne zaklęcie, było mało prawdopodobne, by opanował je przez jedną noc. Jak mógł do tego dopuścić? Dlaczego wcześniej nie zabrał się za rozwiązanie tej zagadki? Dlaczego pozwalał swoim myślom błądzić na lekcjach? Może któryś z nauczycieli wspomniał kiedyś o oddychaniu pod wodą?

Słońce już zachodziło, a Harry, Ron i Hermiona wciąż siedzieli w bibliotece, wertując gorączkowo księgi zaklęć piętrzące się przed każdym z nich. Harry'emu serce biło mocniej za każdym razem, gdy zobaczył słowo „woda", ale najczęściej padało ono w zdaniu: „Weź dwa garnce wody, pół funta pokruszonych liści mandragory i traszkę..."

— To beznadziejne — powiedział smętnie Ron z drugiego końca stołu. — Nie ma nic. Nic. Najbliższe jest zaklęcie osuszające, do likwidowania kałuży i sadzawek, ale jeziora tym się nie osuszy, nie ma siły.

— Musi coś być — mruknęła Hermiona, przysuwając bliżej świecę. Oczy miała już tak zmęczone, że ślęczała nad *Dawnymi i w ludzkiej niepamięci pogrążonymi zaklęciami i urokami* z nosem tuż nad drobnym tekstem. — Nigdy by nie postawili przed wami zadania niemożliwego do wykonania.

— Ale to zrobili — rzekł Ron. — Harry, po prostu wleź do tego jeziora, wsadź głowę pod wodę, ryknij na te trytony, żeby ci oddały to, co zwędziły, i czekaj. To najlepsze, co możesz zrobić, stary.

— Jest jakiś sposób! — upierała się Hermiona. — Musi być!

Brak tak potrzebnych informacji w bibliotece uważała za osobistą obrazę; jak dotąd książki nigdy jej nie zawiodły.

— Wiem, co należało zrobić — powiedział Harry, z głową pochyloną nad *Zuchwałymi sztuczkami poskramiającymi sprytnych zuchwalców*. — Trzeba się było nauczyć, jak zostać animagiem, tak jak Syriusz.

— No jasne, mógłbyś się zamienić w złotą rybkę, jakbyś tylko zechciał! — ucieszył się Ron.

— Albo w żabę — ziewnął Harry. Miał już dosyć.

— Trzeba lat, żeby zostać animagiem, trzeba się zarejestrować i w ogóle — mruknęła Hermiona, ślęcząc nad indeksem *Dziwacznych dylematów czarodziejskich i ich rozwiązań*. — Profesor McGonagall mówiła, że trzeba się zarejestrować w Wydziale Niewłaściwego Używania Czarów, gdzie zapisują, w jakie zwierzę będziesz się zamieniać, jakie są jego cechy charakterystyczne, żeby tego nie nadużywać do jakichś...

— Hermiono, ja żartowałem — westchnął Harry. — Wiem, że nie mam żadnej szansy, by do rana opanować sztukę zamieniania się w żabę.

— Co za bzdury — powiedziała Hermiona, zatrzaskując *Dziwaczne dylematy*. — Kto by chciał skręcać sobie w pierścionki włosy w nosie?

— Ja bym na to poszedł — odezwał się głos Freda Weasleya. — Wszyscy by o mnie mówili, no nie?

Harry, Ron i Hermiona podnieśli głowy. Zza półek z książkami wyłonili się Fred i George.

— Co wy tu robicie? — zdziwił się Ron.

— Szukamy was — odpowiedział George. — McGonagall chce cię widzieć, Ron. I ciebie, Hermiono.

— Dlaczego? — zapytała Hermiona, najwyraźniej bardzo zaskoczona.

— Nie wiem. Ale wyglądała nie za bardzo — rzekł Fred.

— Mamy was przyprowadzić do jej gabinetu — dodał George.

Ron i Hermiona spojrzeli na Harry'ego, któremu coś przekręciło się w żołądku. Może profesor McGonagall zamierza ich zwymyślać? Może zauważyła, że mu pomagają, a przecież sam ma dojść do tego, jak rozwiązać drugie zadanie?

— Spotkamy się w pokoju wspólnym — powiedziała Hermiona, wstając. Oboje z Ronem mieli przerażone miny.

— Przynieś tyle tych książek, ile zdołasz, dobra?

— Dobra — mruknął niepewnie Harry.

O ósmej wieczorem pani Pince pogasiła lampy i wygoniła Harry'ego z biblioteki. Uginając się pod ciężarem tylu książek, ile zdołał unieść, Harry wrócił do pokoju wspólnego Gryffindoru, zaciągnął stolik w kąt i dalej wertował woluminy. Nic nie znalazł w *Zwariowanych zaklęciach dla lekko stukniętych magów,* nic w *Przewodniku po magii średniowiecznej,* ani jednej wzmianki o podwodnych eskapadach w *Antologii zaklęć osiemnastowiecznych,* ani w *Groźnych mieszkańcach głębin* i w *Ukrytych mocach, o których posiadaniu nie masz pojęcia i z którymi nie wiesz, co począć, kiedy już zmądrzejesz.*

Krzywołap wspiął mu się na kolana i zwinął w kłębek, mrucząc głośno. W pokoju wspólnym powoli robiło się pusto. Ludzie wychodzili, życząc mu powodzenia wesołym i beztroskim tonem, tak jak Hagrid, najwyraźniej przekonani, że jutro zadziwi ich kolejnym wspaniałym wyczynem, podobnie jak podczas pierwszego zadania. Harry tylko kiwał głową, bo w gardle tkwiło mu coś, co bardzo przypominało piłkę golfową. Za dziesięć dwunasta siedział już zupełnie sam w pokoju, z Krzywołapem na kolanach. Przewertował wszystkie książki, a Rona i Hermiony wciąż nie było.

To już koniec, powiedział sobie w duchu. Tego się po prostu nie da zrobić. Trzeba jutro zejść nad jezioro i oświadczyć sędziom, że...

Wyobraził sobie, jak im wyjaśnia, że nie może podjąć się kolejnego zadania. Już widział minę Bagmana i jego wytrzeszczone oczy, już widział uradowany uśmiech Karkarowa, szczerzącego żółte zęby. Prawie słyszał Fleur Delacour, mówiącą: „Ja wiediala... on za muodi, on na to za mali". Zobaczył Malfoya błyskającego przed tłumem plakietką z napisem: *POTTER CUCHNIE*, zobaczył strapioną, zastygłą w wyrazie niedowierzania twarz Hagrida...

Zapominając, że Krzywołap leży mu na kolanach, wstał nagle; rudy kot prychnął ze złością, kiedy wylądował na podłodze, spojrzał na niego z wyrzutem i odszedł, postawiwszy sztywno ogon podobny do szczotki do butelek, ale Harry już pędził po spiralnych schodach do dormitorium, już łapał pelerynę-niewidkę, już wracał do biblioteki. Zamierzał spędzić tam nawet całą noc, jeśli będzie musiał.

— *Lumos* — szepnął kwadrans później, otwierając drzwi biblioteki.

Z zapaloną różdżką skradał się wzdłuż półek z książkami, ściągając z nich coraz więcej i więcej tomów — książki o urokach i zaklęciach, książki o wodnikach i podwodnych potworach, książki o słynnych czarownicach i czarodziejach, o wszystkim, co mogło się łączyć z koniecznością przeżycia pod wodą. Zaniósł tę stertę na jeden ze stołów i zabrał się do roboty, przerzucając stronice w świetle wąskiego promienia światła tryskającego z końca różdżki, od czasu do czasu zerkając na zegarek...

Pierwsza w nocy... druga... Padał na nos, oczy go piekły, ale wciąż powtarzał sobie: *Na pewno w tej książce... w następnej... w następnej...*

*

Syrena na malowidle w łazience prefektów zaśmiewała się perliście. Harry podrygiwał jak korek w pienistej wodzie, a ona trzymała Błyskawicę tuż nad jego głową.

— No, dalej, złap ją! — chichotała złośliwie. — Podskocz!

— Nie mogę — wydyszał Harry, wyciągając rękę po Błyskawicę i starając się nie opaść na dno. — Oddaj mi ją!

Ale wodna nimfa tylko dźgnęła go boleśnie w żebra końcem miotły, zanosząc się śmiechem.

— To boli... przestań... auu!

— Harry Potter musi się obudzić, sir!

— Przestań mnie dźgać...

— Zgredek musi dźgać Harry'ego Pottera, sir, on musi się obudzić!

Otworzył oczy. Nadal był w bibliotece; peleryna-niewidka zsunęła mu się z głowy, kiedy zasnął, z policzkiem na stronicy z tytułem: *Gdzie jest różdżka, jest i sposób*. Wyprostował się i poprawił sobie okulary na nosie, mrugając w świetle dnia.

— Harry Potter musi się spieszyć! — zaskrzeczał Zgredek. — Drugie zadanie rozpocznie się za dziesięć minut, a Harry Potter...

— Za dziesięć minut? — wychrypiał Harry. — *Dziesięć... dziesięć minut?*

Spojrzał na zegarek. Zgredek miał rację. Było dwadzieścia po dziewiątej. Coś wielkiego i bardzo ciężkiego osunęło się z jego piersi do brzucha.

— Szybciej, Harry Potter, sir! — piszczał Zgredek, ciągnąc go za rękaw. — Harry Potter powinien już być nad jeziorem razem z innymi reprezentantami, sir!

— Już za późno, Zgredku! — jęknął Harry. — Nie wykonam tego zadania, nie wiem jak...

— Harry Potter wykona to zadanie! — zaskrzeczał Zgredek. — Zgredek wiedział, że Harry Potter nie znalazł właściwej książki, więc Zgredek zrobił to za niego!

— Co? Przecież ty nie wiesz, jakie będzie drugie zadanie!

— Zgredek wie, sir! Harry Potter ma się zanurzyć w jeziorze, żeby odnaleźć swojego Wisiela...

— Co odnaleźć?

— ...i odebrać swojego Wisiela trytonom!

— Jakiego Wisiela?

— Swojego Wisiela, sir, swojego Wisiela... Wisiela, który dał Zgredkowi sweter!

Zgredek zaczął szarpać skurczony kasztanowy sweter, który miał na sobie.

— *Co?* — wydyszał Harry. — A więc chodzi o Rona?

— O to, czego Harry'emu Potterowi będzie najbardziej brak! — pisnął skrzat. — A po godzinie...

— *...nadzieję przyjdzie ci porzucić* — wyrecytował Harry, wpatrując się ze zgrozą w skrzata. — *A to, czego tak szukasz, nigdy już nie wróci.* Zgredku, co ja mam robić?

— Harry Potter ma to zjeść, sir! — zaskrzeczał Zgredek, sięgając do kieszeni spodenek i wyciągając kłębek czegoś, co wyglądało na oślizgłe, szarozielone ogony szczurów. — Tuż przed zanurzeniem się w jeziorze, sir. To skrzeloziele!

— Co to da? — zapytał Harry, patrząc na skrzeloziele.

— Harry Potter będzie mógł oddychać pod wodą, sir!

— Zgredku — powiedział gorączkowo Harry — jesteś tego pewny?

Jeszcze nie zapomniał, że kiedy ostatnim razem Zgredek

chciał mu „pomóc", skończyło się to całkowitym zanikiem kości w jego prawym ramieniu.

— Zgredek jest tego bardzo pewny, sir! — zapiszczał z przejęciem skrzat. — Zgredek słyszy różne rzeczy, sir, Zgredek jest domowym skrzatem, chodzi sobie po całym zamku, żeby rozpalać w kominkach i zamiatać podłogi, i Zgredek słyszał, jak profesor McGonagall i profesor Moody rozmawiają w pokoju nauczycielskim o drugim zadaniu. Zgredek nie pozwoli, by Harry Potter utracił swojego Wisiela!

Harry pozbył się resztek wątpliwości. Zerwał się na nogi, ściągnął z siebie pelerynę-niewidkę, wepchnął ją do torby, złapał skrzeloziele i wsadził je do kieszeni, a potem wybiegł z biblioteki, ze Zgredkiem depczącym mu po piętach.

— Zgredek powinien być w kuchni, sir! — zapiszczał skrzat, gdy wypadli na korytarz. — Zgredka tam nie będzie... Powodzenia, Harry Potter, sir, powodzenia!

— Do zobaczenia, Zgredku! — krzyknął Harry i popędził korytarzem, a potem po schodach, przeskakując po trzy stopnie.

W sali wejściowej było już tylko kilkunastu maruderów, wszyscy wychodzili po śniadaniu z Wielkiej Sali i tłoczyli się w dębowych drzwiach frontowych, by udać się nad jezioro. Wytrzeszczyli oczy na Harry'ego, gdy śmignął obok nich, i pędząc na jasne, zimne błonia, o mały włos nie przewrócił na kamiennych schodkach Colina i Dennisa Creeveyów.

Zbiegając po łagodnym zboczu do jeziora, zobaczył, że trybuny, które w listopadzie otaczały zagrodę dla smoków, wznosiły się teraz nad przeciwległym brzegiem jeziora, odbijając się w ciemnej wodzie. Wszystkie miejsca były zajęte, a gwar podnieconych głosów niósł się ponad wodą. Harry biegł ile sił w nogach ku stanowisku sędziów, którzy zasiedli przy udrapowanym złotogłowiem stole tuż nad krawędzią wody. Stali tam już Cedrik, Fleur i Krum i z ciekawością obserwowali sprint Harry'ego.

— Jestem... już... — wydyszał Harry, zatrzymując się gwałtownie w błocie i przypadkowo ochlapując Fleur.

— Gdzie ty byłeś? — rozległ się apodyktyczny, gderliwy głos. — Zaraz zaczynamy!

Harry rozejrzał się. Percy Weasley siedział przy stole sędziowskim — pana Croucha znowu nie było.

— Spokojnie, spokojnie, Percy! — powiedział Ludo Bagman, który patrzył na Harry'ego z wyraźną ulgą. — Pozwólmy mu złapać oddech!

Dumbledore uśmiechnął się do Harry'ego, ale Karkarow i madame Maxime najwyraźniej nie ucieszyli się na jego widok... Po ich minach można było poznać, że już mieli nadzieję, że się nie stawi.

Harry pochylił się, wspierając ręce na kolanach i z trudem łapiąc oddech. W boku kłuło go tak, jakby miał nóż wbity między żebra, ale nie było czasu, by temu zaradzić, bo Ludo Bagman krążył już między zawodnikami, rozstawiając ich wzdłuż brzegu co dziesięć stóp. Harry znalazł się na samym końcu, za Krumem, który miał na sobie spodenki kąpielowe, a w ręku różdżkę.

— W porządku, Harry? — szepnął Bagman, gdy przesunął go o parę stóp dalej od Kruma. — Wiesz, co masz robić?

— Tak — wydyszał Harry, masując sobie żebra.

Bagman klepnął go po ramieniu i wrócił do stołu sędziów, po czym wycelował różdżką w swoje gardło, jak to uczynił podczas finału mistrzostw świata w quidditchu, powiedział: *Sonorus!*, a jego tubalny głos potoczył się ponad wodą ku trybunom.

— Zatem nasi reprezentanci są już gotowi do drugiego zadania, które rozpocznie się na mój gwizdek. Mają dokładnie godzinę na odzyskanie tego, co utracili. Liczę do trzech! Raz... dwa... TRZY!

Gwizdek rozdarł zimne, nieruchome powietrze. Z trybun zagrzmiały oklaski i okrzyki. Harry, nie patrząc, co robią inni zawodnicy, ściągnął buty i skarpetki, wyjął z kieszeni garść skrzeloziela, wepchnął je sobie w usta i wszedł do jeziora.

Woda była tak zimna, że skóra na nogach zapiekła go, jakby wchodził w ogień. Mokra szata zaczęła mu ciążyć, gdy zanurzył się głębiej — teraz woda sięgała mu już za kolana, a szybko drętwiejące stopy ślizgały się w szlamie i na płaskich, śliskich kamieniach. Żuł gorliwie skrzeloziele, nieprzyjemnie ślimakowate i łykowate, jak macki ośmiornicy. Kiedy woda sięgała mu już do pasa, zatrzymał się, przełknął i czekał, aż coś się stanie.

Usłyszał śmiechy dochodzące z widowni i zrozumiał, że musi bardzo głupio wyglądać, włażąc do jeziora bez widocznych oznak jakiejś magicznej mocy. Górna część ciała, jeszcze sucha, pokryła się gęsią skórką; do połowy zanurzony w lodowatej wodzie, z włosami targanymi przez ostry wiatr, zaczął gwałtownie dygotać. Unikał patrzenia w stronę trybun: śmiech był coraz głośniejszy, słychać było też gwizdy i szydercze okrzyki Ślizgonów.

A potem, zupełnie niespodziewanie, poczuł się tak, jakby usta i nos zatkano mu niewidzialną poduszką. Próbował odetchnąć, ale tylko zakręciło mu się w głowie: płuca miał puste, a po obu stronach szyi poczuł ostry ból...

Złapał się za szyję i tuż za uszami wyczuł dwie wielkie

szczeliny, których górne brzegi trzepotały w zimnym powietrzu. *Miał skrzela.* Nie zastanawiając się ani chwili, zrobił jedyną rzecz, która wydała mu się sensowna — rzucił się w wodę głową naprzód.

Pierwszy łyk lodowatej wody odczuł jak oddech życia. W głowie przestało mu się kręcić, łyknął po raz drugi i poczuł, jak woda gładko przepływa mu przez skrzela, wysyłając do mózgu zbawczy tlen. Wyciągnął przed siebie ręce i spojrzał na nie. Były zielonkawe, jakby nieco przezroczyste, a... między palcami wyrosły błony. Okręcił się w miejscu i spojrzał na swoje nagie stopy — wydłużyły się, a między palcami również pojawiły się błony. A więc wyrosły mu płetwy!

I woda nie była już tak zimna... przeciwnie, teraz była przyjemnie chłodna... jakby lekka, rzadka. Odbił się od dna i machnął nogami, zdumiony, jak daleko i szybko pomknął pod wodą, jak wyraźnie wszystko widzi... i wcale nie musi już mrugać powiekami. Wkrótce wypłynął tam, gdzie musiało być bardzo głęboko, bo nie dostrzegał już dna. Przekoziołkował głową w dół i zanurkował w mroczną toń.

Cisza dzwoniła mu w uszach, gdy szybował ponad tym dziwnym, mrocznym, zamglonym krajobrazem. Sięgał wzrokiem zaledwie dziesięć stóp wokół siebie, więc kiedy pomykał przez wodę, coraz to nowe sceny wyłaniały się nagle z ciemności: puszcze falujących, splątanych czarnych wodorostów, rozległe równiny mułu, upstrzone obłymi, błyszczącymi kamieniami. Płynął coraz głębiej i dalej, ku środkowi jeziora, wpatrując się szeroko otwartymi oczami w szarą toń i w mroczne cienie przed sobą i pod sobą, tam, gdzie woda stawała się nieprzezroczysta.

Małe rybki śmigały obok niego jak srebrne błyski. Parę razy wydało mu się, że przed nim porusza się coś większego, ale kiedy się zbliżał, odkrywał, że to tylko wielka poczerniała kłoda albo gęsty kłąb wodorostów. Nigdzie nie było widać śladu innych reprezentantów, trytonów, Rona — czy, Bogu dzięki, olbrzymiej kałamarnicy.

Wysokie na dwie stopy, jasnozielone wodorosty rozpościerały się przed nim jak łąki wyrośniętej trawy. Wciąż patrzył przed siebie, nie mrugając powiekami, starając się rozpoznać zamglone kształty... kiedy nagle, bez żadnego ostrzeżenia, coś złapało go za kostkę nogi.

Obrócił się błyskawicznie i zobaczył druzgotka, małego, rogatego demona wodnego, który wynurzywszy się spomiędzy wodorostów, zacisnął długie palce na jego nodze. Druzgotek obnażył kły i łypał na niego złowrogo. Harry szybko wcisnął swoją płetwiastą dłoń za pazuchę szaty, próbując niezdarnie chwycić różdżkę, ale w tym samym momencie z wodorostów wyskoczyły dwa kolejne druzgotki, które chwyciły go za szatę i pociągnęły w dół.

— Relashio! — krzyknął Harry, ale z jego ust nie wydarł się że żaden dźwięk, tylko wielka bańka powietrza.

Z różdżki, zamiast iskier, wystrzeliły ku druzgotkom strumienie zapewne wrzącej wody, bo tam, gdzie ugodziły, pojawiły się na ich zielonej skórze czerwone plamy. Harry wierzgnął mocno, oswobodził stopę z uścisku druzgotka i popłynął tak szybko, jak potrafił, jeszcze kilka razy strzelając na oślep przez ramię strumieniami ukropu. Co jakiś czas demony chwytały go za stopy, a wówczas wierzgał z całej siły, by się od nich uwolnić; w końcu poczuł, że trafił w rogatą czaszkę, a kiedy się obejrzał, zobaczył oszołomionego druzgotka, z oczami w zeza, odpływającego powoli; jego towarzysze pogrozili Harry'emu pięściami i zapadli się z powrotem w gąszcz wodorostów.

Harry zwolnił nieco, wsunął różdżkę do wewnętrznej

kieszeni i rozejrzał się, znowu nasłuchując. Zatoczył pełne koło w wodzie, a cisza jeszcze mocniej naparła na bębenki w uszach. Wiedział, że musi już być bardzo głęboko, ale wciąż nic się nie poruszało, prócz falujących wodorostów.

— Jak sobie radzisz?

Harry'emu wydało się, że za chwilę dostanie ataku serca, albo że już go dostał. Obrócił się w miejscu i zobaczył przed sobą Jęczącą Martę, patrzącą na niego spoza grubych, perłowych szkieł.

— Marto! — spróbował krzyknąć Harry, ale i tym razem z ust wyleciał mu jedynie wielki bąbel powietrza.

Jęcząca Marta zachichotała.

— Powinieneś spróbować tam! — powiedziała, wskazując ręką. — Ja tam nie popłynę. Bardzo ich nie lubię, zawsze mnie gonią, jak się zbliżę.

Harry podziękował jej, podnosząc kciuk, i odpłynął, dbając o to, by nie zbliżać się za bardzo do wierzchołków wodorostów, w obawie przed druzgotkami, które mogły się w nich czaić.

Płynął i płynął przynajmniej przez dwadzieścia minut. Teraz widział pod sobą rozległą płaszczyznę czarnego mułu, który kłębił się i wzbijał, gdy nad nim przepływał. A potem, w końcu, usłyszał urywek piosenki trytonów:

...Aby zgubę odzyskać, masz tylko godzinę,
Której nie przedłużymy choćby i o krztynę...

Harry popłynął szybciej i zobaczył przed sobą wielką skałę pośród zamulonej wody. Widniały na niej malowidła przedstawiające trytony uzbrojone we włócznie i polujące na wielką kałamarnicę. Przepłynął obok skały, kierując się śpiewem trytonów.

...pół czasu minęło, z szukaniem nie zwlekaj,
bo to, czego szukasz, właśnie tutaj czeka...

Z mroku wyłoniły się nagle ze wszystkich stron prymitywne kamienne domostwa obrośnięte algami. Tu i tam, w ciemnych otworach okiennych widniały twarze w niczym nie przypominające syreny z malowidła w łazience prefektów...

Trytony miały szarawą skórę i długie, zmierzwione, ciemnozielone włosy. Ich oczy były żółte, podobnie jak nierówne zęby, a ich szyje zdobiły naszyjniki z otoczaków. Zerkały na Harry'ego, kiedy przepływał; dwa czy trzy wypłynęły ze swoich pieczar, aby lepiej mu się przyjrzeć, falując potężnymi, srebrnymi, rybimi ogonami i ściskając włócznie w dłoniach.

Harry przyspieszył, rozglądając się wokół siebie. Podwodnych pieczar było coraz więcej. Przy niektórych zobaczył ogrody wodorostów, a przy jednym z otworów maleńkiego druzgotka przywiązanego do palika. Trytony nadpływały ze wszystkich stron, przypatrując mu się z wielką ciekawością, pokazując sobie jego płetwiaste dłonie i skrzela, zasłaniając rękami usta i wymieniając uwagi. Harry opłynął jedną ze skał i oczom jego ukazał się bardzo dziwny widok.

Tłum trytonów unosił się w wodzie między domami, ustawionymi wokół pustej przestrzeni, która wyglądała jak podwodny odpowiednik rynku. Pośrodku śpiewał chór, który wabił zawodników, a za nim wznosił się prymitywny posąg: olbrzymia postać trytona, wyciosana z jednego głazu. Do jego kamiennego ogona przywiązane były cztery osoby.

Ron był przywiązany między Hermioną i Cho Chang. Była też jakaś dziewczynka, która nie mogła mieć więcej niż osiem lat; po otaczającym jej głowę obłoku srebrnych włosów Harry poznał, że może to być tylko siostra Fleur Delacour. Wszyscy czworo zdawali się pogrążeni w głębokim śnie. Głowy chwiały im się lekko, a z ust wydobywały się paciorki powietrza.

Harry pomknął do uwięzionych zakładników, trochę się bojąc, że trytony zniżą włócznie i zaatakują go, ale nic nie zrobiły. Liny z wodorostów, którymi przywiązano zakładników do posągu, okazały się grube, śliskie i bardzo mocne. Przez chwilę pomyślał o scyzoryku, który Syriusz podarował mu na Boże Narodzenie — zamkniętym w kufrze, spoczywającym w zamku o ćwierć mili stąd.

Rozejrzał się po trytonach, po czym podpłynął do jednego z nich, wysokiego na siedem stóp, z długą, zieloną brodą i naszyjnikiem z ostrych kłów rekina, i spróbował pokazać na migi, że chce pożyczyć jego włócznię. Tryton tylko się zaśmiał i potrząsnął głową.

— My nie pomagamy — powiedział ostrym, chrapliwym głosem.

— Daj spokój! — krzyknął Harry (ale tylko bąbelki wydobyły się z jego ust) i chciał mu wyszarpnąć włócznię z dłoni, ale tryton cofnął się szybko, wciąż kręcąc głową i śmiejąc się.

Harry okręcił się w miejscu, rozglądając się gorączkowo wokół siebie. Coś ostrego... cokolwiek...

Dno jeziora upstrzone było kamieniami. Zanurkował po jeden z nich, o wyjątkowo ostrych krawędziach, po czym wrócił do posągu i zaczął nim rąbać linę, którą był przywiązany Ron. Po kilku minutach ciężkiej pracy lina puściła. Ron zawisł, nadal uśpiony, parę cali nad dnem jeziora, kołysząc się lekko wraz z falowaniem wody.

Harry rozejrzał się. Nie było widać żadnego z reszty zawodników. Co z nimi? Dlaczego się tak spóźniają? Podpłynął do Hermiony i zaczął uderzać kamieniem w jej więzy...

Natychmiast pochwyciło go kilka par silnych, szarych rąk. Z pół tuzina trytonów odciągało go od Hermiony, kręcąc zielonowłosymi głowami i zanosząc się śmiechem.

— Masz już swojego zakładnika — powiedział jeden z nich. — Zostaw innych...

— Ani mi się śni! — krzyknął Harry, ale tylko cztery wielkie bąble wyleciały mu z ust.

— Twoim zadaniem jest uwolnienie twojego przyjaciela. Zostaw innych.

— ONA też jest moim przyjacielem! — ryknął Harry, wyciągając ręce do Hermiony, a spomiędzy warg wydobył mu się olbrzymi srebrny bąbel. — Nie pozwolę, by tutaj pomarli!

Głowa Cho spoczywała na ramieniu Hermiony, a srebrnowłosa dziewczynka była widmowo zielona i blada. Harry zaczął się wyrywać trytonom, ale zaśmiały się jeszcze bardziej i trzymały go mocno. Rozejrzał się gorączkowo wokół siebie. Gdzie są pozostali zawodnicy? Czy starczy mu czasu, by wyciągnąć Rona na powierzchnię i wrócić po Hermionę i te dwie dziewczyny? I czy je odnajdzie? Zerknął na zegarek, żeby zobaczyć, ile mu jeszcze zostało czasu — ale zegarek przestał chodzić.

Nagle trytony zaczęły pokazywać sobie coś nad jego głową. Spojrzał tam i zobaczył płynącego ku nim Cedrika. Jego głowę otaczał olbrzymi bąbel, co sprawiało, że rysy mu się dziwacznie poszerzyły i rozciągnęły.

— Zabłądziłem! — powiedział bezgłośnie z przerażoną miną. — Fleur i Krum już tu płyną!

Harry, czując głęboką ulgę, obserwował, jak Cedrik wyciąga z kieszeni nóż i uwalnia Cho. Chwycił ją pod ramiona, pociągnął w górę i po chwili oboje zniknęli mu z oczu.

Harry rozglądał się, wciąż czekając. Gdzie jest Fleur? Gdzie Krum? Czasu było coraz mniej, a słowa piosenki mówiły, że po godzinie zakładnicy pozostaną tu już na zawsze...

Trytony zaczęły nagle wrzeszczeć. Te, które go trzymały, rozluźniły uścisk, patrząc poza siebie. Harry odwrócił się i zobaczył coś potwornego, pomykającego ku nim przez wodę: ludzkie ciało w kąpielówkach... z głową rekina. To Krum! Wyglądało na to, że się transmutował, ale nie do końca.

Rekin-człowiek podpłynął prosto do Hermiony i zaczął szarpać i kąsać jej więzy. Niestety, nowe zęby Kruma były tak rozstawione, że nie mógłby nimi ukąsić niczego, co jest mniejsze od delfina. Harry był pewny, że jeśli Krum nie będzie ostrożny, to rozerwie Hermionę na dwie części. Rzucił się ku niemu, uderzył go mocno w ramię i podał mu kamień. Krum chwycił go i po kilku sekundach Hermiona była już wolna, a Krum objął ją w pasie i ruszył szybko ku powierzchni, nawet nie oglądając się na Harry'ego.

Co teraz? Gdyby tylko miał pewność, że Fleur zaraz nadpłynie... Ale nigdzie jej nie widział. Nie, na nią liczyć nie można...

Porwał z dna kamień odrzucony przez Kruma, ale trytony natychmiast otoczyły Rona i srebrnowłosą dziewczynkę, kręcąc głowami.

Harry wyciągnął różdżkę.

— Z drogi!

Tylko bąbelki wyleciały mu z ust, ale odniósł wrażenie, że trytony go zrozumiały, bo nagle przestały się śmiać. Utkwiły żółte oczy w różdżce Harry'ego i widać było, że są przestraszone. Mogły być ich tutaj całe zastępy, ale Harry poznał po ich twarzach, że o magii wiedzą tyle, co wielka kałamarnica.

— Liczę do trzech! — krzyknął Harry, wypuszczając z ust wielki strumień pęcherzyków, ale wystawił trzy palce, żeby się upewnić, że zrozumieją. — Raz... — zgiął jeden palec — dwa... — zgiął drugi palec...

Trytony rozpierzchły się. Harry rzucił się do srebrnowłosej dziewczynki i zaczął rąbać linę, którą była przywiązana do posągu. Udało się! Objął dziewczynkę w pasie, złapał Rona za szatę na karku i odepchnął się mocno stopami od dna.

Powoli unosił się w górę. Nie mógł już korzystać ze swoich płetwiastych rąk, więc tylko wymachiwał wściekle nogami, ale Ron i siostra Fleur ciążyli mu jak dwa worki kartofli, ciągnąc go w dół... Utkwił oczy w górze, wiedząc, że musi być bardzo głęboko, bo woda nad głową była bardzo ciemna...

Trytony również popłynęły w górę. Krążyły wokół niego z łatwością, przyglądając się jego rozpaczliwym wysiłkom... Czy pociągną go w toń, kiedy upłynie wyznaczony czas? Może zjadają ludzi? Nogi mu drętwiały, w barkach czuł okropny ból, ale nie ustawał, cal po calu wlokąc dwa bezwładne ciała ku górze, ku upragnionej powierzchni...

Coraz trudniej było mu oddychać. Znowu rozbolała go szyja pod uszami. Powoli dotarło do niego, że usta ma pełne wody... ale robiło się coraz jaśniej... tak, już widać światło dzienne nad głową...

Machnął rozpaczliwie nogami i odkrył, że nie ma już płetw, tylko normalne stopy... Woda wdzierała mu się przez usta do płuc... Poczuł dziwne oszołomienie, ale wiedział już, że światło i powietrze są zaledwie dziesięć stóp ponad nim. Musi tam się dostać... musi...

Zaczął wierzgać rozpaczliwie nogami. Wydawało mu się, że mięśnie wrzeszczą w proteście, mózg nasiąkł wodą jak gąbka... Nie mógł oddychać, brakowało mu tlenu... Jeszcze trochę... nie wolno przestać... jeszcze tylko trochę...

I nagle poczuł, że jego głowa przebija powierzchnię jeziora — cudowne, chłodne, czyste powietrze sprawiło, że twarz go zapiekła, odetchnął głęboko, czując się tak, jakby nigdy przedtem nie oddychał naprawdę. Dysząc ciężko, wyciągnął za sobą na powierzchnię Rona i dziewczynkę. Wokół niego wynurzały się z wody dzikie, zielonowłose głowy trytonów, ale teraz uśmiechały się do niego.

Z trybun toczył się ku niemu ogłuszający ryk tłumu, wszyscy powstali z miejsc. Może myślą, że Ron i ta mała dziewczynka są już martwi? Ale mylą się: oboje otworzyli oczy; dziewczynka wyglądała na przerażoną i oszołomioną, ale Ron tylko wypluł olbrzymi strumień wody, zamrugał w jasnym świetle dnia, odwrócił głowę do Harry'ego i powiedział:

— Ale mokro, co? — A potem dostrzegł siostrzyczkę Fleur. — Po co ją zabrałeś?

— Fleur się nie pojawiła... nie mogłem jej tam zostawić — wydyszał Harry.

— Harry, ty kretynie! Uwierzyłeś w słowa tej piosenki? Przecież Dumbledore nigdy by na to nie pozwolił!

— Ale w tej piosence...

— Tak śpiewały, ale tylko po to, żebyście pamiętali o limicie czasu! Chyba nie traciłeś tam czasu, żeby zostać bohaterem?!

Harry'emu zrobiło się głupio, ale jednocześnie poczuł się obrażony. Ronowi łatwo tak mówić. Został uśpiony, w ogóle nie miał pojęcia, jak tam jest, na dnie jeziora, w otoczeniu dzikich trytonów z włóczniami w rękach, z tymi gębami i oczami, w których czaiła się żądza mordu.

— No dobra — powiedział — teraz mi pomóż, ona chyba nie potrafi pływać.

Razem podholowali siostrę Fleur do brzegu, gdzie stali już sędziowie, a ze dwadzieścia trytonów, niby gwardia honorowa, płynęło wokół nich i wyśpiewywało swoje okropne, skrzekliwe piosenki.

Pani Pomfrey krzątała się wokół Hermiony, Kruma, Cedrika i Cho; wszyscy byli już owinięci grubymi kocami. Dumbledore i Bagman uśmiechali się z brzegu do Harry'ego i Rona, Percy, który był jakiś dziwnie biały i jakby o wiele młodszy, już brodził ku nim przez płyciznę. Tymczasem madame Maxime próbowała powstrzymać Fleur, która wyglądała, jakby dostała ataku histerii, i wyrywała się jej jak szalona, najwyraźniej chcąc wrócić do wody.

— Gabrielle! Gabrielle! Szi ona żyje? Szi nie ranioni?

— Nic jej nie jest! — próbował przekonać ją Harry, ale był tak wyczerpany, że z trudem mówił, więc nie był w stanie jej przekrzyczeć.

Percy złapał Rona wpół i wyprowadził na brzeg („Odwal się, Percy, nic mi nie jest!"), Dumbledore i Bagman podtrzymywali Harry'ego w pozycji stojącej, Fleur wyrwała się madame Maxime i ściskała swoją siostrę.

— To byli druzgotki... zaatakowali mi... och, Gabrielle...

— Chodź tutaj — rozległ się głos pani Pomfrey.

Złapała Harry'ego i zaciągnęła do Hermiony i reszty, owinęła go tak ciasno kocem, że poczuł się, jakby mu założono kaftan bezpieczeństwa, po czym wlała mu siłą do gardła porcję bardzo gorącego wywaru. Para buchnęła mu z uszu.

— Harry, udało ci się! — krzyknęła Hermiona. — Sam na to wpadłeś!

— No... — bąknął Harry.

Chciał jej powiedzieć o Zgredku, ale zauważył, że Karkarow bacznie mu się przygląda. Był jedynym sędzią, który nie ruszył się od stołu, jedynym sędzią, który nie okazywał oznak radości i ulgi ze szczęśliwego powrotu Harry'ego, Rona i siostry Fleur.

— Tak, zrobiłem to — powiedział, podnosząc nieco głos, żeby Karkarow go usłyszał.

— Ty masz ziuka wodnego we włosach, Hermi-ona-ni--na — powiedział Krum.

Harry odniósł wrażenie, że Krum chce zwrócić jej uwagę na siebie, może po to, by jej przypomnieć, że to on wyciągnął ją dopiero co z jeziora, ale Hermiona wyjęła sobie żuka z włosów niedbałym ruchem ręki i powiedziała:

— Ale nie zmieściłeś się w limicie czasu, Harry. Nie mogłeś nas znaleźć?

— Nie, znalazłem was bardzo szybko...

Czuł się coraz bardziej głupio. Teraz, kiedy już wyszedł z wody, wydało mu się oczywiste, że podjęte przez Dumbledore'a środki bezpieczeństwa nie pozwoliłyby na to, by któryś z zakładników utopił się w jeziorze tylko dlatego, że któryś z zawodników nie dotarł do niego we właściwym czasie. Dlaczego po prostu nie złapał Rona i nie wypłynął z nim na powierzchnię? Byłby na brzegu pierwszy... Cedrik i Krum nie marnowali czasu na zajmowanie się innymi zakładnikami, nie potraktowali poważnie piosenki trytonów.

Dumbledore przykucnął przy krawędzi wody, pogrążony w rozmowie z wyjątkowo dziko wyglądającą trytonką, która chyba była wodzem podwodnej zgrai. Wydawał z siebie jakieś skrzeki, podobne do tych, którymi porozumiewały się trytony nad wodą: najwidoczniej mówił w ich języku. W końcu wyprostował się, odwrócił do reszty sędziów i oznajmił:

— Myślę, że przed przyznaniem punktów musimy odbyć naradę.

Sędziowie skupili się w ciasną grupkę. Pani Pomfrey uwolniła Rona z uścisku Percy'ego, przyprowadziła go do Harry'ego i reszty, dała mu koc i trochę ekstrapieprzowego eliksiru, po czym poszła zająć się Fleur i jej siostrą. Fleur miała wiele drobnych ran na twarzy i rękach, szatę w strzępach, ale sprawiała wrażenie, jakby jej to nie obchodziło. Nie pozwoliła też pani Pomfrey na przemycie swoich ran.

— Pani zajmi się Gabrielle — powiedziała, a potem zwróciła się do Harry'ego: — Ty ją uratowaleś... A ona nie byla twoi zakladnik...

— Ano — mruknął Harry, który teraz pluł sobie w brodę, że nie zostawił wszystkich trzech dziewczyn przywiązanych do posągu.

Fleur pochyliła się, pocałowała go dwa razy w każdy policzek (czuł, że twarz mu płonie i nie byłby zaskoczony, gdyby mu z uszu ponownie buchnęła para), a potem powiedziała do Rona:

— A ty też... ty pomogliś...

— Tak — odrzekł Ron, a w oczach błysnęła mu nadzieja — tak, trochę...

Fleur pochyliła się ponownie i jego też pocałowała. Hermiona była wyraźnie wściekła, ale właśnie w tym momencie zagrzmiał magicznie nagłośniony głos Ludona Bagmana, tak że wszyscy podskoczyli, a na trybunach zaległa cisza.

— Panie i panowie, uzgodniliśmy już decyzję. Przywódczyni trytonów, Murkus, opowiedziała nam dokładnie, co wydarzyło się na dnie jeziora, i dlatego postanowiliśmy przyznać reprezentantom następujące liczby punktów na pięćdziesiąt możliwych... A więc w kolejności... Panna

Fleur Delacour, choć zademonstrowała wspaniałą, skuteczną znajomość zaklęcia bąblogłowy, została zaatakowana przez druzgotki i nie udało się jej dotrzeć do swojej zakładniczki. Otrzymuje dwadzieścia pięć punktów.

Oklaski z trybun.

— Zasłużiłam na zero — mruknęła Fleur, potrząsając swą wspaniałą głową.

— Pan Cedrik Diggory, który również użył zaklęcia bąblogłowy, pierwszy powrócił ze swoją zakładniczką, choć przekroczył o minutę limit czasu. — Ogłuszające brawa Puchonów; Harry zauważył, że Cho obdarzyła Cedrika płomiennym spojrzeniem. — Dlatego przyznajemy mu czterdzieści siedem punktów.

W Harrym serce zamarło. Skoro Cedrik nie zmieścił się w limicie czasu, to co dopiero on?

— Pan Wiktor Krum dokonał niepełnej transmutacji, która jednak okazała się skuteczna, a powrócił drugi. Otrzymuje czterdzieści punktów.

Karkarow klaskał wyjątkowo głośno, a minę miał taką, jakby Krum wygrał już cały turniej.

— Pan Harry Potter użył skrzeloziela z bardzo dobrym skutkiem — ciągnął Bagman. — Wrócił ostatni i znacznie przekroczył limit czasu. Przywódczyni trytonów poinformowała nas jednak, że pan Potter pierwszy dotarł do zakładników, a opóźnienie zostało spowodowane tym, że chciał uwolnić ich wszystkich, a nie tylko swojego.

Ron i Hermiona spojrzeli na niego trochę ze złością, a trochę z litością.

— Większość sędziów — tu Bagman spojrzał na Karkarowa jak na zdechłego i wyjątkowo obrzydliwego szczura — uważa, że takie zachowanie świadczy o godnym podziwu instynkcie moralnym i przyznała mu najwyższą liczbę punktów. Jednak... w sumie pan Potter otrzymuje czterdzieści pięć punktów.

Harry'emu coś podskoczyło w żołądku — teraz rywalizował już o pierwsze miejsce z Cedrikiem. Ron i Hermiona, kompletnie zaskoczeni, wybałuszyli na niego oczy, a potem roześmiali się i zaczęli klaskać razem z resztą tłumu.

— Ale zastroiłeś, Harry! — zawołał Ron, przekrzykując hałas. — Nie byłeś jednak tak tępy... Okazałeś instynkt moralny!

Fleur również klaskała głośno, ale Krum wyraźnie się nadąsał. Znowu próbował wciągnąć Hermionę w rozmowę, ale była zbyt zajęta oklaskiwaniem Harry'ego, by go słuchać.

— Przed trzecim i ostatnim zadaniem nasi reprezentanci staną o zmierzchu dwudziestego czwartego czerwca — oznajmił Bagman. — A co ich czeka, dowiedzą się dokładnie miesiąc wcześniej. Dziękuję wam za dzielne wspieranie wszystkich zawodników.

Już po wszystkim, pomyślał tępo Harry, kiedy pani Pomfrey zaczęła zaganiać reprezentantów i zakładników do zamku, by przebrali się w coś suchego. Już po wszystkim, nie będzie musiał martwić się o nic aż do dwudziestego czwartego czerwca.

Kiedy wspinał się po kamiennych stopniach wiodących do zamku, postanowił, że następnym razem, kiedy będzie w Hogsmeade, kupi Zgredkowi po parze skarpetek na każdy dzień roku.

ROZDZIAŁ DWUDZIESTY SIÓDMY

Powrót Łapy

Jednym z najlepszych następstw drugiego zadania było to, że każdy chciał się dowiedzieć ze szczegółami, co wydarzyło się na dnie jeziora, a to oznaczało, że Ron znalazł się w blasku reflektorów padających na Harry'ego. Harry zauważył, że kolejne wersje opowieści Rona nieco się od siebie różniły. Pierwsza wersja była chyba najbliższa prawdy, a w każdym razie zgadzała się z opowieścią Hermiony: Dumbledore uśpił wszystkich zakładników w gabinecie profesor McGonagall, zapewniwszy ich uprzednio, że nic im nie grozi i że obudzą się, gdy tylko wynurzą się z wody. Tydzień później Ron snuł już mrożącą krew w żyłach opowieść o porwaniu i samotnej walce z uzbrojonymi po zęby trytonami, które musiały go ciężko pobić, aby dał się w końcu przywiązać do posągu.

— Ale miałem schowaną w rękawie różdżkę — zapewniał Padmę Patil, która teraz, kiedy stał się obiektem powszechnego zainteresowania, zapałała do niego sympatią i zagadywała go za każdym razem, kiedy przechodził korytarzem. — Mógłbym załatwić tych trytokretynów, gdybym tylko chciał.

— A co byś im zrobił, zachrapałbyś na nich? — zapytała złośliwie Hermiona.

Była w bojowym nastroju, gdyż wszyscy docinali jej, że jest osobą, której tak bardzo było brak Wiktorowi Krumowi.

Ronowi poczerwieniały uszy i od tego czasu wrócił do pierwszej wersji opisu wydarzeń.

Od początku marca przestało już padać, siąpić i mżyć, ale lodowata wichura obdzierała im skórę z twarzy i rąk, kiedy tylko wyszli na szkolne błonia. Zdarzały się opóźnienia w poczcie, bo sowy zdmuchiwało z kursu. Brązowa sowa, którą Harry wysłał do Syriusza z datą weekendu w Hogsmeade, wróciła podczas śniadania w piątkowy poranek; połowa piór sterczała jej nie w tę stronę, co trzeba. Gdy tylko Harry odczepił od jej nóżki odpowiedź Syriusza, uciekła w obawie, że zostanie znowu wysłana.

List Syriusza był prawie tak samo krótki jak poprzedni.

Czekaj przy końcu drogi wylotowej z Hogsmeade (za Derwiszem i Bangesem) w niedzielę, o drugiej po południu. Przynieś tyle jedzenia, ile zdołasz.

— Chyba nie wrócił do Hogsmeade? — zapytał Ron z niedowierzaniem w głosie.

— Na to jednak wygląda — zauważyła Hermiona.

— Nie mogę w to uwierzyć — powiedział Harry z niepokojem. — Jeśli go złapią...

— Do tej pory jakoś nie dał się złapać, prawda? — pocieszył go Ron. — A zresztą w Hogsmeade już nie roi się od dementorów.

Harry złożył list i zaczął rozmyślać. Prawdę mówiąc, miał wielką ochotę spotkać się znowu z Syriuszem. Dlatego po południu, kiedy zbliżała się ostatnia w tym dniu lekcja — dwie godziny eliksirów — czuł się o wiele lepiej niż zwykle, zstępując po schodach wiodących do lochów.

Przed drzwiami klasy Snape'a stali Malfoy, Crabbe i Goyle w otoczeniu bandy Ślizgonek, której przewodziła Pansy Parkinson. Wszyscy oglądali coś, czego Harry nie mógł dostrzec, i ryczeli ze śmiechu. Kiedy Harry, Ron i Hermiona zbliżyli się do nich, zza szerokich pleców Goyle'a wyjrzała mopsowata twarz Pansy.

— Są! Już są! — zachichotała, a Ślizgoni trochę się rozstąpili.

Harry zobaczył, że Pansy trzyma w rękach kolorowy tygodnik „Czarownica". Ruchome zdjęcie na okładce przedstawiało czarownicę z kędzierzawymi włosami, która uśmiechała się, pokazując wszystkie zęby, i wskazywała różdżką na wielkie biszkoptowe ciasto.

— Znajdziesz tu coś, co na pewno cię zainteresuje, Granger! — powiedziała głośno Pansy i rzuciła jej magazyn.

Hermiona złapała go z zaskoczoną miną. W tym momencie drzwi lochu się otworzyły i Snape gestem ręki zaprosił ich do środka.

Hermiona, Harry i Ron jak zwykle zajęli stolik w końcu klasy. Kiedy tylko Snape odwrócił się do nich plecami, by wypisać na tablicy składniki dzisiejszego eliksiru, Hermiona zaczęła pospiesznie przerzucać pod ławką stronice magazynu. W końcu, na rozkładówce, znalazła to, czego szukała. Harry i Ron nachylili się bliżej. Kolorowe zdjęcie Harry'ego zdobiło krótki artykuł zatytułowany: *SEKRETNE UTRAPIENIA HARRY'EGO POTTERA.*

Chłopiec tak niezwykły — a jednak okazuje się, że i on doznaje wszystkich mąk towarzyszących dojrzewaniu, pisze Rita Skeeter. Pozbawiony miłości od czasu tragicznej utraty rodziców, czternastoletni Harry Potter myślał, że znalazł w Hogwarcie pociechę w bliskim towarzystwie swojej dziewczyny, urodzonej w mugolskiej rodzinie Hermiony Granger. Nie wiedział, że czeka go kolejny emocjonalny cios w życiu, już tak boleśnie naznaczonym osobistą stratą.

Okazało się, że panna Granger, prosta, ale bardzo ambitna dziewczyna, ma skłonność do słynnych czarodziejów, której sam Harry Potter nie mógł zaspokoić. Od czasu przybycia do Hogwartu Wiktora Kruma, bułgarskiego szukającego, bohatera ostatnich mistrzostw świata w quidditchu, panna Granger igra uczuciami obu chłopców. Krum, najwyraźniej usidlony przez przebiegłą pannę Granger, już ją zaprosił do Bułgarii na letnie wakacje i twierdzi, że „jeszcze nigdy nie czuł czegoś takiego do żadnej dziewczyny".

Być może jednak to nie wątpliwe wdzięki panny Granger wzbudziły takie zainteresowanie w tych biednych chłopcach.

„Ona jest okropnie brzydka", mówi Pansy Parkinson, ładna i pełna życia uczennica czwartej klasy, „ale jest bystra i nie miałaby trudności ze sporządzeniem napoju miłosnego. Myślę, że właśnie w ten sposób ich omotała".

Napoje miłosne są, rzecz jasna, zakazane w Hogwarcie i Albus Dumbledore na pewno zechce zbadać te pogłoski. A tymczasem sympatycy

Harry'ego Pottera muszą się zadowolić nadzieją,
że następnym razem powierzy swe serce jakiejś
lepszej kandydatce.

— A mówiłem ci! — syknął Ron do Hermiony, która
gapiła się w artykuł, zupełnie oniemiała. — Mówiłem ci,
żebyś nie obrażała Rity Skeeter! Ona z ciebie zrobiła jakąś...
jakąś... lafiryndę!

Hermiona przestała mieć zdumioną minę i parsknęła
śmiechem.

— *Lafiryndę?* — powtórzyła, trzęsąc się z tłumionego
śmiechu i odwracając się do Rona.

— Tak je nazywa moja mama — mruknął Ron, a uszy
znowu mu poczerwieniały.

— Jeśli Ritę stać tylko na coś takiego, to znaczy, że traci
swój słynny dziennikarski nerw — powiedziała Hermiona, wciąż chichocąc, kiedy odrzuciła tygodnik „Czarownica" na najbliższe puste krzesło. — Co za brednie!

Spojrzała w stronę Ślizgonów, którzy obserwowali z daleka ją i Harry'ego, ciekawi, jakie będą mieli miny po
przeczytaniu artykułu. Hermiona posłała im ironiczny
uśmiech i pomachała ręką, po czym zabrała się za rozpako-
wywanie składników potrzebnych do sporządzenia eliksiru
wyostrzającego poczucie humoru.

— Ale jedno mnie zastanawia — powiedziała Hermiona dziesięć minut później, zawieszając swój tłuczek
w powietrzu nad misą ze skarabeuszami. — Skąd ona się
dowiedziała...

— O czym? — zapytał szybko Ron. — Chyba nie
warzysz napojów miłosnych, co?

— Nie bądź głupi — żachnęła się Hermiona, zabierając się ponownie do ucierania skarabeuszy. — Nie, cho-

dzi mi o to... skąd ona wiedziała, że Wiktor zaprosił mnie na lato do Bułgarii?

Gdy to powiedziała, jej twarz pokryła się szkarłatnym rumieńcem i widać było, że chce za wszelką cenę uniknąć spojrzenia Rona.

— Co? — zapytał Ron, upuszczając tłuczek na podłogę.

— Zrobił to, jak wyciągnął mnie z jeziora — wymamrotała Hermiona. — Jak tylko się pozbył głowy rekina. Pani Pomfrey dała nam koce, a potem on jakoś mnie odciągnął od sędziów, żeby nie słyszeli, i powiedział, że gdybym nie miała latem nic lepszego do roboty, to może bym...

— I co mu odpowiedziałaś? — zapytał Ron, który podniósł tłuczek i teraz miażdżył nim blat stołu o dobre sześć cali od swojej misy, bo przez cały czas wpatrywał się w Hermionę.

— ...I rzeczywiście powiedział, że jeszcze nigdy nie czuł czegoś takiego do żadnej dziewczyny — mówiła dalej Hermiona, teraz już tak czerwona, że Harry prawie czuł buchający od niej żar. — Ale w jaki sposób mogła to usłyszeć Rita Skeeter? Przecież jej tam nie było. A może była? Może wytrzasnęła skądś pelerynę-niewidkę, może wśliznęła się na teren szkoły, żeby obserwować przebieg drugiego zadania...

— I co mu na to odpowiedziałaś? — powtórzył Ron, waląc tłuczkiem tak mocno, że wyszczerbił nim blat stołu.

— No wiesz, byłam tak przejęta tobą i Harrym... czy nic wam się nie stało, że...

— Nie wątpię, że twoje życie uczuciowe jest niezwykle fascynujące, Granger — rozległ się lodowaty głos tuż za ich plecami — ale muszę cię prosić, żebyś nie omawiała go na moich lekcjach. Gryffindor traci dziesięć punktów.

Snape podszedł cicho do ich stolika, gdy byli pochłonięci rozmową. Teraz patrzyła na nich cała klasa. Malfoy miał okazję błysnąć Harry'emu z daleka hasłem *POTTER CUCHNIE.*

— Aha... i do tego czytasz sobie pod ławką czasopisma — dodał Snape, chwytając egzemplarz tygodnika „Czarownica". — Gryffindor traci kolejne dziesięć punktów. Chociaż to oczywiste — czarne oczy Snape'a rozbłysły, gdy jego wzrok padł na artykuł Rity Skeeter — że Potter musi być na bieżąco z doniesieniami prasowymi na swój temat.

Ślizgoni ryknęli śmiechem, a wąskie usta Snape'a wykrzywił złośliwy uśmiech. Zaczął czytać artykuł na głos, a Harry'ego zalała fala wściekłości.

— *Sekretne utrapienia Harry'ego Pottera...* ach, mój Boże, Potter, co ciebie znowu trapi? *Chłopiec tak niezwykły...*

Harry poczuł, że twarz go pali. Snape robił pauzy po każdym zdaniu, żeby pozwolić Ślizgonom wyśmiać się do woli. Odczytywany na głos przez Snape'a, artykuł brzmiał dziesięć razy gorzej.

— *...sympatycy Harry'ego Pottera muszą się zadowolić nadzieją, że następnym razem powierzy swe serce jakiejś lepszej kandydatce.* Jakie to wzruszające — zadrwił Snape, zwijając magazyn w trąbkę przy nieustającym śmiechu Ślizgonów. — No cóż, chyba lepiej rozdzielę waszą trójkę, żebyście mogli skupić się na eliksirach, zamiast gmatwać sobie życie miłosne. Weasley, ty zostaniesz tutaj. Panno Granger, proszę usiąść koło panny Parkinson. Potter, do stolika przed moim biurkiem. Ruszać się. No już!

Rozwścieczony do ostatnich granic, Harry wrzucił do kociołka swoją torbę i składniki eliksirów i powlókł się do pustego stolika z przodu klasy. Snape poszedł za nim, usiadł przy biurku i obserwował, jak Harry wyjmuje swoje rzeczy z kociołka. Harry, starając się na niego nie patrzeć, powrócił do miażdżenia skarabeuszy, wyobrażając sobie, że każdy z nich ma twarz Snape'a.

— Cały ten hałas w prasie wokół twej osoby, Potter, wprowadza jeszcze większy zamęt do twojej już i tak biednej, skołatanej głowy — powiedział cicho Snape, kiedy w klasie zapanował spokój.

Harry nie odpowiedział. Wiedział, że Snape próbuje go sprowokować: robił to już nie raz. Miał niewątpliwie nadzieję, że zanim rozlegnie się dzwonek, Harry dostarczy mu pretekstu do pozbawienia Gryffindoru okrągłych pięćdziesięciu punktów.

— Być może żyjesz w iluzji, że cały czarodziejski świat interesuje się pilnie twoją osobą — ciągnął Snape tak cichym głosem, by nikt inny go nie dosłyszał (Harry nadal tłukł swoje skarabeusze, choć już były zamienione w drobny proszek) — ale mnie nie obchodzi, ile razy ukazuje się w pismach twoje zdjęcie. Dla mnie, Potter, jesteś tylko wstrętnym smarkaczem, który uważa, że przepisy i regulaminy są poniżej jego godności.

Harry wsypał sproszkowane żuki do kociołka i zaczął siekać korzenie imbiru. Ręce mu się lekko trzęsły ze złości, ale nie podnosił oczu, jakby nie słyszał, co Snape do niego mówi.

— Ostrzegam cię więc, Potter — ciągnął Snape, jeszcze cichszym i jeszcze bardziej jadowitym głosem — możesz sobie być sławą od siedmiu boleści, ale jeśli jeszcze raz przyłapię cię na szperaniu w moim gabinecie...

— Nawet się nie zbliżyłem do pana gabinetu! — warknął ze złością Harry, zapominając, że miał być głuchy jak pień.

— Nie kłam mi tu w żywe oczy — syknął Snape, świdrując go swoimi bezdennymi czarnymi oczami. —

Skórka boomslanga. Skrzeloziele. Miałem je w swoim prywatnym magazynku i wiem, kto mi je ukradł.

Harry spojrzał na niego, starając się za wszelką cenę nie mrugnąć i nie wyglądać jak ktoś, kto czuje się winny. Zresztą wcale nie ukradł Snape'owi żadnego z tych składników. Kiedy byli w drugiej klasie, Hermiona buchnęła mu trochę skórki boomslanga — potrzebowali jej do sporządzenia eliksiru wielosokowego — a chociaż Snape podejrzewał wtedy o to Harry'ego, nie był w stanie tego udowodnić. A skrzeloziele oczywiście ukradł mu Zgredek.

— Nie wiem, o czym pan mówi — powiedział chłodno.

— Nie było cię w łóżku tej nocy, kiedy włamano się do mojego gabinetu! — syknął Snape. — Wiem o tym, Potter! A Szalonooki Moody może sobie być członkiem twojego fanklubu, ale ja nie będę tolerował twojego zachowania! Jeszcze jedna nocna wycieczka do mojego gabinetu, Potter, a drogo mi za to zapłacisz!

— Tak jest — powiedział chłodno Harry, powracając do siekania imbiru. — Będę miał to na uwadze, jeśli kiedykolwiek przyjdzie mi na to ochota.

W oczach Snape'a pojawił się złowrogi błysk. Sięgnął za pazuchę swojej czarnej szaty. Przez chwilę Harry myślał, że Snape chce wyciągnąć różdżkę i rzucić na niego jakieś straszne zaklęcie, ale ten wyjął mały kryształowy flakonik z przezroczystym eliksirem.

— Wiesz, co to jest, Potter? — zapytał Snape, patrząc na niego groźnie.

— Nie — odpowiedział Harry, tym razem zupełnie szczerze.

— To veritaserum, eliksir prawdy, tak silny, że wystarczą trzy krople, a cała klasa dowie się o twoich wszystkich sekretach — wycedził Snape jadowitym tonem. — Oczywiście, użycie tego eliksiru dozwolone jest jedynie przy zachowaniu bardzo ścisłych zasad ustalonych przez ministerstwo. Ale jeśli nie będziesz uważał na to, co robisz i mówisz, może się zdarzyć, że ręka mi trochę... *zadrży* — potrząsnął lekko flakonikiem — nad twoją szklanką z sokiem dyniowym... na przykład podczas kolacji... a wówczas, Potter, dowiemy się, czy byłeś w moim gabinecie, czy nie.

Harry zacisnął zęby i milczał. Zajął się ponownie korzeniami imbiru. To, co powiedział Snape o eliksirze prawdy, wcale mu się nie spodobało, a jeszcze mniej groźba wlania mu po kryjomu kilku kropel do soku. Przeszył go dreszcz, kiedy pomyślał, co mogłoby się wydać, gdyby Snape to zrobił. Poza wpakowaniem wielu ludzi w poważne kłopoty — Hermiony i Zgredka na początek — jest mnóstwo spraw, których za żadne skarby nie chciałby ujawnić. Na przykład faktu, że jest w kontakcie z Syriuszem i... — aż mu się wnętrzności skręciły na samą myśl — co czuje do Cho... Wrzucił posiekany imbir do kociołka, zastanawiając się, czy nie powinien wziąć przykładu z Moody'ego i zacząć pić wyłącznie z prywatnej piersiówki.

Do drzwi lochu ktoś zapukał.

— Proszę wejść — rzekł Snape, już normalnym tonem.

Wszyscy odwrócili się do drzwi. Wszedł profesor Karkarow. Podszedł do biurka Snape'a, a cała klasa wlepiła w niego oczy. Znowu okręcał sobie kozią bródkę wokół palca i był wyraźnie czymś poruszony.

— Musimy porozmawiać — powiedział do Snape'a, ledwo otwierając usta, jak niezbyt wprawny brzuchomówca.

Harry utkwił wzrok w korzeniach imbiru, nasłuchując uważnie.

— Porozmawiamy po lekcji — mruknął Snape, ale Karkarow natychmiast mu przerwał.

— Zrobimy to teraz, żebyś mi nie uciekł, Severusie. Unikasz mnie.

— Po lekcji — warknął Snape.

Harry podniósł menzurkę, udając, że chce zobaczyć, czy wlał do niej właściwą porcję żółci pancernika, i rzucił na nich długie spojrzenie. Karkarow wyglądał na przerażonego, a Snape na wściekłego.

Przez resztę lekcji Karkarow czaił się za biurkiem Snape'a, jakby pilnował, by ten mu nie uciekł. Chcąc za wszelką cenę usłyszeć, co Karkarow tak bardzo chce Snape'owi powiedzieć, na dwie minuty przed dzwonkiem Harry umyślnie strącił z ławki butelkę z żółcią pancernika. Pod pozorem wycierania podłogi schował się za kociołkiem, kiedy reszta klasy ruszyła hałaśliwie do drzwi.

— Co jest takie pilne? — usłyszał zniecierpliwiony szept Snape'a.

— To — odpowiedział Karkarow, a Harry, zerkając zza krawędzi kociołka, zobaczył, że Bułgar podwija lewy rękaw i pokazuje Snape'owi coś na swoim przedramieniu.

— No i co ty na to? — zapytał Karkarow, wciąż usiłując nie poruszać wargami. — Widzisz to? Jeszcze nigdy nie było tak wyraźne od czasu...

— Schowaj to! — warknął Snape, a jego czarne oczy omiotły klasę.

— Ale musiałeś zauważyć... — zaczął Karkarow przerażonym głosem.

— Porozmawiamy o tym później! — przerwał mu Snape. — Potter! Co ty robisz?

— Wycieram żółć pancernika, panie profesorze — odpowiedział Harry niewinnym tonem, prostując się i pokazując Snape'owi mokrą szmatę.

Karkarow odwrócił się na pięcie i szybko wyszedł z lochu z wystraszoną i jednocześnie rozeźloną miną. Nie chcąc pozostać sam na sam z wyjątkowo wściekłym Snape'em, Harry wrzucił do kociołka swoje książki i ingrediencje i wybiegł z lochu, by jak najszybciej odnaleźć Rona i Hermionę i opowiedzieć im, czego był świadkiem.

*

Kiedy w południe następnego dnia wyszli z zamku, nieco przymglone, srebrzyste słońce świeciło nad błoniami. Pogoda była najładniejsza od początku tego roku, i kiedy przybyli do Hogsmeade, wszyscy troje pozdejmowali płaszcze i przewiesili je sobie przez ramiona. Jedzenie, które Syriusz polecił im przynieść, spoczywało w torbie Harry'ego; podczas obiadu zwędzili ze stołu tuzin udek kurczęcia, bochenek chleba i butlę dyniowego soku.

Najpierw udali się do sklepu odzieżowego Gladraga, żeby kupić prezent Zgredkowi. Mieli kupę zabawy, wybierając wszystkie najbardziej niesamowite skarpetki, w tym parę w świecące złote i srebrne gwiazdki oraz taką, która zaczynała wrzeszczeć, kiedy wydzielała zbyt silny zapach. Potem, o pół do drugiej, ruszyli ulicą Główną, i minąwszy sklep Derwisza i Bangesa, wyszli na sam skraj wioski.

Harry jeszcze nigdy tu nie był. Kręta droga wywiodła ich w wiejskie okolice Hogsmeade. Domków było tu o wiele mniej, a ogrody wokół nich większe. Szli w stronę wzniesienia, które górowało nad Hogsmeade. Po jakimś czasie minęli zakręt i dotarli do końca drogi. Oparty przednimi łapami o barierkę, czekał tam na nich wielki, kudłaty czarny pies z gazetą w pysku. Wyglądał bardzo znajomo...

— Cześć, Syriuszu! — powitał go Harry, podchodząc bliżej.

Czarny pies obwąchał gorliwie torbę Harry'ego, machnął ogonem, odwrócił się i pobiegł porośniętym tu i ówdzie krzakami zboczem, wznoszącym się aż do skalistego podnóża góry. Harry, Ron i Hermiona przeleźli przez barierkę i ruszyli za nim.

Syriusz zawiódł ich aż do samego podnóża góry, gdzie grunt pokrywały głazy i drobne kamienie. Jemu było łatwo, bo miał cztery łapy, ale Harry, Ron i Hermiona wkrótce się zasapali. Czarny pies nie zatrzymał się jednak, tylko biegł dalej w górę stromą, krętą i kamienistą ścieżką. Wspinali się tak przez prawie pół godziny, zlani potem w słońcu, nie tracąc jednak z oczu psa, machającego do nich od czasu do czasu ogonem. Pas torby wrzynał się Harry'emu boleśnie w ramię.

W końcu stracili Syriusza z oczu, a kiedy doszli do miejsca, w którym nagle znikł, zobaczyli wąską szczelinę w skale. Prześliznęli się przez nią i znaleźli się w chłodnej, mrocznej jaskini. W głębi stał przywiązany do wielkiego głazu hipogryf Hardodziob — w połowie szary koń, a w połowie olbrzymi orzeł. Pomarańczowe oczy rozbłysły mu na ich widok. Pokłonili mu się nisko, a on obrzucił ich władczym spojrzeniem, po czym ugiął przednie kolana i pozwolił Hermionie podejść i pogładzić się po upierzonej szyi. Harry wpatrywał się jednak w czarnego psa, który właśnie zamienił się w jego ojca chrzestnego.

Syriusz miał na sobie postrzępioną szarą szatę, tę samą, w której uciekł z Azkabanu. Jego czarne włosy były o wiele dłuższe niż wówczas, gdy pojawił się w kominku, i znowu były splątane i zmatowiałe. I bardzo schudł.

— Kurczaki! — zawołał ochrypłym głosem, kiedy już

wyjął z ust parę starych numerów „Proroka Codziennego"
i rzucił na ziemię.

Harry otworzył torbę i wręczył mu paczkę z udkami
kurczęcia i chleb.

— Dzięki — rzekł Syriusz, rozwijając papier i łapczywie
rzucając się na jedzenie. — Żywiłem się głównie szczurami.
Nie mogę ukraść zbyt wiele żarcia w Hogsmeade, bo zwró-
ciłbym na siebie uwagę.

Uśmiechnął się do Harry'ego, ale ten odwzajemnił
uśmiech z oporem.

— Co ty tutaj robisz, Syriuszu? — zapytał.

— Wypełniam swoje obowiązki ojca chrzestnego —
rzekł Syriusz, miażdżąc kość kurczęcia w bardzo psi sposób.
— Nie martw się o mnie, udaję włóczęgę poszukującego
towarzyszki.

Nadal się uśmiechał, ale widząc niepokój na twarzy
Harry'ego, dodał już poważniejszym tonem:

— Chciałem być na miejscu. Twój ostatni list... no,
no... powiem szczerze, że to wszystko zaczyna być coraz
bardziej podejrzane. Porywałem gazety ze śmietników i sądząc po tym, co tam znalazłem, nie tylko ja jeden zaczynam
się coraz bardziej niepokoić.

Wskazał na pożółkłe egzemplarze „Proroka Codziennego" leżące na ziemi. Ron podniósł jeden z nich i rozwinął.

Harry wpatrywał się jednak dalej w Syriusza.

— A jak cię złapią? Jak ktoś cię rozpozna?

— Tylko wy troje i Dumbledore wiecie, że jestem animagiem — odpowiedział Syriusz, wzruszając ramionami,
po czym pochłonął resztkę udka.

Ron szturchnął Harry'ego i podał mu dwa numery „Proroka Codziennego". Na pierwszej stronie jednego z nich widniał tytuł: *Tajemnicza choroba Bartemiusza Croucha*, w dru-

gim, również na pierwszej stronie, wydrukowano wielkimi literami: *Czarownica z ministerstwa nadal nie odnaleziona — minister magii angażuje się osobiście.*

Harry rzucił okiem na artykuł o Crouchu, wychwytując pojedyncze zdania: *...nie pokazuje się publicznie od listopada... dom sprawia wrażenie opuszczonego... Klinika Magicznych Chorób i Urazów Szpitala Św. Munga odmawia komentarzy... Ministerstwo nie potwierdza pogłosek o jego krytycznym stanie...*

— Piszą o nim tak, jakby już umierał — powiedział powoli. — A przecież nie może być aż tak chory, skoro pojawił się w Hogwarcie...

— Mój brat jest osobistym asystentem Croucha — poinformował Syriusza Ron. — Mówi, że Crouch cierpi z powodu przepracowania.

— On naprawdę wyglądał na chorego, kiedy go ostatni raz widziałem z bliska — zauważył Harry, czytając artykuł. — Tego wieczoru, kiedy czara wyrzuciła moje nazwisko...

— I dobrze mu tak, za to, że pozbył się Mrużki, prawda? — powiedziała chłodno Hermiona, głaszcząc Hardodzioba, który chrupał kostki kurczęcia, rzucone mu przez Syriusza. — Założę się, że bardzo tego żałuje. Na pewno odczuwa już jej brak.

— Hermiona ma bzika na punkcie skrzatów domowych — mruknął Ron do Syriusza, rzucając jej wymowne spojrzenie.

Ale Syriusza najwyraźniej to zainteresowało.

— Crouch wyrzucił swojego skrzata domowego?

— Tak, po finałowym meczu mistrzostw świata w quidditchu — odrzekł Harry i opowiedział mu o pojawieniu się Mrocznego Znaku, o tym, jak znaleziono Mrużkę z jego różdżką w ręku i jak pan Crouch się wściekł.

Syriusz zerwał się na równe nogi i zaczął krążyć po jaskini.

— Uporządkujmy fakty — powiedział po chwili, chwytając kolejne udko kurczęcia. — Najpierw zobaczyliście skrzatkę w loży honorowej. Zajęła miejsce Crouchowi, tak?

— Zgadza się — odpowiedzieli jednocześnie Harry, Ron i Hermiona.

— Ale Crouch nie pojawił się na meczu?

— Nie — odpowiedział Harry. — Chyba później się tłumaczył, że był zbyt zajęty.

Syriusz krążył w milczeniu po jaskini.

— Harry — zapytał nagle — a po wyjściu z loży sprawdzałeś, czy masz różdżkę w kieszeni?

— Hm... — Harry zastanawiał się przez chwilę. — Nie. Nie była mi potrzebna. Dopiero gdy znaleźliśmy się w lesie, wsadziłem rękę do kieszeni, ale znalazłem tylko moje omnikulary. — Spojrzał na Syriusza. — Myślisz, że ten, kto wyczarował Mroczny Znak, ukradł mi różdżkę w loży?

— To możliwe.

— Mrużka jej nie ukradła! — powiedziała ostro Hermiona.

— Nie tylko ona była w loży, prawda? — zauważył Syriusz, który ze zmarszczonymi brwiami nadal krążył po jaskini. — Kto jeszcze siedział za wami?

— Mnóstwo ludzi — powiedział Harry. — Jacyś bułgarscy ministrowie... Korneliusz Knot... Malfoyowie...

— Malfoyowie! — krzyknął nagle Ron tak głośno, że aż echo zadudniło, a Hardodziob potrząsnął nerwowo głową. — Założę się, że to Lucjusz Malfoy!

— Ktoś jeszcze? — zapytał Syriusz.

— Chyba nie — odpowiedział Harry.

— Zaraz, przecież był tam jeszcze Ludo Bagman — przypomniała mu Hermiona.

— Ach, tak...

— Nie wiem nic o tym Bagmanie, prócz tego, że był pałkarzem w drużynie Os z Wimbourne — powiedział Syriusz, ciągle krążąc po jaskini. — Jaki on jest?

— W porządku — rzekł Harry. — Wciąż mnie pyta, czy mi nie pomóc w turnieju.

— Tak? — Syriusz jeszcze bardziej się zasępił. — Ciekawe dlaczego?

— Mówi, że mnie polubił.

— Hm — mruknął Syriusz, jakby się nad czymś głęboko zastanawiał.

— Spotkaliśmy go w lesie tuż przed pojawieniem się Mrocznego Znaku — powiedziała Hermiona. — Pamiętacie? — zwróciła się do Harry'ego i Rona.

— Tak — potwierdził Ron. — Ale jak mu powiedzieliśmy o zamieszkach, zaraz poleciał na kemping.

— Skąd wiesz? — odpaliła Hermiona. — Skąd wiesz, dokąd się zdeportował?

— Daj spokój! Chyba nie zamierzasz nam wmówić, że to Ludo Bagman wyczarował Mroczny Znak?

— W każdym razie prędzej on to zrobił niż Mrużka — powiedziała z uporem Hermiona.

— Mówiłem ci — mruknął Ron do Syriusza, patrząc na niego wymownie. — Mówiłem ci, że ona ma bzika na punkcie tych domowych...

Ale Syriusz uciszył go ruchem ręki.

— Co zrobił Crouch, kiedy pojawił się Mroczny Znak, a skrzatkę znaleziono z różdżką Harry'ego w ręku?

— Poszedł w krzaki, żeby szukać przestępcy — odpowiedział Harry — ale nikogo tam nie znalazł.

— Oczywiście... — mruknął Syriusz. — Zależało mu na tym, żeby wykazać, że to nie jego domowa skrzatka... A potem ją wyrzucił, tak?

— Tak — potwierdziła z oburzeniem Hermiona. — Zwolnił ją z pracy tylko dlatego, że nie siedziała w namiocie, jak jej przykazał, i wpakowała się w kłopoty...

— Hermiono, mogłabyś wreszcie dać sobie spokój z tą skrzatką! — zawołał Ron.

Ale Syriusz pokręcił głową i rzekł:

— Hermiona chyba trochę lepiej poznała się na Crouchu niż ty, Ron. Jeśli chcesz poznać człowieka, dowiedz się, jak traktuje swoich podwładnych, a nie równych sobie.

Potarł ręką swoje nieogolone szczęki, najwyraźniej zastanawiając się nad czymś usilnie.

— Bardzo dziwne są te wszystkie nieobecności Barty'ego Croucha... Wysyła skrzata, żeby zajął mu miejsce w loży podczas mistrzostw świata w quidditchu, ale wcale nie pojawia się na meczu. Osobiście się trudzi, żeby przywrócić tradycję Turnieju Trójmagicznego, a potem nie przybywa ani na pierwsze, ani na drugie zadanie. To do niego zupełnie niepodobne. Jeśli kiedykolwiek przedtem wziął wolny dzień z powodu choroby, to możecie mi kazać zjeść Hardodzioba.

— A więc znasz Croucha? — zapytał Harry.

Syriuszowi nagle twarz spoważniała. Teraz wyglądał tak groźnie, jak owej nocy, kiedy Harry spotkał go po raz pierwszy — kiedy jeszcze był przekonany, że Syriusz jest mordercą.

— Och, tak, znam go bardzo dobrze — powiedział cicho. — To on zesłał mnie do Azkabanu... bez procesu.

— CO?! — zawołali jednocześnie Ron i Hermiona.

— Chyba żartujesz! — wykrzyknął Harry.

— Nie, nie żartuję — powiedział Syriusz, odgryzając kolejny kawał kurczaka. — Crouch był dyrektorem Departamentu Przestrzegania Prawa, nie wiedzieliście o tym?

Harry, Ron i Hermiona pokręcili głowami.

— Typowano go na przyszłego ministra magii — wyjaśnił im Syriusz. — To potężny czarodziej, ten Barty Crouch, bardzo potężny i bardzo żądny władzy. Och, nie, nigdy nie popierał Voldemorta — dodał, widząc minę Harry'ego. — Nie, Barty Crouch zawsze wypowiadał się bardzo zdecydowanie przeciw siłom Ciemności. Lecz... cóż, wielu z tych, którzy byli przeciwnikami sił Ciemności... Ale wy tego nie zrozumiecie, jesteście za młodzi.

— To samo powiedział mój tata podczas mistrzostw świata — żachnął się Ron. — Sprawdź nas, to zobaczysz!

Lekki uśmiech przemknął przez wychudzoną twarz Syriusza.

— No dobrze, spróbuję...

Powędrował do samego końca jaskini, wrócił i zaczął:

— Wyobraźcie sobie, że Voldemort odzyskuje swą moc. Nie wiecie, kim są jego zwolennicy, nie wiecie, kto dla niego pracuje, a kto nie, ale wiecie, że potrafi owładnąć ludźmi tak, że robią straszne rzeczy... Nie mogą się powstrzymać, choćby nawet chcieli. Boicie się o siebie, o swoje rodziny, przyjaciół. Każdy tydzień przynosi wieści o nowych mordach, zniknięciach, torturach. Popłoch ogarnia całe Ministerstwo Magii, nie wiedzą, co robić, starają się to jakoś tuszować, żeby mugole się nie dowiedzieli, ale mugole też padają ofiarą mordów. Wybucha panika. Nikt nie wie, co robić, przed kim się bronić... Tak to wyglądało. I w takich okresach jedni pokazują się ze swojej najlepszej strony, a inni z najgorszej. Nie wiem, jak było z Crouchem, może na początku chciał dobrze. Robił szybką karierę w ministerstwie, był zwolennikiem bardzo ostrych metod w walce z poplecznikami Voldemorta. To on udzielił nowych pełnomocnictw aurorom, pozwolił im zabijać, bo przedtem musieli przeciwnika brać żywcem. Nie byłem jedyną osobą, która została przekazana dementorom bez procesu. Crouch odpowiadał przemocą na przemoc, zezwolił na użycie wobec podejrzanych Zaklęć Niewybaczalnych. Powiedziałbym, że stał się równie bezlitosny i okrutny, jak ci, co opowiedzieli się po stronie Ciemności. A miał też swoich zwolenników, ludzie uważali, że dopiero on zabrał się poważnie do walki z mocami Ciemności, wielu czarodziejów i czarownic było zdania, że to on powinien zostać ministrem magii. Kiedy Voldemort zniknął, wydawało się, że wybór Croucha na najwyższe stanowisko to tylko kwestia czasu. Ale wtedy wydarzyło się coś nieprzewidzianego — Syriusz uśmiechnął się ponuro. — Jego własnego syna ujęto razem z grupą śmierciożerców, którym udało się jakoś uniknąć Azkabanu. A wszystko wskazywało na to, że próbowali odnaleźć Voldemorta, by go przywrócić do władzy.

— Złapano *syna* Croucha? — zapytała Hermiona, otwierając szeroko oczy ze zdumienia.

— Tak — odpowiedział Syriusz, rzucając Hardodziobowi ogryzioną kostkę kurczęcia i siadając obok leżącego na ziemi bochenka chleba, który przełamał na pół. — To musiał być bardzo nieprzyjemny wstrząs dla Barty'ego. Powinien trochę więcej czasu poświęcać swojej rodzinie, nie uważacie? Powinien trochę wcześniej wychodzić z pracy... poznać własnego syna.

Zaczął pochłaniać żarłocznie wielkie kawały chleba.

— To jego syn był śmierciożercą? — zapytał Harry.

— Tego nie wiem — odparł Syriusz, nadal zajadając się chlebem. — Byłem w Azkabanie, jak to się stało. O tym wszystkim dowiedziałem się już po ucieczce. W każdym razie chłopca złapano w towarzystwie ludzi, którzy byli śmierciożercami, tego jestem pewny. Oczywiście mógł w nieodpowiednim czasie znaleźć się w nieodpowiednim miejscu, tak jak ta skrzatka.

— Czy Crouch próbował jakoś wyciągnąć z tego swojego syna? — zapytała szeptem Hermiona.

Syriusz parsknął śmiechem, który bardzo przypominał szczeknięcie.

— Czy próbował go z tego wyciągnąć? Crouch? A myślałem, że się na nim poznałaś, Hermiono. Odcinał się od wszystkiego, co mogło zagrażać jego reputacji, w końcu całe życie poświęcił temu, by zostać ministrem magii. Sama widziałaś, jak pozbył się oddanego sobie skrzata domowego, tylko dlatego, że powiązano go z Mrocznym Znakiem. Czy to ci nie wystarcza? Nie, jego uczucia ojcowskie ograniczyły się do postawienia syna przed sądem, a wszystko wskazuje na to, że zrobił to tylko dlatego, by mieć okazję do zademonstrowania, jak bardzo chłopca nienawidzi. A potem zesłał go prosto do Azkabanu.

— Wydał własnego syna w ręce dementorów? — zapytał cicho Harry.

— Tak jest — odrzekł Syriusz, teraz już z powagą. — Widziałem, jak go wprowadzali, obserwowałem to przez kraty mojej celi. Nie mógł mieć więcej niż dziewiętnaście lat. Wsadzili go do celi niedaleko mojej. Po zmroku głośno wzywał matkę. Uspokoił się jednak po paru dniach. W końcu wszyscy się uspokajają... wrzeszczą tylko przez sen...

Przez chwilę z jego oczu wyjrzała pustka, jakby zatrzasnęły się w nich czarne okiennice.

— Więc on wciąż jest w Azkabanie? — zapytał Harry.

— Nie — odparł Syriusz bezbarwnym tonem. — Nie, już go tam nie ma. Wytrzymał tylko rok. Umarł.

— Umarł?

— Nie on jeden — rzekł z goryczą Syriusz. — Większość popadała w obłęd, wielu głodziło się na śmierć. Tracili chęć życia. Łatwo było poznać, że ktoś ma umrzeć, bo wtedy dementorzy byli bardzo podnieceni. A ten chłopiec wyglądał już bardzo źle, jak go przyprowadzili. Crouch był ważnym urzędnikiem ministerstwa, więc jemu i jego żonie pozwolono na ostatnie odwiedziny. Wtedy po raz ostatni widziałem Barty'ego Croucha. Prowadził żonę koło mojej celi, a właściwie prawie ją niósł... Wkrótce potem sama umarła. Z żalu. Zagłodziła się na śmierć, jak jej syn. Crouch nie stawił się po jego ciało. Dementorzy pochowali go poza twierdzą, sam widziałem, jak to zrobili.

Syriusz odrzucił kawałek chleba, który już podnosił do ust, a chwycił butelkę soku dyniowego i wypił aż do dna.

— Tak więc stary Crouch stracił wszystko i to akurat wtedy, gdy myślał, że wszystko osiągnął — ciągnął, ocierając sobie usta wierzchem dłoni. — W jednej chwili bohater, kandydat na ministra magii, w następnej umiera mu syn, umiera żona, honor rodziny splamiony, olbrzymi spadek popularności. Tak przynajmniej słyszałem, kiedy już uciekłem. Bo jak tylko ten chłopiec umarł, ludzie zaczęli mówić o nim z sympatią, zaczęli się pytać, jak do tego doszło, że taki miły chłopak z dobrej rodziny zszedł na manowce. No i ministrem magii został Korneliusz Knot, a Crouch wylądował w Departamencie Międzynarodowej Współpracy Czarodziejów.

Zaległa długa cisza. Harry myślał o wytrzeszczonych ze złości oczach Croucha, gdy patrzył na swoją skrzatkę, kulącą się ze strachu u jego stóp — wtedy, w lesie, po finałowym meczu mistrzostw świata w quidditchu. A więc dlatego Crouch tak się wściekł, kiedy Mrużkę znaleziono pod Mrocznym Znakiem. To mu przypomniało syna, dawny skandal, załamanie jego kariery.

— Moody mówi, że Crouch ma obsesję na punkcie wyłapywania czarnoksiężników — powiedział Harry.

— Tak, słyszałem, że to jego mania. — Syriusz pokiwał głową. — Według mnie on wciąż myśli, że jak schwyta jakiegoś śmierciożercę, to odzyska dawną popularność.

— I wśliznął się do zamku, żeby przeszukać gabinet Snape'a! — powiedział Ron triumfalnym tonem, patrząc na Hermionę.

— Tak, i właśnie to jest zupełnie bezsensowne — rzekł Syriusz.

— Wcale nie! — zaperzył się Ron.

Ale Syriusz pokręcił głową.

— Posłuchaj. Jeśli Crouch podejrzewał Snape'a, to dlaczego nie pojawił się na turnieju, chociaż był sędzią? Przecież to idealny pretekst do regularnych odwiedzin w Hogwarcie, podczas których mógłby się dobrze przyjrzeć Snape'owi.

— Więc myślisz, że Snape może być w coś zamieszany? — zapytał Harry, ale Hermiona natychmiast się wtrąciła.

— Daj spokój, przecież Dumbledore mu ufa...

— Och, przestań, Hermiono — odezwał się Ron zniecierpliwionym tonem. — Wiem, że Dumbledore jest super i w ogóle, ale to przecież nie oznacza, że jakiś sprytny czarnoksiężnik nie mógł go wyprowadzić w pole.

— Tak? To dlaczego Snape uratował Harry'emu życie w pierwszej klasie, co? Dlaczego po prostu nie pozwolił mu umrzeć?

— No... nie wiem. Może się bał, że Dumbledore go wykopie...

— A ty co o tym myślisz, Syriuszu? — zapytał głośno Harry, a Ron i Hermiona natychmiast przestali się kłócić.

— Myślę, że oboje macie trochę racji — powiedział

Syriusz, patrząc na Rona i Hermionę. — Jak tylko się dowiedziałem, że Snape tu uczy, zacząłem się zastanawiać, dlaczego Dumbledore go zaangażował. Snape'a zawsze fascynowała czarna magia, był z tego słynny w szkole. To był taki chłopak z ziemistą cerą i zawsze tłustymi włosami — dodał, a Harry i Ron wymienili spojrzenia i uśmiechy. — Kiedy przybył do szkoły, znał więcej złowrogich zaklęć niż połowa uczniów siódmej klasy. Związał się z bandą Ślizgonów, później się okazało, że prawie wszyscy zostali śmierciożercami.

Wyciągnął palce i zaczął wyliczać nazwiska.

— Rosier i Wilkes — obaj zostali zabici przez aurorów rok przed klęską Voldemorta. Małżeństwo Lestrange'ów — są w Azkabanie. Avery — z tego, co słyszałem, jakoś się wymigał, twierdząc, że rzucono na niego zaklęcie Imperius, i nadal jest na wolności. Ale nie słyszałem, żeby kiedykolwiek oskarżono Snape'a, chociaż, oczywiście, to jeszcze niczego nie dowodzi. Wielu z nich dotąd nie złapano. A Snape jest na tyle sprytny i przebiegły, że potrafi unikać kłopotów.

— Snape zna dobrze tego Karkarowa, ale nie chce, żeby ktoś się o tym dowiedział — zauważył Ron.

— Tak, szkoda, że nie widziałeś twarzy Snape'a, kiedy Karkarow wtargnął wczoraj na lekcję eliksirów! — zawołał Harry. — Karkarow chciał ze Snape'em rozmawiać, zarzucał mu, że Snape go unika. Był bardzo wystraszony. Pokazał coś Snape'owi... coś na swoim ramieniu, ale nie zdołałem dostrzec co.

— Pokazał Snape'owi coś na swoim ramieniu? — powtórzył Syriusz, wyraźnie głęboko tym poruszony. Przeczesał palcami brudne włosy i wzruszył ramionami. — Nie wiem, co o tym myśleć... Ale jeśli Karkarow był naprawdę wystraszony i przyszedł do Snape'a...

Przez chwilę wpatrywał się w ścianę jaskini, a potem zrobił taką minę, jakby się poddawał.

— No, ale pozostaje faktem, że Dumbledore mu ufa.

Wiem, że Dumbledore czasami ufa ludziom, do których inni nie mają za grosz zaufania, ale po prostu nie wyobrażam sobie, żeby zatrudnił w Hogwarcie Snape'a, gdyby ten kiedykolwiek pracował dla Voldemorta.

— No to dlaczego Moody'emu i Crouchowi tak zależało, żeby przeszukać gabinet Snape'a? — zapytał Ron.

— No cóż — odpowiedział Syriusz, zastanawiając się nad każdym słowem — nie zdziwiłbym się, gdyby Szalonooki przeszukał gabinety wszystkich profesorów. Obronę przeciw czarnej magii traktuje bardzo poważnie. I chyba nie ufa nikomu, a po tym, co zobaczył, wcale mu się nie dziwię. Ale jedno mogę powiedzieć o Moodym: nigdy nikogo nie zabił, jeśli nie musiał. Zawsze brał ich żywcem. Bywał brutalny, to fakt, ale nigdy nie zniżył się do poziomu śmierciożerców. Natomiast Crouch... to już inna sprawa... Czy naprawdę jest chory? A jeśli jest, to dlaczego mimo to włamał się do gabinetu Snape'a? A jeśli nie jest... o co mu chodzi? Co takiego ważnego robił podczas finału mistrzostw świata, że nie pojawił się w loży honorowej? Co go tak bardzo zajmuje, że nie może sędziować w turnieju?

Syriusz zamilkł, wciąż wpatrując się w ścianę skalną. Hardodziob myszkował po jaskini, sprawdzając, czy nie przeoczył jakichś kostek kurczęcia.

W końcu Syriusz spojrzał na Rona.

— Mówisz, że twój brat jest osobistym asystentem Croucha? A nie dałoby się go zapytać, czy ostatnio widział swojego szefa?

— Mogę spróbować — odpowiedział Ron powątpiewającym tonem. — Tylko muszę uważać, żeby to nie zabrzmiało tak, jakbym uważał, że Crouch jest wplątany w jakieś świństwa. Percy go uwielbia.

— I mógłbyś się dowiedzieć, czy wpadli już na jakiś trop Berty Jorkins — dodał Syriusz, wskazując na drugi numer „Proroka Codziennego".

— Bagman mówił mi, że nic nie mają — powiedział Harry.

— Tak, cytują go w tym artykule — Syriusz wskazał podbródkiem na gazetę. — Opowiada o kiepskiej pamięci Berty. Cóż, może się zmieniła od czasu, kiedy ją znałem, ale zawsze miała znakomitą pamięć. Za bystra nie była, to fakt, ale wszystkie plotki zapamiętywała bardzo dokładnie. Wciąż wpadała przez to w kłopoty, bo nigdy nie wiedziała, kiedy trzeba trzymać język za zębami. W ministerstwie chyba marzyli o tym, żeby się jej pozbyć. Może właśnie dlatego Bagman tak długo zwlekał z poszukiwaniami.

Syriusz westchnął ciężko i przetarł podkrążone oczy.

— Która godzina?

Harry zerknął na zegarek i natychmiast przypomniał sobie, że przecież przestał działać w głębinach jeziora.

— Jest pół do czwartej — powiedziała Hermiona.

— Lepiej wracajcie już do szkoły — rzekł Syriusz, podnosząc się z ziemi. — A teraz posłuchajcie — tu spojrzał szczególnie surowo na Harry'ego — nie chcę, żebyście po kryjomu uciekali ze szkoły, żeby się ze mną spotkać, rozumiecie? Przysyłajcie mi tylko wiadomości. Chcę nadal wiedzieć o wszystkim, co wyda wam się dziwne. Harry, pod żadnym pozorem nie opuszczaj Hogwartu bez pozwolenia, bo to najlepsza okazja dla kogoś, kto chciałby cię zaatakować.

— Jak dotąd nikt mnie jeszcze nie zaatakował, prócz smoka i paru druzgotków.

Ale Syriusz spojrzał na niego groźnie.

— To nie ma nic do rzeczy. Odetchnę spokojnie, kiedy skończy się ten cały turniej, a więc dopiero w czerwcu. A jak będziecie o mnie rozmawiać między sobą, zawsze nazywajcie mnie Wąchaczem, dobrze? Wręczył Harry'emu pustą butelkę i podszedł do Hardodzioba, żeby się z nim pożegnać.

— Pójdę z wami aż do skraju wioski — powiedział.

— Zobaczę, może mi się uda świsnąć gazetę.

Zanim opuścili jaskinię, przemienił się z powrotem w czarnego psa. Zeszli z nim po zboczu góry i wrócili do barierki kończącej drogę. Tutaj pozwolił każdemu poklepać się po głowie i pognał skrajem wioski.

Harry, Ron i Hermiona wrócili do Hogsmeade, a potem do Hogwartu.

— Ciekaw jestem, co Percy wie o Crouchu — powiedział Ron, kiedy zbliżali się do zamku. — Może coś wie, ale się nie przejmuje, a nawet jeszcze bardziej go za to podziwia. Tak, Percy kocha regulaminy i ustawy. Uznałby Croucha za bohatera, który nie złamał prawa nawet dla własnego syna.

— Percy nigdy by nie wydał kogoś ze swojej rodziny w ręce dementorów — oświadczyła stanowczo Hermiona.

— No, nie wiem — rzekł Ron. — Gdyby uznał, że przeszkadzamy mu w karierze... Wiesz, Percy jest bardzo ambitny...

Weszli po kamiennych schodkach i znaleźli się w sali wejściowej, gdzie z Wielkiej Sali napłynęły ku nim rozkoszne zapachy kolacji.

— Biedny stary Wąchacz — mruknął Ron, wdychając głęboko miłe wonie. — On chyba cię naprawdę lubi, Harry. Wyobraź sobie, że musisz żywić się szczurami...

ROZDZIAŁ DWUDZIESTY ÓSMY

Szaleństwo pana Croucha

W niedzielę po śniadaniu Harry, Ron i Hermiona poszli do sowiarni, żeby wysłać list do Percy'ego. Zapytywali go w nim, zgodnie z sugestią Syriusza, czy widział ostatnio pana Croucha. Wysłali Hedwigę, bo już dawno nie miała zajęcia. Patrzyli za nią przez okrągłe okienko sowiarni, póki nie znikła, a wówczas zeszli na dół do kuchni, by dać Zgredkowi nowe skarpetki.

Domowe skrzaty przywitały ich radośnie, kłaniając się, dygając i natychmiast zabierając do podania herbaty. Zgredek zachwycił się swoim nowym prezentem.

— Harry Potter jest za dobry dla Zgredka! — zapiszczał, ocierając wielkie łzy ze swoich olbrzymich oczu.

— Uratowałeś mi życie tym skrzelozielem, Zgredku — odrzekł Harry.

— Jest szansa na jeszcze trochę tych eklerków? — zapytał Ron, spoglądając po uradowanych i wciąż kłaniających się skrzatach.

— Dopiero co zjadłeś śniadanie! — powiedziała z wyrzutem Hermiona, ale już mknęła ku nim wielka srebrna taca z eklerkami, podtrzymywana przez cztery skrzaty.

— Powinniśmy coś od nich wydębić, żeby posłać Wąchaczowi — mruknął Harry.

— Dobry pomysł — zgodził się Ron. — I Świnka będzie miała jakieś zajęcie. Moglibyśmy zabrać trochę żarcia ze sobą? — zwrócił się do otaczających ich skrzatów, które w odpowiedzi ukłoniły się głęboko i pobiegły, by przynieść więcej.

— Zgredku, gdzie jest Mrużka? — zapytała Hermiona, rozglądając się po kuchni.

— Mrużka jest tam, przy kominku — odpowiedział cicho Zgredek, a uszy nieco mu oklapły.

— Och, mój Boże — jęknęła Hermiona, gdy dostrzegła skrzatkę.

Harry też spojrzał w stronę kominka. Mrużka siedziała na tym samym stołku, co poprzednim razem, ale była tak brudna, że trudno ją było odróżnić od poczerniałych cegieł. Miała na sobie jakieś poszarpane szmaty. W ręku ściskała butlę kremowego piwa i kołysała się, wpatrując w ogień. Nagle czknęła tak gwałtownie, że o mało co nie spadła ze stołka.

— Mrużka wypija teraz sześć butelek na dzień — szepnął Zgredek do Harry'ego.

— Przecież ono nie jest mocne — powiedział Harry.

Ale Zgredek pokręcił głową.

— Dla skrzatów domowych bardzo mocne, sir.

Mrużka znowu czknęła. Skrzaty, które przyniosły eklerki, spojrzały na nią z odrazą.

— Mrużka usycha z tęsknoty, Harry Potter, sir — szepnął ze smutkiem Zgredek. — Mrużka chce wrócić do domu. Mrużka wciąż uważa pana Croucha za swojego pana, sir, i nic jej nie przekona, że teraz jej panem jest profesor Dumbledore.

— Hej, Mrużko! — zawołał Harry, któremu wpadł do głowy pewien pomysł. Podszedł do skrzatki i pochylił się nad nią. — Nie wiesz czasem, co teraz porabia pan Crouch? Bo nie pojawił się na Turnieju Trójmagicznym, a jest sędzią.

Oczy Mrużki drgnęły. Wielkie źrenice skupiły się na Harrym. Zakołysała się lekko i powiedziała:

— Pan się nie... *hik!*... pojawił?

— Tak, nie widzieliśmy go od pierwszego zadania. W „Proroku Codziennym" piszą, że jest chory.

Mrużka zakołysała się jeszcze raz, patrząc na Harry'ego mętnym wzrokiem.

— Pan... *hik!*... chory?

Dolna warga zaczęła jej drgać.

— Ale nie jesteśmy pewni, czy to prawda — dodała szybko Hermiona.

— Pan potrzebuje swojej... *hik!*... Mrużki! — zajęczała piskliwie skrzatka. — Pan nie da sobie rady... *hik!*... sam...

— Mrużko, inni ludzie doskonale sobie sami radzą w domu — powiedziała Hermiona surowo.

— Mrużka... *hik!*... nie tylko... *hik!*... pomaga panu Crouchowi... *hik!*... w domu! — zaskrzeczała z oburzeniem Mrużka, kołysząc się jeszcze bardziej i rozlewając sobie kremowe piwo na i tak już poplamioną bluzkę. — Pan powierza... *hik!*... Mrużce... *hik!*... najważniejsze... *hik!*... najskrytsze... *hik!*

— Co? — zapytał Harry.

Ale Mrużka potrząsnęła głową, oblewając się ponownie kremowym piwem.

— Mrużka nie zdradza... *hik!*... sekretów swojego pana — oświadczyła buntowniczym tonem, patrząc zezem na Harry'ego. — Ty nie... *hik!*... węszyć.

— Mrużce nie wolno tak mówić do Harry'ego Pottera! — oburzył się Zgredek. — Harry Potter jest dzielny i szlachetny, Harry Potter nie węszy!

— On chce wyniuchać... *hik!*... sekrety... *hik!*... mojego pana... *hik!* Mrużka jest dobrą skrzatką domową... *hik!*... Mrużka nic nie powie... *hik!*... Ludzie próbują wścibiać... *hik!*... nosy... *hik!*... i węszyć... *hik!*

Nagle powieki jej opadły i zsunęła się ze stołka prosto w palenisko, chrapiąc donośnie. Pusta butelka po kremowym piwie potoczyła się po kamiennej posadzce.

Podbiegło z pół tuzina skrzatów. Spojrzały na nią z odrazą, jeden podniósł butelkę, a reszta owinęła Mrużkę w kraciastą serwetę i zgrabnie związała rogi.

— Bardzo nam przykro, że musieliście na to patrzyć, wielmożni panowie i szlachetna panienko! — zaskrzeczał najbliższy skrzat, kręcąc głową z bardzo zawstydzoną miną.

— My mają nadzieję, że nie będziecie nas wszystkich osądzać po tej Mrużce!

— Ona jest bardzo nieszczęśliwa! — powiedziała Hermiona, głęboko przejęta. — Dlaczego nie próbujecie dodać jej otuchy, tylko zawijacie ją w serwetę?

— Proszę mi wybaczyć, panienko — rzekł skrzat, kłaniając się głęboko — ale skrzaty domowe nie mają prawa być nieszczęśliwe, kiedy jest robota i trzeba obsłużyć panów.

— Och, na miłość boską! — żachnęła się Hermiona.

— Wysłuchajcie mnie wszyscy! Macie takie samo prawo do tego, by czuć się nieszczęśliwie jak czarodzieje! Macie prawo do zapłaty za swoją pracę, do urlopów, do godziwego ubrania, wcale nie musicie robić wszystkiego, co wam każą! Popatrzcie na Zgredka!

— Niech panienka nie miesza do tego Zgredka — mruknął skrzat z przerażoną miną.

Z twarzy skrzatów zniknęły radosne uśmiechy. Nagle spojrzały na Hermionę, jakby oszalała i stała się niebezpieczna.

— Mają swoje jedzenie! — zapiszczał jakiś skrzat przy łokciu Harry'ego, wtykając mu w ręce wielką szynkę, z tuzin ciastek i trochę owoców. — Do widzenia!

Skrzaty otoczyły przyjaciół i zaczęły ich wypychać z kuchni.

— Dziękuję za skarpetki, Harry Potter, sir! — zawołał za nimi Zgredek od kominka, pilnując kraciastej mumii Mrużki.

— Hermiono, czy ty nie potrafisz utrzymać języka za zębami? — wybuchnął Ron, kiedy zatrzasnęły się za nimi drzwi kuchni. — Teraz nie będziemy już mogli ich odwiedzać! A mogliśmy wyciągnąć z Mrużki coś o Crouchu!

— Tak jakby ci na tym zależało! — zadrwiła Hermiona. — Tobie zależy tylko na żarciu!

Reszta dnia nie była przyjemna. Harry tak już miał dość Rona i Hermiony, warczących na siebie w pokoju wspólnym znad pracy domowej, że wieczorem sam wziął jedzenie dla Syriusza i poszedł do sowiarni.

Świstoświnka była stanowczo za mała, by unieść szynkę, więc zatrudnił jeszcze dwie szkolne sowy. Kiedy wyleciały w zmrok, wyglądając bardzo dziwacznie z wielkim pakunkiem między sobą, Harry oparł łokcie na parapecie okna, spoglądając na błonia, na ciemne, targane wiatrem szczyty drzew w Zakazanym Lesie i na łopocące żagle okrętu z Durmstrangu. Przez strugę dymu wydobywającą się z komina chatki Hagrida przeleciał puchacz, poszybował ku zamkowi, okrążył sowiarnię i zniknął z pola widzenia. Harry spojrzał w dół i dostrzegł Hagrida kopiącego zawzięcie ziemię przed swoją chatką. Pewnie przygotowywał nową grządkę na warzywa. Nagle z wielkiego powozu wyłoniła się madame Maxime, podeszła do Hagrida i coś do niego powiedziała. Hagrid oparł się na szpadlu, ale chyba nie był zbyt chętny do podtrzymywania rozmowy, bo po chwili madame Maxime wróciła do swojego powozu.

Harry nie miał ochoty wracać do wieży Gryffindoru, żeby wysłuchiwać kłótni Rona i Hermiony. Obserwował Hagrida, aż zapadła ciemność, a sowy zaczęły się budzić i wylatywać w cichą noc, muskając go w locie skrzydłami.

*

Ku zadowoleniu Harry'ego, Ron i Hermiona odzyskali humor przy śniadaniu. Stwierdził też z ulgą, iż nie sprawdziły się ponure przepowiednie Rona, który poprzedniego wieczoru burczał, że odtąd jedzenie się pogorszy, bo Hermiona ciężko obraziła skrzaty. Bekon, jajecznica i wędzone ryby były wyśmienite jak zawsze.

Kiedy pojawiły się sowy z poranną pocztą, Hermiona zaczęła się rozglądać z wyraźną nadzieją, jakby na coś czekała.

— Percy nie zdążyłby przysłać nam odpowiedzi — zauważył Ron. — Przecież wysłaliśmy mu Hedwigę dopiero wczoraj.

— Nie, nie o to mi chodzi — powiedziała Hermiona. — Zaprenumerowałam „Proroka Codziennego". Mam już dość dowiadywania się wszystkiego od Ślizgonów.

— Znakomity pomysł! — pochwalił ją Harry, również przyglądając się sowom. — Hej, Hermiono, chyba masz szczęście...

Szara sowa zatoczyła nad nią koło.

— To nie jest gazeta — powiedziała Hermiona tonem pełnym zawodu. — To...

Ale ku jej zdumieniu, tuż za szarą sową wylądowały przed nią na stole jeszcze cztery płomykówki, a potem puchacz i włochatka.

— Ile egzemplarzy zamówiłaś? — zapytał Harry, łapiąc puchar Hermiony, żeby go nie przewróciły sowy, które tłoczyły się ku niej, bo każda chciała pierwsza dostarczyć list.

— A co to znowu... — Hermionę zatkało, kiedy zdjęła list z nóżki szarej sowy, rozwinęła go i zaczęła czytać. — No nie! — I zarumieniła się mocno.

— Co jest grane? — zapytał Ron.

— To jest... och... to po prostu śmieszne... — Rzuciła list Harry'emu, który zobaczył, że jest to anonim wyklejony z liter, najwyraźniej wyciętych z „Proroka Codziennego".

JESTEŚ PODŁA. HARRY POTTER ZASŁUGUJE NA COŚ LEPSZEGO. WRACAJ SKĄD POCHODZISZ — DO MUGOLI

— Wszystkie są podobne! — zawołała z rozpaczą Hermiona, otwierając listy jeden po drugim. — „Harry Potter mógłby wybrać lepiej". „Zasługujesz na to, żeby cię ugotowano w żabim skrzeku". Ojej!

Otworzyła ostatnią kopertę i na jej dłonie trysnęła żółtawozielona, cuchnąca naftą ciecz, która natychmiast zaczęła się wzdymać w wielkie żółte bąble.

— Nierozcieńczona ropa czyrakobulwy! — powiedział Ron, wąchając kopertę.

— Auu! — krzyknęła Hermiona ze łzami w oczach, próbując zetrzeć chusteczką cuchnącą ciecz z rąk, ale jej palce były już tak gęsto pokryte bolesnymi bąblami, że wyglądały, jakby miała na nich parę grubych rękawic.

— Powinnaś zaraz pójść do skrzydła szpitalnego — poradził jej Harry, kiedy sowy odleciały. — Usprawiedliwimy cię u pani Sprout.

— Ostrzegałem ją! — powiedział Ron, kiedy Hermiona wybiegła z Wielkiej Sali, chowając dłonie pod pachy. — Ostrzegałem ją, żeby nie obrażała Rity Skeeter! Popatrz na to — zaczął czytać na głos jeden z listów, które Hermiona zostawiła na stole: — *Przeczytałam w tygodniku „Czarownica", jak się zabawiasz kosztem Harry'ego Pottera. Ten chłopak dość już przeżył, w następnym liście wyślę ci przekleństwo, niech tylko znajdę dość dużą kopertę*. Kurczę... powinna uważać na siebie...

Hermiona nie pojawiła się na zielarstwie. Kiedy Harry i Ron wyszli z cieplarni, zmierzając do chatki Hagrida na lekcję opieki nad magicznymi stworzeniami, zobaczyli Malfoya, Crabbe'a i Goyle'a wychodzących z zamku. Za nimi szła Pansy Parkinson, chichocąc i poszeptując do swoich Ślizgonek. Zobaczywszy z daleka Harry'ego, zawołała:

— Potter, zerwałeś ze swoją dziewczyną? Dlaczego była taka zdołowana na śniadaniu?

Harry zignorował ją; nie chciał, by się dowiedziała, ile złego narobił już artykuł w tygodniku „Czarownica".

Hagrid, który na ostatniej lekcji zapowiedział im, że skończyli już temat jednorożców, czekał na nich przed swoją chatką wśród stosu skrzynek. Harry westchnął ciężko na ich widok — czyżby mieli znowu hodować skląctki? Ale kiedy podszedł bliżej i zajrzał do jednej z nich, zobaczył jakieś puchate, czarne stworzenia z długimi ryjkami. Miały dziwnie płaskie, łopatowate przednie łapy i przypatrywały się im, mrugając oczami, jakby były uprzejmie zdziwione, że tyle osób zaszczyca je swoją uwagą.

— To są niuchacze — oznajmił Hagrid, kiedy cała klasa zgromadziła się wokół skrzynek. — Siedzą głównie po kopalniach. Lubią błyskotki... O, uważajcie, zara zobaczycie...

Jeden z niuchaczy nagle podskoczył i chwycił zębami za zegarek na przegubie Pansy Parkinson. Wrzasnęła ze strachu i odskoczyła.

— Pożyteczne stworzonka, wyniuchają każdy skarb — powiedział uradowany Hagrid. — Tak se pomyślałem, że możemy się dzisiaj trochę zabawić. Widzicie to? — wskazał na dużą połać świeżo skopanej ziemi. — Zakopałem tam trochę złotych monet. Wybierzecie sobie po jednym, a ten, którego niuchacz wykopie najwięcej monet, dostanie nagrodę. Tylko pozdejmujcie wszystkie cenne rzeczy, wybierzcie po niuchaczu i przygotujcie się, żeby je puścić w ziemię.

Harry zdjął zegarek, który nosił z przyzwyczajenia, bo od dawna nie chodził, i schował go do kieszeni. Potem wyjął ze skrzynki jednego niuchacza. Zwierzątko natychmiast wetknęło mu ryjek do ucha i zaczęło węszyć entuzjastycznie. Było całkiem miłe.

— Zara, zara — powiedział Hagrid, zaglądając do skrzynki. — Jeden został... Kogo brakuje? Gdzie jest Hermiona?

— Musiała iść do skrzydła szpitalnego — odpowiedział Ron.

— Wyjaśnimy to później — dodał cicho Harry, bo Pansy Parkinson nadstawiła ucha.

Była to chyba najprzyjemniejsza lekcja opieki nad magicznymi stworzeniami, jaką kiedykolwiek mieli. Niuchacze nurkowały w skopaną ziemię jak w wodę, a po chwili wracały, każdy do tego ucznia, który go wypuścił, wtykając mu w rękę złote monety. Szczególnie obdarowany został Ron: wkrótce miał już pełen podołek monet.

— Można je gdzieś kupić, Hagridzie? — zapytał podekscytowany, kiedy jego niuchacz ponownie zanurkował, obsypując mu szatę ziemią.

— Twoja mama nie byłaby z tego zadowolona, Ron — rzekł Hagrid, szczerząc zęby. — Te niuchacze zrujnują każdy dom. No, chiba już wszystko wyniuchały — dodał, okrążając grządkę, choć puchate zwierzątka nie przestawały nurkować w ziemię. — Zakopałem tylko setkę monet. O, jesteś już, Hermiono!

Hermiona szła ku nim przez łąkę. Miała obandażowane dłonie i wyglądała dość żałośnie. Pansy Parkinson przyglądała się jej uważnie.

— No dobra, tera sprawdzimy, jak wam poszło! — zawołał Hagrid. — Podliczymy monety! I nie próbuj żadnej podwędzić, Goyle — dodał, mrużąc swoje paciorkowate oczy. — To złoto leprokonusów. Znika po paru godzinach.

Goyle opróżnił kieszenie, wytrzeszczając głupkowato oczy. Niuchacz Rona okazał się najbardziej skuteczny, więc Hagrid wręczył Ronowi w nagrodę olbrzymią tabliczkę czekolady z Miodowego Królestwa. Rozległ się dzwon wzywający na obiad, ale Harry, Ron i Hermiona zostali nieco dłużej, by pomóc Hagridowi powsadzać niuchacze z powrotem do skrzynek. Harry zauważył, że z okna powozu obserwuje ich madame Maxime.

— Co ci się porobiło z rękami, Hermiono? — zapytał Hagrid, wyraźnie zaniepokojony.

Hermiona opowiedziała mu o podłych listach, jakie rano otrzymała, i o kopercie wypełnionej ropą czyrakobulw.

— A tam, nie przejmuj się — powiedział łagodnie

Hagrid, przyglądając się jej z troską. — Mnie też takie przysyłali, jak Rita Skeeter napisała o mojej mamusi. „Jesteś potworem i powinno się ciebie wykończyć". „Twoja matka zabiła niewinnych ludzi, a ty powinieneś mieć choć tyle przyzwoitości, żeby utopić się w jeziorze".

— Nie! — krzyknęła Hermiona ze zgrozą na twarzy.

— Tak — powiedział Hagrid, ustawiając skrzynki z niuchaczami pod ścianą chatki. — To są normalne czubki, Hermiono. A jak dostaniesz więcej takich listów, to ich nie otwiraj. Rzuć je od razu w ogień.

— Ominęła cię fantastyczna lekcja — powiedział Harry Hermionie, kiedy wracali do zamku. — Kapitalne są te niuchacze, prawda, Ron?

Ron przyglądał się jednak czekoladzie, którą dostał od Hagrida. Był naburmuszony, jakby coś bardzo go ubodło.

— O co chodzi? — zapytał Harry. — Nie ten smak?

— Nie — odburknął Ron. — Dlaczego mi nie powiedziałeś o tym złocie?

— O jakim złocie?

— O tym, które ci dałem na mistrzostwach świata w quidditchu. O złocie od leprokonusów, które dostałeś ode mnie za omnikulary. W loży. Dlaczego mi nie powiedziałeś, że znikło?

Harry musiał przez chwilę pomyśleć, zanim zrozumiał, o czym Ron mówi.

— Och... — powiedział, kiedy w końcu sobie przypomniał. — Nie wiem... Po prostu nie zauważyłem, że znikło. No wiesz, bardziej się martwiłem o swoją różdżkę.

Weszli po kamiennych stopniach do zamku i udali się do Wielkiej Sali na obiad.

— To musi być fajne uczucie — wypalił nagle Ron, kiedy usiedli i zaczęli sobie nakładać na talerze pieczeń wołową i pudding. — Mieć tyle pieniędzy, że nawet się nie zauważa, jak gdzieś wsiąknie garść galeonów.

— Słuchaj, Ron, miałem wtedy co innego na głowie! — żachnął się Harry. — Wszyscy mieliśmy, pamiętasz?

— Nie wiedziałem, że złoto leprokonusów znika — mruknął Ron. — Byłem pewny, że oddaję ci forsę. Nie powinieneś mi dawać na Boże Narodzenie tego kapelusza Armat.

— Zapomnij o tym, dobra?

Ron nadział na widelec pieczony kartofel i przyglądał mu się ze złością.

— Nie cierpię być biednym — powiedział w końcu.

Harry i Hermiona wymienili spojrzenia. Żadne z nich nie wiedziało, co powiedzieć.

— Ohyda — mruknął Ron, wciąż wpatrując się ponuro w kartofel. — I nie mam pretensji do Freda i George'a, że próbują zdobyć forsę. Sam bym chciał. Chciałbym mieć niuchacza.

— No, to już wiemy, co ci dać na następne Boże Narodzenie — powiedziała dziarskim tonem Hermiona, a widząc, że Ron nadal ma ponurą minę, dodała: — Daj spokój, Ron, mogło być gorzej. Przynajmniej nie masz palców pełnych ropy. — Niełatwo jej było posługiwać się widelcem i nożem, bo palce miała wciąż spuchnięte i sztywne.

— Jak ja nienawidzę tej baby! — wybuchnęła nagle. — I jeszcze jej za to odpłacę, choćby to miała być ostatnia rzecz, jaką zrobię w życiu!

*

Przez następny tydzień nadal przychodziły do Hermiony złośliwe anonimy, a chociaż usłuchała rady Hagrida i przestała je otwierać, niektórzy złośliwcy przysyłali jej wyjce, które eksplodowały przy stole Gryffindoru, wywrzaskując na całą salę obelgi pod jej adresem. Teraz nawet ci, którzy nie czytali „Czarownicy", wiedzieli już wszystko o rzekomym trójkącie Harry – Krum – Hermiona. Harry'emu robiło się już niedobrze od wyjaśniania każdemu, że Hermiona nie jest jego dziewczyną.

— Zobaczysz, to się skończy — pocieszał Hermionę.

— Trzeba to po prostu ignorować. Ludzie w końcu się znudzą tymi głupotami, które Rita powypisywała ostatnio na mój temat.

— Chciałabym wiedzieć, w jaki sposób ona podsłuchuje prywatne rozmowy, skoro nie wolno jej przebywać na terenie szkoły — powiedziała ze złością.

Hermiona została w klasie po obronie przed czarną magią, bo chciała o coś zapytać profesora Moody'ego. Reszta klasy z ulgą wychodziła na korytarz. Tym razem przygotował im tak ostry test odparowywania złowrogich zaklęć, że wiele osób doznało lekkich obrażeń. Harry'emu przytrafił się ciężki przypadek rozdygotanych uszu i musiał je przytrzymywać dłońmi, kiedy wychodził z klasy.

— Rita na pewno nie używa peleryny-niewidki! — wydyszała Hermiona pięć minut później, kiedy dogoniła Harry'ego i Rona w sali wejściowej i odciągnęła Harry'emu jedną rękę od ucha, żeby ją usłyszał. — Moody mówi, że podczas drugiego zadania nie widział jej ani w pobliżu stołu sędziowskiego, ani nigdzie nad jeziorem!

— Hermiono, czy jest sens powtarzania ci, żebyś dała sobie z tym spokój? — zapytał Ron.

— Nie! — zawołała z uporem Hermiona. — Chcę wiedzieć, w jaki sposób podsłuchała moją rozmowę z Wiktorem! I skąd wygrzebała tę historię o mamie Hagrida!

— Może podłożyła ci pluskwę — powiedział Harry.

— Pluskwę? — zdziwił się Ron. — Po co, żeby ją gryzła?

Harry opowiedział mu o ukrytych mikrofonach i aparaturze nagrywającej. Rona bardzo to zaciekawiło, ale Hermiona przerwała im po chwili.

— Słuchajcie, może byście wreszcie przeczytali *Historię Hogwartu*, co?

— A po co? — zapytał Ron. — Ty znasz ją na pamięć, więc zawsze możemy cię spytać.

— Wszystkie urządzenia zastępujące mugolom magię: elektryczność, komputery, radiolokatory... no, wszystko... zaczynają wariować w Hogwarcie, bo w powietrzu jest za dużo magii. Rita musi używać czarów. Żebym tylko wykryła, co to takiego! A gdyby to się okazało nielegalne, wtedy bym ją dopadła!

— A nie mamy przypadkiem dość innych zmartwień? — zapytał Ron. — Musimy jeszcze rozpoczynać wendetę przeciw Ricie Skeeter?

— Nie proszę was o pomoc! — warknęła Hermiona. — Sama się tym zajmę!

I ruszyła dziarskim krokiem po marmurowych schodach, nawet się na nich nie oglądając. Harry był pewny, że idzie do biblioteki.

— Założysz się, że wróci z pudełkiem plakietek z napisem *NIENAWIDZĘ RITY SKEETER*? — zapytał Ron.

Choć Hermionę opanowała przemożna żądza zemsty, nie zwróciła się jednak do nich o pomoc, za co byli jej wdzięczni, bo w miarę zbliżania się ferii wielkanocnych mieli coraz więcej pracy. Harry dziwił się szczerze temu, jak Hermionie udaje się połączyć poszukiwanie magicznych sposobów podsłuchiwania ludzi ze wszystkim, co teraz waliło im się na głowy. On sam ledwo dyszał, usiłując odrobić wszystkie prace domowe. Pamiętał jednak o regularnym wysyłaniu Syriuszowi paczek z żywnością; po ostatnim lecie dobrze wiedział, co to znaczy być ciągle głodnym. Zwykle dołączał krótkie liściki, w których donosił Syriuszowi, że nic niezwykłego się nie dzieje i że wciąż czekają na odpowiedź Percy'ego.

Hedwiga nie wróciła aż do końca ferii wielkanocnych. List od Percy'ego był w paczce zawierającej jajka wielkanocne, które przysłała im pani Weasley. Jajka Harry'ego i Rona, wielkości smoczych, pełne były domowych toffi, natomiast Hermiona dostała jajeczko mniejsze od kurzego. Zmarkotniała, gdy je zobaczyła.

— Ron, czy twoja mama nie czyta przypadkiem tygodnika „Czarownica"? — zapytała cicho.

— Czyta — odpowiedział Ron z ustami pełnymi toffi. — Kupuje go ze względu na przepisy.

Hermiona spojrzała ponuro na swoje gołębie jajko.

— Nie chcesz się dowiedzieć, co napisał Percy? — zapytał szybko Harry.

List Percy'ego był krótki i irytujący.

Jak powtarzam dziennikarzom „Proroka Codziennego", pan Crouch przebywa na zasłużonym urlopie. Przysyła mi regularnie sowy z instrukcjami. Nie, nie widziałem go, ale możecie mi uwierzyć, że znam odręczne pismo mojego zwierzchnika. Mam teraz zbyt dużo roboty, by zajmować się dementowaniem tych śmiesznych pogłosek. Nie zawracajcie mi więcej głowy takimi bzdurami. Wesołych świąt.

Początek semestru letniego oznaczał zwykle, że Harry musiał ostro trenować przed ostatnim w sezonie meczem quidditcha. W tym roku czekało go jednak zupełnie co innego: trzecie i ostatnie zadanie w Turnieju Trójmagicznym. Do niego powinien się przygotowywać, tyle że wciąż nie wiedział, na czym będzie polegało. W końcu, w ostatnim tygodniu maja, profesor McGonagall zatrzymała go w klasie po lekcji transmutacji.

— Potter, o dziewiątej wieczorem masz się stawić na stadionie quidditcha. Będzie tam pan Bagman, który wam wyjaśni, na czym polega trzecie zadanie.

Tak więc wieczorem, o pół do dziewiątej, Harry zostawił przyjaciół w wieży Gryffindoru, a sam zszedł na dół. Kiedy przecinał salę wejściową, z pokoju wspólnego Puchonów wyszedł Cedrik Diggory.

— Jak myślisz, co to będzie? — zapytał Harry'ego, kiedy razem schodzili po kamiennych stopniach w pochmurną noc. — Fleur wciąż opowiada o podziemnych tunelach, podejrzewa, że będziemy musieli odnaleźć jakiś skarb.

— To by było niezłe — rzekł Harry, myśląc, że poprosiłby Hagrida o jednego niuchacza i miałby problem z głowy.

Zeszli ciemnym, trawiastym zboczem do stadionu, przez lukę między trybunami dostali się na boisko i stanęli jak wryci.

— Co oni tu narobili?! — zawołał z oburzeniem Cedrik.

Zwykle gładkie i płaskie boisko do quidditcha wyglądało, jakby ktoś pobudował na nim długie, niskie murki, krzyżujące się ze sobą i wijące we wszystkie strony.

— To żywopłot! — zawołał Harry, pochylając się, by zbadać najbliższy.

— Hej, tu jesteśmy! — rozległ się dziarski głos.

Ludo Bagman stał pośrodku boiska, z Krumem i Fleur. Harry i Cedrik ruszyli ku nim, przełażąc przez żywopłoty. Kiedy podeszli bliżej, Fleur uśmiechnęła się do Harry'ego. Jej stosunek do niego zmienił się całkowicie od czasu, gdy wyciągnął jej siostrę z jeziora.

— No i co o tym myślicie? — zapytał uradowany Bagman, gdy Harry i Cedrik przeleźli przez ostatni żywopłot. — Ładnie rośnie, co? Jeszcze miesiąc, a Hagrid dopilnuje, aby miał ze dwadzieścia stóp wysokości. Nie obawiajcie się — dodał, widząc ich nieco ponure miny — po trzecim zadaniu będziecie mieli znowu normalne boisko do quidditcha! A domyślacie się już, co tutaj wyrasta?

Przez chwilę wszyscy milczeli.

— Labirynt — mruknął Krum.

— Tak jest! — zawołał Bagman. — Labirynt. Trzecie zadanie jest bardzo proste. Puchar Turnieju Trójmagicznego zostanie umieszczony w samym środku labiryntu. Pierwszy z reprezentantów, który go dotknie, otrzyma najwyższą liczbę punktów.

— Mami po prostu tam trafić? — zapytała Fleur.

— Będą przeszkody — rzekł Bagman, aż podskakując z radości. — Hagrid dostarczy nam trochę magicznych stworzeń, będą też zaklęcia, które trzeba przełamać. Zawodnicy, którzy zdobyli dotąd największą liczbę punktów, pierwsi wejdą do labiryntu — tu wyszczerzył zęby do Harry'ego i Cedrika. — Potem pan Krum i wreszcie panna Delacour. Ale wszyscy będziecie mieli równe szanse, bo powodzenie zależy od tego, czy uda się wam pokonać przeszkody. Będzie wesoło, co?

Harry, który dobrze wiedział, jakich stworzeń może dostarczyć Hagrid, pomyślał, że prawdopodobnie wcale nie będzie wesoło. Pokiwał jednak uprzejmie głową razem z innymi.

— To znakomicie! Jeśli nie macie żadnych pytań, może wrócimy do zamku? Jest trochę zimno...

Kiedy wracali przez rosnący labirynt, Bagman zrównał się z Harrym, który natychmiast zaczął przeczuwać, że za chwilę znowu usłyszy propozycję pomocy, ale w tym momencie klepnął go w ramię Krum.

— Mogu ja z tobą zamienić słowo?

— Jasne — odrzekł Harry, lekko zaskoczony.

— Tak my pojdzjemy razem, co?

— Dobra — zgodził się Harry, ciekaw, o co Bułgarowi chodzi.

Bagman wyglądał na trochę zmieszanego.

— Mam na ciebie poczekać, Harry?

— Nie, w porządku, panie Bagman — odrzekł Harry, tłumiąc uśmiech. — Myślę, że sam trafię do zamku, dziękuję.

Harry i Krum razem wyszli ze stadionu, ale Krum nie skierował się w stronę jeziora, gdzie był zakotwiczony statek z Durmstrangu. Ruszył w kierunku Zakazanego Lasu.

— Po co tam idziemy? — zapytał Harry, kiedy minęli chatkę Hagrida i oświetlony powóz z Beauxbatons.

— Żeby nas nikt nie podsłuchał — odrzekł Krum.

Kiedy w końcu znaleźli się w spokojnym miejscu, opodal padoku z olbrzymimi końmi madame Maxime, Krum zatrzymał się w cieniu drzew i zwrócił do Harry'ego.

— Ja chcjał wiedzieć — rzekł, patrząc na niego posępnie — co jest między tobą a Hermi-ona-niną.

Harry, który po zachowaniu Kruma spodziewał się czegoś poważniejszego, spojrzał na niego zdumiony.

— Nic — odpowiedział, ale Krum wciąż łypał na niego groźnie, więc Harry, którego nagle uderzyło, jaki Krum jest wysoki, uznał, że trzeba nieco rozwinąć ten temat. — Przyjaźnimy się, to wszystko. Ona nie jest moją dziewczyną, i nigdy nie była. Ta Skeeter wszystko wymyśliła.

— Hermi-ona-nina często o tobie mówi — powiedział Krum, patrząc podejrzliwie na Harry'ego.

— No tak, bo się przyjaźnimy.

Aż mu trudno było uwierzyć, że prowadzi taką rozmowę z Wiktorem Krumem, słynnym w całym świecie graczem w quidditcha. Jakby osiemnastoletni Krum traktował go jak równego sobie, jak równorzędnego rywala.

— A ty nigdy... ty nie...

— Nie — powiedział stanowczo Harry.

Krum trochę się rozchmurzył. Przyglądał się Harry'emu przez chwilę, a potem rzekł:

— Ty bardzo dobrze latasz. Ja się tobie przypatrywał w czas pierwszego zadania.

— Dzięki — powiedział Harry, uśmiechając się szeroko i nagle czując się o wiele wyższy. — Widziałem cię w finale mistrzostw świata. Ten zwód Wrońskiego...

W tym momencie coś poruszyło się między drzewami za Krumem, i Harry, który już wiedział, czego się można spodziewać w Zakazanym Lesie, instynktownie chwycił go za rękę i pociągnął.

— A ty co?

Harry potrząsnął głową w milczeniu, wpatrując się w miejsce, w którym zobaczył jakiś ruch. Wsunął dłoń za pazuchę i chwycił różdżkę.

W następnej chwili spoza wielkiego dębu wyłonił się jakiś mężczyzna. Z początku Harry go nie poznał, ale potem... potem zdał sobie sprawę, że to przecież pan Crouch.

Wyglądał, jakby wędrował przez wiele dni. Jego szata była podarta i zakrwawiona na kolanach, twarz miał podrapaną, zarośniętą i szarą ze zmęczenia. Schludne zwykle włosy i wąsy rozpaczliwie domagały się fryzjera. Ale ten dziwaczny wygląd był niczym w porównaniu z jego zachowaniem. Bełkotał i gestykulował, jakby rozmawiał z kimś, kogo tylko on widział. Harry'emu bardzo przypominał pewnego starego włóczęgę, którego raz widział, kiedy Dursleyowie zabrali go na zakupy. Tamten człowiek też rozmawiał z kimś niewidzialnym. Ciotka Petunia złapała Dudleya za rękę i pociągnęła na drugą stronę ulicy, żeby uniknąć bliższego kontaktu z włóczęgą, a wuj Vernon wygłosił później długą przemowę, w której wyjaśnił ze szczegółami, co powinno się zrobić z żebrakami i włóczęgami.

— A on czasem nie był sędzią? — zapytał Krum, gapiąc się na pana Croucha. — Nie był on z waszym ministrem?

Harry kiwnął głową, zawahał się przez chwilę, a potem podszedł wolno do pana Croucha, który zdawał się go nie zauważać, wciąż pochłonięty rozmową z pobliskim drzewem:

— ...a kiedy to zrobisz, Weatherby, wyślij sowę do Dumbledore'a z potwierdzeniem liczby uczniów Durmstrangu, którzy przybędą na turniej. Karkarow właśnie napisał, że będzie ich dwunastu...

— Panie Crouch — zagadnął ostrożnie Harry.

— ...a potem wyślij inną sowę do madame Maxime, bo może zechce powiększyć liczbę swoich uczniów, skoro Karkarow chce zabrać cały tuzin... Zrób to, Weatherby, dobrze? Dobrze? Dob...

Wytrzeszczył oczy. Gapił się w pień drzewa, mamlając bezgłośnie wargami. A potem zachwiał się i upadł na kolana.

— Panie Crouch! — zawołał Harry. — Źle się pan czuje?

Crouch potoczył dziko wzrokiem. Harry obejrzał się na Kruma, który podszedł bliżej i przyglądał się ze strachem Crouchowi.

— Co jemu się stało?

— Nie mam pojęcia — mruknął Harry. — Wiesz co, może idź i sprowadź kogoś...

— Dumbledore'a! — wydyszał pan Crouch. Wyciągnął rękę i złapał Harry'ego za szatę, przyciągając go bliżej, choć patrzył gdzieś ponad jego głową. — Muszę... zobaczyć się... z Dumbledore'em...

— W porządku — rzekł Harry. — Jeśli pan wstanie, panie Crouch, to pójdziemy do...

— Zrobiłem... coś... głupiego — wyszeptał pan Crouch.

Wyglądał, jakby kompletnie oszalał. Wytrzeszczał oczy, toczył nimi we wszystkie strony, a po brodzie ściekał mu strumyczek śliny. Wypowiedzenie każdego słowa zdawało się sprawiać mu dużą trudność.

— Muszę... powiedzieć... Dumbledore'owi...

— Niech pan wstanie, panie Crouch — powiedział Harry głośno i wyraźnie. — Proszę wstać, zaprowadzę pana do Dumbledore'a!

Pan Crouch spojrzał na niego nieprzytomnie.

— Kto... ty... — wyszeptał.

— Jestem uczniem — odrzekł Harry, odwracając się do Kruma i oczekując jego pomocy, ale Krum cofnął się, wyraźnie bardzo przestraszony.

— Nie jesteś... *jego*... — wymamrotał Crouch.

— Nie — odpowiedział Harry, nie mając zielonego pojęcia, o czym Crouch mówi.

— Jesteś... Dumbledore'a?...

— Tak jest.

Crouch przyciągnął go jeszcze bliżej. Harry spróbował się uwolnić, ale uścisk był za mocny.

— Ostrzeż... Dumbledore'a...

— Sprowadzę go, tylko niech mnie pan puści. Niech mi pan pozwoli odejść, panie Crouch, a zaraz go sprowadzę...

— Dziękuję ci, Weatherby, a kiedy już się z tym uporasz, podaj mi filiżankę herbaty. Moja żona i syn wkrótce tu będą, idziemy dziś na koncert z państwem Knot. — Crouch przemawiał teraz płynnie do drzewa i zdawał się być całkowicie nieświadom obecności Harry'ego, którego tak to zdziwiło, że nawet nie zauważył, że pan Crouch go puścił. — Tak, mój syn właśnie zdobył dwanaście sumów, bardzo dobrze mu poszło, tak, dziękuję, tak, jestem z niego bardzo dumny. A teraz niech mi pan z łaski swojej przyniesie tę notę od andorańskiego ministra magii, chyba naszkicuję odpowiedź...

— Zostań tu z nim! — polecił Harry Krumowi. — Ja pójdę po Dumbledore'a, załatwię to szybciej, wiem, gdzie jest jego gabinet...

— On zwariował — powiedział niepewnym tonem Krum, gapiąc się na pana Croucha, który wciąż mamrotał do drzewa, najwyraźniej przekonany, że to Percy.

— Po prostu z nim zostań — rzekł Harry i odwrócił się, by odejść, ale ten ruch spowodował gwałtowną zmianę w zachowaniu pana Croucha, który złapał go mocno pod kolana i pociągnął na ziemię.

— Nie... opuszczaj... mnie! — wyszeptał, znowu wytrzeszczając oczy. — Ja... uciekłem... muszę ostrzec... muszę powiedzieć... zobaczyć Dumbledore'a... to moja wina... wszystko moja wina... Berta... nie żyje... wszystko moja wina... mój syn... moja wina... powiedz Dumbledore'owi... Harry Potter... Czarny Pan... silniejszy... Harry Potter...

— Pójdę po Dumbledore'a, jeśli mnie pan puści, panie Crouch! — krzyknął Harry i spojrzał z wściekłością na Kruma. — Pomóż mi, dobrze?

Krum, z przerażoną miną, zbliżył się i ukucnął przy Crouchu.

— Pilnuj go, niech się stąd nie rusza — rzekł Harry, wyszarpując szatę z uścisku Croucha. — Wrócę tu z Dumbledore'em.

— A spieszno to zrobisz? — zawołał za nim Krum, kiedy Harry wybiegł z lasu i popędził przez ciemne błonia.

Nikogo na nich nie było: Bagman, Cedrik i Fleur już znikli. Harry wbiegł po kamiennych stopniach, wpadł do sali wejściowej przez dębowe drzwi i pomknął po marmurowych schodach na drugie piętro.

Pięć minut później pędził już ku kamiennej chimerze stojącej w połowie pustego korytarza.

— Cy-cytrynowy sorbet! — wysapał.

Było to hasło otwierające wejście na tajne schody, wiodące do gabinetu Dumbledore'a — a w każdym razie tak brzmiało dwa lata temu. Od tego czasu z pewnością zostało zmienione, bo chimera nie ożyła i nie odskoczyła w bok, tylko tkwiła w miejscu, łypiąc groźnie na Harry'ego.

— Rusz się! — krzyknął Harry. — No już!

Ale w Hogwarcie jeszcze nigdy nic się nie poruszyło tylko dlatego, że ktoś krzyknął; dobrze wiedział, że to nic nie da. Spojrzał najpierw w jeden, potem w drugi koniec ciemnego korytarza. A może Dumbledore jest w pokoju nauczycielskim? Puścił się biegiem w stronę schodów...

— POTTER!

Harry wyhamował raptownie i rozejrzał się.

Z tajnego przejścia za chimerą wyłonił się Snape. Ściana

zasunęła się za nim, kiedy machnął ręką na Harry'ego, by do niego podszedł.

— Co ty tutaj robisz, Potter?

— Muszę się zobaczyć z profesorem Dumbledore'em! — zawołał Harry, wracając biegiem i zatrzymując się przed Snape'em. — Chodzi o pana Croucha... właśnie się pojawił... jest w Zakazanym Lesie... prosi, żeby...

— Co to za bzdury? — syknął Snape, a w jego czarnych oczach zapłonęły groźne błyski. — Co ty pleciesz?

— Pan Crouch! — krzyknął Harry. — Z ministerstwa! Jest chory... albo... Jest w lesie, chce koniecznie zobaczyć się z profesorem Dumbledore'em! Niech mi pan tylko poda hasło do...

— Dyrektor jest zajęty — rzekł Snape, a jego wąskie usta wykrzywiły się w nieprzyjemnym uśmiechu.

— Ja muszę rozmawiać z Dumbledore'em! — ryknął Harry.

— Słyszałeś, co powiedziałem, Potter?

Harry był pewny, że Snape bardzo dobrze się bawi, odmawiając mu podania hasła, i widząc, jak bardzo mu na tym zależy.

— Proszę pana — powiedział Harry ze złością — z Crouchem jest bardzo źle... On chyba stracił rozum... Mówi, że chce ostrzec...

Ściana za plecami Snape'a rozsunęła się ponownie. W wejściu stał Dumbledore. Miał na sobie długą zieloną szatę, a na twarzy wyraz umiarkowanego zaciekawienia.

— Jakiś problem? — zapytał, patrząc to na Harry'ego, to na Snape'a.

— Panie profesorze! — zawołał Harry, obchodząc Snape'a, zanim ten zdołał coś powiedzieć. — Pan Crouch jest w Zakazanym Lesie, chce z panem mówić!

Harry spodziewał się, że Dumbledore zacznie zadawać pytania, ale na szczęście tego nie zrobił.

— Prowadź — powiedział natychmiast i ruszył za Harrym korytarzem, pozostawiając Snape'a obok kamiennej chimery, której twarz była teraz dwa razy łagodniejsza od twarzy profesora eliksirów.

— Co mówił pan Crouch? — zapytał Dumbledore, kiedy schodzili pospiesznie po marmurowych schodach.

— Że chce pana ostrzec, że zrobił coś strasznego... Wspomniał o swoim synu... i o Bercie Jorkins, i o Voldemorcie... Mówił coś, że Voldemort odzyskuje siły.

— A to dopiero — mruknął Dumbledore i przyspieszył, kiedy wyszli z zamku w ciemność.

— Nie zachowuje się normalnie — powiedział Harry, starając się dotrzymać mu kroku. — Sprawia wrażenie, jakby nie wiedział, gdzie się znajduje. Co jakiś czas zaczyna mówić tak, jakby myślał, że zwraca się do Percy'ego Weasleya, a potem nagle mówi zupełnie inaczej, powtarza, że musi zobaczyć się z panem... Zostawiłem go tam z Wiktorem Krumem.

— Z Krumem? — powtórzył ostro Dumbledore i jeszcze bardziej przyspieszył, tak że Harry musiał biec, by dotrzymać mu kroku. — Czy ktoś jeszcze widział pana Croucha?

— Nie. Krum i ja rozmawialiśmy... Pan Bagman opowiedział nam o trzecim zadaniu, a my zostaliśmy nieco w tyle, a potem zobaczyliśmy pana Croucha wychodzącego z lasu...

— Gdzie oni są? — zapytał Dumbledore, kiedy z ciemności wyłonił się powóz z Beauxbatons.

— Już blisko — odpowiedział Harry, prowadząc Dumbledore'a na skraj lasu. Nie słyszał głosu Croucha, ale przecież wiedział, dokąd idzie. To było niedaleko powozu, gdzieś tutaj.

— Wiktor! — krzyknął Harry.

Nie było odpowiedzi.

— Byli tutaj — powiedział do Dumbledore'a. — Na pewno byli gdzieś tutaj...

— *Lumos* — rzekł Dumbledore, zapalając różdżkę i unosząc ją nad głową.

Wąski promień światła wędrował od jednego pnia do drugiego, oświetlając ziemię. I nagle padł na parę ludzkich stóp.

Pobiegli tam. Na leśnej podściółce leżał nieruchomo Wiktor Krum. Po Crouchu nie było ani śladu. Dumbledore pochylił się nad Krumem i ostrożnie uniósł mu powiekę.

— Oszołomiony — powiedział cicho. Okulary-połówki błysnęły w świetle różdżki, kiedy rozejrzał się wokoło.

— Może pójść po kogoś? — zapytał Harry. — Po panią Pomfrey?

— Nie — odrzekł szybko Dumbledore. — Zostań tu.

Uniósł różdżkę i wycelował ją w stronę chatki Hagrida. Harry zobaczył, że z różdżki oderwało się coś srebrnego i pomknęło między drzewa jak widmowy ptak. A potem Dumbledore ponownie pochylił się nad Krumem, wyciągnął ku niemu różdżkę i mruknął:

— *Rennervate.*

Krum otworzył oczy. Kiedy zobaczył Dumbledore'a, chciał się podnieść, ale profesor położył mu rękę na ramieniu.

— Zaatakował mnie! — mruknął Krum, dotykając ręką głowy. — Ten stary wariat mnie zaatakował! Ja się rozglądał, gdzie odszedł Potter, a on mnie zaatakował od tyła!

— Poleż przez chwilę spokojnie — nakazał Dumbledore.

Zadudniły czyjeś kroki i pojawił się Hagrid z Kłem u nogi. W ręku trzymał kuszę.

— Profesorze! — Wytrzeszczył na nich oczy. — Harry, co tu do...

— Hagridzie, chcę, żebyś sprowadził profesora Karkarowa — powiedział Dumbledore. — Jego uczeń został napadnięty. A kiedy to zrobisz, powiadom profesora Moody'ego...

— Nie ma potrzeby, Dumbledore — dał się słyszeć czyjś zasapany głos. — Jestem tutaj.

Moody kuśtykał ku nim, wspierając się na lasce i przyświecając sobie różdżką.

— Przeklęta noga — warknął ze złością. — Byłbym tu o wiele szybciej... Co się stało? Snape mówił coś o Crouchu...

— O Crouchu? — powtórzył Hagrid z głupią miną.

— Hagridzie, idź po Karkarowa, proszę! — powtórzył ostro Dumbledore.

— Ach, tak... racja... Już letę, panie psorze...

Hagrid odwrócił się i zniknął między drzewami, a za nim pobiegł truchtem Kieł.

— Nie wiem, gdzie jest Barty Crouch — Dumbledore zwrócił się do Moody'ego — ale trzeba go koniecznie odnaleźć.

— Zajmę się tym — zagrzmiał Moody, wyciągnął przed siebie różdżkę i pokuśtykał w głąb lasu.

Ani Dumbledore, ani Harry nie odzywali się, dopóki nie usłyszeli łatwych do rozpoznania kroków Hagrida. Za nim zdążał żwawo Karkarow. Miał na sobie lśniące, srebrne futro, a twarz bladą i wystraszoną.

— Co to znaczy? — krzyknął, kiedy zobaczył leżącego na ziemi Kruma. — Co tu się dzieje?

— Zostałem napadnięty! — odpowiedział Krum, siadając i rozcierając sobie głowę. — Pan Crouch, czy jak jego tam naziwaju...

— Crouch cię zaatakował? *Crouch?* Turniejowy sędzia?

— Igorze... — zaczął Dumbledore, ale rozwścieczony Karkarow wyprostował się i zebrał poły futra zamaszystym gestem.

— Zdrada! — ryknął, wskazując na Dumbledore'a.

— Spisek! Ty i ten wasz minister magii zwabiliście mnie tutaj pod fałszywym pretekstem! To nie jest uczciwa rywalizacja! Najpierw wepchnąłeś Pottera do turnieju, chociaż jest za młody! Teraz jeden z twoich znajomków z ministerstwa próbuje wyłączyć z turnieju *mojego* reprezentanta! Śmierdzi mi tu jakimiś konszachtami i korupcją, a ty, Dumbledore, ty, który wciąż rozprawiasz o nawiązaniu bliższych kontaktów międzynarodowych, o odbudowaniu dawnych więzi, o zapomnieniu dawnych uraz... Oto, co o tobie myślę!

I splunął Dumbledore'owi pod nogi.

Hagrid złapał go błyskawicznie za klapy futra, uniósł w powietrze i trzasnął nim o najbliższe drzewo.

— Przeproś! — warknął, zaciskając dłoń na gardle Karkarowa, który zachłysnął się, z trudem łapiąc oddech i wymachując nogami w powietrzu.

— Hagridzie, *nie!* — krzyknął Dumbledore z groźnym błyskiem w oczach.

Hagrid puścił Karkarowa, a ten osunął się po pniu i padł bezwładnie między korzenie. Kilka gałązek i liści posypało mu się na głowę.

— Bądź łaskaw zaprowadzić Harry'ego do zamku, Hagridzie — rzucił ostro Dumbledore.

Hagrid dyszał ciężko, łypiąc groźnie na Karkarowa.

— Może lepij bym tu został, dyrektorze...

— Zaprowadź Harry'ego do zamku — powtórzył stanowczo Dumbledore. — Odstaw go do samej wieży Gryffindoru. Harry, żebyś mi się stamtąd nie oddalał. Cokolwiek chciałbyś zrobić... na przykład wysłać jakąś sowę... To może poczekać do rana! Zrozumiałeś?

— Tak — bąknął Harry, wybałuszając na niego oczy.

Skąd Dumbledore wiedział, że właśnie przed chwilą pomyślał o wysłaniu Świstoświnki do Syriusza, żeby mu donieść, co się wydarzyło?

— Zostawię tu Kła, panie dyrektorze — powiedział Hagrid, wciąż patrząc groźnie na Karkarowa, który leżał pod drzewem, zaplątany w korzenie i swoje futro. — Zostań, Kieł. Idziemy, Harry.

Przemaszerowali w milczeniu obok powozu z Beauxbatons, a potem ruszyli w górę zbocza ku zamkowi.

— Jak on śmiał — zagrzmiał Hagrid, kiedy szli wzdłuż brzegu jeziora. — Jak śmiał oskarżać Dumbledore'a! Jakby Dumbledore mógł coś takiego zrobić. Jakby to Dumbledore wpakował cię do tego turnieju. Zamartwia się, to fakt! Jeszcze nigdy nie był taki markotny jak ostatnio. A ty, Harry! — nagle zwrócił się ze złością do Harry'ego, który spojrzał na niego zaskoczony. — Co ty wyprawiasz! Włóczysz się po lesie z tym gburem! Przecież on jest z Durmstrangu! Mógł cię tu załatwić jednym zaklęciem! Moody niczego cię nie nauczył? Jak sobie pomyślę, że wyciągnął cię tu samego...

— Krum jest w porządku! — zaperzył się Harry, kiedy wchodzili po kamiennych stopniach do sali wejściowej. — Wcale nie próbował rzucić na mnie uroku, tylko chciał ze mną porozmawiać o Hermionie...

— Z nią też se pogadam — mruknął ponuro Hagrid. — Im mniej będziecie mieli do czynienia z tymi obcymi, tym lepij. Im nie można ufać.

— Sam masz jakoś sporo do czynienia z madame Maxime — oburzył się Harry.

— Nie wspominaj mi o niej! — zagrzmiał Hagrid, i przez chwilę wyglądał naprawdę groźnie. — Już ją przejrzałem! Próbuje się wkupić w moje łaski, bo chce ze mnie wyciągnąć, co będzie w trzecim zadaniu. Cholibka! Im nie można ufać! Żeby nie wiem co!

Hagrid był w tak podłym nastroju, że Harry odetchnął z ulgą, gdy pożegnał się z nim przed Grubą Damą. Przelazł przez dziurę pod portretem do pokoju wspólnego i natychmiast skierował się do kąta, gdzie siedzieli Ron z Hermioną, żeby im opowiedzieć, co się wydarzyło.

ROZDZIAŁ DWUDZIESTY DZIEWIĄTY

Sen

Wygląda na to — powiedziała Hermiona, pocierając sobie czoło — że albo pan Crouch zaatakował Wiktora, albo ktoś inny zaatakował ich obu znienacka, kiedy Wiktor się odwrócił.

— To musiał być Crouch — stwierdził natychmiast Ron. — I dlatego go nie było, kiedy pojawili się tam Harry i Dumbledore. Nawiał.

— Nie sądzę — rzekł Harry, kręcąc głową. — Wyglądał na bardzo osłabionego i chyba nie był w stanie się zdeportować.

— W Hogwarcie *nie można* się teleportować, ile razy mam wam powtarzać! — powiedziała Hermiona.

— No dobra... a co myślicie o takiej hipotezie... — powiedział Ron takim tonem, jakby doznał nagłego olśnienia. — Krum zaatakował Croucha... zaraz, posłuchajcie do końca... a potem sam rzucił na siebie zaklęcie oszałamiające!

— A pan Crouch wyparował? — zapytała chłodno Hermiona.

— No tak...

Był świt. Harry, Ron i Hermiona wymknęli się bardzo wcześnie ze swoich dormitoriów i razem pobiegli do sowiarni, żeby wysłać list do Syriusza. Teraz stali przy oknie wieży i patrzyli na zamglone błonia. Wszyscy troje byli bladzi i mieli zapuchnięte oczy, bo do późnej nocy rozprawiali o panu Crouchu.

— Harry, przelećmy to jeszcze raz — zaproponowała Hermiona. — Co dokładnie powiedział pan Crouch?

— Już wam mówiłem, że bełkotał od rzeczy. Powiedział, że chce ostrzec przed czymś Dumbledore'a. Na pewno wspomniał Bertę Jorkins i chyba myślał, że ona nie żyje. Wciąż powtarzał, że to jego wina. Wspomniał też o swoim synu.

— *To* już na pewno jego wina — wtrąciła gniewnie Hermiona.

— Pomieszało mu się w głowie — mówił dalej Harry.

— Czasem zachowywał się tak, jakby jego żona i syn wciąż żyli, a jednocześnie wciąż gadał do Percy'ego i wydawał mu różne polecenia.

— A przypomnij mi, co powiedział o Sam-Wiesz-Kim — mruknął Ron niepewnie.

— Już ci mówiłem — rzekł Harry. — Że odzyskuje moc.

Na chwilę zapanowało krótkie milczenie.

— Ale przecież sam mówiłeś, że pomieszało mu się w głowie — odezwał się w końcu Ron, tym razem przesadnie pewnym siebie tonem — więc połowa tego, co mówił, to po prostu brednie...

— Kiedy zaczynał mówić o Voldemorcie — rzekł Harry, lekceważąc grymas Rona — był najprzytomniejszy. Miał duże trudności ze skleceniem razem dwóch słów, ale wyglądało na to, że właśnie w tych momentach wiedział, gdzie jest i co chce zrobić. Powtarzał, że musi zobaczyć się z Dumbledore'em.

Harry odwrócił się od okna i spojrzał w górę na sowie grzędy. Połowa była pusta, ale co jakiś czas przez jedno z okien wlatywała sowa, powracająca z nocnych łowów z myszą w dziobie.

— Gdyby mnie Snape nie zatrzymał — powiedział z goryczą Harry — może byśmy zdążyli na czas. „Dyrektor jest zajęty, Potter... Co to za bzdury, Potter?" Dlaczego akurat musiał się napatoczyć?

— Może nie chciał, żebyś tam wrócił! — zawołał Ron.

— Może... zaraz... słuchaj, jak szybko mógłby dotrzeć do lasu? Może znalazł się tam przed tobą i Dumbledore'em?

— Musiałby się zamienić w nietoperza.

— To by do niego pasowało — mruknął Ron.

— Musimy się zobaczyć z profesorem Moodym — oświadczyła Hermiona. — Musimy się dowiedzieć, czy odnalazł pana Croucha.

— Jeśli miał przy sobie Mapę Huncwotów, nie było to trudne — zauważył Harry.

— Chyba że Crouch był już poza terenem szkoły — rzekł Ron — bo mapa sięga tylko do jego granic...

— Ciiiicho! — syknęła nagle Hermiona.

Ktoś wspinał się po schodach. Harry usłyszał dwa głosy; były coraz bliżej.

— ...to jest szantaż, możemy mieć poważne kłopoty, jak to zrobimy...

— ...próbowaliśmy grzecznie, teraz zagramy nieczysto, tak jak on. Będzie się miał z pyszna, kiedy Ministerstwo Magii dowie się, co zrobił...

— Mówię ci, jak to napiszemy, to będzie zwykły szantaż!

— Tak, ale przestaniesz biadolić, jak odzyskamy szmal...

Drzwi sowiarni otworzyły się z trzaskiem. Fred i George przeszli przez próg i zamarli na widok Harry'ego, Rona i Hermiony.

— Co tu robicie? — zapytali równocześnie Ron i Fred.

— Wysyłamy list — odpowiedzieli równocześnie Harry i George.

— Co, o tej porze? — zapytali jednocześnie Hermiona i Fred.

Fred wyszczerzył zęby.

— No dobra, nie będziemy was pytać, jeśli wy przestaniecie pytać nas...

W ręku miał zapieczętowaną kopertę. Harry zerknął na nią, ale Fred, przypadkowo lub umyślnie, przykrył dłonią nazwisko adresata.

— No, to nie będziemy was zatrzymywać — powiedział, ukłonił się przesadnie i wskazał na drzwi.

Ron nie ruszył się z miejsca.

— Kogo szantażujecie? — zapytał.

Z twarzy Freda zniknął uśmiech. Harry spostrzegł, że George rzuca Fredowi krótkie spojrzenie, a potem uśmiecha się do Rona.

— Nie bądź głupi, ja tylko żartowałem.

— To wcale nie brzmiało jak żart — powiedział Ron.

Fred i George wymienili spojrzenia, po czym Fred warknął:

— Już ci mówiłem, Ron, jeśli podoba ci się kształt swojego nosa, to przestań węszyć, dobra? Nie rozumiem, dlaczego się czepiasz, ale...

— Jeśli kogoś szantażujecie, to nie jest to już wyłącznie wasza sprawa. George ma rację, możecie się wpakować w poważne kłopoty.

— Już ci mówiłem, że żartowałem — powiedział George. Podszedł do Freda, wyjął mu kopertę z rąk i zaczął

ją przywiązywać do nóżki najbliższej płomykówki. —
Wiesz co, Ron? Zaczynasz nawijać tak, jak nasz kochany
starszy brat. Rób tak dalej, to może zostaniesz prefektem.

— Nigdy! — oburzył się Ron.

George zaniósł płomykówkę do okna. Sowa natychmiast odleciała. Odwrócił się i wyszczerzył zęby do Rona.

— To przestań mówić ludziom, co mają robić. No
to cześć.

I razem z Fredem opuścił sowiarnię. Harry, Ron i Hermiona spojrzeli po sobie.

— Myślicie, że oni coś wiedzą? — wyszeptała Hermiona. — O Crouchu i o całej tej aferze?

— Nie — powiedział Harry. — Gdyby to było coś
tak poważnego, to by komuś powiedzieli. Powiedzieliby
Dumbledore'owi.

Ron miał jednak niezbyt pewną minę.

— O co chodzi? — zapytała Hermiona.

— No... — odrzekł powoli — wcale nie jestem tego
pewny. Oni mają ostatnio bzika na punkcie forsy, zauważyłem to, kiedy się z nimi trzymałem, kiedy... no wiesz..

— ... nie odzywaliśmy się do siebie — skończył za
niego Harry. — Tak, ale szantaż...

— To wszystko przez ten pomysł założenia sklepu
z dowcipnymi gadżetami — rzekł Ron. — Sądziłem, że
gadają o tym tylko po to, żeby zdenerwować mamę, ale oni
naprawdę o tym myślą, zamierzają coś takiego otworzyć.
Za rok ukończą szkołę i wciąż nawijają, że już czas pomyśleć
o przyszłości, że przecież tata im nie pomoże, że potrzebują
forsy na początek.

Teraz spochmurniała Hermiona.

— Ale przecież nie zrobiliby czegoś, co by było niezgodne z prawem, żeby zdobyć pieniądze, prawda?

— No... nie wiem — odrzekł Ron sceptycznym tonem. — Jak dotąd nie mieli oporów przed łamaniem wszelkich zasad, prawda?

— Tak, ale tu chodzi o prawo — powiedziała Hermiona z przerażoną miną. — Tu nie chodzi o jakieś głupie przepisy szkolne. Za szantaż grozi im coś gorszego niż szlaban! Ron, może lepiej powiedz o tym Percy'emu...

— Zwariowałaś? — oburzył się Ron. — Powiedzieć Percy'emu? Poczułby się ministrem i wsadziłby ich za kratki. — Spojrzał na okno, przez które wyleciała sowa Freda i George'a, po czym dodał: — Chodźcie, trzeba coś zjeść.

— Myślicie, że jest za wcześnie na wizytę u profesora Moody'ego? — zapytała Hermiona, gdy schodzili po spiralnych schodach.

— No jasne — odrzekł Harry. — Pewnie by nas wystrzelił za drzwi, gdybyśmy go obudzili o świcie, pomyślałby, że próbujemy go zaatakować we śnie. Odwiedzimy go podczas przerwy.

Historia magii już dawno tak się nie wlokła. Harry wciąż zerkał na zegarek Rona, pozbywszy się w końcu swojego, ale wkrótce zaczął podejrzewać, że i ten się zepsuł, bo wskazówki poruszały się straszliwie wolno. Wszyscy troje byli tak wymęczeni, że najchętniej złożyliby głowy na stolikach i zasnęli; nawet Hermiona nie robiła notatek, tylko siedziała z głową wspartą na ręce, patrząc niezbyt przytomnie na profesora Binnsa.

Kiedy w końcu rozległ się dzwonek, pobiegli korytarzami do klasy obrony przed czarną magią, i już z daleka zobaczyli, że profesor Moody właśnie z niej wychodzi. On również wyglądał na zmęczonego. Powieka normalnego oka całkowicie mu opadła, co sprawiało, że jego twarz sprawiała wrażenie jeszcze bardziej pokrzywionej niż zwykle.

— Panie profesorze! — zawołał Harry, kiedy przeciskali się przez tłum.

— Hej, Potter! — zagrzmiał Moody, a jego magiczne oko powędrowało za parą przechodzących obok pierwszoroczniaków, którzy przyspieszyli kroku, rozglądając się nerwowo, po czym potoczyło się gdzieś w głąb czaszki i obserwowało ich przez chwilę, aż zniknęli za rogiem korytarza za jego plecami. — Wejdźcie tutaj.

Cofnął się, żeby ich przepuścić do pustej klasy, pokuśtykał za nimi i zamknął drzwi.

— Znalazł go pan? — zapytał Harry bez żadnego wstępu. — Pana Croucha?

— Nie — odrzekł Moody.

Podszedł do swojego biurka, usiadł, jęknął cicho i wyprostował swoją drewnianą nogę, po czym wyciągnął z kieszeni piersiówkę.

— Użył pan mapy? — zapytał Harry.

— Oczywiście — rzekł Moody i wypił spory łyk z płaskiej butelki. — Skorzystałem z twoich sztuczek, Potter. Przywołałem ją z mojego gabinetu do lasu. Ale go na niej nie było.

— Więc jednak się zdeportował! — wtrącił Ron.

— *Ron, na terenie szkoły nie można się teleportować!* — zawołała Hermiona. — Ale są inne sposoby, prawda, panie profesorze?

Magiczne oko Moody'ego zadrgało, kiedy spoczęło na Hermionie.

— Ty też mogłabyś się poważnie zastanowić nad karierą aurora — oznajmił. — Potrafisz robić właściwy użytek ze swojego rozumu, panno Granger.

Hermiona zarumieniła się z dumy.

— No, ale przecież nie stał się niewidzialny — powiedział Harry. — Ta mapa pokazuje niewidzialnych ludzi. A więc musiał opuścić teren szkoły.

— Ale z własnej woli? — zapytała żywo Hermiona.

— Czy może ktoś mu w tym pomógł?

— Tak, ktoś mógł wciągnąć go na miotłę i odlecieć razem z nim, prawda? — powiedział szybko Ron, patrząc z nadzieją na Moody'ego, jakby oczekiwał zapewnienia, że i on mógłby zostać aurorem.

— Nie można wykluczyć porwania — zachrypiał Moody.

— Więc pan uważa, że Crouch może być gdzieś... w Hogsmeade?

— Może być wszędzie — rzekł Moody, kręcąc głową.

— Jedno tylko wiemy na pewno: że tutaj go nie ma.

Ziewnął tak szeroko, że rozciągnęły mu się blizny. Za krzywymi wargami brakowało sporo zębów.

— Dumbledore powiedział mi, że wy troje bawicie się w detektywów. Niestety, muszę was rozczarować: w sprawie Croucha i tak nic nie zdziałacie. Ministerstwo już go szuka, Dumbledore ich powiadomił. Potter, skup się na trzecim zadaniu.

— Co? — Harry wzdrygnął się. — Och, tak...

Od chwili, gdy razem z Krumem odeszli od labiryntu, nie poświęcił temu ani jednej myśli.

— Tym razem powinno ci pasować — rzekł Moody, patrząc na Harry'ego i pocierając swoje pokiereszowane i szczeciniaste policzki. — Z tego, co mi mówił Dumbledore, wynika, że już nie raz dawałeś sobie radę z takimi łamigłówkami. W pierwszej klasie udało ci się pokonać szereg przeszkód strzegących Kamienia Filozoficznego, prawda?

— Z naszą pomocą — wtrącił szybko Ron. — Moją
i Hermiony.

Moody uśmiechnął się.

— Zatem pomóżcie mu przygotować się do tego zadania, a nie będę zaskoczony, jeśli wygra. A tymczasem...
stała czujność, Potter. Stała czujność.

Wypił potężny łyk ze swojej piersiówki, a jego magiczne
oko zawirowało i wyjrzało przez okno. Widać było przez
nie najwyższy maszt okrętu z Durmstrangu.

— A wy dwoje — jego normalne oko spoczęło na
Ronie i Hermionie — trzymajcie się blisko Pottera, dobrze? Mam oko na wszystko, ale oczu nigdy za wiele.

*

Syriusz odesłał im sowę następnego ranka. Sfrunęła do
Harry'ego w tym samym momencie, gdy przed Hermioną
wylądowała brązowa sowa z egzemplarzem „Proroka Codziennego" w dziobie. Hermiona rzuciła okiem na pierwsze
parę stron i oznajmiła:

— Ha! Nic nie wie o Crouchu!

Potem przyłączyła się do Rona i Harry'ego, którzy czytali, co Syriusz ma do powiedzenia na temat tajemniczych
wydarzeń sprzed dwóch nocy.

*Harry, co ty sobie myślisz, łażąc nocą z Krumem po
Zakazanym Lesie? Masz mi przyrzec, powrotną sową, że
już nigdy nie będziesz się wałęsał po nocy. Z nikim.
W Hogwarcie przebywa ktoś bardzo niebezpieczny. Jestem
pewny, że chciał powstrzymać Croucha od porozmawiania
z Dumbledore'em, i jest bardzo prawdopodobne, że byłeś
o parę stóp od niego w ciemnym lesie. Mógł cię zabić.*

Twoje nazwisko nie znalazło się w Czarze Ognia przez przypadek. Jeśli ktoś chce cię zaatakować, teraz ma ostatnią szansę. Trzymaj się blisko Rona i Hermiony, nie wychodź po lekcjach z wieży Gryffindoru i przygotuj się dobrze do trzeciego zadania. Ćwicz zaklęcia oszałamiające i rozbrajające. Parę dobrych uroków też może się przydać. Ja nic nie mogę zrobić w sprawie Croucha. Nie wychylaj się i uważaj na siebie. Czekam na twój list z przyrzeczeniem, że już nie będziesz się włóczył po nocy.

Syriusz

— I to on prawi mi kazania! — oburzył się Harry, kiedy złożył list Syriusza i wsadził go do wewnętrznej kieszeni. — On, który odwalał gorsze numery, kiedy był w szkole!

— Niepokoi się o ciebie! — powiedziała ostro Hermiona. — Tak jak Moody i Hagrid! Lepiej ich posłuchaj!

— Przez cały rok nikt mnie nie zaatakował. Nikt mi nic nie zrobił...

— Tylko wrzucił twoje nazwisko do Czary Ognia — powiedziała Hermiona. — I zrobił to w jakimś określonym celu, Harry. Wąchacz ma rację. Może wyczekują na odpowiedni moment. Może chcą cię dopaść podczas trzeciego zadania.

— Posłuchaj — rzekł niecierpliwym tonem Harry — załóżmy, że Wąchacz ma rację i że ktoś oszołomił Kruma, żeby porwać Croucha. Jeśli tak, to musiał być gdzieś blisko nas, prawda? Ale czekał, aż odejdę, więc chyba to nie ja jestem jego celem.

— Ale gdyby cię zaatakował w Zakazanym Lesie, to nie wyglądałoby na wypadek, prawda? A jeśli zginiesz w trakcie trzeciego zadania...

— Ale Kruma zaatakował! Dlaczego nie rzucił się na

mnie? Mógł przecież tak to zrobić, żeby wyglądało, że pojedynkowałem się z Krumem.

— Harry, ja też tego nie rozumiem — wyznała z rozpaczą Hermiona. — Wiem tylko, że dzieje się tu mnóstwo dziwnych rzeczy i wcale mi się to nie podoba... Moody ma rację, Wąchacz ma rację: musisz natychmiast zacząć przygotowywać się do trzeciego zadania. I musisz odpisać Wąchaczowi, obiecać mu, że już nie będziesz sam wymykał się z zamku.

*

Zielone tereny Hogwartu jeszcze nigdy nie ciągnęły Harry'ego tak bardzo jak teraz, kiedy nie mógł wychodzić z zamku. Przez następne kilka dni cały wolny czas spędzał w bibliotece z Hermioną i Ronem, wyszukując zaklęć i uroków, albo w pustych klasach, gdzie je ćwiczył. Skupił się przede wszystkim na zaklęciu oszałamiającym, którego dotąd nie używał. Kłopot polegał na tym, że ćwiczenie wymagało pewnych ofiar ze strony Rona i Hermiony.

— A może porwiemy Panią Norris? — zaproponował Ron w poniedziałek, podczas przerwy obiadowej, rozłożony plackiem na podłodze w klasie zaklęć, po raz piąty z rzędu oszołomiony i wybudzony przez Harry'ego. — Oszołomimy ją na jakiś czas. Mógłbyś też ćwiczyć na Zgredku, Harry. Założę się, że zrobiłby wszystko, byle ci pomóc. Wcale się nie uskarżam — dźwignął się ciężko na nogi, rozcierając sobie pośladki — ale wszystko mnie już boli...

— Bo wciąż nie trafiasz w poduszki! — żachnęła się Hermiona, układając stos poduszek, których używali na lekcji do ćwiczenia zaklęcia odsyłającego i które Flitwick pozostawił w klasie. — Po prostu się skup i upadaj na nie, a nie na podłogę!

— Myślisz, że jak się jest oszołomionym, to można w coś trafić? — powiedział ze złością Ron. — A może teraz ty spróbujesz?

— Ja uważam, że Harry już to opanował — odpowiedziała szybko Hermiona. — A o zaklęcie rozbrajające nie musimy się martwić, bo zna je od dawna. Wieczorem powinniśmy zabrać się do uroków.

Spojrzała na listę, którą sporządzili w bibliotece.

— Ten mi się szczególnie podoba. *Impedimento*. Powinien spowolnić akcję każdego, kto cię zaatakuje, Harry. Zaczniemy od niego.

Rozległ się dzwonek. Wcisnęli pospiesznie poduszki do szafki Flitwicka i wymknęli się z klasy.

— Zobaczymy się na kolacji! — zawołała Hermiona i pobiegła na numerologię, a Harry i Ron ruszyli ku Wieży Północnej na wróżbiarstwo. Przez wysokie okna padały na korytarz szerokie smugi oślepiającego, złotego blasku słońca. Niebo za oknami było tak niebieskie, że wyglądało jak pokryte emalią.

— U Trelawney na pewno będzie się można ugotować, ona nigdy nie wygasza kominka — powiedział Ron, kiedy wspinali się po schodkach wiodących do srebrnej drabiny i klapy w suficie.

I miał rację. W mętnie oświetlonym pokoju było gorąco jak w łaźni. Wonne opary buchające z kominka były gęstsze niż zwykle. Harry'emu zakręciło się w głowie, zanim doszedł do stolika przy jednym z zasłoniętych okien. Kiedy profesor Trelawney spojrzała w inną stronę, odplątując swój zwiewny szal z lampy, uchylił je na cal i usiadł w obitym perkalem foteliku, tak że łagodny wietrzyk miło chłodził mu twarz.

— Moi drodzy — zaczęła profesor Trelawney, siadając w fotelu przed klasą i zerkając na nich swoimi nienaturalnie powiększonymi oczami — nasza wspólna praca nad przepowiadaniem przyszłości z biegu planet dobiega końca. Dzisiaj jednak jest wspaniała okazja do zbadania wpływu Marsa, bo znalazł się w bardzo interesującej pozycji. Pogaszę lampy, a wy wszyscy spójrzcie w tę stronę...

Machnęła różdżką i pogasły wszystkie lampy. Jedynym źródłem światła był teraz kominek. Profesor Trelawney schyliła się i wyjęła spod fotela miniaturowy model układu słonecznego pod szklaną kopułą. Była to cudowna rzecz: każdy z księżyców migotał na swojej pozycji wokół dziewięciu planet i ognistego słońca, a wszystkie ciała niebieskie unosiły się w powietrzu pod szklaną pokrywą. Harry obserwował leniwie, jak profesor Trelawney pokazuje fascynujące położenie Marsa względem Neptuna. Napływały ku niemu gęste, silnie perfumowane opary, a powiew ze szpary w oknie pieścił mu twarz. Zza kotary dochodziło ciche brzęczenie jakiegoś owada. Powieki zaczęły mu ciążyć, opadać...

Siedział na grzbiecie wielkiego puchacza, szybując pod czystym, błękitnym niebem ku jakiemuś staremu, porośniętemu bluszczem domowi, wznoszącemu się na zboczu wzgórza. Zlatywali coraz niżej i niżej, wiatr przyjemnie owiewał mu twarz, aż w końcu wlecieli do domu przez ciemne, pozbawione szyby okno na piętrze. Teraz poszybowali mrocznym korytarzem do drzwi na samym końcu... wlecieli do ciemnego pokoju z oknami z zamkniętymi okiennicami...

Harry zsunął się z grzbietu puchacza... patrzył przez chwilę, jak ptak frunie przez pokój i ląduje w fotelu, zwróconym do niego tyłem. Obok fotela ciemniały jakieś dwa kształty... oba się poruszały...

W jednym rozpoznał olbrzymiego węża... w drugim mężczyznę... niskiego, łysego mężczyznę z wodnistymi oczami i haczykowatym nosem, który dyszał głośno i łkał na dywaniku przed kominkiem.

— Masz szczęście, Glizdogonie — rozległ się zimny, piskliwy głos, płynący z fotela, w którym wylądował puchacz. — Zaiste, masz wielkie szczęście. Twój błąd nie zniszczył wszystkiego. On jest martwy.

— Panie mój! — wysapał mężczyzna, płaszcząc się na podłodze. — Panie, tak się cieszę... i tak mi przykro...

— A ty, Nagini — powiedział zimny głos — nie masz szczęścia. Ostatecznie nie nakarmię cię Glizdogonem... Ale nie martw się, nie martw się... jest jeszcze Harry Potter...

Wąż zasyczał. Z pyska wystrzelił mu język i zatrzepotał w powietrzu.

— A teraz, Glizdogonie, może ci przypomnę, dlaczego nie będę tolerował twojego kolejnego błędu...

— Panie mój... nie... błagam...

Spoza fotela wynurzył się koniec różdżki. Był wycelowany w Glizdogona.

— *Crucio* — powiedział zimny głos.

Glizdogon zawył tak, jakby mu przypiekano każdy nerw z osobna. To straszliwe wycie wypełniło uszy Harry'ego, a jednocześnie poczuł piekący ból czoła... Teraz sam zaczął wyć... Voldemort to usłyszy, dowie się, że on tu jest...

— Harry! *Harry!*

Otworzył oczy. Leżał na podłodze w pokoju profesor Trelawney i zakrywał sobie twarz dłońmi. Blizna wciąż piekła go tak boleśnie, że oczy zaszły mu łzami. Ból był realny. Wokół niego stała cała klasa, a Ron klęczał tuż obok z przerażoną miną.

— Nic ci nie jest?

— Ależ to oczywiste, że coś mu się stało! — powiedziała profesor Trelawney, cała przejęta. Jej wielkie oczy zawisły nad Harrym. — Co to było, Potter? Złe przeczucie? Jakaś zjawa? Co widziałeś?

— Nic — skłamał Harry.

Usiadł. Poczuł, że cały się trzęsie. Nie mógł się powstrzymać, rozejrzał się po mrocznych kątach komnaty... Głos Voldemorta dochodził z tak bliska...

— Uciskałeś tę swoją bliznę! — powiedziała pani Trelawney. — Miotałeś się po podłodze, trzymając się za czoło! Powiedz mi wszystko, Potter, mam doświadczenie w takich sprawach!

Harry spojrzał na nią.

— Chyba powinienem pójść do skrzydła szpitalnego — powiedział. — Okropnie boli mnie głowa.

— Mój drogi, na pewno zostałeś pobudzony przez niezwykle silne wibracje mojego pokoju! — powiedziała profesor Trelawney. — Jeśli teraz stąd wyjdziesz, możesz stracić szansę sięgnięcia wewnętrznym okiem dalej niż kiedykolwiek...

— Nie chcę nigdzie sięgać żadnym okiem — oświadczył Harry. — Chcę, żeby mnie przestała boleć głowa.

Wstał. Wszyscy się cofnęli. Wszyscy mieli przerażone miny.

— Zobaczymy się później — mruknął do Rona, wziął torbę i ruszył ku klapie w podłodze, nie zwracając uwagi na profesor Trelawney, która wyglądała na dotkniętą do żywego.

Ale kiedy Harry zszedł po srebrnej drabinie, nie udał się do skrzydła szpitalnego. W ogóle nie miał zamiaru tam iść. Syriusz powiedział mu, co ma zrobić, kiedy znowu rozboli go blizna i Harry zamierzał posłuchać jego rady. Skierował się prosto do gabinetu Dumbledore'a. Szedł korytarzami, rozmyślając nad tym, co zobaczył we śnie... a był to sen tak żywy, jak ten, który go obudził przy Privet Drive... Przypominał sobie wszystkie szczegóły, starając się je dobrze zapamiętać... Tak, słyszał głos Voldemorta oskarżającego Glizdogona o popełnienie jakiegoś błędu... ale puchacz przyniósł dobrą wiadomość, błąd został naprawiony, ktoś umarł... więc Glizdogon nie zostanie wydany na pastwę węża... Węża nakarmi się nim, Harrym...

Minął kamienną chimerę strzegącą wejścia do gabinetu Dumbledore'a, nie zdając sobie z tego sprawy. Zamrugał, rozejrzał się, zrozumiał, co zrobił, i zawrócił, zatrzymując się przed maszkaronem. Dopiero wtedy przypomniał sobie, że przecież nie zna hasła.

— Cytrynowy sorbet? — spróbował na rozgrzewkę. Chimera nie drgnęła.

— No dobra — mruknął Harry, gapiąc się na nią i marszcząc czoło. — Owocowe żelki. Ee... Pałeczka lukrecjowa. Musy-świstusy. Najlepsza balonowa guma Drooblesa. Fasolki wszystkich smaków Bertiego Botta.... och, nie, on ich przecież nie lubi... Po prostu się otwórz, dobra? Ja naprawdę muszę się z nim zobaczyć, to bardzo pilne!

Chimera była niewzruszona.

Harry kopnął ją, ale osiągnął tylko to, że stłukł sobie boleśnie duży palec u nogi.

— Czekoladowa żaba! — ryknął ze złością, stojąc na jednej nodze. — Cukrowe pióro! Karaluchowy blok!

Chimera ożyła i odskoczyła w bok. Harry zamrugał.

— Karaluchowy blok? — powtórzył zdumiony. — Ja tylko żartowałem...

Wsunął się w otwór w ścianie i stanął na pierwszym stopniu spiralnych schodków, które natychmiast ruszyły w górę, gdy otwór się zamknął. Po chwili stał już przed błyszczącymi dębowymi drzwiami z mosiężną kołatką.

Z wewnątrz dochodziły głosy. Zszedł z ruchomych schodów i zaczął nasłuchiwać.

— Dumbledore, obawiam się, że nie dostrzegam żadnego związku! — To był głos ministra magii, Korneliusza Knota. — Ludo mówi, że ta Berta mogła bardzo łatwo sama się zgubić. Zgadzam się, że już dawno powinniśmy ją odnaleźć, ale z drugiej strony, przecież nic nie wskazuje, że mamy do czynienia z jakąś brudną grą, Dumbledore. A już tym bardziej nic nie wskazuje, że jej zniknięcie ma coś wspólnego z Bartym Crouchem!

— A jak myślisz, ministrze, co się stało z Bartym Crouchem? — odezwał się basowy głos Moody'ego.

— Widzę dwie możliwości, Alastorze — odrzekł Knot.

— Albo Crouch w końcu się załamał... co jest najbardziej prawdopodobne, chyba się ze mną zgodzisz, biorąc pod uwagę jego życie osobiste... oszalał i pognał gdzieś, nie bardzo wiedząc, gdzie...

— Pognał bardzo szybko, Korneliuszu — odezwał się spokojnie Dumbledore.

— ...albo... — Knot jakby się zmieszał. — Cóż, wolałbym wstrzymać się od wyrażenia swojej opinii, zanim nie zobaczę miejsca, w którym go znaleziono. Mówicie, że to było w pobliżu powozu z Beauxbatons, tak? Dumbledore, przecież wiesz, kim jest ta kobieta, prawda?

— Uważam ją za bardzo kompetentną dyrektorkę szkoły. A poza tym świetnie tańczy — powiedział cicho Dumbledore.

— Daj spokój, Dumbledore! — żachnął się Knot.

— Nie sądzisz, że jesteś wobec niej trochę zbyt wyrozumiały tylko ze względu na Hagrida? Nie wszystkie są nieszkodliwe... Oczywiście, jeśli można nazwać nieszkodliwym Hagrida z jego bzikiem na punkcie potworów...

— Nie podejrzewam ani madame Maxime, ani Hagrida — powiedział spokojnie Dumbledore. — Myślę, że to raczej ty jesteś uprzedzony, Korneliuszu.

— Możemy zakończyć tę dyskusję? — warknął Moody.

— Tak, może już chodźmy do tego lasu — rzekł niecierpliwie Knot.

— Nie o to chodzi — odezwał się Moody. — Dumbledore, Potter chce ci coś powiedzieć. Właśnie stoi za drzwiami.

Myślodsiewnia

Drzwi gabinetu otworzyły się.

— Witaj, Potter — powiedział Moody. — Wejdź.

Harry wszedł do środka. Już raz był w gabinecie Dumbledore'a. Był to piękny, kolisty pokój, obwieszony portretami poprzednich dyrektorów Hogwartu. Sądząc po pochrapywaniu i miarowych oddechach, wszyscy mocno spali.

Korneliusz Knot stał koło biurka Dumbledore'a. Ubrany był w swój prążkowany garnitur, a w ręku trzymał cytrynowozielony melonik.

— Harry! — zagadnął jowialnie, wychodząc mu na spotkanie. — Jak się masz?

— Świetnie — skłamał Harry.

— Właśnie rozmawialiśmy o tamtej nocy, kiedy na terenie szkoły pojawił się pan Crouch. To ty go znalazłeś, tak?

— Tak — odpowiedział Harry i natychmiast zrezygnował z udawania, że nie słyszał, co mówili, więc dodał: — Ale madame Maxime nie widziałem w pobliżu, a przecież trudno byłoby jej nie zauważyć, prawda?

Dumbledore uśmiechnął się do niego za plecami Knota, a oczy mu zamigotały.

— No, niby tak — rzekł Knot, nieco zmieszany. — Właśnie wybieraliśmy się na krótką przechadzkę po błoniach, Harry, więc wybacz... może po prostu wrócisz do klasy...

— Chciałem porozmawiać z panem, panie profesorze — powiedział szybko Harry, patrząc na Dumbledore'a, który obrzucił go krótkim, badawczym spojrzeniem.

— Poczekaj tu na mnie, Harry — rzekł. — Nie zajmie nam to wiele czasu.

Wyszli w milczeniu z gabinetu. Po minucie Harry usłyszał niknący gdzieś w dole stukot drewnianej nogi Moody'ego. Rozejrzał się.

— Cześć, Fawkes — powitał ptaka siedzącego na złotej żerdzi obok drzwi.

Fawkes, feniks profesora Dumbledore'a, był wielkości łabędzia i miał wspaniałe, szkarłatno-złote upierzenie. Machnął długim ogonem i mrugnął przyjaźnie do Harry'ego.

Harry usiadł w fotelu przed biurkiem. Przez kilka dobrych minut przyglądał się byłym dyrektorom, chrapiącym w swoich ramach, i rozmyślał o tym, co niedawno usłyszał, macając swoją bliznę. Ból ustąpił.

Teraz, gdy znalazł się w gabinecie Dumbledore'a, i miał mu wszystko opowiedzieć, poczuł się o wiele lepiej. Spojrzał za biurko. Na półce spoczywała połatana i postrzępiona Tiara Przydziału. Obok, w długiej szkatule ze szklanym wiekiem, leżał srebrny miecz z rękojeścią wysadzaną wielkimi rubinami, który Harry wyciągnął z Tiary Przydziału w drugim roku swego pobytu w Hogwarcie. Był to miecz Godryka Gryffindora, założyciela domu, do którego Harry należał. Przyglądał mu się, wspominając, jak znalazł go w ostatniej chwili, kiedy już stracił wszelką nadzieję. Nagle dostrzegł srebrną plamkę, tańczącą i migocącą na szklanej pokrywie. Obejrzał się, poszukując źródła tego światełka i zobaczył srebrnobiałą smugę, wydobywającą się przez szparę w niedomkniętych drzwiczkach czarnej szafki. Zawahał się, zerknął na Fawkesa, a potem wstał, przeszedł przez gabinet i otworzył szafkę.

Zobaczył płytką, kamienną misę z dziwnymi rzeźbieniami wokół krawędzi: jakimiś runami i symbolami, które nic mu nie mówiły. Wypełniona była osobliwą substancją — ni to płynem, ni gazem — z której promieniował srebrzysty blask. Ta świetlista, białosrebrna substancja poruszała się nieustannie: powierzchnia marszczyła się jak woda pod wpływem wiatru, a potem rozdzielała się i kłębiła jak obłoki. Przywodziła na myśl płynne światło — albo wiatr, który zmaterializował się w przedziwny sposób.

Miał wielką ochotę dotknąć owej srebrnobiałej mgiełki, żeby poczuć, jaka jest — płynna, czy może gazowa — ale doświadczenie blisko czterech lata życia w świecie czarodziejów podpowiedziało mu, że wsadzanie ręki do misy pełnej nie znanej mu substancji byłoby wielką głupotą. Wyciągnął więc różdżkę, rozejrzał się niespokojnie po gabinecie, spojrzał ponownie na dziwną substancję w kamiennym zbiorniku i dźgnął ją końcem różdżki. Powierzchnia substancji zawrzała.

Harry pochylił się niżej, tak że jego głowa znalazła się wewnątrz szafki. Srebrzysta substancja zrobiła się przezroczysta: teraz wyglądała jak szkło. Zajrzał w nią, spodziewając się zobaczyć kamienne dno zbiornika, ale zamiast niego zobaczył pod powierzchnią jakiś wielki pokój — jakby zaglądał do niego przez okrągłe okno w suficie.

W pomieszczeniu było mroczno. Harry pomyślał, że to jakaś podziemna komnata, bo nie było w niej okien, a przy ścianach płonęły pochodnie w uchwytach, jak w korytarzach i salach Hogwartu. Zniżywszy głowę, tak że prawie dotykał nosem powierzchni szklanej substancji, ujrzał rzędy czarownic i czarodziejów, siedzących na ławkach, które wznosiły się jedna nad drugą, jak na trybunach. W samym środku komnaty stało puste krzesło z poręczami. Było w nim coś, co budziło złowieszcze przeczucie. Z poręczy zwisały łańcuchy, jakby zwykle przykuwano nimi tych, którzy tam siadali.

Gdzie ta komnata się znajduje? Na pewno nie w Hogwarcie, bo jeszcze nigdy nie widział takiego pomieszczenia w zamku, który w końcu dość dobrze już znał. Co więcej, tłum zapełniający komnatę na dnie kamiennego zbiornika składał się z dorosłych, a Harry wiedział, że w Hogwarcie nie ma aż tylu nauczycieli. Ci ludzie wyglądali, jakby na coś czekali; w półmroku widział tylko szczyty ich spiczastych kapeluszy, ale wszyscy zdawali się patrzeć w jednym kierunku i nikt z nikim nie rozmawiał.

Zbiornik był okrągły, a komnata kwadratowa, więc nie mógł dojrzeć, co jest w kątach. Pochylił się jeszcze bardziej, przekręcając nieco głowę, żeby zobaczyć...

Koniec jego nosa dotknął dziwnej substancji.

Gabinet Dumbledore'a zachybotał się gwałtownie — Harry'ego coś szarpnęło i nagle poleciał głową w dół... w głąb substancji wypełniającej zbiornik...

Nie uderzył jednak głową w kamienne dno. Spadał przez coś lodowatego i czarnego, jakby go wessał jakiś mroczny wir...

I nagle stwierdził, że siedzi na ławce w końcu komnaty wewnątrz zbiornika, na ławce wznoszącej się najwyżej. Spojrzał w górę, na kamienne sklepienie, spodziewając się zobaczyć tam okrągłe okno, przez które dopiero co zaglądał do środka, ale niczego takiego nie zobaczył.

Przerażony, rozejrzał się dookoła. Nikt na niego nie patrzył (a w komnacie było co najmniej dwieście osób).

Wyglądało na to, że nikt nawet nie zauważył, że przed chwilą spadł z sufitu czternastoletni chłopiec. Harry zerknął na czarodzieja siedzącego tuż obok niego i aż krzyknął ze zdumienia, a jego krzyk odbił się echem od kamiennych ścian.

Siedział obok Albusa Dumbledore'a.

— Panie profesorze! — wykrztusił Harry zduszonym szeptem. — Przepraszam... ja nie chciałem... Ja tylko spojrzałem w tę misę w pana szafce... Gdzie my jesteśmy?

Ale Dumbledore ani się nie poruszył, ani nie przemówił. W ogóle nie zwrócił na niego uwagi. Podobnie jak wszyscy pozostali czarodzieje, wpatrywał się w daleki róg komnaty, gdzie były drzwi.

Harry, całkowicie zdezorientowany, spojrzał najpierw na dyrektora, potem na milczący, wyczekujący tłum, potem znowu na Dumbledore'a. I nagle zaświtało mu w głowie...

Kiedyś już znalazł się w sytuacji, kiedy nikt nie mógł go ani zobaczyć, ani usłyszeć. Wpadł wówczas przez jedną ze stronic zaczarowanego pamiętnika w czyjąś pamięć. Wszystko wskazywało na to, że teraz przytrafiło mu się coś podobnego.

Podniósł prawą rękę, zawahał się, a potem machnął nią energicznie przed twarzą Dumbledore'a. Profesor nawet nie mrugnął ani na niego nie spojrzał — nawet nie drgnął. Harry uznał to za wystarczający dowód. Dumbledore na pewno by go nie zlekceważył. A więc znajduje się w jego pamięci, w jakimś jego wspomnieniu, ale chyba nie tak dawnym, bo siedzący obok niego Dumbledore z przeszłości ma siwe włosy, tak jak Dumbledore teraźniejszy. Ale co to za miejsce? Na co czekają ci wszyscy czarodzieje?

Rozejrzał się uważniej. Komnata, jak już podejrzewał, zaglądając do niej z góry, z całą pewnością znajduje się w podziemiach — to bardziej loch niż pokój. Ta posępna, złowroga atmosfera, żadnych obrazów na ścianach, żadnych ozdób, tylko rzędy ławek, wznoszące się jeden nad drugim wzdłuż ścian, wszystkie rozmieszczone tak, żeby każdy miał dobry widok na krzesło z łańcuchami...

Zanim doszedł do jakiegoś wniosku, usłyszał kroki. Drzwi w rogu komnaty otworzyły się i wkroczyło trzech ludzi — albo raczej jeden człowiek w towarzystwie dwóch dementorów.

Harry poczuł lodowaty ucisk w brzuchu. Dementorzy — wysokie, zakapturzone postacie — sunęli powoli ku krzesłu w samym środku lochu; trzymali pod ramię mężczyznę, który wyglądał, jakby miał zaraz zemdleć. Harry go rozumiał... Tym razem dementorzy nie mogli go dosięgnąć, bo znajdował się w czyjejś pamięci, ale aż za dobrze pamiętał ich złowrogą moc. Czarodzieje na ławkach wzdrygnęli się i cofnęli lekko do tyłu, kiedy dementorzy usadowili mężczyznę w krześle i bezszelestnie opuścili loch. Drzwi zamknęły się z głuchym łoskotem.

Harry spojrzał uważnie na człowieka siedzącego w krześle. Poznał go. To był Karkarow.

W przeciwieństwie do Dumbledore'a, Karkarow wyglądał o wiele młodziej: jego włosy i kozia bródka były czarne. Nie miał na sobie lśniącego futra, tylko cienką, poszarpaną szatę. Trząsł się. Łańcuchy nagle rozjarzyły się złotem i popełzły w górę, oplatając go i przykuwając do krzesła.

— Igorze Karkarow! — rozległ się szorstki głos gdzieś z lewej strony. Harry spojrzał tam i zobaczył pana Croucha stojącego w połowie rzędu, w którym sam siedział. Miał ciemne włosy i o wiele mniej zmarszczek na twarzy, wyglądał całkiem rześko i zdrowo. — Zostałeś sprowadzony tu z Azkabanu, aby złożyć zeznania przed Ministerstwem

Magii. Dałeś nam do zrozumienia, że chcesz nam przekazać jakieś ważne informacje.

Karkarow wyprostował się na tyle, na ile zdołał, ciasno przykuty do krzesła.

— Chcę, panie — odpowiedział przerażonym głosem, ale Harry dosłyszał w nim znajomą nutę obłudy. — Chcę wyświadczyć ministerstwu przysługę. Pragnę pomóc. Ja... ja wiem, że ministerstwo stara się... wytropić ostatnich zwolenników Czarnego Pana. Chętnie w tym pomogę... w każdy możliwy sposób...

Rozległ się szmer przyciszonych głosów. Niektórzy z czarodziejów przypatrywali się Karkarowowi z zaciekawieniem, inni z wyraźną podejrzliwością. A potem Harry usłyszał — bardzo wyraźnie — znajomy, ochrypły głos, tuż z boku, z drugiej strony siedzącego przy nim Dumbledore'a:

— Plugastwo.

Wychylił się do przodu, żeby zobaczyć, kto siedzi obok Dumbledore'a, i zobaczył Szalonookiego Moody'ego — choć w pierwszej chwili trudno go było poznać, bo nie miał magicznego oka, tylko parę normalnych oczu. Patrzył na Karkarowa, mrużąc je z wyraźną odrazą.

— Crouch chce go wyciągnąć z Azkabanu — szepnął do Dumbledore'a. — Zawarł z nim układ. Wytropienie go zajęło mi sześć miesięcy, a teraz Crouch chce go wypuścić w zamian za parę nowych nazwisk. Wysłuchajmy tego, co nam powie i oddajmy go z powrotem w ręce dementorów.

Dumbledore mruknął cicho w sposób wyrażający dezaprobatę.

— Ach, zapomniałem, Albusie... Ty nie bardzo lubisz dementorów, prawda? — powiedział Moody z ironicznym uśmiechem.

— Tak, nie lubię ich — odpowiedział cicho Dumbledore. — Od dawna uważam, że ministerstwo nie powinno sprzymierzać się z takimi potworami.

— Ale jak się ma do czynienia z takim plugastwem...

— Twierdzisz, że chcesz nam podać kilka nazwisk, Karkarow — powiedział Crouch. — A więc mów, słuchamy.

— Musicie zrozumieć — rzekł pospiesznie Karkarow — że Ten, Którego Imienia Nie Wolno Wymawiać, zawsze działał w największej tajemnicy. Wolał, żebyśmy... to znaczy, żeby jego zwolennicy... teraz bardzo żałuję, że kiedykolwiek do nich należałem...

— Do rzeczy — zagrzmiał Moody.

— ...żebyśmy nigdy nie znali nazwisk swoich współtowarzyszy. Tylko on sam wiedział dokładnie, kto jest kim.

— Co wcale nie było takie głupie, bo tacy jak ty już dawno by wszystkich wydali — mruknął Moody.

— Ale twierdzisz, że znasz kilka nazwisk? — zapytał pan Crouch.

— Tak... znam — wydyszał Karkarow. — I nie są to zwykli, szeregowi zwolennicy. To ludzie, których sam widziałem, jak wykonywali jego rozkazy. A przekazuję tę informację na dowód, że całkowicie z nimi zerwałem i że odczuwam skruchę tak głęboką, że ledwo mogę...

— Nazwiska! — przerwał mu ostro pan Crouch.

Karkarow wziął głęboki oddech.

— Więc był... Antonin Dołohow. Sam widziałem, jak... jak torturował wielu mugoli i tych, którzy nie popierali Czarnego Pana.

— I sam mu w tym pomagałem — mruknął Moody.

— O Dołohowie już wiemy — stwierdził Crouch. — Złapaliśmy go wkrótce po tobie.

— Tak? — zdumiał się Karkarow, robiąc wielkie oczy. — Jaka to... rozkosz, słyszeć, że został schwytany!

Ale wcale nie wyglądał, jakby odczuwał rozkosz. Harry mógłby przysiąc, że ta wiadomość mocno nim wstrząsnęła. Jedno z jego nazwisk okazało się bezwartościowe.

— Znasz innych? — zapytał chłodno Crouch.

— Ależ tak... Był Rosier — powiedział szybko Karkarow. — Evan Rosier.

— Rosier nie żyje. I on został osaczony wkrótce po tobie. Ale wolał walczyć do końca, niż się poddać. Zginął w potyczce z aurorem.

— I zabrał na tamten świat kawałek mojej skromnej osoby — szepnął Moody. Harry wychylił się ponownie i zobaczył, że Moody pokazuje Dumbledore'owi spory ubytek w swoim nosie.

— I na to zasługiwał! — powiedział Karkarow, ale teraz w jego głosie wyraźnie zabrzmiała panika, bo zaczął się obawiać, że jego informacje mogą się okazać zupełnie bezużyteczne. Spojrzał ze strachem na drzwi w rogu lochu, za którymi bez wątpienia wciąż stali dementorzy.

— Ktoś jeszcze? — zapytał Crouch.

— Tak! Był Travers... to on pomógł zamordować McKinnonsów! Mulciber... wyspecjalizował się w rzucaniu zaklęcia Imperius, zmusił niezliczoną ilość ludzi do okropnych rzeczy! Rookwood... był szpiegiem... przekazał Temu, Którego Imienia Nie Wolno Wymawiać mnóstwo pożytecznych informacji pochodzących z samego ministerstwa!

Harry był pewny, że tym razem Karkarow trafił w dziesiątkę. W lochu rozległ się szmer przytłumionych głosów.

— Rookwood? — powtórzył pan Crouch i skinął głową do czarownicy siedzącej tuż przed nim, która zaczęła skrobać piórem po kawałku pergaminu. — Augustus Rookwood z Departamentu Tajemnic?

— Ten sam — przyznał gorliwie Karkarow. — Sądzę, że zorganizował siatkę czarodziejów w samym ministerstwie i poza nim, żeby zbierać informacje...

— Ale Traversa i Mulcibera już mamy — powiedział pan Crouch. — No dobrze, Karkarow, jeśli to już wszystko, wrócisz do Azkabanu, a my się zastanowimy...

— To nie wszystko! — krzyknął Karkarow. — Zaczekajcie, znam więcej nazwisk!

Harry widział w blasku pochodni, jak Karkarow poci się obficie; jego biała cera kontrastowała mocno z czernią włosów i brody.

— Snape! Severus Snape!

— Snape został już oczyszczony z zarzutów przez tę radę — oświadczył chłodno Crouch. — Poręczył za niego Albus Dumbledore.

— Nie! — krzyknął Karkarow, napinając łańcuchy, którymi był przykuty do krzesła. — Zapewniam was! Severus Snape jest śmierciożercą!

Dumbledore powstał.

— Złożyłem już zeznanie w tej sprawie — powiedział spokojnie. — Severus Snape rzeczywiście był śmierciożercą. Przeszedł jednak na naszą stronę, zanim Lord Voldemort utracił swą moc, i został naszym szpiegiem, ryzykując życie. On śmierciożercą? Równie dobrze moglibyście nazwać śmierciożercą mnie.

Harry spojrzał na Szalonookiego Moody'ego. Widać było, że ma co do tego poważne wątpliwości.

— No dobrze, Karkarow — powiedział chłodno Crouch. — Pomogłeś nam. Dokonamy rewizji twojego wyroku. A tymczasem wrócisz do Azkabanu...

Głos pana Croucha powoli ucichł, jakby się oddalał. Harry rozejrzał się. Loch rozpływał się, jakby był z dymu, wszystko bladło, zanikało... Teraz widział już tylko własne ciało, bo wszystko inne pochłonął kłębiący się mrok...

A potem loch powrócił. Harry siedział już w innym miejscu: nadal w najwyższym rzędzie, ale teraz z lewej strony pana Croucha. I atmosfera była zupełnie inna: rozluźniona, nawet radosna. Czarownice i czarodzieje rozmawiali ze sobą niefrasobliwie, jakby byli na jakiejś imprezie sportowej. Uwagę Harry'ego przykuła czarownica siedząca naprzeciw niego w środkowym rzędzie. Miała krótkie, jasne włosy, ubrana była w karminową szatę i ssała koniuszek jadowicie zielonego pióra. Bez trudu rozpoznał w niej młodszą Ritę Skeeter. Spojrzał w bok. I tym razem siedział obok niego Dumbledore, ale miał na sobie inną szatę. Pan Crouch wyglądał na bardziej zmęczonego, wychudzonego i jakby bardziej zawziętego. Harry zrozumiał. To było inne wspomnienie, inny dzień, inny proces.

Drzwi w rogu otworzyły się i do komnaty wkroczył Ludo Bagman.

To był jednak zupełnie inny Ludo Bagman. Teraz najwyraźniej znajdował się u szczytu swojej sportowej kariery: nie miał złamanego nosa, był wysoki, szczupły i muskularny. Wyglądał na przestraszonego, kiedy usiadł w krześle z łańcuchami, ale nie został do niego przykuty, jak Karkarow, i być może dlatego nabrał otuchy, rozejrzał się po trybunach, pomachał kilku znajomym i nawet przywołał na twarz nikły uśmiech.

— Ludonie Bagman, stajesz przed Radą Prawa Czarodziejów, aby odpowiedzieć na zarzuty związane z działalnością śmierciożerców — oznajmił pan Crouch. — Wysłuchaliśmy obciążających cię zeznań i wkrótce wydamy werdykt.

Czy chcesz dodać coś do swoich zeznań, zanim ogłosimy wyrok?

Harry nie wierzył własnym uszom. Ludo Bagman śmierciożercą?

— Tylko jedno — odpowiedział Bagman, uśmiechając się z zażenowaniem. — Wiem, że byłem... strasznym kretynem...

Kilka osób parsknęło śmiechem. Pan Crouch nie podzielał jednak tej wesołości. Spoglądał z góry na Bagmana z powagą i niechęcią.

— Powiedziałeś szczerą prawdę, chłopcze — mruknął ktoś do Dumbledore'a. Harry spojrzał w bok i znowu zobaczył siedzącego za Dumbledore'em Moody'ego. — Gdybym nie wiedział, że zawsze był tępakiem, pomyślałbym, że kilka z tych tłuczków uszkodziło mu trwale mózg...

— Ludonie Bagman, zostałeś przyłapany na przekazywaniu informacji zwolennikom Lorda Voldemorta — oznajmił pan Crouch. — Żądam za to uwięzienia cię w Azkabanie na okres...

Z otaczających krzesło rzędów ławek dały się słyszeć gniewne okrzyki. Kilkanaście osób powstało, kręcąc głowami i nawet wygrażając pięściami panu Crouchowi.

— Ja przecież mówiłem, że nie miałem o tym pojęcia! — zawołał Bagman, przekrzykując hałas i wytrzeszczając swoje okrągłe niebieskie oczy. — W ogóle! Stary Rookwood był przyjacielem mojego taty. Nigdy mi nawet nie przeszło przez głowę, że jest po stronie Sami-Wiecie-Kogo! Byłem pewny, że zbieram informacje dla nas! A Rookwood wciąż obiecywał mi posadę w ministerstwie... no wie pan, później, kiedy już zakończę karierę zawodnika... przecież nie mogę do końca życia obrywać tłuczkami, prawda?

Rozległy się chichoty.

— Zostanie to poddane pod głosowanie — oświadczył chłodno pan Crouch. Zwrócił się w prawą stronę. — Proszę sędziów o podniesienie ręki... Kto jest za uwięzieniem?

Harry spojrzał na ławki po prawej stronie. Nikt nie podniósł ręki. Tu i ówdzie rozległy się oklaski. Jedna z czarownic, należąca do składu sędziowskiego, powstała.

— O co chodzi? — warknął Crouch.

— Chcielibyśmy pogratulować panu Bagmanowi wspaniałej gry w meczu przeciw Turcji w ubiegłą sobotę — wypaliła.

Pan Crouch wyglądał, jakby miał za chwilę dostać apopleksji. Loch zatrząsł się od oklasków i okrzyków. Ludo Bagman wstał i ukłonił się z uśmiechem.

— Żałosne widowisko — prychnął pan Crouch do Dumbledore'a i usiadł, a Bagman opuścił loch z uśmiechem na twarzy. — Posadę w ministerstwie, doprawdy! Dzień, w którym Ludo Bagman zacznie u nas pracować, będzie jednym z najczarniejszych dni dla całego ministerstwa...

Loch ponownie się rozpłynął i po chwili znowu pojawił. Harry i Dumbledore nadal siedzieli obok pana Croucha, ale atmosfera była zupełnie inna. Panowała głucha cisza, którą przerywały tylko szlochy wątłej, drobnej czarownicy siedzącej za panem Crouchem, która drżącymi rękami przyciskała do ust chusteczkę. Harry spojrzał na pana Croucha i zobaczył, że jeszcze bardziej wychudł, a włosy ma obficie przyprószone siwizną. Na skroni drgał mu nerw.

— Wprowadzić ich — powiedział, a jego głos potoczył się echem po cichym lochu.

Jeszcze raz otworzyły się drzwi w rogu komnaty. Tym razem weszło sześciu dementorów, prowadząc cztery osoby.

Ludzie siedzący na ławkach zwrócili głowy w kierunku pana Croucha. Niektórzy szeptali do swoich sąsiadów.

Dementorzy usadzili każdego z podsądnych w jednym z czterech krzeseł stojących pośrodku sali. Był tam krępy, tęgi mężczyzna, patrzący tępo na pana Croucha; drugi, chudy i bardziej wystraszony, rozglądał się nerwowo po sali, była też kobieta o grubych, lśniących, ciemnych włosach, ciężkich powiekach i długich rzęsach, oraz dobiegający dwudziestki młodzieniec, który wyglądał, jakby go nie do końca spetryfikowano. Miał bladą, piegowatą twarz, na którą opadły mu włosy barwy słomy, i cały dygotał. Drobna czarownica siedząca obok pana Croucha zaczęła się kołysać w tył i w przód, łkając i jęcząc w chusteczkę.

Crouch powstał. Spojrzał na czworo podsądnych z nieukrywaną nienawiścią.

— Zostaliście postawieni przed Radą Prawa Czarodziejów — oznajmił dobitnie — abyśmy mogli osądzić was za zbrodnię tak ohydną...

— Ojcze — jęknął młodzieniec o słomianych włosach. — Ojcze... błagam...

— ...o jakiej jeszcze nie słyszeliśmy przed tym sądem.

— Pan Crouch podniósł głos, żeby zagłuszyć swego syna.

— Wysłuchaliśmy obciążających was zeznań. Wszyscy czworo jesteście oskarżeni o porwanie aurora, Franka Longbottoma, i rzucenie na niego zaklęcia Cruciatus, w przekonaniu, że dowiedział się o miejscu pobytu waszego pana, Tego, Którego Imienia Nie Wolno Wymawiać...

— Ojcze, ja tego nie zrobiłem! — krzyknął płowowłosy młodzieniec w łańcuchach. — Nie zrobiłem tego, przysięgam, ojcze, nie oddawaj mnie w ręce dementorów...

— Jesteście też oskarżeni — ryknął pan Crouch — o rzucenie zaklęcia Cruciatus na małżonkę Franka Longbottoma, kiedy nie chciał wam wyjawić tego, co wie. Zamierzaliście przywrócić do władzy Tego, Którego Imienia Nie Wolno Wymawiać, aby znowu nurzać się w gwałcie i przemocy, co najprawdopodobniej robiliście, kiedy był w pełni swej czarnoksięskiej mocy. Proszę teraz sędziów...

— Matko! — krzyknął młodzieniec, a wiotka czarownica obok pana Croucha zaczęła znowu szlochać, kołysząc się do tyłu i do przodu. — Matko, powstrzymaj go! Matko, ja tego nie zrobiłem, to nie ja!

— Proszę teraz sędziów — ryknął pan Crouch — aby podnieśli ręce, jeśli uważają, tak jak ja, że te zbrodnie zasługują na dożywotni pobyt w Azkabanie.

Czarownice i czarodzieje siedzący po prawej stronie lochu podnieśli ręce jednocześnie. Tłum zaczął klaskać, podobnie jak klaskał Bagmanowi, ale teraz na wszystkich twarzach widać było okrutną mściwość. Młodzieniec znowu zaczął krzyczeć.

— Nie! Matko, nie! Ja tego nie zrobiłem, nie zrobiłem, ja nie wiedziałem! Nie wysyłaj mnie tam, nie pozwól mu!

Dementorzy wsunęli się z powrotem do komnaty. Troje współtowarzyszy chłopca wstało spokojnie, a kobieta z ciężkimi powiekami spojrzała na Croucha i zawołała:

— Czarny Pan znowu odzyska swą moc! Wtrąć nas do Azkabanu, będziemy tam na niego czekać! A on znowu odzyska moc, uwolni nas i wynagrodzi stokrotnie, wyróżni nas spośród swoich wszystkich zwolenników! Tylko my pozostaliśmy mu wierni! Tylko my próbowaliśmy go odnaleźć!

Młodzieniec próbował opierać się dementorom, choć Harry już widział, że ich zimna, obezwładniająca moc zaczyna na niego działać. Tłum wznosił szydercze okrzyki, niektórzy wstali, kiedy kobietę wywleczono z lochu. Chłopiec wciąż się opierał.

— Jestem twoim synem! — wołał do Croucha. — Jestem twoim synem!

— Nie jesteś moim synem! — ryknął pan Crouch, a oczy prawie mu wyskoczyły z orbit. — Ja nie mam syna!

Wiotka czarownica u jego boku wydała zduszony okrzyk i opadła bezwładnie. Zemdlała. Crouch zdawał się tego nie dostrzegać.

— Zabierzcie ich! — ryknął do dementorów, pryskając śliną. — Zabierzcie ich i niech tam zgniją!

— Ojcze! Ojcze, ja w tym nie brałem udziału! Nie! Nie! Ojcze, błagam!

— Myślę, Harry, że już czas wrócić do mojego gabinetu — szepnął Harry'emu do ucha jakiś głos.

Harry wzdrygnął się i rozejrzał. A potem spojrzał w prawo. Siedział tam Albus Dumbledore i patrzył, jak dementorzy wloką syna Croucha do drzwi — ale był też drugi Albus Dumbledore, po lewej stronie, patrzący prosto na niego.

— Chodź — powiedział Dumbledore z lewej strony i wziął Harry'ego pod łokieć.

Harry poczuł, że unosi się w powietrze, loch znowu się rozpłynął, przez chwilę wszystko było czernią, a potem nagle wywinął koziołka i wylądował na obu stopach w oślepiającym świetle zalanego słońcem gabinetu Dumbledore'a. Przed nim migotał kamienny zbiornik, a Albus Dumbledore stał obok.

— Panie profesorze — wykrztusił Harry — ja wiem, że nie powinienem... Ja nie chciałem... Drzwiczki szafki były uchylone i...

— Rozumiem cię doskonale — odrzekł Dumbledore.

Chwycił zbiornik, zaniósł go do swojego biurka, umieścił na wypolerowanym blacie i usiadł w fotelu po drugiej stronie. A potem dał znać Harry'emu, by usiadł naprzeciw niego.

Harry zrobił to, gapiąc się na kamienny zbiornik. Jego zawartość powróciła do początkowego stanu, i srebrnobiała kłębiła się i falowała na jego oczach.

— Co to jest? — zapytał Harry roztrzęsionym głosem.

— To jest myślodsiewnia — odpowiedział Dumbledore. — Czasami czuję, a sądzę, że i ty znasz to uczucie, że kłębi mi się w głowie za dużo myśli i wspomnień.

— Ee — bąknął Harry, który nie mógł szczerze przyznać, że kiedykolwiek czuł coś podobnego.

— I wtedy — ciągnął Dumbledore, wskazując na kamienny zbiornik — używam myślodsiewni. Odsiewa się po prostu nadmiar myśli z umysłu, strząsa do tego zbiornika i bada je w wolnym czasie. Łatwiej jest dostrzec ich ukryty sens i powiązania, kiedy są w takiej postaci.

— To znaczy... że to coś... to są pana *myśli?* — zapytał Harry, wpatrując się w kłębiącą się białą substancję wewnątrz zbiornika.

— Oczywiście. Pokażę ci.

Dumbledore wyciągnął zza pazuchy różdżkę i przytknął jej koniec do swojej głowy powyżej skroni. Kiedy odjął różdżkę, Harry'emu wydawało się przez chwilę, że przywarły do niej srebrne włosy, ale po chwili dostrzegł, że było to pasemko tej samej dziwnej, srebrzystej substancji, która wypełniała myślodsiewnię. Dumbledore strząsnął świeże myśli do zbiornika, a Harry ze zdumieniem zobaczył swoją własną twarz kołyszącą się na powierzchni substancji.

Dumbledore uchwycił zbiornik swoimi długimi dłońmi i potrząsnął nim, zupełnie tak, jak poszukiwacz złota potrząsa sitem, by odsiać grudki złota, a Harry zobaczył, że jego własna twarz zamienia się w twarz Snape'a, który otworzył usta i przemówił do sufitu:

— Powraca... u Karkarowa też... teraz jeszcze silniej i wyraźniej niż kiedyś...

— Skojarzyłbym to i bez takiej pomocy — westchnął Dumbledore — ale mniejsza z tym. — Zerknął znad swoich okularów-połówek na Harry'ego, który gapił się na twarz Snape'a, pływającą wzdłuż krawędzi zbiornika. — Używałem myślodsiewni, kiedy przybył pan Knot i odstawiłem ją trochę zbyt pospiesznie. Niewątpliwie nie zamknąłem dobrze tej szafki. To zupełnie naturalne, że przyciągnęła twoją uwagę.

— Przepraszam — wymamrotał Harry.

Dumbledore pokręcił głową.

— Ciekawość to nie grzech. Ale z ciekawością trzeba uważać... oj, tak...

Skrzywił się lekko i szturchnął swoje myśli w zbiorniku końcem różdżki. Ze srebrnej toni natychmiast wynurzyła się jakaś postać — pulchna, nadąsana dziewczyna w wieku około szesnastu lat, która zaczęła obracać się powoli, nadal tkwiąc stopami w zbiorniku. Nie zwracała najmniejszej uwagi ani na Harry'ego, ani na profesora Dumbledore'a. Kiedy przemówiła, jej głos zadudnił echem, tak jak uprzednio głos Snape'a, jakby dochodził z dna kamiennego zbiornika.

— Rzucił na mnie urok, panie profesorze, a ja się tylko z nim drażniłam, ja tylko powiedziałam, że widziałam, jak całuje się z Florence za cieplarnią w zeszły czwartek...

— Ale powiedz mi, Berto, dlaczego — mruknął ponuro Dumbledore, patrząc na obracającą się dziewczynę. — Dlaczego go śledziłaś?

— Berta? — szepnął Harry. — To jest... to była ta Berta Jorkins?

— Tak — odrzekł Dumbledore, ponownie szturchając myśli w zbiorniku. Berta zapadła się w nie, a one zrobiły się znowu srebrzyste i przejrzyste. — To była Berta, jaką zapamiętałem ze szkoły.

Srebrzysty blask z myślodsiewni oświetlił jego twarz, a Harry'ego uderzyło, jak staro wygląda. Wiedział oczywiście, że Dumbledore ma już sporo lat, ale jakoś nigdy nie myślał o nim jako o starcu.

— No więc, Harry — powiedział cicho Dumbledore — zanim zabłądziłeś w moich myślach, chciałeś mi coś powiedzieć, tak?

— Tak. Panie profesorze... dopiero co miałem wróżbiarstwo i... no... zasnąłem.

Zawahał się, zastanawiając, jaką dostanie reprymendę, ale Dumbledore tylko powiedział:

— To całkiem zrozumiałe. Mów dalej.

— No i miałem sen. Sen o Lordzie Voldemorcie. Męczył Glizdogona... pan wie, kto to jest Glizdogon?

— Wiem — odpowiedział natychmiast Dumbledore.

— Mów dalej, proszę.

— Voldemort dostał list przez sowę. Powiedział, że błąd Glizdogona został naprawiony. Mówił, że ktoś jest martwy. A potem powiedział, że nie nakarmi Glizdogonem węża... tam był wąż, koło jego fotela. Powiedział... że... że tego węża nakarmi mną. A potem rzucił na Glizdogona zaklęcie Cruciatus i wtedy rozbolała mnie strasznie blizna. To mnie obudziło, ten okropny ból.

Dumbledore milczał, wpatrując się w niego.

— To już wszystko — powiedział Harry.

— Rozumiem — rzekł cicho Dumbledore. — Rozumiem. Powiedz mi, czy ta blizna bolała cię już w tym roku, poza tym porankiem, kiedy ból obudził cię w lecie?

— Nie... Ale skąd pan wie, że bolała mnie latem?

— Nie ty jeden korespondujesz z Syriuszem. Ja także jestem z nim w kontakcie od czasu, gdy opuścił Hogwart w ubiegłym roku. To ja wskazałem mu tę jaskinię jako bezpieczne schronienie.

Wstał i zaczął spacerować za biurkiem. Co jakiś czas przytykał do skroni koniec różdżki, wyjmował kolejną srebrzystą myśl i strząsał ją do myślodsiewni. Myśli w kamiennym zbiorniku zaczęły wirować tak szybko, że Harry nie mógł niczego wyraźnie dostrzec — była to tylko mieszanina różnych barw.

— Panie profesorze... — powiedział cicho po paru minutach.

Dumbledore zatrzymał się i spojrzał na niego.

— Przepraszam cię — rzekł krótko i usiadł z powrotem za biurkiem.

— Czy pan wie, dlaczego boli mnie blizna?

Dumbledore przez chwilę wpatrywał się bardzo uważnie w Harry'ego, a potem powiedział:

— Mam pewną hipotezę, ale nic poza tym... Sądzę, że ta blizna boli cię, kiedy Lord Voldemort jest w pobliżu i kiedy odczuwa wyjątkowo silną nienawiść.

— Ale dlaczego?

— Bo ty i on jesteście ze sobą związani zaklęciem, które zawiodło. To nie jest zwykła blizna.

— Więc pan myśli, że... ten sen... że to się wydarzyło naprawdę?

— To możliwe. Powiedziałbym... prawdopodobne. Harry, czy widziałeś Voldemorta?

— Nie. Tylko tył jego fotela. Ale... tam nie było nic do zobaczenia, prawda? Bo przecież on nie ma ciała. Ale... jeśli tak, to w jaki sposób trzymał różdżkę?

— Właśnie — mruknął Dumbledore. — No właśnie...

Przez chwilę i on, i Harry milczeli. Dumbledore patrzył gdzieś w głąb pokoju, co jakiś czas przytykając sobie koniec różdżki do skroni i dodając jeszcze jedną srebrną, migocącą myśl do wrzącej masy wewnątrz myślodsiewni.

— Panie profesorze — zapytał w końcu Harry — myśli pan, że on odzyskuje swą moc?

— Voldemort? — powiedział Dumbledore, patrząc na Harry'ego ponad myślodsiewnią.

Było to owo szczególne, przeszywające spojrzenie, które Harry już znał i które zawsze sprawiało, że czuł się tak, jakby Dumbledore zaglądał mu do umysłu i serca, i to w taki sposób, w jaki nie przeszywało go nawet magiczne oko Moody'ego.

— I znowu, Harry, mogę podzielić się z tobą tylko moim przypuszczeniem. — Dumbledore westchnął; wyglądał teraz starzej i słabiej niż kiedykolwiek. — Kiedy Voldemort dążył do władzy, ginęło bez wieści wiele osób. A teraz Berta Jorkins zniknęła bez śladu w miejscu, w którym z całą pewnością przebywał ostatnio Voldemort. Pan Crouch też zaginął tutaj, na terenie szkoły. Jest jeszcze jedno zaginięcie, którym, niestety, ministerstwo zupełnie się nie zainteresowało, bo dotyczy mugola. Nazywał się Frank Bryce, mieszkał w wiosce, w której dorastał ojciec Voldemorta, i nie widziano go od ubiegłego sierpnia. Bo, widzisz, ja, w przeciwieństwie do większości moich kolegów z ministerstwa, czytuję mugolskie gazety.

Spojrzał na Harry'ego z wielką powagą.

— Według mnie te zniknięcia mają ze sobą związek. Ministerstwo nie zgadza się z tym... jak zapewne sam słyszałeś, czekając pod drzwiami mojego gabinetu.

Harry pokiwał głową. Znowu zapadło milczenie i znowu Dumbledore co jakiś czas pozbywał się jakiejś myśli. Harry czuł, że powinien odejść, ale ciekawość trzymała go nadal w fotelu.

— Panie profesorze... — zagadnął ponownie.

— Tak, Harry?

— Ee... czy mogę zapytać o... o ten sąd... ten w którym byłem w... w myślodsiewni?

— Możesz — westchnął ciężko Dumbledore. — Brałem w nim udział wiele razy, ale niektóre procesy powracają o wiele wyraźniej niż inne... zwłaszcza teraz...

— Pamięta pan ten proces, w którym mnie pan znalazł? Ten z synem Croucha? Czy oni... oni mówili o rodzicach Neville'a?

Dumbledore spojrzał na niego ostro.

— To Neville nigdy ci nie mówił, dlaczego wychowuje go babcia?

Harry potrząsnął głową, zastanawiając się, jak to się stało, że nigdy nie zapytał o to Neville'a, choć zna go już przecież od prawie czterech lat.

— Tak, mówili o rodzicach Neville'a. Jego ojciec, Frank, był aurorem, tak jak profesor Moody. On i jego żona byli torturowani, bo chciano z niego wyciągnąć informację o miejscu pobytu Voldemorta po tym, jak utracił moc.

— Więc oni nie żyją? — zapytał cicho Harry.

— Żyją — odpowiedział Dumbledore z taką goryczą, jakiej Harry nigdy jeszcze nie słyszał w jego głosie. — Żyją, ale postradali zmysły. Oboje są w Klinice Magicznych Chorób i Urazów Szpitala Świętego Munga. Neville ich odwiedza, razem ze swoją babcią, podczas wakacji. Ale go nie poznają.

Harry zmartwiał. Nie miał o tym pojęcia... Znał Neville'a od czterech lat i nigdy nie zainteresował się jego rodzicami.

— Longbottomowie byli bardzo lubiani — rzekł Dumbledore. — Zaatakowano ich już po upadku Voldemorta, kiedy wszyscy myśleli, że są bezpieczni. Te ataki wywołały niespotykaną furię. Wywierano silny nacisk na ministerstwo, żeby złapać złoczyńców, którzy to zrobili. Niestety, biorąc pod uwagę te okoliczności, zeznania Longbottomów nie były wiarygodne...

— A więc syn pana Croucha mógł wcale nie być w to zamieszany? — zapytał powoli Harry.

Dumbledore pokręcił głową.

— Nie mam pojęcia.

Harry znowu zamilkł, wpatrując się w zawartość myślodsiewni. Jeszcze dwa pytania chodziły mu po głowie... ale dotyczyły ludzi żyjących...

— Ee... — bąknął — a pan Bagman...

— Od tamtej pory już nigdy nie został oskarżony o sprzyjanie siłom Ciemności — powiedział spokojnie Dumbledore.

— Aha — mruknął szybko Harry, gapiąc się w zawartość myślodsiewni, która wirowała o wiele wolniej od czasu, gdy Dumbledore przestał dodawać do niej nowe myśli. — A...

Ale wyglądało na to, że myślodsiewnia zadaje pytanie zamiast niego. Na powierzchni znowu pojawiła się twarz Snape'a. Dumbledore zerknął na nią, a potem na Harry'ego.

— Profesor Snape też nie — powiedział krótko.

Harry spojrzał w jasnoniebieskie oczy Dumbledore'a, i to, czego tak bardzo chciał się dowiedzieć, wypłynęło z jego ust, zanim zdążył się powstrzymać.

— A dlaczego pan uważa, że naprawdę przestał popierać Voldemorta?

Dumbledore patrzył mu w oczy przez chwilę, a potem odpowiedział:

— To, Harry, jest sprawa między profesorem Snape'em i mną.

Harry zrozumiał, że to koniec rozmowy. Dumbledore nie wyglądał na rozeźlonego tym ostatnim pytaniem, ale było w jego tonie coś, co powiedziało Harry'emu, że czas odejść. Wstał i to samo zrobił Dumbledore.

— Harry — powiedział, kiedy Harry był już przy drzwiach — proszę, żebyś nie mówił nikomu o rodzicach Neville'a. Ma prawo sam o tym powiedzieć, kiedy uzna za stosowne.

— Dobrze, panie profesorze — przyrzekł Harry, odwracając się do drzwi.

— I...

Harry znowu się odwrócił.

Dumbledore stał nad myślodsiewnią, z twarzą oświetloną od dołu migocącymi plamkami srebra i wyglądał naprawdę bardzo staro. Wpatrywał się przez chwilę w Harry'ego, a potem powiedział:

— Powodzenia w trzecim zadaniu.

ROZDZIAŁ TRZYDZIESTY PIERWSZY.

Trzecie zadanie

W ięc Dumbledore sądzi, że Sam-Wiesz-Kto odzyskuje swą moc? — wyszeptał Ron.

Harry podzielił się z Ronem i Hermioną wszystkim, co sam zobaczył w myślodsiewni i prawie wszystkim, co powiedział mu Dumbledore. Oczywiście napisał też o tym do Syriusza, wysyłając mu sowę natychmiast po opuszczeniu gabinetu Dumbledore'a. Późnym wieczorem wszyscy troje siedzieli w pokoju wspólnym, wałkując to wszystko po raz któryś, aż Harry poczuł straszliwy zamęt w głowie i zrozumiał, co miał na myśli Dumbledore, kiedy mówił o głowie tak pełnej myśli, że odcedzenie części z nich przynosi wielką ulgę.

Ron wpatrywał się w ogień w kominku. Harry'emu zdawało się, że Ron drży, choć wieczór był ciepły.

— I on ufa Snape'owi? — zapytał Ron. — On naprawdę ufa Snape'owi, chociaż wie, że był śmierciożercą?

— Tak — odpowiedział Harry.

Hermiona nie odzywała się od dziesięciu minut. Siedziała, opierając czoło na rękach i wpatrując się w swoje kolana.

Harry pomyślał, że i ona wygląda tak, jakby potrzebowała myślodsiewni.

— Rita Skeeter — mruknęła w końcu.

— Skąd ci nagle przyszła do głowy ta baba? — zapytał zdumiony Ron.

— Po prostu myślę... — powiedziała Hermiona do swoich kolan. — Pamiętacie, co mi powiedziała w Trzech Miotłach? „Wiem takie rzeczy o Ludonie Bagmanie, że włosy by ci stanęły dęba". To właśnie miała na myśli! To ona pisała sprawozdanie z jego procesu, wiedziała, że przekazywał informacje śmierciożercom. A i Mrużka... pamiętacie?... „Pan Bagman to zły czarodziej". Crouch na pewno się wściekał, jak Bagmana puszczono wolno, na pewno rozmawiał o tym w domu.

— No tak, ale przecież Bagman nie przekazywał im informacji świadomie, prawda?

Hermiona wzruszyła ramionami.

— A Knot uważa, że to madame Maxime zaatakowała Croucha? — zapytał Ron, zwracając się znowu do Harry'ego.

— Tak — odpowiedział Harry — ale tylko dlatego, że Crouch zniknął w pobliżu powozu z Beauxbatons.

— O niej nie pomyśleliśmy — powiedział powoli Ron. — A warto pamiętać, że na pewno płynie w niej krew olbrzymów, choć nie chce się do tego przyznać...

— A dziwisz się? — żachnęła się Hermiona, podnosząc głowę. — Pomyśl, co się stało z biednym Hagridem, jak Rita dowiedziała się o jego matce. Pomyśl o Knocie, jak szybko ją oskarżył, tylko dlatego, że ma w sobie trochę krwi olbrzymów. Każdy by się bał takich przesądów! Ja bym chyba też opowiadała wszystkim, że mam grube kości, gdybym wiedziała, co będzie, jak powiem prawdę.

Spojrzała na zegarek.

— W ogóle nie ćwiczyliśmy! — powiedziała ze zgrozą.

— A mieliśmy przećwiczyć Impedimento! Jutro musimy się za to zabrać! Harry, powinieneś trochę się przespać.

Harry i Ron weszli powoli po schodach wiodących do ich dormitorium. Harry naciągnął na siebie piżamę i spojrzał na łóżko Neville'a. Wierny danemu Dumbledore'owi przyrzeczeniu, nie powiedział Ronowi i Hermionie o rodzicach Neville'a. Kiedy zdjął okulary i wspiął się na swoje łóżko z czterema kolumienkami po rogach, wyobraził sobie, jakby się czuł, gdyby jego rodzice wciąż żyli, ale nie byli w stanie go rozpoznać. Często spotykał się z wyrazami współczucia z powodu swojego sieroctwa, ale teraz, kiedy słuchał chrapania Neville'a, pomyślał, że Neville bardziej zasługuje na współczucie niż on. Leżąc w ciemności, poczuł falę złości i nienawiści wobec ludzi, którzy torturowali pana i panią Longbottom. Przypomniał sobie szydercze okrzyki tłumu, kiedy dementorzy wywlekali z sądu syna Croucha i jego współtowarzyszy. Dobrze wiedział, co ci biedacy musieli czuć... A potem przypomniał sobie mlecznobiałą twarz wrzeszczącego chłopca i nagle doznał wstrząsu, kiedy zdał sobie sprawę, że ów chłopiec zmarł rok później...

To Voldemort, pomyślał Harry, wpatrując się w ciemny baldachim nad swoim łóżkiem, to wszystko ma związek z Voldemortem... To on zniszczył rodziny, to on zrujnował życie tylu ludziom...

*

Biorąc pod uwagę fakt, że egzaminy semestralne miały się skończyć w dniu trzeciego zadania turniejowego, Ron i Hermiona powinni ślęczeć nad książkami i notatkami, powtarzając materiał, tymczasem oboje poświęcali większość czasu na pomaganie Harry'emu w przygotowaniu się do tego zadania.

— Nie martw się o to — stwierdziła krótko Hermiona, kiedy Harry zwrócił na to uwagę i dodał, że przecież przez jakiś czas może ćwiczyć sam. — W każdym razie na pewno dostaniemy najwyższe oceny z obrony przed czarną magią, bo tylu zaklęć i uroków nigdy byśmy nie poznali na lekcjach.

— I przyda nam się to, jak już wszyscy zostaniemy aurorami — powiedział z zapałem Ron, rzucając Impedimento na osę bzykającą po pokoju, która natychmiast zawisła nieruchomo w powietrzu.

Z początkiem czerwca w zamku znowu zapanowała atmosfera podniecenia i napięcia. Wszyscy wyczekiwali niecierpliwie na trzecie zadanie, przed którym reprezentanci szkół mieli stanąć na tydzień przed końcem semestru. Harry w każdej wolnej chwili ćwiczył zaklęcia i uroki. Tym razem czuł się o wiele pewniej niż przed dwoma poprzednimi zadaniami. Nie miał wątpliwości, że ostatnie zadanie na pewno będzie trudne i niebezpieczne, ale w końcu Moody miał rację: Harry'emu udało się już w przeszłości pokonać różne potwory i zaczarowane przeszkody, a tym razem miał szansę przygotować się do tego, co go czeka.

Profesor McGonagall, zmęczona tym, że ustawicznie wpadała na nich w najróżniejszych miejscach szkoły, pozwoliła Harry'emu korzystać w przerwie obiadowej z pustej klasy transmutacji. Wkrótce opanował zaklęcie Impedimento, które spowalnia i utrudnia działanie napastnika, zaklęcie redukcji, pozwalające na usunięcie z drogi stałych obiektów, i zaklęcie czterech stron świata, pożyteczne narzędzie odkryte przez Hermionę, które sprawiało, że różdżka wskazywała północ, co mogło być bardzo pomocne w labiryncie. Miał jednak wciąż trudności z zaklęciem tarczy. Polegało ono na wytworzeniu wokół siebie niewidzialnego muru, odbijającego słabsze zaklęcia. Kiedy spróbował zasłonić się tarczą, Hermiona przebiła ją jednym celnym zaklęciem galaretowatych nóg. Harry przez dziesięć minut kuśtykał po klasie, trzęsąc się i chwiejąc, zanim Hermiona znalazła odpowiednie przeciwzaklęcie.

— Ale i tak robisz duże postępy — pochwaliła go Hermiona, odhaczając na swojej liście te zaklęcia, które już opanował. — Niektóre z nich na pewno ci się przydadzą.

— Chodźcie tu i popatrzcie — powiedział nagle Ron, który stał przy oknie i patrzył na błonia. — Co ten Malfoy robi?

Harry i Hermiona podeszli do okna i wyjrzeli przez nie. W cieniu pod drzewem stali Malfoy, Crabbe i Goyle. Crabbe i Goyle chyba stali na czatach; obaj uśmiechali się głupkowato. Malfoy trzymał dłoń przy ustach i mówił do niej.

— To wygląda tak, jakby używał walkie-talkie — zauważył Harry.

— Przecież nie może — powiedziała Hermiona. — Już wam mówiłam, że takie urządzenia nie działają na terenie Hogwartu. Chodź, Harry — dodała, odwracając się od okna i wracając na środek klasy. — Spróbujemy jeszcze raz zaklęcia tarczy.

*

Syriusz przysyłał im teraz sowy codziennie. Podobnie jak Hermiona, radził Harry'emu, by przede wszystkim skupił się na trzecim zadaniu. W każdym liście przypominał mu, że cokolwiek by się działo poza murami Hogwartu, Harry nie ponosi za to żadnej odpowiedzialności i nie ma na to żadnego wpływu.

Jeśli Voldemort rzeczywiście odzyskuje siłę, moim głównym obowiązkiem jest zapewnienie ci bezpieczeństwa. Nic nie może ci się stać, dopóki jesteś pod opieką Dumbledore'a, ale nie ryzykuj: teraz skoncentruj się na bezpiecznym przejściu przez ten labirynt, a o inne sprawy będziemy się martwić później.

Dwudziesty czwarty dzień czerwca zbliżał się nieuchronnie i Harry zaczynał się coraz bardziej denerwować, choć nie tak bardzo, jak przed pierwszym i drugim zadaniem. Był pewny, że tym razem zrobił wszystko, by dobrze się przygotować, a poza tym będzie to zadanie ostatnie, więc powtarzał sobie, że bez względu na to, jak mu pójdzie, na tym turniej się zakończy, co powita z wielką ulgą.

*

Nadszedł dzień trzeciego zadania. Podczas śniadania przy stole Gryfonów było wyjątkowo hałaśliwie. Pojawiła się sowia poczta i Harry dostał kartkę od Syriusza. Był to tylko złożony kawałek pergaminu z odciskiem ubłoconej łapy, ale Harry wiedział, że Syriusz życzy mu w ten sposób powodzenia i dodaje otuchy. Do Hermiony przyleciała sówka z porannym wydaniem „Proroka Codziennego". Hermiona rozłożyła gazetę, spojrzała na pierwszą stronę i wyplóła na nią sok dyniowy, który akurat miała w ustach.

— Co? — zapytali jednocześnie Harry i Ron, patrząc na nią z niepokojem.

— Nic — odpowiedziała szybko Hermiona, próbując schować gazetę, ale Ron zdążył ją złapać.

Spojrzał na tytuł na pierwszej stronie.

— O nie — mruknął. — Nie dzisiaj. Stara krowa.

— Co jest? — zapytał Harry. — Znowu Rita Skeeter?

— Nie — zaprzeczył Ron i podobnie jak uprzednio Hermiona spróbował schować gazetę.

— Coś o mnie, tak? — zapytał Harry.

— Nie — odrzekł Ron niezbyt przekonującym tonem.

Zanim jednak Harry zażądał pokazania mu gazety, rozległ się od stołu Ślizgonów znajomy głos Malfoya:

— Hej, Potter! Potter! Jak tam twoja głowa? Dobrze się czujesz? Na pewno nie zamierzasz się na nas rzucić?

On też trzymał egzemplarz „Proroka Codziennego". Ślizgoni chichotali, obracając się w krzesłach, by zobaczyć reakcję Harry'ego.

— Muszę to zobaczyć — powiedział Harry do Rona. — Dawaj.

Ron bardzo niechętnie wręczył mu gazetę. Harry rozłożył ją i spojrzał w swoją twarz na zdjęciu, nad którym widniał wielki tytuł:

HARRY POTTER „W STANIE SZOKU I GROŹNY DLA OTOCZENIA"

Chłopiec, który pokonał Tego, Którego Imienia Nie Wolno Wymawiać, znajduje się w stanie szoku nerwowego i może być groźny dla otoczenia, pisze Rita Skeeter, nasz specjalny korespondent. Ostatnio doszły nas z Hogwartu niepokojące wieści o dziwnym zachowaniu Harry'ego Pottera, które stawia pod znakiem zapytania jego udział w niezwykle trudnej rywalizacji, jaką jest Turniej Trójmagiczny, a nawet jego dalszą naukę w Szkole Magii i Czarodziejstwa.

Według posiadanych wyłącznie przez „Proroka Codziennego" informacji Potter często mdleje podczas lekcji i wciąż uskarża się na ból głowy w miejscu swojej słynnej blizny (pamiątki po złowrogim zaklęciu, którym próbował go uśmiercić Sami-Wiecie-Kto). W ostatni poniedziałek, w czasie lekcji wróżbiarstwa, korespondent „Proroka Codziennego" był świadkiem, jak Potter wybiegł z klasy, krzycząc, że blizna tak go boli, że nie jest w stanie brać udziału w lekcji.

Jest możliwe, jak twierdzą główni specjaliści z Kliniki Magicznych Chorób i Urazów Szpitala Świętego Munga, że na skutek ataku Sami-Wiecie-Kogo Potter doznał trwałego uszkodzenia mózgu, a jego uskarżanie się na bóle głowy świadczy o jakimś głębokim urazie fizycznym lub psychicznym.

„Może nawet udawać", mówi jeden z ekspertów. „To może być wyraz skrytego pragnienia zwrócenia na siebie uwagi".

„Prorok Codzienny" dotarł jednak do niepokojących faktów, które Albus Dumbledore, dyrektor Hogwartu, stara się ukryć przed opinią publiczną czarodziejskiego świata.

„Potter zna język węży", twierdzi Draco Malfoy, uczeń czwartej klasy Hogwartu. „Parę lat temu doszło do wielu napaści na uczniów, a według powszechnej opinii stał za tym właśnie Potter, który na oczach całej szkoły stracił nad sobą panowanie w klubie pojedynków i wypuścił na swojego kolegę węża. Cała sprawa została jednak wyciszona przez dyrekcję szkoły. Wiadomo

*też, że Potter przyjaźni się z wilkołakami i ol-
brzymami. Uważamy, że jest zdolny do wszystkiego, byle tylko zdobyć trochę władzy nad innymi".*

*Znajomość mowy węży uważana jest od
dawna za sztukę czarnomagiczną. Za jednego
z najsłynniejszych znawców tej mowy w naszych
czasach uchodził Sami-Wiecie-Kto. Pewien czło-
nek Ligi Obrony Przed Czarną Magią, pragnący
zachować anonimowość, uważa, że według niego
każdy czarodziej znający język węży „powinien
zostać objęty śledztwem ze strony odpowiednich
służb. Każdy, kto potrafi porozumiewać się z wężami, wzbudziłby we mnie głębokie podejrzenia,
jako że węże używane są w najgorszych rodzajach
czarnej magii, a historycznie zawsze były związane z czarnoksiężnikami i innymi złoczyńcami".
Podobnie też „każdy, kto szuka towarzystwa takich niebezpiecznych stworzeń, jak wilkołaki czy
olbrzymy, z całą pewnością będzie przejawiał
skłonność do przemocy".*

*Nie ulega wątpliwości, że Albus Dumbledore
powinien dobrze się zastanowić, czy ten chłopiec
powinien być dopuszczony do udziału w Turnieju
Trójmagicznym. Niektórzy obawiają się, że Potter może wykorzystać swoją znajomość czarnej
magii, aby zwyciężyć w tym turnieju, którego
trzecie zadanie zostanie rozegrane dziś wieczorem.*

— Trochę mi dosunęła, co? — rzucił Harry lekcewa-
żącym tonem, składając gazetę.

Przy stole Ślizgonów Malfoy, Crabbe i Goyle naśmiewali się, pukając się w czoło, robiąc idiotyczne miny, wystawiając języki i poruszając nimi szybko jak węże.

— Skąd ona się dowiedziała o tym, że na wróżbiarstwie rozbolała cię blizna? — zapytał Ron. — Przecież nie było jej tam, nie mogła cię usłyszeć...

— Okno było otwarte — zauważył Harry. — Uchyliłem je, żeby móc oddychać.

— Byłeś na samym szczycie Wieży Północnej! — powiedziała Hermiona. — Przecież nie wrzeszczałeś tak, żeby cię stamtąd słyszano aż na błoniach!

— W końcu to ty się znasz na magicznych pluskwach! — żachnął się Harry. — Ty mi powiedz, jak ona to zrobiła!

— Staram się! Ale... ale...

Nagle zrobiła dziwną, jakby rozmarzoną minę. Powoli podniosła rękę i przeczesała sobie palcami włosy.

— Nic ci nie jest? — zapytał Ron, przyglądając się jej ze zmarszczonym czołem.

— Nie — odpowiedziała, nadal zamyślona, i znowu przebiegła palcami po włosach, a potem przyłożyła stuloną dłoń do warg, jakby mówiła przez niewidzialną krótkofalówkę. Harry i Ron spojrzeli po sobie.

— Coś mi wpadło... do głowy... — powiedziała Hermiona, patrząc w przestrzeń. — Chyba już wiem... Wtedy nikt by tego nie zobaczył... nawet Moody... mogłaby wleźć na gzyms okienny... ale dostała zakaz... pod żadnym pozorem nie wolno jej... Chyba ją mam! Dajcie mi tylko ze dwie sekundy w bibliotece, muszę się upewnić!

Po czym chwyciła torbę i wyleciała z Wielkiej Sali.

— Ej! — zawołał za nią Ron. — Za dziesięć minut mamy historię magii! — Zwrócił się do Harry'ego: — Kurczę, ona musi naprawdę nienawidzić tej Skeeter! Może się spóźnić na początek egzaminu! A ty co zamierzasz robić, siądziesz z tyłu i będziesz czytał?

Jako reprezentant szkoły w Turnieju Trójmagicznym, Harry był zwolniony z egzaminów semestralnych, więc do tej pory siedział w końcu klasy i wertował kolejną książkę w poszukiwaniu nowych zaklęć, które mogłyby mu się przydać w trzecim zadaniu.

— Chyba tak — odpowiedział Harry, ale właśnie w tym momencie podeszła ku niemu profesor McGonagall.

— Potter, po śniadaniu wszyscy reprezentanci zbierają się w bocznej komnacie — oznajmiła.

— Ale przecież zadanie czeka nas dopiero wieczorem! — zawołał Harry, nie trafiając łyżką do ust i brudząc sobie szatę jajecznicą, przerażony, że źle zapamiętał godzinę rozpoczęcia trzeciego zadania.

— Jestem tego świadoma — powiedziała chłodno profesor McGonagall. — Jak wiesz, zaproszono rodziny reprezentantów, żeby mogły obserwować wasze zmagania. Po śniadaniu możecie się z nimi przywitać.

I odeszła, a Harry gapił się na nią, kompletnie oszołomiony.

— Chyba się nie spodziewa, że przyjadą tu Dursleyowie, co? — zapytał w końcu Rona.

— A skąd mam wiedzieć? Harry, muszę lecieć, bo spóźnię się na egzamin u Binnsa. Zobaczymy się później.

Harry skończył śniadanie w opustoszałej sali. Zobaczył, jak Fleur Delacour podnosi się od stołu Krukonów i razem z Cedrikiem zmierza ku bocznej komnacie. Wkrótce potem powlókł się w tamtą stronę Krum, kołysząc się jak kaczka. Harry nie ruszał się z miejsca. Nie zamierzał iść za nimi. Nie miał rodziny — a w każdym razie takiej, która przybyłaby do Hogwartu, by przyglądać się, jak ryzykuje życie.

Kiedy jednak w końcu wstał, zamierzając pójść do biblioteki i powtórzyć sobie trochę zaklęć, drzwi bocznej komnaty otworzyły się i Cedrik wysunął przez nie głowę.

— Harry, chodź szybko, czekają na ciebie!

Harry'ego zatkało. Kto na niego czeka? Przecież Dursleyowie chyba się tu nie pojawili! Przeszedł przez Wielką Salę i otworzył drzwi bocznej komnaty.

Cedrik i jego rodzice stali tuż przy drzwiach. Wiktor Krum stał w kącie, rozmawiając szybko po bułgarsku z ciemnowłosą kobietą, jego matką, i smagłym mężczyzną, jego ojcem. Ten haczykowaty nos odziedziczył po nim. Po drugiej stronie komnaty Fleur szczebiotała po francusku ze swoją matką. Jej młodsza siostra, Gabrielle, trzymała matkę za rękę. Pomachała Harry'emu, a on pomachał do niej. A potem dostrzegł panią Weasley i Billa, stojących przed kominkiem i uśmiechających się do niego szeroko.

— Niespodzianka! — zawołała rozpromieniona pani Weasley, kiedy i on uśmiechnął się na ich widok i szybko do nich podszedł. — Pomyślałam sobie, że przyjedziemy i popatrzymy na ciebie, Harry!

Pochyliła się i ucałowała go w policzek.

— No jak, dobrze się czujesz? — zapytał Bill, szczerząc do Harry'ego zęby i ściskając mu rękę. — Charlie też chciał przyjechać, ale nie dali mu wolnego. Mówił, że byłeś niesamowity w potyczce z tym rogogonem.

Harry zauważył, że Fleur Delacour zerka na Billa z ciekawością ponad ramieniem matki. Mógłby się założyć, że nie ma nic przeciwko jego długim włosom i kolczykom z kłów.

— To naprawdę wspaniała niespodzianka — mruknął Harry do pani Weasley. — Przez chwilę pomyślałem... że Dursleyowie...

— Hmmm... — mruknęła pani Weasley i ściągnęła wargi.

Zawsze powstrzymywała się od krytykowania Dursleyów w obecności Harry'ego, ale oczy jej błyskały groźnie za każdym razem, gdy o nich wspomniano.

— Ach, jak dobrze znowu się tutaj znaleźć — rzekł Bill, rozglądając się po komnacie (Violet, przyjaciółka Grubej Damy, mrugnęła do niego ze swoich ram). — Nie byłem tu od pięciu lat. Jest tu jeszcze gdzieś portret szalonego rycerza? Sir Cadogana?

— Och, tak — odpowiedział Harry, który poznał Sir Cadogana w ubiegłym roku.

— A Gruba Dama?

— Była tutaj za moich czasów — powiedziała pani Weasley. — Pamiętam, jak mnie zwymyślała, kiedy raz wróciłam do dormitorium o czwartej nad ranem...

— Mamo, a co ty robiłaś poza sypialnią o czwartej nad ranem? — zapytał Bill, patrząc z rozbawieniem na matkę.

Pani Weasley uśmiechnęła się, a oczy jej rozbłysły.

— Byłam z twoim ojcem na nocnej przechadzce. Przyłapał go Apollion Pringle, który był wówczas woźnym... Twój ojciec do dziś ma ślady.

— Harry, może byśmy się trochę przeszli? — zaproponował Bill.

— Chętnie — odpowiedział Harry i ruszyli ku drzwiom do Wielkiej Sali.

Kiedy mijali Amosa Digorry'ego, spojrzał na nich.

— Ach, to ty! — rzekł, mierząc Harry'ego od stóp do głów. — Założę się, że nie czujesz się już tak pewnie, teraz, kiedy Cedrik zrównał się z tobą punktami, co?

— Proszę? — zapytał Harry.

— Nie przejmuj się — powiedział cicho Cedrik, patrząc na ojca z niechęcią. — Wścieka się od czasu tego artykułu Rity Skeeter o Turnieju Trójmagicznym... No wiesz, z którego wynikało, że jesteś jedynym reprezentantem Hogwartu.

— Ale jakoś nie zadbał, by to sprostować, prawda? — rzekł Amos Diggory na tyle głośno, by usłyszał to Harry, który ruszył właśnie z panią Weasley i Billem w stronę drzwi. — No, ale teraz mu pokażesz, Ced. Już raz dałeś mu w kość, prawda?

— Rita Skeeter zrobi wszystko, żeby tylko wywołać jakiś skandal, Amosie! — powiedziała pani Weasley ze złością. — A ty, pracując w ministerstwie, powinieneś chyba o tym wiedzieć!

Pan Diggory sprawiał wrażenie, jakby chciał powiedzieć coś nieprzyjemnego, ale jego żona położyła mu rękę na ramieniu, więc tylko wzruszył ramionami i odwrócił się.

Harry odbył z Billem i panią Weasley bardzo miły spacer po zalanych słońcem błoniach, pokazując im powóz z Beauxbatons i statek z Durmstrangu. Panią Weasley bardzo zaintrygowała wierzba bijąca, posadzona już po jej odejściu ze szkoły, i opowiadała im dość długo o poprzednim gajowym, który miał na imię Ogg.

— Jak się miewa Percy? — zapytał Harry, kiedy szli wokół cieplarni.

— Nie najlepiej — odrzekł Bill.

— Jest bardzo przygnębiony — powiedziała pani Weasley, zniżając głos i rozglądając się wokoło. — Ministerstwo pragnie wyciszyć sprawę zaginięcia pana Croucha, ale Percy'ego wciąż ciągają na przesłuchania w sprawie instrukcji, które przysyła mu pan Crouch. Uważają, że mogły nie być napisane jego ręką. Percy nie ma łatwego życia. Nie zgodzili się, żeby zastąpił dzisiaj wieczorem pana Croucha jako piąty sędzia. Zastąpi go Korneliusz Knot.

Wrócili do zamku na obiad.

— Mama... Bill! — zawołał Ron, kompletnie zaskoczony, kiedy pojawił się przy stole Gryffindoru. — Co wy tu robicie!

— Przyjechaliśmy, żeby kibicować Harry'emu podczas trzeciego zadania! — odpowiedziała dziarsko pani Weasley. — I muszę przyznać, że to cudowna odmiana, nie musieć gotować. Jak tam twój egzamin?

— W porządku. Nie mogłem sobie przypomnieć wszystkich imion tych goblińskich rebeliantów, więc kilka wymyśliłem — odrzekł Ron, nakładając sobie kornwalijskiego pasztetu, ale pani Weasley spojrzała na niego surowo. — Oni wszyscy mają takie podobne imiona... na przykład Bodrod Brodaty albo Urg Utytłany, więc nie było trudno.

Wkrótce nadeszli Fred, George i Ginny, i Harry poczuł się tak dobrze, jakby znowu był w Norze. Zupełnie zapomniał o wieczornym zadaniu i dopiero gdy w połowie obiadu pojawiła się Hermiona, przypomniało mu się, że zafundowała sobie burzę mózgu w związku z nowym wyczynem Rity Skeeter.

— I co?

Hermiona potrząsnęła głową ostrzegawczo i zerknęła na panią Weasley.

— Dzień dobry, Hermiono — powiedziała pani Weasley o wiele bardziej sucho niż zwykle.

— Dzień dobry — odpowiedziała Hermiona, ale jej uśmiech zbladł na widok chłodnej miny pani Weasley.

Harry spojrzał najpierw na nią, potem na panią Weasley, po czym powiedział:

— Pani Weasley, pani chyba nie uwierzyła w te bzdury,

które powypisywała Rita Skeeter w „Czarownicy", prawda? Bo Hermiona naprawdę nie jest moją dziewczyną.

— Och! Nie... oczywiście, że nie uwierzyłam!

Ale od tego momentu zaczęła się odnosić do Hermiony o wiele cieplej.

Po obiedzie Harry, Bill i pani Weasley poszli na długi spacer po zamku i wrócili do Wielkiej Sali na wieczorną ucztę. Przy stole nauczycielskim pojawili się Ludo Bagman i Korneliusz Knot. Bagman był wyraźnie w dobrym humorze, natomiast Korneliusz Knot, który usiadł koło madame Maxime, miał zasępioną twarz i prawie się nie odzywał. Madame Maxime skupiła uwagę na swoim talerzu. Harry'emu wydawało się, że ma zaczerwienione oczy. Hagrid co jakiś czas zerkał na nią z końca stołu.

Podano więcej dań niż zwykle, ale Harry, który zaczął już się poważnie denerwować, nie miał apetytu. Kiedy błękit zaczarowanego sklepienia zaczął się zamieniać w głęboki fiolet, powstał Dumbledore i w sali zapadła cisza.

— Panie i panowie, za pięć minut poproszę was, abyście udali się na stadion quidditcha, gdzie nasi reprezentanci staną przed trzecim i ostatnim zadaniem Turnieju Trójmagicznego. A już teraz proszę reprezentantów, by poszli na stadion za panem Bagmanem.

Harry wstał. Gryfoni pożegnali go burzą oklasków, Weasleyowie i Hermiona życzyli mu powodzenia, po czym razem z Cedrikiem, Fleur i Krumem ruszył do wyjścia.

— Dobrze się czujesz, Harry? — zagadnął go Bagman, gdy schodzili po kamiennych stopniach na błonia. — Pewny siebie?

— Czuję się świetnie — odpowiedział Harry.

Było to poniekąd prawdą: nerwy miał napięte, ale kiedy

szli przez błonia, powtarzał sobie w myślach wszystkie zaklęcia, które wyćwiczył, a świadomość, że pamięta je tak dobrze, dodawała mu otuchy.

Weszli na boisko, które teraz trudno było poznać. Wokół jego krawędzi biegł wysoki na dwadzieścia stóp żywopłot. W samym środku, naprzeciw nich, była przerwa: ciemne i raczej ponure wejście do rozległego labiryntu.

Pięć minut później trybuny zaczęły się zapełniać. Słychać było gwar podnieconych głosów i dudnienie stóp setek uczniów zajmujących miejsca. Niebo było teraz ciemnoniebieskie, pojawiły się pierwsze gwiazdy. Hagrid, profesor Moody, profesor McGonagall i profesor Flitwick wkroczyli na boisko i zbliżyli się do Bagmana i reprezentantów. Na kapeluszach mieli wielkie, czerwone, świecące gwiazdy — prócz Hagrida, który miał swoją z tyłu kamizeli z krecich futerek.

— Będziemy krążyć wokół labiryntu — oznajmiła zawodnikom profesor McGonagall. — Jeśli wpadniecie w tarapaty i będziecie chcieli się ewakuować, wystrzelcie w górę czerwone iskry, a ktoś z nas wyciągnie was z labiryntu. Zrozumieliście?

Reprezentanci pokiwali głowami.

— A więc na stanowiska! — zawołał dziarsko Bagman do czworga zawodników.

— Powodzenia, Harry — szepnął Hagrid i cała czwórka rozeszła się w różne strony, by zająć stanowiska wokół labiryntu. Teraz Bagman skierował koniec różdżki na swoje gardło, mruknął: „*Sonorus*" i jego magicznie zwielokrotniony głos potoczył się echem po trybunach.

— Panie i panowie, za chwilę rozpocznie się trzecie i ostatnie zadanie Turnieju Trójmagicznego! Pozwólcie mi przypomnieć, jak wygląda aktualna punktacja. Pan Cedrik Diggory i pan Harry Potter, obaj ze Szkoły Hogwart, prowadzą łeb w łeb, mając równo po osiemdziesiąt pięć punktów! — Okrzyki i oklaski wypłoszyły z Zakazanego Lasu ptaki, które wzleciały w ciemniejące już niebo. — Drugie miejsce, z osiemdziesięcioma punktami, zajmuje pan Wiktor Krum, reprezentant Instytutu Durmstrang! — Znowu oklaski. — I wreszcie na trzecim miejscu jest panna Fleur Delacour z Akademii Beauxbatons!

Harry wypatrzył panią Weasley, Billa, Rona i Hermionę oklaskujących uprzejmie Fleur gdzieś w połowie wysokości trybun. Pomachał do nich, a oni pomachali do niego.

— A więc, na mój gwizdek... Harry i Cedrik! — zagrzmiał głos Bagmana. — Trzy... dwa... jeden...

Rozległ się krótki gwizdek i Harry i Cedrik wbiegli do labiryntu.

Wysoki żywopłot rzucał czarne cienie na ścieżkę. Trudno powiedzieć, czy dlatego, że żywopłot był tak wysoki i gęsty, czy też dlatego, że był zaczarowany, ale gdy tylko weszli do labiryntu, wszystko ucichło. Harry poczuł się prawie tak, jakby znowu znalazł się pod wodą. Wyciągnął różdżkę i mruknął: „*Lumos*", a za nim to samo zrobił Cedrik.

Po przejściu około pięćdziesięciu jardów dotarli do rozwidlenia. Popatrzyli na siebie.

— No to do zobaczenia — rzekł Harry i ruszył w lewo, podczas gdy Cedrik zniknął w prawym korytarzu.

Gwizdek Bagmana rozległ się po raz drugi. To Krum wszedł do labiryntu. Harry przyspieszył. Wybrana przez niego ścieżka była zupełnie pusta. Skręcił w prawo, trzymając różdżkę wysoko ponad głową. Niczego jednak nie dostrzegł.

W oddali zabrzmiał trzeci gwizdek. Teraz już wszyscy zawodnicy znajdowali się w labiryncie.

Harry co jakiś czas zerkał za siebie. Wydawało mu się,

że ktoś go śledzi. Niebo pociemniało do granatu, a w labiryncie robiło się coraz mroczniej. Dotarł do drugiego rozwidlenia.

— *Wskaż mi* — szepnął do różdżki, trzymając ją płasko na dłoni.

Różdżka dokonała pełnego obrotu i wskazała na prawo, na gęsty żywopłot. A więc tam jest północ, a wiedział, że aby dostać się do samego środka labiryntu, musi się kierować na północny zachód. Wybrał więc lewe rozgałęzienie, z zamiarem skręcenia w prawo, gdy tylko będzie to możliwe.

Ta ścieżka również była pusta, a kiedy wreszcie skręcił w prawo, znowu nie napotkał żadnej przeszkody. Nie bardzo wiedział dlaczego, ale ten całkowity brak przeszkód trochę go niepokoił. Czyż nie powinien już czegoś napotkać? Zaczęło go nękać podejrzenie, że labirynt wciąga go w fałszywe poczucie bezpieczeństwa. A potem tuż za sobą usłyszał jakiś ruch. Wyciągnął przed siebie różdżkę, gotów zaatakować, ale jej promień padł na Cedrika, który wybiegł ze ścieżki na prawo od niego. Wyglądał na głęboko wstrząśniętego i palił mu się rękaw.

— Tylnowybuchowe sklątki Hagrida! — syknął. — Są ogromne... ledwo im uciekłem!

Potrząsnął głową i zniknął w innej alejce. Harry, pragnąc za wszelką cenę oddalić się od sklątek, ruszył żwawo naprzód. Minął zakręt, a tam...

Wprost na niego sunął dementor. Wysoki na dwanaście stóp, z zakapturzoną twarzą, z wyciągniętymi przed siebie gnijącymi, łuskowatymi rękami zbliżał się ku niemu jak ślepiec. Harry usłyszał jego świszczący oddech, poczuł, że ogarnia go lepki chłód, lecz już wiedział, co zrobić...

Skupił się na najszczęśliwszej myśli, jaka mu przyszła do głowy: na wydostaniu się z labiryntu i świętowaniu zwycięstwa z Ronem i Hermioną. A potem podniósł różdżkę i zawołał:

— *Expecto patronum!*

Srebrny jeleń wystrzelił z końca różdżki i pogalopował ku dementorowi, który cofnął się gwałtownie i potknął o skraj szaty... Harry jeszcze nigdy nie widział dementora, który się potknął.

— Poczekaj! — krzyknął, zbliżając się do niego śladem swojego srebrnego patronusa. — Jesteś boginem! *Riddikulus!*

Coś głośno trzasnęło i bogin eksplodował, zamieniając się w strzęp dymu. Srebrny jeleń zniknął z pola widzenia. Harry bardzo by chciał go zatrzymać, żeby mieć towarzysza, ale ruszył naprzód, starając się iść tak szybko i cicho, jak było to możliwe, bacznie nasłuchując i przyświecając sobie różdżką.

W lewo, w prawo, znowu w lewo... Już dwukrotnie znalazł się w ślepym zaułku. Ponownie rzucił zaklęcie czterech stron świata i stwierdził, że zmierza za bardzo na wschód. Zawrócił, skręcił w prawo i zobaczył przed sobą jakąś dziwną złotą mgiełkę.

Zbliżył się do niej ostrożnie, kierując na nią promień światła z różdżki. To wyglądało na jakiś rodzaj czaru. A może by spróbować usunąć to z drogi?

— *Reducio!* — powiedział.

Zaklęcie przeszyło mgiełkę, ale wisiała nadal. No tak, powinien to przewidzieć, przecież zaklęcie redukujące działa tylko na ciała stałe. A może po prostu spróbować w nią wejść? Zaryzykować, czy zawrócić?

Wciąż się wahał gdy nagle ciszę rozdarł czyjś krzyk.

— Fleur? — ryknął Harry.

Cisza. Rozejrzał się. Co jej się stało? Krzyk dobiegł chyba

gdzieś z przodu. Wziął głęboki wdech i wkroczył w zaczarowaną mgiełkę.

Świat przekręcił się do góry nogami. Harry zwisał z ziemi, włosy mu opadły, okulary dyndały, a pod nim ciemniała bezdenna, upstrzona gwiazdami otchłań nieba. Przycisnął okulary w obawie, że za chwilę spadną w niebo, i znieruchomiał przerażony, nie wiedząc, co zrobić. Wisiał, jakby był przyklejony do trawy, która teraz stała się sklepieniem labiryntu. Zamarł ze strachu, przekonany, że gdyby tylko spróbował ruszyć nogą, odpadłby od ziemi i runął w ciemną otchłań nieba.

Myśl, powiedział sobie, a krew nabiegła mu do głowy. *Myśl...*

Ale nie znał zaklęcia na nagłe odwrócenie się świata do góry nogami. Czy ośmieli się oderwać stopę od ziemi? Miał tylko dwa wyjścia — spróbować ruszyć się z miejsca, albo wystrzelić czerwone iskry i wycofać się z trzeciego zadania.

Zamknął oczy, żeby nie widzieć bezdennej otchłani pod sobą, i z najwyższym trudem oderwał prawą stopę od trawiastego sklepienia.

Nagle świat odwrócił się ponownie. Harry upadł na kolana na cudownie stały grunt. Jeszcze przez chwilę czuł porażającą słabość we wszystkich członkach, a potem wziął głęboki, uspokajający oddech, wstał i ruszył naprzód, oglądając się przez ramię. Złota mgiełka zamigotała ku niemu niewinnie w blasku księżyca.

Zatrzymał się na skrzyżowaniu dwóch ścieżek i rozejrzał za jakimś śladem po Fleur. Był pewny, że to ona krzyknęła. Co takiego mogła napotkać? Czy nic się jej nie stało? Nie zobaczył czerwonych iskier — czy to oznacza, że jakoś sobie poradziła, czy może wpadła w takie tarapaty, że nie mogła już posłużyć się różdżką? W końcu wybrał prawą ścieżkę, czując narastający niepokój, ale jednocześnie nie mógł się powstrzymać od myśli: *jednego rywala mniej...*

Puchar musi już być gdzieś blisko, wygląda na to, że Fleur odpadła. Doszedł aż tak daleko... Może naprawdę uda mu się zwyciężyć? Po raz pierwszy od chwili, gdy zupełnie niespodziewanie został czwartym reprezentantem, ujrzał w wyobraźni samego siebie trzymającego wysoko nad głową Puchar Turnieju Trójmagicznego — na oczach całej szkoły...

Przez następne dziesięć minut nic się nie wydarzyło, prócz tego, że kilka razy zabrnął w ślepy zaułek. Dwukrotnie wszedł w tę samą złą ścieżkę. W końcu znalazł nową alejkę i zaczął biec, wymachując różdżką, a jego cień podskakiwał i wydłużał się na ścianie żywopłotu. A potem minął zakręt i znalazł się oko w oko ze sklątką.

Cedrik miał rację — była ogromna. Miała z dziesięć stóp i przypominała gigantycznego skorpiona. Długie żądło chwiało się ponad grzbietem, gruby pancerz połyskiwał w świetle różdżki.

— *Drętwota!*

Zaklęcie ugodziło w pancerz sklątki i odbiło się od niego, Harry uchylił się w ostatniej chwili, ale poczuł swąd spalonych włosów: zaklęcie musnęło mu czubek głowy. Z końca sklątki wystrzelił pióropusz ognia. Potwór skoczył ku niemu.

— *Impedimento!* — ryknął Harry.

I tym razem zaklęcie ugodziło w pancerz sklątki i odbiło się od niego. Harry cofnął się gwałtownie i upadł.

— *IMPEDIMENTO!*

Sklątka znieruchomiała o kilka cali od niego — udało mu się trafić ją w nie osłonięte pancerzem mięsiste podbrzusze. Dysząc ciężko, odczołgał się od niej, zerwał na nogi i pobiegł w przeciwną stronę. Zaklęcie spowalniające działało tylko przez pewien czas i sklątka mogła w każdej chwili odzyskać zdolność ruchu.

Skręcił w lewo i stanął w ślepym zaułku, zawrócił, skręcił w prawo i znowu natrafił na żywopłot. Zatrzymał się, serce biło mu jak młotem, użył ponownie zaklęcia czterech stron świata, wrócił do rozwidlenia i wybrał ścieżkę na północny zachód.

Biegł tą nową ścieżką przez kilka minut, gdy obok siebie usłyszał czyjeś kroki. Ktoś najwyraźniej biegł alejką równoległą do jego ścieżki. Zatrzymał się i zamarł bez ruchu.

— Co ty robisz? — usłyszał krzyk Cedrika. — Co ty, do diabła, robisz?

A potem głos Kruma:

— *Crucio!*

Powietrze wypełniły wrzaski Cedrika. Harry, przerażony, zaczął gorączkowo szukać jakiegoś przejścia do ścieżki Cedrika. Nie znalazł go jednak, więc ponownie spróbował zaklęcia redukcyjnego. Nie podziałało zbyt skutecznie, ale wypaliło w żywopłocie niewielką dziurę, którą powiększył, łamiąc nogą grube gałęzie, aż udało mu się przebić na drugą stronę. Przecisnął się przez otwór, rozdzierając sobie szatę, i spojrzał w prawo. Zobaczył Cedrika, wijącego się i dygocącego na ziemi. Nad nim stał Krum.

Harry podźwignął się na nogi i wycelował różdżkę w Kruma. Ten spojrzał w jego stronę, odwrócił się i zaczął uciekać.

— *Drętwota!* — ryknął Harry.

Zaklęcie ugodziło Kruma w plecy. Zatrzymał się w pół kroku i upadł na twarz. Harry podbiegł do Cedrika, który przestał się wić i leżał, dysząc ciężko i zakrywając sobie twarz rękami.

— Nic ci nie jest? — zapytał szorstko Harry, chwytając go za ramię.

— Nie — wydyszał Cedrik. — Nie mogę w to uwierzyć... Podkradł się do mnie z tyłu... Kiedy się odwróciłem, już celował we mnie różdżką...

Wstał. Wciąż cały się trząsł. Obaj spojrzeli na leżącego nieruchomo Kruma.

— Mnie też trudno w to uwierzyć... — powiedział Harry. — Myślałem, że jest w porządku...

— Ja też — mruknął Cedrik.

— Słyszałeś wcześniej krzyk Fleur?

— Tak... Ale chyba nie myślisz, że Krum ją też dopadł?

— Nie wiem — odpowiedział powoli Harry.

— Zostawimy go tutaj?

— Nie. Uważam, że powinniśmy wystrzelić czerwone iskry, żeby ktoś go zabrał, bo inaczej może go pożreć jakaś sklątka.

— Zasłużył na to — mruknął Cedrik, ale podniósł różdżkę i wystrzelił w powietrze snop czerwonych iskier, które zawisły wysoko nad Krumem, znacząc miejsce, w którym leżał.

Przez chwilę stali obaj w ciemności, rozglądając się wokoło. Potem Cedrik powiedział:

— Chyba powinniśmy iść dalej...

— Co?... Och... tak... słusznie...

Był to dziwny moment. On i Cedrik na krótko sprzymierzyli się przeciw Krumowi, a teraz uświadomili sobie ponownie, że są przeciwnikami. Ruszyli w milczeniu ciemną ścieżką, a potem Harry skręcił w lewo, a Cedrik w prawo. Wkrótce odgłos kroków Cedrika ucichł w oddali.

Harry szedł, używając od czasu do czasu zaklęcia czterech stron świata, aby się upewnić, czy zmierza we właściwym kierunku. Bardzo paliło go pragnienie zdobycia pucharu, ale aż trudno mu było uwierzyć w to, co zrobił Krum. Użycie jednego z Zaklęć Niewybaczalnych wobec innej istoty ludzkiej oznaczało spędzenie reszty życia w Azkabanie, tak im powiedział Moody. Czy to możliwe, by Krum aż tak bardzo pragnął zwycięstwa?

Przyspieszył.

Coraz częściej natrafiał na ślepe zaułki, ale gęstniejąca ciemność upewniała go, że zbliża się coraz bardziej do samego środka labiryntu. A potem, u wylotu długiej, prostej ścieżki zobaczył jakiś ruch, a promień bijący z końca jego różdżki padł na niezwykłe stworzenie, które dotąd widział tylko na obrazkach w *Potwornej księdze potworów*.

Był to sfinks. Miał tułów lwa, wielkie łapy z pazurami i długi żółtawy ogon zakończony brązowym pędzlem, lecz głowę kobiety. Kobieca głowa zwróciła na Harry'ego swoje wydłużone, migdałowe oczy. Uniósł różdżkę i zawahał się. Sfinks nie prężył się do skoku, tylko krążył od jednej ściany alejki do drugiej, zagradzając mu drogę.

A po chwili przemówił głębokim, ochrypłym głosem:

— Jesteś bardzo blisko celu. Najkrótsza droga wiedzie obok mnie.

— Więc... więc może mnie przepuścisz? — powiedział Harry, przeczuwając, jaka będzie odpowiedź.

— Nie — odrzekł sfinks, nadal krążąc po ścieżce. — Nie przepuszczę cię, jeśli nie odgadniesz mojej zagadki. Jeśli zgadniesz za pierwszym razem, przepuszczę cię. Jeśli się pomylisz, rzucę się na ciebie. Jeśli będziesz milczał, pozwolę ci odejść, ale tylko tam, skąd przyszedłeś.

Żołądek Harry'ego zrobił się bardzo ciężki. To Hermiona była dobra w takich łamigłówkach, nie on. Szybko ocenił swoje szanse. Jeśli zagadka będzie zbyt trudna, będzie milczał, odejdzie bez szwanku i spróbuje znaleźć inną drogę do środka labiryntu.

— Dobra — powiedział. — Mógłbym usłyszeć tę zagadkę?

Sfinks przysiadł na tylnych łapach pośrodku alejki i wyrecytował:

> *Najpierw pomyśl o kimś, kto żegna się czule,*
> *Potem się zastanów, czego ci brakuje,*
> *Gdy mówisz o chłopcu, że kogoś całuje.*
> *Wreszcie dodaj do tego sam końca początek,*
> *Albo koniec początku. Już złapałeś wątek.*
>
> *Bo gdy to połączysz — już spokojna głowa,*
> *Wyjdzie ci stworzenie, chociaż nie osoba,*
> *Którego byś nigdy nie chciał pocałować.*

Harry wytrzeszczył oczy i szczęka mu opadła.

— Czy mógłbym... ee... wysłuchać tego jeszcze raz... może trochę wolniej?

Sfinks mrugnął do niego, uśmiechnął się i powtórzył wierszyk.

— A więc rozwiązaniem zagadki jest nazwa stworzenia, którego bym nie chciał pocałować? — zapytał Harry.

Sfinks tylko się uśmiechnął tajemniczo. Harry uznał to za odpowiedź twierdzącą i zaczął się gorączkowo zastanawiać. Było mnóstwo stworzeń, których nie chciałby pocałować. Natychmiast przyszła mu na myśl sklątka tylnowybuchowa, ale coś mu mówiło, że nie jest to właściwa odpowiedź. Trzeba jednak skorzystać ze wskazówek.

— Mam pomyśleć o kimś... — mruknął, patrząc na sfinksa — kto żegna się czule... to będzie... przyjaciel.

Nie, nie, to nie jest moja odpowiedź! Jak się ktoś czule żegna... to mówi „Pa!" Jeszcze do tego wrócę... Możesz mi powtórzyć następną wskazówkę?

Sfinks powtórzył następne linijki wierszyka.

— Jak mówię o chłopcu, który kogoś całuje... — powtórzył Harry, czując, że wpada w popłoch. — D-dlaczego akurat chłopiec? Ee... nie mam p-pojęcia... to chyba z-zakochany... Nie, p-przepraszam, t-trochę się ją... jąkam... Mam! Chłopiec JĄ całuje! Początek końca... Czy mógłbym jeszcze raz usłyszeć te linijki o końcu i początku?

Sfinks powtórzył dwie środkowe linijki.

— Koniec początku... — powtórzył Harry — początek końca... to już chyba naprawdę koniec...

Sfinks uśmiechnął się do niego.

— PA... i JĄ... — teraz Harry sam zaczął chodzić od jednej do drugiej ściany alejki — pa... stworzenie, które całuje chłopiec... nie, on JĄ całuje, a ja bym go nie pocałował... PAJĄK!

Sfinks uśmiechnął się jeszcze szerzej, powstał, przeciągnął się i usunął na bok, robiąc mu przejście.

— Dzięki! — powiedział Harry i ruszył szybko naprzód, zdumiony własną bystrością.

Teraz musi już być blisko, na pewno... Różdżka powiedziała mu, że idzie w dobrym kierunku... jeśli tylko nie napotka czegoś okropnego, ma szansę...

Doszedł do nowego rozwidlenia ścieżek.

— *Wskaż mi!* — szepnął ponownie do różdżki, a ta wykonała obrót i wskazała na prawą ścieżkę.

Zagłębił się w nią i po chwili ujrzał światło.

Ze sto jardów przed nim połyskiwał na cokole Puchar Turnieju Trójmagicznego. Harry puścił się biegiem, gdy nagle zobaczył przed sobą jakąś ciemną postać.

To Cedrik zmierzał prosto ku pucharowi. Pędził, ile sił w nogach i Harry zrozumiał, że nigdy go nie dogoni; Cedrik jest wyższy i ma dłuższe nogi...

Nagle zobaczył coś wielkiego nad żywopłotem z lewej strony, coś, co poruszało się szybko wzdłuż ścieżki przecinającej prostopadle tę, którą biegli, coś, co posuwało się tak szybko, że za chwilę Cedrik na to wpadnie... a Cedrik utkwił oczy w pucharze i na pewno tego nie widzi...

— Cedrik! — ryknął Harry. — Na lewo!

Cedrik spojrzał w bok i przyspieszył rozpaczliwie, w ostatniej chwili unikając zderzenia z tym czymś, ale potknął się i upadł. Różdżka wypadła mu z ręki, a tuż przy nim pojawił się olbrzymi pająk.

— *Drętwota!* — ryknął Harry.

Zaklęcie trafiło w olbrzymi, włochaty, czarny tułów pająka, ale równie dobrze mógł go trafić kamieniem: pająk podskoczył, obrócił się i ruszył na Harry'ego.

— *Drętwota! Impedimento! Drętwota!*

Nic to nie dało — pająk był tak wielki, albo posiadał tak silną magiczną moc, że zaklęcia tylko go rozwścieczyły. Harry zdążył zobaczyć osiem błyszczących, czarnych ślepi, ostre jak brzytwy szczypce... i...

Pająk chwycił go przednimi nogami i uniósł w górę. Harry zawisł w powietrzu, wierzgając rozpaczliwie, żeby się uwolnić; jedną nogą trafił między potworne szczypce i nagle poczuł porażający ból — usłyszał Cedrika wrzeszczącego „*Drętwota!*", ale i jego zaklęcie nie robiło na potworze żadnego wrażenia — pająk ponownie rozwarł szczypce — Harry zdołał unieść różdżkę, krzycząc: „*Expelliarmus!*"

Podziałało. Zaklęcie rozbrajające spowodowało, że pająk go puścił, i Harry spadł z wysokości dwunastu stóp na swoją już poranioną nogę, która ugięła się pod nim. Bez zastanowienia wycelował różdżkę w podbrzusze pająka, tak jak to zrobił, walcząc ze sklątką, i wrzasnął: „*Drętwota!*" w tej samej chwili, gdy zrobił to Cedrik.

Dwa połączone zaklęcia dokonały tego, czego nie mogło dokonać jedno — pająk wywrócił się brzuchem do góry, miażdżąc cielskiem pobliski żywopłot i zasypując ścieżkę plątaniną włochatych odnóży.

— Harry! — usłyszał krzyk Cedrika. — Nic ci nie jest? Nie przygniótł cię?

— Nie — wydyszał Harry.

Spojrzał na nogę. Mocno krwawiła. Na porwanej w strzępy szacie dostrzegł ślady gęstej, kleistej wydzieliny ze szczypców pająka. Spróbował wstać, ale noga odmówiła mu posłuszeństwa. Oparł się o żywopłot, chwytając oddech i rozglądając się wokoło.

Cedrik stał, oddalony zaledwie o stopę od pucharu, który połyskiwał za jego plecami.

— No to go bierz — wydyszał Harry. — No, dalej, bierz go. Jest twój.

Ale Cedrik nie poruszył się. Stał, patrząc na Harry'ego. Po chwili odwrócił się i spojrzał na puchar. Harry ujrzał przemożne pragnienie na jego twarzy, ożłoconej blaskiem pucharu. Znowu się odwrócił i spojrzał na Harry'ego, który złapał się żywopłotu, aby nie upaść.

Cedrik wziął głęboki oddech.

— Ty go weź. To ty powinieneś wygrać. Już po raz drugi uratowałeś mi życie.

— Przecież to nie tak ma być — powiedział Harry. Czuł się podle: noga bardzo go bolała, zresztą cały był obolały po rozpaczliwych próbach uwolnienia się od pająka, a w końcu Cedrik okazał się lepszy, tak jak okazał się lepszy, kiedy pierwszy zaprosił Cho na bal. — Punkty dostaje ten, kto pierwszy dotrze do pucharu. I ty jesteś pierwszy. Z tą nogą na pewno bym nie zwyciężył w żadnym wyścigu.

Cedrik zrobił kilka kroków w stronę oszołomionego pająka, oddalając się od pucharu. Potrząsnął głową.

— Nie — powiedział.

— Nie bądź taki szlachetny — warknął ze złością Harry. — Po prostu go weź, a będziemy mogli się stąd wydostać.

Cedrik obserwował w milczeniu, jak Harry usiłuje stanąć pewniej na nogach, trzymając się kurczowo żywopłotu.

— Powiedziałeś mi o smokach. Przepadłbym już w pierwszym zadaniu, gdybyś mi nie powiedział, co nas czeka.

— Ja też sam na to nie wpadłem — warknął Harry, ocierając krew z nogi rąbkiem szaty. — Ty mi pomogłeś z tym jajem, jesteśmy kwita.

— Mnie też najpierw ktoś w tym pomógł.

— Ale i tak jesteśmy kwita — rzekł Harry, próbując stanąć na zranionej nodze, ale aż syknął z bólu: musiał ją sobie zwichnąć w kostce, kiedy pająk go puścił.

— W drugim zadaniu powinieneś dostać więcej punktów — upierał się Cedrik. — Zostałeś, żeby uwolnić wszystkich zakładników. Ja tego nie zrobiłem, a powinienem.

— Bo tylko ja byłem taki tępy, że potraktowałem poważnie tę ich przeklętą piosenkę! — powiedział z goryczą Harry. — Bierz ten puchar!

— Nie — powtórzył Cedrik.

Przelazł przez plątaninę nóg pająka i stanął przy Harrym, który wlepił w niego oczy. Cedrik nie żartował. Rezygnował ze sławy i chwały, jakiej Hufflepuff nie zaznał od stuleci.

— No, śmiało — powiedział Cedrik.

Ta decyzja musiała go naprawdę dużo kosztować, ale minę miał zaciętą, ramiona skrzyżował na piersi — już ją podjął.

Harry zerknął na puchar. Przez chwilę błysnęła mu w wyobraźni świetlista wizja: oto wynurza się z labiryntu, trzymając złocisty puchar. Podnosi go wysoko, słyszy ryk tłumu, widzi twarz Cho płonącą podziwem i uwielbieniem... Zobaczył to wszystko wyraźniej niż kiedykolwiek przedtem... A potem wizja zblakła... patrzył w ponurą, upartą twarz Cedrika.

— Razem — powiedział.

— Co?

— Chwycimy go jednocześnie. Tak czy owak to zwycięstwo Hogwartu. Dostaniemy tyle samo punktów.

Cedrik wytrzeszczył na niego oczy. Opuścił ramiona.

— Jesteś... jesteś pewny... że tego chcesz?

— Tak — odrzekł Harry. — Tak... Pomogliśmy sobie nawzajem, prawda? Obaj tu dotarliśmy. Więc po prostu weźmy go razem.

Przez chwilę Cedrik sprawiał wrażenie, jakby nie dowierzał własnym uszom. Potem wyszczerzył zęby.

— Dobra — powiedział. — No to chodź.

Chwycił Harry'ego pod ramię i pomógł mu dojść do cokołu, na którym stał puchar. Stanęli przed nim i obaj wyciągnęli ręce — każdy ku jednemu z rozjarzonych uchwytów pucharu.

— Na trzy, dobra? — powiedział Harry. — Jeden... dwa... trzy...

Równocześnie złapali za uchwyty.

Harry poczuł gwałtowne szarpnięcie gdzieś w okolicach pępka. Poczuł, że jego stopy odrywają się od ziemi. Nie mógł rozewrzeć dłoni ściskającej uchwyt pucharu — Puchar pociągnął go za sobą z zapierającą dech szybkością. Wiatr świstał mu w uszach, przed oczami migała mieszanina barw. Cedrik mknął u jego boku.

ROZDZIAŁ TRZYDZIESTY DRUGI

Ciało, krew i kość

Harry poczuł, że uderza stopami w ziemię. Zraniona noga ugięła się pod nim i upadł do przodu, puszczając Puchar Trójmagiczny. Uniósł głowę.

— Gdzie jesteśmy? — zapytał.

Cedrik pokręcił głową. Podniósł się, pomógł wstać Harry'emu i obaj rozejrzeli się wokół siebie.

Nie ulegało wątpliwości, że byli daleko — o wiele, może o setki mil — od Hogwartu — bo góry otaczające zamek zniknęły. Stali na ciemnym, zarośniętym cmentarzu; na prawo, za wielkim cisem, widać było czarne zarysy małego kościoła. Na lewo wyrastało wzgórze, na którego zboczu majaczył jakiś piękny, stary dom.

Cedrik spojrzał na Puchar Trójmagiczny, a potem na Harry'ego.

— Czy ktoś ci mówił, że ten puchar jest świstoklikiem? — zapytał.

— Nie — odrzekł Harry, rozglądając się po cmentarzu. Był cichy i budził grozę. — Myślisz, że to jakaś część trzeciego zadania?

— Nie mam pojęcia — odpowiedział Cedrik nieco wystraszonym głosem. — Lepiej wyjmijmy różdżki, co?

— Słusznie — zgodził się Harry, rad, że to Cedrik zaproponował, nie on.

Wyciągnęli różdżki. Harry nadal rozglądał się dookoła. Znowu ogarnęło go dziwne uczucie, że są śledzeni.

— Ktoś idzie — powiedział nagle.

Wbili wzrok w ciemność, mrużąc oczy. Jakaś postać zmierzała ku nim pomiędzy grobami. Harry nie mógł dojrzeć twarzy, ale po kroku i po układzie rąk poznał, że idący coś niesie. Niski, w płaszczu z kapturem osłaniającym twarz, zbliżał się coraz bardziej i wydało mu się, że to coś, co nieznajomy niesie w ramionach, to niemowlę... A może tylko tobołek z ubraniem?

Harry zniżył trochę różdżkę i zerknął na Cedrika. Cedrik też na niego spojrzał, po czym obaj skierowali wzrok na nieznajomego.

Nieznajomy zatrzymał się obok marmurowej tablicy nagrobnej, zaledwie sześć stóp od nich. Przez krótką chwilę patrzyli na siebie.

A potem, bez żadnego ostrzeżenia, blizna na czole Harry'ego eksplodowała bólem. Był to ból tak straszny, jakiego jeszcze nigdy w życiu nie poczuł. Różdżka wyśliznęła mu się z rąk, kiedy podniósł je do twarzy, kolana ugięły się pod nim, osunął się na ziemię i przestał cokolwiek widzieć. Czuł, że za chwilę pęknie mu czaszka.

Z daleka, gdzieś sponad jego głowy, napłynął piskliwy, zimny głos:

— Zabij niepotrzebnego.

Coś świsnęło i drugi głos zaskrzeczał w noc:

— *Avada kedavra!*

Harry miał zaciśnięte powieki, ale błysnęło przez nie

zielone światło. Usłyszał, jak coś ciężkiego pada na ziemię tuż obok niego. Ból w czole osiągnął takie natężenie, że poczuł gwałtowne mdłości, a potem nagle ustąpił. Bojąc się tego, co zobaczy, otworzył piekące powieki.

Tuż obok niego leżał z rozpostartymi ramionami Cedrik. Był martwy.

Przez sekundę, która zdawała się wiecznością, patrzył w twarz Cedrika, w jego otwarte szare oczy, martwe, bez wyrazu, jak okna opuszczonego domu, na jego półotwarte usta, zastygłe w lekkim zdziwieniu. A potem, zanim umysł Harry'ego zaakceptował to, co zobaczył, zanim ogarnęła go fala tępego niedowierzania, poczuł, że ktoś chwyta go za ręce i stawia na nogi.

Niski człowieczek w kapturze odłożył tobołek, zapalił różdżkę i powlókł go ku marmurowej płycie nagrobnej. Zanim Harry został siłą odwrócony i pchnięty na zimny kamień, zdążył odczytać w migotliwym świetle różdżki wyryte na nim nazwisko:

TOM RIDDLE

Zakapturzony człowieczek wyczarował więzy, które oplotły Harry'ego od szyi po kostki u nóg, przytwierdzając do płyty. Harry słyszał jego płytki, szybki oddech, dochodzący spod kaptura. Spróbował mu się oprzeć, a wówczas ów mężczyzna uderzył go — uderzył go dłonią, w której brakowało jednego palca. I wtedy Harry zrozumiał, kto ukrywa się pod kapturem. Glizdogon.

— To ty! — wydyszał.

Ale Glizdogon nic nie odpowiedział, zajęty sprawdzaniem więzów. Palce, którymi macał węzły, drżały mu okropnie. Upewniwszy się, że Harry jest tak ciasno przywiązany do płyty, że nie może się poruszyć choćby o cal, wyciągnął spod płaszcza kawałek czarnej tkaniny i wepchnął mu ją brutalnie do ust, a potem, bez słowa, odwrócił się i odszedł. Harry nie mógł z siebie wydać głosu, nie widział, dokąd poszedł Glizdogon, bo nie mógł poruszyć głową: mógł tylko patrzyć prosto przed siebie.

Około dwudziestu stóp przed nim spoczywało w trawie ciało Cedrika. Nieco za nim, połyskując w blasku gwiazd, leżał Puchar Trójmagiczny, tuż przy nim różdżka Harry'ego. Zawiniątko, które Harry uprzednio uznał za niemowlę, leżało niedaleko, u stóp grobu i poruszało się niespokojnie. Gdy spojrzał na nie, blizna na czole zapiekła go straszliwie... Poczuł, że nie chce zobaczyć tego, co miotało się we wnętrzu tobołka... nie chce, by zawiniątko się rozwinęło...

Usłyszał jakiś szelest u swoich stóp. Spojrzał w dół i zobaczył olbrzymiego węża, który wił się w trawie, wokół płyty nagrobnej, do której był przywiązany. Teraz dobiegł go ponownie szybki, świszczący oddech Glizdogona; brzmiało to tak, jakby ciągnął coś ciężkiego po ziemi. A potem pojawił się w polu widzenia i Harry zobaczył, że Glizdogon popycha do stóp grobu kamienny kocioł. Kocioł był pełny... chyba wody, bo słychać było chlupot... i olbrzymi... Tak wielkiego kotła Harry jeszcze nigdy nie widział... Wielki, pękaty kocioł, mogący pomieścić dorosłego człowieka w pozycji siedzącej.

To coś, co ukrywało się w tobołku, poruszało się coraz gwałtowniej, jakby chciało się uwolnić. Glizdogon wyjął różdżkę i wycelował nią w dno kotła. Buchnęły płomienie. Wąż odpełzł w ciemność.

Płyn wypełniający kocioł bardzo szybko zawrzał. Powierzchnia bulgotała i strzelały z niej iskry, jakby zawartość była płynnym ogniem. Para gęstniała, zamazując sylwetkę Glizdogona, doglądającego ognia. Tobołek zadygotał gwałtownie. Harry ponownie usłyszał piskliwy, zimny głos.

— Pospiesz się!

Teraz cała powierzchnia wody rozjarzyła się iskrami, jakby wsypano w nią garść diamentów.

— Gotowe, panie.

— Teraz — powiedział zimny głos.

Glizdogon rozwinął leżący na ziemi tobołek, a z gardła Harry'ego dobył się wrzask, natychmiast stłumiony przez kłąb tkaniny tkwiącej mu w ustach.

Wyglądało to tak, jakby Glizdogon podniósł jakiś kamień, ukazując pod nim coś wstrętnego, oślizgłego i ślepego — ale *to* było o wiele, wiele gorsze. To coś miało kształt jakby skulonego dziecka, tyle że Harry nigdy nie widział czegoś tak do dziecka niepodobnego. Było bezwłose, jakby pokryte łuskami, ciemne, czerwonawoczarne. Miało cienkie, wiotkie rączki i nóżki, i płaską twarz — żadne ludzkie dziecko na świecie nie mogło mieć takiej twarzy — twarz przypominającą łeb węża, z płonącymi czerwonymi oczkami.

Stworzenie wydawało się prawie bezbronne: uniosło chude rączki, zarzuciło je Glizdogonowi na szyję, a ten je podniósł. Kiedy to zrobił, opadł mu kaptur i Harry zobaczył wyraz obrzydzenia na jego wychudłej, bladej twarzy. Zaniósł to stworzenie do kotła i Harry przez chwilę widział ohydną, płaską twarzyczkę, oświetloną iskrami tańczącymi na powierzchni eliksiru. A potem Glizdogon opuścił to stworzenie do kotła: rozległ się syk, znikło pod powierzchnią, a po chwili Harry usłyszał ciche tąpnięcie, gdy wiotkie ciałko uderzyło w dno kotła.

Niech się utopi, pomyślał Harry, czując, że za chwilę głowa mu pęknie... *błagam... niech się utopi...*

Teraz przemówił Glizdogon. Miał roztrzęsiony głos, znać było, że odchodzi od zmysłów ze strachu. Podniósł różdżkę, zamknął oczy i wyrecytował w ciemność:

— *Kości ojca, dana nieświadomie, odnów swego syna!*

Powierzchnia grobu u stóp Harry'ego pękła. Przerażony patrzył, jak ze szczeliny wzbija się w powietrze smuga pyłu i wpada łagodnie do kotła. Diamentowa powierzchnia płynu zawrzała i zasyczała, wystrzeliły iskry, a eliksir zrobił się jadowicie niebieski.

Glizdogon zaczął skamleć. Wyciągnął długi, cienki, srebrzysty nóż. Głos mu się załamywał w przeraźliwym szlochu.

— *Ciało... sługi... dane z ochotą... ożyw... swego pana.*

Wyciągnął przed siebie prawą rękę — rękę z brakującym palcem. Zacisnął mocno palce lewej ręki na rękojeści noża i uniósł ją.

Harry zrozumiał, co Glizdogon ma zamiar zrobić na sekundę przed tym, gdy to się stało — zacisnął mocno powieki, ale nie mógł nie usłyszeć krzyku, który rozdarł noc, krzyku, który przeszył mu ciało, jakby i on otrzymał cios nożem. Usłyszał, jak coś upada na ziemię, w uszach brzmiał mu chrapliwy oddech Glizdogona, a potem dobiegł go ohydny plusk, jakby coś wpadło do kotła. Nie mógł się zmusić do otwarcia oczu... ale eliksir zapłonął czerwienią, która przeniknęła przez jego zaciśnięte powieki...

Glizdogon dyszał i jęczał w agonii. Harry zdał sobie sprawę z tego, że sługa Voldemorta stoi tuż przed nim dopiero wtedy, gdy poczuł jego udręczony oddech na twarzy.

— *K-krwi wroga... odebrana siłą... wskrześ swego przeciwnika.*

Harry nie mógł temu przeszkodzić, był zbyt ciasno przywiązany... Zezując w dół, rozpaczliwie, ale daremnie napierając na sznury, ujrzał lśniący nóż drżący w dłoni Glizdogona. Poczuł, jak jego koniec wbija się w zgięcie jego ramienia i jak po ręce spływa mu krew. Glizdogon, nadal dysząc z bólu, wydobył z kieszeni szklaną fiolkę i przyłożył ją do rany, tak, by krew skapywała do niej.

Kiedy napełnił fiolkę, odwrócił się i powlókł chwiejnym krokiem w stronę kotła. Wlał do środka krew Harry'ego. Tym razem eliksir natychmiast zbielał. Glizdogon osunął się na kolana obok kotła, a potem zachwiał się i upadł na ziemię, tuląc do piersi krwawiący kikut prawej ręki, dysząc i łkając.

W kotle zawrzało, diamentowe iskry wystrzeliły we wszystkie strony, tak oślepiająco jasne, że wszystko inne zamieniło się przy nich w atłasową ciemność. Ale nic więcej się nie stało.

Niech się utopi, pomyślał Harry, *niech coś się nie uda...*

Nagle eliksir przestał pryskać iskrami. Zamiast nich buchnął kłąb gęstej pary, oddzielając Harry'ego od Glizdogona i Cedrika. Widział tylko mętny wapor wiszący w powietrzu... *Nie udało się, pomyślał... Utopiło się... Błagam... żeby to już było martwe...*

Ale właśnie wtedy, poprzez mętną mgłę, ujrzał ciemny zarys postaci, wysokiej i bardzo chudej, wynurzającej się powoli z kotła.

— Odziej mnie — rozległ się piskliwy, zimny głos spoza kłębów pary.

Glizdogon, jęcząc i szlochając, wciąż tuląc do piersi swoje okaleczone ramię, drugą ręką zebrał z ziemi czarną szatę, podniósł się i narzucił ją na głowę swojego pana.

Chuda postać wystąpiła z kotła, wpatrując się w Harry'ego... a Harry wpatrywał się w tę twarz, która od trzech lat nawiedzała go w sennych koszmarach. Bielsza od nagiej czaszki, z wielkimi, szkarłatnymi oczami i nosem płaskim jak u węża, ze szparkami zamiast nozdrzy...

Lord Voldemort odrodził się na nowo.

ROZDZIAŁ TRZYDZIESTY TRZECI

Śmierciożercy

Voldemort odwrócił wzrok od Harry'ego i zaczął badać własne, odzyskane ciało. Jego dłonie przywodziły na myśl wielkie, blade pająki; długie, białe palce błądziły po piersi, ramionach, twarzy; czerwone oczy, o wąskich jak u kota źrenicach, rozjarzyły się jeszcze bardziej w ciemności. Uniósł ręce, kilka razy zgiął i wyprostował palce, a na jego twarzy pojawiło się zadowolenie. Nie zwracał najmniejszej uwagi ani na leżącego na ziemi Glizdogona, który dygotał i krwawił, ani na wielkiego węża, który ponownie wypełzł w mroku i wił się wokół Harry'ego, sycząc gniewnie. Voldemort sięgnął nienaturalnie długimi palcami do kieszeni, wydobył z niej różdżkę, pogładził ją pieszczotliwie, a potem wycelował w Glizdogona. Ten nagle uniósł się w powietrze, uderzył całym ciałem w płytę nagrobną i osunął się po niej na ziemię, gdzie padł, zgięty wpół, jęcząc i szlochając. Voldemort zwrócił swe szkarłatne oczy na Harry'ego i wybuchnął zimnym, bezlitosnym śmiechem.

Szata, którą Glizdogon owinął kikut ręki, przesiąkła krwią.

— Panie mój... — wycharczał i zakrztusił się łzami — panie... obiecałeś... przecież mi obiecałeś...

— Wyciągnij rękę — wycedził Voldemort.

— Och, panie... dzięki ci, panie...

I wyciągnął krwawiący kikut, ale Voldemort zaśmiał się ponownie.

— Drugą rękę, Glizdogonie.

— Panie, błagam cię... błagam...

Voldemort pochylił się, złapał jego lewą rękę i odsunął mu rękaw powyżej łokcia. Harry zobaczył na jego skórze jakiś czerwony znak, podobny do tatuażu — ludzką czaszkę z rozwartymi szczękami, z których wyłaniał się wąż — ten sam znak, który pojawił się na niebie podczas mistrzostw świata w quidditchu: Mroczny Znak. Voldemort przyjrzał mu się uważnie, nie zwracając uwagi na urywane szlochy Glizdogona.

— Wróciło — powiedział cicho. — Wszyscy to zauważą... i zaraz zobaczymy... zaraz się dowiemy...

Ucisnął mocno znak długim, białym palcem.

Czoło Harry'ego przeszył ostry ból, a Glizdogon wrzasnął przeraźliwie. Voldemort odsunął palce od przedramienia Glizdogona, a Harry zobaczył, że krwawy znak zrobił się czarny jak węgiel.

Na bladej, płaskiej twarzy Voldemorta pojawił się wyraz mściwego triumfu. Wyprostował się, odrzucił głowę do tyłu i rozejrzał się po cmentarzu.

— Ilu zachowało w sobie dość odwagi, by powrócić, kiedy to poczują? — wyszeptał, patrząc teraz w gwiazdy. — A ilu okaże się takimi głupcami, by nie przybyć na moje wezwanie?

Zaczął się przechadzać tam i z powrotem przed Harrym i Glizdogonem, przez cały czas omiatając wzrokiem cmentarz. Po jakimś czasie znowu spojrzał na Harry'ego, a okrutny uśmiech wykrzywił jego twarz węża.

— Harry Potterze, stoisz na doczesnych szczątkach mojego zmarłego ojca. Był mugolem i głupcem... jak twoja ukochana matka. A jednak oboje na coś się przydali, prawda? Twoja matka umarła, broniąc ciebie, swojego dziecka... a ja zabiłem swojego ojca i sam widzisz, jak użyteczny okazał się po śmierci...

Znowu się zaśmiał. Krążył tam i z powrotem, rozglądając się po ciemnym cmentarzu, a wąż wił się nadal wokół grobu.

— Widzisz ten dom na zboczu, Potter? Mieszkał w nim mój ojciec. Moja matka pochodziła z tej wioski. Zakochała się w nim, ale ją porzucił, kiedy się dowiedział, kim ona jest... Nie lubił magii, ten mój ojczulek, nie... Odszedł od niej i wrócił do swych mugolskich rodziców, zanim przyszedłem na świat, tak, Potter, a ona zmarła przy porodzie... Trafiłem do mugolskiego sierocińca... ale przysiągłem sobie, że go odnajdę i zemszczę się na tym głupcu, który dał mi tylko swoje imię i nazwisko... Tom Riddle...

Wciąż krążył, przyglądając się grobom.

— Do czego to doszło... opowiadam ci rodzinną historię... Chyba robię się nieco sentymentalny... Ale... patrz, Harry! Powraca moja prawdziwa rodzina!

Nagle powietrze wypełniło się świstem i łopotem płaszczy. Między grobami, za wielkim cisem, w każdym cienistym miejscu aportowali się czarodzieje. Wszyscy byli zakapturzeni i zamaskowani. Zbliżali się ze wszystkich stron... powoli, ostrożnie, jakby nie dowierzali własnym oczom. Voldemort stał w milczeniu, czekając, aż podejdą. A potem jeden ze śmierciożerców padł na kolana, podczołgał się do Lorda Voldemorta i ucałował skraj jego czarnej szaty.

— Panie mój... panie... — wymamrotał.

Pozostali śmierciożercy uczynili to samo. Wszyscy zbliżali się na kolanach do Voldemorta, całowali skraj jego szaty, cofali się i powstawali, tworząc wielki, milczący krąg wokół grobu Toma Riddle'a, wokół Harry'ego, Voldemorta i rozdygotanego strzępu człowieka, jakim był Glizdogon. W kręgu pozostawili luki, jakby się spodziewali przybycia większej liczby osób. Natomiast Voldemort zdawał się nie czekać już na nikogo. Spojrzał po zakapturzonych twarzach, a choć nie było wiatru, wzdłuż kręgu przebiegł cichy szelest i szmer, jakby wszyscy zadrżeli.

— Witajcie, śmierciożercy — powiedział cicho Voldemort. — Trzynaście lat... już trzynaście lat minęło, odkąd widzieliśmy się po raz ostatni. A jednak odpowiedzieliście na moje wezwanie, jakby to było wczoraj... A więc nadal jednoczy nas Mroczny Znak. Lecz... czy naprawdę jednoczy?

Odchylił w tył swą ohydną głowę i zaczął węszyć, wydymając płaskie nozdrza.

— Czuję winę. W powietrzu jest odór winy.

Krąg lekko zafalował, zakapturzone postacie zadrżały ponownie, jakby pragnęły się cofnąć, lecz nie śmiały tego uczynić.

— Widzę, że wszyscy jesteście zdrowi, pełni sił, fizycznych i czarodziejskich. Cóż za szybka odpowiedź na moje wezwanie! Zapytuję więc sam siebie: dlaczego taka doborowa paczka czarodziejów nie przyszła z pomocą swemu panu, któremu przysięgła wierność?

Wszyscy milczeli. Nikt nie drgnął, prócz Glizdogona, który wciąż kulił się na ziemi, opłakując swoją krwawiącą rękę.

— I odpowiadam sobie... — wyszeptał Voldemort.

— Na pewno uwierzyli, że moja moc została złamana na zawsze, że już nie wrócę. Wśliznęli się między moich wrogów, przysięgając, że są niewinni, że nie wiedzieli, że zostali zaczarowani... Więc pytam się dalej, jak oni mogli uwierzyć, że już nigdy się nie odrodzę? Oni, którzy dobrze wiedzieli, jakie podjąłem kroki, dawno, dawno temu, by uchronić się od nieodwracalnej śmierci? Oni, którzy na własne oczy widzieli bezmiar mojej mocy w czasach, gdy byłem najpotężniejszym spośród wszystkich żyjących czarodziejów? I odpowiadam sobie: może uwierzyli w to, że istnieje jeszcze większa moc, taka, która może unicestwić nawet samego Lorda Voldemorta? Może przysięgli wierność innemu, na przykład temu idolowi i obrońcy prostaków, szlam i mugoli, Albusowi Dumbledore'owi?

Na dźwięk tego nazwiska zakapturzone postacie zadrżały ponownie; niektóre mamrotały coś i potrząsały przecząco głowami. Voldemort nie zwrócił na to uwagi.

— To dla mnie wielki zawód. Muszę przyznać, że jestem rozczarowany.

Jeden ze śmierciożerców nagle wystąpił z kręgu. Drżąc od stóp do głów, runął do stóp Voldemorta.

— Panie! Panie, przebacz mi! Przebacz nam wszystkim!

Voldemort zaczął się śmiać. Uniósł różdżkę.

— *Crucio!* — krzyknął.

Śmierciożerca zadygotał, zaczął się wić i wrzeszczeć. Harry pomyślał, że teraz już na pewno usłyszą to w okolicznych domach... Niech przyjdzie policja... ktokolwiek... cokolwiek...

Voldemort ponownie uniósł różdżkę. Udręczony torturą śmierciożerca znieruchomiał na ziemi, dysząc ciężko.

— Weź się w garść, Avery — powiedział łagodnie Voldemort. — Wstań. Prosisz o przebaczenie? Ja nie przebaczam. Ja nie zapominam. Trzynaście długich lat... Musisz mi za nie odpłacić swoimi trzynastoma latami, wtedy może ci przebaczę. Glizdogon już spłacił część swego długu, prawda, Glizdogonie?

Spojrzał z góry na żałosną, szlochającą wciąż postać.

— Nie wróciłeś do mnie z wierności, ale ze strachu przed twoimi dawnymi przyjaciółmi. Zasłużyłeś na ból, Glizdogonie. Wiesz o tym, prawda?

— Tak, panie — jęknął Glizdogon. — Błagam cię, panie... proszę...

— Ale jednak pomogłeś mi odzyskać ciało — rzekł Voldemort, przypatrując mu się chłodno. — Jesteś niewiernym zdrajcą, ale mi pomogłeś... A Lord Voldemort wynagradza tych, którzy mu pomagają.

Jeszcze raz uniósł różdżkę i zatoczył nią koło w powietrzu. Różdżka pozostawiła po sobie świetlisty ślad, który zawisł w powietrzu jak plama roztopionego srebra. Z początku bezkształtna, plama zaczęła się kurczyć i zwijać, aż uformowała się w replikę ludzkiej dłoni, rozjarzonej jak księżyc. Dłoń poszybowała w dół i przylgnęła do krwawiącego kikuta ręki Glizdogona.

Glizdogon przestał szlochać. Oddychając chrapliwie i nierówno, podniósł głowę i spojrzał z niedowierzaniem na srebrną dłoń, teraz przytwierdzoną już na stałe do nadgarstka jak lśniąca rękawica. Zgiął palce, a potem, cały drżąc, podniósł z ziemi gałązkę i zmiażdżył ją w palcach na proszek.

— Panie mój... — wyszeptał. — Panie... jest cudowna... Dzięki ci, panie... dzięki ci...

Podczołgał się na kolanach i ucałował skraj szaty Voldemorta.

— Oby twoja wierność już nigdy się nie zachwiała, Glizdogonie.

— Nigdy, panie... już nigdy...

Glizdogon powstał i zajął miejsce w kręgu, wpatrując się w swoją nową rękę. Twarz lśniła mu od łez. Voldemort zbliżył się do mężczyzny stojącego na prawo od niego.

— Lucjuszu, mój niewierny przyjacielu — wyszeptał, zatrzymując się przed nim. — Powiedziano mi, że nie wyrzekłeś się dawnej drogi życia, choć światu ukazujesz inne oblicze. Jeśli się nie mylę, to wciąż jesteś gotów przodować w torturowaniu mugoli, prawda? A jednak, Lucjuszu, nigdy nie próbowałeś mnie odnaleźć. Twoje wyczyny podczas mistrzostw świata w quidditchu były całkiem zabawne, ale czy naprawdę nie mogłeś poświęcić tej energii na odnalezienie i wsparcie swojego pana?

— Panie mój, trwałem w ustawicznej gotowości — napłynął spod kaptura głos Lucjusza Malfoya. — Gdybyś tylko dał jakiś znak, gdyby dotarła do mnie choćby pogłoska o miejscu twego pobytu, natychmiast znalazłbym się u twego boku, nic nie mogłoby mnie powstrzymać.

— A jednak uciekłeś na widok Mrocznego Znaku, który wystrzelił w niebo mój wierny śmierciożerca zeszłego lata — wycedził Voldemort, a Malfoy urwał w połowie zdania. — Tak, wiem o wszystkim, Lucjuszu. Rozczarowałeś mnie... W przyszłości oczekuję od ciebie prawdziwej wierności.

— Oczywiście, panie mój, oczywiście... Jesteś wspaniałomyślny i miłosierny, dzięki ci, panie...

Voldemort ruszył dalej i zatrzymał się, patrząc w lukę — dość dużą, by pomieściła przynajmniej dwie osoby — pomiędzy Malfoyem i następnym śmierciożercą.

— Tu powinni stać Lestrange'owie. Niestety, są uwięzieni w Azkabanie. Byli mi wierni aż do końca. Woleli dać się zamknąć w Azkabanie, niż wyprzeć się mnie. Kiedy otworzymy bramy Azkabanu, zostaną wynagrodzeni ponad

swoje najśmielsze marzenia. Dementorzy też się do nas
przyłączą... to nasi naturalni sprzymierzeńcy... Wezwiemy
z wygnania olbrzymy... Sprawię, że powrócą do mnie wszyscy
oddani mi słudzy... Przybędą zastępy potworów wzbudzających powszechną trwogę...

Ruszył dalej. Niektórych śmierciożerców mijał w milczeniu, przed innymi przystawał i wypowiadał kilka słów.

— Macnair... Glizdogon mówił mi, że pracujesz teraz
dla Ministerstwa Magii, gdzie uśmiercasz niebezpieczne
stworzenia. Lord Voldemort wkrótce dostarczy ci o wiele
lepszych ofiar...

— Dzięki ci, panie, dzięki — wymamrotał Macnair.

— A tutaj — Voldemort stanął przed najwyższymi zakapturzonymi postaciami — mamy Crabbe'a... Tym razem
lepiej się spiszesz, prawda, Crabbe? A ty, Goyle?

Skłonili się niezdarnie, mamrocąc:

— Tak, panie...

— Postaramy się, panie...

— To samo dotyczy ciebie, Nott — rzekł cicho Voldemort, przechodząc obok nisko pochylonej postaci ukrytej
w cieniu pana Goyle'a.

— Panie, padam przed tobą na twarz, jestem twoim
najwierniejszym...

— To wystarczy.

Doszedł do największej luki w kręgu i zatrzymał się,
spoglądając w nią pozbawionymi wyrazu, czerwonymi
oczami, jakby widział stojących w niej ludzi.

— A tu brakuje sześciu śmierciożerców... Trzech zginęło w mojej służbie, jeden okazał się zbyt wielkim tchórzem, by powrócić... zapłaci za to. Jeden opuścił mnie na
zawsze... czeka go śmierć... i jeden, który jest moim najwierniejszym sługą i już wykonuje moje rozkazy...

Krąg zafalował, śmierciożercy spojrzeli po sobie ukradkiem przez dziury w maskach.

— Ten najwierniejszy sługa jest w Hogwarcie i to dzięki jego niestrudzonym wysiłkom gościmy tu naszego młodego przyjaciela... Tak — dodał, a nikły uśmiech wykrzywił jego pozbawione warg usta, kiedy śmierciożercy spojrzeli na Harry'ego — Harry Potter przybył łaskawie na tę małą uroczystość z okazji mojego powrotu. Można by go nawet nazwać moim gościem honorowym.

Zapadło milczenie. Potem wystąpił śmierciożerca stojący na prawo od Glizdogona i spod maski rozległ się głos Lucjusza Malfoya.

— Panie, bardzo chcemy się dowiedzieć... Błagamy, byś nam powiedział, jak dokonałeś tego cudu... Jak ci się udało do nas powrócić...

— Ach, to dopiero historia, Lucjuszu! A zaczyna się... i kończy... na tym moim młodym przyjacielu.

Podszedł leniwym krokiem do Harry'ego, a wszystkie oczy zwrócone teraz były na nich dwóch. Wąż nadal wił się w trawie wokół grobu.

— Wiecie oczywiście, że tego chłopca nazywają moją klęską? — Voldemort utkwił czerwone oczy w Harrym, którego czoło przeszył tak ostry ból, że ledwo się powstrzymał od wrzasku. — Wszyscy wiecie, że tej nocy, kiedy utraciłem swą moc i ciało, próbowałem go zabić. Jego matka oddała życie, osłaniając go własnym ciałem, i nieświadomie zapewniła mu ochronę, której, przyznaję, nie przewidziałem... W każdym razie nie mogłem go tknąć.

Podniósł rękę i prawie przyłożył długi biały palec do policzka Harry'ego.

— Jego matka pozostawiła na nim ślad swojej ofiary. To bardzo stara magia, powinienem o niej pamiętać, a głupio to przeoczyłem... Ale nic straconego. Teraz już mogę go dotknąć.

Harry poczuł na policzku zimny koniuszek palca i wydało mu się, że za chwilę głowa pęknie mu z bólu.

Voldemort zaśmiał się cicho i odsunął palec, po czym zwrócił się znowu do śmierciożerców.

— Przyznaję, źle sobie to obliczyłem. Moje zaklęcie odbiło się od tarczy ochronnej ofiary tej głupiej kobiety i ugodziło we mnie. Aaach... straszliwy to był ból, moi przyjaciele, i nic nie mogło mnie przed nim uchronić. Zostałem wyrwany ze swego ciała, stałem się czymś mniej niż duch, czymś mniej niż najmarniejsze widmo, ale jednak żyłem. Czym byłem, nawet ja sam nie wiem... ja, który zaszedłem dalej niż ktokolwiek inny na drodze do nieśmiertelności. Znacie mój cel: zwyciężyć śmierć. A oto sam zostałem poddany najcięższej próbie i okazało się, że powiódł się przynajmniej jeden z moich eksperymentów: nie umarłem, choć to zaklęcie powinno mnie zabić. Byłem jednak słabszy od najnędzniejszego stworzenia i nie byłem w stanie sobie pomóc... Nie posiadałem ciała, a każde zaklęcie, które mogło mi pomóc, wymagało użycia różdżki... Pamiętam, że tylko zmuszałem się nieustannie, dzień po dniu, noc po nocy, sekunda po sekundzie, bez wytchnienia, bez snu, do istnienia... Osiadłem w dalekim miejscu, w puszczy, i czekałem... czekałem... przecież na pewno odnajdzie mnie któryś z moich wiernych śmierciożerców... Przyjdzie i dokona tego, czego ja nie mogłem dokonać, by przywrócić mi ciało... Ale czekałem na próżno...

Drżenie ponownie przebiegło po kręgu słuchających go śmierciożerców. Voldemort odczekał, aż spirala ciszy zatoczy koło i ciągnął dalej:

— Pozostała mi tylko jedna magiczna zdolność. Mogłem posiąść ciała innych. Nie śmiałem jednak udać się tam, gdzie byli ludzie, bo wiedziałem, że aurorzy wciąż mnie szukają po całym świecie. Czasami nawiedzałem ciała zwierząt, oczywiście najchętniej wężów, ale niewiele mi to dawało, bo ich ciała nie były przystosowane do uprawiania magii, a moja obecność w nich skracała im życie... żadne długo nie pożyło... Aż później, cztery lata temu, pojawiła się niespodziewanie szansa powrotu. Pewien czarodziej, młody, głupi i naiwny, zawędrował do puszczy, która stała się moim domem. Och, to była szansa, o której marzyłem, bo był nauczycielem w szkole Dumbledore'a. Łatwo poddał się mojej woli. Sprowadził mnie z powrotem do kraju i po jakimś czasie opanowałem jego ciało, by mieć nadzór nad nim, gdy wykonywał moje rozkazy. Lecz, niestety, mój plan zawiódł. Nie udało mi się wykraść Kamienia Filozoficznego. Nie zdołałem sobie zapewnić nieśmiertelności. Na drodze stanął mi, już po raz drugi, Harry Potter...

Zapadła głucha cisza, nikt się nie poruszał, nie drgnęła nawet jedna gałązka na cisowym drzewie. Śmierciożercy zamarli, utkwiwszy wyzierające spod masek oczy w Voldemorcie i w Harrym.

— Ów sługa umarł, gdy opuściłem jego ciało, a ja pozostałem sam, jeszcze słabszy niż przedtem. Powróciłem do swej dalekiej kryjówki i... nie będę przed wami udawał, zacząłem się bać, że już nigdy nie odzyskam swej mocy. Tak, to była chyba najczarniejsza godzina mojego życia... Straciłem wszelką nadzieję, że pojawi się jakiś czarodziej, którym mógłbym zawładnąć, a porzuciłem też wszelką nadzieję, że któryś z moich śmierciożerców domyśli się, co się ze mną stało i zacznie mnie szukać...

Kilka zamaskowanych postaci w kręgu poruszyło się niespokojnie, ale Voldemort nie zwrócił na to uwagi.

— I oto w końcu, niecały rok temu, kiedy już porzuciłem wszelką nadzieję, to się stało... Powrócił do mnie sługa, ten oto Glizdogon, który udał własną śmierć, by uniknąć sprawiedliwości. Odnaleziony i wyciągnięty z kryjówki przez tych, których kiedyś uważał za przyjaciół, postanowił powrócić do swego pana. A jak mnie odnalazł? Od dawna krążyły pogłoski o tym, gdzie się ukrywam. Pomogły mu, oczywiście, szczury, które napotkał po drodze. Glizdogon ma dziwne powiązania ze szczurami, prawda, Glizdogonie? Jego mali, brudni przyjaciele powiedzieli mu, że jest takie miejsce w głębinach albańskiej puszczy, którego unikają, bo takie małe stworzonka jak one giną tam, gdy jakieś mroczne widmo bierze w posiadanie ich drobne ciałka...

Spojrzał na Glizdogona i uśmiechnął się blado.

— Lecz nie było łatwo wrócić do swojego pana, prawda, Glizdogonie? Bo oto pewnego wieczoru, głodny, już na skraju owej puszczy, gdzie miał nadzieję mnie odnaleźć, ten głupiec zatrzymał się w jakiejś gospodzie, żeby coś zjeść... i kogo tam spotkał? Bertę Jorkins, czarownicę z Ministerstwa Magii! Widzicie sami, jak okrutnie obchodził się ze mną los... Mógł to być koniec Glizdogona, koniec mojej ostatniej nadziei na odzyskanie ciała i mocy. I ten oto tutaj Glizdogon przejawił rozsądek i spryt, jakiego nigdy się po nim nie spodziewałem: zdołał przekonać Bertę Jorkins, by towarzyszyła mu w nocnej przechadzce. Owładnął nią i przywiódł do mnie. A Berta Jorkins, która mogła wszystko zniszczyć, okazała się niespodziewanym darem, o którym nie marzyłem w najśmielszych snach. Po... lekkiej perswazji... stała się wiarygodną kopalnią informacji. Powiedziała mi, że w tym roku odbędzie się w Hogwarcie Turniej Trójmagiczny. Powiedziała mi, że wie o wciąż wiernym mi śmierciożercy, który natychmiast mi pomoże, gdy tylko dam mu znać. Powiedziała mi wiele rzeczy, ale środki, których musiałem użyć, by przełamać rzucone na nią zaklęcie zapomnienia, były bardzo silne, i kiedy wydobyłem z niej wszystkie użyteczne informacje, jej umysł i ciało okazały się tak uszkodzone, że nie sposób już było ich naprawić. Nie mogłem zawładnąć jej ciałem. Pozbyłem się jej.

Na jego twarzy rozlał się ohydny uśmiech, ale oczy pozostały martwe i bezlitosne.

— Ciało Glizdogona również nie nadawało się do mojego celu, bo wszyscy uważali go za umarłego, więc wzbudziłby zbyt wielkie zainteresowanie, gdyby go zobaczono. Był jednak sługą, jakiego mi było potrzeba, a choć marnym jest czarodziejem, wykonywał moje polecenia. Udało mi się w ten sposób powrócić do szczątkowego, słabego ciała, w którym mogłem zamieszkać, oczekując na istotne ingrediencie niezbędne do mojego prawdziwego odrodzenia się. Parę moich własnych zaklęć, pewna pomoc ze strony mojej ukochanej Nagini — jego czerwone oczy spoczęły na wijącym się nieustannie wężu — eliksir z krwi jednorożca i jad dostarczany przez Nagini... i wkrótce odzyskałem prawie ludzką formę, w której mogłem już podróżować. Nie było już nadziei na wykradzenie Kamienia Filozoficznego, bo wiedziałem, że Dumbledore zadbał o to, by go zniszczono. Pragnąłem jednak odzyskać pełnię śmiertelnego życia, zanim zabiorę się ponownie za poszukiwanie nieśmiertelności. Postanowiłem na razie powściągnąć ambicje i odzyskać swoje dawne ciało i dawną moc. Wiedziałem, że aby to osiągnąć — to bardzo stare czary, ten eliksir, który tej nocy mnie ożywił — będę potrzebował trzech bardzo silnych składników. Jeden z nich miałem pod ręką, prawda, Glizdogonie? Ciało mojego sługi... Drugi, kość mojego ojca, wymagał, rzecz jasna, przybycia na ten cmentarz, na którym został pochowany. Ale krew wroga... Glizdogon postarałby się o jakiegoś czarodzieja, prawda, Glizdogonie? Jednego z tych, którzy mnie nienawidzą, a jest ich przecież tylu. Wiedziałem jednak, kogo muszę do tego użyć, jeśli mam odrodzić się na nowo, i to obdarzony mocą większą od tej, jaką miałem, gdy poniosłem klęskę. Chciałem mieć krew Harry'ego Pottera. Pragnąłem krwi tego, który wydarł mi władzę i potęgę trzynaście lat temu, bo ta przedziwna moc ochronna, w którą wyposażyła go jego matka, popłynęłaby wówczas i w moich żyłach... Jak jednak dopaść Harry'ego Pottera? On sam nie wiedział, jak dobrze był chroniony przez różne wymyślne sztuczki Dumbledore'a, i to od dawna, od czasu, gdy to jemu przypadło w udziale zadecydować o przyszłości chłopca. Użył starożytnej magii, by zapewnić chłopcu ochronę tak długo, jak będzie przebywał w domu swych krewnych. Nawet ja nie byłem w stanie tam go dosięgnąć. A później, gdy odbyły się mistrzostwa świata w quidditchu, pomyślałem sobie, że z dala od krewnych i Dumbledore'a ochrona nie będzie już tak skuteczna, ale nie byłem jeszcze na tyle silny, by podjąć próbę porwania chłopca spośród całej hordy czarodziejów z ministerstwa. A potem chłopiec wrócił do Hogwartu, gdzie od rana do nocy znajduje się pod opieką tego krzywonosego miłośnika mugoli. Jak go stamtąd porwać? Oczywiście posługując się informacjami dostarczonymi mi przez Bertę Jorkins. Wykorzystałem mojego jedynego wiernego śmierciożercę, przebywającego w Hogwarcie, aby nazwisko chłopca trafiło do Czary Ognia. Skorzystałem z pomocy mojego śmierciożercy, by upewnić się, że chłopiec zwycięży w Turnieju Trójmagicznym: że pierwszy dotknie pucharu. Pucharu, który mój śmierciożerca zamienił w świstoklik. I w ten sposób Harry Potter znalazł się tutaj, poza zasięgiem pomocy i ochrony Dumbledore'a. Trafił prosto w me stęsknione ramiona! I oto jest tutaj... chłopiec, którego wszyscy uważali za moją klęskę...

Zrobił parę powolnych kroków naprzód i odwrócił się twarzą do Harry'ego. Podniósł różdżkę.

— *Crucio!*

Harry poczuł taki ból, jakiego jeszcze nigdy w życiu nie doświadczył. Kości płonęły mu ogniem, głowa pękała wzdłuż blizny na czole, oczy potoczyły się do wnętrza czaszki... Pragnął tylko jednego: żeby to się skończyło... żeby zemdleć... umrzeć...

I nagle się skończyło. Zwisł bezwładnie w sznurach, którymi był przywiązany do nagrobka ojca Voldemorta. Patrzył w te płonące, czerwone oczy poprzez mgłę. Ciemność nocy rozbrzmiała śmiechem śmierciożerców.

— Teraz chyba widzicie, jak głupio było przypuszczać, że ten chłopiec może być kiedykolwiek silniejszy ode mnie — rzekł Voldemort. — I nie chcę, by ktokolwiek popełnił taką pomyłkę w przyszłości. Harry Potter umknął mi dzięki szczęśliwemu dla niego przypadkowi. Ale zamierzam okazać wam swoją prawdziwą moc, zabijając go tu i teraz, przed wami wszystkimi. Tu już nie ma Dumbledore'a, by mu pomógł, nie ma jego matki, by oddała za niego życie. Ale dam mu szansę. Pozwolę mu walczyć, żebyście nie mieli wątpliwości, który z nas jest silniejszy. Jeszcze chwilę, Nagini — szepnął, a wąż odpełzł przez trawę ku kręgowi śmierciożerców.

— A teraz rozwiąż go, Glizdogonie, i oddaj mu różdżkę!

ROZDZIAŁ TRZYDZIESTY CZWARTY

Priori incantatem

Harry dźwignął omdlałe ciało, by znaleźć oparcie w stopach, gdy sznury zostaną rozwiązane. Glizdogon podniósł swą nową srebrną rękę, wyciągnął mu z ust knebel, a potem jednym szybkim ruchem przeciął więzy.

Przez ułamek sekundy Harry rozważał możliwość ucieczki, ale zraniona noga zadrżała pod nim, gdy stanął na zarośniętym grobie, a śmierciożercy już zwierali szeregi, podchodząc bliżej i tworząc ciasny krąg wokół niego i Voldemorta, likwidując luki po tych, którzy nie przybyli na wezwanie. Glizdogon podszedł do miejsca, gdzie leżało ciało Cedrika, i wnet wrócił z różdżką Harry'ego, którą wcisnął mu szorstko w rękę, nie patrząc w twarz. Potem zajął miejsce w kręgu śmierciożerców.

— Chyba cię nauczono, jak się pojedynkuje, Potter? — zapytał cicho Voldemort, a jego czerwone oczy zalśniły w ciemności.

Harry przypomniał sobie, jakby to było w przeszłym życiu, Klub Pojedynków w Hogwarcie, do którego uczęszczał krótko dwa lata temu. Czego się tam nauczył? Tylko zaklęcia rozbrajającego, Expelliarmus, a cóż mogłoby mu ono teraz dać? Nawet gdyby zdołał wytrącić Voldemortowi różdżkę z ręki, to przecież ze wszystkich stron otaczali go śmierciożercy. Co najmniej trzydziestu na jednego... Nigdy nie uczył się żadnego czaru, którym mógłby się posłużyć w takiej sytuacji. Zrozumiał, że staje wobec tego, przed czym Moody zawsze ich ostrzegał... wobec niemożliwego do zablokowania zaklęcia Avada kedavra, a Voldemort miał rację: tym razem nie było przy nim matki, która oddałaby za niego życie... Tym razem był zupełnie sam, pozbawiony jakiejkolwiek ochrony...

— Ukłońmy się sobie, Harry — powiedział Voldemort, pochylając się lekko, ale nie spuszczając z niego oczu.

— No, dalej, trzeba zachować te wszystkie finezje. Dumbledore byłby z ciebie rad, gdybyś się popisał dobrymi manierami. Pokłoń się śmierci, Harry...

Śmierciożercy wybuchnęli śmiechem. Nikły uśmiech wykrzywił też pozbawione warg usta Voldemorta. Harry nie skłonił się przed nim. Nie zamierzał mu pozwolić bawić się swoim kosztem, zanim zginie... Nie zamierzał dać mu tej satysfakcji...

— Powiedziałem: *ukłoń się* — wycedził Voldemort, podnosząc różdżkę.

Harry poczuł, że kręgosłup wygina mu się, jakby go ucisnęła bezlitośnie jakaś wielka, niewidzialna ręka. Śmierciożercy zaśmiali się jeszcze głośniej.

— Bardzo dobrze — powiedział cicho Voldemort i ponownie uniósł różdżkę, a ucisk na karku zelżał. — A teraz stań przede mną jak mężczyzna, wyprostowany i dumny... Tak jak umierał twój ojciec... Zaczynamy pojedynek.

Jeszcze raz uniósł różdżkę i zanim Harry zdążył zrobić cokolwiek, by się obronić, zanim zdążył wykonać jakikolwiek ruch, ponownie ugodziło go zaklęcie Cruciatus. Ból był tak silny, tak wszechogarniający, że stracił świadomość... Rozpalone do białości noże przeszywały każdy cal jego skóry, głowa pękała mu z bólu, krzyczał, krzyczał, krzyczał tak, jak jeszcze nigdy nie krzyczał w całym swoim życiu...

Nagle wszystko ustało. Harry przetoczył się na bok i podźwignął na nogi. Trząsł się cały jak Glizdogon, kiedy odciął sobie rękę, zatoczył się na obserwujących ich śmierciożerców, a oni odepchnęli go z powrotem w stronę Voldemorta.

— Mała przerwa — rzekł Voldemort, wydymając płaskie nozdrza. — Mała przerwa... Boli, co? Nie chcesz, żebym to zrobił jeszcze raz, co, Harry?

Harry nie odpowiedział. Wiedział, że za chwilę umrze tak jak Cedrik, mówiły mu to te bezlitosne czerwone oczy... Umrze i nic nie może na to poradzić... Ale nie będzie igraszką Voldemorta. Nie będzie mu posłuszny. Nie będzie go błagać o litość...

— Zapytałem cię, czy chcesz, żebym to zrobił jeszcze raz — powiedział cicho Voldemort. — Odpowiadaj! *Imperio!*

I Harry poczuł, po raz trzeci w życiu, jak z jego umysłu znikają wszelkie myśli. To było cudowne uczucie... Przestał myśleć... jakby się unosił w powietrzu, jakby śnił... *Odpowiedz mu: nie... powiedz: nie... odpowiedz: nie...*

Nie powiem, odezwał się gdzieś w tyle jego głowy silniejszy głos, nie odpowiem mu...

Powiedz: nie...

Nie zrobię tego, nie powiem...

Powiedz: nie...

— NIE POWIEM!

Te ostatnie słowa wydarły się już z ust Harry'ego. Potoczyły się echem po cmentarzu, a on sam ocknął się z sennego odrętwienia, jakby go oblano kubłem zimnej wody... Powrócił straszliwy ból, który pozostawiło zaklęcie Cruciatus, powróciła świadomość tego, gdzie jest i co go czeka...

— Nie powiesz? — zapytał cicho Voldemort, a śmierciożercy przestali się śmiać. — Nie powiesz „nie"? Harry, posłuszeństwo to cnota, której cię nauczę, zanim umrzesz... To co, może jeszcze troszkę poboli?

Uniósł różdżkę, ale tym razem Harry był na to przygotowany. Jego ciało przypomniało sobie o refleksie nabytym podczas trenigów quidditcha: rzucił się w bok na ziemię, przetoczył poza marmurowy nagrobek ojca Voldemorta i usłyszał, jak płyta pęka z trzaskiem, ugodzona zaklęciem.

— Nie bawimy się w chowanego, Harry — rozległ się cichy, zimny głos, a śmierciożercy znowu wybuchnęli śmiechem. — Przede mną nie możesz się ukryć. Już się zmęczyłeś pojedynkiem? Wolisz, żebym go zakończył? No, wychodź, Harry... Wyłaź stamtąd i walcz... To będzie szybkie, może nawet bezbolesne... Nie wiem... Nigdy nie umierałem...

Harry skulił się za płytą nagrobną. Oto nadszedł koniec. Nie ma żadnej nadziei... nie może liczyć na żadną pomoc. I kiedy słyszał, jak Voldemort podchodzi coraz bliżej, wiedział tylko jedno, a świadomość tego była ponad strach i rozum: nie umrze, kuląc się tu, jak dziecko bawiące się w chowanego, nie umrze, klęcząc u stóp Voldemorta... Umrze wyprostowany, jak jego ojciec, umrze, próbując się bronić, nawet jeśli żadna obrona nie jest możliwa...

Zanim Voldemort zdążył wychylić swą płaską głowę węża poza płytę nagrobną, Harry wstał, ścisnął mocno różdżkę, wyciągnął ją przed siebie i wyszedł zza płyty, stając twarzą w twarz z Voldemortem.

Lecz Voldemort był przygotowany. Kiedy Harry krzyknął: „*Expelliarmus!*", Voldemort krzyknął: „*Avada kedavra!*"

Z różdżki Voldemorta trysnął strumień zielonego światła i w tej samej chwili z różdżki Harry'ego wystrzelił czerwony promień. Zderzyły się w powietrzu pomiędzy nimi i nagle Harry poczuł, że jego różdżka wibruje, jakby przebiegał przez nią prąd elektryczny; palce zacisnęły mu się na niej tak, że nie mógłby jej puścić nawet, gdyby chciał... Wąski promień światła — już ani nie czerwony, ani nie zielony, tylko ciemnozłoty — połączył obie różdżki i Harry, śledząc jego bieg, zobaczył ze zdumieniem, że długie, białe palce Voldemorta również zacisnęły się na różdżce, która dygotała i wibrowała.

A potem — nagle, niespodziewanie — poczuł, jak jego stopy odrywają się od ziemi. Obaj wznosili się w powietrze, a ich różdżki wciąż były połączone strumieniem migocącego złotego światła. Poszybowali z dala od grobu ojca Voldemorta i wylądowali gładko poza grobami... Śmierciożercy krzyczeli, pytali Voldemorta, co mają robić, zbliżali się, tworząc wokół nich nowy krąg... Wąż wił się między ich stopami... Niektórzy wyciągali różdżki...

Złota nić łącząca Harry'ego i Voldemorta rozszczepiła się. Choć ich różdżki nadal były nią połączone, wytrysnęło z niej z tysiąc nowych promieni, wznosząc się nad nimi świetlistymi łukami, krzyżując się wokół nich, aż w końcu znaleźli się w złotej sieci o kształcie kopuły, w klatce ze złotych promieni, poza którą krążyli jak szakale śmierciożercy, a ich krzyki były teraz dziwnie stłumione...

— Nie róbcie nic! — wrzasnął do nich Voldemort, a Harry zobaczył, że jego czerwone oczy rozszerzyły się ze zdumienia, zobaczył, że Czarny Pan usiłuje przerwać nić światła, wciąż łączącą jego różdżkę z różdżką Harry'ego. Harry jeszcze mocniej zacisnął palce na różdżce, złapał ją obiema dłońmi... Złota nić nie pękła... wciąż ich łączyła...

— Nie róbcie nic, póki wam nie rozkażę! — krzyknął Voldemort.

A potem rozbrzmiał jakiś nieziemski, cudowny dźwięk... Napływał z każdej nici utkanej ze światła pajęczyny, która wibrowała wokół Harry'ego i Voldemorta. Był to dźwięk, który Harry natychmiast rozpoznał, choć słyszał go tylko raz w życiu... Śpiew feniksa...

Była to dla Harry'ego pieśń nadziei, najcudowniejsza i najmilsza muzyka, jaką kiedykolwiek słyszał. Poczuł się tak, jakby rozbrzmiewała w nim samym, a nie wokół niego, jakby go łączyła z Dumbledore'em, jakby przyjaciel szeptał mu do ucha:

Nie przerywaj połączenia.

Wiem, odpowiedział Harry muzyce, wiem, że nie mogę do tego dopuścić. Ale gdy tylko o tym pomyślał, poczuł, że to będzie jeszcze trudniejsze. Jego różdżka zaczęła wibrować coraz mocniej, promień łączący go z Voldemortem zmienił się: teraz ślizgały się po nim wielkie paciorki światła... Poczuł, że jego różdżka drga gwałtownie... Paciorki światła zaczęły spływać od Voldemorta ku niemu... Różdżka zadygotała wściekle...

Kiedy pierwszy paciorek światła zbliżył się do końca różdżki Harry'ego, drewno pod jego palcami rozgrzało się, jakby za chwilę miały z niego wystrzelić płomienie. Im bliżej była kulka światła, tym silniej wibrowała różdżka. Ogarnął go paniczny strach, że różdżka nie wytrzyma, że roztrzaska się pod jego palcami...

Skupił każdą cząsteczkę woli, jaka mu jeszcze pozostała, na zatrzymaniu i cofnięciu świetlistego paciorka w kierunku Voldemorta. W uszach rozbrzmiewała mu pieśń feniksa, wytrzeszczył oczy, utkwione w paciorku... i powoli, bardzo powoli, wszystkie sunące ku niemu paciorki zadrżały, zatrzymały się, a potem, tak samo powoli, zaczęły sunąć w przeciwną stronę... Teraz zadygotała różdżka w ręku Voldemorta, a na jego twarzy pojawił się wyraz zdumienia, prawie strachu...

Jeden ze świetlistych paciorków drgał już o kilka cali od końca różdżki Voldemorta. Harry nie miał pojęcia, dlaczego to robi, nie wiedział, co może przez to osiągnąć, ale skupił się tak, jak jeszcze nigdy w życiu nie skupił się na niczym, aby zmusić paciorek do przesunięcia się jeszcze dalej, do pokonania tych kilku cali... i powoli... bardzo powoli... paciorek przesunął się po złotej nici... zadrżał przez chwilę... aż w końcu połączył się z różdżką...

Różdżka Voldemorta wrzasnęła z bólu... Jego czerwone oczy rozszerzyły się w paroksyzmie strachu... Z końca różdżki wystrzelił kłąb gęstego dymu w kształcie ludzkiej dłoni i natychmiast zniknął... Widmo dłoni, którą Voldemort wyczarował dla Glizdogona... Jeszcze kilka wrzasków, a potem z końca różdżki zaczęło się wydymać coś o wiele większego, coś szarawego, co wyglądało jak kłąb bardzo gęstego, prawie namacalnego dymu... głowa... teraz pierś i ramiona... tors Cedrika Diggory'ego.

Harry doznał takiego szoku, że mało brakowało, a puściłby swoją różdżkę, ale instynktownie ścisnął ją jeszcze mocniej, żeby nie przerwać złotej nici, choć teraz gęste, szare widmo Cedrika (ale czy to było widmo?) w całości wyłoniło się z końca różdżki Voldemorta, jakby przecisnęło się przez bardzo wąski tunel... I oto ów cień Cedrika wyprostował się i spojrzał na złotą nić, a potem... przemówił.

— Trzymaj mocno, Harry.

Jego głos dochodził jakby z daleka i przetoczył się echem jak odległy grzmot. Harry spojrzał na Voldemorta. Czarny Pan w panice wytrzeszczył swoje wielkie, czerwone oczy.

Teraz było jasne, że wcale się tego nie spodziewał. Gdzieś w dole rozbrzmiewały przytłumione krzyki przerażonych śmierciożerców, krążących wokół złotej kopuły...

Różdżka ponownie wydała wrzaski i oto coś nowego zaczęło się wydobywać z jej końca... Mglisty zarys głowy, a za nim ramiona i tułów... Widmo starca, którego Harry zobaczył kiedyś we śnie, przeciskało się na świat tak samo, jak uprzednio widmo Cedrika, aż w końcu opadło tuż obok widma Cedrika, i wspierając się na lasce, spojrzało z łagodnym zdziwieniem na Harry'ego i Voldemorta, na złotą nić, na połączone nią różdżki...

— A więc to był jednak prawdziwy czarodziej — powiedział starzec, patrząc na Voldemorta. — Ukatrupił mnie, nie ma co... A ty go, chłopcze, pokonasz...

Lecz już wyłaniała się następna szara głowa, tym razem głowa kobiety. Harry, któremu ręce dygotały z wysiłku, gdy starał się utrzymać wibrującą różdżkę, zobaczył, jak i to widmo opada na ziemię i powstaje.

Cień Berty Jorkins omiatał zdumionym spojrzeniem pole bitwy.

— Nie puszczaj! — krzyknęła, a jej głos potoczył się dalekim echem jak głos Cedrika. — Nie daj mu się, Harry, nie puszczaj!

Wszystkie trzy widma zaczęły krążyć tuż przy wewnętrznych ścianach złotej sieci, a śmierciożercy miotali się w przerażeniu na zewnątrz. Śmiertelne ofiary Voldemorta szeptem dodawały Harry'emu otuchy i syczały coś do Voldemorta, coś, czego Harry nie mógł dosłyszeć.

Teraz z końca różdżki Voldemorta wyłoniła się jeszcze jedna głowa... i Harry'emu wystarczyło jedno spojrzenie, by zrozumiał, kto to będzie... wiedział o tym, jakby spodziewał się tego od chwili, gdy pojawił się Cedrik... wiedział, bo mglista postać, która się wyłaniała, była widmem kogoś, kto tej nocy gościł w jego myślach częściej niż ktokolwiek inny...

Mgliste widmo młodej kobiety* o długich włosach opadło na ziemię, wyprostowało się i spojrzało na Harry'ego... a Harry, któremu teraz ramiona dygotały rozpaczliwie, spojrzał prosto w widmową twarz swojej matki.

— Twój ojciec zaraz tu będzie — powiedziała cicho. — Chce cię zobaczyć. Uda ci się, Harry... trzymaj... nie puszczaj...

I wtedy pojawił się... Najpierw głowa, potem całe ciało... Wysoki mężczyzna o potarganych włosach. Mglista, utkana z cienia postać Jamesa Pottera wykwitła z końca różdżki Voldemorta, opadła na ziemię i wyprostowała się. Ojciec podszedł do Harry'ego, spojrzał na niego i przemówił takim samym odległym, toczącym się jak echo głosem, ale cicho, tak by nie usłyszał jego słów Voldemort, teraz wyraźnie przerażony, gdy otoczyły go widma jego ofiar...

— Kiedy przerwie się połączenie, pozostaniemy jeszcze tylko przez kilka chwil, ale damy ci czas na dotarcie do świstoklika. Powrócisz nim do Hogwartu... Rozumiesz, Harry?

— Tak — wydyszał Harry, ściskając z najwyższym wysiłkiem różdżkę, która zaczęła wyślizgiwać mu się z rąk.

— Harry — wyszeptało widmo Cedrika — zabierz ze sobą moje ciało, dobrze? Zabierz moje ciało, oddaj je moim rodzicom...

— Zrobię to — odpowiedział Harry, krzywiąc się z wysiłku.

---

* Zmiany na tej stronie dotyczące kolejności pojawiania się zjaw zostały wprowadzone przez Autorkę już po ukazaniu się wyd. angielskiego. (przyp. tłum.)

— Zrób to teraz — rozległ się szept jego ojca. —
Bądź gotów do biegu... zrób to teraz...

— TERAZ! — ryknął Harry.

Już wiedział, że i tak nie utrzyma różdżki ani chwili
dłużej... zebrał resztkę sił i szarpnął różdżką do góry... złota
nić pękła, utkana z promieni klatka znikła, pieśń feniksa
umilkła — ale cieniste postacie ofiar Voldemorta nie roz-
płynęły się w powietrzu — otaczały Voldemorta, osłaniając Harry'ego przed jego spojrzeniem...

Harry pobiegł tak, jak jeszcze nigdy w życiu. Roztrącił
dwóch oszołomionych śmierciożerców, popędził zygzakiem
między grobami, czując, jak ścigają go złowrogie zaklęcia,
słysząc, jak trafiają w kamienne płyty nagrobne; klucząc,
by ich uniknąć i by nie wpaść na groby, pędził ku ciału
Cedrika, nie czując już bólu w nodze, koncentrując się bez
reszty na tym, co musi zrobić...

— Oszołomcie go! — usłyszał krzyk Voldemorta.

Był już dziesięć stóp od Cedrika. Dał nurka za marmu-
rowego anioła, by uniknąć mknących ku niemu promieni
czerwonego światła, i zobaczył, jak koniec anielskiego skrzydła rozpryskał się, gdy ugodziło weń zaklęcie. Ścisnął mocniej różdżkę i wypadł spoza anioła...

— *Impedimento!* — krzyknął, ponad ramieniem celując różdżką w biegnących za nim śmierciożerców.

Usłyszał zduszony wrzask i pomyślał, że udało mu się
zatrzymać przynajmniej jednego, ale nie było czasu, by się
obejrzeć. Przeskoczył nad pucharem i padł w biegu na
ziemię. Kilka strumieni światła świsnęło mu tuż nad głową.
Wyciągnął rękę, by pochwycić dłoń Cedrika...

— Z drogi! Ja go zabiję! Jest mój! — ryknął Voldemort.

Ręka Harry'ego zacisnęła się na przegubie ręki Cedrika.

Od Voldemorta dzieliła go jedna płyta nagrobna, ale ciało Cedrika było za ciężkie, nie mógł go podźwignąć, a puchar był za daleko.

W ciemności zagorzały czerwone oczy. Zobaczył, jak usta Voldemorta krzywią się w uśmiechu, zobaczył, jak unosi różdżkę.

— *Accio!* — zawył Harry, celując różdżką w Puchar Trójmagiczny.

Puchar uniósł się w powietrze i poszybował ku niemu. Harry złapał uchwyt.

Usłyszał pełen wściekłości wrzask Voldemorta i w tym samym momencie poczuł szarpnięcie w okolicach pępka. Świstoklik zadziałał — pociągnął go za sobą w wirze wiatru i barw, Cedrik szybował razem z nim... Wracali.

ROZDZIAŁ TRZYDZIESTY PIĄTY

Veritaserum

Harry poczuł, że pada w trawę, jej silny zapach wypełnił mu nozdrza. Podczas podróży świstoklikiem zamknął oczy i teraz nie śmiał ich otworzyć. Nie ruszał się. Brakowało mu tchu, w głowie mu się kręciło, jakby wylądował na rozkołysanym pokładzie okrętu. Ściskał kurczowo zarówno gładki, chłodny uchwyt Pucharu Trójmagicznego, jak i rękę Cedrika — jakby miał się ześliznąć w ciemność, gromadzącą się na krańcach jego mózgu, gdyby tylko puścił uchwyt lub rękę. Był tak wstrząśnięty i wyczerpany, że ani myślał ruszyć się z ziemi. Wdychał woń trawy i czekał, aż coś się stanie. Blizna na czole wciąż piekła go boleśnie...

Nagle dobiegły go ogłuszające, oszałamiające dźwięki i głosy, tupot nóg, krzyki. Wtulił twarz w trawę, aby ich nie słyszeć... To jakiś nocny koszmar, który zaraz minie...

Nagle poczuł, że chwytają go czyjeś ręce i przewracają na plecy.

— Harry! *Harry!*

Otworzył oczy.

Zobaczył czarne, rozgwieżdżone niebo i pochylającego się nad nim Albusa Dumbledore'a. Ze wszystkich stron napierały twarze tłumu, czuł, jak ziemia dygoce od ich stóp. Znajdował się na skraju labiryntu. Tuż nad nim wyrastały trybuny, widać było sylwetki poruszających się na nich ludzi, jeszcze wyżej lśniły gwiazdy.

Puścił uchwyt pucharu, ale zimną rękę Cedrika ściskał jeszcze mocniej. Podniósł drugą rękę i chwycił Dumbledore'a za nadgarstek — twarz dyrektora to traciła, to odzyskiwała ostrość.

— On wrócił — wyszeptał Harry. — Wrócił. Voldemort.

— Co się dzieje? Co się stało?

Zobaczył nad sobą twarz Korneliusza Knota; była biała, przerażona.

— Mój Boże... Diggory! — wyszeptała twarz. — Dumbledore... on nie żyje!

Te słowa zostały podchwycone przez ciemne postacie wokół nich i powtórzone tym, którzy cisnęli się nieco dalej, a ci zaczęli je wykrzykiwać... krzyki potoczyły się w ciemność nocy...

— On nie żyje! On nie żyje! Cedrik Diggory nie żyje!

— Harry, puść go — usłyszał głos Korneliusza Knota i poczuł, że ktoś próbuje rozewrzeć jego palce, zaciśnięte na dłoni Cedrika, ale jej nie puścił.

A potem przybliżyła się twarz Dumbledore'a, wciąż zamazana i zamglona.

— Harry, już nie możesz mu pomóc. Już po wszystkim. Puść go.

— Chciał, żebym go sprowadził z powrotem — wymamrotał Harry; wydało mu się bardzo ważne, aby to wyjaśnić. — Chciał, żebym go oddał rodzicom...

— Dobrze, Harry, ale już po wszystkim, teraz go puść.

Dumbledore pochylił się jeszcze niżej i z zadziwiającą siłą, jak na tak starego i chudego człowieka, podniósł Harry'ego z ziemi i postawił na nogi. Harry zachwiał się. W głowie mu huczało. Czuł, że zraniona noga za chwilę ugnie się pod jego ciężarem. Tłum wokół niego zadygotał, każdy chciał przepchnąć się bliżej...

— Co się stało? Co mu jest? *Diggory jest martwy!*

— Trzeba go zanieść do skrzydła szpitalnego! — rozległ się donośny głos Korneliusza Knota. — Jest chory, ranny... Dumbledore, tam są jego rodzice... na trybunach... Ja wezmę Harry'ego...

— Nie, wolałbym...

— Dumbledore, Amos Diggory już biegnie. Nie sądzisz, że powinieneś mu coś powiedzieć, zanim sam zobaczy?

— Harry, zostań tutaj...

Dziewczęta piszczały, zanosiły się histerycznym szlochem... Cała scena migała dziwnie w oczach Harry'ego...

— Wszystko będzie dobrze, synu, zaraz się tobą zaopiekuję... Idziemy... do skrzydła szpitalnego...

— Dumbledore powiedział, że mam tu zostać — wymamrotał ochryple Harry.

Blizna pulsowała tępym bólem, bał się, że za chwilę zwymiotuje, ciemniało mu przed oczami.

— Musisz się położyć... Chodź ze mną... idziemy...

Ktoś o wiele od niego większy i silniejszy ciągnął go, prawie niósł, torując sobie drogę przez przerażony tłum. Harry słyszał wokół siebie zduszone okrzyki, szlochy, piski, a potem już tylko ciężki oddech podtrzymującego go człowieka, gdy szli przez łąkę, obok statku z Durmstrangu.

— Harry, co się stało? — zapytał w końcu mężczyzna, ciągnąc go po kamiennych stopniach.

Stuk, stuk, stuk. To Szalonooki Moody.

— Puchar był świstoklikiem — powiedział Harry w sali wejściowej. — Przeniósł mnie z Cedrikiem na cmentarz, a tam był Voldemort... Lord Voldemort...

Stuk, stuk, stuk. Po marmurowych schodach.

— Czarny Pan? Co się później stało?

— Zabili Cedrika... zabili Cedrika...

— A potem?

Stuk, stuk, stuk. Korytarzem.

— Sporządził eliksir... Odzyskał ciało...

— Czarny Pan odzyskał ciało? Wrócił?

— I pojawili się śmierciożercy... I pojedynkowaliśmy się...

— Walczyłeś z Czarnym Panem?

— Uciekłem... moja różdżka... zrobiła coś dziwnego... zobaczyłem mamę... i tatę... wyszli z jego różdżki...

— Tutaj, Harry, do środka. A teraz usiądź, zaraz poczujesz się lepiej... Wypij to...

Harry usłyszał szczęk klucza w zamku i zaraz potem poczuł, że Moody wciska mu w ręce kubek.

— Wypij to, zaraz poczujesz się lepiej... No, pij, Harry, muszę dokładnie wiedzieć, co się stało...

Moody przytknął mu kubek do ust i przechylił. Harry przełknął, zakrztusił się, ostry płyn zapiekł go w gardle. Gabinet Moody'ego nagle się wyostrzył, podobnie jak sam Moody... Był tak samo blady jak Knot, oczy miał utkwione w twarzy Harry'ego.

— Harry, więc Voldemort odżył, tak? Jesteś tego pewny? Jak to zrobił?

— Wziął coś z grobu swojego ojca, coś od Glizdogona i coś ode mnie...

Rozjaśniło mu się w głowie, blizna już tak nie bolała, widział wyraźnie twarz Moody'ego, choć w gabinecie było ciemno. Z oddali, z boiska quidditcha, dochodziły krzyki i nawoływania.

— Co wziął od ciebie? — zapytał Moody.

— Krew — odpowiedział Harry, podnosząc rękę.

Pokazał rozdarty rękaw, w miejscu, które przebił nóż Glizdogona. Moody wypuścił powietrze z płuc z cichym, długim świstem.

— A śmierciożercy? Wrócili?

— Tak... było ich wielu...

— Jak ich potraktował? — zapytał cicho Moody. — Przebaczył im?

Ale Harry nagle sobie coś przypomniał. Powinien to powiedzieć Dumbledore'owi, powinien mu natychmiast powiedzieć...

— Tutaj jest śmierciożerca! To on wrzucił moje nazwisko do Czary Ognia... Zadbał, bym przeszedł przez wszystkie zadania aż do końca...

Chciał wstać, ale Moody go przytrzymał.

— Ja wiem, kto jest tym śmierciożercą — powiedział cicho.

— Karkarow? — zapytał szybko Harry. — Gdzie on jest? Schwytał go pan? Jest uwięziony?

— Karkarow? — powtórzył Moody i zaśmiał się dziwnie. — Karkarow uciekł, kiedy poczuł palący Mroczny Znak na swoim ramieniu. Zdradził zbyt wielu wiernych popleczników Czarnego Pana, nie chciał się z nimi spotkać... Ale nie sądzę, by uciekł daleko. Czarny Pan potrafi wytropić swoich wrogów.

— Karkarow uciekł? Ale przecież... To nie on wrzucił moje nazwisko do Czary Ognia?

— Nie. To nie on. Ja to zrobiłem.

Harry to usłyszał, ale nie uwierzył.

— Nie, to nie pan — wybełkotał. — To nie pan...
Pan nie mógł tego zrobić...

— Zapewniam cię, że to ja — rzekł Moody, a jego
magiczne oko zawirowało i spoczęło na drzwiach.

Harry zrozumiał, że Moody upewnia się, czy nikt nie stoi
za drzwiami. W tej samej chwili auror wyciągnął różdżkę
i wycelował w niego.

— A więc przebaczył im, tak? Przebaczył śmierciożercom, tym, którzy uniknęli Azkabanu?

— Co?... — wydyszał Harry.

Wpatrywał się w różdżkę, którą Moody wciąż w niego
celował. To chyba jakiś głupi żart... to niemożliwe...

— Zapytałem cię — powiedział cicho Moody — czy
przebaczył tym szumowinom, które nie zrobiły nic, aby go
odnaleźć. Tym tchórzom, którzy go zdradzili, bo bali się
Azkabanu. Tym niewiernym, plugawym ścierwom, które
grasowały w maskach po finale mistrzostw świata w quidditchu, a czmychnęły na widok Mrocznego Znaku, który
wystrzeliłem w niebo.

— Pan wystrzelił?... O czym pan mówi?...

— Przecież ci mówiłem, Harry. Jednej rzeczy nienawidzę najbardziej: śmierciożercy na wolności. Odwrócili się od
mojego pana, kiedy potrzebował ich najbardziej. Spodziewałem się, że ich ukarze. Spodziewałem się, że podda ich
wymyślnym torturom. Powiedz mi, że ich poranił, Harry...
— Nagle jego twarz rozjaśnił uśmiech szaleńca. — Powiedz
mi, że im wypomniał... że rzucił im to w twarz... że tylko ja
pozostałem mu wierny, że byłem gotów postawić wszystko
na jedną szalę, ryzykować życie, byle tylko dostarczyć mu
to, czego najbardziej potrzebował... *Ciebie*, Harry.

— Nie... pan tego nie zrobił... to niemożliwe... to nie
pan...

— A kto wrzucił twoje nazwisko do Czary Ognia jako kandydata innej szkoły? Ja. Kto wystraszył wszystkich, którzy mogli ci zrobić krzywdę albo przeszkodzić ci w zdobyciu Pucharu Trójmagicznego? Ja. Kto skłonił Hagrida, by pokazał ci smoki? Ja. Kto pomógł ci odnaleźć jedyny sposób na pokonanie smoka? Ja.

Magiczne oko Moody'ego oderwało się od drzwi i ponownie utkwiło w Harrym. Koślawe wargi wykrzywiły się jeszcze bardziej niż zwykle.

— To wcale nie było łatwe, Harry, prowadzić cię za rączkę przez wszystkie zadania i nie wzbudzić niczyich podejrzeń. Musiałem użyć całej swojej przebiegłości, żeby nikt nie wyśledził, że maczałem palce w twoim sukcesie. Dumbledore'a na pewno by zaniepokoiło, gdybyś zbyt łatwo przez wszystko przeszedł. Wiedziałem, że jak już się dostaniesz do tego labiryntu, i to jako jeden z pierwszych, będę miał sposobność pozbycia się reszty zawodników i zapewnienia ci wolnej drogi do pucharu. Musiałem jednak pokonać również twoją głupotę. W czasie drugiego zadania najbardziej się bałem, że mój plan może się nie powieść. Obserwowałem cię, Potter. Wiedziałem, że nie rozwiązałeś łamigłówki złotego jaja, więc musiałem ci podpowiedzieć...

— To nie pan — wychrypiał Harry. — To Cedrik dał mi wskazówkę...

— A kto podpowiedział Cedrikowi, żeby otworzył jajo pod wodą? Ja. Założyłem, że przekaże ci tę informację. Przyzwoitymi ludźmi łatwo jest manipulować, Potter. Byłem pewny, że Cedrik odwdzięczy ci się za to, że powiedziałeś mu o smokach. I nie zawiodłem się. Ale nawet wtedy, Potter, nawet wtedy mało brakowało, a spaprałbyś wszystko. Obserwowałem cię przez cały czas... przez te wszystkie godziny, które przesiadywałeś w bibliotece. Nie przyszło ci do głowy, że książka, której tak szukałeś, od dawna leżała w twoim dormitorium? Wcześniej ją tam umieściłem, dałem ją Longbottomowi, nie pamiętasz? *Śródziemnomorskie magiczne rośliny wodne i ich właściwości.* Jakbyś do niej zajrzał, dowiedziałbyś się wszystkiego o skrzelozielu. Myślałem, że będziesz się wszystkich pytał, prosił o pomoc. Longbottom natychmiast by ci o tym powiedział. Ale nie... nie zapytałeś go... nie zapytałeś nikogo... Twoja głupia pycha, twoje żałosne poczucie niezależności mogły popsuć cały mój plan. Więc musiałem coś zrobić. Podsunąć ci tę informację w inny sposób. Powiedziałeś mi na balu, że pewien domowy skrzat dał ci prezent bożonarodzeniowy. Powiedziałeś mi, jak się nazywa. Wezwałem go więc do pokoju nauczycielskiego, żeby zabrał trochę szat do prania. A jak przyszedł, wdałem się w głośną rozmowę z profesor McGonagall na temat zakładników, zapytałem ją, czy sądzi, że Potter użyje skrzeloziela. A twój skrzacik natychmiast pobiegł do gabinetu Snape'a i wyciągnął z szafki skrzeloziele...

Koniec różdżki Moody'ego wciąż był skierowany prosto w serce Harry'ego. Ponad jego ramieniem, w wiszącym na ścianie wykrywaczu wrogów kłębiły się mgliste kształty.

— Siedziałeś w tym jeziorze tak długo, że już zacząłem się bać. Pomyślałem, że się utopiłeś, a w każdym razie, że na pewno przegrałeś. Na szczęście Dumbledore uznał twoją głupotę za szlachetność i dał ci za to dużo punktów. Odetchnąłem. Natomiast w labiryncie poszło ci jak z płatka, prawda? Myślałeś, że jesteś taki mądry i dzielny? Nie, to ja krążyłem wokół labiryntu, z łatwością przenikając moim okiem przez żywopłot i usuwając przeszkody z twojej drogi. Oszołomiłem Fleur Delacour. Rzuciłem na Kruma zaklęcie Imperius, żeby zaatakował Cedrika, zostawiając ci wolną drogę do pucharu.

Harry gapił się na niego z otwartymi ustami. Nadal nie mógł się z tym pogodzić... Przyjaciel Dumbledore'a, słynny auror, który wytropił i schwytał tylu śmierciożerców... Przecież to nie ma sensu... to niemożliwe...

Mgliste kształty w wykrywaczu wrogów robiły się coraz bardziej wyraźne. Teraz Harry dostrzegł już ponad ramieniem Moody'ego zarysy trzech postaci... Przybliżały się, a Moody ich nie widział. Magiczne oko nadal było utkwione w Harrym.

— A więc Czarnemu Panu nie udało się ciebie zabić, Potter — wyszeptał Moody. — A tak bardzo tego pragnął. Możesz sobie wyobrazić, jak sowicie mnie wynagrodzi, kiedy się dowie, że to dla niego zrobiłem. Dam mu ciebie... Dam mu to, czego mu najbardziej potrzeba, by się odnowić, a potem cię zabiję. Wyniesie mnie ponad wszystkich śmierciożerców, stanę się jego najdroższym, najbliższym wspólnikiem... droższym mu i bliższym od syna...

Wybałuszył normalne oko, magiczne nadal było utkwione w Harrym. Drzwi były zamknięte na klucz, a Harry wiedział, że nigdy mu się nie uda wyciągnąć swojej różdżki na czas...

— Ja i Czarny Pan — rzekł Moody, który teraz wyglądał już zupełnie jak obłąkany, napierając na Harry'ego i przygważdżając go dzikim wzrokiem — mamy ze sobą dużo wspólnego. Obaj, na przykład, mieliśmy za ojców miernoty... Tak, żałosne miernoty. Obaj zaznaliśmy upokorzenia, nosząc imiona i nazwiska takich ojców. I obaj zaznaliśmy rozkoszy, prawdziwej rozkoszy, zabijając swoich ojców, by zapewnić odrodzenie się Mrocznego Ładu!

— Jesteś obłąkany — wymamrotał Harry, nie mogąc się powstrzymać — jesteś kompletnie obłąkany!

— Obłąkany, mówisz? — powtórzył Moody podniesionym głosem. — Zobaczymy! Zobaczymy, kto popadnie w obłęd teraz, kiedy już odrodził się Czarny Pan, a ja stanę u jego boku! On powrócił, Potter, nie pokonałeś go... a teraz... ja pokonam ciebie!

Podniósł różdżkę, otworzył usta, Harry sięgnął za pazuchę...

— *Drętwota!*

Rozbłysło oślepiające czerwone światło i drzwi gabinetu otworzyły się z przeraźliwym hukiem.

Moody'ego odrzuciło do tyłu i padł z łoskotem na podłogę. Harry, wciąż wpatrując się w miejsce, w którym jeszcze przed chwilą była jego twarz, zobaczył w wykrywaczu wrogów Albusa Dumbledore'a, profesora Snape'a i profesor McGonagall wpatrujących się w niego. Odwrócił się i ujrzał ich troje w drzwiach. Dumbledore stał na przedzie, z wyciągniętą różdżką.

W tej krótkiej chwili Harry po raz pierwszy do końca zrozumiał, dlaczego mówiono, że Dumbledore jest jedynym czarodziejem, którego lęka się Voldemort. Gdy tak stał i patrzył na nieruchome ciało Szalonookiego Moody'ego, twarz miał straszną, przerażającą, groźną. Nie było na niej ani śladu zwykłego dobrotliwego uśmiechu, w oczach nie płonęły wesołe błyski. Była to twarz człowieka ogarniętego zimną furią, a z całej jego postaci promieniowała taka zniewalająca moc, jakby wydzielał z siebie falę parzącego żaru.

Wkroczył do gabinetu, wsunął stopę pod nieruchome ciało Moody'ego i jednym kopnięciem przewrócił je na plecy. Snape wszedł za nim i spojrzał w ekran wykrywacza wrogów, gdzie widać było wciąż jego własną twarz, wpatrującą się w pokój.

Profesor McGonagall natychmiast podeszła do Harry'ego.

— Chodź stąd, Potter — wyszeptała. Jej wąskie usta drgały, jakby miała się zaraz rozpłakać. — Pójdziemy do skrzydła szpitalnego...

— Nie — powiedział ostro Dumbledore.

— Albusie, on powinien natychmiast... Spójrz na niego... już dość przeszedł tej nocy...

— Zostanie tu, Minerwo, bo musi wszystko zrozumieć — uciął Dumbledore. — Zrozumienie to pierwszy krok do pogodzenia się z tym wszystkim, a bez tego nie odzyska sił. Musi się dowiedzieć, kto i dlaczego poddał go tej ciężkiej próbie, którą właśnie przeszedł.

— Moody — wydyszał Harry, który wciąż nie wierzył. — To przecież niemożliwe.

— To nie jest Alastor Moody — powiedział cicho Dumbledore. — W ogóle nie poznałeś prawdziwego Alastora Moody'ego. Prawdziwy Moody nie zabrałby cię ode mnie, po tym, co się wydarzyło. Kiedy to zrobił, już wiedziałem i ruszyłem za wami.

Pochylił się nad bezwładnym ciałem Moody'ego i sięgnął za szatę. Wyciągnął jego piersiówkę i pęk kluczy. Potem odwrócił się do profesor McGonagall i Snape'a.

— Severusie, przynieś mi najsilniejszy eliksir prawdy, jakim dysponujesz, a potem idź do kuchni i przyprowadź tu skrzatkę Mrużkę. Minerwo, z łaski swojej, pójdź do chatki Hagrida, znajdziesz tam wielkiego czarnego psa siedzącego na grządce z dyniami. Zaprowadź psa do mojego gabinetu, powiedz mu, że zaraz przyjdę, a sama wróć tutaj.

Jeśli nawet Snape lub McGonagall uznali te instrukcje za dość dziwne, to nie dali tego po sobie poznać. Oboje natychmiast opuścili gabinet. Dumbledore podszedł do kufra z siedmioma zamkami, wetknął pierwszy z kluczy w zamek i otworzył go. Kufer był pełen ksiąg z zaklęciami.

Zatrzasnął wieko, wsadził drugi klucz do drugiego zamka i ponownie otworzył kufer. Księgi z zaklęciami znikły: tym razem kufer zawierał kolekcję potrzaskanych fałszoskopów, trochę pergaminów i piór, a także coś, co wyglądało na srebrną pelerynę-niewidkę. Harry patrzył ze zdumieniem, jak Dumbledore wsuwa trzeci klucz, potem czwarty, piąty i szósty do kolejnych zamków, za każdym razem ujawniając zupełnie inną zawartość kufra. W końcu wsadził siódmy klucz w siódmy zamek, otworzył wieko i Harry aż krzyknął ze zdumienia.

Patrzył w mroczną czeluść, podziemne pomieszczenie, na którego dnie, jakieś dziesięć stóp niżej, leżał prawdziwy Moody, wychudzony i wynędzniały, pogrążony w głębokim śnie. Jego drewniana noga znikła, oczodół, w którym zwykle połyskiwało magiczne oko, ział pustką, na czaszce brakowało dużych kępek siwych włosów. Harry spoglądał, kompletnie oszołomiony, to na śpiącą postać na dnie lochu, to na nieruchome ciało Moody'ego, spoczywające na podłodze gabinetu.

Dumbledore wlazł do kufra, opadł miękko na dno lochu, tuż obok śpiącego Moody'ego, i pochylił się nad nim.

— Oszołomiony... pod działaniem zaklęcia Imperius... bardzo osłabiony. Oczywiście nie mogli go zabić, był im jeszcze potrzebny. Harry, rzuć mi płaszcz tego oszusta, Alastor jest bardzo wyziębiony. Będzie się nim musiała zaopiekować pani Pomfrey, ale chyba nie ma poważnego zagrożenia.

Harry posłusznie rzucił mu płaszcz, a Dumbledore owinął nim Moody'ego i wylazł z kufra. Teraz wziął z biurka płaską butelkę, odkręcił zakrętkę i przechylił butelkę do góry nogami. Na podłogę wylał się gęsty, kleisty płyn.

— Eliksir wielosokowy — powiedział Dumbledore.

— Sam widzisz, jakie to było proste, a jakie sprytne. Moody pił wyłącznie ze swojej piersiówki, wszyscy o tym wiedzieli. Oszust musiał, oczywiście, trzymać prawdziwego Moody'ego gdzieś w pobliżu, żeby sporządzać nowe porcje eliksiru. Spójrz na jego włosy, obcinał mu je przez cały rok, widzisz te nierówności? Wydaje mi się jednak, że dziś, w ferworze mógł zapomnieć o zażywaniu go tak często, jak powinien, czyli co godzinę... Zaraz zobaczymy...

Odsunął krzesło od biurka i usiadł w nim, utkwiwszy oczy w nieruchomym ciele Moody'ego. Harry też wlepił w nie wzrok. Minuty mijały w ciszy...

A potem twarz leżącego na podłodze mężczyzny zaczęła się zmieniać. Znikały blizny, skóra wygładzała się, okaleczony nos wypełnił się i zmniejszył. Długie, siwe włosy zamieniły się w czuprynę o barwie słomy. Nagle, z donośnym stukiem, odpadła drewniana noga, a na jej miejscu wyrosła normalna, po chwili z oczodołu wyskoczyło magiczne oko i potoczyło się po podłodze, gdzie nadal miotało się we wszystkie strony.

Mężczyzna leżący na podłodze miał bladą, lekko piegowatą skórę i jasną czuprynę. Harry poznał go. Widział go już w myślodsiewni Dumbledore'a, widział, jak dementorzy wyprowadzają go z sądu, słyszał, jak próbuje przekonać pana Croucha, że jest niewinny. Ale teraz miał zmarszczki wokół oczu i wyglądał o wiele starzej...

Z korytarza dobiegły pospieszne kroki. Wrócił Snape z Mrużką depczącą mu po piętach. Tuż za nimi szła profesor McGonagall.

— Crouch! — krzyknął Snape, zatrzymując się jak wryty w drzwiach. — Barty Crouch!

— Wielkie nieba... — jęknęła profesor McGonagall.

Mrużka, brudna i bardzo zaniedbana, wyjrzała zza nóg Snape'a. Rozdziawiła usta i zaskrzeczała donośnie:

— Panicz Barty! Paniczu Barty, co ty tu robić?

I rzuciła się na pierś młodego mężczyzny.

— Ty go zabić! Ty go zabić! Ty zabić syna mojego pana!

— On jest tylko oszołomiony, Mrużko — powiedział Dumbledore. — Proszę cię, odsuń się. Severusie, masz eliksir?

Snape wręczył mu mały flakonik z przezroczystym płynem. Było to veritaserum, którym zagroził Harry'emu podczas jednej z lekcji. Dumbledore wstał, pochylił się nad mężczyzną na podłodze, podciągnął go do ściany i usadowił w pozycji siedzącej, tuż pod ekranem wykrywacza wrogów, z którego wciąż spoglądały na nich odbicia Dumbledore'a, Snape'a i McGonagall. Mrużka nadal klęczała na podłodze, dygocąc i zakrywając twarz rękami. Dumbledore rozwarł mężczyźnie szczęki i wlał mu do ust trzy krople eliksiru. Potem wycelował różdżką w jego pierś i mruknął:

— *Rennervate*.

Syn Croucha otworzył oczy. Twarz miał sflaczałą, wzrok błędny. Dumbledore ukląkł przy nim, tak że ich twarze znalazły się na tym samym poziomie.

— Słyszysz mnie? — zapytał cicho Dumbledore.

Oczy mężczyzny drgnęły.

— Tak — szepnął.

— Chcę, żebyś nam powiedział, jak się tu dostałeś. Jak uciekłeś z Azkabanu?

Crouch odetchnął głęboko, spazmatycznie, a potem zaczął mówić martwym, pozbawionym emocji głosem.

— Uratowała mnie matka. Wiedziała, że jest umierająca. Namówiła ojca, żeby mnie stamtąd wyciągnął. Takie było jej ostatnie życzenie. Kochał ją tak, jak nigdy nie kochał mnie. Zgodził się. Przybyli do Azkabanu, żeby mnie odwiedzić. Dali mi eliksir wielosokowy z włosem mojej matki. Ona wypiła eliksir zawierający mój włos. Zamieniliśmy się.

Mrużka potrząsnęła głową, dygocąc na całym ciele.

— Niech panicz nic więcej nie mówi, ani słowa, wpędzi panicz swego ojca w kłopoty!

Ale Crouch wziął jeszcze jeden głęboki oddech i ciągnął tym samym bezbarwnym tonem:

— Dementorzy są ślepi. Wyczuli, że do Azkabanu weszła jedna zdrowa osoba i jedna umierająca. Wyczuli, że Azkaban opuszcza jedna zdrowa osoba i jedna umierająca. Mój ojciec wyprowadził mnie przebranego za moją matkę, żeby nie rozpoznał mnie któryś z więźniów. Matka wkrótce potem umarła w Azkabanie. Do samej śmierci piła eliksir wielosokowy. Pochowano ją jako mnie. Wszyscy w to uwierzyli.

Oczy mu zadrgały, zamrugał szybko.

— A co zrobił z tobą twój ojciec, kiedy wróciliście do domu? — zapytał cicho Dumbledore.

— Zainscenizował śmierć mojej matki. Cichy, prywatny pogrzeb. Grób jest pusty. Pod opieką domowej skrzatki odzyskałem zdrowie. Potem trzeba było mnie ukryć. Trzeba było nade mną zapanować. Mój ojciec użył wielu zaklęć, aby mnie sobie podporządkować. Kiedy odzyskałem siły, pragnąłem tylko odszukać mojego pana i wrócić do niego na służbę.

— W jaki sposób ojciec podporządkował cię sobie?

— Zaklęciem Imperius. Byłem pod całkowitą kontrolą ojca. Zmuszał mnie do noszenia peleryny-niewidki dzień i noc. Skrzatka nie odstępowała mnie na krok. Była moją strażniczką i opiekunką. Współczuła mi. Zdołała nakłonić mego ojca, żeby od czasu do czasu zapewniał mi jakieś rozrywki w nagrodę za dobre sprawowanie.

— Paniczu Barty... paniczu Barty... — zaszlochała Mrużka przez palce. — Panicz nie powinien im mówić, my mieć duże kłopoty...

— Czy ktoś kiedykolwiek odkrył, że wciąż żyjesz? — zapytał cicho Dumbledore. — Czy prócz twojego ojca i domowej skrzatki ktoś o tym wiedział?

— Tak — odpowiedział Crouch, a oczy znowu mu drgnęły. — Czarownica z biura mojego ojca. Berta Jorkins. Przyszła do nas z jakimiś papierami, żeby ojciec je podpisał. Jego nie było w domu. Mrużka wpuściła ją do środka i wróciła do kuchni, do mnie. Ale Berta Jorkins usłyszała, jak Mrużka ze mną rozmawia. Zaczęła się przysłuchiwać. Usłyszała dość, by zgadnąć, kto się ukrywa pod peleryną-niewidką. Kiedy wrócił mój ojciec, oskarżyła go wprost. Rzucił na nią bardzo silne zaklęcie zapomnienia. Za silne. Mówił, że doznała trwałego uszkodzenia mózgu.

— Po co ona przylazła... po co wtykała nos w nie swoje sprawy... — załkała Mrużka. — Dlaczego nie zostawiła nas w spokoju?

— Opowiedz mi o finale mistrzostw świata w quidditchu — rozkazał Dumbledore.

— To Mrużka namówiła do tego mojego ojca — odpowiedział Crouch, wciąż tym samym monotonnym głosem. — Namawiała go przez kilka miesięcy. Od lat nie wychodziłem z domu. Uwielbiałem mecze quidditcha. Niech pójdzie na ten mecz, mówiła. Będzie w pelerynie-niewidce. Obejrzy sobie mecz. Choć raz odetchnie świeżym powietrzem. Mówiła, że moja matka na pewno by tego pragnęła. Powiedziała mojemu ojcu, że matka oddała życie, by dać mi wolność. Nie po to umarła, bym do końca życia pozostał więźniem. I w końcu się zgodził. Wszystko zostało starannie zaplanowane. Ojciec wprowadził mnie i Mrużkę do loży, kiedy jeszcze w niej nikogo nie było. Mrużka miała mówić, że zajmuje mu miejsce. Ja miałem tam siedzieć, niewidzialny, a po meczu mieliśmy poczekać, aż wszyscy wyjdą. Wyglądałoby, że Mrużka wychodzi sama. Nikt by się nie dowiedział. Ale Mrużka nie wiedziała, że odzyskuję zdolności czarodziejskie. Zacząłem już walczyć z zaklęciem Imperius, którym ojciec spętał moją wolę. Były takie chwile, w których prawie czułem się sobą. Były krótkie okresy, kiedy wydawało mi się, że wymykam się spod jego kontroli. I coś takiego zdarzyło się właśnie tam, w loży honorowej. Jakbym się budził z głębokiego snu. Nagle stwierdziłem, że jestem w miejscu publicznym, na meczu quidditcha, i zobaczyłem różdżkę, wystającą z kieszeni chłopca siedzącego przede mną. Od czasu wtrącenia do Azkabanu nie pozwalano mi dotykać różdżki. Ukradłem ją. Mrużka tego nie zauważyła. Ona ma lęk wysokości. Zakrywała twarz rękami.

— Paniczu Barty, ty niedobry chłopaku! — szepnęła Mrużka, a łzy pociekły jej między palcami.

— Wróciliśmy do namiotu. A potem usłyszeliśmy śmierciożerców. Tych, którzy wymigali się od Azkabanu. Tych, którzy nigdy nic nie wycierpieli dla mojego pana. Odwrócili się do niego plecami. Nie utracili wolności, tak jak ja. Byli wolni, mogli go poszukiwać, ale tego nie zrobili. Zrobili sobie zabawę z jakichś mugoli. Ich głosy przebudziły mnie. Po raz pierwszy od tylu lat miałem jasny umysł. Byłem wściekły. Miałem różdżkę. Chciałem ich zaatakować. Chciałem ich ukarać za niewierność wobec mojego pana. Ojciec wyszedł z namiotu, żeby uwolnić tych mugoli. Mrużka bardzo się przestraszyła, jak mnie zobaczyła w takim stanie. Użyła własnych czarów, żeby mnie do siebie przywiązać. Wyciągnęła mnie z namiotu, zaciągnęła do lasu, byle z dala od śmierciożerców. Próbowałem ją zatrzymać. Chciałem wrócić na kemping. Chciałem pokazać tym śmierciożercom, co to znaczy być wiernym Czarnemu Panu. Chciałem ich ukarać za brak wierności. Użyłem skradzionej różdżki i wystrzeliłem w niebo Mroczny Znak. Pojawili się czarodzieje z ministerstwa. Miotali zaklęciami oszołamiającymi na wszystkie strony. Jedno trafiło między drzewa, gdzie stałem z Mrużką. Pękła łącząca nas więź. Oboje zostaliśmy oszołomieni. Kiedy znaleziono Mrużkę, ojciec od razu zrozumiał, że muszę być gdzieś w pobliżu. Przeszukał krzaki, tam, gdzie ją znaleziono, i wymacał mnie, leżącego na ziemi. Poczekał, aż ci z ministerstwa opuszczą las. Rzucił na mnie znowu zaklęcie Imperius i sprowadził do domu. Pozbył się Mrużki. Zawiodła go. Pozwoliła, bym ukradł różdżkę. Mało brakowało, a pozwoliłaby mi uciec.

Mrużka jęknęła rozpaczliwie.

— Odtąd byliśmy w domu tylko my, ja i ojciec. A potem... potem... — potoczył głową i na jego twarzy pojawił się uśmiech szaleńca. — Przyszedł po mnie mój pan. Przybył do naszego domu w nocy, w ramionach swojego sługi, Glizdogona. Dowiedział się, że wciąż żyję. W Albanii porwał Bertę Jorkins. Torturował ją. Dowiedział się od niej wielu rzeczy. Powiedziała mu o Turnieju Trójmagicznym. Powiedziała mu, że stary auror, Moody, będzie uczył w Hogwarcie. Torturował ją tak długo, aż przełamał zaklęcie niepamięci, które rzucił na nią mój ojciec. Powiedziała mu, że uciekłem z Azkabanu. Powiedziała mu, że ojciec więzi mnie w domu, żeby mi uniemożliwić poszukiwanie mojego pana. I w ten sposób mój pan dowiedział się, że ma wciąż wiernego sługę... może najwierniejszego ze wszystkich. Opierając się na informacjach uzyskanych od Berty, opracował plan. Byłem mu potrzebny. Przybył nocą do naszego domu. Ojciec otworzył mu drzwi.

Na jego twarzy rozlał się uśmiech, jakby to było najcudowniejsze wspomnienie jego życia. Mrużka utkwiła w nim swoje wielkie, brązowe oczy, wyzierające spomiędzy palców. Wyglądała na zbyt przerażoną, by coś powiedzieć.

— To stało się bardzo szybko. Mój pan rzucił na ojca zaklęcie Imperius. Teraz ojciec był więźniem, poddanym pod czyjąś kontrolę. Mój pan zmusił go do chodzenia do pracy, jak zwykle, do zachowywania się tak, jakby nic się nie stało. A ja odzyskałem wolność. Przebudziłem się. Po raz pierwszy od wielu lat poczułem się znowu sobą.

— A co kazał ci zrobić Lord Voldemort? — zapytał Dumbledore.

— Zapytał mnie, czy jestem gotów zaryzykować dla niego wszystko. Byłem gotów. Było moim marzeniem, moją największą ambicją, by mu służyć, by sprawdzić się na jego służbie. Powiedział mi, że chce mieć w Hogwarcie swojego wiernego sługę. Sługę, który przeprowadzi bezpiecznie Harry'ego Pottera przez Turniej Trójmagiczny, tak żeby nikt się niczego nie domyślił. Sługę, który będzie się nim opiekował. Który zapewni mu zdobycie pucharu. Który zamieni puchar w świstoklik, tak by pierwsza osoba, która go dotknie, została przeniesiona do mojego pana. Ale najpierw...

— Musieliście upolować Alastora Moody'ego — dokończył za niego Dumbledore. Głos miał spokojny, ale jego niebieskie oczy płonęły gniewem.

— Zajęliśmy się tym, ja i Glizdogon. Przygotowaliśmy eliksir wielosokowy. Udaliśmy się do jego domu. Moody się bronił. Zrobiło się zamieszanie. W ostatniej chwili zdołaliśmy podporządkować go naszej woli. Wepchnęliśmy go do jego własnego magicznego kufra. Obcięliśmy mu trochę włosów i wrzuciliśmy do eliksiru. Wypiłem i stałem się jego sobowtórem. Z jego drewnianą nogą i magicznym okiem. Byłem gotów stanąć przed Arturem Weasleyem, kiedy przybył, by zająć się wyciszaniem sprawy wśród mugoli. Puściłem w ruch pojemniki na śmieci. Powiedziałem Arturowi Weasleyowi, że usłyszałem na dziedzińcu włamywaczy, że to oni cisnęli tymi pojemnikami. Potem wziąłem ubrania Moody'ego, jego wykrywacze czarnej magii, wszystko, załadowałem do kufra razem z Moodym i udałem się do Hogwartu. Utrzymywałem go przy życiu, wciąż pod działaniem zaklęcia Imperius. Był mi potrzebny, chciałem go wypytywać o wszystko, co może mi być potrzebne. Dowiedzieć się wszystkiego o jego przeszłości, poznać jego zwyczaje. Żeby wyprowadzić w pole nawet Dumbledore'a. Musiałem też mieć jego włosy, żeby sporządzać eliksir wielosokowy. Inne składniki łatwo było uzyskać. Wykradłem z lochów skórkę boomslanga. Kiedy nauczyciel eliksirów nakrył mnie w swoim gabinecie, powiedziałem mu, że mam polecenie, by go przeszukać.

— A co się stało z Glizdogonem po tym, jak zaatakowaliście Moody'ego?

— Zajął się znowu opieką nad moim panem, w naszym domu, i pilnowaniem mojego ojca.

— Ale twój ojciec uciekł.

— Tak. Po jakimś czasie zaczął się opierać działaniu zaklęcia Imperius, tak jak ja uprzednio. Były okresy, w których wiedział, co się dzieje. Mój pan uznał, że nie można już dłużej pozwalać mu na wychodzenie z domu. Zmusił go, by pozostał i wysyłał do ministerstwa listy. Kazał mu napisać, że jest chory. Ale Glizdogon zaniedbał swoje obo-wiązki. Nie pilnował go dobrze. Ojciec uciekł. Mój pan domyślił się, że ojciec chce dotrzeć do Hogwartu. Że chce powiedzieć o wszystkim Dumbledore'owi. Że zamierza wyznać mu wszystko, nawet przyznać się, że pomógł mi uciec z Azkabanu. Przysłał mi wiadomość o ucieczce ojca. Kazał mi zatrzymać go za wszelką cenę. Więc czekałem. Użyłem mapy, którą zabrałem Harry'emu Potterowi. Mapy, która o mało co nie zniszczyła wszystkich moich planów.

— Mapy? — zapytał szybko Dumbledore. — Jakiej mapy?

— Mapy Hogwartu. Potter zobaczył mnie na niej. Zo-baczył, jak pewnej nocy kradnę z gabinetu Snape'a składniki eliksiru wielosokowego. Wziął mnie za mojego ojca, bo mamy takie same imiona. Tej samej nocy zabrałem mu mapę. Powiedziałem mu, że mój ojciec nienawidzi czarno-księżników. Uwierzył, że mój ojciec śledzi Snape'a. Czeka-łem przez tydzień na ojca. W końcu, pewnego wieczoru, zobaczyłem na mapie, że wchodzi na teren Hogwartu. Naciągnąłem pelerynę-niewidkę i zszedłem, żeby się z nim spotkać. Czaił się na skraju Zakazanego Lasu. Potem po-jawili się Potter z Krumem. Czekałem. Nie mogłem wy-rządzić krzywdy Potterowi, był potrzebny mojemu panu. Potter pobiegł po Dumbledore'a. Oszołomiłem Kruma. Zabiłem ojca.

— Nieee! — jęknęła Mrużka. — Paniczu Barty, pani-czu Barty, co panicz mówi?

— Zabiłeś swojego ojca — powiedział cicho Dumble-dore. — A co zrobiłeś z ciałem?

— Zaniosłem do Zakazanego Lasu. Okryłem peleryną--niewidką. Miałem przy sobie mapę. Widziałem, jak Potter wbiega do zamku. Spotkał Snape'a. Później przyłączył się do nich Dumbledore. Patrzyłem, jak Dumbledore wychodzi z zamku z Potterem. Wyszedłem z lasu, okrążyłem ich i niby przypadkiem się na nich natknąłem. Powiedziałem Dumbledore'owi, że Snape powiedział mi, dokąd pójść. Dumbledore polecił mi odszukać ojca. Wróciłem po jego ciało. Spojrzałem na mapę. Kiedy wszyscy poszli, przetransmutowałem ciało mego ojca w kość. Zakopałem ją, mając na sobie pelerynę-niewidkę, w świeżo skopanej ziemi przed chatką Hagrida.

Zaległo milczenie, tylko Mrużka nie przestawała szlochać.

— A dziś wieczorem... — rozległ się w końcu głos Dumbledore'a.

— Powiedziałem, że sam zaniosę Puchar Trójmagiczny do labiryntu przed kolacją — wyszeptał Barty Crouch.

— Zamieniłem go w świstoklik. Wszystko przebiegło zgodnie z planem mojego pana. Odzyskał swą moc, a ja zostanę przez niego wynagrodzony i wyniesiony ponad wszelkie marzenia czarodziejów.

Jego twarz ponownie rozjaśnił uśmiech szaleńca i głowa mu opadła na ramię. Mrużka załkała głośno u jego boku.

ROZDZIAŁ TRZYDZIESTY SZÓSTY

Drogi się rozchodzą

Dumbledore wstał. Spojrzał ze wstrętem na Barty'ego Croucha, a potem jeszcze raz podniósł różdżkę. Wystrzeliły z niej sznury, które oplotły Croucha, krępując go ciasno.

— Minerwo, zaprowadzę teraz Harry'ego na górę — rzekł, zwracając się do profesor McGonagall. — Czy mogę cię prosić, byś przez ten czas stanęła tu na warcie?

— Oczywiście.

Profesor McGonagall miała taką minę, jakby przed chwilą obserwowała kogoś wymiotującego. Kiedy jednak wyciągnęła różdżkę i wycelowała ją w Barty'ego Croucha, ręka jej nie drżała.

— Severusie, powiedz pani Pomfrey, żeby tutaj zeszła. Musimy przenieść Alastora Moody'ego do skrzydła szpitalnego. Potem idź na błonia, znajdź Korneliusza Knota i przyprowadź go tutaj. Na pewno będzie chciał przesłuchać Croucha osobiście. Powiedz mu, że gdyby mnie potrzebował, to za pół godziny będę w skrzydle szpitalnym.

Snape skinął w milczeniu głową i wyszedł z pokoju.

— Harry — powiedział łagodnie Dumbledore.

Harry wstał i zachwiał się; ból w nodze, o którym zapomniał, słuchając Croucha, teraz wrócił z całą mocą. Zdał sobie też sprawę z tego, że cały się trzęsie. Dumbledore złapał go pod ramię i wyprowadził na ciemny korytarz.

— Chcę, żebyś najpierw poszedł ze mną do mojego gabinetu, Harry — powiedział cicho. — Syriusz czeka tam na ciebie.

Harry kiwnął głową. Wciąż był oszołomiony i wszystko, co się wokół niego działo, wydawało mu się całkowicie nierealne, ale nie przejmował się tym; nawet go to cieszyło. Nie chciał myśleć o tym, co wydarzyło się od chwili, gdy po raz pierwszy dotknął Pucharu Trójmagicznego. Nie chciał być zmuszony do analizowania wspomnień, żywych i ostrych jak fotografie, które wciąż migały mu przed oczami. Szalonooki Moody w kufrze. Glizdogon, kulący się na ziemi, tulący do piersi kikut swojej ręki. Voldemort, podnoszący się z kotła. Cedrik... martwy... Cedrik, proszący, by oddać jego ciało rodzicom...

— Panie profesorze — wymamrotał — gdzie są państwo Diggory?

— Z profesor Sprout — odpowiedział Dumbledore. Jego głos, tak spokojny i opanowany w trakcie przesłuchiwania Barty'ego Croucha, teraz lekko zadrżał. — Jest opiekunką domu Cedrika i znała go najlepiej.

Doszli do kamiennej chimery. Dumbledore podał hasło i posąg odsunął się w bok, odsłaniając wejście. Weszli po spiralnych schodach i stanęli przed dębowymi drzwiami. Dumbledore otworzył je.

Stał tam Syriusz. Twarz miał bladą i wychudłą, jak wówczas, gdy uciekł z Azkabanu. Natychmiast do nich podszedł.

— Harry, nic ci nie jest? Wiedziałem... Wiedziałem, że coś takiego... Co się stało?

Ręce mu drżały, gdy doprowadził Harry'ego do fotela przed biurkiem i pomógł mu w nim usiąść.

— Co się stało? — powtórzył, bardziej natarczywym tonem.

Dumbledore zaczął mu opowiadać o tym, co wyznał Barty Crouch. Harry prawie tego nie słyszał. Był śmiertelnie zmęczony, bolały go wszystkie kości, pragnął tylko jednego: żeby już nikt nic od niego nie chciał, żeby mógł siedzieć tu tak długo, aż zaśnie, bo wówczas nie będzie już musiał ani myśleć, ani czuć czegokolwiek.

Usłyszał szelest skrzydeł. Feniks Fawkes sfrunął ze swojej żerdzi, przeleciał przez pokój i wylądował na jego kolanie.

— Och, Fawkes — westchnął cicho Harry.

Pogładził feniksa po bajecznie kolorowym grzbiecie, szkarłatnym i złotym. Fawkes mrugnął do niego. Jego ciepły ciężar przynosił dziwną ulgę i spokój.

Dumbledore zamilkł. Usiadł za biurkiem, naprzeciw Harry'ego. Patrzył na niego, ale Harry unikał jego spojrzenia, bo wiedział, że teraz zaczną się pytania i Dumbledore zmusi go do przeżycia tego wszystkiego na nowo.

— Harry, muszę się dowiedzieć, co wydarzyło się od chwili, gdy dotknąłeś świstoklika w labiryncie.

— Nie możemy z tym poczekać do rana? — zapytał szorstko Syriusz. Położył dłoń na ramieniu Harry'ego. — Niech się prześpi. Niech odpocznie.

Harry poczuł falę wdzięczności wobec Syriusza, ale Dumbledore nie zwrócił uwagi na jego słowa. Wychylił się ku Harry'emu, a ten, bardzo niechętnie, podniósł głowę i spojrzał w niebieskie oczy.

— Gdybym sądził, że mogę ci pomóc — powiedział łagodnie Dumbledore — pogrążając cię w zaczarowanym śnie i pozwalając ci zapomnieć na chwilę o tym wszystkim, zrobiłbym to na pewno. Ale wiem, że to ci nie pomoże. Zagłuszanie bólu na jakiś czas sprawia, że powraca ze zdwojoną siłą. Okazałeś wielkie męstwo, okazałeś więcej męstwa, niż mogłem się po tobie spodziewać. Proszę cię, byś jeszcze raz je okazał. Proszę cię, byś mi opowiedział, co się wydarzyło.

Feniks wydał z siebie jeden cichy, rozedrgany dźwięk, a Harry poczuł się tak, jakby mu do żołądka wpadła kropla gorącego płynu, rozgrzewając go i dodając mu siły.

Wziął głęboki oddech i zaczął opowiadać. A kiedy mówił, obrazy wszystkiego, co przeżył tej nocy, zaczęły przesuwać się przed jego oczami: zobaczył pryskającą iskrami powierzchnię eliksiru, który wskrzesił Voldemorta, zobaczył śmierciożerców, aportujących się między grobami, zobaczył ciało Cedrika, leżące na ziemi obok pucharu.

Kilkakrotnie Syriusz wydał z siebie taki odgłos, jakby chciał coś powiedzieć, ale za każdym razem Dumbledore uciszał go ręką, a Harry był z tego zadowolony, bo łatwiej mu było nie przerywać, jak już raz zaczął mówić. Odczuwał nawet pewną ulgę: jakby wyrzucał z siebie coś trującego. Nie było to łatwe, a nawet dużo go to kosztowało, ale wiedział, że kiedy już skończy, poczuje się o wiele lepiej.

Kiedy jednak opowiedział o tym, jak Glizdogon przebił mu ramię nożem, Syriuszowi wyrwał się z gardła okrzyk, a Dumbledore zerwał się z fotela tak szybko, że Harry aż się wzdrygnął. Profesor okrążył biurko i kazał mu wyciągnąć rękę. Harry pokazał rozerwany rękaw, a pod nim ranę.

— Powiedział, że jak użyje mojej krwi, wzmocni go to o wiele bardziej, niż gdyby użył krwi kogoś innego. Powiedział, że on też skorzysta z tej... z tej tarczy ochronnej, w którą wyposażyła mnie moja matka... I rzeczywiście, mógł mnie dotknąć... i nic mu się nie stało... Dotknął mojego policzka.

Przez chwilę wydawało mu się, że dostrzega błysk triumfu w oczach Dumbledore'a, ale natychmiast uznał, że musiało to być przywidzenie, bo gdy profesor wrócił za biurko, wyglądał na człowieka bardzo starego i bardzo zmęczonego.

— Ach, więc to tak — powiedział, siadając w swoim fotelu. — Voldemort pokonał tę szczególną barierę. Mów dalej, Harry.

I Harry opowiadał dalej. O tym, jak Voldemort wynurzył się z kotła; powtórzył też to, co zapamiętał z jego mowy do śmierciożerców. Potem opowiedział, jak Voldemort go rozwiązał, jak oddał mu różdżkę i kazał przygotować się do pojedynku.

Kiedy jednak doszedł do tego momentu, w którym ich różdżki połączył złoty promień, stwierdził, że trudno mu mówić dalej. Znowu ujrzał to wszystko, co wyszło z różdżki Voldemorta. Zobaczył Cedrika, tego starca, Bertę Jorkins... swoją matkę... ojca...

Poczuł ulgę, gdy Syriusz przerwał milczenie.

— Różdżki się połączyły? — powiedział, spoglądając to na Harry'ego, to na Dumbledore'a. — Dlaczego?

Dumbledore miał kamienną twarz.

— *Priori incantatem* — mruknął cicho.

Jego oczy spotkały się z oczami Harry'ego. Przez chwilę było tak, jakby połączył ich promień wzajemnego zrozumienia.

— Efekt cofnięcia zaklęć? — zapytał ostro Syriusz.

— Właśnie. Obie różdżki miały ten sam rdzeń. W każdej było pióro z ogona tego samego feniksa. *Tego* feniksa

— dodał, wskazując na szkarłatno-złotego ptaka, siedzącego spokojnie na kolanie Harry'ego.

— Pióro z mojej różdżki pochodzi od Fawkesa? — zdumiał się Harry.

— Tak. Jak tylko opuściłeś sklep pana Ollivandera cztery lata temu, napisał mi, że kupiłeś tę drugą różdżkę.

— Więc co się staje, kiedy różdżka spotyka swoją siostrę? — zapytał Syriusz.

— Obie różdżki przestają wówczas działać tak, jak powinny. Nie działają przeciw sobie. Jeśli jednak ich właściciele zmuszą je do walki... dochodzi do bardzo dziwnego efektu. Jedna z różdżek zmusza drugą do odtworzenia zaklęć, które wykonała... w odwrotnej kolejności, rzecz jasna. Najpierw ostatnie... potem te, które je poprzedzały...

Spojrzał pytająco na Harry'ego, a ten pokiwał głową.

— A to oznacza — powiedział powoli Dumbledore, utkwiwszy wzrok w twarzy Harry'ego — że musiała się pojawić jakaś forma Cedrika.

Harry znowu skinął głową.

— Diggory ożył? — zapytał żywo Syriusz.

— Żadne zaklęcie nie jest w stanie ożywić umarłego — odrzekł ponuro Dumbledore. — To raczej coś w rodzaju powracającego echa. Z różdżki wyłonił się cień żywego Cedrika... nie mylę się, Harry?

— Przemówił do mnie — powiedział Harry, który nagle znowu zaczął drżeć. — Duch Cedrika... widmo... nie wiem... ale przemówił.

— Echo — rzekł Dumbledore — które zachowało wygląd i charakter Cedrika. Podejrzewam, że pojawiły się również inne takie formy... dawniejsze ofiary różdżki Voldemorta...

— Jakiś starzec — powiedział Harry, czując wciąż ucisk w gardle. — Berta Jorkins. I...

— Twoi rodzice? — zapytał cicho Dumbledore.

— Tak.

Syriusz ściskał go teraz tak mocno za ramię, że poczuł ból.

— Ostatnie morderstwa, których dokonano za pomocą tej różdżki. — Dumbledore pokiwał głową. — W odwróconej kolejności. Pojawiłoby się więcej, gdybyś nie przerwał połączenia. Co robiły te echa?

Harry opisał, jak wyłaniające się z końca różdżki postacie krążyły wzdłuż złotej sieci, jak Voldemort zdawał się ich lękać, jak cień ojca Harry'ego powiedział mu, co robić, jak Cedrik wypowiedział swoje ostatnie życzenie.

W tym momencie głos odmówił mu posłuszeństwa. Obejrzał się na Syriusza i zobaczył, że ten ukrył twarz w dłoniach.

Nagle uświadomił sobie, że Fawkes nie siedzi już na jego kolanie. Sfrunął na podłogę i oparł swą piękną główkę o jego zranioną nogę. Grube, perliste łzy skapywały z jego oczu na ranę po ukąszeniu pająka. Ból ustał. Rana zniknęła. Noga była zdrowa.

— Powtórzę raz jeszcze — rzekł Dumbledore, gdy feniks wzbił się w powietrze i usiadł na żerdzi przy drzwiach. — Okazałeś męstwo, jakiego się po tobie nie spodziewałem, Harry. Okazałeś męstwo równe temu, jakie okazali ci, którzy ponieśli śmierć, walcząc z Voldemortem, gdy był w pełni swojej mocy. Podźwignąłeś ciężar, którego by nie podźwignął niejeden dorosły czarodziej. I dałeś nam to wszystko, czego mieliśmy prawo oczekiwać. Pójdziesz teraz ze mną do skrzydła szpitalnego. Nie chcę, żebyś tej nocy wrócił do swojego dormitorium. Eliksir usypiający i trochę spokoju... Syriuszu, zostaniesz przy nim?

Syriusz skinął głową i wstał. Znowu zamienił się w wielkiego czarnego psa i wyszedł za Harrym i Dumbledore'em z gabinetu, towarzysząc im na schodach, a potem w drodze do skrzydła szpitalnego.

Kiedy Dumbledore otworzył drzwi, Harry ujrzał panią Weasley, Billa, Rona i Hermionę, otaczających przerażoną panią Pomfrey. Wszystko wskazywało na to, że wypytywali ją, gdzie jest Harry i co mu się stało.

Wszyscy obrócili się gwałtownie, gdy Harry, Dumbledore i czarny pies weszli do środka. Pani Weasley krzyknęła zduszonym głosem:

— Harry! Och, Harry...

Pobiegła ku niemu, ale Dumbledore szybko stanął pomiędzy nimi.

— Molly — powiedział, podnosząc rękę — wysłuchaj mnie przez chwilę. Harry przeszedł tej nocy straszliwą próbę. Dopiero co wszystko mi opowiedział. Teraz potrzebuje tylko snu i spokoju. Jeśli zechce, byście przy nim zostali — dodał, patrząc na Rona, Hermionę i Billa — możecie zostać. Ale nie wypytujcie go o nic, dopóki nie będzie gotów udzielić wam odpowiedzi, a nie sądzę, by był gotów tej nocy.

Pani Weasley kiwnęła głową. Była bardzo blada.

Odwróciła się do Rona, Hermiony i Billa i spojrzała na nich tak, jakby hałasowali.

— Słyszeliście? — syknęła. — Potrzebuje spokoju!

— Panie dyrektorze — powiedziała pani Pomfrey, spoglądając na czarnego psa — czy mogę zapytać, co...

— Ten pies pozostanie przy Harrym — przerwał jej Dumbledore. — Zapewniam panią, że jest bardzo dobrze wytresowany. Poczekam, Harry, aż znajdziesz się w łóżku.

Harry poczuł niewymowną wdzięczność do Dumbledore'a za to, że poprosił wszystkich, by nie zadawali mu pytań. Ich towarzystwo sprawiało mu przyjemność, ale po prostu nie mógł znieść myśli o wyjaśnianiu im wszystkiego, o wyrzucaniu z siebie tego wszystkiego jeszcze raz.

— Wrócę do ciebie, jak tylko porozmawiam z Knotem, Harry — powiedział Dumbledore. — Wolałbym, żebyś jutro jeszcze tu pozostał, chcę najpierw przemówić do całej szkoły.

I wyszedł. Kiedy pani Pomfrey poprowadziła Harry'ego do najbliższego łóżka, dostrzegł nieruchome ciało prawdziwego Moody'ego, spoczywające na łóżku w samym końcu pokoju. Drewniana noga i magiczne oko spoczywały na szafce nocnej.

— Nic mu nie jest? — zapytał.

— Wyzdrowieje — odpowiedziała pani Pomfrey, podając Harry'emu piżamę i zaciągając zasłony wokół łóżka.

Zdjął szatę, wciągnął piżamę i położył się. Ron, Hermiona, Bill, pani Weasley i czarny pies usiedli na krzesłach po obu stronach łóżka. Ron i Hermiona przypatrywali mu się uważnie, trochę tak, jakby się go bali.

— Nic mi nie jest — powiedział im. — Jestem tylko zmęczony.

Oczy pani Weasley wypełniły się łzami, gdy zupełnie niepotrzebnie wygładzała mu pościel.

Wróciła pani Pomfrey, niosąc czarkę i małą butelkę z jakimś fioletowym płynem.

— Musisz to wszystko wypić, Harry. To eliksir usypiający. Nie będziesz miał po nim żadnych snów.

Harry wziął od niej czarkę i wypił kilka łyków. Natychmiast poczuł senność. Wszystko wokoło zamgliło się, lampy w sali szpitalnej zamrugały do niego przyjaźnie przez zasłony wokół łóżka, ciało zapadło się głębiej w miłe ciepło puchowego materaca. Zanim zdołał wypić wszystko, zanim zdążył wypowiedzieć choćby jeszcze jedno słowo, pogrążył się w głębokim śnie.

*

Obudził się tak rozkosznie rozgrzany i tak jeszcze senny, że nie otwierał oczu, czekając, aż zaśnie ponownie. W pokoju było dość ciemno; był pewny, że wciąż jest noc i czuł się tak, jakby nie spał zbyt długo.

A potem usłyszał wokół siebie szepty.

— Obudzą go, jeśli się nie przymkną!

— Dlaczego tak wrzeszczą? Przecież już chyba nic więcej nie mogło się stać, prawda?

Harry otworzył oczy. Ktoś musiał mu zdjąć okulary, bo widział wszystko jak przez mgłę. Zobaczył rozmazane sylwetki pani Weasley i Billa. Pani Weasley stała tuż przy jego łóżku.

— To głos Knota — wyszeptała. — A to chyba Minerwy McGonagall, tak? O co się tak kłócą?

Teraz i Harry usłyszał te głosy: dwoje ludzi wrzeszczało na siebie, zbliżając się do skrzydła szpitalnego.

— To godne pożałowania, Minerwo, ale jednak...

— Nie powinieneś go wprowadzać do zamku! — ryknęła profesor McGonagall. — Jak Dumbledore dowie się o tym...

Drzwi otworzyły się z hukiem. Nikt nie zauważył, że Harry usiadł na łóżku i założył okulary, bo kiedy Bill rozsunął zasłony, wszyscy wpatrywali się w drzwi.

Do sali wpadł Knot, a za nim McGonagall i Snape.

— Gdzie jest Dumbledore? — zapytał ostro Knot.

— Nie ma go tutaj — odpowiedziała gniewnie pani Weasley. — To jest sala szpitalna, panie ministrze, i chyba powinien pan...

Drzwi ponownie się otworzyły i tym razem wpadł Dumbledore.

— Co się stało? — zapytał ostrym tonem, patrząc to na Knota, to na profesor McGonagall. — Dlaczego ich niepokoicie? Minerwo, jestem bardzo zaskoczony... prosiłem cię, żebyś pilnowała Barty'ego Croucha...

— Nie ma już potrzeby go pilnować, Dumbledore! — krzyknęła. — Pan minister już o to zadbał!

Harry jeszcze nigdy nie widział profesor McGonagall w takim stanie. Widać było, że całkowicie utraciła nad sobą panowanie, na jej policzkach wykwitły purpurowe plamy, dłonie miała zaciśnięte w pięści i dygotała ze złości.

— Kiedy powiedzieliśmy panu Knotowi, że schwytaliśmy śmierciożercę odpowiedzialnego za ostatnie wydarzenia — powiedział Snape cichym głosem — uznał, że jego osobiste bezpieczeństwo zostało zagrożone. Uparł się, by wezwać dementora, by towarzyszył mu, gdy wejdzie do zamku. Zabrał go ze sobą do gabinetu, gdzie Barty Crouch...

— Mówiłam mu, że nigdy się na to nie zgodzisz, Albusie! — zagrzmiała profesor McGonagall. — Powiedziałam mu, że nigdy byś nie pozwolił wejść do zamku żadnemu dementorowi, ale...

— Droga pani! — ryknął Knot, który też był rozwścieczony, jak jeszcze nigdy przedtem. — Jako minister magii sam mogę decydować o tym, czy mam mieć ochronę podczas przesłuchania potencjalnie niebezpiecznego...

Ale jego głos zagłuszył krzyk profesor McGonagall.

— Gdy tylko ten... to coś... wkroczyło do gabinetu — wrzasnęła, dygocąc cała ze złości — rzuciło się na Croucha i...

Harry poczuł lodowaty ucisk w żołądku, gdy profesor McGonagall szukała słów, by opisać to, co się stało. Dla niego nie musiała kończyć zdania. Wiedział, co zrobił dementor. Obdarzył Barty'ego Croucha swoim śmiertelnym pocałunkiem. Wyssał z niego duszę. Teraz Crouch był tylko rośliną.

— Z tego wszystkiego, co o nim wiemy, żadna to strata! — wybuchnął Knot. — Jest odpowiedzialny za kilka mordów!

— Ale nie może już złożyć zeznań, Korneliuszu — powiedział Dumbledore. Wpatrywał się w Knota, jakby zobaczył go po raz pierwszy w życiu. — Nie może zeznać, dlaczego zabił tych ludzi.

— Dlaczego ich zabił? To chyba żadna tajemnica! — ryknął Knot. — To był groźny szaleniec! Z tego, co powiedzieli mi Minerwa i Severus, wynika, że wydawało mu się, że robi to na polecenie Sam-Wiesz-Kogo!

— Lord Voldemort rzeczywiście wydawał mu polecenia, Korneliuszu — powiedział Dumbledore. — Śmierć tych ludzi była tylko ubocznym skutkiem planu odzyskania pełni mocy przez Voldemorta. Plan się powiódł. Voldemort odzyskał swoje dawne ciało.

Knot wyglądał, jakby go oblano wiadrem zimnej wody. Mrugając oczami, spojrzał na Dumbledore'a tak, jakby nie uwierzył w to, co usłyszał.

— Sam-Wiesz-Kto powrócił? — wymamrotał, wciąż wytrzeszczając oczy na Dumbledore'a. — To absurdalne. Daj spokój, Dumbledore...

— Minerwa i Severus na pewno ci powiedzieli, że wysłuchaliśmy zeznań Barty'ego Croucha, jakie złożył, znajdując się pod działaniem veritaserum. Opowiedział nam, jak zdołał uciec z Azkabanu i jak Voldemort, dowiedziawszy się od Berty Jorkins o jego kryjówce, przybył do domu jego ojca i uwolnił go, a potem wykorzystał do porwania

Harry'ego. Powtarzam, plan się powiódł. Crouch pomógł Voldemortowi odzyskać moc.

— Posłuchaj, Dumbledore — powiedział Knot, a Harry ze zdumieniem dostrzegł lekki uśmiech na jego twarzy — przecież chyba sam w to nie wierzysz. Sam-Wiesz-Kto powrócił? Daj spokój... daj spokój... Oczywiście Crouch mógł być przekonany, że działa na polecenie Sam-Wiesz-Kogo, ale wierzyć takiemu szaleńcowi... Dumbledore...

— Kiedy Harry dotknął Pucharu Trójmagicznego, został przeniesiony prosto do Voldemorta. Był świadkiem jego odrodzenia się do nowego życia. Wyjaśnię ci to, jeśli pójdziesz ze mną do mojego gabinetu. — Zerknął na Harry'ego i zobaczył, że się obudził, ale potrząsnął głową i dodał: — Obawiam się, że nie mogę ci teraz pozwolić na przesłuchiwanie Harry'ego.

Knot nadal dziwnie się uśmiechał. Spojrzał na Harry'ego, potem na Dumbledore'a i rzekł:

— Więc jesteś gotów uwierzyć Harry'emu?

Zapadła cisza, którą przerwało głuche warczenie Syriusza. Zjeżył sierść i obnażył kły, wpatrując się w Knota.

— Oczywiście, że mu wierzę — rzekł Dumbledore; teraz oczy mu zapłonęły. — Wysłuchałem wyznania Croucha i wysłuchałem opowieści Harry'ego o tym, co się wydarzyło, gdy dotknął Pucharu Trójmagicznego. Obie wersje do siebie pasują i wyjaśniają, co się stało od czasu zniknięcia Berty Jorkins zeszłego lata.

Z twarzy Knota nie znikał dziwny uśmiech. Jeszcze raz spojrzał na Harry'ego, zanim przemówił:

— Więc jesteś gotów uwierzyć, że Lord Voldemort wrócił, opierając się na słowach obłąkanego mordercy i chłopca, który... no...

Ponownie zerknął na Harry'ego, a ten nagle zrozumiał.

— Pan czytał artykuł Rity Skeeter, panie Knot — powiedział cicho.

Ron, Hermiona, pani Weasley i Bill aż podskoczyli. Żadne z nich nie zdawało sobie sprawy z tego, że Harry nie śpi.

Knot poczerwieniał lekko, ale minę miał wyzywającą.

— A jeśli nawet, to co z tego? — zapytał, patrząc na Dumbledore'a. — A jeśli odkryłem, że starasz się ukryć pewne fakty dotyczące tego chłopca? Mowę wężów, na przykład? Te wszystkie dziwne ataki...

— Odnoszę wrażenie, że mówisz o jego bliźnie, która czasami daje o sobie znać? — zapytał chłodno Dumbledore.

— A więc przyznajesz, że jednak odczuwa bóle, tak? — powiedział szybko Knot. — Bóle głowy? Nocne koszmary? Być może... halucynacje?

— Posłuchaj mnie, Korneliuszu — rzekł Dumbledore, robiąc krok w jego kierunku, a Harry jeszcze raz odczuł promieniującą z niego dziwną moc czy władzę, jak wówczas, gdy oszołomił młodego Croucha. — Harry jest tak samo zdrowy na umyśle, jak ty czy ja. Ta blizna na czole nie zaćmiła mu mózgu. Sądzę, że zaczyna go boleć, kiedy Lord Voldemort jest w pobliżu albo ma szczególnie mordercze zamiary.

Knot cofnął się o pół kroku, ale nadal patrzył na Dumbledore'a wyzywająco.

— Wybacz mi, Dumbledore, ale nie słyszałem o bliźnie po złowrogim zaklęciu, która działa jak alarm ostrzegający przed...

— Ja widziałem Voldemorta, widziałem, jak się odrodził! — krzyknął Harry. Chciał zerwać się z łóżka, ale pani Weasley powstrzymała go siłą. — Widziałem śmierciożerców! Mogę panu podać ich nazwiska! Lucjusz Malfoy...

Snape poruszył się niespokojnie, ale gdy Harry na niego spojrzał, utkwił z powrotem wzrok w Knocie.

— Malfoy został oczyszczony z zarzutów! — powiedział Knot urażonym tonem. — To bardzo stara rodzina... Wspaniałomyślne darowizny...

— Macnair!

— Też został uniewinniony! Pracuje w Ministerstwie Magii!

— Avery... Nott... Crabbe... Goyle...

— Powtarzasz nazwiska tych, których trzynaście lat temu oskarżono o to, że są śmierciożercami! Mogłeś je znaleźć w starych aktach sądowych! Na miłość boską, Dumbledore! W zeszłym roku ten chłopiec też plótł jakieś bzdury wyssane z palca. Teraz mierzy wyżej, oskarża bezpodstawnie ludzi, a ty w to wszystko wierzysz... Ten chłopiec potrafi rozmawiać z wężami, Dumbledore, a ty nadal uważasz, że można mu wierzyć?

— Ty głupcze! — ryknęła profesor McGonagall. — Cedrik Diggory! Pan Crouch! To nie są przypadkowe ofiary szaleńca!

— Nie widzę cienia dowodu na to, że jest inaczej! — krzyknął wojowniczo Knot, purpurowy na twarzy. — Zdaje mi się, że wy wszyscy chcecie koniecznie wywołać panikę, która zdestabilizuje wszystko, co wypracowaliśmy przez ostatnie trzynaście lat!

Harry nie mógł uwierzyć w to, co słyszał. Zawsze uważał Knota za porządnego człowieka, trochę zarozumiałego, trochę blagiera, ale z natury dobrodusznego. A teraz stał przed nim niski, rozeźlony czarodziej, uparcie odmawiający pogodzenia się z perspektywą zniszczenia jego wygodnego i uporządkowanego świata — uwierzenia, że Voldemort powrócił.

— Voldemort powrócił — powtórzył Dumbledore.

— Jeśli po prostu pogodzisz się z tym faktem i podejmiesz właściwe kroki, możemy jeszcze opanować sytuację i zapobiec klęsce. Pierwszym i koniecznym krokiem jest pozbawienie dementorów kontroli nad Azkabanem...

— Co za bzdury! — żachnął się Knot. — Usunąć dementorów! Wylano by mnie ze stanowiska, gdybym coś takiego zaproponował! Połowa z nas śpi w nocy spokojnie tylko dlatego, że dementorzy strzegą Azkabanu!

— A druga połowa wcale nie śpi spokojnie, wiedząc, że ty, Korneliuszu, powierzyłeś opiekę nad najbardziej niebezpiecznymi zwolennikami Lorda Voldemorta istotom, które przyłączą się do niego, gdy tylko je wezwie! Nie łudź się, nie pozostaną ci wierni! Voldemort może im zaoferować o wiele więcej niż ty! A jak będzie miał za sobą dementorów i swoich dawnych zwolenników, trudno nam będzie go powstrzymać! Odzyska potęgę, jaką miał trzynaście lat temu!

Knot otwierał i zamykał usta, jakby żadne słowo nie mogło wyrazić jego oburzenia.

— Drugim krokiem, który musisz podjąć, i to natychmiast — ciągnął Dumbledore — jest wysłanie posłów do olbrzymów.

— Posłów do olbrzymów? — wrzasnął Knot piskliwym głosem. — Cóż to znowu za wariactwo?

— Trzeba wyciągnąć do nich przyjazną rękę, zanim będzie za późno, bo inaczej Voldemort zdoła ich przekonać, jak to już raz uczynił, że tylko on jeden spośród wszystkich czarodziejów przyzna im wszelkie prawa i wolności!

— Ty chyba nie mówisz poważnie! — wydyszał Knot, kręcąc głową i odsuwając się jeszcze bardziej od Dumbledore'a. — Jeśli społeczność czarodziejów dowie się, że chcę się porozumieć z olbrzymami... Dumbledore, przecież wszyscy ich nienawidzą... To byłby koniec mojej kariery...

— Jesteś ślepy — powiedział dobitnie Dumbledore; aura mocy wokół niego znowu stała się wyczuwalna, a oczy mu zapłonęły. — Jesteś ślepy, Korneliuszu, zaślepiła cię miłość do urzędu, jaki piastujesz! Przywiązujesz zbyt wielką wagę, zawsze tak było, do tak zwanej czystości krwi! Nie potrafisz zrozumieć, że nie jest ważne, kim kto się urodził, ale czym się stał! Twój dementor właśnie wykończył ostatniego potomka najstarszego rodu czystej krwi. Wystarczy tylko pomyśleć, co ten człowiek zrobił ze swoim życiem! Powiadam ci, Korneliuszu, podejmij kroki, o których ci wspomniałem, a zapamiętają ciebie, bez względu na to, czy będziesz nadal piastował ten urząd, czy nie, jako najdzielniejszego i największego ministra magii, jakiego kiedykolwiek mieliśmy. A jak ich nie podejmiesz, historia zapamięta cię jako człowieka, który stanął bezczynnie z boku i dał Voldemortowi drugą szansę na zniszczenie tego świata, który z takim wysiłkiem próbowaliśmy odbudować!

— To obłęd — wyszeptał Knot, wciąż się cofając. — Ty chyba zwariowałeś...

Zapadła cisza. Pani Pomfrey zamarła przy łóżku Harry'ego, zatykając sobie rękami usta. Pani Weasley wciąż pochylała się nad Harrym, trzymając go za ramię, by powstrzymać go od wstania z łóżka. Bill, Ron i Hermiona wytrzeszczali oczy na Knota.

— Jeśli za wszelką cenę chcesz pozostać ślepy, Korneliuszu — rzekł Dumbledore — to dotarliśmy do miejsca, w którym nasze drogi muszą się rozejść. Rób, co uważasz za słuszne. Ja też zrobię to, co, uważam za słuszne.

W jego głosie nie było ani cienia groźby; zabrzmiało to jak zwykłe stwierdzenie faktu, ale Knot najeżył się, jakby Dumbledore zbliżał się do niego z wyciągniętą różdżką.

— A teraz ty mnie posłuchaj, Dumbledore — powiedział, wymachując ostrzegawczo palcem. — Zawsze dawałem ci wolną rękę. Miałem dla ciebie wiele szacunku. Mogłem się nie zgadzać z wieloma twoimi decyzjami, ale milczałem. Niewiele jest osób, które by pozwoliły zatrudniać ci wilkołaki, trzymać w Hogwarcie Hagrida lub decydować o tym, czego uczyć w tej szkole, bez uzgodnienia tego z ministerstwem. Jeśli jednak zamierzasz działać przeciwko mnie...

— Jedyną osobą, przeciw której zamierzam działać — przerwał mu Dumbledore — jest Lord Voldemort. Jeśli i ty jesteś przeciw niemu, to pozostaniemy po tej samej stronie.

Knot milczał, jakby nie potrafił znaleźć na to odpowiedzi. Przez chwilę kiwał się na stopach, obracając w rękach melonik. W końcu powiedział z błagalną nutą w głosie:

— On nie mógł wrócić, Dumbledore, on po prostu nie mógł...

Nagle Snape drgnął i podszedł do niego szybkim krokiem, podwijając lewy rękaw. Pokazał obnażone przedramię Knotowi, który cofnął się gwałtownie.

— Patrz — powiedział szorstko Snape. — Patrz. Mroczny Znak. Nie jest już tak wyraźny, jak jeszcze godzinę temu, kiedy był całkiem czarny, ale wciąż go widać. Czarny Pan wypalił taki znak każdemu śmierciożercy. Żeby się nawzajem rozpoznawać i żeby on mógł nas do siebie wezwać. Kiedy dotknął tego znaku na ramieniu jakiegoś śmierciożercy, mieliśmy natychmiast deportować się i aportować u jego boku. W ciągu tego roku mój znak stawał się coraz bardziej wyraźny. Karkarowa również. Jak myślisz, dlaczego Karkarow uciekł tej nocy? Obaj poczuliśmy, że pali nas ten znak. Obaj zrozumieliśmy, że on powrócił.

Karkarow boi się zemsty Czarnego Pana. Zdradził zbyt wielu śmierciożerców, by spodziewać się miłego powitania. Knot cofnął się i od niego. Potrząsał głową. Sprawiał wrażenie, jakby nie uwierzył w ani jedno słowo Snape'a. Przez chwilę wpatrywał się z wyraźną odrazą w ciemne znamię na jego przedramieniu, a potem spojrzał na Dumbledore'a i wyszeptał:

— Nie wiem, o co ci chodzi, Dumbledore, tobie i twoim podwładnym, ale usłyszałem już dość. Nie mam nic więcej do dodania. Jutro skontaktuję się z tobą w sprawie dalszego kierowania tą szkołą. Muszę wracać do ministerstwa.

Był już prawie przy drzwiach, kiedy nagle się zatrzymał. Odwrócił się i podszedł do łóżka Harry'ego.

— Twoja nagroda — powiedział krótko, wyjmując z kieszeni wielką sakiewkę i rzucając ją na stolik przy łóżku. — Tysiąc galeonów. Powinna się odbyć uroczysta prezentacja zwycięzcy, ale w tych okolicznościach...

Wcisnął na głowę melonik i wyszedł z sali szpitalnej, zatrzaskując za sobą drzwi. Gdy tylko zniknął, Dumbledore odwrócił się i spojrzał na grupkę otaczającą łóżko Harry'ego.

— Mamy sporo do zrobienia. Molly, chyba mogę liczyć na ciebie i Artura, co?

— Oczywiście. — Pani Weasley była blada jak trup, ale jej głos zabrzmiał bardzo zdecydowanie. — Artur dobrze Knota zna. W ministerstwie trzyma go tylko sympatia do mugoli. Knot uważa, że Arturowi brakuje dumy, którą powinien odznaczać się każdy czarodziej.

— Więc muszę mu wysłać wiadomość. Trzeba powiadomić wszystkich, którzy mogą nam uwierzyć, a Artur łatwo dotrze do tych pracowników ministerstwa, którzy nie są tak krótkowzroczni jak Knot.

— Ja powiadomię tatę — powiedział Bill, wstając. — Natychmiast.

— Świetnie. Opowiedz mu, co tutaj się wydarzyło. Przekaż, że wkrótce skontaktuję się z nim osobiście. Ale niech zachowa dyskrecję. Jak Knot dowie się, że mieszam się w sprawy ministerstwa...

— Niech pan będzie o to spokojny.

Bill klepnął Harry'ego w ramię, pocałował matkę w policzek, włożył płaszcz i szybko wyszedł.

— Minerwo — powiedział Dumbledore — chcę się jak najszybciej zobaczyć z Hagridem. Niech przyjdzie do mojego gabinetu. I... z madame Maxime, jeśli wyrazi na to zgodę....

Profesor McGonagall kiwnęła głową i opuściła ich bez słowa.

— Poppy — zwrócił się do pani Pomfrey — czy byłabyś tak uprzejma i zeszła do gabinetu profesora Moody'ego? Myślę, że zastaniesz tam domową skrzatkę, Mrużkę, pogrążoną w rozpaczy. Zrób z nią, co uważasz za słuszne, i zaprowadź ją z powrotem do kuchni. Zgredek na pewno się nią zaopiekuje.

— O-oczywiście — wyjąkała pani Pomfrey, najwyraźniej wstrząśnięta wszystkim, co usłyszała, i też wyszła.

Dumbledore upewnił się, że drzwi są zamknięte, ale przemówił dopiero wtedy, gdy kroki pani Pomfrey ucichły.

— A teraz nadszedł czas, by dwie obecne tu osoby poznały swoją prawdziwą tożsamość. Syriuszu, może odzyskałbyś swą normalną postać?

Wielki czarny pies spojrzał na niego krótko, po czym w jednej chwili zamienił się w mężczyznę. Pani Weasley wrzasnęła i odskoczyła od łóżka.

— Syriusz Black!

— Mamo, uspokój się! — krzyknął Ron. — On nie jest groźny!

Snape nie krzyknął ani nie odskoczył do tyłu, ale na jego twarzy odmalowała się mieszanina wściekłości i przerażenia.

— Co on tu robi? — warknął, wpatrując się w Syriusza, którego twarz wyrażała podobną niechęć.

— Jest tutaj na moje zaproszenie — odpowiedział Dumbledore, patrząc to na jednego, to na drugiego. — Jak i ty, Severusie. Ufam wam obu. Nadszedł czas, byście zapomnieli o dawnych urazach i zaufali sobie.

Harry pomyślał, że Dumbledore domaga się cudu. Syriusz i Snape patrzyli na siebie z nieukrywaną nienawiścią.

— Póki co, zadowolę się brakiem otwartej wrogości — dodał Dumbledore z nutą zniecierpliwienia. — Podajcie sobie ręce. Jesteście teraz po tej samej stronie. Czasu jest mało, a nas jest tylko garstka, więc jeśli się nie zjednoczymy, możemy się pożegnać z wszelką nadzieją.

Powoli — wciąż łypiąc na siebie spode łba — Syriusz i Snape zbliżyli się do siebie, podali sobie ręce i natychmiast od siebie odeszli.

— Na razie musi nam to wystarczyć — rzekł Dumbledore, stając ponownie między nimi. — Teraz mam dla każdego z was zadanie. Reakcja Knota, choć można się było jej spodziewać, zmieniła wszystko. Syriuszu, musisz natychmiast ruszać w drogę. Musisz powiadomić Remusa Lupina, Arabellę Figg, Mundungusa Fletchera, naszych starych druhów. Przyczaj się przez jakiś czas u Lupina. Skontaktuję się tam z tobą.

— Ale... — zaczął Harry.

Bardzo chciał, żeby Syriusz został. Nie chciał rozstawać się z nim tak szybko.

— Wkrótce się zobaczymy, Harry — powiedział Syriusz. — Obiecuję. Ale muszę zrobić wszystko, co w mojej mocy, przecież to rozumiesz, prawda?

— Tak... Tak, oczywiście.

Syriusz uścisnął mu krótko rękę, skinął głową Dumbledore'owi, przemienił się z powrotem w czarnego psa i pobiegł do drzwi. Nacisnął łapą klamkę i zniknął.

— Severusie — rzekł Dumbledore — chyba wiesz, o co cię muszę poprosić. Jeśli jesteś gotów...

— Jestem.

Był nieco bledszy niż zwykle, a jego zimne, czarne oczy błyszczały dziwnie.

— No, to powodzenia — pożegnał go Dumbledore, patrząc na niego znacząco, a Snape bez słowa wyszedł za Syriuszem.

Minęło kilka minut, zanim Dumbledore znowu przemówił.

— Muszę zejść na dół i porozmawiać z państwem Diggory. Harry, wypij resztę eliksiru. Zobaczymy się wszyscy później.

Kiedy wyszedł, Harry opadł na poduszki. Hermiona, Ron i pani Weasley przyglądali mu się uważnie. Przez długi czas nikt nic nie mówił.

— Musisz wypić resztę tego eliksiru, Harry — powiedziała w końcu pani Weasley. Sięgnęła po butelkę i czarkę, stojące na szafce nocnej, i jej ręka trąciła sakiewkę ze złotem. — Wyśpisz się porządnie. Spróbuj teraz pomyśleć o czymś przyjemnym... na przykład o tym, co sobie kupisz za te pieniądze!

— Nie chcę tego złota — powiedział Harry martwym głosem. — Niech pani je weźmie. Każdy może je wziąć. Nie należy mi się. Powinien je dostać Cedrik.

To, z czym walczył od chwili wydostania się z labiryntu, teraz wróciło z całą mocą. Poczuł pieczenie w kącikach oczu. Zamrugał i wbił wzrok w sufit.

— To nie była twoja wina, Harry — szepnęła pani Weasley.

— Powiedziałem mu, żebyśmy razem dotknęli pucharu. Teraz piekło go również w gardle. Bardzo chciał, by Ron się odwrócił.

Pani Weasley odstawiła eliksir na szafkę, pochyliła się i objęła go. Nie pamiętał, by ktokolwiek go tulił tak... jak matka. Poczuł, że wali się na niego straszliwy ciężar tego wszystkiego, co przeżył tej nocy. Twarz matki, głos ojca, widok martwego Cedrika leżącego w trawie, wszystko to zaczęło wirować mu w głowie, aż w końcu nie mógł już dłużej tego znieść i skrzywił się rozpaczliwie, walcząc z żałosnym jękiem, który wydzierał mu się z gardła.

Rozległo się donośne trzaśnięcie i pani Weasley puściła Harry'ego, a on sam usiadł. Hermiona stała przy oknie. Trzymała coś w zaciśniętej dłoni.

— Przepraszam — wyszeptała.

— Twój eliksir, Harry — powiedziała szybko pani Weasley, ocierając oczy wierzchem dłoni.

Harry wypił eliksir za jednym zamachem. Skutek był natychmiastowy. Ogarnęła go przemożna senność i opadł na poduszki, nie myśląc już o niczym.

ROZDZIAŁ TRZYDZIESTY SIÓDMY

Początek

K iedy zaledwie miesiąc później Harry sięgał myślą wstecz, niewiele odnajdywał wspomnień z dni, które nastąpiły po owej nocy. Być może przeżył zbyt wiele, by cokolwiek jeszcze wywarło na nim trwalsze wrażenie. Te jednak wspomnienia, które zachował, były bardzo bolesne. Najgorsze było chyba spotkanie z rodzicami Cedrika, które miało miejsce następnego ranka.

Nie obwiniali go za to, co się stało, przeciwnie, dziękowali mu za sprowadzenie ciała Cedrika. Pan Diggory szlochał przez cały czas. Boleść pani Diggory była zbyt porażająca, by mogła płakać.

— A więc nie cierpiał tak bardzo — powiedziała, kiedy Harry opowiedział im, jak zginął Cedrik. — No i, ostatecznie, Amosie... umarł, kiedy zwyciężył w turnieju. Musiał być szczęśliwy.

Kiedy wstali, spojrzała jeszcze raz na Harry'ego i powiedziała:

— Teraz musisz pomyśleć o sobie.

Harry chwycił sakiewkę ze złotem, leżącą na nocnej szafce.

— Proszę to wziąć — mruknął. — Powinno należeć do Cedrika, był pierwszy...

Ale pani Diggory szybko odsunęła się od niego.

— Och, nie, jest twoje, mój kochany, nie moglibyśmy... zatrzymaj je.

＊

Harry powrócił do Gryffindoru następnego wieczoru. Hermiona i Ron powiedzieli mu, że tego ranka Dumbledore miał podczas śniadania krótkie przemówienie do całej szkoły. Prosił tylko, by zostawili Harry'ego w spokoju, by nikt go nie wypytywał i nie zmuszał do opowiadania o tym, co wydarzyło się w labiryncie. Harry zauważył, że większość uczniów omija go na korytarzach, unikając jego spojrzenia. Niektórzy szeptali, zakrywając usta rękami, kiedy przechodził. Podejrzewał, że wielu z nich uwierzyło w rewelacje Rity Skeeter i po prostu bało się go. Być może mieli własne teorie na temat śmierci Cedrika. Stwierdził jednak, że niewiele go to obchodzi. Najbardziej lubił przebywać w towarzystwie Rona i Hermiony. Rozmawiali o innych sprawach albo grali w szachy. Wydawało mu się, że wszyscy troje rozumieją się bez słów; każde z nich wyczekiwało na jakiś znak, jakąś wiadomość o tym, co dzieje się poza Hogwartem. Nie było sensu spekulować, co może się wydarzyć, póki nie mieli żadnych konkretnych wiadomości. Tylko raz poruszyli ten temat, kiedy Ron powiedział Harry'emu o rozmowie, którą jego matka odbyła z Dumbledore'em przed powrotem do domu.

— Poszła go zapytać, czy w lecie mógłbyś przyjechać do nas prosto stąd. Ale on chce, żebyś wrócił do Dursleyów, przynajmniej na razie.

— Dlaczego?

— Powiedziała, że Dumbledore nie podał jej powodów — odrzekł Ron, kręcąc głową. — Chyba musimy mieć do niego zaufanie, co?

Jedyną osobą poza Ronem i Hermioną, z którą Harry miał ochotę rozmawiać, był Hagrid. Ponieważ teraz nie było już nauczyciela obrony przed czarną magią, te lekcje mieli wolne. W pewne czwartkowe popołudnie poszli więc odwiedzić Hagrida w jego chatce. Był piękny, słoneczny dzień. Kiedy podeszli, Kieł wyskoczył przez otwarte drzwi, witając ich radosnym szczekaniem i machając ogonem.

— Kto tam? — rozległ się głos Hagrida, który wnet stanął w drzwiach. — Harry!

Wyszedł im na spotkanie, przyciągnął Harry'ego do siebie, przytulił, potargał mu pieszczotliwie włosy i powiedział:

— Dobrze cię znowu widzieć, chłopie. Dobrze cię widzieć.

Kiedy weszli do chatki, zobaczyli na stole dwa kubki wielkości cebrzyków.

— Piliśmy sobie herbatkę z Olimpią — wyjaśnił Hagrid. — Dopiro co wyszła.

— Kto? — zapytał Ron.

— Madame Maxime, a niby kto?

— To co, pogodziliście się?

— Nie wim, o czym mówisz — mruknął Hagrid, wyjmując więcej kubków z kredensu.

Zrobił herbatę, podał im talerz zakalcowatych ciasteczek, odchylił się do tyłu w krześle i przyjrzał się uważnie Harry'emu swoimi czarnymi jak żuki oczami.

— Wszystko gra, Harry? — burknął.

— Jasne.

— Oj, chyba nie bardzo. Oj, nie. Ale wyjdziesz z tego.

Harry nic nie odpowiedział.

— Ja wiedziałem, że on wróci — powiedział Hagrid, a oni spojrzeli na niego, zaskoczeni. — Wiedziałem to od lat, Harry. Wiedziałem, że gdzieś się kryje, wyczekując na swoją chwilę. No i się doczekał, a my musimy sobie z tym poradzić. Będziemy walczyć. Może uda się go powstrzymać, zanim odzyska dawną moc. Taki jest przynajmniej plan Dumbledore'a. To jest gość, ten Dumbledore, nie? Póki jest z nami, nie ma co pękać.

Uniósł swoje krzaczaste brwi, widząc, że nie bardzo ich przekonał.

— Nie ma co siedzieć i się zamartwiać. Co ma być, to będzie, a jak będzie, to jakoś sobie damy z tym radę. Dumbledore powiedział mi, czego dokonałeś, Harry.

Westchnął, wypiął pierś i utkwił wzrok w Harrym.

— Cholibka, twój tata nie mógłby sobie lepij poradzić z tym wszystkim. Chyba lepij już nie mogłem cię pochwalić, co, Harry?

Harry uśmiechnął się do niego. Był to jego pierwszy uśmiech od wielu dni.

— Czego chciał od ciebie Dumbledore? — zapytał.

— Tamtej nocy wysłał McGonagall, żeby sprowadziła do niego ciebie i madame Maxime.

— Dostałem pewną robótkę na lato. Ale to tajemnica. Nie wolno mi o tym gadać, nawet z wami. Olimpia... dla was... madame Maxime... pewnie mi pomoże. Chyba ją namówiłem.

— To ma coś wspólnego z Voldemortem?

Hagrid wzdrygnął się na dźwięk tego imienia.

— Może i tak — mruknął wymijająco. — No dobra,

kto chce ze mną pójść i popatrzyć sobie na ostatnią sklątkę? Żartowałem, żartowałem! — dodał pospiesznie, widząc ich miny.

*

Z ciężkim sercem Harry pakował swój kufer w wieczór przed powrotem na Privet Drive. Ze strachem myślał o pożegnalnej uczcie, zwykle tak radosnej, na której miano ogłosić zwycięzcę w rywalizacji domów. Od czasu, gdy opuścił skrzydło szpitalne, unikał Wielkiej Sali, gdy było w niej pełno ludzi, wolał jeść, kiedy była prawie pusta.

Kiedy on, Ron i Hermiona weszli do sali, od razu zobaczyli, że nie ma zwykłych odświętnych dekoracji. Zwykle Wielką Salę dekorowano barwami tego domu, który zwyciężył. Tym razem ściana za stołem nauczycielskim pokryta była czarnym kirem. Harry natychmiast zrozumiał, że to dla uczczenia pamięci Cedrika.

Przy stole nauczycielskim zobaczył prawdziwego Szalonookiego Moody'ego. Jego drewniana noga i magiczne oko były na swoich miejscach. Zachowywał się jednak bardzo nerwowo: podskakiwał za każdym razem, gdy ktoś do niego przemówił. Harry dobrze to rozumiał. Moody zawsze obawiał się niespodziewanego ataku ze strony sił Ciemności, a ten lęk musiał się bardzo pogłębić podczas dziesięciomiesięcznego uwięzienia we własnym kufrze. Krzesło profesora Karkarowa było puste i kiedy Harry usiadł przy stole Gryfonów, zaczął się zastanawiać, co się z nim teraz dzieje. Może Voldemort już go dopadł?

Madame Maxime natomiast siedziała obok Hagrida, rozmawiając z nim cicho. Dalej, za profesor McGonagall, siedział Snape. Kiedy Harry na niego popatrzył, na chwilę ich spojrzenia się spotkały, ale trudno było odczytać wyraz oczu Snape'a. Minę miał jeszcze bardziej kwaśną i nieprzyjemną niż zwykle. Harry przyglądał mu się dłużej, kiedy Snape odwrócił już wzrok.

Co takiego zrobił Snape na polecenie Dumbledore'a tamtej nocy, kiedy powrócił Voldemort? I dlaczego... dlaczego Dumbledore był tak przekonany o tym, że Snape jest po ich stronie? Kiedyś był ich szpiegiem; tak przynajmniej powiedział sam Dumbledore w myślodsiewni. Szpiegował zwolenników Voldemorta, „ryzykując życie". Może i teraz podjął się tego samego? Może nawiązał kontakt ze śmierciożercami? Udał, że tak naprawdę nigdy nie związał się z Dumbledore'em, że, podobnie jak sam Voldemort, wyczekiwał tylko na odpowiednią chwilę?

Te rozmyślania przerwał mu profesor Dumbledore, który wstał, by przemówić. W Wielkiej Sali było dziś mniej gwarno niż zwykle podczas uczty pożegnalnej, a teraz zapanowała kompletna cisza.

— Dobiegł końca — rzekł Dumbledore, rozglądając się po sali — jeszcze jeden rok.

Zamilkł, a jego spojrzenie padło na stół Hufflepuffu. Tam było najspokojniej, zanim wstał, i tam twarze były najsmutniejsze i najbardziej blade.

— Wiele bym chciał wam powiedzieć tego wieczoru, ale muszę najpierw wspomnieć o stracie wspaniałej osoby, która powinna tu siedzieć — wskazał na stół Puchonów — i razem z nami świętować zakończenie roku. Chciałbym wszystkich poprosić, by wstali i wznieśli puchary za Cedrika Diggory'ego.

Wszyscy powstali, wznieśli puchary, a przez salę przetoczył się pomruk:

— Cedrik Diggory...

Harry dostrzegł w tłumie Cho. Łzy spływały jej po policzkach. Kiedy wszyscy usiedli, wbił oczy w stół.

— Cedrik był człowiekiem, który miał w sobie wiele cech wyróżniających dom Hufflepufu — ciągnął Dumbledore. — Był dobrym i wiernym przyjacielem, był pracowitym uczniem i zawsze cenił sobie czystą grę. Jego śmierć dotknęła was wszystkich, bez względu na to, czy byliście jego bliskimi przyjaciółmi, czy nie. Myślę więc, że macie prawo wiedzieć dokładnie, jak do tego doszło.

Harry podniósł głowę i spojrzał na Dumbledore'a szeroko otwartymi oczami.

— Cedrik Diggory został zamordowany przez Lorda Voldemorta.

Przerażone szepty przebiegły po Wielkiej Sali. Uczniowie patrzyli na Dumbledore'a z niedowierzaniem i strachem. Lecz on stał spokojnie, obserwując ich w milczeniu.

— Ministerstwo Magii — powiedział w końcu — nie życzyło sobie, bym wam to oznajmił. Być może niektórzy z waszych rodziców będą przerażeni, kiedy się dowiedzą, że to zrobiłem, bo albo sami nie uwierzą w powrót Lorda Voldemorta, albo pomyślą, że nie powinienem wam tego mówić, bo jesteście za młodzi. Ja jednak wierzę, że prawda jest lepsza od kłamstwa. Każda próba udawania, że Cedrik zginął na skutek nieszczęśliwego wypadku, albo na skutek własnego błędu, byłaby obrazą jego pamięci.

Teraz wszystkie twarze — oszołomione i przerażone — były zwrócone ku dyrektorowi. Wszystkie... albo prawie wszystkie. Harry dostrzegł, że przy stole Slytherinu Draco Malfoy szepce coś do Crabbe'a i Goyle'a. Poczuł w żołądku gorącą falę gniewu. Zmusił się, by znowu spojrzeć na Dumbledore'a.

— Jest jeszcze ktoś, o kim muszę wspomnieć w związku ze śmiercią Cedrika — ciągnął Dumbledore. — Mówię, rzecz jasna, o Harrym Potterze.

Twarze przy stołach zafalowały, kilka zwróciło się na chwilę w stronę Harry'ego.

— Harry'emu Potterowi udało się uciec Lordowi Voldemortowi. Narażając własne życie, sprowadził ciało Cedrika do Hogwartu. Okazał, pod każdym względem, takie męstwo, jakie niewielu czarodziejów okazało, stając twarzą w twarz z Lordem Voldemortem. Pragnę go za to uczcić.

Zwrócił się z powagą w stronę Harry'ego i ponownie wzniósł puchar. Prawie wszyscy wstali i zrobili to samo. Przez salę przetoczyło się jego imię i nazwisko, wypito jego zdrowie. Wśród stojących Harry dostrzegł jednak wyraźną lukę: Malfoy, Crabbe, Goyle i wielu innych Ślizgonów pozostało na swoich miejscach, nie tknąwszy pucharów. Dumbledore, który nie miał magicznego oka, nie zauważył tego.

Kiedy wszyscy usiedli, Dumbledore ciągnął dalej:

— Celem Turnieju Trójmagicznego było pogłębienie i poszerzenie wzajemnego porozumienia między czarodziejami. W świetle tego, co się wydarzyło, takie porozumienie i więzi są jeszcze ważniejsze niż kiedykolwiek.

Dumbledore spojrzał na madame Maxime i Hagrida, na Fleur Delacour i resztę delegacji Beauxbatons, na Wiktora Kruma i innych przedstawicieli Durmstrangu, siedzących przy stole Slytherinu. Harry spostrzegł, że Krum ma bardzo dziwną, prawie przerażoną minę, jakby się bał, że Dumbledore powie zaraz coś nieprzyjemnego.

— Każdy gość na tej sali — powiedział Dumbledore, a jego oczy zatrzymały się dłużej na uczniach z Durmstrangu — będzie tutaj zawsze mile widziany, jeśli zechce nas odwiedzić w przyszłości. Powtarzam wam wszystkim jeszcze raz: skoro Lord Voldemort powrócił, będziemy na tyle silni, na ile będziemy zjednoczeni, i na tyle słabi, na ile będziemy podzieleni. Lord Voldemort posiada wielki talent siania niezgody i wrogości. Możemy mu przeciwstawić tylko równie silne więzi przyjaźni i zaufania. Niczym są różnice w zwyczajach i języku, jeśli mamy takie same cele i otwieramy przed sobą serca. Jestem przekonany, a jeszcze nigdy tak bardzo nie pragnąłem się mylić, że czekają nas bardzo ciężkie i trudne czasy. Niektórzy z was już ucierpieli z rąk Lorda Voldemorta. Wiele waszych rodzin doznało bolesnych strat. Tydzień temu straciliśmy jednego z waszych kolegów. Zapamiętajcie Cedrika. Pamiętajcie o nim, gdy nadejdzie czas, w którym będziecie musieli wybierać między tym, co słuszne, a tym, co łatwe. Zapamiętajcie, co stało się z tym dobrym, uprzejmym i dzielnym chłopcem, gdy stanął na drodze Lorda Voldemorta. Pamiętajcie o Cedriku Diggorym.

*

Kufer był już zapakowany, Hedwiga siedziała w klatce na wieku kufra. W zatłoczonej sali wejściowej Harry, Ron i Hermiona czekali z resztą uczniów czwartej klasy na powozy, które miały ich zawieźć na stację w Hogsmeade. Był kolejny słoneczny letni dzień. Harry pomyślał, że na Privet Drive będzie bardzo gorąco, wszystko będzie się zieleniło, klomby będą pokryte różnokolorowymi kwiatami. Nie wzbudziło to w nim jednak radości.

— 'Arry!

Rozejrzał się. Fleur Delacour wbiegała po kamiennych schodkach wiodących do zamku. Za nią, daleko, na błoniach, zobaczył Hagrida pomagającego madame Maxime zaprząc dwa olbrzymie konie do powozu.

— Ja mam nadzieję, my znowu się spotkami — powiedziała Fleur, podchodząc do niego z wyciągniętą ręką.

— Ja by chciala tu mieci pracę, poprawici swoi angielski.

— Mówisz już bardzo dobrze — wykrztusił Ron.

Fleur uśmiechnęła się do niego, Hermiona spojrzała spode łba.

— Do zobaczenia, 'Arry — powiedziała Fleur, odwracając się, by odejść. — Milo bylo cię poznać!

Harry'emu drgnęło trochę serce, kiedy patrzył, jak Fleur biegnie przez trawnik do madame Maxime, a jej srebrzyste włosy lśnią w słońcu.

— Ciekaw jestem, jak teraz wrócą ci z Durmstrangu — powiedział Ron. — Myślisz, że bez Karkarowa dadzą radę sterować tym statkiem?

— Karkarow wcale nie sterował — rozległ się gburowaty głos. — On siedział w swojej kabinie, a my odwalali całą robotę. — To Krum przyszedł, żeby się pożegnać z Hermioną. — Mogu ja cię prosić na słowo? — zapytał ją.

— Och... tak... oczywiście — odpowiedziała Hermiona, lekko zmieszana, i poszła za nim przez tłum, znikając im z oczu.

— Lepiej się pospiesz! — zawołał za nią Ron. — Powozy podjadą lada chwila!

Ale sam przestał wypatrywać powozów i następne kilka minut spędził, wyciągając szyję ponad tłum, żeby zobaczyć, dokąd poszli Krum z Hermioną. Wrócili dość szybko. Ron spojrzał uważnie na Hermionę, ale z jej twarzy nic nie dało się odczytać.

— Ja lubił Diggory'ego — powiedział nagle Krum do Harry'ego. — On zawsze był dla mnie uprzejmy. Zawsze. Chociaż jestem z Durmstrangu... od Karkarowa — dodał z nachmurzoną miną.

— Macie już nowego dyrektora? — zapytał Harry.

Krum wzruszył ramionami. Wyciągnął rękę, tak jak Fleur, i uścisnął dłoń Harry'emu, a potem Ronowi.

Ron wyglądał, jakby się w nim coś kotłowało. Krum już się odwrócił, by odejść, gdy Ron wypalił:

— Czy mógłbym dostać twój autograf?

Hermiona szybko spojrzała w bok, uśmiechając się do powozów, które właśnie toczyły się ku nim po podjeździe. Krum, z nieco zaskoczoną, ale i zadowoloną miną, podpisał się na kawałku pergaminu podsuniętym mu przez Rona.

*

W czasie powrotnej podróży do Londynu pogoda była zupełnie inna od tej, którą mieli, gdy we wrześniu jechali do Hogwartu. Na niebie nie było ani jednej chmurki. Harry'emu, Ronowi i Hermionie udało się znaleźć przedział tylko dla siebie. I tym razem trzeba było owinąć Świstoświnkę w szatę wyjściową Rona, żeby zatkać jej dziób, bo pohukiwała nieustannie. Hedwiga drzemała z łebkiem ukrytym pod skrzydłem, a Krzywołap zwinął się w kłębek na wolnym siedzeniu jak wielka, futrzana, ruda poduszka. Pociąg mknął na południe, a oni wreszcie rozmawiali ze sobą tak, jak nie rozmawiali przez cały tydzień. Harry czuł, że przemówienie Dumbledore'a coś w nim odblokowało. Rozmowa o tym, co się wydarzyło, nie sprawiała mu już takiego bólu. Przestali rozprawiać o tym, jakie kroki może podjąć Dumbledore, by powstrzymać Voldemorta, dopiero wtedy, gdy pojawił się wózek z drugim śniadaniem.

Kiedy Hermiona wróciła z korytarza i schowała resztę pieniędzy do torby, wyjęła z niej egzemplarz „Proroka Codziennego". Harry zerknął na gazetę, zastanawiając się, czy naprawdę ma ochotę wiedzieć, co tam wypisali, ale Hermiona, widząc to, powiedziała spokojnie:

— Nic nie ma. Możesz sam zobaczyć, ale nic o tym nie piszą. Sprawdzałam codziennie. W dzień po trzecim zadaniu była tylko mała wzmianka, że zwyciężyłeś w turnieju. Nawet nie wspomnieli o Cedriku. Nic. Założę się, że to Knot ich zmusił, żeby o tym wszystkim nie pisali.

— Rity nigdy do tego nie zmusi — zauważył Harry.

— Taki temat...

— Och, od czasu trzeciego zadania Rita nie napisała ani linijki — powiedziała Hermiona dziwnie sztucznym tonem. — Mówiąc ściślej — dodała, a tym razem głos jej nieco zadrżał — Rita Skeeter nie napisze niczego przez jakiś czas. Chyba że chce, bym zdradziła jej tajemnicę.

— O czym ty mówisz? — zapytał Ron.

— Odkryłam, w jaki sposób podsłuchiwała nasze prywatne rozmowy, kiedy dostała zakaz wstępu na teren szkoły — wyrzuciła z siebie jednym tchem.

— Jak to robiła? — zapytał natychmiast Harry.

— Jak to odkryłaś? — zapytał Ron, wybałuszając na nią oczy.

Harry miał wrażenie, że Hermiona od dawna pałała ochotą podzielenia się z nimi tą informacją, ale powstrzymywała się z powodu tego wszystkiego, co się ostatnio wydarzyło.

— No, prawdę mówiąc, ty mi to, Harry, podsunąłeś.

— Ja? W jaki sposób?

— *Pluskwy* — oznajmiła uradowana Hermiona.

— Przecież mówiłaś, że to w Hogwarcie nie działa...

— Och, nie chodzi o *elektroniczne* pluskwy. Nie, bo

widzicie... Rita Skeeter — głos jej dygotał ze szczęścia — jest niezarejestrowanym animagiem. Może się zamieniać... — wyciągnęła z torby zamknięty szczelnie słoiczek — ...w żuczka.

— Żartujesz — powiedział Ron. — Ale chyba nie... ona nie jest...

— Tak, jest — oznajmiła Hermiona, wymachując beztrosko słoiczkiem.

W środku było kilka gałązek i liści i wielki, tłusty żuk.

— No nie... nie żartuj... — wyszeptał Ron, biorąc od niej słoik i przyglądając mu się z bliska.

— Wcale nie żartuję — odpowiedziała Hermiona z triumfalnym uśmiechem. — Złapałam ją na parapecie okiennym w sali szpitalnej. Przypatrzcie się dobrze, a zobaczycie, że te prążki wokół jej czułków są dokładnie takie same, jak te jej okropne okulary.

Harry przyjrzał się żukowi i stwierdził, że tak jest w istocie. I teraz coś sobie przypomniał.

— Na tym posągu w grocie siedział żuk, kiedy przypadkowo podsłuchaliśmy, jak Hagrid opowiada madame Maxime o swojej mamie!

— No właśnie. A Wiktor wyciągnął mi z włosów żuka po naszej rozmowie nad jeziorem. I jeśli się nie mylę, Rita siedziała na parapecie okna podczas wróżbiarstwa, kiedy rozbolała cię blizna. Przez cały rok latała po zamku i podsłuchiwała, co się dało.

— Kiedy zobaczyliśmy Malfoya pod tym drzewem... — powiedział powoli Ron.

— Mówił do niej, trzymał ją w ręku — skończyła jego zdanie Hermiona. — Oczywiście o tym wiedział. Właśnie w ten sposób załatwiała te swoje miluśkie wywiadziki ze Ślizgonami. A oni przymknęli oko na to, że Rita łamie prawo, bo dostarczali jej różnych świństw o nas i o Hagridzie.

Hermiona wzięła słoik z rąk Rona i uśmiechnęła się do żuka, który obijał się o ścianki, bzykając wściekle.

— Powiedziałam jej, że ją wypuszczę, kiedy wrócimy do Londynu. Rzuciłam na słoik zaklęcie nietłukące, więc nie może się przemienić. I powiedziałam jej, żeby nie brała pióra do ręki przez cały rok. Zobaczymy, czy to ją oduczy wypisywania świństw o ludziach.

I z pogodnym uśmiechem schowała słoik do torby.

Drzwi przedziału rozsunęły się gwałtownie.

— Bardzo sprytne, Granger — powiedział Draco Malfoy.

Za jego plecami stali Crabbe i Goyle. Wszyscy trzej byli jeszcze bardziej z siebie zadowoleni i jeszcze bardziej bezczelni niż zwykle.

— A więc to tak — wycedził Malfoy, wsuwając się nieco do przedziału i patrząc po nich z głupawym uśmieszkiem błąkającym się wokół wąskich warg. — Złapałaś tę żałosną reporterkę, a Potter znowu jest pupilkiem Dumbledore'a. Ale numer.

Uśmiechnął się jeszcze szerzej. Crabbe i Goyle zachichotali.

— Staramy się o tym zapomnieć, co? — zapytał cicho. — Udawać, że nic się nie stało?

— Wynoś się — warknął Harry.

Nie zbliżył się do Malfoya od czasu, gdy zauważył, jak szepce do Crabbe'a i Goyle'a podczas przemówienia Dumbledore'a. W uszach mu coś dzwoniło. Ścisnął mocno różdżkę pod szatą.

— Wybrałeś przegrywającą stronę, Potter! Ostrzegałem cię! Powiedziałem ci, że powinieneś lepiej dobierać sobie towarzystwo, pamiętasz? Wtedy, jak się spotkaliśmy w pociągu, pierwszego dnia. Powiedziałem ci, żebyś się nie zadawał z takimi szumowinami! — Wskazał głową na Rona i Hermionę. — Teraz już jest za późno, Potter! Oni pójdą na pierwszy ogień, kiedy wróci Czarny Pan! Szlamy i kochasie mugoli pierwsi! No, może nie będą już pierwsi, to Diggory był pier...

Huknęło tak, jakby w przedziale eksplodowało pudło ogni sztucznych. Oślepiony blaskiem śmigających ze wszystkich stron zaklęć, ogłuszony serią huków, Harry zamrugał i spojrzał na podłogę.

Malfoy, Crabbe i Goyle leżeli bez ruchu przy drzwiach. On sam, Ron i Hermiona stali w przedziale — każde z nich użyło innego zaklęcia. Ale nie tylko oni to zrobili.

— Pomyśleliśmy sobie, że warto sprawdzić, czego oni od was chcą — powiedział rzeczowym tonem Fred, nadeptując na Goyle'a i wchodząc do przedziału. W ręku trzymał różdżkę, podobnie jak George, który też zadbał o to, by nadepnąć na Malfoya, wchodząc za Fredem.

— Ciekawy efekt — powiedział George, patrząc na Crabbe'a. — Kto użył furnunkulusa?

— Ja — mruknął Harry.

— Dziwne. Ja użyłem galaretowatych nóżek. Wygląda na to, że tych dwóch zaklęć nie powinno się mieszać. Chyba mu wyrosły czułki na twarzy. No, ale nie można ich tu zostawić, psują wystrój wnętrza.

Ron, Harry i George wykopali, wytoczyli i wypchali trzech nieprzytomnych Ślizgonów — jeden wyglądał gorzej od drugiego po mieszance zaklęć, jakie ich trafiły — na korytarz, po czym wrócili i zamknęli za sobą drzwi.

— Czy ktoś ma ochotę na eksplodującego durnia? — zapytał Fred, wyciągając talię kart.

Byli w trakcie piątej partii, gdy Harry postanowił ich zapytać.

— No to jak, powiecie nam wreszcie? Kogo szantażowaliście?

— Och — westchnął ponuro George. — O to chodzi.

— Nieważne — powiedział Fred, kręcąc niecierpliwie głową. — Nie ma o czym mówić. W każdym razie już nie teraz.

— Odpuściliśmy — dodał George, wzruszając ramionami.

Ale Harry, Ron i Hermiona nie dawali za wygraną i w końcu Fred się poddał.

— No dobra, dobra, jeśli naprawdę chcecie wiedzieć... to był Ludo Bagman.

— Bagman? — powtórzył ostro Harry. — Chcesz powiedzieć, że był zamieszany...

— Nie — zaprzeczył ponuro George. — Nic z tych rzeczy. On jest głupi jak but. Na to by nie wpadł.

— No więc o co chodziło? — zapytał Ron.

Fred zawahał się, a potem powiedział:

— Pamiętacie, że założyliśmy się z nim podczas finału mistrzostw świata w quidditchu? Że Irlandia zwycięży, ale Krum złapie znicza?

— Taak — odpowiedzieli powoli Harry i Ron.

— No więc ten kretyn zapłacił nam złotem leprokonusów, które podłapał od irlandzkich maskotek.

— No i co?

— No i to, że złoto znikło, nie? Następnego ranka rozpłynęło się w powietrzu!

— Ale on to zrobił niechcący, prawda? — zapytała Hermiona.

George zaśmiał się gorzko.

— Tak, my też tak myśleliśmy. Uznaliśmy, że jak do niego napiszemy, no wiecie, że się pomylił, to nam zwróci forsę. A on nic. W ogóle nie odpowiedział na nasz list. Próbowaliśmy dorwać go w Hogwarcie, ale zawsze nas czymś zbywał.

— No i w końcu się wkurzył — rzekł Fred. — Oświadczył, że jesteśmy za młodzi, żeby brać udział w zakładach i że nic nam nie da.

— Więc poprosiliśmy go, żeby chociaż oddał nam naszą forsę — powiedział George z groźną miną.

— Chyba nie odmówił? — szepnęła Hermiona.

— A jakże, zrobił to — powiedział Fred.

— Ale przecież to były wasze wszystkie oszczędności! — oburzył się Ron.

— Nie musisz mi o tym przypominać — rzekł George.

— Oczywiście w końcu się pokapowaliśmy, co jest grane. Ojciec Lee Jordana też miał pewne trudności z wyciągnięciem szmalu od Bagmana. I okazało się, że ten typek ma duże kłopoty z goblinami. Pożyczył od nich kupę forsy. Dorwały go w lesie po meczu i zabrały mu wszystko, co miał, ale to i tak nie wystarczyło na pokrycie długu. Śledziły go aż do Hogwartu, żeby mieć na niego oko. A on stracił wszystko w zakładach. Nie miał już ani galeona. I wiecie, jak ten kretyn próbował spłacić im dług?

— Jak? — zapytał Harry.

— Założył się o ciebie, kolego — powiedział Fred. — Postawił mnóstwo szmalu na to, że wygrasz w turnieju. Założył się z goblinami.

— A więc to dlatego wciąż chciał mi pomagać! — zawołał Harry. — Ale zwyciężyłem, prawda? Więc może wam oddać forsę!

— Nie — mruknął George, kręcąc głową. — Gobliny zagrały z nim tak samo, jak on z nimi. Zobaczyły, że zremisowałeś z Diggorym, a Bagman założył się, że sam wygrasz. Więc Bagman musiał dać nogę. Prysnął zaraz po trzecim zadaniu.

George westchnął głęboko i zaczął ponownie rozdawać karty.

Reszta podróży była dość przyjemna. Harry marzył w duchu, by trwała przez całe lato i żeby nigdy nie dojechali na dworzec King's Cross. Nauczył się już jednak w tym roku, że czas nigdy nie spowalnia biegu, kiedy czeka nas coś nieprzyjemnego, i wkrótce ekspres Hogwart-Londyn wjeżdżał już powoli na peron dziewięć i trzy czwarte. Wkrótce wybuchło zwykłe zamieszanie i gwar, gdy uczniowie zaczęli wysypywać się na peron. Ron i Hermiona przepchali się obok leżących wciąż na korytarzu Malfoya, Crabbe'a i Goyle'a, taszcząc swoje kufry.

Harry został jednak w przedziale.

— Fred... George... poczekajcie chwilę.

Bliźniacy zawrócili. Harry otworzył swój kufer i wyciągnął sakiewkę z nagrodą.

— Weźcie to — rzekł, wpychając sakiewkę w ręce George'a.

— Co? — zapytał Fred, kompletnie oszołomiony.

— Weźcie to — powtórzył stanowczo Harry. — Ja tego nie chcę.

— Odbiło ci? — George próbował odepchnąć sakiewkę.

— Nie — odrzekł Harry. — Weźcie to i zainwestujcie. To na wasz sklep z dowcipnymi gadżetami magicznymi.

— Jemu jednak odbiło — powiedział Fred prawie przerażonym tonem.

— Posłuchajcie. Jeśli tego nie weźmiecie, wrzucę to do kanału ściekowego. Nie chcę tego złota i wcale nie jest mi potrzebne. Wystarczy mi trochę dowcipów. Nam wszystkim przyda się trochę śmiechu. Coś mi się wydaje, że wkrótce bardzo nam to będzie potrzebne.

— Harry — wybąkał George, ważąc sakiewkę w dłoniach — tutaj musi być z tysiąc galeonów.

— No jasne — odpowiedział Harry, szczerząc zęby.

— Sam pomyśl, ile to kanarkowych kremówek.

Bliźniacy wybałuszyli na niego oczy.

— Tylko nie mówcie waszej mamie, skąd macie to złoto... chociaż teraz chyba już nie będzie jej tak zależało, żebyście dostali pracę w ministerstwie...

— Harry... — zaczął Fred, ale Harry wyciągnął różdżkę.

— Słuchaj — powiedział twardo — albo to weźmiesz, albo miotnę w ciebie zaklęcie. A wiesz, że znam kilka całkiem niezłych. Tylko zróbcie mi jedną przysługę, dobra? Kupcie Ronowi nową szatę wyjściową i powiedzcie, że to od was.

I opuścił przedział, zanim zdążyli coś jeszcze powiedzieć. Przeszedł nad Malfoyem, Crabbe'm i Goyle'm, którzy wciąż leżeli na korytarzu, z najróżniejszymi śladami po jadowitych zaklęciach.

Wuj Vernon czekał na niego przy barierce. Przy nim stała pani Weasley. Przytuliła mocno Harry'ego i szepnęła mu do ucha:

— Myślę, że Dumbledore pozwoli ci przyjechać do nas pod koniec lata. Pisz do nas, Harry.

— No to do zobaczenia, Harry — powiedział Ron, klepiąc go po plecach.

— Cześć, Harry! — zawołała Hermiona i zrobiła coś, czego jeszcze nigdy nie zrobiła: pocałowała go w policzek.

— Dzięki, Harry — mruknął George, a Fred pokiwał gorliwie głową.

Harry mrugnął do nich, odwrócił się do wuja Vernona i wyszedł za nim z dworca. Na razie nie ma sensu się martwić, powiedział sobie w duchu, kiedy wsiadł do samochodu Dursleyów.

Jak powiedział Hagrid: co ma być, to będzie... a jak już będzie, to trzeba się z tym zmierzyć.

Tak, Hagrid miał rację...

SPIS ROZDZIAŁÓW